JAMAÏCA

MICHELLE PAVER

JAMAÏCA

Traduit de l'anglais
par Michèle et Jérôme Pernoud

BELFOND

Titre original :
THE SHADOW CATCHER
publié par Transworld Publishers,
a division of The Random House Group Ltd, Londres.

Tous les personnages de ce roman sont fictifs, et toute ressemblance avec des personnes réelles, vivantes ou mortes, serait pure coïncidence.

ISBN 2-266-15331-5

Les Monroe de Fever Hill
(Les noms en gras sont ceux des principaux personnages)

Benneit
(premier Monroe à s'être installé à la Jamaïque)
1635-1726

Euan
1702-1772

Catrion
1708-1719

Alasdair
1750-1834

Alice Vavasour
1821-1883
=
Lindsay
1796-1850

Allan
1799-1848

May
(« grand-tante May »)
née en 1819

Catherine McFarlane
(« Kitty »)
1831-1850
=
Jocelyn
né en 1822

Lettice
(« Cousine Lettice »)
née en 1832

Cameron Lawe
(adopté)
né en 1859

Sinclair Lawe
(adopté)
né en 1863

Rose Durrant
(Maîtresse)
née en 1849

Ainsley
né en 1849
=
Clemency Traherne
née en 1852

Madeleine
née en 1874

Sophie
née en 1884

Elliot
(mort en bas âge)
1873

Prologue

Jamaïque, 1895

La faim lui donne des vertiges et le laudanum la rend malade. Elle a du mal à penser, à penser de façon cohérente.

Qu'est-ce qu'elle fait ici ? Et pourquoi est-ce qu'elle n'a pas mis sa tenue d'amazone ? Qu'est-ce qui lui a fait croire qu'elle pouvait s'aventurer dans la jungle en sous-vêtements ?

Les moustiques bourdonnent à ses oreilles, tandis qu'elle chemine avec peine dans la pénombre moite et verte ; le bruit de crécelle des grillons est assourdissant. Elle marche sur une feuille de bâton-muet, et le poison en suinte comme du lait.

On dirait que toute la forêt la regarde, guette si elle va survivre ou non. Un lointain cri d'oiseau retentit là-haut, dans la canopée. Une tige de cinnamome lui caresse les tibias au passage, elle aperçoit l'œil rouge d'une mangouste à travers les feuillages.

Elle n'est pas d'ici, elle n'est pas chez elle dans ces

collines hantées par les démons. Elles ne sont pas faites pour les Blancs ; elles sont faites pour les hors-la-loi, les sorcières, les fantômes des esclaves fugitifs. Même leurs noms sont étranges et ont l'air hantés – Volte-Face, Déconvenue, Regard-en-arrière… Si la tête ne lui tournait pas autant, elle serait paralysée par la terreur.

Le sol est doux sous ses pieds, d'humus et de décomposition ; mais même à travers les lourds effluves végétaux, elle sent l'odeur du sang sur ses mains. Son mari en serait écœuré, lui qui a toujours eu une telle horreur du sang.

Pourquoi tant de sang partout, pourquoi cette obsession du sang ? Mauvais sang. De sang-froid. Les « Pilules au Gingembre du Dr Hay pour Purifier le Sang ». *Le vice, la folie, la maladie, tout vient du sang. En tout cas, c'est ce qu'on dit.*

Agrippé à un tronc d'arbre, un lézard vert la regarde passer. Qu'est-ce qu'il voit exactement ? On dirait que chacun voit quelqu'un de différent en la regardant. Différent, mais plutôt mauvais dans l'ensemble. Toujours mauvais.

D'après son mari, elle est folle, parce qu'elle ne fait jamais ce qu'il lui dit de faire.

— Une femme est là pour obéir à son mari et pour l'honorer, lui affirme-t-il. Si tu n'arrives pas à accepter cela, c'est parce que tu n'es pas une femme comme il faut.

Le Dr Valentine dit qu'elle a les nerfs malades. Qu'elle doit redevenir une enfant, pour qu'il puisse refaçonner sa personnalité, la rendre plus correcte, plus convenable.

La blanchisseuse, qui parle aux fantômes, dit qu'elle est quelqu'un de dangereux.

— Vous apportez des problèmes dans cette maison, Miss Maddy. Vous êtes pas la femme que vous dites.

Son amoureux dit qu'il ne la connaît plus, il le dit et il s'en va. Après ce qu'elle a fait, elle ne peut pas le lui reprocher. Pourtant, elle le lui reproche quand même.

Elle arrive dans une clairière ; des oiseaux-mouches fendent l'air comme des flèches, puis s'arrêtent et font du sur-place dans la poussière de soleil. Devant elle, la forêt devient plus clairsemée ; sur la pente d'une lointaine colline, elle aperçoit un énorme fromager. Ses vastes branches sont couvertes de figuiers étrangleurs, de tillandsias, et d'orchidées qui ressemblent à des flammes.

Est-ce que c'est l'Arbre de Vie des histoires que racontait sa mère ? Est-ce qu'elle a trouvé Eden ? À Eden, tout est plus sauvage et plus vivant qu'ailleurs. Le soleil brille plus fort, la pluie tombe plus dru, les feuilles sont si vertes qu'elles font mal aux yeux. Au plus profond de la forêt se dresse l'Arbre de Vie, et des lianes pendent de ses branches jusqu'au sol ; le soir, après la pluie, elles sont toutes piquetées de lucioles. L'air embaume le parfum des fleurs de vanille et l'odeur douceâtre de la décomposition.

Derrière elle, un craquement, une branche qui se casse ; elle se retourne vivement mais il n'y a personne, la clairière est déserte.

Soudain, tout devient clair dans son esprit ; elle comprend pourquoi elle est ici, et pourquoi elle a si peur. Un homme sait où elle est, un seul homme. Et s'il la trouve, tout est fini.

Une autre branche casse net, puis elle entend le tintement d'un mors, et elle retient sa respiration.

Quoi qu'il arrive, ça ne va plus tarder.

Première partie

Chapitre un

Galloway, sud-ouest de l'Écosse, mars 1884 – onze ans plus tôt.

L'important, répétait toujours sa mère, c'est que tu penses par toi-même.

Après quoi elle emmitouflait Madeleine dans un manteau, lui mettait un chapeau, un manchon, des caoutchoucs, et l'envoyait sur la plage – avec pour mission de trouver dix sortes d'algues différentes, et de découvrir d'où le phare de Corsewall tirait son nom. Reviens quand tu auras faim, lui disait-elle. Et surveille les marées, sans quoi tu te noieras.

— À quoi je ressemblerai, quand je serai noyée ? lui demandait Madeleine. Tu prendras une photo de moi ?

— Plusieurs. Avec un peu de chance, j'en aurai une de publiée dans *Le Photographe amateur*.

Surveille les marées et pense par toi-même. Maintenant, sur le seuil du Royaume Interdit, Madeleine songeait : Eh bien, voilà. Cette fois, au moins, je pense par moi-même. Même si ce n'est sans doute pas ce que maman avait en tête.

Son haleine faisait de la buée dans l'air immobile et glacial, le froid la mordait à travers les semelles de crêpe de ses bottes. Mais elle ne pouvait pas taper du pied pour se réchauffer, au cas où le bruit alerterait un garde du domaine.

Devant elle, la route pavée franchissait le grand portail de fer, puis disparaissait sous l'ombre des arbres. Sur la droite, menaçante, se dressait la maison du gardien. Ses fausses fenêtres de marbre étaient recouvertes de givre, des langues de glace pendaient du toit, près de tomber. Au fronton du bâtiment, un corbeau de marbre déployait ses ailes pour prendre son envol, tandis qu'un serpent se contorsionnait dans ses serres.

Madeleine avait un vague souvenir d'une histoire dans la Bible à propos d'un serpent, et il n'y faisait pas figure de héros. Elle ne savait plus très bien s'il y avait aussi un corbeau dans l'histoire. Sa mère disait souvent qu'elles devaient se mettre à lire la Bible, mais elles ne le faisaient jamais.

— Je suis désolée, Maddy, avait-elle encore répété voilà juste une semaine, mais je suis trop ignorante et indisciplinée pour faire un bon professeur.

Madeleine n'était pas du tout de cet avis. Sa mère savait chanter, elle connaissait la photographie, les plantes tropicales, les animaux ; elle savait aussi raconter des histoires d'arbres magiques et de drôles de petites araignées capables de parler, dans la langue chantante de la Jamaïque que sa mère appelait du *patois*.

Un bruit derrière elle la fit sursauter. Elle se retourna : du haut d'une branche qui se balançait, un grand corbeau noir la fixait de ses yeux brillants et hostiles.

— Va-t'en ! lui dit-elle.

Le corbeau croassa et s'envola sous le couvert des arbres. Un peu de neige glissa de la branche, puis tout redevint immobile.

Ce n'était qu'un corbeau, songea-t-elle ; mais ça ne lui plaisait pas qu'il ait compris ce qu'elle lui avait dit.

Le sous-bois qu'elle apercevait de l'autre côté du portail avait l'air sombre et hanté ; on aurait dit qu'il l'avertissait de ne pas entrer dans le Royaume Interdit. Elle chercha Monsieur Perroquet dans sa poche, puis enleva sa moufle et lui fit une caresse rassurante, sur son aile de feutre duveteux.

Le Royaume Interdit n'était pas le vrai nom du domaine, bien sûr ; son vrai nom, c'était Strathnaw. Le Royaume Interdit, c'était juste le nom que sa mère lui donnait quand elle était en colère – parce que papa avait dit qu'ils ne devaient jamais y entrer, à aucun prix.

— Mais alors, bon sang, pourquoi avoir pris une maison à deux heures de cet endroit maudit ? lui avait lancé maman au cours d'une de leurs disputes.

— Parce que c'est isolé et que c'est dans nos moyens…

— Oh, je t'en prie ! C'est parce qu'ils te manquent et que tu veux garder une espèce de lien avec eux…

— Rose, non !

— Reconnais-le, ils te manquent ! Et Dieu sait que je te comprends… Mais ce que je ne comprends pas, c'est pourquoi tu ne veux pas nous laisser les approcher, au moins pour le bien de Maddy. Elle a dix ans, et elle n'a jamais vu l'endroit où tu…

— Ça ne servirait à rien.

— Bien sûr que ça servirait !

Et cela avait continué ainsi pendant des heures. Madeleine, sur le palier, écoutait, jusqu'à ce que Hannah passe la tête par la porte de la cuisine et l'envoie se remettre au lit.

La dernière dispute avait eu lieu il y a quinze jours, juste avant que papa reparte pour son régiment. Il avait fini par se mettre en colère, était sorti de la maison en claquant la porte – mais il était revenu, beaucoup plus tard, avec une brassée de lis de serre dans les mains. Il avait voulu les donner à maman mais elle les avait repoussés (« Espèce d'idiot, je ne suis pas malade ! »), puis elle avait fondu en larmes. Madeleine s'était accroupie, la tête contre la rampe, en grattant le vernis avec son ongle et en se demandant quoi faire. Sa mère ne pleurait jamais.

Le Dr Baines était venu, diagnostiquant « l'abattement normal d'une femme quand elle est proche du terme » ; il avait prescrit du lait chaud (que maman détestait), et une petite fiole de gouttes de cocaïne, pour ses gencives douloureuses.

Ça n'avait servi à rien. Ces derniers temps, la deuxième tournure [1] de sa mère – celle de devant – avait tellement augmenté que son dos lui faisait mal en permanence ; elle était devenue morose et dépressive, ce qui ne lui ressemblait pas. Elle passait ses journées à attendre le courrier. Même s'il y avait une lettre de papa, elle était contrariée et mécontente. Hannah faisait son travail sans desserrer les dents, sauf pour murmurer qu'elle allait donner sa démission.

À la fin, Madeleine avait compris que c'était à elle d'agir ; elle ne pouvait pas abandonner sa mère à son malheur. Elle devait aller dans le Royaume Interdit et parler à quelqu'un qui vivait là-bas, n'importe qui.

1. La tournure était ce rembourrage que les femmes portaient sur les reins, à la fin du XIXe siècle, pour faire bouffer leur robe. *(N.d.T.)*

Ensuite, peut-être pourraient-ils tous partir pour la Jamaïque, comme papa avait toujours promis qu'ils le feraient – dans un futur proche, mais qui semblait ne jamais arriver.

Personnellement, Madeleine aurait préféré rester à Cairngowrie House, et de beaucoup : elle aimait sa longue plage solitaire, avec ses phoques, ses fulmars et ses cormorans aux yeux verts. Mais elle savait combien ses parents rêvaient de retourner sur la terre où ils étaient nés. En plus, disons-le, voir un vrai perroquet et un arbre à pain ne lui déplairait pas.

Un croassement strident la ramena au présent. Le corbeau la regardait depuis le toit de la maison du gardien. *Tu ferais mieux de rebrousser chemin*, semblait-il lui dire, *ou tu auras des problèmes*.

C'était exactement ce qu'elle aurait voulu faire. Elle n'avait pas envie d'entrer dans le Royaume Interdit. Elle voulait retourner à Cairngowrie House. Elle voulait son père, le chatouillis de ses favoris, l'odeur épicée de sa cire à moustache et de son tabac turc.

Et pourtant, songeait-elle, c'était à cause de lui qu'elle était ici. Car ce n'était pas juste qu'il lui dise : « Je t'interdis d'y aller », et ensuite qu'il parte pour l'armée pendant des mois et des mois. Il les abandonnait toujours et ce n'était pas juste.

Elle inspira une grande bouffée de l'air glacial et franchit les portes du Royaume Interdit.

Sous les arbres, tout était immobile et calme. La neige craquait sous ses pieds comme du verre brisé, son souffle était rauque et bruyant. Elle se forçait à marcher lentement, pour montrer au corbeau qu'elle n'avait pas peur, mais elle savait qu'il n'était pas dupe. Il la suivait de branche en branche et son rire strident résonnait dans tout le sous-bois.

Elle eut l'impression de marcher pendant des heures, avant de ressortir brusquement à l'air libre. Elle avait atteint la lisière d'un vaste parc enneigé ; devant elle, la route pavée descendait et passait le long d'un grand lac gelé, puis remontait au flanc d'une colline blanche. Là-haut, une rangée de chevaliers de marbre gardait l'accès d'une immense demeure en pierre de taille.

Madeleine la détesta dès le premier regard. Des colonnes barraient sa façade, on aurait dit une grande cage de pierre, dont les fenêtres couleur cuivre renvoyaient violemment l'éclat du soleil.

C'est là, pensa-t-elle, que les corbeaux vont se percher. Elle les imagina au crépuscule, noircissant la maison en s'y posant par milliers, puis, le lendemain, s'envolant pour noyer l'aube dans une marée noire.

Son corbeau à elle la dépassa d'un air dédaigneux et alla se percher sur le casque du chevalier le plus proche. *C'est ta dernière chance*, croassa-t-il. *Tu ferais mieux de t'enfuir maintenant, tant qu'il est encore temps*.

Le sang battait fort dans ses tempes ; elle avait tellement conscience de mal agir qu'elle s'empêchait de respirer.

Si sa mère était là, elle aurait proposé un jeu.

— Comment est-ce que tu photographierais cette maison, Maddy ? Comment tu exprimerais les sentiments qu'elle provoque chez toi ?

Penser à sa mère lui réchauffait le cœur. La veille, elles avaient fait des photos ensemble avec le nouvel appareil instantané ; Madeleine avait posé avec la cape en laine verte de sa mère, celle du soir. Ensuite, elle avait essayé l'horrible « ceinture abdominale » en jersey que le Dr Baines exigeait que sa mère porte, à la place d'un corset. Pendant que Madeleine se pavanait au milieu du salon, avec un coussin sur le ventre pour imiter sa deuxième tournure, sa mère parodiait l'accent écossais du docteur – *soutenirr sans comprresser* ; elles avaient ri jusqu'à en avoir mal au ventre.

Alors qu'elle était à mi-pente de la colline, une des statues se mit à bouger, faisant bondir le cœur de Madeleine dans sa poitrine.

C'était un chevalier, monté sur un énorme cheval de guerre. Sa grande cape de marbre gris était saupoudrée de neige en travers de ses épaules, la longue crinière de sa monture était blanche de givre. Gardien du Royaume Interdit, il était là pour la faire disparaître, par enchantement.

Avec un croassement, le corbeau s'envola pour retourner dans la forêt. *Je t'avais dit de ne pas aller plus loin !* Puis le cheval de guerre agita la tête, souffla de la vapeur par les naseaux, et la statue se changea en officier monté sur un grand cheval gris.

Frissonnant, Madeleine reprit sa respiration. Pas de quoi avoir peur, songea-t-elle. Pourtant, son cœur continuait à battre la chamade.

L'officier ne l'avait pas encore vue. Elle le regarda sauter à terre et relever un sabot de sa monture. Le cheval courba la tête pour le regarder faire, tandis que l'officier sortait un crochet de sa poche à l'aide duquel il retira un caillou ; après quoi, il reposa le sabot au sol et remonta en selle. Enfin, il tourna la tête et la vit.

Elle mit la main dans sa poche et saisit Monsieur Perroquet.

— Qui es-tu ? cria brusquement l'officier à travers l'air glacial. C'est un domaine privé ! Qu'est-ce que tu fais ici ?

Comme elle ne répondait pas, il pressa son cheval et galopa jusqu'à elle, ne ralentissant qu'au dernier moment. Ses éperons lui arrivaient à la hauteur des yeux, si proches qu'elle pouvait voir les fines ciselures du métal bleu.

Le cheval baissa la tête pour l'examiner, lui soufflant une bouffée de son haleine chaude et musquée en plein visage. Il était énorme, ses sabots larges comme des assiettes à dessert. Mais elle n'oubliait pas ce que sa mère lui avait dit un jour : les chevaux font toujours attention à ne pas piétiner les enfants.

Elle renversa la tête en arrière pour regarder l'officier : il avait d'épais cheveux blonds, avec des sourcils et une moustache plus foncés, et aucune ride d'expression. Ses yeux gris clair détonnaient dans son visage brûlé par le soleil. Madeleine n'avait encore jamais vu de gentleman avec des coups de soleil. Elle pensait que seuls les fermiers et les pêcheurs en avaient.

Elle se demanda pourquoi il n'avait pas de rides d'expression, s'il était malheureux, et à quoi il ressemblerait s'il souriait. Il lui rappelait quelqu'un, mais qui ?

Puis elle sut. Il avait les mêmes traits, rudes et forts, que les guerriers dans ses *Aventures illustrées de la Grèce antique*. Mais elle ne pouvait pas dire s'il était un héros ou un méchant. Peut-être qu'il était les deux, capable aussi bien d'une grande violence que d'une grande tendresse, sans qu'on sache jamais laquelle allait prendre le dessus. Et pourtant, bizarrement, ça ne faisait pas peur à Madeleine. Elle se sentait nerveuse en face de lui, hésitante ; mais, surtout, elle avait envie qu'il l'aime. Elle avait envie qu'il lui sourie, qu'il soit content de la voir.

Toutes ces impressions surgissaient dans son esprit tandis que, immobile sur la neige, elle levait les yeux vers lui ; lui la contemplait de ses yeux gris et froids, sans rien de l'indulgence que les adultes témoignent en général quand ils rencontrent un enfant.

Il lui avait demandé ce qu'elle faisait dans le parc, et elle ne savait pas vraiment comment lui répondre. Pour finir, elle lui dit :

— Je sais bien que je ne devrais pas être ici.

— Alors, pourquoi est-ce que tu y es ?

Il n'avait pas l'air en colère, mais ne faisait aucun effort pour adoucir sa voix.

Elle montra la demeure sur la colline.

— Je voudrais voir les gens qui vivent là-bas.

— Ils ne sont pas là. Ils ne sont pas souvent là.

Elle en fut ébranlée ; ça ne lui était pas venu à l'esprit que peut-être il n'y aurait personne dans la maison.

— Comment est-ce que tu es arrivée jusqu'ici ? lui demanda-t-il, avec un léger froncement de sourcils.

— Je suis venue avec Mr Ritchie. C'est mon ami et c'est le charretier de Stranraer. Il est allé à Kildrochet porter un paquet, il reviendra me chercher dans une heure.

Elle oublia de mentionner qu'elle n'avait pas dit à sa mère où elle allait réellement, juste qu'elle allait à Stranraer voir les bateaux.

— Alors tu ferais mieux de retourner au portail, dit l'officier, et d'attendre ton Mr Ritchie là-bas.

Elle avala sa salive : l'idée de retraverser toute seule la sombre forêt l'épouvantait.

L'officier releva les yeux vers les arbres puis soupira.

— Ça irait plus vite, dit-il à contrecœur, si je t'y emmenais à cheval.

— Merci beaucoup, répondit-elle poliment.

Il descendit, la prit dans ses bras et la hissa en selle ; puis il fit passer les rênes au-dessus de la tête du cheval et, en les tenant à la main, se mit en marche en direction des arbres.

Elle était si haut qu'elle en avait le vertige, ses jambes

étaient bien trop courtes pour qu'elle puisse passer les pieds dans les étriers. Le grand cheval allait d'un pas tranquille, mais elle devait empoigner la crinière à pleines mains pour éviter de glisser sur la selle. Pourtant, l'officier ne se retournait pas pour s'assurer qu'elle était bien installée. Elle lui en était reconnaissante, car ça la faisait se sentir adulte. Et elle aimait aussi la façon dont sa longue cape grise bruissait.

On peut dire qu'il est fringant, songea-t-elle ; oui, c'est un fringant officier.

Elle avait quand même envie qu'il se retourne et qu'il soit impressionné par la façon dont elle se tenait en selle. Comme il ne le faisait pas, elle décida d'engager la conversation. Elle lui dit que son père était soldat lui aussi, mais que sa permission avait été écourtée, et qu'il avait reçu l'ordre de partir pour l'Afrique.

— Au Soudan, expliqua-t-elle. C'est un désert en dessous de l'Égypte.

Il hocha la tête mais ne se retourna pas.

— Papa, poursuivit-elle, est major au 65e York et Lancasters. De quel régiment est-ce que vous êtes, monsieur ?

— Le Royal Écossais, répondit-il, toujours sans se retourner.

— Eh bien ! dit-elle gaiement, faute de trouver un commentaire plus approprié.

Le corbeau réapparut et se mit à les suivre, mais, bien en sécurité sur le large dos du cheval, Madeleine lui jeta un regard de mépris.

— En général, continua-t-elle, opiniâtre, ma mère reste à la maison avec moi. Avant, elle faisait des grandes promenades, mais maintenant le Dr Baines lui a interdit, à cause de ma sœur ou mon frère qui va naître. Elle fait de très bonnes photos, et en réalité elle a *horreur* de l'Écosse, parce qu'elle n'arrive jamais à se réchauffer. Mais elle dit qu'elle l'aime, à cause de moi. Parce que je suis née ici, vous comprenez, alors pour moi c'est différent.

Maintenant, elle avait vraiment très envie qu'il lui parle, qu'il lui réponde, et elle fut consternée de voir qu'ils étaient déjà arrivés à la maison du gardien.

Alors qu'ils sortaient de sous le couvert des arbres, le soleil émergea de derrière un nuage et le corbeau s'envola avec un cri rauque, un cri d'indignation. Madeleine laissa échapper un rire ravi ; l'officier se retourna enfin et leva les yeux vers elle. Il ne lui souriait pas, mais elle eut l'impression qu'il souriait de l'intérieur. Ses yeux n'étaient plus aussi froids qu'avant, plutôt chaleureux et vivants, comme une mer agitée reflétant la lumière du soleil.

Il la fit basculer de la selle, la reposa à terre, et elle le remercia pour la promenade. Le cheval baissa le nez vers elle, en quête d'une caresse.

Grisée par l'idée que l'officier commençait peut-être à l'apprécier, Madeleine décida qu'elle allait l'inviter à venir prendre le thé à la maison. À part le Dr Baines, il n'y avait jamais de visiteurs à Cairngowrie House, un peu de changement serait bienvenu. Elle allait l'inviter à venir prendre le thé et il sympathiserait avec sa mère ; et elle-même pourrait monter sur le grand cheval, pour aller jusqu'à la plage voir les phoques.

— J'aurais dû me présenter, dit-elle en lui tendant la main, je m'appelle Madeleine Falkirk. Mes parents sont le major et Mrs Falkirk, de Cairngowrie House. Peut-être vous voudrez bien venir prendre le thé à la maison, un jour ?

L'officier, qui était en train de repasser les rênes

par-dessus la tête de sa monture, s'immobilisa quand il entendit son nom.

— Qu'est-ce que tu as dit ? murmura-t-il.

Elle eut la brusque et terrible impression que le soleil s'était caché derrière les nuages.

— Mad… Madeleine Falkirk, bredouilla-t-elle. Je pensais que peut-être vous voudriez bien…

Sa voix défaillit.

Le cheval poussait de la tête l'épaule de l'officier, qui n'avait pas l'air de le remarquer ; son visage était figé par le choc.

— Mon Dieu, chuchota-t-il, comment est-ce qu'ils ont pu faire cela ? Envoyer une *enfant*…

Elle avala sa salive.

— Personne ne m'a envoyée.

Manifestement, il ne la croyait pas.

— Tu ne t'appelles pas Falkirk, siffla-t-il entre ses dents, mais Durrant.

— Non, Durrant est le nom de ma…

— Ta mère est Rose Durrant. Oui, je sais.

Il monta sur son cheval, et Madeleine dut reculer vivement pour éviter ses éperons.

Les disputes de ses parents l'avaient habituée aux colères des adultes, mais celle-ci était différente : ce n'était pas une explosion soudaine qui s'éteignait en quelques minutes, c'était une colère lente et profonde, elle le sentait, et qui n'avait pas de fin.

Elle ne comprenait pas ce qui était allé de travers. C'était comme si, sans s'en rendre compte, elle l'avait trompé d'une façon indigne. Elle se sentait nouée, à bout de souffle, malade.

— Dis à tes parents que ça ne marchera jamais.

— Ils ne savent pas que je suis ici, balbutia-t-elle. Et

jamais ils ne tromperaient quelqu'un, ils sont très honnêtes, ils…

— Tes parents ont brisé des vies. Tu ne le savais pas ?

Pour la première fois depuis qu'ils s'étaient rencontrés, il la regarda en face : ses yeux étaient voilés par la colère, ses pupilles noires et inquiétantes, dans le gris clair et brillant qui les entourait.

— Dis-leur que pour moi ils sont morts, déclara-t-il d'une voix calme, qui la glaça intérieurement. Et qu'ils sont morts pour le vieil homme aussi. Dis-leur qu'ils devraient avoir le courage et la décence de rester morts.

Il tira brusquement sur les rênes, enfonça ses pieds dans ses étriers ; les grands sabots arrière firent voler la neige aux pieds de Madeleine, la queue argentée lui cingla le visage.

Ses jambes se dérobèrent sous elle, et elle s'assit lourdement dans la neige. Elle demeura ainsi, hors d'haleine, immobile, tandis que l'officier s'éloignait à cheval, avalé par le clair-obscur sous les arbres. Derrière elle, le corbeau se posa sur le toit de la maison du gardien et son rire rauque emplit l'air.

Chapitre deux

Il commençait juste à faire sombre quand Madeleine sauta du chariot de Mr Ritchie et emprunta le chemin de la côte.

Il neigeait et le vent glacial lui faisait mal à la tête. Pour la première fois de sa vie, la longue plage qu'elle aimait tant lui parut hostile. Pas de gros phoques pour l'accueillir depuis les rochers, aucun fulmar pour tournoyer gracieusement au-dessus de sa tête. Trois cormorans vinrent à sa rencontre, mais leurs yeux d'émeraude se détournèrent d'elle et balayèrent l'horizon, comme le faisceau de lumière du phare de Corsewall. On eût dit que l'hostilité de l'officier s'était diffusée jusqu'à eux.

À sa grande surprise, Cairngowrie House était obscure et silencieuse quand elle y arriva. Hannah avait dû oublier d'allumer les lampes à gaz. Madeleine n'en eut que plus de mal à retirer ses bottines, avec ses doigts engourdis par le froid. Le temps qu'elle y parvienne, des larmes de colère menaçaient de couler. Elle enleva son chapeau, son manteau, ses moufles et les laissa tomber en tas dans l'entrée, trempés ; puis elle gagna le salon, d'un air rageur.

Il était vide, à peine éclairé par la faible lueur du feu qui se mourait. En pestant contre Hannah, elle tira le tabouret du piano vers la suspension à gaz la plus proche, grimpa dessus pour atteindre la chaînette. Bientôt le salon revint à la vie. Après quoi, elle jeta une pelletée de charbon sur le feu, dont l'essentiel s'éparpilla dans l'âtre. Puis elle se demanda que faire.

La pendule sur le manteau de la cheminée indiquait quatre heures, mais il n'y avait aucun signe que le thé fût bientôt servi. En fait, il n'y avait aucun signe de vie. Et elle avait beaucoup compté sur le thé pour que les choses redeviennent normales.

En repensant à l'officier, elle éprouva un sentiment horrible, où tout se mêlait jusqu'à la nausée – culpabilité, confusion, chagrin. Jamais elle n'aurait dû aller dans le Royaume Interdit, jamais elle n'aurait dû lui dire son nom. Mais pourquoi était-il tellement en colère ?

Elle se dirigea vers le piano, jeta un regard mauvais sur la photo d'Eden, dans son cadre en écaille. Est-ce qu'Eden avait quelque chose à voir avec ça ? Puisqu'elle lui avait déjà valu des problèmes, auparavant…

La photo montrait une maison nimbée de lumière, mais en ruine, dans une jungle peuplée de palmiers et d'arbres à pain. Des plantes grimpantes s'échappaient des vérandas effondrées ; une fougère arborescente zébrait une fenêtre, comme un grand monocle au verre brisé. Au milieu de la façade, une double volée de marches arrondie descendait gracieusement dans ce qui avait été jadis un jardin ; et, au pied des marches, cette grande silhouette floue aux cheveux blonds, c'était papa. Il avait bougé juste au moment où sa mère avait exposé la plaque.

Eden n'avait pas l'air dangereuse, mais elle l'était. Madeleine le savait parce qu'elle avait grandi avec : sa mère en parlait tout le temps. Sa famille, les Durrant, l'avait construite il y a longtemps, au bord de la forêt vierge ; mais un jour, la mauvaise fortune les avait obligés à l'abandonner, et à présent, la forêt reprenait possession d'elle.

À Eden, tout est plus sauvage et plus vivant qu'ailleurs. Le soleil brille plus fort, la pluie tombe plus dru, les feuilles sont si vertes qu'elles font mal aux yeux. Oh, c'est un endroit dangereux, Maddy. À Eden, le bien et le mal, la beauté et la laideur forment un tout inextricable. Il y a des oiseaux-mouches si jolis qu'ils t'éblouissent, des volubilis qui ne fleurissent qu'une seule nuit, si pâles et fragiles qu'on dirait des fantômes de fleurs ; et aussi des plantes belles et mauvaises, dont le poison peut te rendre muette. Et tout au fond de la forêt se dresse un énorme fromager, avec un monde entier qui vit dans ses branches, et les Noirs disent qu'il est hanté. Maintenant, la maison fait elle aussi partie de la forêt, parce que personne n'y vit plus depuis des années. Elle est devenue une jungle effrayante.

Lors de la première et seule incursion de Madeleine à l'école du dimanche, trois ans plus tôt, Miss McAllister avait interrompu son récit à ce moment-là. Oh ! non, ma chérie, lui avait-elle dit, Eden n'est pas devenue une horrible jungle, Dieu ne le permettrait jamais.

Miss McAllister lui avait dit que ce que Madeleine appelait un « fromager » était en fait l'Arbre de la Connaissance du Bien et du Mal, et qu'il ne pouvait pas être hanté, comme les Noirs l'affirmaient – pour la simple raison qu'il n'y avait pas de Noirs à Eden.

— Je crois bien qu'il y en a quelques-uns, avait

prudemment répliqué Madeleine. Vous savez, je connais Eden, parce que c'est de là-bas que je viens.

— Qu'est-ce que tu veux dire, ma chérie ? avait répondu Miss McAllister avec un sourire glacial.

— Eh bien, c'est là-bas que mes parents se rencontraient avant que je sois née…

C'était à ce moment-là que Miss McAllister avait fondu en larmes et s'était enfuie de la classe.

Sa mère avait raison : Eden était dangereuse. À cause d'Eden, la seule tentative que Madeleine avait faite pour rencontrer d'autres enfants avait tourné au désastre, et on l'avait bannie du presbytère pour toujours ; à cause d'Eden, la Jamaïque manquait à sa mère et elle détestait l'Écosse.

Et peut-être, pensa-t-elle, était-ce à cause d'Eden que tout s'était si mal passé avec l'officier dans le parc.

Tes parents ont brisé des vies, lui avait-il dit. Qu'est-ce que ça signifiait ? Comment est-ce qu'on pouvait briser une vie ? Une image lui vint à l'esprit : l'épave d'un bateau échoué sur une plage et dont la coque était cassée en deux. Était-ce à cela que ressemblait une vie brisée ?

Pourtant, ses parents ne pouvaient pas avoir provoqué une chose pareille, ça n'avait pas de sens… Rien de tout cela n'avait de sens.

Sous la lueur de la lampe à gaz, la maison en ruine semblait lui rendre son regard, de son œil crevé par la fougère arborescente. Qu'est-ce que tu as de si particulier ? songea-t-elle avec colère. Tu n'es qu'une vieille photo minable, on en a fait des centaines de bien meilleures dans la chambre noire.

Impulsivement, elle la retourna, défit les fermoirs à l'arrière et la sortit du cadre ; puis elle la posa sur le dessus du piano et, avec l'ongle de son pouce, l'entailla d'une profonde rayure en diagonale. Quand son ongle arriva sur la silhouette floue de papa, elle ne s'arrêta pas. Papa aurait dû être ici pour arranger les choses. Le visage dur et fermé, elle ajouta ensuite une autre rayure pour former un grand X sur la photo.

Un coup résonna soudain au plafond et elle se figea, pleine de remords. Les perles de cristal des suspensions à gaz tintèrent ; quelques secondes plus tard, elle entendit sa mère qui sonnait Hannah.

La sonnerie se poursuivit longtemps, mais aucun « Je viens, je viens… » irrité ne sortit de la cuisine.

Maudite Hannah. Avec un soupir exaspéré, Madeleine repoussa la photographie et monta bruyamment l'escalier.

L'instant où elle poussa la porte de la chambre devait rester à jamais dans son esprit comme celui où sa vie avait basculé.

Jusque-là, elle avait passé ses journées à se chamailler et à rire avec sa mère, à faire secrètement la guerre à Hannah, à se promener sur la plage en discutant avec les phoques, les cormorans et Monsieur Perroquet. Après qu'elle eut ouvert cette porte, tout changea.

Sa mère – son élégante, fantasque et magnifique mère – était accroupie à quatre pattes sur le tapis, haletant et montrant les dents, comme un animal.

On aurait dit qu'elle s'était habillée pour sortir, juste avant de tomber sur les genoux. Le col de son manteau de promenade était tout de travers, une grande déchirure se voyait même sous un de ses bras. Quant à son bonnet de velours bleu – le préféré de Madeleine –, il avait glissé dans son dos et s'était emmêlé dans ses cheveux.

Puis Madeleine vit la grande tache mouillée sur le tapis, et en fut horrifiée. Il était inconcevable que sa mère ait pu avoir un « accident ». Pourtant, elle ne voyait pas d'autre explication.

Sa mère releva la tête et la vit.

— Ah ! tu es là, lui dit-elle, d'un ton étrangement calme.

— Tu es malade ? murmura-t-elle, en essayant de ne pas regarder la tache mouillée.

— Ça va beaucoup mieux maintenant, Maddy. Mais cours vite chercher Hannah.

Madeleine se mordit la lèvre : elle ne pouvait pas laisser la bonne voir sa mère.

— Tu devrais te relever, lui dit-elle, te mettre au lit…

— Je vais le faire. Dans un moment. Le Dr Baines dit qu'on a moins mal au dos quand on est à quatre pattes, et même si ça me coûte de l'admettre, il a raison.

Elle grimaça un sourire.

— Je sais que ça peut paraître bizarre, mais je…

Puis elle s'interrompit soudain et laissa échapper un sifflement, comme si une sorte de spasme la parcourait. Madeleine mit la main sur la poignée de la porte.

— Voilà, ça recommence, haleta sa mère. Elles arrivent beaucoup plus vite que je ne m'y attendais. Il faut vraiment que tu ailles chercher Hannah, tout de suite.

Madeleine s'enfuit aussitôt de la pièce. Elle descendit en courant jusqu'à la cuisine, mais à son grand désarroi, la pièce était plongée dans l'obscurité ; ainsi que la salle à manger, le petit salon, le fumoir de son père, le cellier, le garde-manger, la chambre noire, les toilettes et la cave. Malgré ses cris de plus en plus aigus, elle n'obtint de réponse nulle part.

Miaulant maintenant comme un chaton apeuré, elle se précipita de nouveau dans l'escalier : là-haut, elle vérifia dans les chambres et dans la salle de bains, enfin dans le grenier.

— Je n'arrive pas à la trouver, souffla-t-elle, hors d'haleine, quand elle eut rejoint sa mère.

Pendant son absence, celle-ci avait réussi à retirer son manteau de promenade, à jeter son bonnet dans un coin de la chambre et à monter dans son lit. Elle était assise, adossée à une pile d'oreillers, le couvre-lit tiré au-dessus de ses genoux. Elle était pâle, mais bien plus dans son état normal qu'avant.

— Je n'arrive pas à trouver Hannah, dit Madeleine plus calmement. Son sac de voyage n'est pas là et sa malle est cadenassée, avec un mot dessus. Je crois qu'elle est partie.

Sa mère ferma les yeux.

— La salope !

Madeleine en fut choquée : sa mère ne disait jamais de gros mots en temps normal. Pour masquer son trouble, elle ramassa le bonnet sous le lavabo et le posa sur le tabouret de la coiffeuse.

D'un seul coup, un autre spasme s'empara de sa mère, et cette fois, elle dut se mordre les lèvres pour s'empêcher de crier. Madeleine ne put qu'attendre que cela passe, impuissante. Si seulement le Dr Baines avait été là… La ceinture abdominale qui gisait, oubliée, au pied du lit, rappelait cruellement son absence.

— N'aie pas peur, lui dit enfin sa mère. C'est normal, ces douleurs.

Madeleine la regarda sans comprendre.

— Pourquoi ? Pourquoi c'est normal ?

— Parce que le bébé a décidé d'arriver un peu plus tôt que nous ne l'attendions.

— Le *bébé* ?

Elle promena un regard éperdu tout autour de la chambre.

— Tu ne peux pas lui dire d'attendre ? Il peut arriver demain, quand je serai allée chercher le Dr Baines…

— J'ai bien peur que non, dit sa mère en esquissant un sourire. Et vu la manière dont ça se passe, je crois que nous aurons besoin de lui ce soir. Tu ferais mieux de courir dans le chemin et de dire à Mr Ritchie d'aller le chercher.

Madeleine avala sa salive.

— Mr Ritchie n'est pas chez lui.

— Quoi ?

— Il est parti chez sa fille, à Portpatrick, pour quinze jours. Il vient juste de partir.

Sa mère pâlit à en faire peur ; quand elle ferma les yeux, ses paupières étaient presque bleues.

— Je peux aller chez le Dr Baines, dit Madeleine.

— Non, tu ne peux pas. Pas tout ce chemin jusqu'à Stranraer.

— Mais si. Je peux prendre une lanterne…

— Maddy, ça fait six kilomètres !

— Mais je connais le chemin…

— Non.

— Mais…

— Il neige, la nuit est tombée et tu n'as que dix ans. C'est impossible.

Il y eut un long silence, puis sa mère rouvrit enfin les yeux, s'humecta les lèvres avant de parler.

— Écoute, Maddy, lui dit-elle doucement, il va falloir qu'on se débrouille toutes les deux. Il n'y a pas d'autre solution.

Madeleine s'appuya contre la colonne du lit. Elle n'avait aucune idée de ce que sa mère voulait dire. Se débrouiller de quoi ?

— Tu vas devoir m'aider. Tu t'en sens capable ?

Madeleine hocha la tête, d'un air peu convaincu.

— Tu es une brave petite fille. Regarde dans le tiroir de ma coiffeuse, en bas à gauche, sous les corsets pour le soir… tu trouveras une petite brochure rouge. Va la chercher et apporte-la-moi.

Madeleine se dirigea vers la coiffeuse et, après quelques tâtonnements, trouva une mince brochure, tout écornée, reliée d'une toile couleur rouille. Le titre annonçait en caractères dorés : *Le Guide de l'épouse, par le Dr Archibald Philpott – ou Les Dispositions à prendre par une femme pendant la grossesse et pour la délivrance, avec des conseils sur les soins à donner à l'enfant, et autres sujets qu'une femme mariée doit connaître*.

— Oui, c'est celle-là, lui dit sa mère.

Un autre spasme s'empara d'elle, et cette fois il dura plus longtemps. Quand ce fut fini, Madeleine retenait ses larmes.

— Je crois que tu devrais me la lire à haute voix, haleta sa mère.

— Je ne peux pas, répondit Madeleine, qui commençait à claquer des dents.

— Si, tu peux. Allez, Maddy. Tu te sentiras mieux si tu as quelque chose à faire.

Madeleine ouvrit le livre en tremblant. Les mots « Chapitre un » se mirent à tournoyer devant ses yeux.

Sa mère attendait en la fixant d'un regard sombre, avec des yeux qui ne cillaient pas.

— *Dès sa… dès sa nuit de noces*, commença Madeleine d'une voix incertaine, *aucune femme de moins de quarante-cinq ans ne peut se considérer comme en sécurité…*

À sa grande surprise, elle entendit sa mère rire.

— Je pense que nous en sommes un peu plus loin que ça, dit-elle. Il y a un index à la fin du livre, Maddy. Cherche le chapitre « Travail », et lis à partir de là.

Chapitre trois

— *Quand les douleurs deviennent fréquentes et fortes*, lut Madeleine à haute voix, *enroulez un essuie-mains autour de la colonne du lit et donnez les extrémités à la femme pour qu'elle tire dessus, pendant qu'elle appuie ses pieds contre le panneau du fond de lit.*

— Nous n'avons pas d'essuie-mains, haleta sa mère. Va chercher un drap... oui, dans l'armoire à linge.

Puis elle s'interrompit de nouveau, en proie à une vague de douleur. Madeleine se précipita vers l'armoire à linge.

Une heure plus tôt, alors que les douleurs n'étaient pas encore aussi rapprochées, elle et sa mère avaient détaillé ensemble la liste du *Matériel nécessaire pour la chambre d'accouchement*. Sa mère avait d'abord tenté d'en faire un jeu, mais Madeleine n'avait pas le cœur à rire ; aussi s'étaient-elles bientôt attachées aux mots du Dr Philpott avec une ferveur qui aurait ravi le révérend McAllister, si elle avait eu Dieu pour objet.

Une alèse sur laquelle allonger la femme avait été le premier problème à résoudre, car sa mère n'en possédait pas, et celle de Madeleine était bien trop petite. Les autres choix possibles étaient *du papier d'emballage plié en plusieurs épaisseurs*, idée qui les avait rebutées, ou *une toile cirée*. Elles avaient eu recours à la nappe de la cuisine.

Une savonnette était assez facile à trouver ; quant à *un écheveau de laine et une paire de ciseaux émoussés*, Madeleine les trouva dans le panier à ouvrage, dans le salon. Au lieu de *saindoux ou de cold-cream*, elle prit de la crème pour le visage aux amandes et à la glycérine sur la coiffeuse. *Les flanelles, les couches et les vêtements pour bébé* étaient déjà prêts dans l'armoire à linge…

— Sur l'étagère du haut, Maddy. Prends une chaise et fais bien attention.

… et l'eau de Cologne de papa qui remplacerait la *bouteille de liquide de Condy*, quoi que cela pût être. « *Enfin*, terminait le Dr Philpott, *de l'eau chaude et un feu vif.* »

Le feu vif était facile à obtenir car Hannah, avant de partir, avait dû éprouver des remords, et rempli tous les seaux à charbon jusqu'à ras bord. Mais l'eau chaude, Madeleine ne voulait même pas y penser : cela signifie braver le chauffe-eau dans la salle de bains, que sa mère adorait mais qu'elle détestait, parce qu'il la terrifiait. Véritable monstre de fonte, d'humeur incertaine et changeante, il trônait au-dessus de la baignoire, sa flamme inquiétante et bleue toujours embrasée. Quand on tournait le robinet, il crachait de la vapeur, puis de l'eau bouillante – ou parfois, dans les très mauvais jours, des gouttes de plomb en fusion.

Au grand soulagement de Madeleine, sa mère lui dit que ce n'était pas encore le moment pour l'eau chaude. Au moins, elle semblait avoir une idée de ce qui se passait, ce qui rassurait sa fille. Elle savait déjà ce qu'il fallait faire, avant même que Madeleine ait lu dans le Dr Philpott : *Sur le côté gauche, avec les genoux relevés* ; et elle savait aussi que *la femme doit se retenir de crier.* Elle y parvenait d'ailleurs, du moins la plupart du temps. Mais elle ne laissa pas Madeleine l'aider à retirer sa robe et, quand elle eut mis sa chemise de nuit, refusa catégoriquement de la relever jusqu'à ses genoux, comme le Dr Philpott disait qu'elle devait le faire.

— Non, Maddy, sûrement pas devant toi. Tu es beaucoup trop jeune. Et, pour l'amour du ciel, détourne les yeux quand je te le dis !

Mais il y avait des lacunes inquiétantes dans ses connaissances. Elle n'avait aucune idée de ce à quoi devaient servir la plupart des articles du Dr Philpott, ni même du moment où le bébé était censé arriver. Et parfois, quand elle pensait que Madeleine ne la regardait pas, elle fixait le vide, les yeux grands ouverts, comme si elle sentait une présence malfaisante et voulait l'éloigner.

Manifestement, la seule personne qui aurait vraiment su quoi faire était le Dr Philpott lui-même. Madeleine l'imaginait avec des sourcils roux et une longue barbe touffue. Comme Dieu, mais en beaucoup plus gentil.

Les contractions étaient de plus en plus rapprochées, et sa mère commençait à avoir l'air épuisée. La transpiration plaquait ses cheveux sur ses tempes, de grands cercles sombres entouraient ses yeux.

— Qu'est-ce que je ne donnerais pas pour une bonne dose de chloroforme…, murmura-t-elle.

— Qu'est-ce que c'est, le chloro… c'est quoi ?

— La raison pour laquelle j'ai supporté le Dr Baines, tous ces derniers mois. Un bon cognac ne serait pas mal non plus.

Il y en avait une bouteille dans la salle à manger. Madeleine le savait, parce qu'elle y avait goûté une fois en secret. Mais le Dr Philpott défendait strictement l'alcool : il disait que ça provoquait quelque chose qui s'appelait *hémorragie*, et qui était visiblement très grave.

— Ma pauvre petite Maddy, lui dit tout à coup sa mère.

Surprise, Madeleine releva les yeux du manuel.

— Tu n'aurais pas dû apprendre tout cela. Tu aurais dû continuer à croire que les bébés naissent dans les carrés de choux. Ou est-ce que c'est dans les buissons de groseilles ?

— J'aime bien l'histoire de la cigogne, déclara Madeleine.

Mais sa mère n'écoutait pas.

— Tu comprends, je croyais avoir plus de temps, lui dit-elle. Normalement, ça ne devait pas se produire avant trois semaines.

— C'est pour ça que ça fait mal ?

— Non. C'est normal que ça fasse mal.

Une grimace tordit son visage, elle serra les dents.

— Si quelque chose arrive, murmura-t-elle, ne te souviens pas de moi comme ça.

Madeleine préféra ne pas penser à ce que cela voulait dire.

Cette fois, la douleur dura plus longtemps. Puis une autre vint, encore une autre, et bientôt il n'y eut plus d'intervalles entre elles. Sa mère se mit à crier des gros mots ; Madeleine laissa tomber le Dr Philpott, mais sa mère lui ordonna de se retourner et de ne pas regarder, de ne rien regarder du tout... juste de continuer à lire, de continuer cette fichue lecture.

Madeleine reprit le Dr Philpott sur le tapis et s'éloigna

vers le pied du lit. Elle ne retrouvait pas la bonne page, les mots se brouillaient devant ses yeux.

— Ça dit… ça dit… d'appuyer et de pousser…

— Je suis en train de pousser ! Ah ! Seigneur Jésus !

— *Après une dernière poussée* ! cria Madeleine par-dessus les cris de sa mère, *la tête apparaît, et une minute ou deux plus tard, le corps.*

Craintivement, elle tourna les yeux vers le long pied blanc de sa mère, pressé contre le bois de lit.

— Retourne-toi, haleta sa mère, ne regarde pas !

Puis elle hurla, un hurlement violent, terrible, comme si quelque chose la déchirait ; Madeleine laissa de nouveau tomber le Dr Philpott, pour se boucher les oreilles. Mais elle entendait toujours les hurlements, et le claquement des pieds nus sur le bois de lit, et le craquement que faisait la colonne quand sa mère tirait sur le drap.

Puis plus rien, seulement le silence. Madeleine garda cependant les mains sur les oreilles, les yeux bien fermés.

Ensuite, un autre cri se fit entendre derrière elle. Il était moins sonore que ceux de sa mère, et plus sauvage, aurait-on dit, mais tout aussi perçant. Il ne cessait pas, comme s'il venait d'un soufflet qu'on aurait actionné en continu. Alors, Madeleine se retourna.

Sa mère était étendue, les yeux fermés, ses lèvres pâles entrouvertes. Son visage luisait de transpiration, ses paupières paraissaient si minces et fragiles qu'elles évoquaient à Madeleine une pâte à tarte qu'on aurait roulée trop fine. La chemise de nuit était toujours tirée comme une toile de tente sur son ventre… avec en plus, par-dessous, une nouvelle forme, petite et remuante.

Le bébé, pensa Madeleine, hébétée.

Les cris réguliers lui parvenaient par vagues, en

même temps qu'une affreuse odeur, comme des entrailles de poulet en train de tourner. La chemise de nuit était toute barbouillée de rouge.

— Maman, dit Madeleine d'une voix faible, tu es blessée…

À son grand étonnement, sa mère sourit. Elle commença par étirer les lèvres, puis lui adressa un vrai sourire ; on avait l'impression que si elle en avait eu la force, elle se serait mise à rire pour de bon.

— Tout va bien, dit-elle, tout va bien.

Elle s'interrompit pour reprendre son souffle, et resta si longtemps silencieuse que Madeleine crut qu'elle s'était endormie. Comment pouvait-elle s'endormir, avec tout le bruit que faisait le bébé ?

Sans rouvrir les yeux, sa mère dit enfin :

— Ç'a été facile, tellement plus facile que la première fois.

Facile ? pensa Madeleine.

— Passe-moi… les ciseaux et la laine, Maddy. Et lis-moi le passage qui explique comment couper le cordon. Mais retourne-toi d'abord, s'il te plaît.

Madeleine lui passa les ciseaux et l'écheveau, puis se pencha sur le Dr Philpott, à contrecœur. Elle ne voulait plus lire. Elle se sentait étourdie, malade, elle avait envie de laisser sa tête aller en arrière et de hurler. Si ce fichu bébé en avait le droit, pourquoi pas elle ?

Après s'être passé la main sur les yeux, elle chercha la bonne page.

— Euh… *Avec la laine, faites un nœud au cordon…* Est-ce que c'est le bon passage ?

De derrière lui parvint un murmure d'approbation, presque inaudible au milieu des cris du bébé.

— … *Faites un nœud au cordon à environ cinq centimètres du nombril*, lut Madeleine. *Puis faites un nœud cinq centimètres plus loin et coupez le cordon entre ces deux nœuds, en utilisant les ciseaux.* (Elle fronça les sourcils.) *Ainsi, l'enfant est séparé de la mère et vit par lui-même.*

À travers les cris stridents et réguliers, elle entendit le froissement de la chemise de nuit et le soupir soulagé de sa mère qui se laissait aller contre les oreillers.

— Maintenant, tu peux te retourner, lui dit-elle.

Mais Madeleine ne voulait pas se retourner ; elle aurait voulu que le bébé s'en aille, ou au moins qu'il se taise.

— *Enveloppez l'enfant dans une flanelle chaude*, lut-elle tout haut.

Un soupir d'épuisement lui parvint du lit :

— Je suis désolée, Maddy, lui dit sa mère, mais je crois que tu vas devoir t'occuper toi-même de la suite.

Madeleine jeta un regard épouvanté sur la chemise de nuit couverte de sang, et qui s'agitait de manière effrayante. Elle aurait préféré sauter par la fenêtre plutôt que s'attaquer à ce qu'il pouvait bien y avoir en dessous.

— Allez, la pressa sa mère. Va chercher un de ces langes que tu as mis à chauffer sur le garde-feu.

Accablée par un sentiment de fatalité, Madeleine posa le Dr Philpott sur le sol et obéit. Puis elle s'approcha du lit.

Ce qu'elle vit, lorsqu'elle souleva la chemise de nuit, la fit frémir d'horreur. Ce n'était pas un bébé ; c'était un diable. Un petit diable visqueux, chétif, fripé, violet, marbré et furieux. Barbouillé de sang, et aussi d'une chose répugnante qui ressemblait à du fromage, hurlant avec tant d'acharnement qu'elle ne pouvait même pas voir ses yeux. À côté de lui, il y avait une chose abjecte, une sorte de gelée violacée, comme un second diable qui serait sorti en même temps que lui.

La vision de Madeleine commença à se brouiller, elle sentit son estomac se soulever.

— Vas-y, la pressa sa mère, qui regardait elle aussi, ne le laisse pas prendre froid…

— Lequel ? demanda Madeleine entre ses dents serrées.

— Quoi ?

— Lequel il faut que j'enveloppe ?

Le rire de sa mère emplit toute la pièce.

— Celui qui pleure, bien sûr…

Madeleine fut prise de pitié : peut-être que sa mère n'avait pas bien vu, elle croyait toujours que c'était un bébé normal…

En grimaçant et en fermant à demi les yeux, elle posa le lange sur l'endroit où devait se trouver le bébé – d'un geste raide, les bras tendus, un peu comme si elle épongeait une tache.

— Tout va bien, lui dit sa mère d'une voix calme. Quand tu es née, tu ressemblais exactement à ça.

— Mais c'est horrible ! Il a du sang partout, et une espèce de ver qui lui sort du nombril ! Je suis sûre que moi, je n'ai jamais…

— Mais si. Le sang, c'est parfaitement normal, Maddy. Et le ver aussi. Je te le promets. Tous les bébés sont comme ça.

Madeleine pensa à l'Enfant Jésus dans sa crèche, avec les trois Rois mages se pressant autour de lui ; elle se demanda si Miss McAllister avait la moindre idée de ce à quoi il ressemblait en réalité.

— Maintenant, donne-le-moi, dit sa mère. Mets une main sous son cou pour lui soutenir la tête… fais bien attention. Voilà…

Elle souriait toujours et on aurait dit qu'elle ne pouvait plus s'arrêter. Le bébé sentait affreusement mauvais, et il était étonnamment lourd ; ce fut un grand soulagement de pouvoir le déposer dans les bras de sa mère.

Pourtant, le travail n'était pas encore fini. Le Dr Philpott disait que cet amas de gelée violacée – qu'il appelait « placenta » – *devait être roulé en boule, puis brûlé dès que possible*. À le lire, ça avait l'air aussi facile et agréable qu'attraper un papillon avec un filet.

En plus, sa mère ne lui était d'aucun secours, car elle ne détachait pas ses yeux du bébé, qui avait enfin cessé de crier. Donc, ce fut Madeleine qui pensa à se servir de la bassinoire pour enlever le « placenta », puis à le jeter dehors par la fenêtre de la salle de bains. La bouffée de neige qu'elle reçut sur le visage lui procura une impression merveilleuse ; mais elle était presque malade, tandis qu'elle faisait tomber le monstre dans la nuit.

— Qu'est-ce que ça pouvait bien être, cette chose ? marmonna-t-elle, une fois qu'elle eut réussi à refermer la fenêtre, non sans mal, et qu'elle fut retournée dans la chambre.

— Je ne sais pas, dit pensivement sa mère. Mais il y a eu la même chose avec toi, et le docteur a dit que c'était parfaitement normal.

Madeleine regarda sa mère, qui serrait dans ses bras le bébé tout emmitouflé. Elle souriait et pleurait en même temps, le tout entremêlé de délicieux petits accès de rire.

— Nous avons réussi, Maddy, nous avons réussi ! Tu as une sœur, une parfaite, une *ravissante* petite sœur !

Par loyauté, Madeleine se força à sourire, mais intérieurement elle en avait des haut-le-cœur. Comment sa mère pouvait-elle penser que tout allait bien ? Ne *voyait*-elle donc pas ? Non, les bébés n'étaient pas comme celui-ci, sûrement pas. Les bébés étaient roses, et ils souriaient en vous regardant avec de grands yeux ronds.

— Que dit le Dr Philpott ensuite ? demanda sa mère.

Madeleine recula jusqu'au tabouret de la coiffeuse. Elle fut soulagée de pouvoir s'asseoir, mais n'aimait pas l'idée d'être aussi loin de sa mère. Elle aurait voulu que celle-ci lui sourie à elle, qu'elle gazouille avec elle, et non pas avec le bébé comme elle le faisait.

— *Lavez les parties géni...* (elle fit la grimace en butant sur le mot inconnu)... *génitales externes de la femme à l'eau chaude et avec du liquide de Condy, puis mettez-lui une couche ou une serviette hygiénique. Changez les draps, et bandez l'abdomen de la femme pour éviter l'hémorragie. Elle ne doit pas s'asseoir dans son lit ni parler.*

Elle lança à sa mère un regard inquiet : celle-ci était docilement allongée sur les oreillers, les yeux fermés.

— Il ne faut pas que tu t'endormes ! lui lança précipitamment Madeleine. Le Dr Philpott n'a pas dit que tu pouvais !

Sa mère acquiesça.

— Ne t'inquiète pas, je ne m'endors pas. Mais nous allons ignorer le passage disant que je ne peux pas parler. Continue à lire, Maddy. Tu fais ça magnifiquement bien.

Quelque peu apaisée, Madeleine poursuivit sa lecture.

— *Une fois la mère tranquillement installée, et l'enfant ayant été lavé...*

Sa mère rouvrit les yeux d'un seul coup : elles échangèrent un regard alarmé puis Madeleine demanda, horrifiée :

— Il faut que je lave ça ?

Sa mère la contempla quelques instants, comme pour

évaluer jusqu'où Madeleine pourrait aller, puis elle répondit :

— Je suis désolée, Maddy... Mais souviens-toi d'une chose : ce n'est pas « ça », c'est « elle ». Ta petite sœur.

Comme si ça y changeait quoi que ce soit.

Une demi-heure plus tard, Madeleine posa une couche sur le garde-feu pour la faire sécher, l'œil sombre, et jugea qu'elle méritait une médaille. Le Dr Philpott aurait dû être là en personne, pour lui dire qu'elle était merveilleuse.

Elle avait fait presque tout ce qu'il prescrivait, sauf ce qui concernait la toilette de sa mère. (Sa mère s'en était occupée elle-même, pendant qu'elle avait quitté la pièce.) Elle avait même fait ami-ami avec le chauffe-eau, qui avait craché obligeamment son eau chaude aussitôt qu'elle avait tourné le robinet. Ou peut-être qu'elle était tout simplement trop fatiguée pour avoir eu peur de lui.

Le temps qu'elle remplisse le broc et le rapporte dans la chambre, sa mère avait réussi à se laver, puis à ajuster la ceinture abdominale et à mettre la culotte de flanelle propre, ainsi que la chemise de flanelle que Madeleine avait sortie pour elle. Elle avait également pris une des « Serviettes Hygiéniques en Laine de Bois de Barnett pour les Dames », dans le paquet que Madeleine était allée chercher dans la commode.

— Heureusement que tu avais pensé à en acheter d'avance, de celles-là, avait dit Madeleine – et elle avait été étonnée par le sourire amusé que sa mère n'avait pu retenir.

Refaire le lit avait été plus simple que Madeleine ne l'avait craint.

— Tu n'as qu'à faire un paquet avec le linge sale et le jeter par la fenêtre de la salle de bains, lui avait dit sa mère. Quelqu'un s'en occupera demain.

En revanche, laver le bébé avait été mille fois pire. Dès que Madeleine l'avait mis dans la cuvette, il avait commencé à crier ; puis elle avait entrepris de le laver, en le frottant avec une serviette, et ses cris s'étaient mués en un furieux hurlement. Elle faisait surtout attention à ne pas toucher le ver qui sortait de son nombril, qui lui répugnait, et c'est sans doute pourquoi elle lui avait mis du savon dans les yeux. Même si c'était difficile d'en être sûr : son visage était si chiffonné qu'elle ne pouvait pas savoir s'il en avait reçu ou non. Avec tous les ennuis qu'il lui donnait, il ne la regardait même pas.

Quand il fut propre, sec et enveloppé dans des langes frais, elle éprouva un intense soulagement.

— Mets-lui-en trois, lui avait dit sa mère, les plus épais. Il ne faut surtout pas qu'elle prenne froid.

À l'étonnement de Madeleine, et à sa grande contrariété, le hurlement s'apaisa dès qu'elle eut tendu sa sœur à sa mère. Celle-ci lui dit de se retourner pendant qu'elle « prenait le bébé ».

— Comment tu as réussi à faire ça ? lui demanda Madeleine avec humeur, tout en disposant les dernières serviettes humides sur le garde-feu.

Quelle ingratitude de la part du bébé : hurler interminablement avec elle, puis se blottir contre sa mère et se calmer aussitôt…

— Elle mange, chuchota sa mère. Elle va être sage, maintenant.

En serrant les dents, Madeleine ramassa la cuvette

et partit la vider, furieuse ; puis elle revint, toujours furieuse, et la reposa brutalement sur son support.

Sa mère releva la tête et l'observa.

— Pauvre Maddy… Tu es épuisée. Et tu n'as rien mangé depuis des heures, après tout ce que tu as fait…

Madeleine essaya de garder son air renfrogné, malgré le compliment.

— Cours à la cuisine et coupe-toi la plus grosse part de gâteau que tu as jamais vue. Prends-le tout entier si tu veux. Et sers-toi aussi un grand verre de lait.

Docilement, Madeleine sortit sur le palier. Mais elle n'arriva pas jusqu'à la cuisine, car d'un seul coup elle sentit son estomac se soulever. Elle parvint à grand-peine à atteindre la salle de bains avant d'être secouée de violents haut-le-cœur. Quand ce fut fini, elle resta à genoux sur les carreaux froids, les coudes sur le siège. Plus jamais de sa vie elle n'aurait le courage de se relever.

Elle se rendit alors compte qu'elle n'avait pas fermé la porte derrière elle. Sa mère avait dû l'entendre. Une vague de honte la submergea. Sa mère avait traversé tellement pis, et n'avait pas été malade une seule fois…

— Désolée, murmura-t-elle en retournant dans la chambre.

Sa mère lui sourit et lui parla avec douceur.

— Tu es épuisée, mon petit cœur. Tout cela a été épouvantable pour toi, je suis désolée que tu aies dû le subir. Mais tu as été parfaite, absolument parfaite. Je n'aurais jamais pu y arriver sans toi.

Madeleine serra les lèvres, pour s'empêcher de sourire.

— Et si nous installions cette petite, maintenant ? Ensuite, tu pourrais grimper dans le lit avec moi, et nous dormirions jusqu'à la moitié de la semaine prochaine.

Ça ressemblait davantage à sa mère, sa vraie mère. Mais le problème d'« installer » le bébé demeurait.

D'après le Dr Philpott, il fallait le mettre dans un berceau à côté de la mère. Mais le berceau était dans la nouvelle nursery, et beaucoup trop lourd à tirer jusqu'ici. Aussi, à la place, Madeleine vida un tiroir du bureau, y plaça un oreiller en guise de matelas, puis l'épais châle en cachemire de sa mère, après l'avoir plié en deux. Ensuite, elle posa le tiroir au pied du lit, contre le panneau de bois, installa le bébé à l'intérieur et replia le châle au-dessus de lui, avec juste sa tête rose qui en émergeait, comme dans un chausson à la confiture. Elle ne savait pas ce que sa mère lui avait donné à manger, mais visiblement ç'avait été efficace.

Soudain, Madeleine se sentit trop fatiguée pour avoir le courage de se déshabiller. Heureusement, elle portait sa robe préférée, de jersey gris souple, avec un ample jupon de flanelle en dessous – sa mère n'approuvait pas qu'on mette des corsets aux enfants. En bâillant, elle retira sa barrette et rampa sous les couvertures.

C'était merveilleux de s'enfouir sous leur monticule, et aussi de se blottir contre sa mère, si douce, si tiède. Sa mère qui sentait une odeur rassurante et familière, de savon et d'eau de Cologne – même si celle du bébé flottait encore dans l'air.

— Je suis désolée d'avoir été malade, soupira-t-elle.

Elle sentit un souffle léger au-dessus de sa tête, comme si sa mère essayait de l'embrasser mais qu'elle manquait de force pour l'atteindre.

— Tu as été merveilleuse, lui dit sa mère, si adulte. Et si *brave*. Tu es quelqu'un d'extraordinaire, Maddy, de tout à fait extraordinaire.

Pendant un moment, il n'y eut plus que le silence, et

Madeleine pensa que sa mère s'était endormie. Puis, de nouveau, elle sentit le souffle dans ses cheveux.

— Demain, lui dit sa mère d'une voix ensommeillée, quand tu auras pris ton petit déjeuner et que tu seras allée chercher le Dr Baines, tout redeviendra normal. Le docteur amènera une infirmière pour s'occuper de nous, et tu n'auras plus jamais à laver le bébé. Après ça, tu mangeras du gâteau toute la journée, rien d'autre que du gâteau, et moi je prendrai le plus grand cognac de toute la Création. Et nous enverrons un énorme bouquet d'œillets au Dr Philpott. Ensuite, nous réfléchirons ensemble à quel supplice nous ferons subir à Hannah.

Madeleine pouffa. Puis elle s'endormit en écoutant le feu siffler et crépiter, ainsi que la respiration de sa mère, profonde et régulière.

Elle ne se réveilla qu'une fois dans la nuit, quand sa mère s'appuya contre elle en murmurant :

— Froid… ferme la fenêtre… froid.

À moitié endormie, Madeleine se leva pour aller vérifier les fenêtres – même si elle savait bien qu'elles étaient fermées, car le Dr Philpott était très strict sur le chapitre des courants d'air. Il faisait bon dans la chambre mais elle alimenta quand même le feu, puis se glissa à nouveau dans le lit et se rendormit.

Le réveil, hélas ! fut bien plus brutal. Elle fut tirée de son sommeil en sursaut par les pleurs du bébé.

Elle resta quelque temps étendue sur le dos, à se demander s'ils s'arrêteraient un jour. Entre les rideaux, la lumière du jour filtrait. Elle avait dû dormir toute la nuit.

Puis elle prit conscience d'un contact froid le long de son flanc droit, humide et froid, et d'une étrange odeur cuivrée. Ça devait être le bébé, songea-t-elle avec dégoût. Elle aurait voulu qu'il ne soit jamais arrivé.

Près d'elle, sa mère dormait toujours. Son visage avait une teinte cireuse, avec une expression bizarrement absente. Ni heureuse ni triste, juste… comme si elle n'était pas là. Ou comme si elle faisait un rêve très, très profond.

Madeleine lui toucha le bras, mais elle ne se réveilla pas. Le bras lui sembla dur comme celui d'une poupée. Elle lutta pour émerger de sous les couvertures, s'agenouilla à côté d'elle, et posa doucement le doigt sur sa joue. Sa peau était fraîche et ferme, telle une prune verte.

Le bébé continuait à pleurer.

Elle s'agenouilla un moment sur le lit. Sa robe était humide et froide, du côté qui avait reposé contre sa mère ; quand elle eut mis la paume sur sa cuisse, elle la retrouva luisante et rouge. Elle sortit vivement du lit en biais, comme un crabe, et souleva les couvertures.

Sa mère reposait au milieu d'une grande tache cramoisie, qui l'entourait comme un monstrueux papillon.

Une ligne du Dr Philpott lui revint en tête. *Il y a un risque d'hémorragie, particulièrement pendant les premières heures qui suivent la naissance.*

C'est quoi, l'hémorragie ? songea-t-elle, paniquée. C'est *ça*, répondit une voix froide et lucide à l'intérieur de sa tête.

Tout à l'heure, sa mère lui avait assuré que le sang était « parfaitement normal ». Peut-être qu'elle ne savait pas, pour l'hémorragie…

Madeleine se dit qu'elle devrait changer les draps. Elle ne pouvait pas retirer celui qui était en dessous de sa mère, aussi le laissa-t-elle en place ; elle en mit un propre sur le dessus, puis le recouvrit de couvertures qu'elle alla chercher dans la chambre d'amis, et du dessus-de-lit. Elle jeta le linge sale par la fenêtre de la salle de bains, comme elle l'avait fait la nuit précédente, et le regarda atterrir dans la neige avec un bruit sourd. Ensuite, elle alla chercher la brique chaude dans la cheminée, l'enveloppa dans un carré de flanelle et la posa sous les pieds de sa mère, pour la réchauffer.

Le bébé continuait à pleurer, mais elle l'ignora.

Le chapitre huit, *Après la naissance*, disait qu'*On peut donner à la mère du lait chaud ou du bouillon de bœuf pour qu'elle reprenne des forces*. Elle sortit sur le palier, en se demandant comment on pouvait bien préparer du bouillon de bœuf.

La cage d'escalier était glaciale ; quand elle parvint en bas, elle ne savait plus très bien ce qu'elle était venue y faire. Elle s'assit sur les marches, contemplant les gants, le manteau et le chapeau en peau de phoque, toujours posés au sol, là où elle les avait laissés en rentrant la veille. Un coin de l'aile en feutre vert de Monsieur Perroquet dépassait de la poche du manteau.

Le bébé pleurait toujours.

Elle vit une lettre sur le paillasson, devant la porte d'entrée, et alla la ramasser. C'était pour sa mère. L'adresse de l'expéditeur était inscrite au dos, d'une écriture très petite et régulière : *Mrs Septimus Fynn*, *24 Wyndham Street*, *Bryanston Square*, *Marylebone*, *Londres*. Elle la reposa sur le paillasson.

Le bébé pleurait toujours.

Elle se demanda comment le faire taire. Lentement, elle remonta dans sa propre chambre, changea de robe. Elle ne prit pas la peine de changer de jupon, pas plus que de bas ni de culotte : le sang n'avait pas traversé jusque-là.

Puis elle entra dans la salle de bains et fit un brin de toilette. Dans le miroir du lavabo, une fillette au visage blême, aux grands yeux sombres, aux cheveux noirs et ondulés la regardait.

Le bébé pleurait toujours. Mais le Dr Baines viendrait bientôt, songea-t-elle, le Dr Baines s'occuperait du bébé.

Elle retourna dans sa chambre, s'assit sur le lit et regarda dehors. Il neigeait si fort qu'elle ne pouvait pas voir la plage, au-delà du mur du jardin.

Puis elle se souvint que le Dr Baines venait une fois par semaine, le mardi, et qu'il était déjà venu l'avant-veille – ce qui voulait dire qu'il ne reviendrait pas avant cinq jours.

Elle pensa à aller le chercher et songea que cela prendrait des heures. Elle avait le sentiment qu'elle ne devait pas laisser le bébé seul aussi longtemps.

Elle pensa à l'emmener avec elle ; mais il était bien trop lourd à porter et le chemin jusqu'à Stranraer était long. Alors, à la place, elle décida qu'elle resterait à la maison jusqu'à ce que quelqu'un vienne.

Des gens viendraient bientôt. Ils veilleraient sur elle et sur le bébé, et sur… sur tout. Elle ne voulait pas réfléchir à ce que « tout » signifiait exactement. Elle avait vaguement conscience du fait que sa mère ne se réveillerait plus ; mais, chaque fois qu'elle commençait à y penser, une sorte de mur, blanc et lisse, se dressait dans son esprit pour lui masquer cette pensée.

Et le bébé pleurait toujours. Des pleurs qui n'avaient décidément pas l'air de vouloir s'arrêter tout seuls.

Elle se leva pour rejoindre sa mère. La chambre était plongée dans l'obscurité, parce qu'elle avait oublié d'ouvrir les rideaux ; mais à terre, près du lit, elle aperçut le Dr Philpott, là où il était tombé pendant la nuit. En détournant les yeux de sa mère, elle traversa la pièce et le ramassa, puis elle recula jusqu'à la coiffeuse et tira le tabouret d'en dessous. Le bonnet de velours bleu de sa mère, qu'elle y avait mis la veille au soir, s'y trouvait toujours. Madeleine le déposa sur le tapis à ses pieds, et s'assit.

La coiffeuse était couverte de son fouillis habituel. Elle contempla la brosse en ivoire, posée sur son petit coussin brodé, la corbeille en laque de Chine pour les bagues, la boîte à mouchoirs en velours, le coffret à bijoux, la pelote d'épingles, et le pot en cristal de poudre de riz, avec lequel elle avait parfois le droit de jouer. Elle regarda le pot en porcelaine de crème pour le visage, à l'huile d'amandes et à la glycérine, et le paquet ouvert de « Serviettes Hygiéniques en Laine de Bois de Barnett pour les Dames ».

Elle poussa le tout de côté, afin de faire de la place pour le Dr Philpott, et alla à l'index, à la fin du livre. Après un moment de recherche, elle trouva ce qu'elle voulait : *Nouveau-né, comment s'en occuper – Page 57*.

Elle revint à la page 57 et commença à lire.

Chapitre quatre

Nord du Soudan, 12 mars 1884

Dieu, quel pays ! songeait Cameron Lawe en se frayant un chemin à travers le bazar de Suakin.

Des montagnards aux yeux fous et des marchands crasseux. Courbant l'échine devant vous, puis prêts à vous trancher la gorge l'instant d'après.

Et dire que, dans un sens, la fortune de sa famille était née ici, dans cette petite ville sordide et nauséabonde, qui ressemblait à un tas d'ordures. Les ancêtres de ces mêmes Égyptiens et Berbères étaient en étroites relations commerciales avec les premiers colonisateurs de la Jamaïque ; pendant deux siècles, les champs de canne à sucre avaient absorbé un flot régulier d'esclaves. Où donc était la différence entre ses propres ancêtres et ces voleurs, ces barbares ?

Voilà une pensée bien hérétique, sur laquelle il n'avait nulle envie de s'arrêter pour le moment. Il n'avait d'ailleurs envie de s'arrêter sur rien. Cela faisait trente-six heures qu'il n'avait pas fermé l'œil.

Une fois de plus, il maudit le manque de précision des ordres qui l'avaient amené jusqu'ici. *Présentez-vous à la Muhafaza à Suakin dans les plus brefs délais.* Pourquoi ? Dans quel but ? C'était typique des cafouillages dont l'armée avait le secret, l'envoyer précipitamment ici, sans véritable motif. Résultat, un train de nuit glacial depuis l'Écosse, un vapeur bondé jusqu'à Port-Saïd puis un autre pour traverser le Canal, un train poussiéreux et bringuebalant à travers le désert, et pour finir un rafiot militaire puant le long du Golfe.

Puis le *coup de grâce*[1] : être transféré dans un autre régiment, pour y avoir des « fonctions spéciales ». Des fonctions spéciales. Qu'est-ce que ça pouvait bien vouloir dire ?

Il s'arrêta chez un sellier pour demander sa direction. *Ya sayyid, ayna al Muhafaza ?* Comment va-t-on à la Muhafaza, la résidence du gouverneur ?

Nihaya as-suq, ya Kabtan, khud al yamtin wa tumma al yasar 'an awwal az-zuqaq. Au bout du bazar, capitaine, tournez à droite, et prenez la première ruelle sur la gauche.

Tout en parlant, le sellier le contemplait avec curiosité. C'était le plein milieu de l'après-midi, il faisait bien trop chaud pour mettre un Anglais dehors. À moins, songea Cameron, en lui jetant un regard froid en réponse, que l'Anglais en question ne se trouve être né sous les tropiques.

Alors qu'il passait devant l'étal d'un broyeur d'épices, d'entêtants effluves de cumin et de clous de girofle lui montèrent aux narines, et avec eux, d'un seul coup, un brusque mal du pays. D'ailleurs, de quelque côté qu'il se tournât, tout lui rappelait la Jamaïque. La

1. En français dans le texte. *(N.d.T.)*

poussière ; l'éclat du soleil ; les robes aux couleurs criardes, safran, cramoisi, émeraude, cobalt, qui flottaient dans le vent chaud. La clameur des voix, qui s'exprimaient dans une bonne centaine de langues différentes, les innombrables visages allant du brun au noir. Les tresses des femmes, huilées et compliquées, couleur d'ébène.

Pourquoi ? songea-t-il avec colère. Pourquoi maintenant, pourquoi ici ? Oublie tout ça. Tu n'as pas le temps d'y penser.

Pourtant, il savait pourquoi la Jamaïque occupait tant ses pensées. À cause de cette promenade d'adieu qu'il avait faite, à cheval dans le parc, lors de son dernier jour à Strathnaw. Et de la petite fille qu'il avait rencontrée dans la neige.

Il avait suffi d'un nom, Falkirk, et toute la colère, tout le chagrin étaient remontés à la surface. Il n'y a pas de justice, avait-il pensé en baissant les yeux vers le petit visage qui le regardait, si franc, si vif. Ton père ne s'appelle pas Alasdair Falkirk, mais Ainsley Monroe. Ainsley Randolph Falkirk Monroe, des Monroe de Fever Hill, Jamaïque. Et ceci n'est pas un décor de conte pour enfants. C'est l'ancien foyer de la famille, cette famille que ton père a traînée dans la boue.

La violence de ses propres sentiments l'avait pris de court. Pendant douze ans, il avait réussi à oublier Ainsley, à le chasser complètement de son esprit. Et un simple nom avait suffi pour que tout revienne d'un seul coup.

Un papillon lui effleurant le bras le ramena au bazar ; il baissa les yeux vers une fillette abyssinienne qui lui offrait, timidement, de la nourriture, et sans doute aussi autre chose. Elle lui tendait une sorte d'infect ragoût de chèvre étalé sur du pain dhurra, tout en murmurant quelque chose en arabe sur le pacha, est-ce qu'il aimerait venir faire un « dîner » avec elle dans la maison de son frère ?

Elle avait de grands yeux, sombres et miroitants, une peau brillante et cuivrée – la plupart de ses amis officiers l'auraient jugée bien assez jolie pour passer une heure avec elle. Mais le regard que lui jeta Cameron la fit sursauter, et elle s'écarta vivement de sa route. La seule idée de faire l'amour avec une fille d'ici lui répugnait.

Enfin, laissant le bazar derrière lui, il gagna la chaleur et la lumière aveuglante du Keff – ce fouillis moyenâgeux de maisons à toit plat, en calcaire corallien, où campait l'armée. Des chèvres squelettiques fouillaient des tas d'ordures du bout de leurs délicats sabots ; des nuées de mouches – les petites mouches du Soudan, obsédantes – s'envolaient et se posaient en permanence.

Au-delà du Keff, il apercevait des carrés épars de pastèques et de patates douces, puis soudain, sans transition, le désert : une immense plaine couleur sang séché, voilée par la brume de chaleur, avec pour seul relief de longues dentelures, ici ou là, de roches noires et nues.

C'était un paysage absolument sauvage, presque extraterrestre, qui l'attirait étrangement. Au moins, là-bas, Cameron n'aurait pas à lutter contre le mal du pays, en plus des derviches [1].

Au bout d'une ruelle empestant les chèvres et le safran, il trouva la Muhafaza : une vieille bâtisse délabrée en calcaire corallien blanc marquée de nombreux impacts de balles. En se baissant pour passer sous la porte, il pénétra à l'intérieur ; une fois que ses yeux se furent habitués à la pénombre, il se retrouva face à

1. Musulmans qui conquirent le Soudan égyptien entre 1881 et 1885. *(N.d.T.)*

Ainsley Monroe. Ce fut comme si on lui avait donné un grand coup dans la poitrine.

Ainsley était en train d'écrire, assis à un petit bureau branlant proche de la fenêtre. Sa tête, aux cheveux d'or, était penchée au-dessus de ses papiers, éclairée par un rayon de soleil filtrant d'un volet à demi ouvert. Un officier subalterne se tenait à côté de lui, lui passant des ordres de mission, un grand livre serré contre sa poitrine.

Bien sûr, songea Cameron. La fillette dans le parc avait dit que son père était major au 65e. Pourquoi n'y avait-il pas pensé avant ?

Ainsley leva la tête, le vit, cligna des yeux. Puis il renvoya l'officier et se leva. Quand ils furent seuls, il fit le tour du bureau et lui tendit la main, mais Cameron l'ignora. Ainsley lui adressa un sourire hésitant.

— Bon sang, Cameron, quel plaisir ! lui dit-il, et sa voix tremblait d'émotion. Tu as tellement grandi ! Maintenant, il faut vraiment que je lève les yeux vers toi…

Cameron était incapable de prononcer un mot. D'un seul coup, il se retrouvait dans la peau du garçon surpris et choqué qu'il était jadis, quand cet homme, qu'il avait aimé comme un frère, avait fait voler son monde en éclats.

— Major Falkirk, lui dit-il avec un salut plein de raideur. Capitaine Lawe, qui prend son service.

Ainsley eut d'abord un rire étonné ; puis il lui rendit son salut, avec un geste ironique de la main.

Cela faisait douze ans, mais il n'avait pas du tout changé. Ces yeux bleus chaleureux, cette grande bouche qui paraissait toujours prête à rire. Seule la ressemblance avec son père, peut-être, s'était atténuée avec le temps : de Jocelyn Monroe, il avait perdu l'air autoritaire, le maintien rigide. À moins qu'il ne les ait jamais eus, après tout.

Cameron regarda Ainsley prendre une feuille de mission sur le bureau qu'il lui tendit.

— Voilà, lui dit-il, toujours avec cet absurde sourire qu'il arborait. Ceci te concerne.

Cameron la prit et lut en silence. *61 377 Cameron Lawe, capitaine, compagnie B du 25ᵉ Royal Écossais : affectation spéciale au 65ᵉ York et Lancasters, sous les ordres du major Alasdair Falkirk, jusqu'à ce que la libération de Tokar ait été obtenue.*

Ainsley souriait toujours ; il semblait incapable de s'arrêter, et cela stupéfiait Cameron. À quoi est-ce qu'il s'attend ? songeait-il, incrédule. S'imagine-t-il qu'après ce qu'il a fait il lui suffit de sourire pour que je lui tombe dans les bras ?

Il plia le papier, le glissa dans la poche de sa tunique.

— Qui est à l'origine de cet arrangement ?

Ainsley eut l'air surpris.

— Moi, bien sûr…

Il fit une pause, puis reprit :

— Je n'arrivais pas à y croire, quand j'ai vu ton nom sur les ordres de transport. C'était comme un cadeau du ciel.

— Je veux être transféré dans mon corps d'origine.

Cette fois, le sourire d'Ainsley s'atténua.

— J'avais oublié combien tu pouvais être brusque.

— Je préfère le terme *franc*.

— Très bien. Alors je serai franc moi aussi. Ta demande est refusée.

— Pour quel motif ?

— J'ai besoin de toi ici.

— Pourquoi ?

— Je crois que tu parles arabe, n'est-ce pas ?

— Un peu, mais…

— Ce sera bien suffisant. J'ai besoin d'un interprète.

— Je ne vous serai d'aucune utilité, major, dit Cameron d'un ton sec. Dans cette région, ils parlent une version corrompue de la langue. Une sorte de version… bâtarde, si vous voulez.

Leurs regards se croisèrent, puis Ainsley dit :

— Tu peux faciliter les choses, ou bien les compliquer. Ça ne dépend que de toi.

— Et si je refusais simplement de servir sous vos ordres ?

— Alors je te ferais passer devant un tribunal militaire pour insubordination.

Cameron se demanda s'il devait le croire, et décida que oui. Sous ses manières douces, Ainsley avait toujours été impitoyable. Peut-être n'était-il pas si différent de son père, après tout.

— Pourquoi faites-vous cela ? demanda-t-il.

— J'ai mes raisons, dit Ainsley en baissant les yeux.

Les Arabes disent que, quand Allah a créé le Soudan, Il riait.

Ils ont raison. La musique naturelle du désert est une sorte de rire brutal, féroce. Le ricanement des hyènes. L'aboiement des chacals. Le cri acharné des vautours se disputant leur proie.

Mais, à la veille d'une bataille, le désert retient son souffle.

Ils avaient quitté Suakin à la fraîcheur de la nuit, pour éviter le soleil et sa chaleur de plomb, avaient rejoint la colonne principale dans une oasis, où ils découvrirent le camp. C'était un petit coin désolé, juste un puits d'eau saumâtre au pied d'un promontoire aride. Quand le soleil se levait, la chaleur y devenait vite insupportable. Ils dressèrent une zeriba, avec une enceinte faite de broussailles et de selles de chameau, et campèrent à l'intérieur – les officiers dans des tentes, les hommes derrière tout ce qu'ils pouvaient trouver pour se faire de l'ombre, toiles de sac et caisses de matériel. Ils s'y reposeraient jusqu'à la tombée de la nuit, marcheraient au clair de lune, et engageraient le combat avec l'ennemi un peu avant l'aube.

Il était presque six heures du soir, maintenant, et tout était immobile, de cette étrange immobilité qui précède une bataille. Cameron ne parvenait pas à dormir. Il se disait que c'était juste la douleur de sa main, à cause de la coupure de sabre qu'il avait reçue dans la paume, au cours d'une escarmouche la nuit précédente ; mais il savait que ce n'était pas seulement ça. Quelque chose de mauvais, de furieux, bouillonnait dans sa poitrine.

Il finit par se lever et sortit faire un tour. Quittant la zeriba, il grimpa au flanc de la falaise par un petit sentier, trouva une flaque d'ombre sous un bloc de roche, près du sommet, et s'y assit. Les ombres s'allongeaient, mais la chaleur était toujours intense. Il la sentait taper sur son casque, peser sur sa peau comme une couverture.

Il demeura assis pendant près d'une heure. Au-dessous de lui, la colonne commençait à s'éveiller. De la fumée bleue s'élevait des feux de camp, des hommes bâillaient et s'étiraient dans la lumière cuivrée, étrange, inquiétante.

Des bribes de conversations remontaient jusqu'à lui. Depuis l'escarmouche d'El Teb, les derviches étaient armés de fusils, de carabines et de mitrailleuses. Ils envoyaient des gamins au combat, douze ans, pas plus, avec juste des bâtons et leur amour d'Allah. Mais il fallait les tuer comme les autres, sans quoi ils brisaient les jambes des chevaux, puis s'abattaient sur leurs cavaliers comme des nuées de mouches.

Cameron regardait les hommes en rouge s'agiter, dans la lumière rouge, se demandant combien d'entre eux seraient morts demain à cette heure-ci.

Partout où il portait son regard, le désert s'étirait jusqu'à l'horizon. Le vent tourbillonnait inlassablement sur le sol chaud et craquelé ; du sable noir s'entassait, telle une neige venue de l'enfer. Oui, c'est à ça que doit ressembler l'enfer, pensa Cameron. Le monde venait d'être anéanti par une catastrophe, et voici tout ce qu'il en restait.

Et toujours cet affreux bouillonnement dans sa poitrine.

Franchement, qu'attendait Ainsley ? Le pardon ? Qu'il ouvre grands ses bras pour le fils prodigue ?

Au pied de la falaise, en dessous de lui, un groupe de hussards étaient accroupis en cercle, excitant un scorpion pour qu'il se batte contre une tarentule jaune. Trois chameliers égyptiens s'étaient mêlés à eux et assistaient au spectacle. Tandis que Cameron suivait des yeux les manœuvres d'encerclement de l'araignée, ses pensées le ramenèrent soudain à la Jamaïque, dix-neuf ans plus tôt. C'était sa première semaine à Fever Hill, il avait six ans et pleurait sous les branches d'un guango, parce qu'il ne comprenait pas pourquoi ses parents étaient partis. Où étaient-ils allés ? On disait qu'ils étaient morts, mais quand est-ce qu'ils arrêteraient de l'être ? Il hoquetait de sanglots quand Ainsley était passé par là : juste un jeune homme dégingandé de seize ans, mais un véritable dieu pour le petit garçon qu'était alors Cameron. Ainsley avait fait semblant de n'avoir pas remarqué ses pleurs et avait dit simplement : Tu voudrais voir ma tarentule apprivoisée ?

Avec colère, Cameron se mit debout et lança une pierre de toutes ses forces devant lui, au-delà du promontoire. *Bon Dieu, pourquoi faut-il que ce souvenir-là te revienne maintenant ?*

Il avait besoin de faire quelque chose – n'importe quoi, pourvu qu'Ainsley n'y soit pas impliqué.

De retour dans la zeriba, il alla trouver l'officier qui avait le prochain tour de garde, et négocia un échange avec lui. Après quoi il récupéra son fourniment, trouva une caisse pour s'asseoir et boucla ses éperons. Ou plutôt, il essaya de les boucler, mais sa paume blessée le rendait maladroit, et il ne parvenait pas à les attacher. Il poussa un juron furieux, qui fit tourner la tête des hommes présents aux alentours. Aucun d'eux ne rit ; le capitaine Lawe était connu pour son calme imperturbable, mais on savait aussi que s'il perdait son sang-froid : mieux valait se tenir prudemment à l'écart.

— Un problème ? dit une voix derrière lui, qui lui donna des fourmillements dans le dos.

— Non, répondit-il sans relever la tête.

Ainsley vint s'asseoir sur la caisse à côté de lui.

— Ces éperons étaient à mon père, n'est-ce pas ? lui demanda-t-il doucement.

Et maintenant ils sont à moi, pensa Cameron. Parce que Jocelyn n'a plus de fils. Il plia sa main blessée, pour en accroître la douleur. Celle-ci au moins était une bonne douleur, propre : rien à voir avec le bouillonnement dans sa poitrine.

— Tu nous as manqué au dîner, lui dit Ainsley. Le colonel a demandé où tu étais. Il est un peu à cheval sur les usages, tu sais.

Cameron ne répondit pas.

— Nous avions mis nos ressources en commun, poursuivit Ainsley d'une voix amusée. Une sorte de dîner d'adieu, avant la bataille de demain. Terrine et sardines en conserve, cadeau de Messieurs Crosse & Blackwell. Je crois que Forrest t'a mis de côté une tranche de l'ananas en conserve que lui a envoyé sa tante.

— Je n'ai pas faim.

— Vraiment ?

Un silence embarrassé s'ensuivit. Cameron se battait toujours avec les boucles de ses éperons, et aurait bien voulu qu'Ainsley aille se faire voir. Mais ce dernier n'en fit rien et finit par dire :

— J'ai été maladroit hier. Tu as dû croire que je prenais les choses à la légère, ce n'est pas vrai. J'étais juste très content de te voir.

Enfin, Cameron réussit à boucler ses éperons, puis se remit sur pied.

— Où vas-tu ? lui demanda Ainsley.

— Je suis de patrouille.

— Je viens avec toi.

— J'aimerais autant que non.

— Je le vois bien, dit Ainsley avec un sourire oblique, mais il lui emboîta le pas.

Ils partirent à la tête du petit détachement, reprenant le chemin que Cameron avait suivi une heure plus tôt. Quand ils furent à quelque distance du camp, celui-ci dit :

— Je pense que tu devrais m'expliquer ce que les autres officiers savent exactement de toi.

Ainsley lui jeta un regard, puis se retourna sur sa selle et ordonna aux hommes qui les suivaient de prendre un peu de champ. Quand ceux-ci furent assez loin, il dit à Cameron :

— Pour eux, je suis Alasdair Falkirk. Cela fait douze ans que je le suis. Ils ne savent même pas que je viens de la Jamaïque. J'ai pensé que ça valait mieux, dit-il après une pause. Pour la famille autant que pour moi.

— Vraiment, dit Cameron d'un ton sec. L'honneur de la famille a toujours beaucoup compté pour toi…

Le visage d'Ainsley se ferma.

— Tu aurais préféré que je leur raconte toute mon histoire ?

— Comment aurais-tu pu ? Ils t'auraient renvoyé du régiment.

Ainsley garda quelque temps le silence, puis ajouta :

— Tu comptes tout leur dire ?

— Bien sûr que non. Le vieil homme a traversé l'enfer pour éviter le scandale, je ne vais pas tout gâcher maintenant.

En fronçant les sourcils, il souleva ses rênes, prises dans la crinière de sa jument.

— Il a été malade. Je suppose que tu n'en savais rien.

— Comment est-ce que je l'aurais su ? Tu n'as jamais répondu à mes lettres.

— Je ne les ai jamais lues.

Voir Ainsley tressaillir lui procura une sorte de joie, malsaine. De la honte, aussi. De nouveau, il remua sa main blessée, comme un exutoire.

— Comment as-tu pu faire une chose pareille ? reprit-il. Briser le cœur d'un vieil homme aussi bon, aussi noble ? Abandonner ta femme et ton enfant ?

Ainsley laissa échapper un long soupir.

— Quand j'ai quitté la Jamaïque, je ne savais pas que Clemency était enceinte.

— Quelle différence ça aurait fait, si tu l'avais su ?

Ainsley ne répondit rien.

En se retournant, Cameron vit les hommes lancer des regards curieux dans leur direction. Il les réprima d'un froncement de sourcils, puis poussa sa jument au trot, mais entendit bientôt un cliquetis de cailloux tandis qu'Ainsley ramenait son propre cheval au même niveau.

— Cameron, essaye de comprendre… J'étais jeune. Plus jeune que tu ne l'es aujourd'hui.

— Et faible. Tu as toujours été faible.

— Je vois que tu n'as jamais été amoureux, répliqua Ainsley avec un petit sourire, et Cameron se contenta de grommeler. En tout cas, ça t'étonnera sûrement, mais Clemency m'a pardonné. Elle au moins. Oui, c'est vrai. Elle me l'a écrit, il y a des années. Je garde toujours sa lettre sur moi, dit-il en tapotant la poche de sa veste.

— Pourquoi ?

— Eh bien… sans doute pour me rappeler qu'il existe sur terre des choses comme le pardon.

Cameron se demanda si c'était là toute la vérité, s'il n'y avait pas autre chose. Pourquoi un homme se promènerait-il avec la preuve de sa propre traîtrise dans sa poche de poitrine, s'il ne rêvait pas, secrètement, d'être démasqué ?

— Je suppose que je devrais avoir pitié de toi, lui dit-il. Tu n'as jamais pu affronter tes responsabilités. Tu t'es enfui en laissant ta femme et ton enfant, et maintenant tu t'enfuis en laissant ta maîtresse.

— Je n'ai pas laissé Rose, dit Ainsley entre ses dents.

— Tu es dans l'armée, mais ça revient au même.

Ainsley prit une grande inspiration.

— Tu as changé, Cameron. Autrefois, tu étais capable d'écouter le pour et le contre, et ensuite tu te forgeais ta propre opinion. C'est même une qualité que j'ai toujours appréciée chez toi.

— Dans certains cas, il n'y a pas deux choix possibles, il n'y en a qu'un. En matière d'honneur, et de devoir.

— Tu parles exactement comme mon père.

— Bon Dieu, gronda Cameron, c'est mon tuteur, c'est lui qui m'a élevé !

Il avait haussé le ton malgré lui, et derrière eux les hommes tendirent l'oreille.

— Je ne t'ai pas accompagné pour que nous nous disputions, lui dit doucement Ainsley. Je suis venu parce que j'ai quelque chose à te dire.

— Alors, dis-le-moi et qu'on en finisse.

Ainsley fixa un point lointain, à travers la plaine brûlante, avant de poursuivre.

— J'ai une fille, une petite fille de dix ans. Et s'il plaît à Dieu, un autre enfant en route.

Cameron pensa à la fillette dans le parc.

— Et en quoi est-ce que cela me concerne ?

— Tu t'en fiches, hein ? lui lança Ainsley, le regard dur. Avant, nous étions comme des frères, mais maintenant c'est comme si rien n'avait existé ? C'est bien cela ?

Cameron ne répondit pas.

— Alors, laisse-moi te dire une chose, continua Ainsley, et, pour la première fois, il semblait aussi déterminé que son père. Je me fiche de ce que tu penses de moi. Tu comprends ? Tout ce qui m'intéresse, c'est que tu m'aides à veiller sur mes enfants.

— Qu'est-ce que tu veux dire ?

Ainsley chercha ses mots.

— Rose… Rose a toujours pensé qu'ils auraient besoin de la protection de la famille un jour. Moi, j'étais persuadé que toute tentative de rapprochement serait inutile. Puis j'ai vu ton nom sur les listes, j'y ai de nouveau réfléchi et j'ai compris que Rose avait raison. Cette campagne sera terminée dans… c'est une question de semaines. Quand elle sera finie, j'ai l'intention de quitter l'armée et de ramener ma famille à la Jamaïque.

Cameron le regarda d'un air incrédule.

— Tu ne parles pas sérieusement.

— C'est notre foyer, Cameron, c'est chez nous.

— Mais…

— Tu n'as pas de souci à te faire, je serai discret. Je ne m'afficherai pas avec Rose. Je l'installerai quelque part loin de Fever Hill – près de Kingston, peut-être. Pour les gens, pour tout le monde, je rentrerai juste à la Jamaïque après quelques années de… « problèmes de santé ». N'est-ce pas ce que père a expliqué ? Que j'étais parti sur le continent dans un genre de sanatorium ? Tu vois, lui dit-il avec un sourire ironique, il n'y aura aucun scandale. Tout passe ou presque, à condition d'être discret.

Ils commencèrent à redescendre la falaise ; les chevaux se bousculaient pour avoir de la place sur l'étroit sentier.

— Tu as l'air d'avoir tout arrangé, lui dit Cameron. Pourquoi avoir pris la peine de me raconter tout ça ?

— Parce qu'il faut que tu le dises à mon père.

— *Quoi ?*

— Il me renvoie toutes mes lettres sans les ouvrir. Exactement comme toi. Il ne sait même pas qu'il est grand-père. Je préférerais, reprit-il après un silence, qu'il n'apprenne pas mon retour par le *Daily Gleaner*.

Dans la zeriba, la patrouille suivante s'apprêtait à prendre la relève. Cameron regarda les hommes en rouge arpentant la terre rouge, dans la lumière rouge. Il avait l'impression d'avoir été pris au piège, enfermé dans un cauchemar.

Il avait envie de saisir Ainsley à la gorge et de le secouer, jusqu'à lui faire comprendre la situation. Il ne voyait donc pas que son plan était impossible ? Il n'avait aucune idée de ce que les choses avaient été après son départ ? Quand il avait fallu regarder la pauvre, la douce, l'obéissante Clemency bercer son bébé mort dans ses bras, incapable de comprendre les raisons de son malheur. Quand il avait fallu voir le fier et vieux Jocelyn s'humilier, pour acheter le silence de son parvenu de frère. Et l'odieuse May profiter de la situation avec un plaisir sans mélange.

Il se souvenait de cette jolie petite fille dans la neige, à Strathnaw. Pourquoi l'enfant de Clemency était-il mort, alors que la bâtarde était en bonne santé ?

Non, il n'y a pas de justice, pensa-t-il. Voilà ce que sont les fruits du péché : une brillante carrière militaire, une confortable maison en Écosse, une maîtresse et une enfant épanouies…

Ils se rapprochaient maintenant de la zeriba, les hommes s'avançaient pour prendre les chevaux.

— Nous devons nous conduire d'une manière civilisée dans cette affaire, dit Ainsley. Il faut que tu m'aides. Et, par Dieu, tu le feras…

— *Assez !* fit Cameron. J'en ai assez entendu !

Il descendit de cheval, lança les rênes à son ordonnance et s'éloigna.

— Cameron, reviens ! Bon sang, c'est un ordre !

— Va au diable !

Chapitre cinq

Le Dr Baines ne revint jamais à Cairngowrie House. Peut-être oublia-t-il, peut-être était-il lui-même tombé malade. Quelle qu'en soit la raison, les jours passaient, la neige continuait à tomber, et personne ne venait.

À vrai dire, Madeleine ne s'en inquiétait pas énormément. Pas plus de cela que du reste, parce qu'elle était en sécurité dans sa coquille. Sa coquille d'œuf de Pâques, douce et brillante, incassable. Grâce à elle, la fillette pouvait voir et entendre, sentir et goûter, mais seulement d'une manière étouffée, comme si elle était sous l'eau.

Elle n'aimait pas davantage le bébé que quand il était arrivé, mais il avait en tout cas prouvé qu'on devait tenir compte de sa présence, qu'on ne pouvait pas l'ignorer. Il la regardait de ses yeux sombres et profonds, comme ceux d'un phoque ; quand elle quittait la pièce, ses hurlements furieux la poursuivaient dans toute la maison.

Grâce au Dr Philpott, elle avait appris comment s'en occuper. Elle classait les différentes tâches, allant des faciles (lui donner le bain) jusqu'à la plus horrible (nettoyer ses langes), avec entre les deux l'habiller, le nourrir, et l'endormir.

L'habiller était le plus aisé : il y avait beaucoup de vêtements de bébé prêts d'avance, et c'était comme habiller une poupée. *Une ceinture de flanelle autour de l'abdomen, une couche ou une serviette hygiénique, une chemise de flanelle, deux épaisses brassières, une robe de mousseline, des petits chaussons et un bonnet. Rien de serré.* Ce n'était pas exactement la même chose qu'une poupée, parce que le bébé se tortillait. Mais elle y parvenait mieux à chaque épaisseur, qui engonçait ses bras et ses jambes, ce qui ralentissait ses mouvements.

Le baigner aussi était facile, parce qu'il aimait ça. Et maintenant le chauffe-eau était devenu l'ami de Madeleine. Sa fidèle lumière bleue brûlait en continu, ne manquant jamais à sa tâche, même si Madeleine se demandait parfois combien de temps le gaz allait durer.

Après le bain, le Dr Philpott disait que le bébé devait être *saupoudré d'amidon de blé ou de poudre de violette pour éviter les irritations de la peau.* Ç'avait été un problème au début, car il n'y avait ni amidon ni poudre de violette dans le cellier, aussi dut-elle affronter l'épreuve de retourner dans la chambre de sa mère pour aller chercher la poudre de riz sur la coiffeuse. Mais le bébé aimait bien qu'on le saupoudre, en général il cessait de gigoter – même s'il éternuait quelquefois, quand elle lui en versait sur le visage.

Au début, le nourrir avait été impossible. Le Dr Philpott disait que *Si la mère est incapable d'allaiter, le bébé doit prendre quelques cuillerées à dessert d'eau tiède et de sucre toutes les deux heures. Le deuxième jour, on peut ajouter à l'eau sucrée du bon lait de vache, ou du lait en boîte, ou encore du lait suisse.* Il y avait des pains de sucre et du lait concentré dans le garde-manger, mais le problème, c'était de les faire absorber au bébé.

Si un bébé est nourri au biberon, il faut maintenir celui-ci très propre. La première bouteille que Madeleine choisit à cet effet était une jolie bouteille, en verre bleu ; elle la vida de son sirop de figues et la nettoya minutieusement, puis la remplit d'eau sucrée. Mais le bébé hurla et la repoussa des deux poings. Elle en essaya d'autres, qui ne marchèrent pas mieux. Elle tenta ensuite de verser directement l'eau sucrée dans la bouche du bébé à l'aide d'une cuillère à thé, avec pour seul résultat de le faire tousser et tout recracher. Elle était sur le point de renoncer, et de lui administrer une dose de la poudre somnifère qu'elle savait être dans le tiroir secret de son père, quand ses yeux tombèrent par hasard sur une sévère mise en garde du Dr Philpott : *Sous AUCUN PRÉTEXTE on ne doit donner au bébé AUTRE CHOSE que du lait ou de l'eau sucrée. En particulier, JAMAIS de potions pour dormir ni de sirops tranquillisants.*

Finalement, elle eut l'idée de tremper son mouchoir préféré dans de l'eau sucrée. Quand elle l'approcha ensuite de la bouche du bébé, il s'y attacha comme à un aimant. Dès lors, l'alimenter devint facile, même si c'était extrêmement long.

Tout ce qui concernait le *change* posa, là encore, de nombreux problèmes à Madeleine ; mais elle comprit vite pourquoi cela se produisait tout de suite après l'*alimentation*. Elle apprit aussi rapidement la vérité contenue dans l'assertion : *Personne n'aime l'odeur de bébé.* Cela se solda par une nouvelle incursion, aussi furtive que possible, dans la chambre de sa mère, pour aller y chercher les « Serviettes Hygiéniques en Laine de Bois de Barnett pour les Dames ». Elle les découpait en plusieurs morceaux et les faisait tenir en place avec des mouchoirs de son père. Cela marchait bien, malgré quelques fuites occasionnelles.

Dernier problème à résoudre, trouver un endroit où faire dormir le bébé. Le Dr Philpott prescrivait *un berceau à côté du lit de sa mère*, ce qui était impossible. À la place, Madeleine tira le berceau qui avait été rangé dans la nursery jusque dans la chambre d'amis. Elle aussi dormait dans cette chambre, qu'elle préférait à la sienne.

Tout cela ne lui laissait pas beaucoup de temps pour s'occuper d'elle-même, mais elle ne s'en souciait pas. Elle était en sécurité dans sa coquille, elle n'avait guère de sujet de préoccupation. Il y avait du pain dans le garde-manger, du gâteau aux céréales, un jambon ; quand la tête lui tournait, elle mâchonnait un morceau de jambon, grillait du pain dans la cheminée de la chambre d'amis et le trempait dans la mélasse. Elle maintenait la flamme de la lampe à gaz le plus bas possible pour faire durer le chauffe-eau, se couchait de bonne heure afin d'économiser les bougies ; sauf un léger débarbouillage du visage et des mains, elle ne se lavait ni ne changeait de vêtements. Elle se rendait compte qu'elle commençait à sentir un peu comme le retriever du révérend McAllister, mais elle s'en fichait. Elle puisait même un certain réconfort dans sa propre odeur.

Parfois, quand le bébé était lavé, nourri, changé et qu'il dormait, elle s'asseyait sur le lit de la chambre d'amis et regardait par la fenêtre. Dehors, le jardin n'était qu'une courbe douce et blanche menant jusqu'à la plage. Là-bas, les phoques et les cormorans étaient partis, tout le monde était parti. Peut-être ne restait-il plus personne dans le monde sauf elle et le bébé – et son père, bien sûr. Mais il était loin, dans le désert, et ne lui était donc d'aucun secours. D'ailleurs, il était toujours loin quand elles avaient besoin de lui. S'il n'y avait pas eu la coquille, elle aurait été fâchée contre lui.

La conduite de sa mère la surprenait aussi. Pourquoi l'avait-elle laissée seule ainsi ? Pourquoi l'avait-elle laissée s'occuper seule du bébé ? Ce n'était pas juste. Normalement, les mères ne faisaient pas ce genre de choses. Sans la coquille, elle aurait été fâchée contre sa mère aussi.

Le matin du dixième jour, on frappa un coup à la porte.

Madeleine était dans la chambre d'amis, en train de ranimer le feu avec du charbon. Quand elle entendit le bruit, elle fronça les sourcils. Aucun visiteur ne venait jamais à Cairngowrie House ; c'était pour cela que papa avait pris cette maison, parce qu'elle était isolée. Alors, qui pouvait bien frapper ? Pas le facteur, il ne frappait jamais. Et ça ne sonnait pas non plus comme les coups, toujours retentissants, que donnait le Dr Baines.

Elle jeta un coup d'œil sur le bébé. Il dormait profondément après son petit déjeuner de lait concentré. Ses petits poings, doux et roses, tout recroquevillés, faisaient penser à des crevettes.

Sans bruit, elle sortit de la pièce et descendit ouvrir. Une bouffée d'air pur et froid s'engouffra dans l'entrée, la faisant cligner des yeux.

Un couple inconnu se tenait sur le porche : un petit monsieur replet, avec des joues humides de fraîcheur et de givre, une petite dame très raide dans une cape matelassée violette, et sur la tête un chapeau tyrolien orné de plumes, l'équivalent au moins d'un demi-faisan.

Elle avait un visage étroit, au teint cireux, encadré par

des boucles de crin de cheval frisottées, à l'ancienne mode. Ses yeux, très rapprochés, délavés, inexpressifs, dévisagèrent Madeleine.

— Comment t'appelles-tu ? lui demanda-t-elle.

Sa voix était aussi neutre et terne que son regard. Pourtant, la fillette devinait que cette femme désapprouvait à l'avance toute réponse qu'elle pourrait lui faire.

Madeleine déclina son nom, sur quoi la dame et le monsieur échangèrent des regards entendus – elle se demanda si elle n'avait pas eu tort d'ouvrir la porte. Sans la coquille, elle se serait inquiétée. Puis le couple entra dans la maison, gagna le salon ; après un moment d'hésitation, elle les y suivit. Elle n'y était pas retournée depuis l'arrivée du bébé, et veilla à ne pas regarder le piano, ni les piles du *Photographe amateur* sur le canapé.

D'un geste brusque, la dame se débarrassa de son chapeau, de sa cape, de ses gants et de son manchon. En dessous, elle portait une robe écossaise, vert et violet, à la coupe sévère. Le col montait jusqu'au menton, le corsage en était serré à l'excès, la jupe ornée de festons avec une grande profusion de courbes. Une tournure créait une illusion de hanches, tandis que le haut du corset remplaçait la poitrine.

— Je suis Mrs Fynn, déclara la dame. Tu t'adresseras à moi en disant cousine Lettice. Là (elle fit un signe en direction du monsieur aux joues humides), c'est Mr Fynn – à qui tu t'adresseras en disant cousin Septimus. Où est ta mère ?

Madeleine répondit que sa mère était en haut, dans sa chambre. Puis elle attendit dans l'entrée, pendant que la dame et le monsieur montaient à l'étage.

Quelques instants plus tard, cousine Lettice revint, en tenant un mouchoir sur sa bouche. Cousin Septimus la suivait, très pâle, le regard choqué. Madeleine se sentit confusément prise en faute.

Quand ils furent de retour au salon, cousine Lettice secoua son mouchoir avec un claquement sec et le remit dans sa manchette. Après quoi, elle ramassa les *Photographe amateur*, les posa sur le tabouret, et s'assit avec raideur sur le canapé.

— Quand est-ce arrivé ?

— Il y a un peu plus d'une semaine, dit Madeleine.

— Où sont les domestiques ?

— On n'en a qu'une, et elle est partie.

— Avant ou après ?

— Heu… Avant.

Cousine Lettice détailla Madeleine du haut en bas. Cousin Septimus restait debout, les mains derrière le dos, ses yeux pâles fixés sur la rosace du plafond.

— Cette enfant, dit-il, ne s'est pas lavée depuis plusieurs jours. C'est une honte.

À son ton, on aurait pu croire qu'il en imputait la faute à cousine Lettice, et quelques points rouges apparurent sur les joues de celle-ci ; mais elle ne quitta pas Madeleine des yeux.

— Ta mère n'a pas reçu ma lettre ? lui demanda-t-elle en fronçant les sourcils.

Madeleine se demanda ce qu'elle voulait dire, puis se rappela la lettre sur le paillasson. Elle gagna l'entrée, la retrouva sur le petit tapis, revint la donner à cousine Lettice. Elle était mouillée d'avoir été piétinée, l'encre avait coulé sur l'enveloppe.

Le regard blême de cousine Lettice faisait le va-et-vient entre Madeleine et la lettre.

— Comment est-ce que tu as survécu ? lui demanda-t-elle.

Madeleine lui raconta brièvement – le chauffe-eau, le jambon, le Dr Philpott.

— Le Dr Philpott ? Donc il y a bien un médecin ! Où est-il, maintenant ?

Jusqu'alors, Madeleine avait tenu le Dr Philpott contre sa poitrine ; elle le tendit à cousine Lettice. Celle-ci le prit et lut le titre à haute voix.

— ... *Conseils sur les autres sujets indispensables qu'une femme mariée doit connaître*.

Elle releva la tête, d'un geste brusque.

— Combien de tout ça est-ce que tu as lu ? Dis-moi la vérité ! Si tu me mens, je le saurai !

— J'ai tout lu, répondit Madeleine. Mais le début n'a rien à voir avec les bébés, alors je ne l'ai lu qu'une seule fois.

Cousine Lettice étrécit encore les yeux et l'examina attentivement. De nouveau, Madeleine eut l'impression qu'elle était fautive, pour une raison qui lui échappait. Ça lui rappela le désastre de l'école du dimanche – même si, elle le pressentait, ça prendrait des proportions plus graves avec cousine Lettice qu'avec la pauvre Miss McAllister. Si la sœur du révérend pouvait avoir une crise de nerfs à l'occasion, cousine Lettice, elle, brûlait d'un feu plus profond, plus continu.

En haut, dans la chambre d'amis, le bébé se mit à pleurer.

Cousin Septimus oublia la rosace du plafond, tourna vers cousine Lettice un regard horrifié ; le visage de cousine Lettice vira au gris-jaune.

— Le nouveau-né ? dit-elle. Il a survécu ?

Madeleine acquiesça.

Cette fois, cousin Septimus resta en bas, tandis que Madeleine montait à l'étage avec cousine Lettice pour lui montrer le bébé.

Elles demeurèrent ensemble à côté du berceau, et Madeleine regarda cousine Lettice l'étudier méticuleusement. Il pleurait toujours, mais avec moins de conviction, maintenant qu'il avait de la compagnie.

Cousine Lettice ne fit aucun mouvement pour le toucher ni le réconforter. Les points rouges réapparurent sur ses joues ; elle agrippa le bord du berceau de ses mains jaunes et luisantes comme des pattes de poulet.

— Il a survécu..., dit-elle d'une voix étranglée. (Le haut de son corset montait et redescendait rapidement.) Il aurait mieux valu qu'il soit mort, siffla-t-elle entre ses dents.

Le bébé cessa de pleurer et la contempla, d'un air renfrogné.

Les bras étroitement croisés sur son ventre, elle se mit à faire les cent pas dans la pièce. Sa bouche n'était qu'une ligne mince et serrée, les pointillés sur ses joues s'étaient transformés en un furieux rougeoiement.

— Dieu est juste, murmura-t-elle comme pour elle-même. Dieu est juste.

Elle secoua la tête, puis s'arrêta brutalement et se tourna vers Madeleine.

— Toi ! dit-elle d'un ton accusateur. Tu es née avec un terrible fardeau ! Et le nouveau-né le porte aussi...

Madeleine jeta sur le bébé un regard dubitatif. Comment aurait-il pu porter quoi que ce soit, lui qui ne pouvait même pas tenir debout ?

— Tu portes une *souillure*, poursuivit cousine Lettice, que tu tiens de ta mère. Ta mère était mauvaise, tous les Durrant sont mauvais.

Un filet de bave était apparu au coin de sa bouche. Madeleine le regardait s'allonger quand elle parlait, puis se reformer en une bulle quand elle s'arrêtait pour reprendre sa respiration.

— Ta mère a pris ton père à sa femme légitime. Ta mère était une dépravée, et toi aussi tu en es une. Tu sais ce que ça veut dire, être dépravée ?

Madeleine secoua la tête.

— Ça veut dire que ton sang est souillé.

Madeleine ignorait ce que c'était, du sang souillé. Elle s'imaginait un liquide écarlate avec des petites taches grises à la surface, comme les moutons de poussière qu'on trouvait parfois sous les lits.

La voix de cousine Lettice lui parvenait par vagues : tantôt plus forte, tantôt plus basse.

— Ça signifie, poursuivait-elle, que le mal devient pire à chaque génération. Dépravation, maladie, folie. Tout est là, dans le sang. Mais Dieu, dit-elle en s'approchant de Madeleine, avec une férocité contenue dans la voix, t'a confiée à moi. Mon devoir sera de t'enseigner la vie de pénitence et d'oubli à laquelle tu es destinée. Car Dieu est juste.

Elle s'interrompit pour reprendre sa respiration. Le filet de bave était toujours là, et Madeleine commençait à se demander s'il y était en permanence.

— Désormais, déclara cousine Lettice, tu vivras avec nous. Tu prendras le nom de Fynn.

— Mais, dit Madeleine, désorientée, je m'appelle Falkirk. Madeleine Falkirk.

— Non. Falkirk est un faux nom.

— Mais…

— Ne m'interromps pas ! Tes parents n'ont jamais été mariés. Nous ne reparlerons jamais de ça. Et surtout pas quand nous serons en public ou en compagnie. Est-ce que tu comprends ?

Madeleine secoua la tête.

— Falkirk, expliqua cousine Lettice avec une grimace de dégoût, est juste le nom que ton père a pris, dans son infamie, pour tromper les gens honorables et décents. En réalité, tu n'as pas de nom. À partir de maintenant, pour respecter les convenances, tu t'appelleras Fynn.

Madeleine observa tour à tour cousine Lettice et le bébé ; après quoi, elle dit :

— Miss Lettice, je ne crois pas que papa sera content si je change de nom.

Cousine Lettice posa un regard acéré sur Madeleine, un peu comme celui qu'on poserait sur un animal sauvage que l'on juge plus difficile à dompter que prévu.

— Bien sûr, murmura-t-elle, on ne lui a rien dit.

Madeleine posa la main sur le berceau et le bébé tourna la tête vers elle, les yeux sévères.

— Ton père a été tué au combat, lui dit cousine Lettice. C'est une punition du ciel. Nous ne reparlerons jamais de lui.

Madeleine lâcha le berceau et se laissa tomber, lourdement, sur le sol.

Chapitre six

Cameron chevauche sur le champ de bataille, lentement. En faisant la chasse aux traînards qu'il trouve sur son chemin.

Il perçoit la chaleur du soleil sur ses épaules, le picotement de la fumée dans ses narines et dans ses yeux. Au fond de sa gorge, le goût de la mort est là, douceâtre, écœurant. Il contemple autour de lui les chevaux éventrés, les tuniques écarlates mouillées de larges taches. Les robes des Arabes flottant au vent, les enfants morts qui étreignent encore leurs bâtons de malheur.

Il voit tout cela, mais il n'éprouve rien. C'est comme si ça arrivait à quelqu'un d'autre. La seule chose qu'il ressent vraiment, profondément, c'est la joie d'être mort et revenu à la vie. Une joie féroce, presque malsaine.

Midi approche ; bientôt, il fera trop chaud pour continuer. Son cheval se fraye un chemin entre les corps, entre les roches noires et déchiquetées, qui dépassent du sable comme des dents de dragon. Autour de lui, les hommes en rouge se déplacent comme au ralenti sous le soleil brûlant. Des vautours noirs attendent patiemment, de la fumée noire et grasse s'élève des chairs brûlées.

Un peu plus loin devant lui, il aperçoit Ainsley qui conduit une petite patrouille. Grâce à Dieu, songe-t-il, avec un énorme soupir de soulagement, lui aussi s'en est tiré. Grâce à Dieu.

Derrière lui, un cri ; il se retourne pour voir un des hommes passer à la baïonnette un ennemi blessé qui allait l'attaquer. Ces Arabes aiment faire cela, imiter la mort, puis se relever pour un baroud d'honneur. Sans doute aiment-ils avoir de la compagnie sur le chemin du paradis, ne pas l'emprunter seuls.

Quand il se tourne à nouveau vers l'avant, il voit qu'Ainsley a des ennuis. Sur son passage, trois derviches se sont relevés de la mort et ont attaqué la petite patrouille ; il ne reste plus que lui de vivant, et il est encerclé. Son cheval s'est affaissé sur son arrière-train et hennit désespérément, un postérieur brisé ; mais l'éperon d'Ainsley est coincé dans l'étrier, il ne peut pas sauter pour se libérer. Il a perdu son casque, ses cheveux clairs brillent à travers la fumée qui nimbe la scène. Tout en continuant à lutter pour se dégager, il tire son revolver et abat l'un des Arabes. Mais les deux autres l'encerclent de plus près maintenant, pour la mise à mort.

Tout ce qui suit, Cameron le voit dans une sorte de rêve, comme à travers un rideau de pluie. Il immobilise son cheval, pointe son revolver, vise dans l'éclat du soleil. Il touche un des Arabes en pleine tête, puis tire encore et tue l'autre, d'un tir dans la gorge.

— Tout va bien, murmure-t-il. Tout va bien.

Son revolver tremble dans sa main, maintenant ; il éperonne son cheval, et comprend enfin que la colère de la nuit précédente n'avait pas de sens. Il comprend qu'il préférerait être tué lui-même que voir Ainsley mourir.

Mais alors, pendant qu'il s'approche d'Ainsley, il voit son cheval se raidir, faire un sursaut désespéré pour se redresser, tomber à la renverse. Au moment où le cheval s'écrase sur les rochers, avec Ainsley en dessous, celui-ci tentait toujours de dégager son éperon de l'étrier.

Cameron saute à terre, court vers l'endroit où il est allongé, se laisse tomber sur les genoux dans le sable noir et puant.

Ainsley est étendu sur le dos, ses yeux bleus agrandis, incrédules. Ses lèvres bougent, mais aucun son n'en sort. Cameron aperçoit la bouillie informe derrière sa tête, la lueur blanche de l'os, le sang clair qui se vide sur le rocher et coule dans le sable. Déjà, il est devenu épais en dessous de lui : une sorte de pâte noire, une odeur à la fois douce et cuivrée, et le jet rouge vif sortant de l'artère.

Cameron voit les yeux bleus se voiler lentement, se ternir, comme du velouté sur la peau d'un grain de raisin trop mûr.

La brise jette une poignée de sable sur les traits cireux ; Cameron essaye de le chasser, mais c'est impossible. Le sable noir continue à se déposer, s'infiltrant jusque dans la bouche et les narines, saupoudrant silencieusement les yeux grands ouverts.

Maintenant, quelqu'un le secoue par l'épaule.

— Capitaine Lawe. Capitaine Lawe, réveillez-vous…

Cameron se réveilla.

La lune n'était pas encore levée, il faisait noir dans la zeriba. Et froid, si froid que son haleine faisait de la buée. Mais les larmes, elles, étaient chaudes sur ses joues.

— Réveillez-vous, capitaine, répéta l'ordonnance. Le colonel vous attend dans sa tente.

Couché sur le dos, Cameron clignait des yeux aux étoiles. Non, pensa-t-il, ce n'est pas un rêve, il est mort. Et maintenant, il est trop tard pour faire quelque chose de bien, à jamais trop tard.

Il se dépêtra de son sac de couchage, se releva, remit de l'ordre dans son uniforme ; après quoi, il suivit l'ordonnance à travers le camp endormi. Il se sentait lourd, ankylosé, mais étrangement fragile aussi, comme s'il suffisait de le toucher pour le briser en morceaux. Il contemplait l'attirail compliqué de la guerre, amassé tout autour de lui, et pensait : comment les hommes peuvent-ils vivre en sachant que ce qu'ils aiment peut être détruit à tout instant ?

La tente du colonel était brillamment éclairée ; il cligna des yeux quand il y pénétra. Le colonel était assis sur un tabouret de toile devant un petit bureau de campagne, recouvert de papiers rangés avec soin. Un officier que Cameron ne connaissait pas était assis à côté de lui, avec un carnet sur les genoux et un stylo en argent prêt à l'emploi. Il avait les ongles propres, non cassés, d'un officier d'état-major, mais ses yeux étaient enflammés. Peut-être, songea Cameron, n'avait-il jamais vu de champ de bataille auparavant. Peut-être n'était-il pas habitué à l'odeur.

Il eut la vague impression que des ennuis l'attendaient. Le colonel, un homme austère et lugubre avec un nez excessivement recourbé, l'examinait en silence, tout en tapotant sur la table avec son propre stylo.

Qu'est-ce que j'ai bien pu faire ? se demanda-t-il machinalement, comme dans un recoin lointain de son esprit. Il avait une grande soif, tout à coup. Une carafe d'eau était posée sur le bureau de campagne, avec un verre retourné sur le goulot pour la protéger des mouches. Il aurait bien aimé qu'on lui en offre un verre.

Le colonel s'éclaircit la gorge. Cameron passa d'un pied sur l'autre, essayant de prendre une expression de respectueuse attention.

— Le bruit m'est parvenu, dit le colonel, qu'avant-hier vous n'avez pas tenu compte d'un ordre direct de votre commandant, le regretté major Falkirk.

Cameron luttait pour le suivre. Avant-hier ? Le regretté major Falkirk ?

La voix du colonel lui parvenait comme par vagues.

— ... Pour des raisons qui dépassent l'entendement, le major Falkirk a laissé passer la chose sans prendre de sanction. (Une pause.) Ce qui m'amène à penser que c'était une affaire personnelle. Une sorte de... d'histoire personnelle entre vous ?

Derrière son dos, Cameron pliait sa paume blessée et sentait la croûte toute neuve craquer. Une histoire personnelle entre eux ? *Avant, nous étions comme des frères*, avait dit Ainsley, *mais maintenant, c'est comme si rien n'avait existé ? C'est bien cela, Cameron ?*

Oh ! non, tu te trompes, avait-il eu envie de lui répondre. Je n'ai jamais cessé de penser à toi comme à un frère, je le sais maintenant. Pourquoi ne te l'ai-je pas dit quand c'était encore possible ?

Il revint dans le présent, redressa les épaules.

— En effet, mon colonel. Une histoire personnelle.

Une nouvelle fois, le colonel tapota le bureau avec son stylo. L'officier d'état-major releva les yeux de son carnet d'un air incertain, comme s'il se demandait sous quelle forme noter ce détail.

— En temps normal, dit le colonel en fronçant les

sourcils, je ne me mêlerais pas de ce qui était, manifestement, une affaire à résoudre par le major Falkirk et par lui seul. Cependant, poursuivit-il, il est de mon devoir, et je le déplore, d'examiner un deuxième rapport parvenu jusqu'à moi. Concernant des faits d'une nature extrêmement grave et tout à fait écœurante.

L'officier d'état-major baissa la tête et écrivit furieusement.

— Hier, poursuivit le colonel, sans quitter Cameron des yeux, peu après la mort du major Falkirk, on vous a vu… on vous a vu, puisqu'il faut appeler les choses par leur nom, dépouiller son cadavre.

Cameron recommença à se balancer d'un pied sur l'autre. Il n'avait pas pensé à cela. Non, il n'y avait pas pensé.

— On vous a vu, continua le colonel, fouiller méthodiquement ses poches, et sortir une feuille de papier de la poche de poitrine de sa tunique.

Il fit une pause, puis :

— Alors ? Qu'avez-vous à répondre ? Vous niez ?

Cameron regarda l'officier d'état-major terminer d'écrire la phrase, apposer le point d'interrogation d'un élégant trait de plume.

— Non, mon colonel. Je ne le nie pas.

Le visage sec de l'officier lui fit face, incrédule.

— Êtes-vous en train de me dire que ces rumeurs sont exactes ?

— Oui, mon colonel.

Il y eut un silence dans la tente. Dehors, la brise nocturne projetait un peu de sable contre la toile. Un cheval s'ébroua. Un Égyptien siffla ses chameaux pour les calmer.

Le colonel paraissait si choqué que Cameron se sentait presque désolé pour lui.

— Ce papier, dit-il enfin, ce papier qu'on vous a vu prendre... où est-il maintenant ?

— Je l'ai brûlé, mon colonel.

Il croisa le regard de l'officier d'état-major, qui se détourna rapidement.

— Vous l'avez brûlé, répéta le colonel.

Cette fois, quand il tapota le bureau, il le fit lentement, comme s'il marquait la mesure d'un chant funèbre.

— Qu'est-ce que c'était ? Un billet à ordre ? Une dette de jeu ? Une lettre de femme ?

— Je préférerais ne pas le dire, mon colonel. C'est une affaire privée.

— Ça ne l'est plus, assena le colonel d'un ton cassant. Pas quand cela a pour résultat qu'un de mes officiers profane publiquement le corps d'un frère d'armes – et son propre commandant, bon sang ! Pas quand ça l'amène à défier le colonel de son régiment. Pas quand...

Cameron n'écoutait plus. Il se revoyait sur le champ de bataille, agenouillé près du corps d'Ainsley, avec la lettre de Clemency dans sa main. Le papier en était jauni par le temps, assoupli d'avoir été souvent plié et déplié. Combien de fois Ainsley l'avait-il lue au cours des dernières années ? *Elle au moins m'a pardonné. Elle me l'a écrit. Je garde toujours la lettre sur moi.*

Si l'on trouvait cette lettre, la vérité se ferait jour. Ainsley, ainsi démasqué, passerait pour un ignoble individu qui avait abandonné sa femme, déshonoré son nom et trompé ses frères d'armes pendant des années. L'artifice que son père, là-bas, avait travaillé à édifier, à maintenir pendant si longtemps, tomberait en ruine, et le scandale éclaterait.

Mais si la lettre disparaissait, alors le monde honorerait Alasdair Falkirk, ce bon soldat, cet homme au cœur pur qui avait donné sa vie pour son pays. Et Jocelyn connaîtrait enfin un peu de paix.

— Capitaine Lawe, est-ce que vous m'écoutez ?

Cameron l'observa quelques instants avant de répondre :

— Oui, mon colonel.

— Parce que je voudrais qu'il n'y ait pas d'erreur à ce sujet, pas de malentendu quant à la gravité de votre situation. Je vous donne un ordre et j'attends que vous l'exécutiez. Que vous me fournissiez, à cette minute même, une explication complète de votre conduite dans cette affaire.

L'officier d'état-major releva la tête et attendit, le stylo suspendu en l'air.

— Capitaine Lawe, répéta le colonel, j'attends. Dites-moi la vérité.

Cameron humecta ses lèvres sèches et craquelées. La vérité, pensa-t-il. Pourquoi dirais-je la vérité ? Pour me justifier ? Pour prouver que je ne suis pas le vaurien que vous croyez – et au diable Ainsley, Jocelyn et tous les fichus autres ?

— Colonel, je ne peux rien vous dire, répondit-il.

Le colonel se pencha en avant.

— Vous ne pouvez pas ou vous ne voulez pas ?

— Je ne veux pas, colonel.

— Capitaine Lawe, je vous ai donné un ordre. Expliquez-vous immédiatement.

Cameron croisa le regard du colonel.

— Non, répondit-il.

Une heure après l'arrivée de cousine Lettice et de cousin Septimus à Cairngowrie House, ils envoyèrent

Madeleine se coucher dans la nursery, où on lui dit de demeurer jusqu'à la fin de la journée.

Pas un instant, allongée sous les couvertures, mi-somnolant mi-rêvassant, elle ne pensa à ses parents. Ils étaient en dehors de la coquille et elle était à l'intérieur, en sécurité. À tout jamais, elle resterait à l'intérieur de cette coquille.

À côté d'elle, le bébé dormait dans le berceau, puis il s'éveillait pour crier et battre l'air de ses poings. Cousine Lettice entrait parfois pour le voir ; une de ces fois-là, Madeleine vit qu'elle portait le Dr Philpott dans la poche de sa robe.

Mais, la plupart du temps, Madeleine ne faisait que somnoler dans sa coquille.

Le lendemain matin, on la renvoya dans sa propre chambre ; cousine Lettice disait que ce n'était pas convenable qu'elle continue à dormir dans la nursery. Elle passa un long moment debout sur le tapis, regardant les choses sans les voir : les poupées, la robe de chambre au pied du lit, Monsieur Perroquet. On l'avait posé sur une chaise – sans doute cousine Lettice, quand elle avait rangé –, avec l'écharpe de Madeleine, son chapeau en peau de phoque et ses moufles.

Ça faisait drôle maintenant de regarder Monsieur Perroquet. On aurait dit qu'il appartenait à quelqu'un d'autre, qu'il n'était plus réel. Ce n'était plus qu'un jouet, que sa mère avait fabriqué avec du feutre vert et bleu, des boutons de verre bleu pour les yeux. Il était en dehors de la coquille.

Elle retira sa robe, se glissa sous les couvertures et dormit jusqu'à midi ; puis elle se rhabilla et alla, à pas feutrés, jusqu'à la nursery. Elle était penchée sur le berceau, faisant se balancer un mouchoir noué pour attirer l'attention du bébé, avec son habituel air renfrogné, quand cousine Lettice entra dans la pièce.

Comme à son habitude, à ce qu'il semblait, elle attaqua sans préambule.

— Toi, dit-elle d'un ton accusateur, tu vas faire ta malle. Après-demain, nous prenons le train pour Londres. Désormais tu vivras avec nous. Le nouveau-né ira chez la sœur de Mr Fynn, à Birmingham.

Elle continua à dire quelque chose au sujet des écoles, des poux qu'on y attrapait et de l'avantage des cours à domicile, mais Madeleine ne l'écoutait plus. Quand elle avait affirmé que le bébé partirait pour Birmingham, ç'avait été comme si quelqu'un avait percé un trou dans la coquille, faisant s'engouffrer un souffle d'air glacial à l'intérieur. Elle s'était alors sentie toute tremblante, affreusement vulnérable.

Soudain, le monde la submergeait, elle ne pouvait plus le tenir à distance. On aurait dit que le tapis était devenu froid et rugueux sous ses chaussettes. La robe de cousine Lettice, quand elle s'approcha du berceau, écorcha presque ses oreilles de son bruissement fort et rêche. L'odeur aigre du bébé, qui venait de vomir, lui frappa les narines.

Le bébé *lui* appartenait. C'était sa tâche à elle de veiller sur lui, son travail. Comment pourrait-il vivre à Birmingham, ou n'importe où ailleurs, si elle, Madeleine, vivait à Londres ?

Ce n'était pas possible. Elle ne pouvait pas laisser faire cela. Son esprit réfléchissait à toute vitesse.

— Cousine Lettice…, dit-elle enfin.

Cousine Lettice cessa de parler et la fixa de ses yeux blêmes.

— Maman…, improvisa-t-elle. Maman veut que nous restions ensemble.

Deux taches rouges apparurent sur les joues cireuses de cousine Lettice.

— Quoi ? dit-elle d'un ton sévère. Qu'est-ce que tu as dit ?

Madeleine mordit sa lèvre inférieure entre ses dents. Cousin Septimus surgit à la porte de la pièce ; il paraissait énervé.

— Lettice, il y a un marchand à la porte qui…

Cousine Lettice le fit taire d'un regard.

— Qu'est-ce que tu as dit, répéta-t-elle à Madeleine, à propos de ta mère qui voulait que vous restiez ensemble ?

Cousin Septimus ferma la bouche, mais il était visiblement furieux. Le regard de Madeleine allait de cousine Lettice à cousin Septimus et inversement.

— Maman veut que vous vous occupiez de nous *deux*, murmura-t-elle. Elle a dit… elle a dit que vous êtes la seule qui pouvait nous aider. Pour la *souillure*.

Ils lui accordaient toute leur attention, à présent.

— Maman, poursuivit-elle, en développant son thème, a dit que vous seulement, vous pourriez nous sauver – nous sauver toutes les deux. Ensemble. Moi et… (Du bébé, elle leva les yeux vers les livres qui s'alignaient sur les étagères, tomba sur *Les Malheurs de Sophie*)… moi et Sophie. C'est le bébé. Sophie, c'est comme ça qu'elle s'appelle.

— Pas toutes les deux, dit cousin Septimus, en secouant la tête si énergiquement que ses mâchoires en tremblèrent. Hors de question. Nous ne pouvons certainement pas…

Cousine Lettice leva la main pour obtenir le silence.

— La volonté d'une mère, siffla-t-elle. C'est notre devoir d'en tenir compte.

— La volonté d'une mère ? répéta cousin Septimus,

en l'observant d'un air hostile. Qu'est-ce que tu connais à ce sujet ?

Le rouge monta aux joues de cousine Lettice, mais elle ne céda pas.

— La volonté d'une mère, répéta-t-elle comme au catéchisme. La *dernière* volonté d'une mère. C'est un devoir sacré, Septimus, tu le sais aussi bien que moi. C'est un devoir sacré, auquel on ne peut pas se soustraire.

Cousin Septimus grogna, mais n'émit pas d'objection. Lui-même était d'accord, aurait-on dit.

Lentement, Madeleine recommença à respirer. La passe dangereuse était franchie. La coquille s'était reformée autour d'elle.

Chapitre sept

Lettre à Jocelyn Monroe, domaine de Fever Hill, paroisse de Trelawny, Jamaïque. Du capitaine Cameron Lawe, prison militaire Carysfort, Suakin. 18 mars 1884.

Cher Jocelyn,

Le temps que cette lettre vous parvienne, vous aurez peut-être déjà été informé d'un incident consécutif à la mort de mon commandant, le major Alasdair Falkirk. Avec pour résultat mon passage devant le tribunal militaire. J'écris pour vous en raconter les circonstances, dans la mesure où je peux le faire, et vous informer de la sentence de la cour, que Sa Majesté a confirmée aujourd'hui. (Étant donné la campagne en cours, le tribunal militaire a été convoqué très rapidement, et je regrette de ne pas avoir pu vous en avertir à l'avance.)

Cameron reposa son stylo, puis mit ses coudes sur ses genoux et pressa ses yeux avec les paumes de ses mains.

Renvoyé du service de Sa Majesté, avec ignominie. Perte de toutes médailles et décorations. Incarcération comme criminel de droit commun, dans une prison publique, pour une durée de deux ans minimum.

Il se rappela le visage de Jocelyn, le jour où il avait reçu son ordre d'affectation au Royal Écossais. Il en avait été si fier.

— Depuis sept cents ans, ta famille envoie ses meilleurs fils combattre pour leur pays, lui avait-il dit. Tu as la plus belle des traditions à maintenir, mon garçon. Fais-lui honneur.

Lui qui avait été si fier, il allait maintenant en être déchiré.

Cameron retira ses mains de ses yeux, contempla le mur grossier de sa cellule. Un gros cafard cuivré émergea d'une lézarde sous la fenêtre. Une mouche traversa le bloc de papier à lettres sur son bureau de fortune. C'était une vieille caisse de lait concentré que le sergent Watts, visiblement mal à l'aise dans son rôle de geôlier, lui avait apportée la veille. Comme elle était quinze centimètres plus bas que le rude angareb indigène sur lequel il dormait, il devait souvent s'arrêter d'écrire, pour atténuer la douleur dans ses épaules.

Il se leva, gagna la fenêtre, et le cafard se retira dans sa fissure. Le grondement régulier du bazar filtrait à travers les volets ; il sentait des odeurs de cumin, d'huile de palme, de chèvres.

Avec une douloureuse netteté, il imaginait le vieil homme en train de recevoir les nouvelles. Il serait sur la grande véranda du nord à Fever Hill, assis dans son fauteuil de rotin préféré, le vieux tartan élimé jeté au sol, sur les carreaux. Près de son coude, il y aurait l'habituel whisky soda, et à côté le daguerréotype terni de Kitty, la jeune épouse morte depuis trente-cinq ans. Les mains, tavelées par la vieillesse, déplieraient avec soin son *Times* hebdomadaire – sa seule extravagance – qui venait d'arriver par la diligence de Kingston. Les yeux délavés par le soleil, aussi aigus que ceux d'un balbuzard, scruteraient les colonnes avec un plaisir sévère à la recherche d'articles sur les partisans du droit de vote pour les femmes, les baptistes, et ces foutus pédagogues qui se mêlaient de tout.

Puis le silence quand il apercevrait les noms familiers : *... Une perte tragique à la bataille de Tamai, celle du major Alasdair Falkirk, du 65ᵉ York et Lancasters. Notre correspondant a le pénible devoir de rapporter à ce propos un fait très regrettable : un certain capitaine Cameron Lawe, officier en détachement spécial du 25ᵉ Royal Écossais, a été aperçu aussitôt après la chute du héros en train de dépouiller son corps... a obstinément refusé d'expliquer sa conduite... un tribunal militaire convoqué d'urgence a établi l'insubordination et la conduite indigne...*

Sous le rebord de la fenêtre, le cafard ressortit et goûta l'air libre de ses délicates antennes.

... la conduite indigne d'un officier et d'un gentleman, selon l'article cinquante-trois du règlement militaire... la désobéissance à un ordre légitime reçu de son officier supérieur, telle qu'elle constitue un défi délibéré à son autorité, selon l'article quarante-sept du règlement militaire...

L'audience, qui n'avait pris qu'une matinée, avait paru durer une semaine entière à Cameron. Elle avait eu lieu dans la salle du mess de Fort Euryale, la seule assez grande à Suakin pour loger la cour réglementaire de treize officiers, aux côtés des douze témoins, de trois sténographes et d'une foule de spectateurs. La chaleur était écrasante, l'air épaissi par l'aigre puanteur que dégageait une soixantaine de cavaliers dans leurs lourds uniformes de campagne. Et les mouches. Mon Dieu, ces mouches.

Cameron avait eu de la peine à se concentrer sur la procédure. *Tes parents, pour moi, sont morts*, avait-il dit à la fillette dans le parc. Pourquoi avait-il dit cela ? Avait-il voulu la mort d'Ainsley ?

C'était absurde d'imaginer que ce souhait aurait pu avoir quelque influence sur les événements ; pourtant, il ne pouvait s'empêcher de le penser. Il se sentait responsable.

Il aurait dû remuer ciel et terre afin d'obtenir sa mutation dans son régiment d'origine. S'il y avait réussi, peut-être qu'Ainsley n'aurait pas été aussi préoccupé, quand il chevauchait à travers le champ de bataille. Peut-être qu'il aurait survécu.

Comparé à cela, en quoi ce qu'ils avaient dit à l'audience, ce qu'ils avaient dit de lui, avait-il la moindre importance ?

— Vous devez tout nous dire, lui avait affirmé le major Forrest lors de la première (et unique) visite qu'il lui avait rendue dans sa cellule.

C'était un homme effacé, un homme de dossiers : il était visiblement mal à l'aise dans son rôle de procureur. Sa patience s'était vite épuisée.

— Bon sang, mon vieux, ces types ont besoin d'une explication ! Qu'y avait-il donc dans cette fameuse lettre ? Une femme ? Une dette ? Dites-le-nous, c'est tout... On est tous plus ou moins passés par là, on comprendra...

Cameron avait observé le pâle visage, se demandant s'il était vraiment passé par une quelconque histoire de ce genre.

— Je suis désolé, major, avait-il répondu.

— Ça suffit, Lawe. Vous savez bien comment ça

marche. Vous n'êtes pas un bleu, vous êtes un officier expérimenté. Ils vont vous coller le maximum.

Là-dessus, il avait raison. L'armée a besoin de certitudes : la cause et l'effet, l'obéissance et la désobéissance, le crime et la punition. Son silence créait l'incertitude, la pire de toutes les trahisons, à leurs yeux.

Il avait vite renoncé à écouter le procureur décrire son cas. Il songeait pendant ce temps à Fort Euryale. C'était un nom bizarre. Est-ce qu'il n'y avait pas eu un Euryale, qui avait combattu à Troie ?

Jocelyn le saurait sûrement, lui. *L'Iliade* était sa bible. Quand ils étaient enfants, il avait l'habitude de leur en lire un passage chaque soir avant d'aller au lit. Ils n'en comprenaient pas un mot mais ils adoraient, parce que c'était Jocelyn.

C'était le seul père qu'il ait vraiment connu : il était arrivé pour eux le jour de l'accident qui avait tué leurs parents. Cameron avait à peine six ans et Sinclair n'était qu'un bébé.

La maison blanche à Arethusa était pleine d'un tel vacarme, ce jour-là... Les hautes pièces résonnaient des lancinants *ai ai ai* du deuil nègre, du martèlement des pieds nus sur les parquets de bois dur. Cameron, d'abord oublié dans ce chaos, avait été retrouvé sur les marches et aussitôt chassé. *Retou'ner vot' chamb'e, Maît' Came'on. Retou'ner vot' chamb'e !*

Au lieu de cela, il avait erré dans la véranda, où sa mère s'asseyait avec lui et regardait la pluie balayer les tiges de canne. Elle riait quand les rideaux gris de pluie semblaient venir vers eux, frappait dans ses mains quand les éclairs fendaient le ciel.

Étonné, Cameron était resté à côté du siège vide, en se demandant ce qui allait se passer. Les domestiques lui avaient dit que sa mère était partie pour toujours, mais il ne comprenait pas ce que ça signifiait. Tout ce qu'il savait, c'est qu'il n'était plus à sa place ici. Il était d'une couleur différente de tout le monde.

Il se demandait s'il était assez grand pour se prendre en charge tout seul, vivre par lui-même. Pour manger, il trouverait facilement des mangues et des quenettes, mais pour dormir ? Et s'il y avait un ouragan, un feu dans les plantations, une inondation ?

Puis Jocelyn était arrivé. Cameron avait regardé le grand gentleman au visage sérieux remontant lentement la chaussée de marne blanche, entre les tiges de canne vertes. Il avait crié aux serviteurs de retourner à leur travail, expédié le bébé et sa nourrice dans un boghei ; enfin, il avait hissé Cameron devant lui sur son cheval gigantesque, et ils avaient redescendu l'allée ainsi. Tout le long de la route jusqu'à Fever Hill, il n'avait pas dit un mot ni souri une seule fois ; mais il tenait Cameron étroitement serré dans ses bras.

Puis ils avaient atteint la grande maison sur la colline ; là, Jocelyn l'avait assis dans une véranda donnant sur une vaste vallée plantée de cannes à sucre, qui s'étendait jusqu'à la lointaine courbe du rivage. Il l'avait présenté aux deux énormes mastiffs, Castor et Pollux, lui avait fait tendre la main pour qu'ils le reniflent, le reconnaissent comme faisant partie de la maison. Puis il avait demandé à la gouvernante de préparer une grande timbale de lait de coco, un bol de soupe aux haricots rouges. La soupe était épaisse, avec du bœuf salé, de l'huile de coco et des patates douces ; Cameron la dévora en quelques secondes, comme un chiot.

Ensuite Jocelyn lui prit la main, d'une poigne ferme, et l'emmena dans la bibliothèque ; là, ils se rendirent devant les portraits de famille. Jocelyn lui parla du

Monroe qui avait combattu à Falkirk en 1298, et du Lawe qui s'était distingué à Azincourt ; il lui raconta les siècles d'amitié qui unissaient leurs deux familles et remontaient à 1655, quand Nathaniel Lawe et Benneit Monroe avaient fait voile ensemble pour la Jamaïque et s'étaient partagé la partie nord de l'île. Benneit avait pris la terre à l'ouest de Falmouth, Nat Lawe celle à l'est.

— Nos familles sont liées, lui dit Jocelyn, par les luttes que nous avons menées ensemble, les mariages, l'amitié. Ton père… (Ici, il s'arrêta brusquement et se moucha pendant un assez long moment.)… ton père était mon meilleur ami. À partir de maintenant, je serai comme un père pour toi. Et ici, à Fever Hill, tu es chez toi.

Cameron passa les doigts sur le rebord de la fenêtre, et le cafard repartit en flèche dans sa fissure. Il pensa : le vieil homme t'a donné un foyer, et voilà comment tu l'as remercié.

Pour la première fois de sa vie, il se vit tel qu'il était vraiment : arrogant, suffisant, intolérant. Et avec une tendance profondément enracinée à la violence, la violence irrépressible, qu'il n'avait jamais remise en cause jusqu'à maintenant.

Il se rappela cette dernière promenade à cheval avec Ainsley autour de l'oasis, et la colère qui bouillonnait dans sa poitrine. Il avait été tellement sûr, tellement certain d'avoir raison.

Sur le bureau de fortune, la lettre à Jocelyn n'attendait plus que sa signature. Le compte rendu qu'il avait tenu à rédiger, ampoulé, plein de circonvolutions, lui avait demandé plusieurs heures et remplissait les deux côtés d'une feuille ; cependant, même ainsi, il n'avait pas trouvé le moyen d'expliquer ni même d'insinuer ce qu'il avait pris sur le corps du « major Falkirk ». Mais d'autres yeux liraient la lettre avant qu'elle ne parvienne à Jocelyn, il devait donc être circonspect à l'extrême.

Sur une page à part, il avait écrit quelques lignes, également prudentes, sur « Mrs Falkirk » et ses enfants. *Une enfant de dix ans, je crois, et un bébé pas encore né. Indiscutablement, il faut faire quelque chose pour eux. Je crois comprendre que les moyens du major étaient limités.*

Hypocrite, songea-t-il. Tu te fiches pas mal de Rose Durrant et de ses bâtards. Tu ne peux même pas penser à eux sans colère, avoue-le.

Il savait que c'était monstrueux de la rendre responsable, de quelque façon que ce soit, de la mort d'Ainsley. Et pourtant, c'était bien ce qu'il faisait. Car s'il n'y avait pas eu Rose…

Et maintenant, qu'allait-elle faire ? Traîner ses bâtards jusqu'à la Jamaïque, transformer la vie du vieil homme en un cauchemar de honte et de regrets ?

Un autre que lui aurait réussi à finir par les accepter, à fermer les yeux sur l'irrégularité de leur naissance ; pas Jocelyn. *La mort plutôt que le déshonneur*, telle était l'antique devise des Monroe, et il l'avait faite sienne.

— Je n'ai pas de fils, avait-il déclaré quand Ainsley avait quitté la Jamaïque.

Et pas une seule fois, durant toutes les années qui s'étaient écoulées depuis, il n'avait mentionné son nom.

Le temps n'avait pas adouci son caractère, au contraire, il l'avait renforcé, radicalisé. Apprendre que « cette Durrant » avait engendré une paire de bâtards pour traîner son nom dans la boue lui porterait le coup final. Il ne plierait pas : il casserait.

Mais pourquoi, pensa alors Cameron, devrait-on lui parler d'eux tout de suite ? Ça pouvait sûrement attendre deux ou trois mois. On pouvait bien persuader Rose d'attendre un peu. Après tout, elle n'avait pas eu de contact avec Fever Hill depuis plus de dix ans ; alors, quelques mois de plus, quelle différence ?

Il pensa à la petite fille dans la neige. *Dis-leur que pour moi ils sont morts*, lui avait-il dit. Il l'avait effrayée. Comme c'était mesquin, d'effrayer une enfant.

Mais, bon sang, pourquoi penser à elle ? Pourquoi penser à eux ? Quel intérêt ?

Une fois de plus, le cafard sortit de la fissure et commença à chercher son chemin le long du mur. Cameron le laissa faire. La seule idée de tuer le rendait malade.

Il retourna à son bureau, ramassa la feuille où il parlait de Rose et des bâtards. Tout ce qui l'intéressait, c'était Jocelyn.

Il plia la feuille en deux et la déchira.

Cela faisait trois jours que cousine Lettice était arrivée à Cairngowrie House. Madeleine mettait ses dernières affaires dans sa malle.

S'il n'y avait pas eu la coquille, elle aurait été en colère. Toute la matinée, la chanson favorite de sa mère lui avait trotté dans la tête, et elle ne pouvait pas s'en débarrasser. *Oh soldat, oh soldat, est-ce que tu m'épouseras ? / Oh non, ma jolie dame, ça ne se pourra pas / Car j'ai déjà une femme à la maison chez moi / Deux femmes et l'armée, c'est bien trop pour moi.*

Enfin, elle comprenait les paroles de la chanson. C'était encore une preuve de plus des mensonges de sa mère. Elle avait menti en disant qu'elle était mariée, elle avait menti pour la souillure. Elle avait menti pour tout.

— Toujours chercher la vérité, disait-elle, quand elle parlait de prendre des photographies.

Pourtant, tout ce qu'elle faisait, c'était mentir. Est-ce que toutes les grandes personnes étaient comme ça ? Est-ce que tout le monde mentait ?

Madeleine pensa à l'Enfant Jésus dans sa crèche, si propre, si net – et à quoi bébé Sophie ressemblait en réalité, quand elle était arrivée. Puis elle songea à sa mère, allongée dans le papillon de sang cramoisi. Est-ce qu'il y avait toujours cette laideur par en dessous, que tout le monde connaissait, mais dont personne ne parlait ?

Était-ce pour cela qu'elle avait si facilement menti à cousine Lettice ? *Dis-moi la vérité*, lui avait dit cousine Lettice. *Si tu me mens, je le saurai*. Mais non, elle ne l'avait pas su. Elle avait cru ce que Madeleine lui avait dit. Même cousin Septimus l'avait crue.

Le révérend McAllister aurait dit que Madeleine était mauvaise, pour dire ainsi des mensonges. D'un autre côté, sa mère avait dit qu'elle était splendide, qu'elle était magnifique et courageuse. Mais cousine Lettice disait que sa mère était dépravée. Alors, qui avait raison ? Est-ce qu'elle était mauvaise ou magnifique ? *Qui* était-elle ?

Madeleine chercha « souillure » dans le dictionnaire. Il donnait comme définition : *Une trace de contamination ou de pollution. Un défaut ou un vice*.

Un défaut ou un vice. *C'était dans le sang*. Elle repensa aux taches grises flottant dans le liquide écarlate. Peut-être était-ce pour cela que l'officier du Royaume Interdit était fâché contre elle. À cause de la souillure.

En bas, la porte d'entrée claqua. Elle entendit des voix d'hommes dans l'allée, le grincement d'un chariot dans la neige. Elle alla à la fenêtre et vit une grande calèche, avec des rideaux noirs, qui descendait lentement le chemin de la côte, suivie par le chariot de Mr Ritchie, rempli jusqu'à très haut avec les meubles. La matinée était superbement ensoleillée, les roues du chariot projetaient des ombres dans la neige.

Madeleine descendit pour demander à cousine Lettice où iraient les meubles. Elle la trouva seule dans le salon, qui avait été dépouillé de tout sauf du tabouret. Cousine Lettice l'avait tiré jusqu'à la cheminée pour s'en servir de siège.

Elle était entourée de papiers, empilés à même le plancher et qu'elle lançait dans les flammes, avant de fourrager sauvagement dedans avec un tisonnier.

— Tout, tout, marmonnait-elle entre ses dents.

Son étroit visage était écarlate, une boucle de ses faux cheveux s'était échappée de son peigne et se balançait mollement contre sa joue.

Il fallut un moment à Madeleine pour comprendre : c'étaient les photographies de sa mère que cousine Lettice brûlait. Elle avait apporté les boîtes depuis la chambre noire et les vidait méthodiquement dans le feu. Les albums, eux aussi, étaient empilés sur le sol à côté d'elle. L'un d'eux était posé, ouvert, sur son genou, et elle le vidait méthodiquement de son contenu.

Madeleine la regarda lancer une nouvelle pile de photographies dans le feu ; elle les regarda s'enrouler sur elles-mêmes, fumer et noircir, puis flamboyer d'un orange brillant, enfin se désintégrer en petites paillettes de couleur foncée, qui disparaissaient en montant dans la cheminée.

La coquille recommença à craquer. Elle se mit à trembler. Elle essaya de tenir à distance le crépitement des flammes et l'odeur des photographies qui brûlaient, mais en vain, ils pénétraient à l'intérieur.

Elle tourna les yeux vers l'endroit où le piano aurait

dû se trouver, mais, bien sûr, il avait disparu. Elle pensa à la photographie d'Eden, qui avait dû se détruire elle aussi en noircissant dans le feu : la magnifique maison en ruine, la fougère arborescente dans la fenêtre ; la belle tête de son père. Tous emportés dans un flot de ténèbres.

Cousine Lettice se retourna dans un sursaut et leurs yeux se croisèrent. Le cœur de Madeleine tambourinait dans sa poitrine.

— Je vais vous dénoncer, murmura-t-elle.

Elle se retourna, monta les escaliers en tapant des pieds. Sa mère saurait quoi faire. Elle arrêterait cette horrible sorcière, toute desséchée, qui brûlait les photographies.

Elle entra en coup de vent dans la chambre de sa mère. Elle était vide ; tout avait disparu. Le lit, l'armoire, la coiffeuse. Tout ce qui restait, c'étaient des murs nus, des étagères vides, un âtre froid.

Sa mère était partie.

D'un seul coup, la coquille éclata, le monde extérieur vint s'écraser sur elle. L'odeur du Crésyl, le froid glacial. Les pas qui montaient l'escalier en martelant les marches.

Elle hurla.

Cousine Lettice apparut à la porte, essoufflée, effrayée. Hurlant toujours, Madeleine la poussa pour sortir de la pièce.

Elle dévala l'escalier, sortit de la maison, traversa le jardin couvert de neige jusqu'à la plage.

Le vent glacial lui renvoyait ses cris. Les phoques gris glissèrent à bas des rochers, disparurent sous la surface de la mer gris étain.

Deuxième partie

Chapitre huit

Londres, mars 1894 – dix ans plus tard

Jamais Ben aurait dû passer près de cette boutique. S'il y était pas passé, sûr que toute sa foutue vie aurait été différente. Et aussi celle de Robbie.

Sauf que, ce jour-là, il est six heures et demie et qu'ils paradent dans Portland Road avec ce foutu brouillard, ce froid de chien, ces machins de suie noire qui pleuvent du ciel comme de la neige sale, et que, partout autour d'eux, il y a tous ces trucs à tirer – alors qu'est-ce qu'il peut faire ?

Il y a cette jolie petite boutique qui a l'air toute vide avec sa porte ouverte et sa lampe à gaz qui brûle tout bas, comme si le commerçant venait juste de sortir un moment. *Rennard & Co*, c'est ça qu'il y a d'écrit sur la vitrine, et aussi p-h-o-t-o-g-machinchose. Alors ils entrent, et c'est là qu'ils font leur première grosse erreur.

Drôle de boutique, avec ses chaises dorées, ses colonnes de plâtre et cette espèce de rideau de velours rouge qu'il y a d'accroché dessus.

— Super, dit Robbie, en y donnant un coup avec la main.

Les couleurs, ça a toujours été son truc, à Robbie. L'année dernière, Ben l'a emmené au Paragon jouer aux soldats, un penny la partie. Robbie a adoré ça, toutes ces lumières qui brillaient et les couleurs et le reste.

Mais ici Ben mate de son œil de tireur, de tireur d'élite, et tout de suite il aperçoit cette boîte avec dedans ces petits brownies, ceux qui coûtent un shilling au café d'Endell Street. Mais après il voit cette coupe avec des pommes sur le comptoir, et c'est la deuxième grosse erreur qu'il fait. Parce qu'ils auraient juste dû tirer un peu de ces foutus brownies et ensuite *eux* se tirer d'ici, voilà ce qu'ils auraient dû faire.

Au lieu de ça, lui et Robbie sont en train de se bourrer les poches avec les pommes, quand tout à coup il y a cette voix, une voix plutôt classieuse, qui dit :

— Au voleur !

Et maintenant, derrière le comptoir il y a cette nana avec un fusil, un foutu fusil pointé tout droit sur lui. Et après, il y a aussi cette autre nana, une plus petite, qui est arrivée juste à côté de la première.

Ben a jamais vu de fusil de sa vie, sauf au Paragon, donc lui et Robbie bougent pas, autre grosse erreur qu'ils font.

— Qu'est-ce que vous avez dans vos poches ? demande la nana avec le fusil.

C'est un joli petit lot, dans les dix-neuf ou vingt ans, avec des cheveux noirs et des grands yeux noirs et une grande bouche rouge, toute ronde comme une prune. On dirait qu'elle va être juteuse si vous en prenez une bouchée. Sauf qu'elle rappelle à Ben sa grande sœur Kate et que ça lui fait mal, ça lui fait même quelque chose d'horrible dans la poitrine. Parce que Kate est morte et qu'il s'était juré que plus jamais il penserait à elle. Alors maintenant il peut plus tirer de foutus brownies, pas vrai ? Ce serait comme tirer quelque chose à Kate.

— Qu'est-ce que vous avez dans vos poches ? répète Cheveux-noirs.

Alors lui et Robbie remettent les pommes sur le comptoir. Parce qu'elle a un fusil et tout.

Elle fronce les sourcils.

— Qu'est-ce que vous alliez faire avec ça ?

— Les manger, tiens, grommelle Ben. Vous pensiez quoi d'autre ?

— Mais elles sont pourries, nous allions les jeter…

— Vous vous y connaissez, en pourri ?

Quelque chose tremble sur le visage de Cheveux-noirs, comme s'il avait juste dit la chose qu'il fallait pas. Ensuite elle jette un regard sur l'autre nana, la petite, qui se tortille dans tous les sens, et la petite nana sort ce grand sac de papier et met des nouvelles pommes et des nouvelles poires sur le comptoir.

— Ce sont des accessoires, murmure-t-elle. Nous nous en servons pour les photographies.

Elle a dix ans à peu près, avec des longs cheveux jaunes. Elle ressemble pas à Cheveux-noirs, pourtant on voit bien qu'elles sont sœurs. Elles ont cette même façon de parler, comme si elles parlaient pas vraiment.

— Prenez-en, lui dit Cheveux-noirs. Allez-y, nous pouvons en acheter d'autres.

Alors il sait qu'elle va pas tirer, qu'elle a jamais eu l'intention de tirer. En fait, elle a peur de lui. Ça montre au moins qu'elle a quelque chose dans la cervelle.

Donc maintenant, plus rien l'empêche de se tirer d'ici – sauf que Robbie s'est jeté sur une pomme et qu'il s'est mis à la mastiquer en faisant un sacré bruit. Sa vilaine petite tête en est toute plissée de plaisir et les nanas le regardent, bouche bée. Il faut dire que c'est un spectacle, Robbie, avec ses cheveux carotte, sa vieille veste crasseuse et son petit dos voûté, ses culottes qui lui descendent jusqu'aux tibias, ses pieds si noirs qu'on dirait qu'ils ont une croûte dessus.

— Quel âge a-t-il ? demande Cheveux-noirs à Ben.

— Sept ans, grogne Ben. Et même que tu peux lui demander directement à lui, il sait répondre tout seul.

C'est vrai, c'est pas parce que Robbie est un poil plus petit que les autres gamins qu'il faut le prendre pour un débile.

— Et toi, quel âge as-tu ?

— Moi ? J'sais pas. Peut-être treize ans. Qu'est-ce que ça peut faire ?

Il arrive pas à la comprendre, cette nana. Pourquoi elle les flanque pas tout simplement dehors, ou elle appelle pas les flics ? Elle veut quoi ? Peut-être qu'elle est curieuse, simplement. Certains richards sont comme ça. La crasse les intéresse, et l'odeur et le reste.

Et elle, c'est une vraie richarde. Chic chemisier blanc avec des grandes manches bouffantes, jupe couleur cuivre avec un galon noir et une chic ceinture. Richarde à fond, et si propre sur elle. Il se demande si on lui a déjà fait l'amour. Sans doute que non. Pourtant, foutue comme elle est, elle pourrait tous les faire ramper.

— C'est pas possible que tu travailles dans une boutique, il lui dit. T'es bien trop chic pour ça.

— C'est seulement un hobby. Je viens de temps en temps mais je ne suis pas payée. Mr Rennard n'en aurait pas les moyens. En plus, ça ne serait pas convenable pour une dame de se faire payer.

Elle dit ça, mais en même temps elle a ce petit sourire, comme si elle trouvait cette idée-là plutôt bizarre.

— Un peu tôt pour venir aider, non ? Sept heures du matin…

— Parfois, j'en profite pour prendre mes propres photos, avant que la boutique n'ouvre.

— Et parfois, dit Cheveux-jaunes, pour me faire *vraiment* plaisir, Maddy me laisse venir avec elle.

Mince alors, pense Ben, elle a une drôle d'idée de ce que c'est qu'un plaisir.

Cheveux-jaunes est pas aussi jolie que sa sœur, mais pas mal quand même – même s'il y a un problème avec ses sourcils. Ils sont pas arrondis comme ceux de Cheveux-noirs, mais droits et foncés. *Prenez garde*, ils ont l'air de dire, *ou ça va être la bagarre.*

Elle non plus, on lui a jamais fait l'amour, ça se voit. Ben parie même qu'elle serait furieuse s'il lui demandait. C'est drôle les histoires que les richards font avec ça. Lui fait l'amour à des nanas depuis qu'il a onze ans, et alors ?

Cheveux-jaunes porte une robe rayée rouge et blanc, des chaussettes noires, des bottes noires bien cirées. Ben se demande si elles ont des clous par en dessous ; il a toujours eu envie de bottes comme ça, pour faire des étincelles en dérapant sur les pavés. Il a vu un gamin avec une fois, c'était super.

— Il faut que vous partiez, maintenant, dit Cheveux-noirs. Mr Rennard sera bientôt là.

— Oh, pas encore…, lance Cheveux-jaunes.

— Sophie…

— Oh, *s'il te plaît…*

Elle se tourne vers Robbie, montre son chien en laine que Ben avait tiré dans le magasin de jouets et dit :

— Comment il s'appelle ?

Robbie a l'air bien embêté : ça fait deux ans qu'il a ce fichu truc, mais il a jamais pensé à lui donner un nom.

— Euh… Chien ? grommelle-t-il.

Elle hoche la tête.

— Chien. Moi je suis Sophie, et elle c'est Maddy – Madeleine, en fait. C'est Maddy qui a choisi mon nom quand je suis née, elle l'a trouvé dans un livre. Mais nous ne l'avons jamais dit à cousine Lettice.

Robbie en reste bouche bée ; il arrive pas à croire qu'elle s'adresse à lui comme à une personne convenable. Et Cheveux-noirs qui le regarde avec ce petit sourire ; pas méprisant ni rien, juste gentil. Ben, lui, *déteste* ça. On dirait que ça le démange et que ça lui donne chaud de partout. Alors il décide de tirer quand même ce foutu brownie, après tout. Juste pour prouver qu'il peut le faire.

— La semaine dernière, c'était mon anniversaire, continue Cheveux-jaunes. (C'est elle qui parle dans la famille, sa sœur regarde plutôt.) Je n'ai pas eu de fête, parce que nous ne connaissons personne. C'est pour ça que c'est si agréable de vous rencontrer…

— Sophie, ça suffit, dit sa sœur.

— … mais Maddy m'a donné *Beauté noire*, continue Cheveux-jaunes, assez moulin à paroles dans son genre. C'est génial, je l'ai déjà lu deux fois.

Elle va chercher ce livre sous le comptoir ; il y a un cheval doré sur la couverture, et Ben dit :

— Ça va pas. Ils ont mal mis la bride.

Cheveux-jaunes le regarde, impressionnée.

— Tu t'y connais en chevaux ?

Robbie intervient :

— Ben a eu un boulot une fois aux écuries, chez Berner's, et…

— Ta gueule, dit Ben.

Il se tourne vers Cheveux-jaunes.

— OK, tu sais lire, et alors ?

— Mais, dit-elle, déconcertée, tout le monde sait lire…

Pas avec mépris, non, juste comme si elle y avait jamais pensé avant.

Cheveux-noirs a l'air de trouver ça plutôt drôle, mais Cheveux-jaunes met sa petite main toute propre sur sa bouche.

— Pardon, je suis désolée, je ne voulais pas dire que… heu, tu ne sais pas lire ?

— Je connais mes lettres, grogne Ben.

Et c'est vrai, à peu près. Il est allé à l'école pendant deux semaines quand ils distribuaient des tickets de soupe, et il apprend vite, mais il est reparti avant d'avoir appris comment mettre les lettres les unes avec les autres.

— Je m'excuse vraiment, répète Cheveux-jaunes, puis elle retourne chercher quelque chose derrière le comptoir.

Sa sœur baisse les yeux pour voir ce qu'elle cherche, et Ben en profite pour retirer sa casquette et mettre le brownie dedans. Ensuite il la serre sur son ventre, comme s'il venait juste de se souvenir des bonnes manières. Personne a rien vu, c'est parfait.

Cheveux-jaunes lance un regard interrogateur à sa sœur ; quand elle a obtenu son accord, ses joues rosissent et elle tend un livre illustré à Ben.

— Maddy a des livres ici pour les enfants des clients, pour les distraire. Je me disais que peut-être ça t'intéresserait d'en avoir un. Comme ça, tu pourrais lire toi aussi.

De nouveau, ça le démange, il a chaud, et même mal à l'estomac maintenant. Foutue nana, pour qui elle se prend ? Lui *donner* des choses ?

— Ça parle d'un cheval de la cavalerie pendant la

guerre de Crimée, elle lui dit. Peut-être que tu aimeras ça, puisque tu aimes les chevaux…

Il le prend et le met dans sa poche.

— Je vais pas le lire, je vais le vendre, grogne-t-il.

Elle cligne un peu des yeux puis reprend, bravement :

— Heu… Quand tu l'auras fini, tu pourras revenir, je t'en donnerai un autre.

— T'es pas bien ou quoi ? Pourquoi je reviendrais ?

C'est mieux ; maintenant, elle a l'air près de pleurer. Des yeux brun clair, avec des petites paillettes d'or à l'intérieur, pleins de larmes.

Mais c'est alors que Cheveux-noirs lance ce regard à Ben. Un regard tout à fait clair et qui lui dit : *Je te déconseille de faire de la peine à ma sœur, Ben Kelly. Sinon, je te fais fouetter, si fort que tu saigneras pendant une semaine. Compris ?*

Il lui rend son regard, mais intérieurement il pense « Pas mal ». Lui aurait même fait bien pire si ça avait concerné Robbie. Et ça le fait repenser à Kate, quand il était môme et qu'elle veillait sur lui, et… arrête avec Kate, Ben Kelly. Arrête tout de suite.

Il est vraiment temps qu'ils s'en aillent, maintenant.

— Viens, Robbie, dit-il.

Mais ils sont à peine sortis de la boutique que Cheveux-noirs lui lance quelque chose qui le scie en deux.

— Tu sais, Ben-je-ne-sais-pas-quoi, tu n'es pas aussi dur que tu le crois.

Il se retourne, alors elle lève le fusil et grimace un sourire.

— C'est un faux, en bois. Les messieurs aiment bien qu'on les photographie avec ça dans les mains. Après, ils peuvent faire semblant d'être des vrais lords en train de chasser la grouse.

Du tac au tac, il répond :

— Et toi, t'es pas aussi maligne que tu le crois ! Pourquoi tu me l'as dit, hein ? Maintenant, qui c'est qui va m'empêcher de te taper dessus ?

Bien sûr qu'il le fait pas ; il la défie juste un moment du regard, ensuite ils s'en vont pour de bon. Mais n'empêche, ça va le travailler pendant des semaines, qu'elle le lui ait dit, pour le fusil. C'est comme si elle lui faisait confiance ou quelque chose dans le genre.

Du coup, pour le brownie, c'est bien fait pour elle. Fichtrement bien fait pour elle.

Il se dit qu'il s'en est bien tiré – sauf qu'il sait pas de quoi exactement.

Alors qu'est-ce qu'il fait ? Il retourne là-bas pour les revoir.

C'est la faute à Robbie, comme d'habitude. Un jour, en août, ils sont chez eux à Shelton Street. Robbie est en train de boucher la fenêtre avec des morceaux de carton, à cause de l'odeur du cheval de fiacre mort dans St. Giles. Ben est au lit, en train d'essayer de finir le livre.

— C'est des chouettes nanas, dit Robbie.

Ça fait des mois qu'il arrête pas de parler d'elles, de se tenir au courant de tout ce qui leur arrive.

— Il paraît que le vieux chez elles a fait faillite. C'est ce que j'ai entendu.

Ben répond rien, il en est à la dernière page. La guerre est finie, Blacky, le cheval de bataille, va être renvoyé chez lui. Et le fermier Brown va lui donner un repas qu'il a préparé spécialement pour lui.

— Leur vieux, reprend Robbie. J'ai entendu qu'il était clamsé et qu'il les avait laissées sans un rond.

— Et alors ? grogne Ben.

— On peut pas aller les voir ? Voir si elles vont bien ?

— Ferme-la un peu, Robbie.

Ben s'en est bien sorti avec le livre, à part les mots qui avaient des ch dedans. Il est pas très sûr de ce que ça fait, un c et un h, quand ils se retrouvent ensemble.

Il est encore en train de se poser la question quand il finit par céder à Robbie et qu'ils se mettent en route vers l'ouest, vers chez Madeleine. Juste pour se prouver qu'elle est pas sa sœur ni une amie ni rien du tout.

Quand ils arrivent à cette rue où elle habite, Wyndham Street, et qu'il voit combien c'est richard, il donne à Robbie une claque dans le dos qui l'envoie presque rouler au sol.

— Tu disais qu'elles étaient sans un rond ?

Sans un rond, dans une rue pareille ? Avec des domestiques qui frottent les marches, et un type avec une arroseuse pour faire retomber la poussière ? Et sur la maison de Madeleine, il y a ces grandes colonnes, et ces grilles peintes en vert ; et des marches qui montent vers un porche avec un toit de tuiles bleues et rouges, et des jardinières derrière les vitres, avec des plantes compliquées dedans ; et aussi cette énorme fenêtre avec un vitrail plein de couleurs, des oiseaux, un soleil, une mer bleue avec des vagues…

Mais la porte du sous-sol est grande ouverte, et celle de la cuisine entrebâillée ; n'importe qui peut entrer depuis la rue. Il faut qu'il lui en touche un mot.

Robbie dit qu'elles ont plus d'argent pour payer les domestiques : c'est vrai que quand ils descendent l'escalier, ils trouvent Madeleine debout devant une grande cuisinière à gaz. Elle est tout en noir, avec ses manches roulées, elle remue une cuillère de bois dans cette grande casserole qui mijote, et elle fronce les sourcils devant le plus gros livre que Ben a jamais vu. Et Sophie est assise à la table, arrêtant pas de jacasser. Elle a la même robe que la fois d'avant, dans la boutique, mais teinte en noir ; pourtant, Ben peut encore voir les rayures.

L'odeur de la nourriture lui remue le ventre, horrible. Et cette cuisine ! Des lampes à gaz, un robinet d'eau courante dans la maison, des rangées de casseroles à faire vivre un rétameur pendant un an. Sans un rond, mon cul, oui.

Lui et Robbie entrent, et Sophie leur fait un grand sourire, comme s'ils étaient de vieux amis qui s'étaient pas vus depuis longtemps et qu'elle était si contente de retrouver.

— Maddy, regarde un peu ! C'est Ben et Robbie !

Madeleine pose sur Ben un regard froid et lui dit de fermer la porte, puis Sophie demande à sa sœur si elle peut leur montrer le petit salon.

— Il y a un vitrail que Maddy *déteste*, parce qu'il lui rappelle la Jamaïque, mais moi je trouve qu'il est extraordinaire, comme dans une église.

Ben est jamais allé dans une église, alors il la croit sur parole.

— Non, lâche Madeleine par-dessus son épaule, il faut qu'ils restent ici, sinon ils voleront des choses.

Ben lui lance un sourire.

— Tu commences à apprendre, on dirait.

Robbie reste bouche bée devant Sophie ; elle dit qu'elle veut voir Chien et ils se mettent à bavarder, au moins Sophie – même si elle continue malgré tout à jeter des petits coups d'œil à Ben.

Il se tient près de la porte, dit à Madeleine :

— Il paraît que votre vieux a fait faillite.

— C'était notre cousin, rectifie-t-elle, toujours en

remuant cette cuillère dans sa grande casserole. Après sa mort, nous avons appris qu'il avait escroqué de l'argent dans la banque où il était directeur.

Elle le dit d'un ton neutre, comme si elle n'en était pas plus surprise que ça.

— Cousine Lettice, intervient Sophie, est complètement *effondrée*, elle ne sort plus de sa chambre.

— Cousine Lettice nous enterrera tous, marmonne Madeleine.

Elle referme le livre d'un coup sec, saisit le regard de Ben et fait une grimace.

— Je n'avais aucune idée de comment cuisiner ni nettoyer, alors j'ai pensé que je devais apprendre. Lettice était horrifiée. Elle méprise Mrs Beeton, elle l'appelle « la bible des parvenues qui ne savent pas quelle fourchette utiliser ».

Elle et Sophie échangent un de leurs regards qui est presque un sourire, puis Madeleine dit à sa sœur de mettre la table. Sophie pince les lèvres d'un air affairé, comme quelqu'un qui sait qu'on la regarde, ensuite elle court au buffet chercher des bols et le reste. Quatre de chaque, Ben peut pas s'empêcher de le remarquer. Il a cette même sensation que la fois d'avant, de chaleur et d'irritation ; et il reste près de la porte, pour être prêt à filer n'importe quand s'il en a envie.

Il regarde Robbie assis à la table, Sophie qui va chercher un pot de lait gardé au frais sous l'évier, Madeleine qui sert la soupe. Puis, d'un seul coup, il se retrouve à un déjeuner de dimanche comme autrefois, avec Kate mettant la table et lui criant de courir à la pompe se laver les mains, sans quoi il aura affaire à elle.

Sa poitrine lui fait mal. Il faut qu'il sorte d'ici, mais il peut pas. Il regarde Madeleine manger délicatement, comme un chat, Robbie verser du lait dans sa soupe,

Sophie faire la conversation. Il a encore jamais rencontré une nana qui parlait autant. Si elle habitait Shelton Street et qu'elle parlait autant, sûr qu'on lui taperait dessus.

Tout à coup, elle relève sa robe à ses genoux et elle dit :

— Regarde, Ben, j'ai un bleu. Je suis tombée dans l'escalier et je me suis cogné le genou.

— Sophie..., dit Madeleine, mais Sophie se tourne sur sa chaise et descend son bas noir, pour montrer le genou le plus propre et le plus doux que Ben a jamais vu.

Elle fronce les sourcils et indique une toute petite bosse rose, avec un doigt tout rose lui aussi et tout propre.

— C'est pas un bleu, il ricane.

— Oh ! bien sûr que si ! elle répond, avec des éclairs dans les yeux. Et même que ça fait mal !

Ben se dit qu'il avait raison, pour ses sourcils. Qu'ils sont tout à fait capables de promettre la bagarre.

L'odeur de la soupe lui donne des vertiges ; alors, au bout d'un moment, il se faufile jusqu'à un siège et il s'assied devant le bol que Madeleine a déposé pour lui. C'est la meilleure soupe qu'il a jamais mangée. Des grands et gros morceaux de viande, et d'oignon, et de l'orge, et de la bière.

Robbie relève la tête, avec de la soupe plein le menton, et il dit :

— Ben, il a planté un type.

— Oh ! ferme-la, marmonne celui-ci.

— Ce type, il m'a traité de demi-portion, continue Robbie, et Ben a dit je t'aurai, et l'autre a ri parce que c'est un docker et qu'il est bâti comme une armoire à glace. Mais Ben a attendu et il a poussé ce tonneau sur lui, alors le type est tombé sous une charrette qui passait et les roues lui ont roulé sur les jambes, et Ben a dit : « Maintenant, qui c'est la demi-portion, hein ? »

Robbie se penche en arrière et rugit de rire ; puis il voit que les nanas rient pas et il a l'air ennuyé.

Sophie regarde fixement Ben, avec ses grands yeux bruns.

— Et personne ne t'a grondé ?

— Qui ça ?

— Heu… Tes parents ?

— Morts et enterrés, il grommelle.

— Tiens, c'est drôle, les nôtres aussi.

Ils retournent à leur soupe, puis Sophie demande à Robbie à quoi ressemblait leur mère et il se lance :

— Elle avait des cheveux roux comme moi, mais Pa les avait noirs comme ceux de Ben, et Pa la battait, alors elle est morte. Ensuite Ben m'a emmené et Pa est mort aussi et Ben a dit bon débarras. Ma nous envoyait récolter le houblon, c'est pour ça que Ben est si fort, mais moi j'ai dû arrêter et rester à la maison parce que j'étais trop petit. Et on avait deux pièces entières pour nous dans East Street, avec un lit rien que pour les enfants, et tous les dimanches Ben devait aller chercher le dîner à la boulangerie, poitrine de bœuf et patates et pudding.

Ben lui fait fermer la bouche d'un revers de la main. Robbie est toujours à le harceler pour parler de ça, mais il devrait pas recommencer avec toutes ces histoires.

— Je n'ai jamais vu de portrait de ma mère, dit Sophie. Cousine Lettice les a tous brûlés. Mais j'ai une photo de Miss Sarah Bernhardt, et Maddy dit que maman lui ressemblait. Même si je ne suis pas très sûre de comment Maddy le sait, puisqu'elle dit qu'elle se souvient à peine de maman, alors…

Elle jette un regard oblique sur sa sœur, comme si elles s'étaient récemment disputées à ce sujet.

Ben dit à Madeleine :

— Cette cousine Lettice, c'est tout ce qui vous reste ?

Elle hoche la tête.

— Notre mère est morte quand Sophie est née, et notre père a été tué au Soudan.

— C'est quoi ?

— Un désert en Afrique. Il était soldat.

— Il s'appelait le major Alasdair Falkirk, intervient Sophie, et il est venu de la Jamaïque et il a abandonné sa femme pour partir avec notre mère. Elle s'appelait Rose, mais c'est tout ce que nous savons d'elle.

Madeleine regarde la table. Ben devine qu'elle en sait davantage que ce qu'elle dit.

— Normalement, nous ne devons pas parler d'eux, dit encore Sophie.

— Pourquoi ? demande Ben.

Sophie lance un regard à Madeleine : elle se lève, va porter son bol dans l'évier, rabat ses cheveux sur ses tempes.

— Nous sommes des enfants illégitimes, dit-elle.

Ben sait pas ce que ça veut dire, mais visiblement elles pensent que c'est une des pires choses qui peuvent arriver.

— Ça signifie, dit Madeleine, que notre père n'a jamais épousé notre mère.

— C'est tout ? fait Ben. Je peux avoir encore de la soupe ?

Madeleine et Sophie l'observent comme s'il avait perdu la tête. Pendant ce temps, il se ressert de la soupe.

— Là où j'habite, il explique, les gens se marient pas.

En fait, personne se marie, à part les aristos. Vous saviez pas ça ?

Madeleine secoue la tête.

— Réfléchissez, il continue. Ça coûte au moins sept pence, il faut prendre des grands airs toute la matinée, et tout ça pour quoi ? Pour un bout de papier qui vous dit qu'après vous pourrez plus jamais changer d'avis.

Madeleine regarde ses lèvres comme s'il parlait chinois.

— Y a que les aristos qui se marient. Y a que les aristos qui s'inquiètent de qui a la maison et les bijoux et tout.

Maintenant, elle le regarde comme s'il venait de dire quelque chose d'intelligent, et il peut pas s'empêcher d'en être content.

Robbie demande à Sophie si elle veut jouer au bâton et à l'oie ; elle lui demande ce que c'est et Madeleine les envoie dans le jardin, puis elle crie à Sophie de mettre son chapeau.

— Ils ont un jardin à eux ! crie Robbie à Ben depuis l'escalier. Une pelouse, des pots de fleurs, un arbre !

Quand ils sont partis, Madeleine va chercher un livre dans le buffet et le fait claquer sur la table devant Ben.

— C'est quoi ?

— *La Chute des derviches*. C'est une aventure de Jack Hathaway. Nous avons pensé que ça pourrait te plaire.

Il regarde les lettres sur la couverture et il pense : voilà ce que ça fait ensemble, c et h. Puis il se rend compte qu'elle avait ce livre qui attendait là depuis le début, comme si elle savait qu'il allait venir. Il *déteste* cette idée-là. Il dit :

— J'ai jamais lu celui d'avant. Je l'ai vendu. Je ferai pareil avec celui-là.

— Fais comme tu veux. Il était assez bon marché.

— Bon marché ? il grogne. Rien n'est bon marché quand on peut pas payer. Tu sais pas encore ça ?

Elle est adossée au buffet, les bras croisés.

— Je ne sais rien, dit-elle d'une drôle de voix.

Pourquoi elle dit ça ?

— Sophie sait plus de choses que moi. Elle est incroyable, elle lit tout. Moi je suis beaucoup trop stupide, et trop indisciplinée. Comme ma mère. (Elle se mord la lèvre.) Même le genre de choses que tu sais, je ne les connais pas.

Là, tu as raison, ma fille.

Elle s'assoit en face de lui, met les mains sur la table.

— Tu crois que nous sommes riches, mais bientôt nous n'aurons plus rien. Nous avons dû vendre les meubles pour payer les dettes, et je vais devoir travailler pour nous faire vivre. Mais Mr Rennard n'a pas les moyens de me donner un emploi, et personne d'autre n'a l'air de vouloir d'une assistante photographe. Je ne peux pas être gouvernante parce que je ne suis jamais allée à l'école, et je ne peux pas être sténographe non plus, je ne saurais pas. Je pourrais être dame de compagnie ou vendeuse dans une boutique, mais ça ne nous ferait pas vivre toutes les trois.

— Pourquoi tu me dis ça ? demande Ben.

Elle le regarde de ses grands yeux sombres.

— Je pensais que tu pourrais peut-être nous aider.

— Moi ? dit-il, indigné. J'aide personne.

— Alors, pourquoi tu es ici ?

— C'est Robbie qui a eu l'idée.

Elle dit rien, elle fait seulement des dessins sur la table, du bout de l'ongle.

La réponse se voit comme le nez au milieu de la

figure, mais elle la voit pas, parce qu'elle est une aristo. Elle sait lire mais elle sait pas voir. Tous les mêmes !

Au bout d'un moment, il lui lance :

— Tu pourrais te faire une fortune avec tes fesses.

Elle cille même pas, fait même pas semblant d'être choquée. Elle lui jette juste ce long regard, lent, comme si elle y avait déjà pensé. Ça le surprend quand même, Ben.

— Cousine Lettice dirait que c'est dans mon sang, elle dit doucement.

— Dans ton quoi ?

— Que c'est ce que j'étais destinée à faire. À cause de ce que je suis, d'où je viens.

Ben sait rien de tout ça. Mais, d'un seul coup, il voit bien où ça pourrait mener. Oui, elle pourrait *vraiment* gagner des masses d'argent. Si elle était bien guidée, bien dirigée.

Il les imagine, elle et Sophie, installées dans une jolie petite villa dans Brompton Road. Seulement sur rendez-vous, s'il vous plaît. Ils ont une loge à l'hippodrome et leur attelage à eux. Et Robbie a des nouveaux habits, Ben une paire de bottes avec des clous. Il est leur ami et il les voit tous les jours.

Il se remet alors à parler, mais pas du tout de ça :

— Et ta famille ?

Elle répond rien.

— S'ils sont à la Jamaïque, ils doivent être riches, non ?

Il le sait parce que son frère Ryan était docker avant de finir en taule, et la Jamaïque ça veut dire des barons du sucre et des esclaves nègres.

Mais elle est furieuse ; elle secoue la tête, elle a des éclairs dans les yeux.

— Je n'attends rien du tout d'eux.

— Pourquoi ?

— Premièrement, je ne sais même pas qui ils sont. Lettice ne me dirait jamais le vrai nom de mon père.

— Arrête !

— C'est vrai. Nous ne parlons jamais de lui. Je ne sais pas s'il était un Fynn comme Septimus, ou un Monroe comme Lettice, ou encore quelque chose d'autre. Et ça m'est égal. Pourquoi pas ? De toute façon, ce n'est pas notre nom, ça n'a rien à voir avec nous.

Dans sa bouche, ça sonne comme si elle se l'était répété des dizaines de fois, pour y croire elle-même.

— C'est pas ça l'important, il dit. L'important, c'est qu'il y a une famille, et qu'ils voudront pas que deux bâtardes viennent tout foutre en l'air chez eux, alors ils casqueront pour avoir la paix, ils casqueront un peu.

Mais elle secoue de nouveau la tête.

— Ils n'ont jamais rien fait pour nous. Pourquoi est-ce que ça changerait tout d'un coup ? Pourquoi est-ce que j'irais mendier auprès d'eux ?

C'est lui maintenant qui est furieux.

— Ça c'est trop ! Tu dis que t'es sans un rond, mais que tu veux pas en faire toute une affaire, que tu veux déranger personne ? Non, pas d'accord… Il faut t'aider toi-même, ma vieille, parce que si tu le fais pas, personne le fera pour toi…

Il prend le livre, crie pour rappeler Robbie, puis d'un coup ils quittent la pièce et remontent l'escalier. Laissant Madeleine et Sophie debout dans la cuisine, un peu interloquées.

Et ce qui énerve le plus Ben dans l'histoire, c'est qu'avec toutes ces casseroles, tous ces couteaux et le reste, il a rien tiré. Pas la moindre foutue cuillère.

Septembre tire à sa fin, mais il fait toujours aussi chaud : en plus, le vent vient du sud, apportant dans Garratt Lane cette affreuse puanteur de cimetières et d'équarrisseur. Ben est sur son lit avec *La Chute des derviches*, attaquant le chapitre sur les chameaux, quand elle entre. Madeleine, de Wyndham Street, entre chez lui à l'improviste

C'est horrible de la voir ici. Toute pomponnée dans sa robe noire, avec des gants, un chapeau, un sac, une ombrelle. Et lui qui a juste sa culotte, Robbie sa chemise et rien d'autre. Mais elle a pas l'air de le remarquer. Elle a l'air de quelqu'un qui a arrêté de s'inquiéter pour des choses pareilles.

Elle donne à Robbie un sac de cerises ; sa mâchoire inférieure en tombe de surprise et bientôt il est planté comme un allumeur de réverbères dans le coin de la pièce, en train de mastiquer bruyamment. Ben en profite pour glisser le livre sous le lit, qu'elle le voie pas.

— Comment tu nous as trouvés ?

— Oh ! dit-elle négligemment, Robbie a donné le nom de la rue à Sophie, alors je suis venue et j'ai demandé aux voisins.

Elle fait les cent pas dans la pièce, se retourne, se lisse les cheveux.

— J'ai fait ce que tu avais suggéré, j'ai essayé de contacter la famille. Je suis allée chez le notaire de Septimus. Il ne m'a rien dit, sauf que, pendant tout ce temps, c'était *la famille* qui avait payé pour nous, pas Septimus. Ils avaient fait une sorte de legs, mais maintenant il n'en reste rien. Plus un penny. Le notaire a dit qu'il y avait eu « des irrégularités dans les comptes ».

— Tu veux dire que Septimus a tout raflé ?

Elle hoche la tête.

— Et alors ? Qu'est-ce que tu veux que j'y fasse ?

Elle pose les mains sur les hanches, respire à fond, comme si elle manquait d'air.

— Sophie a la tuberculose.

Robbie relève la tête de ses cerises.

— C'est quoi ?

— Une embrouille, rétorque Ben d'un ton froid, et il se met à tirer sur une croûte de son genou.

Elle le regarde, comme si elle en croyait pas ses oreilles, pourtant elle continue, d'une voix tremblante :

— Ce n'est pas la phtisie. Ses poumons sont bien, parfaitement bien. Le médecin dit que c'est une sorte de… tuberculose des os. Tu te rappelles quand elle s'est cogné le genou ?

Il hoche la tête.

— Le médecin dit que c'est sans doute à cause de cette… lésion. Que ça a commencé à ce moment-là, en fait.

Il se rappelle ce genou propre et doux, avec une si petite bosse rose.

— Pour combien de temps elle en a, alors ?

Il l'entend qui reprend son souffle.

— Dans un sanatorium, avec une bonne alimentation, du soleil et une attelle spéciale, elle pourrait aller mieux, aller tout à fait bien. Mais si elle n'est pas traitée bientôt, si la maladie monte dans les poumons, elle ne passera pas l'hiver.

Il envoie la croûte sur le mur d'une chiquenaude.

— Pauvre petite pétasse.

— Tu n'as pas intérêt à l'appeler comme ça, Ben Kelly !

Il relève la tête, voit que ses joues retrouvent toutes leurs couleurs d'un seul coup.

— Elle ne va pas mourir, siffle-t-elle entre ses dents. Je ne la laisserai pas mourir !

— Ah ouais ? Et comment tu vas faire ? Un putain de sana ? Tu sais combien ça coûte ?

— Vingt guinées par mois, répond-elle sèchement, trois mois payables d'avance. Je me suis renseignée, tu vois, et au cas où tu ne saurais pas faire les additions, ça fait soixante guinées en tout. Et je te remercierai de ne plus jamais employer ce genre de mots devant moi.

Soixante guinées ? Il en a le souffle coupé. Jamais il aurait imaginé une somme pareille.

— Eh bien. Voilà.

— Non, pas voilà. C'est pour ça que je suis ici.

Il la dévisage et elle continue :

— Tu as bien dit que je pourrais me faire une fortune avec mes fesses, n'est-ce pas ? Eh bien, c'est ce dont j'ai besoin ! Une fortune.

Ses yeux se rétrécissent et il dit :

— Et alors ?

— Aide-moi. Montre-moi ce que je dois faire.

— Laisse tomber.

— Fais-le pour Sophie.

— Pour personne, je le ferais.

— Je te donnerai une part sur tout ce que je gagnerai.

— Enfin tu parles comme tout le monde, il lui dit.

Chapitre neuf

Ce qui est pur dans le cœur ne devient pas malade. La maladie est un signe de turpitude morale : elle provient du mauvais sang, de pensées malsaines, de l'étranger. Lettice n'était jamais malade. Dieu n'est jamais malade.

Quand Sophie contracta la tuberculose, Lettice vécut cela comme un véritable outrage. Pendant des années, elle s'était battue pour rendre ses deux pupilles respectables aux yeux du monde, et maintenant cette indigne maladie criait sur les toits qu'elles étaient vicieuses. Où était la *justice* ?

Toute sa vie, elle avait lutté pour la justice. Elle avait toléré l'aversion de son mari envers elle, parce que c'était sa punition pour s'être mariée en dessous de sa condition. C'était pour cela que sa famille avait coupé tous les liens avec elle, et elle avec eux. C'était *juste*.

Elle avait toléré la mort de son mari et sa disgrâce, parce que c'était sa punition à lui pour le vice et la malhonnêteté.

Elle avait même toléré sa récente pauvreté. Avec un silence sévère, elle avait regardé Madeleine discuter avec les commerçants, vendre les meubles, payer les dettes, jusqu'à ce qu'il ne reste plus du tout d'argent. Quand le dernier domestique avait été congédié, elle s'était retirée dans sa chambre : car, sans domestique, il serait désormais impossible de répondre à la porte. Mais Notre-Seigneur aussi avait été pauvre, donc, d'une certaine manière, elle pouvait y voir la marque de la justice.

Toute sa vie, elle avait supporté ce que le destin lui avait envoyé, parce que Dieu est juste. Dix ans plus tôt, Il lui avait donné deux âmes illégitimes à conduire vers la lumière, et elle l'avait fait. Elle s'était battue pour imposer sa volonté à une Madeleine récalcitrante et têtue, à une Sophie indépendante et vive d'esprit. Elle s'était assuré qu'elles grandissaient en bonne santé, qu'elles comprenaient l'importance de dissimuler ce qu'elles étaient et leur origine.

Et maintenant, tout cela était balayé. La tuberculose est la marque du vice : Lettice le savait, le monde le savait.

Le docteur le savait quand il le lui avait annoncé. L'infirmière le savait, quand elle lui avait dit que la maison devait être lavée du haut en bas au Crésyl, le linge des enfants bouilli et passé au bleu deux fois par semaine. Comme si la maison de Lettice n'était pas déjà une maison d'une propreté immaculée !

L'affront la tourmentait encore alors qu'elle s'habillait pour sortir, le lendemain matin.

— Du haut en bas, marmonna-t-elle, en piquant sa dernière épingle dans son chapeau. Comme si nous vivions dans les ordures !

Elle ramassa vivement ses gants, son réticule, son manteau de promenade de crêpe noir, et traversa le palier en coup de vent jusqu'à la chambre des filles.

Celles-ci se turent dès qu'elle ouvrit la porte. Sophie, allongée sur son lit, adossée aux oreillers, avait l'air furieuse. Madeleine était encore en robe de chambre, une expression étrangement calme et composée sur le visage.

Lettice avisa la tenue de sortie, teinte en noir, qui était étalée sur le lit, et dit :

— Tu ne peux pas sortir. Parce que *je* sors. Tu dois rester avec ta sœur.

Madeleine l'observa de cet air pensif et distant qu'elle prenait désormais avec elle – comme si Lettice n'était plus quelqu'un à combattre, seulement à manipuler.

— Mr Rennard va me faire une lettre de recommandation, lui dit-elle. J'en aurai besoin si je trouve une place.

Lettice se demanda si c'était vrai.

— Tu pourras aller la chercher plus tard. Je dois acheter du Crésyl chez Lampleigh's.

— Nous en avons encore deux bouteilles.

— Ça ne suffit pas.

— Mr Rennard m'a dit de passer à neuf heures.

— Tu aurais dû me consulter avant de dire oui.

Encore ce même regard, puis :

— Désolée, dit simplement Madeleine. Je vais aller à côté, demander à Mrs Somerville si elle peut venir s'asseoir avec Sophie. Comme cela, nous pourrons sortir toutes les deux.

Leurs yeux se croisèrent : ceux de Madeleine étaient calmes et résolus. Lettice pensa : pour elle, je suis devenue un obstacle. Est-ce que j'ai toujours été cela, et rien de plus ? Puis, tout haut, elle dit :

— Ne t'attarde pas chez Mr Rennard.

Madeleine inclina la tête. Elle complotait quelque chose, Lettice en était sûre.

En descendant l'escalier, elle prit une profonde inspiration. Le vent de la bataille n'allait pas tarder à se lever. Tu ne dois pas te laisser manipuler, songea-t-elle. Tu dois faire cesser cela. Tu dois découvrir ce qu'elle manigance.

— Tu vas voir Ben, n'est-ce pas ? dit Sophie quand Lettice fut partie.

— Non, répondit Madeleine.

Dans le miroir, elle aperçut la broderie que Lettice lui avait fait faire, au point de croix, quand elle avait douze ans. *La fornication conduit au malheur et à l'enfer. Le mariage mène au bonheur et au paradis*. Qu'est-ce que la fornication ? lui avait demandé Sophie une bonne centaine de fois. Je ne sais pas, répliquait toujours Madeleine. Quelque chose de mal, je suppose.

— Tu vas voir Ben, répéta Sophie. Est-ce que je peux venir ?

— Tu sais bien que tu ne peux pas. Le Dr Wray a dit que tu avais besoin de repos complet.

— Je me suis reposée hier, et aussi avant-hier.

— Il voulait dire pendant des mois.

— Mais je ne *peux pas*. Comment est-ce que je pourrais ? Je n'ai même pas le droit de lire…

— Je sais, mais je te ferai la lecture en rentrant.

Au loin, les cloches de St. Mary sonnèrent la demie. Il lui fallait se dépêcher si elle voulait rencontrer Ben à huit heures. Elle ouvrit vivement le tiroir, examina la pile de sous-vêtements. Par cette chaleur, la combinaison-culotte de batiste serait la plus fraîche, mais la chemise et la culotte de soie étaient plus jolies. Est-ce que ça avait de l'importance ? Si elle allait jusqu'au bout, est-ce qu'elle devrait tout enlever ?

Son estomac se souleva ; elle ne savait même pas ce que « jusqu'au bout » impliquait.

Hier, après être revenue de chez Ben, elle s'était glissée dans la chambre de Lettice et avait jeté un regard furtif dans le Dr Philpott.

À son grand désarroi, il restait muet sur les détails de ce qu'il appelait *rapports* – sinon pour dire que *la femme doit s'efforcer d'avoir des pensées heureuses pendant tout le temps qu'ils durent*.

Elle sortit la combinaison-culotte et referma le tiroir. Derrière elle, Sophie repoussa les draps, une expression rebelle sur son visage gonflé par la maladie.

— Ce n'est pas juste, grommelait-elle. Je suis punie et je n'ai rien fait de mal !

— Je sais. C'est horrible. Oui, je sais.

Dans un silence impuissant, elle se faufila derrière le paravent et s'habilla. Depuis le diagnostic de la maladie de Sophie, elle avait l'impression de vivre sur un fil : un fil dur et métallique qui allait plonger dans de froides et lugubres ténèbres.

Comment des vies pouvaient-elles basculer en aussi peu de temps ? Le mois dernier encore, elle photographiait avec bonheur des fleurs dans le jardin, pendant que Lettice préparait un voyage jusqu'à Maples pour y admirer les derniers modèles de globes électriques, que Septimus votait pour exclure les Américains de son club, que Sophie composait une brochure sur la situation désespérée des chevaux de fiacre de Regent's Park. Aujourd'hui Septimus était mort, tout l'argent avait disparu, et sa petite sœur, son intelligente, bavarde, agaçante petite sœur, était atteinte d'une maladie mortelle.

— *Pourquoi* est-ce que tu ne veux pas me dire où tu vas ? lui demanda Sophie.

— Je te l'ai dit. Je vais voir Mr Rennard.

— Ça, c'est ce que tu as dit à cousine Lettice.

Madeleine ne répondit pas.

— Tu vas retrouver Ben et Robbie, n'est-ce pas ?

— Sophie…

— Tu vas retrouver Ben et Robbie et me laisser en dehors. Tu es horrible. Je te hais.

Depuis que le Dr Wray lui avait posé l'attelle, deux jours plus tôt, elle était insupportable. C'était un affreux appareillage de barres et de cerceaux d'acier recouverts de feutre bouilli, qui entourait sa jambe gauche du haut de la cuisse jusqu'à quelques centimètres en dessous de son pied. Un socque vissé sous la semelle de son autre botte était censé compenser la différence de hauteur. Le Dr Wray avait dit qu'elle devait se mettre debout cinq minutes par jour, pour s'y habituer. Il lui avait assuré que c'était facile.

— Il n'a qu'à essayer…, avait marmonné Sophie quand il avait quitté la pièce, puis elle avait éclaté en sanglots. Pardon, c'est juste l'énervement, avait-elle bredouillé ensuite, quand elle avait recouvré sa maîtrise d'elle-même.

Comme si elle avait besoin d'une excuse pour pleurer…

Elle était décidée à se comporter en adulte. Quand Madeleine avait retrouvé son âne en peluche adoré, qui avait été relégué au grenier, elle l'avait repoussé comme si elle était désormais trop âgée. Madeleine lui avait répondu que ce n'était pas un jouet, mais une mascotte ; sur quoi Pablo Grey avait été autorisé à rester dans sa chambre.

La cloche de l'église sonna moins le quart. Madeleine finit de boutonner son chemisier et sortit de derrière le paravent.

— C'est vrai, reconnut-elle, je vais voir Ben.

— Je le savais.

— Pas un mot à Lettice, surtout.

— Seulement si tu promets de ne plus donner de livres quand je ne suis pas là.

Elle n'avait pas encore pardonné à Madeleine d'avoir donné à Ben *La Chute des derviches* dans son dos.

— C'est promis, lui répondit Madeleine.

Sophie hocha la tête, tira sur la boucle de son attelle.

Elle n'a pas l'air malade, songea Madeleine, et une bouffée de panique s'empara d'elle. Comment pouvait-elle être malade ?

Ç'avait commencé avec ce coup sur le genou, un peu de fièvre le soir. Lettice avait mis cela sur le compte des douleurs normales de la croissance, lui avait donné du calomel. C'était seulement quand les langueurs du matin étaient survenues qu'elles s'étaient inquiétées.

Après un diagnostic rapide, le vieux Dr Bostock avait conclu qu'il fallait enlever la jambe. Même Lettice en avait été choquée. Madeleine l'avait remercié et avait trouvé un autre médecin. Le Dr Wray, trente ans plus jeune, avait confirmé le diagnostic, mais prescrit un repos prolongé avec la fameuse attelle et beaucoup de viande de bœuf fraîche, une demi-livre de graisse de rognon de mouton par jour, bouillie dans du lait, beaucoup de soleil et d'air pur dans un sanatorium à la campagne. L'air pur était crucial. Si Sophie voulait survivre, elle devait vivre à l'extérieur en permanence ou presque.

Il avait aussi expliqué à Madeleine que la maladie n'était pas héréditaire, ainsi que le croyait Lettice, mais causée par des milliers d'organismes invisibles appelés bacilles. Cette nuit-là, incapable de trouver le sommeil, Madeleine se les était représentés comme une procession de petites pierres tombales flottant dans le sang de sa sœur, ou comme ces taches grises qu'elle avait imaginées quand elle était enfant.

Et si le Dr Wray se trompait, et que Lettice avait raison ? Si la maladie était la souillure qui ressortait ? Et si ses parents étaient responsables de la maladie de Sophie ?

Elle claqua fort la porte sur cette pensée. Claque la porte. Ne pense pas à eux.

— Toi et Ben, qu'est-ce que vous allez faire ? s'enquit Sophie.

Madeleine prit sa veste sur le lit.

— Trouver un peu d'argent.

— Comment ? Vous allez cambrioler une banque ?

— Bien sûr que non.

— Vous allez faire quelque chose d'illégal ?

— Non.

— Tu n'as pas l'air très sûre…

— Sophie…

— Est-ce que Ben fait des choses illégales ?

— Tout le temps, j'imagine.

Pendant qu'elle boutonnait sa veste, elle aperçut son reflet dans le miroir et eut l'impression que le regard sombre de sa mère lui répondait.

Est-ce que je fais ça à cause d'elle ? se demanda-t-elle. Parce que je suis sa fille, donc prédisposée au vice ?

Mais alors, si c'était vrai, cela signifiait-il que Sophie était prédisposée au vice, elle aussi ? Ou bien était-ce comme des cartes qu'on mélange avant de les redistribuer – peut-être que Sophie avait hérité de tout le bon, tandis que Madeleine avait eu tout le mal…

Elle se massa les tempes ; il ne fallait pas qu'elle pense à ce genre de choses, pas maintenant. Aujourd'hui c'était vendredi, et d'ici lundi elle avait besoin de douze livres. Douze livres pour la nourriture, un mois de loyer d'avance, un charretier pour les emmener dans les petites pièces miteuses qu'elle avait trouvées dans North Wharf Road.

Le *Dictionnaire des emplois ouverts aux femmes* disait que les serveuses à l'ABC commençaient à neuf shillings par semaine, une vendeuse à douze, une « laisseuse » de cartes de visite dans les maisons amies à vingt-cinq (avec un gros investissement de départ nécessaire pour être « bien mise ») et une promeneuse de chien (le préféré de Sophie) à un shilling et six pence de l'heure – à condition qu'elle trouve assez de chiens à promener.

En d'autres termes, il était impossible de trouver douze livres en trois jours par des moyens honnêtes. Mais, selon Ben – et pour une raison étrange, elle le croyait –, ils pouvaient obtenir vingt guinées pour sa première fois (« le prix fort, dans une bonne maison ») et vingt-cinq par semaine ensuite.

Sophie tirait toujours sur la boucle de son attelle.

— À quoi est-ce que les gens ressemblent, quand ils sont morts ?

Madeleine inspira profondément.

— Tu sais ce que le Dr Wray a dit sur les conversations morbides…

Sophie se renfrogna.

— Mais maman, à quoi est-ce qu'elle ressemblait quand elle est morte ?

— Je ne me rappelle pas.

— Si, tu te rappelles.

— Même si c'était vrai, je ne te le dirais pas. Ça ne te ferait aucun bien.

— À quoi est-ce que *je* ressemblerai quand je serai morte ?

— Tu ne vas pas mourir.

— Mais *si* je mourais…

Madeleine tira de nouveau les draps sur elle, récupéra Pablo Grey au sol et le posa fermement sur la poitrine de sa sœur.

— Est-ce que je pourrai encore te voir quand je serai morte ? demanda Sophie, toujours renfrognée.

Madeleine lui mit les mains, l'une après l'autre, sur le gros ventre en peluche de l'âne.

— Je ne sais pas. Personne ne le sait. Mais, de toute façon, tu ne vas pas mourir. Je ne le permettrai pas.

Ben l'attendait au coin de Titchfield Street et de Portland Road. Il était appuyé contre un tonneau, devant la boutique d'un marchand de fruits, et flirtait avec une blanchisseuse au visage grêlé, un panier de lessive sur la hanche.

Madeleine aimait bien Ben, sans savoir au juste pourquoi. Il était crasseux, amoral, son langage était grossier, et il inspirait plutôt la pitié, comme un jeune frère dont on aurait honte. Mince comme un renard, rapide comme un whippet, il portait la puanteur et la crasse du caniveau avec insouciance et panache. Il débitait des grossièretés d'une voix encore légèrement enfantine par moments ; ses yeux verts brillaient d'un savoir acquis trop vite. Mais elle l'aimait bien. Elle comprenait sa solitude, sa méfiance, son attachement passionné à un frère cadet qui lui faisait tant confiance.

Elle ne pouvait qu'éprouver de l'admiration pour un garçon qui avait grandi là où il avait grandi, et qui avait survécu.

En le cherchant la veille, elle avait dû parcourir, le ventre noué par l'angoisse, un dédale de cours puantes et de taudis infâmes. Les enfants y grouillaient comme des rats, des enfants aux visages tirés, gris, tuberculeux, déformés.

Contre un demi-penny, une femme lui avait indiqué où le trouver. Dans *La Femme du monde*, les pauvres sont soit des gens avec une bonne nature, qui s'accommodent de leur condition du mieux possible, soit d'affreux vauriens qui frappent à mort des innocents ; mais cette femme paraissait être à la fois meurtrière *et* d'une bonne nature. Son énorme poitrine ballottait sous sa combinaison trempée de sueur, et ses bras étaient un véritable patchwork de bleus ; elle fit à Madeleine un sourire édenté et lui désigna le logement des Kelly, en haut de trois volées de marches, en lui recommandant de faire attention, car il n'y avait pas de rampe.

Le « logement » de Ben était à peine plus grand qu'un placard ; les murs s'y effritaient, maculés par plusieurs générations de punaises écrasées. La petite fenêtre était bouchée par du carton, et l'air si fétide que Madeleine en eut un haut-le-cœur.

Quand elle entra, Ben poussa *La Chute des derviches* sous la paillasse où il était couché et sauta sur ses pieds, aussi méfiant que lorsqu'elle l'avait tenu en respect avec le faux fusil. Il était nu jusqu'à la taille, sa maigre poitrine couverte de croûtes luisantes. Elle devina les morsures de la vermine, les accès de grattage acharné qui les avaient suivies.

Comment avait-il survécu à tout cela ? se demandait-elle.

Et maintenant, au soleil dans Portland Road, elle le regardait plaisanter avec la petite bonne. S'il faisait rire aux éclats la fille, remarqua-t-elle, lui-même ne riait jamais. En y repensant, elle l'avait même rarement vu sourire ; quand il le faisait, c'était juste un grognement rapide, sans vraie gaieté.

Pendant qu'elle était là à l'examiner, il passa les mains derrière la nuque de la fille, attira son visage vers le sien et l'embrassa. Elle enfonça les doigts dans ses cheveux noirs et gras, son corps se cambra contre celui de Ben. Leurs bouches s'étreignirent passionnément.

Madeleine en eut le feu aux joues. Était-ce cela que Lettice appelait le vice ?

Quand ils se séparèrent, leurs respirations à tous deux étaient haletantes ; les yeux de la fille brillaient, ses lèvres étaient humides et gonflées. Ben l'observa quelques instants ; son visage était froid, et même beau, dans cette froideur. Puis il promena le regard autour de lui et aperçut Madeleine. Aussitôt il lui fit un signe et planta la petite bonne, sans se retourner une seule fois vers elle.

— Qu'est-ce qui se passe, Madlin ? dit-il, en s'essuyant la bouche sur sa manche. Je pensais que tu viendrais plus.

Les mains de Madeleine se serrèrent sur son réticule.

— Qu'est-ce qu'on fait, maintenant ?

Il l'enveloppa du regard, comme s'il la jaugeait.

— Un petit tour. Histoire que tu prennes tes repères.

Ils traversèrent la rue, puis descendirent Riding House Street et la paisible Langham Place. De respectables maisons ornées de stuc semblaient les toiser, avec leurs jalousies fermées, leurs sévères portes noires. Ben eut un mouvement de la tête en passant devant le numéro sept.

— Une des meilleures.

Elle jeta un coup d'œil sur les marches bien brossées, puis revint à lui.

— Tu ne veux pas dire que c'est un…

Il fit un signe de tête affirmatif.

— Mais c'est presque au coin de la rue où nous vivons !

— Justement, à propos… Il paraît que ton cousin Septimus était un client régulier.

Elle contempla la façade blanche. Elle aurait dû être choquée, mais ne l'était pas. Depuis l'âge de dix ans, elle savait que deux mondes bien distincts coexistaient côte à côte, comme les reflets qu'on voit sur certaines photographies. Il y avait le monde sûr de la surface, et celui secret d'en dessous : monde de douleur et de laideur, que chacun connaît mais dont personne ne parle. Comme la femme morte allongée dans le papillon de sang écarlate.

Ben prit son expression pour de l'inquiétude.

— On va pas entrer. Je voulais juste te montrer que c'est plus respectable que tu crois. Beaucoup de femmes le font de temps en temps, ça les empêche pas de redevenir respectables après.

Elle était touchée par les efforts qu'il faisait pour la rassurer.

Ils commencèrent par le sud. Pendant qu'ils marchaient, il lui donna une rapide leçon de géographie. Tout en bas de l'échelle, il y avait les maisons de passe de Betty Street, qui faisaient « le commerce des jeunes, à partir de cinq ans », et qui étaient méprisées pour le mauvais renom qu'elles donnaient à la profession. Puis il y avait les maisons de tolérance autour de Seven Dias, Devil's Acre et Haymarket ; là, les transactions se faisaient sur le pas des portes, à six pence le tour. Au-dessus, c'était Great Windmill Street, qui avait été au top une dizaine d'années plus tôt, mais qui depuis avait baissé ; au-dessus encore, il y avait Marylebone, et enfin, tout au sommet, Mayfair, avec ses maisons d'une discrétion absolue, d'où les filles ne sortaient jamais sans être accompagnées. Le bruit courrait qu'une nouvelle pensionnaire était arrivée, un client intéressé prierait qu'on l'amène chez lui, en fiacre. Là-bas, ni scandale ni maladie. Tout y était propre, mondain, parfait.

— Arrête, dit Madeleine.

Ils étaient devant le Coliseum ; elle dut élever la voix pour couvrir le bruit des trams, le crissement des roues des voitures contre le rebord du trottoir.

— Il faut que tu me dises quelque chose.

— Ouais, quoi ?

— Que tu m'expliques comment ça se passe.

Il fronça les sourcils.

— Oui, c'est ce que je…

— Non. Je veux dire ce qu'on *fait* vraiment. Ce qu'on… fait.

Il cligna des yeux.

— Merde… Tu veux dire que… tu le sais pas ?

— Si je le savais, je n'aurais pas besoin de te le demander.

Il se gratta la nuque.

— Merde, alors.

Elle attendit, mais il continuait à secouer la tête et elle reprit :

— Tu ne peux pas juste me le montrer ?

— Je pense pas que t'aimerais beaucoup ça, répliqua-t-il avec un grognement qui pouvait ressembler à un rire.

Au même moment, un brouhaha de cris leur parvint d'une rue latérale. Ben, curieux, demanda à Madeleine de l'attendre et s'éloigna en courant ; il revint quelques instants plus tard, la prit par la main et l'entraîna derrière lui.

Elle se retrouva dans une ruelle bordée de minables boutiques. Un prêteur sur gages, un médiocre petit agent d'Imperial Gas, Light & Coke. Devant un pub était arrêté un haquet de brasseur, auquel quatre chevaux étaient attelés ; ils pointaient tous les quatre leurs oreilles vers deux bâtards en train de s'accoupler dans le caniveau.

Le plus grand des deux, un chien-loup de couleur rousse, le pelage mangé par une vilaine gale, était monté sur la plus petite – qui avait visiblement du lévrier dans ses ancêtres, mais pas assez pour lui avoir permis de fuir. Elle criait de façon pitoyable pendant que l'autre haletait en étreignant ses flancs décharnés.

La scène soulevait des rires bruyants dans l'assistance ; deux respectables femmes portant des canotiers de paille se dépêchèrent de dépasser Madeleine, les joues embrasées.

Ben lui montra les chiens.

— Voilà.

Madeleine le regarda, puis regarda de nouveau les chiens.

— Ça ?

Il haussa les épaules.

— À peu près.

Elle observa le robuste arrière-train du chien-loup aller et venir, comme une sorte de jouet mécanique bizarre. Ce n'était pas la première fois qu'elle voyait deux chiens faire cela, mais elle avait toujours pensé qu'une telle conduite était limitée aux animaux et en aucun cas qu'elle pouvait s'appliquer aussi aux gens. Lettice et Septimus ? Son père et sa mère ?

Deux chiens s'accouplant dans le caniveau. Ce n'était que cela ?

Mais dans un sens, ce n'était pas si surprenant. Si donner naissance signifie sang, sueur et douleur, pourquoi le « rapport » lui-même serait-il différent ?

Tandis qu'ils revenaient vers la rue principale, elle se surprit à examiner tous les hommes qu'elle croisait. Un télégraphiste dans son uniforme bleu et sa toque ; un garçon boucher chargé d'un plateau de boulettes de viande ; un représentant de commerce replet et tout en sueur. Chaque fois, elle essaya de s'imaginer en train de faire « ça » avec eux.

Je ne peux pas, pensa-t-elle avec une brusque panique.

Pourquoi pas ? disait une autre voix dans sa tête. C'est dans ton sang.

Je ne peux pas je ne peux pas je ne peux pas.

— Je ne peux pas faire ça, dit-elle à Ben. Pas maintenant. Pas… aujourd'hui.

Ben lui lança un regard oblique.

— Je sais. J'ai une meilleure idée.

— Ben…

— Ça va marcher, tu verras. T'auras à toucher personne.

Il la conduisit le long du Strand puis dans une rue étroite, bordée de hauts immeubles d'habitation et surchargée de fils téléphoniques. Le soulagement la gagna. La rue était silencieuse et respectable ; des becs de gaz montaient la garde comme autant de grands policiers, et au bout elle aperçut la flèche rassurante de St. Clement. *Rue des Libraires*, disait la plaque couverte de suie.

— Son vrai nom, c'est Holywell Street, grogna Ben.

Ils l'ont changé parce que ça faisait mieux, rue des Libraires, mais c'est toujours le même foutu endroit.

Il s'arrêta à l'extérieur d'une petite boutique dont le panneau annonçait, en lettres dorées quelque peu lézardées : *Venables & Co., Spécialiste en Livres & Photographies, nationaux & d'importation.* Les fenêtres laissaient entrevoir des étagères de volumes poussiéreux et des vitrines cadenassées ; au-dehors, un présentoir contenait des livres d'occasion – *Le Jardin parfumé, La Perle, La Confession d'une jeune femme* – et une corbeille de cartes à un shilling chacune.

Ben fouilla dans les cartes, en tira une poignée, puis en passa une à Madeleine.

On pouvait y voir une fille légèrement plus âgée que Sophie, chevauchant un jeune homme. Celui-ci, en tenue de petit employé de bureau, arborait un sourire reconnaissant. La fille portait en tout et pour tout une paire de bas rayés ; elle avait un air absorbé, comme si elle venait de découvrir un lambeau de bacon entre ses dents et qu'elle essayait de le décrocher avec sa langue.

Le cœur de Madeleine commença à marteler dans sa poitrine.

— Tu veux que je fasse ça ?

— Oh ! dit Ben. Mauvaise photo.

Il la lui reprit des mains et lui en tendit une autre. Celle-ci montrait une fille bien en chair, avec des cheveux blonds ondulés, allongée sur un divan. Elle était entièrement nue et contemplait d'un air songeur une rose posée sur ses cuisses potelées.

— Ça paye bien, dit Ben. Le type qui tient la boutique prend lui-même les photos. Ma sœur Lily se faisait de l'argent comme ça, jusqu'à ce qu'elle devienne trop maigre pour continuer.

— Tu veux que je me déshabille et…

— Pourquoi pas ? T'auras rien d'autre à faire. Et il paye. C'est ça qui compte.

Elle jeta un nouveau regard sur la photographie. Cette fois, elle remarqua que la fille avait une agréable silhouette mais des jambes plutôt courtes, ce que le photographe avait dissimulé grâce à l'angle de vue choisi. Madeleine avait souvent utilisé la même astuce. Seule différence, ses clients étaient habillés.

— Est-ce que je devrai tout enlever ? demanda-t-elle en avalant sa salive.

— Je t'ai dit, répondit Ben d'un ton hésitant, t'auras rien à *faire*.

Quand la cloche eut tinté derrière eux, la rue retrouva son calme.

Lettice se retint d'une main au réverbère le plus proche. Une douleur aiguë lui transperça la poitrine ; elle ferma les yeux pour essayer de la chasser.

Petit à petit, la douleur s'apaisa et Lettice rouvrit les yeux. Mais elle ne voyait pas la rue devant elle ; tout ce qu'elle voyait, c'était Madeleine et ce… cet être, disparaissant dans cette infâme petite boutique.

Chapitre dix

— Si vous avez besoin de vous raser les jambes, dit le photographe, il y a un rasoir derrière le paravent. Mais je n'ai pas de savon, désolé.

Madeleine secoua la tête.

— Alors nous aurons le temps de prendre une tasse de thé pendant que nous attendrons.

Elle regarda autour d'elle, alarmée.

— Nous attendrons qui ?

— Pas qui, ma belle, quoi.

Il frotta son petit ventre rebondi.

— Les marques du corset. Nous ne voulons pas de ça.

Elle n'avait pas croisé une seule fois son regard depuis le début, ce qui la déconcertait profondément.

— Dépêchez-vous, ma chère, le temps s'enfuit si vite… Nous ne voudrions pas que de vilaines longues ombres viennent gâcher les photos, n'est-ce pas ?

Elle alla derrière le paravent. Dans un coin pendait une robe violette en imitation soie. Elle avait l'air graisseuse, sentait le parfum bon marché et le mégot froid.

Elle était contente, maintenant, d'avoir demandé à Ben de l'attendre en bas. Il avait haussé les épaules, dit qu'il était d'accord, et qu'elle s'inquiète pas à propos de Bob Venables. Tu crains rien avec lui, c'est un Marjorie. Un quoi ? avait-elle voulu savoir, et il lui avait expliqué que le photographe avait essayé une fois de coincer Robbie. Comme elle n'avait toujours pas compris, il lui avait dit d'un ton sec :

— Oh, laisse tomber, et dépêche-toi de monter.

En tout cas, il semblait avoir eu raison pour le photographe, dont elle ne devait pas avoir peur : ce jeune homme replet, avec de l'acné et des boucles blondes d'enfant, évitait avec soin son regard tandis qu'il la faisait entrer dans son studio, étonnamment spacieux.

Personne ne va te toucher, se répétait-elle pendant qu'elle retirait ses vêtements.

Mais ça ne marchait pas. Personne ne la toucherait, certes, mais ils toucheraient son image. Et elle ne pouvait se tromper elle-même en se persuadant que c'était « seulement une photographie ». Elle connaissait trop bien le pouvoir des images. Elle se rappelait trop bien la photo d'Eden, qu'elle avait aimée puis abîmée. Et aussi Lettice détruisant le travail de sa mère, comme une sorcière des temps modernes.

Elle avait lu dans *Le Photographe amateur* quelque chose sur une tribu d'Arabes qui croyait que photographier des gens, c'était voler leur âme. Mr Rennard s'en était moqué quand elle lui en avait parlé, mais elle trouvait que ce n'était pas une mauvaise façon d'exprimer les choses.

Il faisait chaud dans le studio, dont l'âcre odeur de produits chimiques lui rappelait la chambre noire de Cairngowrie House. *Sur une photo*, disait sa mère, *tu peux être qui tu veux.* Elle repoussa cette pensée avec colère.

La robe lui parut affreusement légère et transparente quand elle la mit ; mais en émergeant de derrière le paravent, elle fut soulagée de voir que le photographe l'ignorait toujours. Il était occupé à disposer des draps blancs, à la propreté douteuse, sur les dossiers de chaises disposées en demi-cercle autour d'un divan. Celui-ci avait des pieds dorés en forme de griffes, une garniture de peluche bleue tachée. Il ressemblait à celui que Mr Rennard utilisait pour les groupes familiaux.

Elle regarda les draps sur les chaises, songea qu'il devait les utiliser comme réflecteurs. Et ce divan, c'est là que je vais m'asseoir. Ou m'allonger, sans doute.

Enfin, le photographe se rappela suffisamment sa présence pour venir lui tendre une grande tasse de thé noir, qu'il était allé chercher sur un réchaud dans un coin de la pièce. Puis il s'empressa de repartir fouiller dans une pile de cartons. Il ne l'avait toujours pas regardée dans les yeux et elle se demandait pourquoi. Ben lui avait dit qu'elle était « nettement mieux » que ses modèles habituels ; peut-être était-ce pour cela.

Elle s'assit sur le bord du divan et sirota son thé. Elle se sentait nauséeuse, mais s'imaginait le désarroi du photographe si elle vomissait son thé sur le divan.

Pour rompre le silence, elle lui demanda ce qu'il pensait des nouveaux appareils portatifs. Elle l'avait remarqué, il semblait préférer ceux à l'ancienne, avec des plaques de demi-taille et un robuste trépied.

— Les instantanés ? grogna-t-il. Et dire qu'avec ça le premier venu s'imagine qu'il est photographe ! Je vous assure, si je n'étais pas un aussi bon artiste, je quitterais le métier ! (Il fouilla dans un carton de plaques.) Vous vous y connaissez un peu ?

Elle lui raconta quel était son rôle chez Mr Rennard, lui dit qu'elle se tenait au courant des nouvelles techniques en lisant *L'Appareil photographique* et *Le Bulletin de la photographie*. Il eut l'air de se détendre un peu ; bientôt, il lui parlait des nouvelles poudres de flash qu'il avait essayées, des espoirs qu'il mettait dans les plaques panchromatiques – l'avenir, ma chère, au moins, si ça n'était pas aussi fichtrement cher, si vous me permettez l'expression. Pour la première fois, il la regarda en face ; elle vit que ses yeux bleu pâle étaient injectés de sang, probablement à cause des produits chimiques.

La bizarrerie de la situation la frappa : c'était *elle* qui s'efforçait de *le* mettre à l'aise ; cela l'aida à se sentir mieux. Donc, ce fut un choc quand il lui suggéra de retirer tout simplement sa robe et de s'allonger sur le divan, pour être dans l'ambiance.

Elle ne bougea pas.

Il regarda attentivement dans le viseur, puis :

— Ce n'est qu'une idée, murmura-t-il, mais comme la texture de la peau est si délicate, nous pourrions choisir un joli regard, doux, brillant ? Garder une lumière plate, en mettant un morceau de mousseline sur la fenêtre ?

« La » texture de la peau. Elle apprécia la distance qu'il voulait introduire, mais ça ne l'empêcha pas d'avoir des sueurs froides. Elle lui demanda si elle ne pourrait pas avoir une serviette.

— Ne vous inquiétez pas, ma chère. Un peu de brillance ajoute toujours quelque chose. Toute belle et perlée ?

Il glissa une plaque dans l'appareil.

— Quand vous serez prête, nous pourrons nous débarrasser de cette robe. Je pensais que nous pourrions serrer un peu ces mains, sinon le tremblement gâchera les photos. Et un peu de gaze sur le visage, comme une sorte de voile ? Vous seriez stupéfaite de savoir combien de gentlemen apprécient ce genre de choses.

La serveuse, dans le salon de thé, demanda à Lettice si elle se sentait mieux ; Lettice la remercia et lui répondit que oui, alors la fille lui fit un signe de tête et se dépêcha d'aller servir un autre client.

Lettice cligna des yeux devant son thé froid, en se demandant pourquoi Dieu l'avait abandonnée.

Elle avait toujours fait Sa volonté, toujours. Quand maman lui avait demandé comment elle pouvait songer à accepter ce Mr Fynn, tout juste un gentleman, Lettice l'avait épousé quand même – certes, parce qu'elle se savait trop quelconque pour refuser la seule offre qui lui serait sans doute jamais faite, mais aussi parce que c'était la volonté de Dieu.

Quand maman les avait déshérités sans leur laisser un shilling, et que les sentiments de Septimus envers elle s'étaient nettement refroidis, elle l'avait supporté aussi, parce que c'était la volonté de Dieu.

Et quand, après des dizaines d'années de silence, elle avait reçu une lettre de Jocelyn – *désormais je n'ai plus de fils ; vous m'obligeriez en ne le recevant pas ni en n'entretenant de correspondance avec lui* –, elle avait obéi sans poser de question, car c'était la volonté de Dieu.

À l'époque, elle avait quarante et un ans et elle était encore heureuse – ou du moins gardait-elle encore l'espoir de l'être un jour, si elle devenait mère. Quelques années plus tard, cet espoir avait disparu. Et quelque part, au long de ce chemin, elle avait cessé de penser au bonheur.

Puis, un sombre matin de février, elle avait ouvert la lettre de Rose Durrant.

Le choc que ce fut. De voir le nom infamant fièrement griffonné, d'une écriture noire et décidée. *Pardonnez-moi de vous écrire ainsi, mais Ainsley est au Soudan, et j'ai peur pour ma fille et le petit qui va naître, si quelque chose se produisait pendant qu'il est à l'étranger.* Puis la demande, brutale : Si « le pire » arrivait, Lettice prendrait-elle soin des enfants jusqu'au retour de leur père ? *Je vous en prie, je vous en prie, envoyez-moi la promesse dès que possible...*

Dans la lettre, il y avait une photo d'une jolie femme assise sur une chaise, avec un bel homme blond qui lui souriait, et une ravissante petite fille sur ses genoux. *Regardez-moi*, disaient ses yeux sombres, ses incomparables yeux sombres, *toute ma vie j'ai été mauvaise, et voyez comment Dieu m'a récompensée...*

À ce moment-là, Lettice avait vu sa propre vie telle qu'elle était vraiment : une existence étriquée dans une petite maison médiocre, où elle passait des semaines sans parler à personne, hormis les domestiques ; une union sans enfants avec un homme vulgaire, infidèle, et qui la détestait depuis des années. Pourquoi Dieu avait-Il permis cela ? Où était la *justice* ?

Et que devait-elle faire, avec la lettre de Rose Durrant ? Répondre aurait été désobéir au chef de famille ; d'un autre côté, comment ignorer l'appel d'une femme dans la détresse ?

Pendant quinze jours, l'incertitude l'avait torturée. Puis elle avait rédigé une courte réponse, demandant des détails à Rose, par retour de courrier, sur les dispositions qu'elle avait prises pour l'accouchement.

Elle n'avait jamais reçu de réponse. Dix jours plus tard, un article dans le *Times* lui avait appris la nouvelle : *L'héroïque major tombé au champ d'honneur... le capitaine arrêté, traduit devant un tribunal militaire...* Repoussant toutes les objections de son mari, elle l'avait entraîné jusqu'en Écosse. *L'héroïque major tombé au champ d'honneur.* Elle en avait été bouleversée, mais aussi apaisée, affreusement apaisée. Dieu avait parlé. Le monde était juste.

Ce à quoi elle n'était pas du tout préparée, c'est la rage qui l'avait saisie à la vue des enfants. Debout devant le berceau, elle avait contemplé ce nouveau-né parfait, cette petite fille silencieuse, avec ses yeux immenses. Rose Durrant avait reçu tout cela en partage. Où était la *justice* ?

Puis elle avait compris. *Ceci* était la justice. Ces enfants devant toi étaient nées pour la vilenie – mais Dieu *te* les a données. Rose Durrant est morte parce qu'elle était mauvaise. Tu as les enfants parce que tu es bonne.

Pendant dix ans, elle s'était accrochée à cette vérité comme à un roc. Mais maintenant, le roc se dérobait sous elle. Dieu allait jeter ses pupilles dans l'abîme, détruire tout ce pour quoi elle s'était battue. Ce serait comme si elle n'avait jamais existé.

Toute sa vie, elle s'était battue pour faire la volonté de Dieu, parce qu'Il était le seul qui l'ait jamais aimée. Maintenant, Il l'avait abandonnée, et elle ne savait plus quoi faire.

Elle ramassa sa tasse, fronça les sourcils en la regardant, but une gorgée de thé froid. Il avait un goût amer, mais il lui donna des forces. Il y avait sûrement quelque chose qu'elle pouvait faire.

Une chose est sûre, songea-t-elle : tu ne peux pas t'en

sortir toute seule. Tu n'es qu'une femme, tu n'es pas censée être confrontée à ce genre de choses.

Elle prit une autre gorgée de thé.

Oui, c'est bien ça. Tu n'es qu'une femme. Tu dois trouver un homme pour prendre le contrôle de la situation.

Madeleine avait toujours le goût de la bile dans la bouche quand elle rentra chez elle.

En quittant le studio, elle avait vomi dans le caniveau jusqu'à ce que ses yeux en larmoient. Ben la suivait, perplexe, déçu que ses efforts ne soient payés que d'une telle récompense. Il n'avait pas tardé à la quitter, et elle avait dû retrouver son propre chemin jusqu'à Wyndham Street.

Dans la rue, elle avait eu l'impression que tout le monde la regardait. Qu'est-ce qu'ils voyaient ? Pouvaient-ils deviner ce qu'elle venait de faire ?

L'entrée était sombre et vide quand elle y pénétra, ses pas résonnaient sur les carreaux. Les meubles étaient partis, mais des taches sur le papier peint rappelaient leur ancienne place.

Par habitude, elle alla dans le coin où s'était trouvé le miroir, commença à retirer les épingles de son chapeau. Elle se sentait épuisée, nauséeuse ; elle avait envie de monter, de se lover sous les couvertures et de ne penser à rien.

Un frémissement de jupe derrière elle la fit sursauter ; alarmée, elle vit que Lettice était assise sur les marches. Son visage était dans l'ombre, mais Madeleine pouvait distinguer la lueur de ses yeux. Elle serrait ses genoux de ses mains osseuses et jaunes.

L'angoisse étreignit Madeleine.

— Est-ce que Sophie va bien ?

— Elle dort.

Madeleine laissa échapper un long soupir. Elle se retourna, retira son chapeau et lissa ses cheveux à l'arrière de ses tempes.

— Avez-vous trouvé le Crésyl que vous vouliez ?

— Non, dit Lettice d'une étrange voix, sans timbre. J'avais autre chose à faire.

— Qu'est-ce que c'était ? demanda Madeleine machinalement.

Elle aurait voulu que Lettice cesse de la regarder, qu'elle la laisse seule.

Dans un bruissement raide de sa jupe, Lettice se mit sur ses pieds.

— Raconte-moi tout, dit-elle.

— À quel sujet ?

— De ce que tu as fait. Avec cet… être.

Pendant quelques instants, un profond silence régna dans l'entrée.

— Je t'ai vue, reprit Lettice. Je t'ai suivie.

— C'est plutôt sournois, non ?

— Je ne me suis pas cachée. Tu étais si fascinée par lui que tu ne m'as même pas remarquée.

Madeleine baissa les yeux vers le chapeau, dans sa main.

— Dis-moi ce que tu as fait, répéta Lettice. Dis-moi la vérité.

Madeleine ne répondit pas. Lettice ne voulait pas réellement entendre la vérité. Elle ne pouvait pas affronter cette vérité-là.

— Qu'est-ce que tu as fait ? répéta Lettice.

— Rien.

— Mensonge !

— Si vous le souhaitez, je le jurerai sur la Bible.

— La Bible, siffla Lettice, ne signifie rien pour toi.

De nouveau, Madeleine ne répondit rien. Lettice avait raison.

Sophie apparut alors en haut de l'escalier, en équilibre précaire sur la pointe d'un pied, pour s'élever au niveau de son attelle.

— Retourne au lit, dirent ensemble Madeleine et Lettice.

— Mais…

— Au lit !

Sophie leur jeta un regard plein de colère et repartit en boitillant. Lettice attendit qu'elle soit loin pour reprendre :

— Pendant dix ans, j'ai tenté de te rendre convenable. Respectable.

— Mais je ne suis pas respectable, dit Madeleine. Vous vous êtes bien assurée que je ne l'oublierais jamais.

— Tu peux au moins *paraître* respectable. Tu peux *passer* pour respectable parmi les gens convenables…

— Je ne connais pas de gens convenables. Vous ne m'avez jamais laissée en rencontrer. Sauf Mr Rennard, et c'est un commerçant, alors il ne compte pas.

— Donc, tu rejettes la responsabilité sur moi quand tu vas dans les bas-fonds ? Tu m'en rends responsable ?

— Non. Non. Je ne sais pas sur qui je rejette la responsabilité.

Lettice secoua la tête, et ses boucles de crin se balancèrent.

— Les bas-fonds te manquent, dit-elle entre ses dents. Tu as envie d'être dans la crasse, tu pleures d'être dans la crasse.

Madeleine se sentit mal.

— C'est vraiment ce que vous pensez de moi ?

— Comment pourrais-je penser autre chose ?

Un nouveau silence. Lettice se dressa, très droite.

— Je ne peux rien faire de plus pour toi. Quelqu'un d'autre doit essayer. Moi, je n'ai pas réussi.

— Qu'est-ce que vous entendez par quelqu'un d'autre ?

Lettice hésita, puis :

— Il y a un gentleman, un ecclésiastique. Le fils adoptif de ton grand-père. Tu dois avoir recours à lui pour te guider.

— Mon *grand-père...*

— Tu as entendu ce que j'ai dit ? Cet homme est un ecclésiastique. Il est possible qu'il puisse te sauver. S'il n'est pas déjà trop tard.

Elle se retourna pour monter les marches, mais Madeleine la contourna et lui bloqua le passage.

— Mon grand-père ? Quel grand-père ? Pourquoi est-ce que vous ne m'en avez pas parlé plus tôt ?

— Parce qu'il ne veut pas de toi ! cracha Lettice. Il n'a jamais voulu de toi !

Sa poitrine osseuse se soulevait et s'abaissait rapidement, ses joues jaunâtres étaient piquées de rouge.

— Il y a dix ans, reprit-elle plus doucement, j'ai pensé qu'il était de mon devoir de briser un long silence. Je lui ai écrit. Jocelyn Monroe, le père de ton père. Oui, tu vois, toi et moi sommes quand même parentes. À mon plus grand regret.

Elle fit une pause pour reprendre sa respiration.

— Je pensais de mon devoir de l'informer de ton existence. Il a répondu qu'il ne voulait plus jamais entendre parler de toi. Il n'avait rien envie de savoir à ton sujet, rien. Sauf dans l'éventualité de ta mort.

Ce fut au tour de Madeleine de s'asseoir sur les marches. Lettice était debout, le regard baissé sur elle.

— Son fils adoptif est un ecclésiastique. Le révérend Sinclair Lawe. Tu dois aller le voir et tout confesser. Je ne peux rien faire de plus pour toi.

Madeleine luttait pour comprendre.

— Où habite-t-il ?

— J'ai compris qu'il avait une adresse dans Fitzroy Square.

— Fitzroy Square ? Mais… c'est pratiquement au coin de la rue ! Pourquoi est-ce que vous ne m'avez jamais parlé de lui ? Pourquoi est-ce que nous n'avons jamais été le voir ? Pourquoi *lui* n'est-il jamais venu nous voir ?

— Parce que c'était mon devoir de vous maintenir séparés ! éructa Lettice. Le chef de famille m'a *ordonné* de vous maintenir séparés, et je l'ai fait !

Elle agrippa la rampe de ses mains.

— En plus, je n'ai moi-même jamais rencontré le révérend Lawe. Je doute même qu'il connaisse mon existence, à vrai dire. Comme tu le sais, tout contact avec ma famille a cessé, pour moi, avec mon mariage.

Madeleine garda le silence pendant un moment, puis elle demanda :

— Ce révérend Lawe… qu'est-ce qui vous fait penser qu'il acceptera de me voir ?

— Qu'est-ce que tu veux dire ?

— Si mon propre grand-père ne veut pas me voir, pourquoi est-ce que son fils adoptif le ferait ? À moins, ajouta-t-elle avec une grimace, que vous me suggériez de me déguiser en quelqu'un d'autre ?

Lettice s'approcha d'elle et Madeleine sentit son haleine fétide, l'odeur poussiéreuse et moisie de son crêpe.

— Sinclair Lawe est un *ecclésiastique*, siffla-t-elle.

Un homme de Dieu. As-tu une quelconque notion de ce que cela signifie ?

— Mais Lettice, je ne peux pas juste…

— Va le voir. Implore sa miséricorde. Moi, je ne peux plus rien faire avec toi.

Chapitre onze

Qu'est-ce que Dieu veut de moi ? se demandait Sinclair Lawe avec désespoir.

Il prit la brosse à ongles sur la table de toilette, se brossa les doigts avec frénésie.

Pourquoi avait-il succombé, alors qu'il s'était juré de ne pas recommencer ? Pourquoi Dieu avait-Il permis qu'il se pollue ?

Pendant qu'il tendait la main vers une serviette, son œil fut attiré par un éclair de couleur au-dehors. Il se figea. La salle de bains était au troisième étage et n'avait pas de vis-à-vis ; mais là, sur le toit d'en face, un petit ramoneur était accroupi.

Haletant, Sinclair contempla ses bras et ses jambes si maigres, ses cheveux roux, son visage grotesquement noirci. Il avait tout vu, tout. Comment Sinclair avait-il pu oublier de tirer les stores ?

Il ferma les yeux ; quand il les rouvrit, la créature avait disparu. Mais ce fut encore pis. Déjà, des commérages devaient aller bon train sur le révérend Lawe.

Il s'obligea au calme, reposa la serviette sur la barre,

tira sur les pans de sa veste d'intérieur. Il vérifia que la salle de bains était en ordre, puis descendit lentement dans son bureau ; là, il appela Mary, lui demanda un verre de lait chaud. Mais rien ne pouvait lui faire oublier l'apparition sur le toit.

Et si c'était une sorte de signe ? Peut-être Dieu avait-Il l'intention de bouleverser son destin ? Oh, oui, faites que ce soit ça. Sa vie était devenue insupportable.

Tout le monde le pressait de faire la chose qu'il ne pourrait jamais faire. Même le doyen s'impatientait.

— Maintenant que vous avez dépassé trente ans, lui avait-il dit lors de leur dernière rencontre, je suppose que vous allez bientôt nous faire le plaisir de nous annoncer vos fiançailles, avec une jeune femme convenable…

Et puis, il y avait ces continuelles invitations à des dîners et des réceptions, où des cohortes de jeunes femmes, plus douces et mariables les unes que les autres, se battaient pour qu'il pose son regard sur elles. Enfin, mais plus puissant que tout le reste, la lettre de la grand-tante May. *Tu dois te marier immédiatement*, lui avait-elle dit avec une résolution qui n'appartenait qu'à elle. *Sans aucun délai. Tu as une excellente origine, de grands moyens, une carrière prometteuse en perspective dans l'Église. De nombreuses jeunes femmes en âge de se marier vont rivaliser pour attirer tes attentions. Marie-toi immédiatement. Si tu ne le fais pas, je ne peux pas répondre des conséquences.*

Elle n'avait pas jugé nécessaire de lui donner des détails. *Si tu ne te maries pas et que tu n'as pas de fils*, tel était le message qui transparaissait entre les lignes, *Fever Hill ne sera jamais à toi. Ton frère trouvera des moyens de regagner l'affection du vieil homme, et tu seras déshérité. Ne te fais aucune illusion là-dessus.*

Cameron peut bien être un paria et un reclus, il vit à la Jamaïque. Pas toi.

Sinclair alla à la fenêtre, tira le rideau, regarda en bas dans la rue. La vague de chaleur avait cessé la nuit précédente ; une fine pluie rendait désormais les trottoirs glissants, courbait les passants sous leurs parapluies.

Il n'y avait pas de solution à son dilemme. Il ne pouvait pas y en avoir. Pour obtenir son héritage, il devait se marier – mais il ne pourrait jamais le faire, parce que alors il serait percé à jour.

Une fois de plus, il ne put s'empêcher de retourner vers son bureau. Les mauvais jours, il était capable de rouvrir le tiroir secret dix fois ou même davantage, de sortir le petit livre gris pour relire la page familière. Non qu'il eût besoin de se remémorer le texte, il le savait par cœur ; mais il avait besoin de revoir les mots. Comme s'il s'accrochait à l'infime espoir que, cette fois, il pourrait trouver une faille en eux, une signification moins absolue que celle qu'il en avait toujours tirée jusque-là.

Bien sûr, il n'y parvenait jamais. Les *Conseils simples aux jeunes gens sur un domaine à éviter* étaient sans équivoque. *Si un jeune homme succombe une seule fois à l'appel dégradant du désir sexuel, et qu'il perd sa substance en un vice solitaire, l'habitude fatale est acquise. La main moite, le pied puant et le visage hagard sont les marques de ce vice, qui – dans les cas extrêmes – conduit à la folie et à la mort.*

De plus – c'était le passage qui le hantait depuis des années –, *s'il arrive qu'un tel homme soit assez vicieux pour se marier, il risque de transmettre l'horrible mal à sa femme. Ses enfants à venir sont mort-nés, ou ne survivent que pour une existence brève et remplie de souffrances : ils reçoivent la damnation en même temps que la vie, par la faute du misérable qui les a engendrés.*

Il se passa une main tremblante sur le visage. Avec un tel secret, comment pourrait-il jamais se marier ? Comment risquer la révélation publique, la honte, la ruine ? Il s'imagina la scène quand la vérité éclaterait : le beau-père outragé, convoquant médecins et avocats, le visage de Jocelyn quand il le rayerait de son testament…

À cet instant, il entendit des pas sous le porche, un coup frappé à la porte. Il retint son souffle. Le ramoneur ? Il l'imaginait attendant sur le seuil, frottant ses pattes noircies, comme s'il s'apprêtait à le faire chanter…

Quand Mary annonça « une dame », Sinclair en frémit de soulagement.

— Une Miss Finlay, marmonna la respectable femme de chambre, et ses lèvres serrées trahissaient l'opinion qu'elle avait de cette paroissienne désœuvrée, qui ne pouvait pas laisser en paix ce pauvre jeune révérend.

Mais la fille que Mary fit entrer n'était pas une paroissienne. Sinclair se serait souvenu d'elle, jolie comme elle l'était – même si son visage était un peu trop ferme et résolu pour convenir à l'authentique beauté féminine.

En temps normal, il l'aurait renvoyée en lui disant de prendre rendez-vous, mais quelque chose chez elle l'intriguait. Elle avait des ennuis, il l'avait tout de suite vu. Et il se demandait lesquels.

Il lui offrit un siège près de la cheminée, en prit un autre en face, et fit apporter du thé. Les manières de la visiteuse étaient raffinées, mais quand elle retira ses gants, il remarqua que ses doigts étaient rougis aux extrémités. Ah ! une dame dans la gêne. Il le décelait toujours.

De plus, elle lui cachait quelque chose. Il la coupa, tandis qu'elle lui servait une habituelle et banale histoire de malchance.

— Pardonnez-moi de vous interrompre, dit-il en se penchant en arrière et en tirant sur ses doigts, mais mon temps est compté. Et j'avoue être surpris que vous puissiez venir me demander de l'aide tout en me dissimulant la vérité.

Visiblement, le coup porta ; elle pâlit, ses yeux sombres s'élargirent. Il lui fit un sourire rapide et rassurant.

— Désolé si je vous surprends, mais mon métier m'a rendu expert en la matière. Vous voyez, Miss Finlay, vous venez me raconter une histoire de banqueroute de votre tuteur, d'une sœur invalide, d'un besoin urgent de conseils, et (il arrêta sa protestation d'un geste ferme de la paume) je vous assure que je vous crois. Mais vous ne mentionnez pas ce qui vous empêche de chercher la solution évidente à ces maux.

Elle le regarda, perplexe.

— Mais le mariage, bien sûr. Une jeune femme avec – si vous me permettez – vos avantages ne devrait pas avoir de mal à trouver un parti.

— Oh, non, c'est hors de question, répondit-elle d'une voix franche et nette, presque masculine. Je ne pourrai jamais me marier.

Il sentait qu'il approchait du secret, et son pouls s'accéléra.

— Et pourquoi cela ?

Elle baissa les yeux vers ses genoux, se referma.

— Pardonnez-moi d'avoir été trop direct, reprit-il. C'est un de mes défauts. Mais rappelez-vous que je suis un homme de Dieu. Quoi qu'il se dise entre nous, ça ne sortira pas d'ici.

La tension de sa visiteuse sembla se relâcher légèrement.

— Je suppose, hasarda-t-il, que vos inquiétudes sur le chapitre du mariage viennent d'une… fragilité dont vous auriez hérité à la naissance ?

Elle ne répondit pas, et de nouveau il sentit qu'il approchait de la vérité.

— Laissez-moi deviner. Il y a un défaut dans votre constitution physique, un problème héréditaire, peut-être ? Ou une indisposition nerveuse ?

— Pas exactement.

— Ou alors un défaut dans les circonstances de votre naissance ?

Elle garda le silence, et il sut qu'il s'agissait bien de cela. Et tandis qu'il la dévisageait, si distante et réservée qu'elle en paraissait presque hostile, il fut envahi par un profond sentiment d'euphorie. Un sentiment soudain, comme sorti de nulle part, et qui le remua tout entier. C'était comme s'il se trouvait au bord d'une grande révélation – une révélation qui, d'une manière encore mystérieuse, allait changer son destin. Qu'est-ce que ça pouvait être ? Et pourquoi cela lui importait-il autant, que cette fille inconnue soit illégitime ?

Les raisons lui étaient obscures, et il eut très peur qu'elle ne reparte avant qu'il ait découvert la réponse.

— Mr Lawe, reprit-elle, à sa façon curieusement directe et distinguée à la fois, je regrette de vous demander cela alors que vous m'avez accueillie si aimablement, mais… (elle se mordit la lèvre)… vous voyez, j'ai besoin de dix livres. J'en ai besoin aujourd'hui. Si je ne les ai pas, je ne sais pas ce que je ferai.

Elle rougit, et il devina qu'elle savait exactement ce qu'elle ferait, au contraire.

— Ma chère Miss Finlay… Dieu vous a vraiment conduite au bon endroit. En effet, je suis l'administrateur d'une petite œuvre de charité, conçue pour aider les infortunés tels que vous. Pour les préserver du vice auquel leur naissance les a prédisposés.

Elle l'écouta en silence mais le regarda froidement ; sans doute était-elle trop fière pour accepter un tel jugement, mais trop intelligente pour en contester la vérité. Cela l'irrita, aussi l'obligea-t-il à faire le pas ultime.

— Dois-je déduire de votre silence que vous ne souhaitez pas mon aide ?

Le rouge monta aux joues de la visiteuse.

— Je vous serais très reconnaissante, bien sûr, murmura-t-elle, de tout ce que vous pourriez faire pour moi.

Comme elle déteste devoir demander, pensa-t-il. L'enthousiasme qu'il éprouvait en était presque douloureux. Mais pourquoi cette étrange impression qu'elle en détenait la clé ?

Tout en s'efforçant de garder son calme, il alla au bureau, déverrouilla le tiroir où était l'argent et en retira quatre billets de cinq livres, qu'il posa sur le sous-main.

— Est-ce que cela ira ? J'ai doublé le montant, pour vous épargner ce déménagement dans un petit meublé dont vous me parliez.

À son grand étonnement, elle n'écoutait plus. Elle contemplait la photographie posée sur le bureau, le portrait de Jocelyn, qu'il conservait comme un rappel que l'héritage lui était légitimement dû.

— Miss Finlay, dit-il d'un ton brusque, et le regard de la visiteuse revint vers lui.

— Je… je suis désolée, bredouilla-t-elle. Je crois que je suis un peu distraite.

— C'est indéniable. Je vous demandais seulement si vingt livres vous conviendraient.

Elle regarda l'argent sur le sous-main, murmura :

— Vous êtes très généreux…

Il tapota du bout des doigts sur le bureau.

— Pourtant, je sens de mon devoir de vous imposer une condition.

Elle leva les yeux vers lui.

— Vous devrez revenir demain, et chaque jour par la suite, jusqu'à ce que je vous en libère. Afin que nous puissions prier ensemble pour votre salut.

Son regard alla rapidement de lui à l'argent, et retour.

— Ai-je votre parole que vous allez revenir ?

Elle se leva.

— Vous l'avez.

Quand Mary l'eut reconduite à la porte, il alla à la fenêtre et la regarda s'éloigner dans la rue. Maintenant qu'il s'était assuré qu'elle reviendrait, il était content qu'elle soit partie. Il avait besoin d'être seul, pour réfléchir.

Quelle était la cause de son euphorie ? Pourquoi cette impression qu'elle tenait la clé de son destin ? Il savait que ça n'avait rien à voir avec cette fichue attraction charnelle. Ce à quoi elle ressemblait, comment elle parlait ou se comportait ne comptait pas pour lui. Dieu la lui avait envoyée dans un certain but. Lequel ?

Il allait se détourner de la fenêtre quand un éclat roux, sur le trottoir, attira son regard. Il en oublia de respirer. C'était le ramoneur.

Le garnement était de l'autre côté de la rue, fixant ostensiblement la maison. Il avait trouvé le temps de se débarrasser de ses brosses, de frotter la suie de son mauvais petit visage, mais ses cheveux ne trompaient pas. Auprès de lui traînait un complice : plus grand, avec des cheveux bruns et des traits durs, malveillants.

Lentement, comme dans un cauchemar, le vaurien aux cheveux bruns tourna la tête et regarda Sinclair dans les yeux.

Celui-ci se cramponna au rideau.

Il ne pouvait y avoir qu'une interprétation à ce regard. Le coquin aux cheveux roux avait dit à son méchant acolyte ce dont il avait été témoin, sur le toit. Et maintenant, ils avaient l'intention de le révéler au monde entier.

La rue sentait la pluie, le cheval mouillé et la poussière de charbon, tandis que Madeleine descendait l'escalier de l'élégante petite maison du révérend et traversait la rue en direction de Ben et Robbie, qui l'attendaient sur le trottoir d'en face.

Avec les vingt livres dans son réticule, elle aurait dû éprouver du soulagement ; mais c'était l'humiliation qui l'emportait. Ainsi qu'un étrange sentiment de dépossession.

Cette photo, sur le bureau du révérend, c'était son grand-père. Elle l'avait su dès qu'elle l'avait vu. Les traits de faucon. Les yeux farouches, délavés par le soleil. Hier, il avait reçu un nom ; aujourd'hui, il recevait un visage.

Les mots de Lettice lui revinrent en mémoire. *Il ne veut pas de toi. Il n'a jamais voulu de toi.*

La confusion, la douleur de la perte la submergèrent. Elle était de nouveau dans la neige, aux portes du Royaume Interdit. Les yeux de l'officier étaient ternes et froids quand il avait fait demi-tour avec son cheval et s'était éloigné.

C'était le souvenir du Royaume Interdit qui l'avait incitée à rendre visite au révérend Lawe sous un faux nom. Elle se rappelait très bien ce qu'on ressent quand quelqu'un vous regarde d'abord avec cordialité, puis se détourne lorsqu'on lui révèle son nom.

— Alors, dit Ben en l'arrachant à ses pensées, le pasteur t'a donné du fric ?

Elle lui raconta pour les vingt livres et il émit un sifflement.

— Merde alors. Ça va te coûter cher.

— Je ne sais pas ce que tu veux dire, répondit-elle froidement.

— Ah ouais ? Bien sûr que si !

— Il veut que je revienne demain. Pour prier avec lui.

— Prier ? Tiens, c'est la première fois que j'entends appeler ça comme ça.

— Ce n'est pas du tout ça, non. C'est parfaitement convenable.

Mais alors, pourquoi ce malaise ? Pourquoi cette désagréable impression de contrainte ?

— « Parfaitement convenable », répéta Ben, puis ses yeux verts se rétrécirent. Tu serais pas en train d'essayer de me sucrer ma part, hein ?

— Pour l'amour du ciel, Ben, c'est un ecclésiastique !

— Comme la moitié des clients de Holywell Street.

— Oui, eh bien, je n'aurai plus besoin de Holywell Street.

Il cligna des yeux, et elle se demanda si elle l'avait blessé. Après tout, si elle n'avait plus besoin de Holywell Street, elle n'avait plus besoin de Ben Kelly.

Ils marchèrent quelque temps en silence. Devant eux,

Robbie se retourna et regarda un ramoneur de l'autre côté de la rue. Qui avait les cheveux carotte, exactement comme lui.

— Qu'est-ce qu'il y a, Ben ? demanda Madeleine.

Il haussa les épaules.

— Rien.

— C'est bien toi qui m'as dit que je devais demander de l'aide à la famille ? Eh bien, voilà, c'est ce que j'ai fait.

— Ah ouais ? Mais je parie que tu lui as pas dit que tu *étais* de la famille.

Elle ne sut pas quoi répondre à cela. Elle-même avait été étonnée par la facilité avec laquelle elle avait trompé l'ecclésiastique. Bien sûr, c'était une pratique qui lui était familière. Elle avait été élevée pour cela, mentir, et savait que les meilleures tromperies étaient celles qui restaient le plus près de la vérité. Par conséquent, cousine Lettice était devenue tante Letitia, Madeleine Fynn Madeleine Finlay, tandis que Sophie restait sa sœur. Et leurs parents, des victimes de l'accouchement et de la guerre. Elle s'était juste contentée de retirer toute référence à Falkirk, Durrant, Monroe et la Jamaïque.

— Et tu vas lui dire quand, alors ? insista Ben.

— Lui dire quoi ?

— Que tu es de la famille. Plus ou moins.

Pas de doute, il savait appuyer là où ça faisait mal.

— Bientôt, dit-elle d'une voix hésitante.

— Ça veut dire quoi, bientôt ?

— Ben, s'il te plaît… J'ai envie de rentrer à la maison et c'est tout.

Il tourna la tête, contempla un moment la rue.

— Sinon, il est comment, ce pasteur ?

Là encore, elle ne savait pas très bien comment répondre. La première chose qui l'avait frappée, chez le révérend Lawe, c'était sa beauté. Son visage pâle, étroit, mais bien proportionné ; ses yeux cobalt, ne cillant pas, ses lèvres fines et rouge vif, sous une moustache blonde bien entretenue. C'était le visage d'un saint, d'un fanatique, ou d'un fou.

Idiot, songea-t-elle sévèrement, absolument idiot. Il s'était comporté envers elle avec délicatesse, courtoisie, générosité. Que demander de plus ?

Pourtant, elle ne parvenait pas à l'aimer. À cause de la façon dont sa main avait tremblé en comptant les billets. Et ses petits sourires, qui ne voulaient rien dire. Et puis il était vaniteux : elle avait remarqué le velours de sa veste d'intérieur, assorti à la couleur de ses yeux. Elle avait l'impression que, lui aussi, pouvait bien être un menteur. Comme elle-même mentait, il ne lui était pas difficile de le déceler chez les autres.

— Alors, il a l'air de quoi ?

Elle fronça les sourcils.

— Il est… très correct. Et plutôt secret, je dirais.

Elle lui parla des lourds rideaux damassés, soigneusement fermés, bien qu'on ne fût qu'au début de l'après-midi. C'était une pièce étrange, le bureau du révérend : arrangée avec goût, avec un certain luxe même, mais manquant curieusement d'âme. Les aquarelles dans des cadres dorés, les tapis persans, les sièges tendus de cuir vert foncé étaient tous trop impeccables, alignés avec trop de précision, comme une exposition de meubles chez Shoolbred. La seule note personnelle était apportée par la photo du vieil homme sur le bureau.

Ben la regardait de près, comme s'il devinait qu'elle ne lui avait pas tout dit.

— Donc, tu n'auras plus besoin de moi.

— Bien sûr que si.

Il cracha dans le caniveau.

— Mais tu retournes là-bas demain.

— Je suis obligée. J'ai donné ma parole.

— Alors, si c'est comme ça, dit-il d'un ton sarcastique.

Ils tournèrent dans Portland Street. Le trottoir étant encombré de gens affairés, elle dut élever la voix pour se faire entendre.

— Est-ce que toi et Robbie, vous venez voir Sophie ?

Il secoua la tête.

— S'il te plaît. Juste un moment. Je vous ferai du thé.

Il lui jeta un regard froid, puis appela son frère.

— Viens, Robbie. Il est temps qu'on parte.

— Ben, reviens... Ne pars pas de mauvaise humeur...

Il lui jeta un regard par-dessus son épaule puis se fondit dans la foule.

Elle songea que ça n'avait pas d'importance, tout en sachant que ça en avait. Elle avait besoin de lui, et Sophie aussi.

Quelques minutes plus tard, elle tourna dans Wyndham Street, vit la voiture du médecin devant la maison et oublia Ben. Ramassant les pans de ses jupes, elle se mit à courir. Elle rencontra le Dr Wray qui descendait l'escalier, le visage grave.

— Est-ce que... Sophie... ? haleta-t-elle.

— Pas Sophie, non. Mrs Fynn.

Après maintes prières et mortifications, Sinclair finit par comprendre.

Il comprit l'étrange euphorie qui s'était emparée de lui quand il avait appris la naissance illégitime de Miss Finlay. Il comprit pourquoi, parmi toutes les femmes, elle seule ne lui inspirait pas de peur ; pourquoi il pouvait même imaginer la toucher, alors que jusqu'à maintenant cette seule pensée lui avait répugné. La réponse était mieux que les rêves les plus fous qu'il avait pu formuler.

Si des doutes lui étaient encore restés, une ultime preuve les avait fait taire : la mort de la fantomatique tutrice, la tante Letitia. Miss Finlay était donc désormais tout à fait seule. Elle n'avait plus de famille – excepté la sœur invalide, mais elle ne comptait pas. N'était-ce pas une preuve formelle du dessein de Dieu ?

L'enterrement de la tante eut lieu un mardi après-midi, froid pour la saison. À la demande de Miss Finlay, Sinclair n'y assista pas. Elle ne voulait pas l'ennuyer, lui avait-elle dit, et il avait été heureux de l'obliger en acceptant. Mais, quand le jour arriva, il ne put contenir son impatience et alla l'attendre sous le porche du cimetière, à l'extérieur de l'église.

Comme il l'avait prévu, elle était la seule parente présente. Il regarda sa silhouette voilée de noir, debout près de la tombe, pendant que le pasteur expédiait le service. Manifestement, le vieil idiot était pressé d'en finir ; après un été lourd et moite, puis une semaine de pluie torrentielle, le cimetière empestait. Sinclair lui-même pressait contre son nez un mouchoir imprégné d'esprit-de-vin.

Il la vit se baisser pour prendre une poignée de terre et la lancer dans la tombe. Elle regarda à l'intérieur, le visage insondable sous son voile, puis se tourna et s'éloigna. Elle reprit le sentier qui contournait le cimetière, et la ramènerait bientôt vers lui.

Tandis qu'il la contemplait, son œil fut attiré par un mouvement derrière elle. Sous les ifs, au bout du cimetière, il aperçut le ramoneur à la mauvaise tête rousse.

Derrière lui se tenait le même vaurien sombre, à la face dure, qui l'avait regardé dans les yeux l'autre jour.

Sinclair lut sur leurs petits visages vicieux le secret qu'ils détenaient – mais, cette fois, il n'eut pas peur. Lentement, il retira le mouchoir de sa bouche et leur accorda un noble et froid sourire.

Oui, leur dit-il en silence, regardez-moi autant que vous voulez. Je sais comment m'arranger de gens comme vous. Je *vais* m'en arranger. Vous ne pouvez plus rien contre moi, maintenant. Parce que Dieu est de mon côté.

À ce moment-là, Miss Finlay leva la tête, le vit, hâta le pas. Il songea combien elle serait bouleversée quand il lui révélerait ses projets.

Comment pourrait-elle ne pas l'être ? La beauté du plan de Dieu était bouleversante. Comment avait-il pu douter un seul instant de son Rédempteur ?

Et pourtant, il avait douté. Durant de longues années d'obscurité, il s'était cru pollué, incapable de s'unir à une femme. Mais il avait eu tort. Le Seigneur lui avait envoyé une créature qui, même si elle pouvait paraître pure, avait été compromise, *par sa naissance*.

Avec une telle créature, il n'avait pas à se sentir coupable – *car elle avait déjà péché*. Avec une telle créature, il n'avait pas à craindre de révélation – *car elle n'avait pas de famille*. C'était un schéma parfait.

Tandis qu'elle s'approchait de lui, elle repoussa son voile pour révéler un pâle visage, sans trace de larmes. Il lui prit la main.

— Ç'a été un grand choc pour vous…

— C'était… plutôt soudain, oui. Le docteur ne nous avait laissé aucun espoir après la première attaque mais, quand la fin est venue, ç'a quand même été un choc.

Sinclair lui offrit son bras et ils gagnèrent la rue.

— Elle vous manque… ?

Elle réfléchit quelques instants avant de répondre :

— Bizarrement, je crois que oui. Elle était dure et sévère, mais au moins, avec tante Letitia, on savait toujours où on en était.

Ils marchèrent un moment en silence, puis il dit :

— Permettez-moi de vous offrir un moment de prière avant que vous rentriez. Si vous m'accompagniez jusqu'à mon…

— Vous êtes très gentil, mais je ne peux pas. Ma sœur est seule.

Il réprima un mouvement d'impatience.

— Ma maison n'est qu'à deux pas d'ici. Et j'ai quelque chose de particulier à vous dire.

Cela éveilla son attention, comme il s'y attendait.

Une fois qu'ils furent installés dans son bureau, que le thé fut servi par Mary et que celle-ci fut repartie, il commença :

— Miss Finlay, cela fait… oui, onze jours, depuis que vous êtes venue la première fois chercher conseil.

Elle le regarda avec des yeux sombres et solennels.

— Durant ces onze jours, nous avons prié ensemble, et je vous ai fourni la modeste assistance que mes moyens me permettaient.

Il s'interrompit, le temps qu'elle se souvienne du détail de la modeste assistance en question : les premières vingt livres de l'œuvre de charité (fictive), plus quinze autres quand la tante avait rendu le dernier soupir, enfin une aide plutôt généreuse de vingt guinées, qui payait la pierre tombale.

— Mr Lawe, murmura-t-elle, j'apprécie, bien sûr…

— Non, non (il leva la main), vous vous méprenez. Je ne voulais pas solliciter vos remerciements, juste rappeler la façon dont notre relation s'est développée.

Il se pencha en arrière sur son siège, toussota.

— Puis-je vous parler clairement ?

Elle opina du chef, non sans froncer un peu les sourcils, comme si elle n'était pas sûre d'aimer ce qui allait suivre. Mais elle aimerait. Comment pourrait-elle faire autrement ?

— Avec la mort de votre tante, je ne crois pas me tromper en disant que vous – et votre malheureuse sœur – êtes totalement seules dans la vie.

Elle hocha la tête de façon imperceptible.

— Jusque-là, je n'étais guère enclin à vous parler de ma propre situation, afin de ne pas aggraver votre affliction dans ces moments difficiles. Mais je dois maintenant vous informer que j'ai l'intention, d'ici peu, de retourner vivre à la Jamaïque.

Il ne fut pas mécontent de voir le sang refluer de son visage.

— Néanmoins, poursuivit-il, l'idée de ce que vous allez devenir me préoccupe. Vous le comprendrez, les convenances m'interdiront de continuer à vous aider, une fois que je serai loin d'ici.

Il pensait qu'elle allait acquiescer, mais elle ne dit rien.

— J'ai prié pour recevoir un conseil, ajouta-t-il, et le Tout-Puissant me l'a accordé. Je crois que vous allez trouver la symétrie assez belle.

— La… symétrie ? J'ai peur de ne pas comprendre.

Il sourit.

— Permettez-moi d'aller jusqu'au bout.

— Je suis désolée.

Il garda le silence pendant un moment, puis :

— Vous me pardonnerez si j'aborde un sujet douloureux, mais vous devez vous souvenir que je n'ai que votre intérêt en tête. Vous ne m'avez guère fourni de détails sur votre infortunée origine – et pour rien au monde, je ne vous en aurais demandé davantage. Mais on ne peut nier que vous avez été engendrée dans l'impiété.

Les joues de Madeleine se teintèrent de rouge.

— Considérez alors la parfaite *circularité* d'un schéma par lequel l'impie engendre le pieux.

Il attendait qu'elle réponde quelque chose, mais elle avait surtout l'air perplexe.

— J'ai trouvé un moyen pour que vous soyez sauvée. Vous allez devenir mon assistante.

— Votre assistante ? Je suis désolée, je ne…

D'un regard, il la fit taire.

— Comprenez bien que je ne vous fais pas cette offre pour ma satisfaction personnelle, mais pour la gloire du Créateur. Que nous pouvons servir ensemble sous Sa bannière, vous et moi.

— Vous… voulez que j'aille à la Jamaïque et que je vous aide dans votre travail de missionnaire ?

Il la fixa dans les yeux.

— Pas exactement. Il est vrai que vous m'assisterez dans mon travail, mais vous ferez plus que cela. Vous *serez* plus que cela. Ma consœur, ma compagne.

— Votre…

— Ma femme.

Chapitre douze

— Il veut *quoi* ? demanda Ben.

Assis sur les marches menant au sous-sol, il regardait Madeleine arroser les fougères de Lettice.

— Oh, Madlin… Tu vas pas te laisser prendre à ça !

— Ben…

— Juste un petit rendez-vous et après il t'offre la lune ? C'est un truc vieux comme le monde…

Madeleine posa l'arrosoir et se massa les tempes. Elle n'avait pas dormi de la nuit, son visage était défait, elle se sentait au bord des larmes.

— Ce n'est pas un truc, déclara-t-elle.

— Bien sûr que c'est un truc. Réfléchis. Si tu dis oui, il t'a pour rien. Et toi tu…

— … et moi et Sophie on part pour la Jamaïque, où il y a le soleil, l'air de la mer et un sanatorium dans les montagnes.

— Comment tu sais tout ça ?

— Il me l'a dit.

— Alors, ricana-t-il, ça doit être vrai.

Un silence lourd de colère pesa entre eux. Ben retira sa casquette, se gratta furieusement la tête.

— À quoi il joue, ce pasteur ? Un aristo comme lui avec une foutue grande maison dans Fitzroy Square ! Il pourrait épouser qui il veut, et à qui il demande ? À une bâtarde sans un rond ! Tu peux m'expliquer ?

Elle ne le pouvait pas. Comme toujours, il avait mis le doigt sur le point faible. La seule explication de Madeleine, c'était que Sinclair avait conçu une sorte d'intérêt pour elle. Ce qui ne semblait guère vraisemblable.

Un coup de vent renversa une des fougères, et elle se pencha pour la redresser. C'était une petite capillaire, assez laide, qui lui rappela Lettice. Elle se sentit encore plus mal.

— Sûr que dès qu'il saura qui t'es vraiment, continua Ben, il détalera.

Elle repoussa une mèche de cheveux derrière son oreille, se releva.

— Il ne le saura pas tant que je ne le lui dirai pas.

Ben ouvrit la bouche, puis la referma.

— Merde alors. Tu vas pas lui dire ?

Elle ne répondit pas.

— Madlin, fais pas l'idiote ! Tu seras obligée de jouer la comédie pour le restant de ta vie !

— Et Sophie aura une chance de pouvoir grandir.

— Tu y arriveras jamais.

— Si, je pourrai.

— Mentir tous les jours ? À un foutu pasteur ?

Il avait raison. À quoi pensait-elle ? Tromper un innocent jeune pasteur en se faisant épouser par lui – elle, la fille bâtarde de la famille adoptive de ce pasteur ? C'était impensable, immoral.

Mais elle *était* immorale, elle le savait déjà. N'avait-elle pas posé pour ces photographies ? Quelle était la différence entre ça et se marier pour de l'argent ? Au bout du compte, ça revenait au même. Deux chiens s'accouplant dans le caniveau. Tout le reste n'était que mensonges.

Ben se releva, posa une main crasseuse sur la balustrade.

— Tu le feras jamais. Pas vrai ?

L'espace d'un instant, il parut très jeune ; et il vint à l'esprit de Madeleine que si elle le faisait, il serait à nouveau seul, sans personne d'autre que Robbie.

— Il m'a donné jusqu'à après-demain pour me décider, lui dit-elle.

— Donné ? *Donné ?* Écoute-moi, ma fille ! Si tu l'épouses, ça sera comme ça pour toujours, tu comprends ?

— Bon Dieu, je le sais ! explosa-t-elle. Mais si je ne le fais pas, qu'est-ce qui arrivera à Sophie ?

Ils étaient debout à se regarder, tandis que le vent renversa une autre fougère et la fit rouler sur les carreaux.

Ben mit la main à sa casquette.

— Je dois y aller, marmonna-t-il.

— Reviens demain. J'ai besoin de toi pour m'aider à décider.

— Peut-être.

— Promets.

Il haussa les épaules.

— Je vais voir ce que je peux faire.

Quand il fut parti, elle alla dans la cuisine, s'assit devant la table et pressa ses mains sur sa bouche. Lettice lui manquait énormément. Pas l'invalide muette et suppliante des dernières heures, mais le petit tyran sévère, pieux, si sérieux qui l'avait élevée.

— Où est Ben ? s'enquit Sophie, quand Madeleine lui apporta sa confiture de lait.

— Il a dû partir, mais il revient demain.

Elle dégagea un espace sur le lit et s'assit. Le couvre-lit était jonché de trognons de pomme, du *Magazine de la femme élégante* et des *Enfants de la forêt* – l'interdiction de lire avait duré trois jours. Pablo Grey était couché en travers, portant le vieux pendentif de deuil de Lettice sur un ruban autour du cou.

Lors de la dernière soirée de Lettice, Sophie avait eu le droit d'entrer dans la chambre de la malade pour lui dire adieu. Elle lui avait demandé si elle avait peur de mourir, et Lettice, trop malade pour répondre, avait secoué la tête. Au cas où cela n'aurait pas été tout à fait vrai, Sophie lui avait laissé l'âne comme soutien moral.

Cet ultime moment de grâce avait-il été suffisant pour sauver une vie vécue sans amour ?

Madeleine sentit les larmes lui picoter les paupières. Pourquoi tout était-il si sens dessus dessous ?

Sophie lécha sa cuillère.

— Maddy, est-ce que tu vas bien ?

Madeleine secoua la tête. Elle avait envie de tout dire à sa sœur, mais elle l'avait toujours préservée des faits concernant leurs parents : c'était même le seul point sur lequel elle et Lettice étaient d'accord.

Si elle épousait le révérend Lawe, ce simulacre serait porté au centuple. *Si* elle l'épousait.

Elle se surprit à souhaiter vivement que Ben vienne le lendemain. Elle avait besoin de sa lucidité et de sa brusquerie pour l'aider à se décider.

Il est trois heures du matin, Ben vient juste de se réveiller. Pendant un moment, il se rappelle rien, tout est beau. Puis d'un coup tout revient, alors il a envie de mourir.

Il est tout raide d'avoir dormi derrière le tuyau de la cheminée, tout creux à l'intérieur, comme s'il était en verre ; comme s'il devait se briser au moindre contact. Si seulement il pouvait faire ça, juste se briser et plus être là, être mort.

Il écrase ses doigts sur ses yeux, mais il peut pas arrêter de voir la scène. Encore et encore, dans les moindres détails.

C'était hier – seulement hier ? Le jour d'après qu'il a eu cette dispute avec Madeleine, dans le sous-sol. Lui et Robbie traînent autour du jardin, histoire de voler quelque chose pour le petit déjeuner : deux reines-claudes, Robbie les adore. Et maintenant ils sont en route pour aller chez Madeleine, exactement comme il a dit qu'il ferait.

Ils viennent juste de traverser Hanway Place quand Ben voit l'agent Hatch debout sur le trottoir. Il a les mains sur ses hanches et il regarde partout, comme s'il était en plein business. Puis il voit Robbie – Robbie ! –, alors il souffle dans son sifflet et il crie :

— Au voleur, arrêtez !

Et Robbie dit :

— Quoi ? Quoi ?

Et Ben pense : bon Dieu, c'est bien la seule fois qu'on a pas tiré la plus petite saleté de rien, ou presque, qu'est-ce qui lui prend ?

Ils filent dans la ruelle, lui et Robbie, sans échanger un mot. Pas un mot, ni là ni après. Maintenant, Ben n'arrête pas d'y repenser.

Ils montent par le long des gouttières jusque sur les toits, et Ben est pas du tout inquiet. C'est un de ses meilleurs itinéraires ; Hatch a pas une chance.

Pourtant, Hatch les lâche pas. Il les traque depuis en bas, avec deux autres flics, et ça c'est jamais arrivé avant. Ben se dit alors qu'il se souvient plus de ce qu'il a tiré, mais ça devait être gros.

C'est pas facile sur leur toit, il marche sur une tuile qui tient pas et il manque de basculer, merde ! c'est pas passé loin, et il y a douze mètres jusqu'en bas. Il crie à Robbie de faire attention à cette tuile, et comme il y a pas de réponse, il regarde par-dessus son épaule. Robbie est pas là. Le petit couillon, l'imbécile, il a dû tourner au mauvais endroit, il fait toujours ça. Alors Ben revient le chercher, mais il le trouve nulle part. Puis il regarde par-dessus le bord du toit et voit une petite foule rassemblée sur le trottoir et il comprend toujours pas ; à croire qu'il était vraiment devenu idiot, c'est ce qu'il se dit quand il y repense après. Puis Hatch arrive, pousse la foule pour passer, et là Ben voit ce qu'il y a par terre.

Il doit s'enfoncer le poing dans la bouche pour pas crier. Tout d'un coup, c'est comme s'il était un oiseau descendant en vol plané, tellement il voit les choses si proches et si nettes. Robbie couché sur le dos, tout tordu comme une poupée. Chien qui sort de sa poche. Une mare de sang autour de sa tête. Ça doit être du sang, mais c'est presque noir, et il y a ces éclaboussures de gris graisseux tout autour.

Les yeux de Robbie sont ouverts, et il regarde Ben. *T'aurais dû me crier plus tôt pour cette tuile, Ben. Pourquoi tu m'as pas crié plus tôt ?*

Comme l'agent Hatch regarde le toit en haut, pour voir d'où Robbie est tombé, Ben recule. Il sait pas combien de temps il reste là, toujours le poing sur la bouche, mais quand il regarde de nouveau Robbie a disparu. La foule a disparu aussi, et l'agent Hatch pareil. Et quelqu'un a lavé le trottoir, un marchand des quatre-saisons a installé sa voiture là, il vend ses choux un quart de penny pièce, des choux plus très frais.

Ben passe toute la journée sur le toit, et quand il fait sombre il retourne à Shelton Street. Il devrait pas y retourner, parce que Hatch va surveiller les rues, mais il veut le revoir une dernière fois.

Sur le lit, il y a la place de Robbie, encore toute creusée dans la paille. Là, Ben est tout près de craquer, il est obligé de filer vite fait.

Il remonte sur le toit et cette fois il part vers l'est. Il avance pendant des heures, continuant simplement à avancer, tout droit. Et en bas il entend marcher les clochards, ceux qui traînent des pieds, qui ont nulle part où aller ; et les flics qui leur balancent des lanternes dans les yeux, circulez, et plus vite que ça. Et il se dit, maintenant, t'es comme ça toi aussi, Ben, t'es devenu un clochard. Tu peux pas tomber plus bas, ou alors c'est que t'es mort.

Il est allé si loin à l'est qu'il reconnaît pas les toits, et tous les meilleurs endroits sont déjà pris. Finalement, il en trouve quand même un vide derrière un conduit de cheminée. Dès qu'il s'installe derrière, il sent que ça monte à l'intérieur de lui : ça lui serre la gorge, ça lutte pour sortir. Il le repousse tout au fond, là où ça pourra pas sortir – jusqu'à ce que ça soit cette douleur dans sa poitrine, juste cette douleur dans sa poitrine, qu'il laissera plus jamais sortir.

Il l'a déjà fait quand maman est morte, et Lily, et Ryan, et Kate. Et maintenant il fait ça aussi avec Robbie. Et Robbie est le dernier.

Tu connaîtras plus jamais cela, Ben Kelly, il se dit. Tu peux plus connaître ça, pas vrai ? Puisqu'il te reste personne.

Il se rappelle pas quand il s'est endormi, mais la lune

le réveille et il est trois heures à la cloche de l'église. Il regarde en bas dans cette petite cour puante avec un tonneau d'eau, un abri à charbon et une cabane. Ça lui rappelle la maison de Shelton Street, et il en a la gorge toute serrée.

Il peut pas continuer sans Robbie. Il a envie de mourir.

Mais tu peux pas, lui dit une voix dans sa tête. Si tu t'arrêtes maintenant, qui va chercher où ils ont emmené Robbie, pour être sûr qu'ils l'ont pas mis dans une tombe de pauvre, sans Chien ? Tu dois t'occuper de ça, Ben. Et après, tu verras.

Ensuite il réfléchit, attends… il y a autre chose. C'est ce pasteur qui a envoyé les flics contre toi. Tu dois t'occuper de lui aussi.

Bientôt il y repense et il est sûr que c'est vrai. Il peut même voir exactement comment ça s'est passé. Cet élégant jeune pasteur, dans sa grande maison chic de Fitzroy Square, tout va bien pour lui. Puis un jour, il demande à Madeleine de l'épouser, et il croit qu'elle va tomber à ses pieds. Mais qu'est-ce qu'elle fait ? Elle lui dit qu'elle veut du temps pour y réfléchir, et ça lui fait un choc, ça lui plaît pas. Alors le pasteur se met à réfléchir et il se dit oui, peut-être ces deux gars que j'ai vus dans le cimetière lui ont mis des idées dans la tête. Je les avais déjà vus avant, devant ma maison, j'avais pas aimé leur allure et je l'aime toujours pas maintenant. Je vais faire quelque chose pour eux, je vais le faire.

Quand on est un richard, c'est facile de s'arranger avec les flics et tout ça.

La seule chose que Ben peut pas comprendre, c'est pourquoi le pasteur a mis Hatch sur Robbie et pas sur lui. Parce que c'est ça qui s'est passé, il en est sûr. Quand

Hatch a soufflé dans ce sifflet et crié « Au voleur ! Arrêtez ! », c'était Robbie qu'il regardait.

Mais pourquoi ? Robbie a jamais rien fait au pasteur. Robbie a jamais rien fait à personne. Il aurait même pas su comment.

De nouveau les yeux de Ben sont brûlants, et il les frappe avec ses doigts pliés. Ferme-la, Ben, ferme-la tout simplement. Tu sais ce que tu dois faire.

D'abord tu trouves Robbie et tu l'installes avec Chien. Ensuite tu vois pour le pasteur.

À neuf heures, le samedi matin, un coup frappé à la porte annonça le domestique du révérend, venu chercher la réponse de Madeleine.

Elle n'en avait pas. Elle s'était endormie tout habillée et avait rêvé qu'elle était à son propre mariage. Ben attendait pour la conduire à l'autel, elle montait l'allée dans ses sous-vêtements, et tout le monde la montrait du doigt.

D'un air vague, elle demanda à l'homme d'attendre dans la cuisine et monta dans le salon – où, parmi les quelques biens qui restaient de Lettice, il y avait de quoi écrire.

Toujours aucun signe de Ben ; elle l'avait attendu toute la journée de la veille, mais il n'était pas venu. Peut-être qu'il avait des ennuis, ou peut-être qu'il l'avait abandonnée.

C'était un jour d'octobre, couvert, et le salon était sombre quand elle y entra. Les meubles partis, il n'y avait nulle part où s'asseoir sauf l'appui de la fenêtre ; elle y avait posé la bible de Lettice, son livre de prières et son écritoire.

Elle installa l'écritoire sur ses genoux, en sortit le

stylo de Lettice et une feuille de papier à lettres. *Cher Mr Lawe*, écrivit-elle en haut.

Puis elle reposa le stylo. Oui ou non ? Elle ne le savait toujours pas. Elle ne savait pas.

Si elle disait non, elle reviendrait au point de départ : à savoir comment trouver le loyer, avec l'hiver qui approchait, et Sophie dont l'état empirait chaque jour. Si elle disait oui, ses ennuis d'argent seraient terminés.

C'était à cela que tout se réduisait, songea-t-elle. L'argent. Ça n'a rien à voir avec tromper le révérend. Ça n'a rien à voir avec cette famille à la Jamaïque qui ne veut pas de toi. C'est seulement l'argent.

D'une façon étrange, elle se sentit un peu mieux. Mais elle ne savait toujours pas quoi faire.

Elle prit la bible. Combien de fois, dans son enfance, aurait-elle souhaité qu'elle disparaisse, pour ne plus avoir à en supporter une interminable lecture, une de plus ? Eh bien, pour une fois, laissons-la faire son travail. Laissons Dieu décider. Elle ferma les yeux, l'ouvrit au hasard, mit son doigt sur un verset.

Et fais appel à moi les jours de détresse : je te délivrerai et tu me glorifieras.

C'était si adapté à son cas que c'en était presque effrayant. Elle essaya encore.

Et les fils d'Helea étaient Tsereth, et Tsochar, et Ethnan.

Elle aurait voulu que les mots signifient quelque chose, mais ils ne signifiaient rien.

En bas, dans la cuisine, le domestique du révérend eut une toux polie, pour lui rappeler son existence. Le révérend avait insisté sur son désir d'une réponse rapide.

Un dernier essai.

Voici quelle sera la loi du lépreux, pour le jour de sa purification : on l'amènera jusqu'à un prêtre.

Elle repoussa la bible comme si elle était vivante.

Dehors, les nuages se dissipaient ; la lumière du soleil filtra à travers le vitrail de Lettice. Madeleine regarda les perroquets couleur rubis effleurant la jungle verte, à côté de la mer couleur de saphir. Elle détestait ce vitrail avec autant de passion que Sophie l'adorait. Sophie l'appelait la fenêtre de la Jamaïque : elle donnait toujours des noms aux perroquets, essayait de découvrir à quelle espèce précise ils appartenaient en consultant *Les Oiseaux du monde*.

Mais, pour Madeleine, cette fenêtre représentait la famille qui ne voulait pas d'elles. Et l'officier qui l'avait abandonnée dans la neige.

Une autre toux lui parvint de la cuisine, cette fois légèrement moins discrète.

Elle prit le livre de prières de Lettice. Je Vous en prie, Seigneur, que dois-je faire ?

Une lettre glissa d'entre les pages, tomba sur le parquet à ses pieds.

Elle était vieille, avait été dépliée et repliée tant de fois qu'elle s'était fendue le long des plis. L'écriture était grande, informe et difficile à lire, mais la signature était claire. *Cameron Lawe.*

Madeleine sentit une soudaine froideur au creux de l'estomac. Elle avait demandé au révérend s'il avait des frères et des sœurs.

— Juste un frère, lui avait-il répondu en pinçant les lèvres. Ça me fait souffrir de parler de lui. Car je suis un homme de Dieu, mais Cameron est un homme de violence. Il a toujours été grossier et excessif. Alors peut-être n'aurions-nous pas dû être surpris quand il a été renvoyé de l'armée – pour un crime trop honteux pour être répété.

Madeleine s'était imaginé un joueur, un libertin : le

genre de mouton noir propre à faire blêmir un ecclésiastique.

Et c'était ce même Cameron Lawe qui écrivait à Lettice. Lettice, que son propre frère ne connaissait pas !

Elle se demandait pourquoi Lettice avait gardé cette lettre pendant toutes ces années, cette courte lettre d'un ex-soldat tombé en disgrâce. Mais Lettice avait toujours aimé les soldats. Peut-être avait-elle nourri une veine cachée de romantisme.

La lettre était datée de décembre 1886 et commençait de façon directe, sans préambule. *Chère Mrs Fynn, j'ai été surpris de recevoir votre lettre – ne serait-ce que parce que j'ignorais, jusqu'à aujourd'hui, que j'avais une cousine en Angleterre. Mais vous avez eu raison de recourir à moi, plus que si vous aviez écrit à Jocelyn. Comme vous le savez, la mort de son fils l'a beaucoup éprouvé – même s'il ne l'admettrait devant personne, y compris devant lui-même.*

Pourquoi pas ? pensa Madeleine avec colère. Pourquoi ne l'admettrait-il pas ? La mort de son fils unique ? Mon Dieu, quelle sorte de famille est-ce là ?

Comme vous devez le savoir aussi, Jocelyn ne veut rien avoir à faire avec la progéniture d'Ainsley. Ni moi non plus. Mais d'après ce que vous me dites, vos dépenses sont importantes, donc je pense de mon devoir d'y contribuer comme je le peux. Mes chargés d'affaires vous contacteront bientôt, dans l'intention de développer le legs que Jocelyn a institué il y a deux ans. Je vous demanderai simplement de ne pas le lui mentionner, car je ne vois pas de raison de lui causer une souffrance plus grande. Sincèrement vôtre, etc.

Des nuages couvrirent le soleil, et la fenêtre de la Jamaïque s'assombrit. Madeleine s'assit sur le parquet de la pièce vide, la lettre à la main.

Elle avait été écrite à la hâte, elle était brusque jusqu'à l'impolitesse. Le dégoût de Cameron Lawe envers la « progéniture d'Ainsley » transparaissait à chaque ligne. Comme son grand-père, il n'avait été que trop pressé de payer, pour balayer ces odieuses bâtardes et les faire disparaître sous le tapis. Et, comme son grand-père, il s'en était ensuite lavé les mains. Qu'est-ce que ça lui faisait que le legs ait été détourné par un gardien sans scrupule ? Qu'est-ce que ça représentait, pour lui ?

En bas, dans la rue, le poney du laitier s'arrêta devant leur porte, fruit d'une longue habitude, et attendit que Sophie dévale les escaliers avec une carotte. En vain.

Madeleine froissa la lettre et la jeta à travers la pièce. Elle prit une feuille de papier neuve, et le stylo de Lettice. *Cher Mr Lawe*, écrivit-elle. *J'accepte votre offre. Sincèrement vôtre, Madeleine Finlay.*

Troisième partie

Chapitre treize

Jamaïque, mars 1895 – cinq mois plus tard

Cameron est retourné dans sa cellule à la prison de Millbank.

C'est le premier jour de sa peine. Il est couché à même les planches dans le froid et la puanteur. Le plafond est si bas qu'il l'oppresse, le sable noir souffle du désert et quelque part un enfant pleure, dans un lointain couloir. Le sable noir lui encombre la bouche, lui pique les yeux. Il ne peut pas y voir, il ne peut pas trouver ce qu'il cherche. D'ailleurs, il ne sait pas ce qu'il cherche. Et tout ce qu'il entend, c'est ce sable noir qui siffle, et cet enfant perdu qui pleure dans le noir.

Il respira en frissonnant, se réveilla.

C'était l'aube. Il était allongé dans son propre lit sur la véranda, à Eden. À travers un trou dans le toit, filtrait un coin de ciel bleu, frais et léger. Il inspira, sentit l'odeur douce et métallique de la terre rouge, humide.

Il resta allongé à écouter la musique des grenouilles dans la rivière, et le bzz des criquets, les promerops et les sporophiles se chamaillant dans les fougères arborescentes près de la maison. D'habitude, c'était le moment de la journée qu'il préférait ; quand il était d'humeur optimiste, que tout semblait possible. Mais son rêve lui avait laissé une sorte de mélancolie poignante, dont il ne parvenait pas à se débarrasser.

Il se demandait pourquoi ce rêve, une fois de plus. Il survenait seulement en cas de problème. Quand la récolte avait du retard, ou qu'un feu avait pris dans la chaudière. Qu'est-ce qui n'allait pas, cette fois ? Était-ce parce que Sinclair était de retour à la Jamaïque ? Ou simplement parce que Eden était hantée – et que, comme il l'avait entendu dire autrefois à un coupeur de canne, on ne peut pas faire la paix avec les fantômes ?

Il perçut un bruit de griffes sur les carreaux, puis sentit un souffle chaud sur son épaule, et bientôt la langue d'Abigail. Elle monta sur lui, il la repoussa ; alors elle repartit bruyamment pourchasser des colombes rousses dans le jardin.

Il se tourna sur le côté, s'enroula l'oreiller autour de la tête. Il était presque aussi fatigué que quand il s'était laissé tomber sur le matelas, cinq heures plus tôt. Depuis trois mois, il menait une véritable course pour rentrer les cannes avant que les pluies rendent les chemins impraticables ; maintenant, elles étaient empilées haut dans la cour de l'usine, le moulin et la chaudière fonctionnaient jour et nuit, ses hommes et lui avaient les yeux rougis par l'épuisement.

Quelques minutes plus tard, Abigail revenait terminer le rituel du réveil. De nouveau, elle monta sur lui, et quand il ne put plus respirer – parce qu'elle était grosse, même pour un mastiff – il la repoussa et s'assit.

Il mit sa chemise de nuit, saisit le vieux drap qu'il utilisait comme serviette, puis descendit les marches et traversa le jardin, trempé de pluie, jusqu'à la rivière. Abigail bondissait devant lui ; elle fit prendre son envol à une nuée d'aigrettes blanches perchées sur un bambou géant, dans un grand remuement de feuilles émeraude et de gerbes de gouttes.

La rivière était verte, opaque et d'un froid mordant quand il y plongea. Il nagea sur place, en puissantes battues, tout en regardant Abigail tendre le cou pour boire. Plus loin, Moïse faisait sortir les chevaux des écuries, avec trois petits pickneys qui sautillaient et riaient derrière lui, dans l'espoir de partir en promenade. Cameron, le cœur serré, se rendait compte qu'il ne prenait plus de plaisir à rien. Encore cette étrange, indéfinissable impression de perte.

Il avait acheté Eden pour faire la paix avec le fantôme d'Ainsley, mais ça n'avait pas marché. Peut-être les Noirs avaient-ils raison, peut-être les duppies sont-ils des créatures menaçantes, qu'on doit fuir et non pas essayer d'apaiser.

Mais maintenant, il ne pouvait plus quitter Eden. Il en était tombé amoureux. Elle était belle, dangereuse, irritante : c'était comme une nymphe chaotique et imprévisible. Parfois, dans ses moments les plus noirs, il se demandait ce qu'il faisait là. Pourquoi ne l'abandonnait-il pas tout simplement, ne la laissait-il pas retourner à la jungle de réglisses et de guangos où elle avait sommeillé, pendant vingt ans d'oubli, avant qu'il ne l'en réveille ? Mais, au bout du compte, il n'en partait pas.

L'aboiement impatient d'Abigail le ramena au présent. Bon Dieu, pourquoi ne parvenait-il pas à se débarrasser de ce rêve ?

De retour à la maison, il se rasa, enfila ses vêtements

et se força à avaler une assiette d'ackee et de poisson salé, que son cuisinier lui servait tous les matins avec la conviction (erronée) qu'il aimait ça. En vérité, il détestait ça, car cela lui rappelait la prison, mais c'était trop tard pour le dire au vieux Braverly. Il était aussi susceptible qu'une fille sur le chapitre de sa cuisine, et cela ne servirait qu'à le précipiter dans une orgie de haschich, pour finir à la prison de Falmouth. Aussi, Cameron serra les dents et avala son poisson salé.

Après le petit déjeuner, il laissa Abigail garder la maison, monta en selle et se rendit à Maputah, où Oserius avait supervisé le travail pendant la nuit. Il y resta toute la matinée, s'occupa du tas de déchets qui s'accumulait à l'extérieur du moulin, d'un tonneau cassé dans l'atelier d'égouttage, et arbitra une dispute qui avait éclaté entre les chauffeurs de la chaudière.

Tandis que la matinée s'écoulait, sa frustration ne faisait que croître. Il faudrait des années pour faire entrer Eden dans le monde moderne, voire des décennies. Le moulin, toujours actionné par l'aqueduc venant de la Martha Brae, qui datait de plusieurs siècles, était donc soumis aux caprices de la météo. Les bœufs rentraient toujours la canne avec la même angoissante lenteur. À quoi espérait-il arriver ainsi ? Au-dessus, à Parnassus, le vieil Addison Traherne avait installé une ligne de tramway voilà déjà *vingt-cinq ans*. Même à Fever Hill, on utilisait depuis longtemps la vapeur.

À midi, il retourna à la maison pour un rapide repas de chèvre au curry, puis gagna les parcelles de canne de l'ouest, afin de désamorcer une querelle entre des équipes de coupeurs rivales. Dans la chaleur de l'après-midi, la pluie n'étant déjà plus qu'un souvenir lointain, la terre une poussière rouge et desséchée, il parcourut les treize kilomètres qui le séparaient, plein nord, de

Falmouth. Il détestait aller en ville, mais savait par expérience que s'il y allait aux heures chaudes, il ne risquait guère d'y rencontrer des gens de sa connaissance.

Chez Ryle, il commanda du pétrole et des bougies, chez Doran une caisse de scotch et une boîte de cigares, après quoi il s'acquitta de ses dettes chez le sellier et le maréchal-ferrant. Enfin, il décida de rendre une rapide visite à Olivia Herapath, qui l'aidait en général à remettre les choses à leur juste place.

Le panneau « fermé » était posé sur la porte du studio, mais Etheline le fit entrer et le conduisit jusqu'au salon, sur l'arrière. La petite pièce était sombre, sentait la fumée et était jonchée de romans à dos jaune. Olivia devait être dans un de ses mauvais jours. Il songea qu'il resterait aussi longtemps qu'il le faudrait pour transformer son humeur.

Elle était assise dans le canapé, et revêtait l'apparence d'une de ses vies antérieures les plus inquiétantes : une terrifiante vieille femme obeah nommée Juba, qui portait une robe imprimée criarde, orange et bleu, un mouchoir d'un jaune virulent, un collier de dents de chat et de becs de perroquet entremêlés, en travers de sa formidable poitrine. Le contraste entre cette éclatante splendeur nègre et le visage d'Olivia, blanc et cireux, était étrangement émouvant.

Elle n'avait pas l'air dans son assiette. Il remarqua que le voile de soie noire qui festonnait la photographie d'Hector avait été remis en place d'une main incertaine, que ses petits yeux vifs étaient bordés de rouge. Mais le regard qu'elle lui lança le dissuada de toute pitié.

Il lui demanda si elle avait l'intention de lui jeter un sort. Elle lui donna une tape sur la poitrine avec son bâton obeah et le gronda d'être demeuré loin aussi longtemps.

— Vous êtes beaucoup trop seul là-bas, lui déclara-t-elle, tout en le jaugeant des pieds à la tête, comme s'il était un étalon qu'elle envisageait d'acheter. Un jeune type comme vous… Quelle situation absurde ! Ça ne va pas du tout.

Il lui fit un léger sourire, poussa un exemplaire du *Cœur païen* pour faire de la place et s'asseoir à côté d'elle.

— Vous devez sortir dans le monde, insista-t-elle. Les gens vous accueilleraient à bras ouverts, si vous leur en donniez la moitié d'une occasion.

— Mais je ne suis pas…

— Ils se moquent de ce que vous avez fait il y a dix ans. Bon sang, on est à la Jamaïque !

— Je sais.

— Cricket, bridge, un petit concert de temps en temps… ça ne vous tuerait pas, non ? Qu'est-ce qui vous arrête ?

— Je ne sais pas, reconnut-il, sincère.

— Eh bien, trouvez. Vous faites exactement comme Jocelyn. D'accord, d'accord, c'est un sujet interdit… Pour commencer, vous devriez venir me voir plus souvent. Et ne prenez pas cet air, vous savez que j'ai raison.

— Olivia, vous avez toujours raison.

Elle rit d'un rire de gorge.

— N'essayez pas de m'amadouer, misérable…

Elle lui versa un grand verre de bordeaux, lui désigna du doigt la boîte à cigares sur la petite table. Elle-même prit la pipe en terre blanche de Juba, à l'odeur abominable.

— Alors, dit-elle, après qu'ils en eurent l'un et l'autre tiré quelques bouffées.

— Racontez-moi donc tous les potins.

Elle lui lança un regard réprobateur. Elle savait très bien que les potins ne l'intéressaient pas, mais le problème n'était pas là. Le problème, c'était qu'il devait faire pénitence pour avoir négligé ses devoirs envers elle. Aussi lui imposa-t-elle vingt minutes de cette pénitence, et elle le fit rire malgré lui. Elle était maligne et grossière, comme seule une aristocrate peut l'être, elle connaissait « tous les gens qui comptaient ». Rien d'étonnant à ce qu'elle terrorise toutes les femmes de la bonne société, depuis Lucea jusqu'à St. Ann's Bay – ni à ce qu'elles accourent vers elle. Où d'autre auraient-elles pu avoir leurs portraits tirés et leurs amis disséqués par une noble authentique – même si elle avait renoncé à son titre en épousant un roturier ?

— Je me demande, déclara-t-elle en guise de conclusion, combien de temps vous allez continuer à feindre ainsi.

— De quoi ?

— De faire comme si votre frère n'existait pas.

Cameron soupira sans répondre.

— Bonté divine, Cameron, ça fait bientôt quatre mois qu'il est revenu !

— Oui, je l'ai entendu dire.

— Et il a une femme !

— Je l'ai entendu dire aussi.

Elle l'examina de près.

— Vous allez devoir faire quelque chose, vous savez.

— Qu'est-ce que vous suggérez ?

Avec son bâton, elle le frappa sur le genou.

— Vous allez devoir descendre de ces collines et *épouser* quelqu'un.

— Olivia…

— Votre frère a l'intention de donner un petit-fils au

vieil homme. Un petit-fils adoptif, appelez-le comme vous voulez. En tout cas, il a l'intention de vous supplanter.

Cameron ne répondit rien.

— Vous les avez déjà vus ?

— Déjà vu qui ?

— Cameron, un peu de tenue. Avez-vous déjà vu votre frère et sa nouvelle femme ?

— Vous savez bien que non. Je ne vois aucun d'eux, jamais.

Elle souffla d'un air mécontent.

— Eh bien, moi, je les ai vus. Il fallait bien que quelqu'un le fasse. J'ai laissé ma carte le matin de leur arrivée.

Elle fit un sourire qui découvrit ses petites dents jaunes.

— Sinclair ne m'aime pas du tout, mais il n'ose pas se défiler. Il est tellement snob.

Cameron pensa, amusé, que c'était un peu fort venant d'Olivia Herapath, l'honorable Olivia, née Fortescue de Fortescue Hall, qui considérait quiconque anobli après Crécy comme un parvenu. Parfois, il se demandait pourquoi elle faisait une exception pour lui.

Il y eut un silence appuyé ; Olivia attendait qu'il parle, en démêlant son pendentif de deuil du collier de becs de perroquet. Il finit par céder.

— Eh bien, que pensez-vous de ma nouvelle belle-sœur ? lui demanda-t-il.

Ses yeux brillèrent.

— Il y a un mystère là-dessous. De fichtrement beaux traits, un goût passable pour s'habiller, mais pas de *talents*. Ni français, ni allemand, ni musique. Ne sait même pas monter à cheval, même si Jocelyn lui donne des leçons, paraît-il. Mais c'est vraiment étrange, non ?

À se demander où Sinclair l'a dénichée. Et, le plus exaspérant, c'est qu'elle est beaucoup trop bien pour lui.

— Vous voulez dire qu'elle vous plaît ? demanda Cameron, surpris.

— Je sais, c'est bizarre, n'est-ce pas ?

Elle fit une pause pour tirer sur sa pipe.

— Mais d'abord, elle connaît la photographie. Oui. Elle a installé une chambre noire dans la cave voûtée – d'après elle, c'est suffisamment ombragé pour ça. C'est peut-être aussi pour pouvoir s'éloigner un peu de Sinclair. (Une autre bouffée de pipe.) Bien sûr, il n'approuve pas du tout, mais qu'est-ce qu'il peut faire, quand elle vient acheter ses fournitures à une fille de baron ? C'est vraiment une curieuse femme, dit-elle en secouant la tête. J'ai du mal à la comprendre. Intelligente, terriblement réservée, pas mal de caractère. Prodigieusement attachée à une espèce de sœur invalide, que je n'ai pas encore rencontrée. Et vous savez, grommela-t-elle, je crois qu'elle est plutôt gentille. Donc pas du tout comme moi !

Cameron garda un silence diplomatique.

— Je n'arrive pas à imaginer pourquoi elle l'a épousé, ajouta-t-elle. À part la raison évidente, bien sûr.

— Vous voulez dire l'argent ?

Elle acquiesça de la tête.

— Dans ce cas, dit-il en se levant et en ramassant son chapeau, on dirait qu'il a ce qu'il mérite…

En général, voir Olivia Herapath lui remontait le moral ; mais ce jour-là, tandis qu'il quittait Falmouth, il ne ressentait que de l'irritation, et une bizarre impression de trahison. Olivia était son amie, bon sang. Alors, pourquoi approuvait-elle la femme de Sinclair ?

Il essayait de se persuader de ne pas y attacher d'importance quand il atteignit le carrefour sur la

Martha Brae et prit au sud, vers Eden. La chaleur était toujours aussi intense, l'après-midi n'étant pas encore assez avancé pour que se lève la brise de terre, aussi restait-il à l'ombre, sous les poincianas.

Il avait seulement fait quelques mètres quand il entendit un bruit de roues derrière lui. Il se retourna pour voir un élégant cabriolet neuf traverser le pont et se diriger à l'ouest, le long de la route de Fever Hill.

Sinclair, en costume de lin blanc et panama – pas de noir pour un homme d'Église comme lui –, menait vivement son attelage, en regardant droit devant lui. La jeune femme assise à ses côtés était enveloppée dans un grand cache-poussière de soie brune ; elle avait un large chapeau de paille sur la tête, orné de rubans de couleur bronze. Elle se tenait au flanc du cabriolet et, comme Sinclair, regardait droit devant elle, d'un air absent. Aucun des deux ne vit Cameron.

Il ne fit que l'entrevoir, mais ce fut un choc. Pour Sinclair, il avait imaginé une femme qui serait forcément maigre et blonde, avec une petite bouche serrée pour murmurer des psaumes. La fille qu'il venait de voir avait un ample chignon, des cheveux bruns et soyeux, une belle teinte mate sur les joues, une grande bouche rouge et bien dessinée. Elle aurait fait un parfait modèle pour Rossetti ou Burne-Jones.

Ce fut pour lui une désagréable surprise que de l'admettre. Malgré la chaleur, il mit son cheval au galop.

Plus tard, alors que la journée déclinait, son humeur s'assombrit elle aussi. Il passa deux heures à Maputah, parlant à tout le monde d'un ton cassant, puis retourna chez lui prendre un solide rhum à l'eau, suivi d'un des dîners les moins réussis par Braverly depuis longtemps. La poivrière du vieil homme était légendaire – on disait qu'elle mitonnait depuis deux générations – mais, ce soir-là, ses yeux étaient jaunes et vitreux, après trop de thé au haschich, et sa poivrière était essentiellement constituée de piments, sans guère autre chose autour.

Cameron restait sur sa faim ; il descendit dans le jardin, prit deux mangues et les engloutit avec un autre rhum à l'eau. Abigail s'arracha péniblement à la quiétude de la véranda et le suivit.

La nuit résonnait de craquements, de coassements de lézards, de hululements de chouettes. Des lucioles émaillaient les hibiscus, l'air était lourd du parfum des daturas et des jasmins. Mais c'est à peine si Cameron le remarquait.

Chaque fois qu'il pensait à son frère, il ressentait une même impression d'échec et d'exaspération. Sinclair le détestait ; Cameron avait déjà renoncé à en comprendre la raison lorsqu'ils étaient encore à Winchester.

Mais, aujourd'hui, Sinclair était de retour à la Jamaïque. Il vivait avec Jocelyn à Fever Hill, parcourait la campagne avec sa ravissante jeune femme. Il avait tout ce qu'un homme peut désirer : quelqu'un à qui parler, avec qui partager les choses de la vie, quelqu'un *pour* qui travailler.

Lui-même, à côté, qu'avait-il accompli en huit ans à Eden ? Tous ses efforts avaient-ils seulement un sens ? *Pour* qui faisait-il cela ?

Tu es soûl, se dit-il avec dégoût. Rien qu'un planteur ivrogne, un de plus, battant la campagne comme un indigène. Il est grand temps d'aller au lit.

Il fit demi-tour pour rentrer et fut étonné de voir qu'il n'était pas seul. Grace McFarlane était au pied de l'escalier et le regardait. Ses jupes étaient encore remontées et attachées aux genoux, après la longue marche qu'elle avait faite jusqu'à Eden, et ses enfants se cachaient timidement derrière elle.

C'était un choc de la revoir. Il n'était pas très sûr que ça lui fasse plaisir.

Abigail, qui tolérait Grace comme un rappel du passé et de la maisonnée autrefois, trotta jusqu'à elle pour l'accueillir, sa queue battant paresseusement le sol. Les enfants tendirent les mains pour lui caresser les oreilles, elle les renifla comme s'ils étaient des chiots.

— Bonjour, Grace, dit Cameron.

Il surprit l'éclat de son sourire alors qu'elle inclinait la tête pour le saluer.

— Maît' Came'on, dit-elle. Longtemps moi pas voir vous.

— Longtemps, oui, confirma-t-il.

Il n'était pas amoureux de Grace, ni elle de lui ; ils avaient réglé cette question depuis des années. Mais ils se comprenaient. Tous deux vivaient seuls, tous deux n'étaient pas en paix. De temps en temps, ils satisfaisaient encore un besoin mutuel de chaleur.

Mais ces temps-ci, elle ne faisait le voyage depuis Fever Hill que lorsqu'elle avait une bonne raison : quand elle cherchait des œufs d'oiseaux, ou pour rendre visite à ses innombrables parents dans les collines. Il l'imaginait marchant à grands pas sous la lune : grande, très droite et absolument pas effrayée. Elle était l'une des rares Noires de Trelawny qui pouvait marcher dans les Cockpits la nuit sans craindre les duppies. Cameron songea qu'Olivia Herapath avait encore du travail à accomplir pour parfaire son allure de vraie femme obeah – qui doit être discrète dans sa tenue, puisque la magie était désormais un délit, passible du fouet.

Il regarda les enfants s'enhardir avec Abigail, qui remuait la queue, prenait leurs petits membres dans ses énormes mâchoires, enfin se fit poursuivre à travers les fougères arborescentes.

Quand ils furent partis, il se retourna vers leur mère.

— Comment vas-tu, Grace ?

Elle inclina la tête d'une façon qui pouvait signifier bien des choses ; ses yeux obliques étaient pleins de secrets.

— Et vous, soldat ? Vous humeur noi'e ce soir, j'entends ça dans vot' voix. Oui ou non ? Dites à Grace pou'quoi vous contra'ié.

Il ne répondit pas et elle se rapprocha.

— Vous pas content vot' frè'e est revenu.

C'était une affirmation plus qu'une question.

Il contempla les solides méplats de son visage. Les larges pommettes, les narines évasées, la bouche généreuse et bien formée. Puis il songea quelle honte c'était qu'il soit trop épuisé pour leur faire honneur. Une honte pour elle aussi, si elle avait fait tout ce chemin dans cet espoir.

— Vous pas content Maît' Sinclai' est revenu, répéta-t-elle.

— Pas content ? Pas content *fe* quoi ?

Elle sourit ; elle aimait quand il parlait patois.

— Le pasteu', il veut vous pousser deho's vot' famille.

— Je ne m'intéresse pas à ça.

— Moi je m'inté'esse.

— Eh bien, tu ne devrais pas. Je n'ai aucun droit sur Fever Hill, et Sinclair non plus. Ça appartient aux Monroe, pas aux Lawe.

Elle redressa la tête.

— Peut-êt'e que oui. Mais pas juste le pasteu' vous ennuie. Hein, soldat ?

Ne pas mentir à Grace, même dans l'obscurité. Surtout dans l'obscurité.

Elle fit passer un doigt le long de sa joue.

— Ma'chons un peu. C'est pou' ça moi venue.

Il secoua la tête.

— Je ne serai pas un bon compagnon ce soir.

Elle comprit l'allusion, grimaça un sourire.

— Ça pas impo'tant. Vous écouter moi. Le pasteu' sait pas, mais G'acie McFarlane va s'occuper lui. Elle va s'occuper lui pas avoir ga'çon.

— Grace, dit-il vivement, n'y touche pas…

Le sourire s'élargit sur le visage de la visiteuse.

— Oh, pas besoin *toucher* lui, soldat. Vous pas inquiéter ça.

— Non, ce n'est pas ce que je voulais dire…

Mais elle était repartie, se fondant dans la nuit, rappelant Evie et Victory.

Cameron demeura quelque temps dans le jardin, fumant et réfléchissant, jusqu'à ce que l'aboiement impatient d'Abigail lui rappelle qu'il était temps d'aller au lit.

De retour dans la véranda, il se servit un autre verre, puis y jeta un regard mauvais. Sur la commode de campagne, à côté de son lit, reposait une pile de livres. Presque tous les soirs, il lisait quelques pages avant de s'endormir, mais ce soir-là il fut incapable de se concentrer. Il continuait à voir Sinclair assis dans le cabriolet, sa ravissante jeune femme à côté de lui.

Tu es ridicule, se dit-il. Voyons, c'est *Sinclair*… Qu'est-ce que tu ferais d'une femme capable d'épouser Sinclair ?

Ce fut la pensée la plus agréable qu'il avait eue de toute la journée.

Chapitre quatorze

Le sept mars mille huit cent quatre-vingt-quinze
Galerie ouest, grande maison de Fever Hill
Paroisse de Trelawny
Jamaïque
Grandes Antilles

Maddy m'a donné ce MAGNIFIQUE *cahier pour mon anniversaire, alors je commence un journal. J'ai l'intention de découvrir :*

1) Tout sur la magie de la Jamaïque ;
2) Ce qui trouble Maddy ;
3) Et ce que le méchant frère de Sinclair fait *vraiment.*

Le Dr Pritchard est venu aujourd'hui et il est RAVI *de mes progrès ! Il m'a rappelé que d'être restée au lit pendant le voyage a fait beaucoup de bien à mon genou, donc que je dois être patiente. (Je suis contente que le voyage m'ait fait du bien, parce que c'était vraiment horrible et j'ai manqué de livres.)*

*J'*ADORE *la Jamaïque. Il y a la canne à sucre, la magie*

et les alligators, et à la place des pigeons ils ont des vautours qu'ils appellent des jean-le-corbeau. Ici, tout vient d'un autre pays : les manguiers et les bananiers ont été importés autrefois, et aussi les caféiers, l'arbre à pain, la canne à sucre, le bambou, et les Noirs. Il fait extrêmement chaud et il ne pleut pas parce que c'est la saison sèche ; mais il y a une brise de mer le matin et une brise de terre le soir, ça permet d'être à peu près au frais.

Des choses terribles sont arrivées à la Jamaïque, mais personne n'en parle jamais, ni n'essaye d'éclaircir le fouillis que c'est. En bas de la colline sur laquelle nous vivons, il y a un moulin à sucre en ruine, que les esclaves ont brûlé il y a soixante ans pendant la révolte de Noël. Ils ont également brûlé la première grande maison (c'est le mot jamaïcain pour château) de la famille, et aussi la grande maison des Lawe de l'autre côté de Falmouth ; c'est maintenant un sanatorium qui s'appelle Burntwood. Sinclair m'a dit que des centaines de propriétés ont été vendues ou abandonnées depuis. Il reproche aux gens d'alors d'avoir libéré les esclaves, il dit que c'était une grande erreur qu'ils ont faite.

Je ne crois pas que Maddy aime la Jamaïque. Ou peut-être c'est seulement Fever Hill qu'elle n'aime pas. Moi, j'ADORE Fever Hill. Parfois une odeur de rhum arrive depuis la nouvelle usine, et ça sent aussi toujours l'écorce d'orange de la cire qu'on met sur les sols. Ici, tout est étrange. Les ardoises sur le toit étaient, au départ, du lest dont on chargeait les bateaux de sucre, quand ils revenaient de Cornouailles ; les grands pots au pied de l'escalier sont les chaudières qu'on utilisait autrefois pour extraire le sucre ; et même le ciment dans les murs de la cave voûtée contient de la mélasse !

Il n'y a pas de lampe à gaz, seulement des lampes à

pétrole et des bougies ; comme elle est toujours fermée, la maison est sombre et mystérieuse même pendant la journée. Les murs sont en bois, avec des lattes pour laisser passer la brise, alors on peut entendre ce qui se dit trois pièces plus loin. Maddy appelle ça une maison des chuchotements.

Au début, quand nous sommes arrivés, elle a été effondrée d'apprendre que nous n'aurions pas notre propre maison, mais que nous habiterions avec la famille. C'est dur pour elle ; elle n'a la permission de sortir se promener que le soir, parce que grand-tante May désapprouve les dames qui sortent pendant la journée, en disant qu'elles ne le faisaient jamais quand elle était petite. Ma nouvelle amie, Evie, dit que maintenant les choses sont différentes partout. Pareil pour le dictionnaire de géographie que Maddy m'a acheté à Londres. Il dit qu'en Jamaïque les femmes blanches sortent seules tout le temps, que c'est parfaitement sûr et respectable. Quel dommage pour Maddy ! Elle dit que c'est l'obscurité et l'enfermement qui ont rendu Clemency folle.

Parfois, quand même, Maddy a le droit de rendre visite à Mrs Herapath pendant la journée, et hier Sinclair l'a emmenée voir le sanatorium Burntwood. Quand elle est revenue, elle m'a dit que je n'irais là-bas sous AUCUN *prétexte, parce que c'est un hôpital pour les poumons.*

J'en suis très soulagée, parce que ma chambre ici est PARFAITE. *Pas ma vraie chambre, elle ne sert qu'aux vêtements ; je veux dire la galerie à l'extérieur, où je vis !! Galerie, c'est le mot jamaïcain pour véranda ; ici, elles sont fermées par des jalousies, pour ne pas faire entrer le soleil. Ça la rend sombre, on a du mal à voir au-dehors, mais heureusement, trois des jalousies en face de mon lit sont cassées ! Au début, la haie de crotons me cachait la vue, mais Maddy en a coupé quelques branches avec un couteau à fruits. Sa servante Jessie l'a dit à grand-tante May, qui était fâchée, et Sinclair aussi.*

Dans ma partie de la galerie, j'ai <u>mon propre escalier</u> vers le jardin !!! Mais bien sûr je ne dois pas m'en servir encore, et on garde les portes fermées pour protéger du soleil.

Autrefois, Fever Hill était le plus grand domaine du nord de l'île, mais aujourd'hui la plupart des champs de canne à sucre sont laissés aux Traherne, ou abandonnés. Sinclair dit qu'oncle Jocelyn a laissé le domaine aller à la dérive parce qu'il avait le cœur brisé. Moi je crois plutôt que c'est à cause du mauvais frère de Sinclair, mais personne ne veut parler de lui.

Maddy dit que ça ne l'intéresse pas de rien savoir sur le passé. Mais moi si.

Le neuf mars

Sinclair vient juste de trouver un œuf en dessous de son lit, et il est très perturbé. Ce n'était qu'un petit œuf bleu clair, mais il n'a pas voulu le toucher, ni lui ni les domestiques, et ça a fait une belle pagaïe. Finalement, Daphne l'a emporté dans la cuisine et l'a jeté dans le four. Elle a dit qu'elle était trop vieille pour avoir peur de l'obeah.

Evie dit que l'obeah est la magie noire jamaïcaine, et qu'un œuf est un mauvais signe en obeah. Je lui ai demandé ce que ça signifiait, mais elle a répondu qu'elle ne savait pas, ce qui est l'expression jamaïcaine pour « je ne veux pas le dire ».

Le dix mars – juste avant le dîner

Je viens de voir mon premier VAMPIRE !!! J'étais si excitée que j'ai renversé de l'encre sur Pablo Grey, mais heureusement je n'ai pas renversé la lampe à pétrole ni mis le feu à la moustiquaire !!

J'espère voir d'autres vampires et aussi un ALLIGATOR. Le ruisseau qui court au pied de notre colline a l'air idéal pour ce genre de bêtes. J'aimerais aussi voir un PERROQUET comme celui de la fenêtre de tante ~~Lett~~ Letitia ; mais il n'y a pas d'arbres près de la maison où ils puissent se poser, juste une haie de crotons. Une fois, Maddy a été d'accord pour entrouvrir la porte du jardin et mettre dehors une assiette d'eau sucrée pour attirer les oiseaux-mouches, mais nous n'avons eu que deux scarabées et un papillon de nuit.

Clemency a un chat mais il préfère rester avec elle, et malheureusement les chiens (Remus et Cleo) n'ont pas le droit d'entrer dans la maison. J'ai quand même vu de magnifiques lézards verts, plusieurs cling-clings (ce sont de gros merles brillants), beaucoup de jean-le-corbeau, et quelques lucioles. Clemency dit qu'autrefois les dames de la Jamaïque les prenaient pour les épingler au bord de leurs robes de bal, ce que je trouve absolument dégoûtant.

Le douze mars – après le dîner

Maddy vient juste de partir dîner. Elle dit que la conversation est toujours sur la canne à sucre et sur le fait qu'ils ont libéré les esclaves trop tôt, ce qui est gênant en face des domestiques. Sinclair dit qu'ils ne comprennent pas, mais je parie que si. Kean, le maître d'hôtel, est très discret et aussi très intelligent ; Maddy l'appelle « les yeux et les oreilles de Fever Hill », parce qu'il rapporte tout à grand-tante May. La femme de chambre de Maddy, Jessie, est elle aussi une moucharde, mais les autres sont plus gentils. Il y a Daphne la cuisinière, Rebecca et Susan les femmes de chambre, Doshey le palefrenier, et Thomas le jardinier, qui est extrêmement vieux.

J'ai trouvé que Maddy avait l'air fatiguée, ce soir. Elle dit qu'elle ne comprend pas Sinclair, et moi non plus. Il évite de me toucher à cause de ma maladie, et ça m'est égal, mais je ne peux pas lui pardonner de ne jamais faire de compliments à Maddy. Elle était MAGNIFIQUE *dans sa robe du soir couleur ambre, oncle Jocelyn l'a dit aussi, donc ce n'était pas juste moi.*

Le quatorze

Je peux voir l'arbre duppy de l'autre côté de la pelouse mais, après ce qu'Evie m'a dit cet après-midi, j'aimerais mieux ne pas pouvoir. Le nom anglais pour cet arbre est le fromager, mais à la Jamaïque on l'appelle l'arbre duppy. Il est grand et large comme un chêne, des lianes pendent de ses branches, et il porte des sortes de fruits couverts d'épines. Dans le noir, on dirait des araignées géantes.

Evie dit que, les nuits sans lune, tous les arbres duppies à des kilomètres alentour s'en vont au cœur des forêts pour y avoir ensemble des réunions secrètes. Cette nuit, je me suis réveillée pour vérifier si notre arbre duppy était toujours là.

Le seize

*Pour la première fois, j'ai pris le petit déjeuner avec la famille ! J'*ADORE *la nourriture jamaïcaine. Mes fruits préférés sont les mangues, les sapotilles, les tamarins et les noix de coco, qu'Evie appelle fruits à gelée. Pour le petit déjeuner, j'aime prendre du porridge à la banane verte avec de la cassonade, et de la banane plantain frite (qui est* SPLENDIDE*), et des johnny cakes (ce sont des petits pains ronds), et des bammies, qu'on fait avec quelque chose qui s'appelle du manioc. Mais, ce matin, j'ai eu de l'avocat sur un toast. Oncle Jocelyn l'appelle du beurre de marin, il en mange tous les jours. J'ai trouvé que ça avait un goût de savon, mais c'est très nourrissant.*

Le dix-sept – après le thé

Quelle journée ! Je viens juste de faire ma première promenade sur les pelouses avec mes nouvelles béquilles !!!! Je me sentais très chancelante et elle n'a duré que cinq minutes, mais j'ai pu voir un peu l'extérieur de Fever Hill. (Je dormais quand nous sommes arrivés la première fois.)

Au nord, la maison fait face à la mer ; elle a deux étages avec des galeries tout autour, un magnifique perron de marbre qui descend jusqu'à l'allée par laquelle on arrive. J'ai été étonnée de voir que dehors les jalousies sont écaillées et mangées par les termites. Ça lui donne un air de maison en ruine, par-dessus laquelle on aurait cloué des planches.

L'étage où nous vivons est en haut du perron ; en dessous, il y a la cave voûtée, où Maddy a installé sa chambre noire. Au milieu, il y a l'énorme salle de bal, vide ; à l'est, la salle à manger (qui ne sert jamais), celle du petit déjeuner, où la famille prend ses repas, puis le petit salon, le salon de réception et la bibliothèque d'oncle Jocelyn. Elle est à l'arrière de la maison, avec vue sur les collines, et elle a des livres du sol au plafond – mais je n'ai pas le droit d'y entrer, parce que oncle Jocelyn n'aime pas les enfants. Derrière l'escalier, il y a encore la chambre forte, les toilettes et la salle de bains d'en bas, et encore à l'ouest, les chambres de Clemency, puis la mienne, enfin la chambre et la penderie de Maddy et Sinclair, et le bureau de Sinclair.

À l'étage au-dessus, il y a les chambres d'oncle Jocelyn et celle de sa femme Kitty, qui est morte seulement un an après leur mariage. Depuis la galerie du haut, on m'a dit qu'on pouvait voir la mer, mais là, c'est le domaine de grand-tante May.

À travers mon trou dans les jalousies, j'ai une bonne vue sur le jardin, même si ce sont seulement des pelouses brunes. Clemency dit qu'autrefois il y avait une allée de rosiers et une volière, mais, quand Kitty est morte, oncle Jocelyn a détruit tout ça. Parfois, le soir, Clemency descend sur les pelouses, si elle entend son bébé pleurer en enfer.

Ma vue donne au sud-ouest vers les collines, comme depuis la bibliothèque d'oncle Jocelyn. Au bout des pelouses, je peux voir l'arbre duppy, et derrière lui, il y a une montée ; parce que notre maison n'est pas tout à fait en haut de la colline, mais environ aux deux tiers depuis le bas. Sur le versant d'en face, on m'a dit qu'il y avait le cimetière, avec toutes les tombes de la famille. Maddy est allée là-bas quand nous sommes arrivés, mais quand elle est revenue, elle avait l'air étonnée, ou déçue, je ne sais pas pourquoi.

J'aimerais pouvoir visiter le cimetière, parce que c'est le seul endroit de Fever Hill où le mauvais frère de Sinclair a le droit de venir. Il y vient une fois par mois, mais il ne s'approche jamais de la maison. Avant, oncle Jocelyn avait pour lui une énorme affection, jusqu'à ce qu'il fasse quelque chose de terrible et qu'il soit envoyé en prison. Ils ne se sont pas reparlé depuis. Cameron manque horriblement à Clemency, mais Sinclair dit que c'est une grande épreuve d'avoir un frère pareil. Je me demande si Cameron a été accusé à tort, comme le comte de Monte-Cristo.

Quelque part derrière le cimetière, il y a une « serre » en ruine – c'est le mot jamaïcain pour hôpital pour les esclaves. Evie dit que c'est un très mauvais endroit et que pour rien au monde elle n'irait là-bas le soir, à cause des duppies.

Un duppy est un fantôme mauvais, qui apparaît quand quelqu'un meurt. Evie dit que, même si une personne était gentille quand elle vivait, quand elle meurt, son duppy est toujours méchant. J'ai demandé à Evie si je deviendrais un duppy, mais elle a dit qu'elle ne savait pas. Je ne veux pas devenir un duppy et être méchante envers Maddy.

Evie dit que derrière la serre il y a des champs de canne à sucre et des prés pour les bestiaux tout du long, jusqu'aux collines ; ensuite, au bout du domaine, il y a un vieux pavillon de chasse qui s'appelle Providence. Après ça, c'est le pays Cockpit, un endroit terrible où les esclaves se cachaient, et leurs descendants vivent toujours là-bas. Il n'y a pas de routes, pas de rivières ni de ruisseaux : juste des ravins et des trous, où on jetait les esclaves désobéissants pour qu'ils meurent de soif. Les Blancs ne vont plus dans les Cockpits.

Le vingt mars

J'ai demandé à Sinclair si les Blancs devenaient des duppies, et ça l'a beaucoup fâché. Il a dit que seuls les Noirs croient à ce genre de bêtises, parce qu'ils n'ont pas de facultés morales. Oncle Jocelyn dit que la magie des Noirs ne marche pas sur les Blancs, mais Maddy dit qu'elle ne s'y connaît pas assez pour croire une chose ou l'autre, ce qui, à mon avis, est SI *intelligent et si vrai.*

Oncle Jocelyn a soixante-treize ans ; il est très grand, maigre et raide. Il a une moustache argentée et des sourcils en broussaille, et ses yeux sont gris argent eux aussi. Il lit tout le temps et il appelle l'Angleterre « la maison », même s'il n'y est pas retourné depuis qu'il était petit garçon. Il aime bien Maddy, et parfois il sort jusqu'à la galerie pour l'entendre lire à haute voix. Je ne sais pas ce qu'elle pense de lui.

Il garde un maillet de polo près de son lit pour les lézards coasseurs, qui peuvent faire beaucoup de bruit la nuit. J'en voudrais bien un moi aussi, mais quand je le lui ai demandé, il a dit non. Il me dit toujours non et il s'en va. Maddy dit qu'il « s'enfuit ». Mais je suis en train de coudre un essuie-plume pour lui, et j'espère qu'un jour il me permettra d'entrer dans sa bibliothèque.

Grand-tante May a soixante-seize ans et porte des gants de chevreau gris, parce qu'elle ne veut pas toucher les gens. Elle est en fait la tante d'oncle Jocelyn, la plus jeune enfant de son grand-père Alasdair (qui est mort d'apoplexie après qu'ils ont libéré les esclaves).

Oncle Jocelyn ne l'appelle jamais « tante », mais seulement « May ». Tous les autres dans la famille l'appellent « grand-tante May ». Elle est mince et toute droite, elle a des yeux coléreux ; elle porte des robes grises serrées et des talons hauts, mais elle ne glisse jamais. Elle s'assoit souvent dans la galerie du haut où elle regarde ce qui se passe ; avant, elle était une beauté, mais elle ne s'est jamais mariée. Elle ne m'aime pas. Une fois elle a dit : « Cette enfant doit dormir sur une planche », et Maddy a dit que c'était la dernière chose dont j'avais besoin, et grand-tante May était fâchée. Sinclair l'était aussi.

Clemency est la personne que je préfère (à part Maddy !!!). Elle a quarante-trois ans mais elle est toujours jolie, même si elle a teint ses cheveux en gris quand son bébé est mort. Elle pensait que ses cheveux allaient devenir gris tout seuls tellement elle avait du chagrin, mais comme ils ne l'ont pas fait, elle les a teints. C'est très dommage qu'elle n'ait pas eu d'autres enfants, parce qu'elle aurait été une très bonne mère.

Clemency est la veuve du fils unique d'oncle Jocelyn, Ainsley. Il a fait quelque chose de mal, comme Cameron Lawe, et personne ne parle de lui non plus. Clemency m'a dit qu'elle pouvait à peine se souvenir d'Ainsley, et qu'elle l'avait épousé seulement parce que son frère, Cornelius Traherne, lui avait dit de le faire. Clemency fait toujours ce qu'on lui dit. Je pense que ça irrite Maddy.

Clemency est souvent malade, et c'est une grande experte en remèdes. Ses préférés sont la teinture de jusquiame, et les « Pilules au Gingembre du Dr Hay pour Purifier le Sang ». Elle porte toujours du blanc, en signe de deuil du bébé, et quand elle rit, elle ne fait pas de bruit. Elle est effrayée par tout le monde (sauf par moi), et Sinclair dit qu'elle est hystérique. Mais je ne crois pas que ça puisse être vrai. Clemency n'est pas folle. Elle a seulement passé trop de temps dans l'obscurité.

Elle dort avec un chat sur son lit et des cuvettes d'eau sur le sol contre les mille-pattes. Une fois, le chat est tombé dans une cuvette et je l'ai entendu éternuer. Clemency prend de la jusquiame pour dormir ; quand elle oublie, elle entend le bébé crier en enfer et elle va marcher dans le jardin. Parfois elle va jusqu'à la serre, alors Grace va la chercher et la remet dans son lit.

Clemency a l'intention de faire un voyage, qui est très secret. Elle ne l'a dit qu'à moi, c'est pour ça que je dois cacher ce journal !! Je lui ai demandé où elle irait pendant ce voyage et elle a dit : Voyons, ma chérie, en enfer, pour être avec mon bébé. Je lui ai demandé pourquoi le bébé était en enfer, et elle a dit que quand il est né il fallait le baptiser très vite, parce qu'il allait mourir bientôt. Clemency voulait qu'on envoie chercher le révérend Fitch, qui est le plus près d'ici, mais grand-tante May a dit non, lui est un baptiste, il faut que ce soit le révérend Grant. Mais le révérend Grant est arrivé trop tard, le bébé était déjà mort, et il est allé en enfer. Clemency pense que c'est de sa faute. La seule raison pour laquelle elle n'est pas encore partie pour son voyage, c'est qu'elle ne voulait pas ennuyer oncle Jocelyn.

Elle passe ses journées à se préparer pour ce voyage. De temps en temps, quand il n'y a personne, elle fait une répétition générale ; mais la plupart du temps, elle se prépare juste en découpant des articles dans le Gleaner, *par exemple sur les chapeaux de soleil, ou les poudres pour dormir, etc. Elle me permet de les coller dans son album, et ce n'est pas grave quand parfois j'en colle un de travers.*

Hier, je lui ai posé des questions sur les gens qui sont morts, et elle m'a montré une photo de son bébé mort le jour des funérailles. Oncle Jocelyn avait demandé à Mrs Herapath de venir la prendre ce jour-là, et Clemency lui en est éternellement reconnaissante, parce qu'elle était trop bouleversée pour y penser elle-même.

Donc, maintenant, je sais à quoi ressemblent les gens morts.

Le vingt-cinq mars

Les Noirs ont une meilleure santé que les Blancs, et ils s'amusent plus. Ils portent des vêtements plus confortables, ils se mettent au soleil, ils chantent beaucoup et ils nagent dans la rivière – donc, visiblement, ils n'ont pas peur des alligators. Ils font tout le travail et n'ont pas d'argent, sauf quelques-uns qui sont professeurs, pasteurs, policiers ou cultivateurs de bananes.

Les femmes noires n'ont pas besoin de maris pour avoir des bébés. Par exemple, Grace qui fait la blanchisserie n'a jamais eu de mari. Sinclair dit qu'elle est « une horreur », mais grand-tante May la garde parce que les autres femmes de chambre ont peur d'elle, et que ça les rend plus faciles à diriger. Grace n'a jamais dit à personne qui est le père d'Evie et de Victory. Eux-mêmes, ils ne le savent pas.

Les Noirs n'aiment pas les Chinois ni les coolies, et ils regardent de haut ceux qui sont plus noirs qu'eux. Evie est d'une jolie couleur caramel, et une fois elle a appelé Victory (qui est plus foncé) un sal' Nèg', et

Grace l'a frappée. Grace est de la couleur de l'acajou. Elle me fait peur, mais j'aime quand elle rit et aussi quand elle fume une pipe, et je pense qu'elle est une très bonne mère.

Evie a douze ans, et c'est la PLUS JOLIE *petite fille que j'aie jamais vue. Ses cheveux ont toujours des douzaines de petites tresses qui brillent grâce à l'huile de castor. Malheureusement, Maddy ne veut pas me laisser essayer la même chose moi aussi.*

Evie peut porter n'importe quel fardeau sur la tête, elle a un petit sac de charmes autour du cou pour éloigner les duppies, et elle a trois noms : Evie, McFarlane, et son nom du jour de sa naissance, qu'elle ne m'a pas dit. Je crois qu'elle a été impressionnée quand je lui ai raconté que je n'ai jamais connu ma mère, et aussi à propos de la neige.

Evie est mon amie, mais pas comme Ben et Robbie, qui me manquent extrêmement, surtout parce qu'ils ne sont jamais venus dire au revoir. Tante Letitia me manque elle aussi.

J'ai connu Evie il y a quelques semaines seulement, quand Maddy a commencé à la payer un quattie de l'heure pour qu'elle vienne s'asseoir avec moi. Son frère Victory a six ans, et il a des cils recourbés. Maddy dit qu'il a le béguin pour moi. Il a des dents très blanches, et il m'a montré comment faire un bâton à mâcher avec une brindille d'un arbuste spécial ; comme ça, mes dents seront aussi blanches que les siennes.

Evie et Victory vivent avec Grace plus bas, dans le village d'esclaves en ruine près de l'ancienne usine qui a brûlé. Personne d'autre ne veut vivre là-bas à cause des duppies, mais ils n'ennuient pas Grace parce que ses ancêtres étaient des esclaves, comme les duppies, et aussi parce qu'elle est une sorcière.

J'ai besoin d'en savoir plus sur les esclaves. Mon dictionnaire appelle l'esclavage un mauvais héritage du passé, mais Sinclair dit que c'est complètement faux. Il dit que les baptistes ont beaucoup exagéré les choses mauvaises qui se passaient, et aussi que les esclaves étaient trop chers pour qu'on les maltraite. Il dit que personne ne maltraiterait une mule à quatre pattes, alors pourquoi est-ce qu'on en maltraiterait une à deux pattes ? Il dit encore que les Noirs vivaient mieux quand ils étaient esclaves que maintenant.

Evie aussi en sait beaucoup là-dessus, parce que sa grand-mère était une esclave, et quand son arrière-grand-mère avait six ans, elle a été donnée à la belle-mère d'oncle Jocelyn en cadeau de mariage !!! D'après mon dictionnaire, les esclaves ont été affranchis il y a soixante ans, et le premier août est maintenant un jour de congé qu'on appelle Jour de la Liberté. Les Noirs chantent des cantiques et se réunissent pour prendre le thé. Moi, il me semble que s'ils font une fête pour célébrer la liberté, c'est qu'ils préfèrent ne pas être esclaves.

Daphne dit que l'esclavage a disparu depuis longtemps et qu'il faut le laisser là où il est, mais que certaines personnes n'y arrivent pas, comme Grace.

Je ne crois pas que Grace aime beaucoup les Blancs, mais j'espère que moi, elle m'aime bien. Elle connaît la magie noire, qu'on appelle obeah, et la magie blanche, qu'on appelle myalisme. En général, elle fait de la bonne magie, je crois.

Ce matin, elle a rapporté à Maddy un mouchoir qu'elle avait laissé tomber dans l'escalier. Grace dit qu'on ne doit pas laisser des choses traîner par terre, même dans son propre jardin, parce qu'elles peuvent être volées, et ensuite utilisées pour attraper l'ombre d'une personne.

J'ai demandé ensuite à Evie qu'elle m'explique, et elle m'a dit que Grace ne voulait pas parler de l'ombre normale, mais d'une autre qui est à l'intérieur de la personne, et que seule une sorcière peut voir.

Evie dit que quand une personne tombe malade, c'est parce que quelqu'un a volé son ombre et l'a clouée à un arbre duppy. Après ça, la seule façon d'aller de nouveau mieux, c'est d'attraper l'ombre et de la remettre à l'intérieur de la personne.

Elle dit que quelqu'un a dû me voler mon ombre, c'est pour ça que je suis si malade.

Mais Evie ne sait pas tout. Ce n'est pas comme si elle était une sorcière, comme Grace. En plus, pourquoi est-ce que quelqu'un m'aurait volé mon ombre ?

Le vingt-sept mars – après le déjeuner

La nuit dernière, j'ai vu quelqu'un ou quelque chose près de l'arbre duppy. C'était tout voûté, ça se faufilait dans la nuit, et les chiens n'aboyaient pas. Ce n'était pas Clemency.

Ensuite je n'ai pas dormi, pour le cas où ç'aurait été un duppy. J'ai entendu grand-tante May marcher dans la galerie du haut, et aussi une chouette, que les Jamaïcains appellent Patoo, et dont ils ont peur.

Je voudrais le dire à Maddy, mais je ne peux pas. De plus en plus, on dirait qu'elle est loin, même quand elle lit pour moi, ou qu'elle fait semblant d'avoir des discussions avec Pablo Grey. Et parfois elle regarde si bizarrement oncle Jocelyn, Clemency et Sinclair.

Clemency dit que Maddy est comme toutes les jeunes

mariées qui espèrent avoir un enfant. Quand j'ai posé la question à Maddy, elle a dit que oui, elle espérait un enfant, parce que ce serait un tel soulagement pour elle et Sinclair. Mais elle n'a pas l'air vraiment heureuse.

Sophie posa son crayon et écouta le chant des grillons, dans le calme de l'après-midi.

Autour d'elle, la maison semblait rêver ou somnoler dans la chaleur. Maddy était en bas dans la chambre noire, oncle Jocelyn dans sa bibliothèque, grand-tante May et Clemency se reposaient dans leurs chambres, Sinclair écrivait dans son bureau. Evie et Victory étaient à l'école.

Depuis son mariage, Maddy avait changé. Elle ne parlait plus autant qu'avant, prenait deux ou trois bains par jour, comme si elle ne se sentait jamais propre. Mais quand Sophie lui posait la question, elle répondait qu'elle allait bien, et que ça avait valu le coup, n'est-ce pas, maintenant que Sophie allait tellement mieux ?

Peut-être que Maddy avait du mal à supporter le secret. Ça devait être dur, de toujours devoir se le rappeler. Même Sinclair ne devait pas savoir que leurs parents venaient de la Jamaïque, ni que le nom de leur père était Falkirk. Sophie trouvait ça dur elle aussi, même si elle avait grandi dès le début avec des secrets. Puisque cousine Lettice leur avait toujours interdit de parler de leurs parents à personne.

Puis Sophie songea que peut-être Maddy lui cachait quelque chose à elle aussi, et cette idée lui fit courir des frissons sur la peau. Elles ne s'étaient jamais rien caché l'une à l'autre.

Très tard

Tout le monde dort, et au clair de lune les pelouses sont presque aussi claires que pendant la journée, même si la lumière est bleue. Les grillons chantent, mais ils font un son différent, et l'arbre duppy est toujours là-bas. Jusqu'ici, personne ne lui a rendu visite cette nuit.

Je ne crois pas qu'Evie puisse avoir raison pour mon ombre. Je ne vois pas comment quelqu'un aurait pu la prendre et la clouer à un arbre duppy, puisque je suis tombée malade avant que nous venions à la Jamaïque, et qu'il n'y a pas d'arbre duppy en Angleterre.

La semaine prochaine, si le Dr Pritchard le permet, je ferai ma première visite à Falmouth. Si Sinclair ne vient pas avec nous, je demanderai à Maddy ce qu'elle pense de tout ça. Et il y a aussi Mrs Herapath, qui était une femme obeah dans une vie antérieure. Alors, si je le peux, je le lui demanderai à elle aussi.

Chapitre quinze

Le matin de la visite à Falmouth, Madeleine s'éveilla avant l'aube et se rendit compte que ses règles avaient commencé.

Oh non, pensa-t-elle quand la douleur familière la saisit. Non, *non*.

Une fois de plus, il lui faudrait dire à Sinclair qu'elle ne lui donnerait pas de fils. Leur paix précaire était finie, et ils devaient refaire *ça*.

Il sommeillait à côté d'elle, roulé en boule, ses poings serrés sous son menton. Même quand il dormait, il ne trouvait pas la paix ; et, depuis l'épisode de l'œuf, il était obligé de prendre des somnifères tous les soirs. Elle se demandait quel genre de rêves il faisait, quelles ombres hantaient son esprit.

Elle se renfonça dans ses oreillers, essayant de se rendormir. Bientôt, elle rêvait que la moustiquaire s'effondrait au-dessus d'elle. Allongée sur le dos, elle regardait ses volutes blanches descendre lentement vers elle en tournoyant. Puis, pendant qu'elle les regardait, une tache rouge apparaissait peu à peu sur ce blanc. Au début, ce n'étaient que de petits points épars, comme du papier buvard quand il absorbe de l'encre ; mais, au fur et à mesure, ils se fondaient en une seule tache plus grande. Un papillon écarlate.

Elle se réveilla en sursaut.

Qu'est-ce qui se passait ? Pourquoi de nouveau ce rêve ?

Elle écarta la gaze, sortit du lit, se glissa dans la penderie. Elle avait besoin d'être seule, ne fût-ce que dix minutes, dans la chambre noire.

— Tu es sûre que ça veut dire que tu n'attends pas d'enfant ? lui avait demandé Sinclair, la dernière fois qu'elle avait eu ses règles.

Oui, elle en était sûre. Un vague souvenir qu'elle gardait du Dr Philpott lui avait été confirmé par une discrète enquête menée auprès de Clemency, qui s'était montrée étonnamment franche et directe en la circonstance.

Mais Sinclair était resté soupçonneux.

— Je n'ai jamais entendu parler d'une femme *saignant* ainsi. Tous les mois ? Ça ne peut pas être naturel. Il doit y avoir quelque chose qui ne va pas chez toi.

Elle ne partageait pas son avis. Mais, d'un autre côté, elle ne savait pas non plus pourquoi elle saignait ainsi chaque mois. Lettice en parlait comme d'un rappel du péché originel. Elle disait que Madeleine ayant déjà ce péché dans le sang, il ne fallait pas s'étonner qu'elle l'ait manifesté si tôt, à l'âge honteusement jeune de treize ans. Mais quant à la raison pour laquelle ça se produisait, Lettice n'en avait rien su, ou rien dit.

Une fois, Madeleine avait suggéré à Sinclair qu'ils demandent au Dr Pritchard.

— Lui demander quoi ? avait-il répondu sèchement. Pourquoi ma femme est salie ?

Salie, salie.

Le mot résonnait à ses oreilles pendant qu'elle finissait de s'habiller puis se faufilait dans la galerie, pieds nus. Elle sortit sur l'escalier, s'arrêta pour mettre ses chaussures. Bien que la lumière fût grise, l'air était déjà chaud, comme une promesse de la journée qui allait suivre. Dehors, sur les pelouses, des tourterelles tristes roucoulaient leur mélancolique refrain. *Où allons-nooous ? Où allons-nooous ?*

Elle descendit l'escalier jusqu'à la cave voûtée, ouvrit la porte de la chambre noire et inspira une profonde bouffée de l'odeur familière de produits chimiques.

Contrairement au reste de Fever Hill, la cave voûtée était faite de gros blocs de pierre locale. Le sol en était de calcaire corallien grossièrement taillé, les chevrons en bois de balata, la porte en acajou lavé avec du sable pour éloigner les termites. C'était plus fruste que dans les étages, mais aussi plus authentique. Et c'était son repaire. Ici, rien ne pouvait l'atteindre. Ni Sinclair, ni grand-tante May, ni ces rêves de sa mère qui la harcelaient.

Elle alluma la lampe à pétrole, et les ombres de la pièce frémirent ; des visages émergèrent des épreuves, en train de sécher sur le fil.

Sophie et Pablo Grey (« Je sais que c'est puéril, mais il est plus qu'une mascotte, vraiment… »).

Jocelyn dans sa bibliothèque avec ses livres, sa grande carte encadrée du nord de l'île, son daguerréotype de Kitty.

Clemency, toute lumineuse dans sa robe blanche couleur de nuage, avec Evie debout à côté d'elle.

Le profil sévère, impitoyable de grand-tante May.

Madeleine marcha lentement le long du fil, en choisissant les tirages qu'elle montrerait cet après-midi à Mrs Herapath. Tandis qu'elle en faisait une pile, elle perçut un grattement à la porte, et Remus, le mastiff, passa son museau à l'intérieur. Il était bien trop sage pour s'introduire davantage ; mais, quelques instants plus tard, elle entendit le claquement familier de la canne de Jocelyn résonner sur les dalles.

Quand elle émergea de la pièce, clignant des yeux à la lumière du dehors, le vieil homme tourna la tête, la vit et feignit assez bien la surprise. Il y avait entre eux, comme une règle tacite, qu'il ne viendrait jamais la déranger dans son sanctuaire, mais qu'il ferait connaître sa présence s'il passait à proximité, juste pour le cas où elle voudrait échanger quelques mots.

— Plutôt de bonne heure pour vous, remarqua-t-il.

— Pour vous aussi, répondit-elle.

— La malédiction de la vieillesse. Quatre heures de sommeil. C'est comme ça pour moi maintenant.

— Je ne pouvais pas dormir, moi non plus, alors j'ai pensé choisir quelques photos pour les montrer à Mrs Herapath.

— Ah oui ! L'expédition en ville, attendue depuis longtemps.

Elle retint un sourire.

— Sophie va être partie tout l'après-midi. Comment allez-vous supporter la paix et le silence ?

— Je peux à peine l'imaginer, répondit-il en faisant la moue. Puis-je regarder ce que vous avez choisi ?

Elle lui tendit les photos ; il prit ses lunettes dans sa poche de poitrine et examina attentivement chacune d'elles, avec un froncement de sourcils prudent. Puis il les lui rendit, hochant la tête d'un air mi-admiratif mi-étonné.

— Extraordinaire. C'est vraiment Clemency toute crachée. Et la manière dont vous avez mis la petite pickney à côté – très bien, très intelligent.

— Où que Clemency aille, un enfant est toujours là.

— C'est indéniable. Mais vous avez su le faire ressortir.

Remus mit sa gueule sous la main du vieil homme et lui donna un petit coup impatient.

— Oui, mon chien, bien sûr.

Il jeta un coup d'œil sur Madeleine par-dessous ses sourcils.

— Il veut son petit déjeuner. Je vous verrai plus tard ? Pour le thé du matin ?

Elle acquiesça.

— Je vais monter bientôt.

Elle le regarda s'éloigner, grande silhouette rigide dans sa redingote démodée et son étroit pantalon gris. Aussi courtois que distant – comme si, après tous ceux qu'il avait aimés et perdus au cours de sa longue vie, rien ne pouvait plus l'atteindre désormais.

Ça continuait à l'étonner, de bien aimer Jocelyn. Parfois, elle devait se forcer à se rappeler qui il était : pas seulement le vieil homme fier et solitaire qui l'admirait et se méfiait de Sophie, mais le grand-père qui les avait oubliées, les avait abandonnées.

Au début, elle s'était efforcée d'être en colère contre lui, mais cela n'avait pas marché. *Tes parents ont brisé des vies*, lui avait dit l'officier dans la neige. Ici, à Fever Hill, elle vivait parmi les décombres de ces vies brisées. Jocelyn n'avait pas demandé que sa famille soit divisée. Et quand c'était arrivé, il y avait répondu de la seule façon qu'il connaissait : en le niant, en le refusant.

Mais comme c'était étrange, pourtant, qu'il puisse sourire à une photo d'Evie, l'illégitime Evie, alors qu'il ne voulait rien avoir à faire avec ses propres petits-enfants…

Il y avait tant de questions qu'elle aurait voulu lui poser. Votre fils, vous ne l'avez jamais pleuré ? Pourquoi est-ce qu'il n'est pas enterré dans le cimetière, avec le reste de la famille ? Et vos petites-filles en Angleterre, vous ne pensez jamais à elles ? Vous ne pensez jamais à *nous* ?

Elle retourna dans la chambre noire, referma la porte et s'y adossa. Pour une fois, ça ne lui apporta pas le soulagement dont elle avait besoin. Elle se sentait fatiguée, nerveuse, effrayée. Effrayée de quoi ? Est-ce que c'était lié à son indisposition mensuelle, ou à autre chose ? Qu'est-ce qui lui arrivait ?

Les premiers temps à Fever Hill, le passé avait été facile à ignorer, tant elle était accaparée par son épuisant travail de dissimulation. Les demandes qu'on lui faisait sur « les siens », l'éducation qu'elle avait reçue, comment elle avait rencontré Sinclair, qui elle connaissait à Londres…

Mais peu à peu celles-ci s'étaient ralenties, à mesure qu'elle cessait d'être une nouvelle arrivante, qu'elle commençait à faire partie de la famille ; elle avait eu alors davantage de temps pour réfléchir et regarder autour d'elle. Pour remarquer le menaçant serpent des Monroe sur le service de table Wedgwood, l'immense peinture à l'huile de Strathnaw, noircie par la fumée, dans la bibliothèque de Jocelyn. C'est là qu'elle s'était remise à rêver de sa mère et de Cairngowrie House, pour la première fois depuis des années.

Mais tu n'as plus rien à faire avec Cairngowrie House, s'était-elle répété avec obstination. Maintenant, ta vie est ici. Tu es une femme mariée normale, vivant avec ton mari normal dans la maison de ton beau-père normal.

Elle baissa les yeux vers les tirages qu'elle tenait à la main. À la lueur de la lampe, elle saisit une trace de sa mère dans la bouche volontaire de Sophie. Quant à son père, il la regardait à travers les yeux tombants de Jocelyn.

Allez-vous-en, leur dit-elle silencieusement. Je ne veux pas de vous. Je ne vous ai jamais voulus. Pourquoi ne pouvez-vous pas me laisser seule ?

Même son refuge n'était plus sûr. Ils l'avaient suivie jusqu'ici.

Elle avait annoncé la mauvaise nouvelle à Sinclair juste après le déjeuner, quand il s'était retiré dans son bureau pour travailler à sa monographie.

Il l'avait regardée bien en face, puis avait suggéré qu'elle se prépare un lit dans la galerie jusqu'à ce qu'elle soit à nouveau propre. Ce n'était pas un choix mais un ordre, et ils s'étaient séparés avec une rancune voilée de politesse.

Elle alla dans leur chambre, avec l'intention de s'étendre jusqu'à ce qu'il fasse assez frais pour partir en ville. Mais, dès qu'elle eut refermé la porte derrière elle, elle sut qu'elle devait ressortir.

Elle détestait leur chambre. Elle détestait les hauts murs d'acajou qui lui donnaient des allures de cercueil, l'immense vieille armoire de noyer sombre, avec sa porte qui se rouvrait toute seule pendant la nuit. Surtout, elle détestait les tentures rouge sang autour de l'énorme lit, avec le serpent des Monroe brodé dans la soie damassée. Grand-tante May les avait ressorties d'un vieux placard, et elles étaient tout imprégnées de l'odeur de moisissure due à ce long confinement dans l'obscurité.

Non, elle ne pouvait rester ici une minute de plus. Elle sonna Jessie, lui dit de sortir sa robe d'après-midi et son cache-poussière. Elle braverait la réprobation universelle mais irait voir Mrs Herapath dès maintenant, sous le plein éclat du soleil.

Pour une fois, la chance était de son côté. Le temps qu'elle et Sophie soient prêtes à partir, Sinclair était enfermé dans la bibliothèque avec Jocelyn, et grand-tante May était montée se reposer. Les seules personnes présentes étaient Clemency, qui avait pris un opiacé pour ses douleurs vertébrales et comprenait à peine qu'elles partaient, et Doshey le palefrenier, qui amena le cabriolet et aida à installer Sophie sur le siège, et dont le manque de curiosité n'avait d'égal que sa somnolence.

Les palmiers royaux qui bordaient l'allée ne donnaient guère d'ombre. Tandis qu'elles s'éloignaient de la maison, la chaleur formait comme un mur autour d'elles. Les champs de canne eux-mêmes paraissaient assommés : laids et rasés maintenant que la récolte était finie, avec ici ou là une équipe d'ouvriers épandant du fumier, des aigrettes blanches et brillantes, du bétail errant.

Déjà, Madeleine sentait la sueur perler sous son corset. Elle se sentait fruste, grossière, terre à terre. *Muliebrous*, pour reprendre le mot favori de Lettice, qu'elle employait avec le plus grand dédain chaque fois qu'elle croisait une femme à la forte poitrine. Un jour, Madeleine avait regardé dans le dictionnaire. *Muliebrous : désigne la condition d'être femme*. Ça sonnait comme un nom de maladie.

Sophie fit preuve, pendant le trajet, d'un silence

inhabituel chez elle, que Madeleine ne tenta pas de rompre. Elle avait trop à penser.

Cinq jours, songeait-elle. Six au plus. Ensuite je serai « propre », et nous devrons le refaire.

Ils l'avaient fait quatre fois en autant de mois, et chaque fois ç'avait été aussi sale et humiliant que pendant la nuit de noces.

La nuit de noces. Chaque fois qu'elle y repensait, c'était comme si un gouffre s'ouvrait sous ses pieds.

Aucun d'eux ne savait à quoi s'attendre au départ ; chacun à sa manière, ils avaient été profondément choqués. Non par l'acte lui-même, mais par le sang.

Sinclair en avait été terrifié. « Du sang ! » avait-il murmuré, le visage blême, les lèvres pincées de dégoût. Il avait battu en retraite sur un fauteuil, plié ses jambes sous sa chemise de nuit, comme un petit garçon qui a fait un cauchemar. Rien de ce qu'elle avait dit n'avait pu le persuader de revenir au lit.

Pour elle, ç'avait été différent. Un simple regard à ces taches écarlates sur les draps et elle était de nouveau une enfant, contemplant le corps de sa mère dans le papillon cramoisi. Elle éprouvait cette même incrédulité, cette même confusion, cette même impression de perte.

Le mois suivant, ils avaient encore essayé. Cette fois il n'y eut pas de sang, mais le mal était fait. Sinclair, pas plus qu'elle-même, ne pouvait oublier cette tache écarlate, et il ne pouvait pas non plus pardonner. Elle était sale, elle l'avait trompé pour se faire épouser, et maintenant elle le lésait du fils qui lui revenait légitimement.

Sale, sale.

Le cabriolet traversa la Martha Brae, et bientôt elles apercevaient Falmouth, dans toute son élégance géorgienne et fanée. La petite ville sommeillait sous la chaleur. Des chèvres traînaient dans les caniveaux au milieu des ordures. Trois pickneys jouaient au cricket avec une mangue verte et une batte de bambou. Un jean-le-corbeau perché sur une barrière s'en envola.

Comme elles passaient près de l'église St. Peter, Sophie avisa le très vieux fromager dans le cimetière et lui jeta un regard sombre.

— Je n'aurais jamais cru qu'ils en mettraient un si près d'une église, dit-elle.

— Pourquoi pas ? demanda Madeleine.

Mais elle se contenta de froncer les sourcils et de secouer la tête.

Madeleine regarda le cimetière. Au début de son arrivée à Fever Hill, elle avait recherché la tombe de son père. Non qu'elle en ait eu particulièrement envie, mais elle avait besoin de savoir. Des années plus tôt, Lettice lui avait dit que ses restes avaient été rapatriés à la Jamaïque, et ç'avait été un choc de ne pas trouver trace de lui dans le cimetière du domaine. Ni dans celui de St. Peter. Les eaux semblaient s'être implacablement refermées sur Ainsley Monroe. Il avait disparu, comme s'il n'avait jamais existé.

Tout ce qu'elle avait vu au cimetière, c'étaient les tombes des Durrant : un groupe de pierres tombales, penchées en tous sens et recouvertes de lichen. La seule dont l'inscription était lisible était celle de son grand-père – son *autre* grand-père. *Aristide Durrant, 1813-1868. Dans votre charité, priez pour son âme.*

Avec colère, elle fit claquer son fouet sur la croupe du poney. Ç'avait été une erreur de passer par l'église, la route de la côte aurait été plus rapide. Pourquoi n'y avait-elle pas pensé ?

Et pourquoi tout conspirait-il à lui rappeler le passé ?

Quand elles arrivèrent chez Mrs Herapath, celle-ci était dans son salon, une bouteille de manzanilla déjà bien entamée posée devant elle. Elle portait une robe Empire, de mousseline turquoise, généreusement parsemée de tabac à priser : elle s'incarnait ce jour-là (sans véritable enthousiasme) en suivante de l'impératrice Joséphine. Elle les accueillit en français, mais passa à l'anglais quand elle se rappela que Madeleine ne le comprenait pas.

Du moins, c'était là l'explication charitable. L'autre était sa mauvaise humeur, et son envie initiale de se défouler un peu en embarrassant son invitée.

Madeleine s'occupa d'installer Sophie dans un fauteuil, avec un repose-pieds pour son attelle.

— Je suis désolée, marmonna Mrs Herapath, après avoir rempli pour Madeleine un verre de sherry dont celle-ci n'avait pas envie.

— Pourquoi seriez-vous désolée ? dit Madeleine.

— Pour avoir été désagréable. J'ai peur d'être dans un de mes mauvais jours. Fichue journée. Anniversaire de mariage, vingt-cinq ans.

— Nous n'aurions pas dû venir…

— Si, si, je vous ai invitées. Et nous avons bien profité de la vie, Hector et moi.

Elle cligna furieusement des yeux, puis dit tout bas :

— *Le grand Hector au casque brillant…*

Madeleine jeta un coup d'œil sur l'homme corpulent de la photographie sur le bureau. Les yeux reflétaient l'intelligence, mais les joues barbues faisaient penser à un hamster.

— Est-ce que Mr Herapath est devenu un duppy ? demanda Sophie.

— Pas véritablement, dit Mrs Herapath. Il est plutôt remonté dans un état d'existence plus haut.

Sophie y réfléchit, puis demanda :

— Mrs Herapath, vous vous y connaissez en ombres ?

— Sophie..., commença Madeleine, mais leur hôtesse l'interrompit :

— C'est très bien. Elle est charmante. Je suppose que tu veux parler d'ombre à la façon jamaïcaine ?

Sophie acquiesça.

— Non, je ne m'y connais pas. Mais tu pourrais trouver un livre dans le studio, si ça t'intéresse. Du moins (un regard interrogateur à Madeleine) si elle a le droit de se déplacer ?

Madeleine fit un signe affirmatif. Le Dr Pritchard avait dit que puisque le genou allait beaucoup mieux, Sophie pouvait apprendre à utiliser ses béquilles. Même si elle devait continuer à porter l'attelle, qu'elle détestait, pour maintenir l'articulation immobile.

— Alors, vas-y, dit Mrs Herapath. Et tu peux emprunter deux livres pour les remporter avec toi. Mais pas les Oscar Wilde. Je ne crois pas que tu sois prête pour ça.

Quand Madeleine eut aidé Sophie à se mettre debout, et que celle-ci fut sortie en boitillant, Mrs Herapath se tourna vers elle.

— Vous n'avez pas l'air dans votre assiette, ma chère.

— Si, mentit Madeleine, je vais bien.

— Qu'est-ce qui se passe ? Des prises de bec avec Sinclair ?

Madeleine secoua la tête, et Mrs Herapath lui fit un sourire, encore plein de mauvaise humeur.

— Ah, l'amour quand il est jeune ! La plus grande force au monde, et aussi la plus destructrice. Un jour, demandez quand même qu'on vous raconte toute l'histoire, là-haut, à Fever Hill.

— Je ne préfère pas, lui dit Madeleine.

Mrs Herapath lui jeta un regard curieux.

— J'avais déjà remarqué ça. Chaque fois que je m'approche un tant soit peu du scandale-que-nous-ne-sommes-pas-censées-connaître, vous vous fermez comme une huître. Si c'est vraiment ce que font les huîtres.

Madeleine ne répondit rien. Mrs Herapath vida son verre, le posa d'une main mal assurée sur la petite table.

— C'est juste que ça m'ennuie de voir le vieil homme croupir là-bas, avec le pauvre cher Cameron qui lui manque tellement – et Dieu sait qu'il lui manque, vous pensez, même s'il ne l'admettrait jamais –, et pourtant il ne fait rien !

Madeleine détourna la tête pour examiner le portrait d'Hector, mais Mrs Herapath poursuivit, impitoyable :

— Vous voyez, j'ai toujours pensé que si nous pouvions juste les réunir tous les deux, une seule fois, alors cette partie-là au moins de ce maudit fouillis se réglerait.

— Ce sont des adultes, répliqua Madeleine avec raideur. Je suis sûre qu'ils peuvent régler ça eux-mêmes.

— Ma chère, comme vous connaissez peu les hommes ! dit Mrs Herapath en riant jaune.

Madeleine ne répondit pas.

Dehors, sur la place, un chien aboyait ; un Chinois passait en bicyclette dans un bruit de ferraille ; un cheval s'ébrouait et tirait sur sa bride.

Mrs Herapath se leva avec effort, remplit à nouveau leurs verres.

— Je connaissais Rose Durrant, vous savez. Oh ! oui. Je suppose que vous avez entendu parler de Rose ?

Madeleine garda les yeux fixés sur le verre de sherry, dans sa main. Le manzanilla, couleur d'or pâle, remuait légèrement, mais si elle se concentrait, elle pouvait l'immobiliser.

— Elle m'aidait pour le studio, continua Mrs Herapath.

Elle s'enfonça dans le canapé, se pencha en arrière et regarda au plafond.

— Pas mal de talent pour créer. Mais si fantaisiste, bien sûr. Tous les Durrant le sont. Impulsive, passionnée. Et un tel caractère ! Pourtant je l'adorais. Quel choc quand elle s'est enfuie comme ça... Qu'est-ce qu'il y a, ma chère ? Vous êtes devenue toute pâle...

— Je vais bien...

Mrs Herapath pencha la tête de côté, l'examinant avec attention.

— Vous savez, c'est une partie de l'histoire de la famille. Et c'est *votre* histoire, maintenant. Vous devriez vous y intéresser.

Madeleine se sentit devenir brûlante.

— Pourquoi est-ce que je m'intéresserais à quelque chose qui s'est passé il y a vingt ans ? Qu'est-ce que ça représente pour moi ?

— Je suis désolée, dit Mrs Herapath, étonnée, je ne pensais pas que cela vous affecterait autant...

— Non, ce n'est pas...

— Alors, c'est que vous n'êtes pas dans votre assiette.

— Mais si, rectifia Madeleine d'un ton froid.

— Quelle sottise ! lança Mrs Herapath d'une voix sèche.

Il y eut entre elles quelques secondes de silence et d'irritation. Mrs Herapath reprit son verre en lui jetant un regard mauvais ; Madeleine songea à s'excuser, puis décida de n'en rien faire.

— Je suis désolée, dirent-elles finalement, toutes les deux en même temps.

Madeleine posa son verre, lissa sa jupe sur ses genoux.

— Vous avez raison, je ne suis pas dans mon assiette. Je suis un peu… indisposée.

Mrs Herapath se pencha pour lui tapoter la main. À son horreur, Madeleine se rendit compte qu'elle était près de fondre en larmes ; elle se leva rapidement.

— On n'entend plus Sophie, c'est bizarre… Je vais aller voir.

— Oh, ma chère, maintenant je vous ai chassée…

— Non, il est temps que nous partions, c'est tout.

— Est-ce que vous reviendrez ? Bientôt ?

— Si vous le permettez, oui.

Elle se pencha, embrassa Mrs Herapath sur la joue, puis sortit à la hâte pour aller retrouver Sophie.

Celle-ci n'était pas dans le studio, sur le devant de la maison ; mais la porte donnant sur la véranda était ouverte, donc elle devait être dehors, à regarder ce qui se passait sur la place.

Madeleine resta quelques instants dans le studio ; elle avait besoin d'être seule. Ç'avait été horrible d'entendre parler de sa mère avec une telle intimité, une telle familiarité. Elle se sentait chancelante, à découvert : comme si quelqu'un lui avait enlevé une croûte et soufflé sur la chair à vif en dessous.

— Oui, lui parvint la voix de Sophie depuis l'extérieur, je suis d'accord.

Oh non…, pensa Madeleine. Ce jour-là, juste ce jour-là, elle aurait aimé que sa sœur n'ait pas réussi à lier connaissance avec quelqu'un dans la rue.

Discrètement, elle s'approcha de la porte et la vit penchée par-dessus la balustrade, caressant le nez d'un imposant cheval bai. On ne voyait pas très bien si elle s'adressait au cheval ou bien à son propriétaire, un grand Européen debout en bas de l'escalier.

Il lui tournait le dos, occupé à attacher les rênes au poteau ; Madeleine ne pouvait pas voir son visage, mais d'après ses vêtements c'était un planteur, qui n'avait pas l'air de rouler sur l'or. Ses bottes n'avaient pas été cirées depuis des années, son pantalon de cheval et sa veste de chasse donnaient l'impression qu'il avait dormi avec. Ses épais cheveux couleur sable étaient en bataille et auraient eu besoin d'une bonne coupe.

Guère d'humeur à lier connaissance, elle se recula dans l'ombre.

— Il s'appelle Pilate, dit l'homme.

— Pilate ? répondit Sophie. Vous voulez dire comme Ponce Pilate, dans la Bible ?

— Je suppose, oui.

— Mais ce n'est pas juste ! Ponce Pilate était horrible… Votre cheval ne mérite pas un nom comme ça, il n'a rien fait.

— Vous avez raison.

Il avait une voix agréable, et Madeleine pouvait deviner qu'il souriait.

— Mais, vous comprenez, il s'appelait comme ça quand je l'ai acheté, et les chevaux n'aiment pas qu'on change leur nom.

— Comme les gens, dit Sophie.

— Comme les gens, confirma l'homme. Vous avez vu, il tourne les oreilles ? Il sait que nous parlons de lui.

Pilate tourna encore les oreilles, puis courba sa robuste encolure et poussa du nez la poitrine de Sophie. Elle cria de plaisir et serait tombée si l'homme n'avait pas tendu une main hâlée pour la retenir. Pendant qu'elle retrouvait son équilibre, elle jeta un coup d'œil à l'intérieur de la maison et aperçut Madeleine.

— Oh, voilà ma sœur ! Maddy, viens faire la connaissance de Pilate, le cheval !

Le cœur de Madeleine se serra dans sa poitrine, mais il était trop tard pour se défiler. Redressant les épaules, arborant un sourire mondain, elle sortit à l'air libre.

L'homme tourna la tête vers elle, et il lui sembla que le soleil se cachait, que le jour s'assombrissait, tandis qu'elle reconnaissait l'officier de Strathnaw.

Dix années se dissipèrent en un clin d'œil ; elle se retrouva debout dans la neige, dans ce dernier instant de leur rencontre, juste avant qu'il ne comprenne qui elle était et que tout aille soudain de travers. Il n'avait pas changé. Peut-être un peu plus ridé que dans son souvenir, et nettement moins soigné. Mais ses yeux étaient toujours aussi vifs, toujours aussi gris, et le bref éclat qui passa sur ses traits, brûlés par le soleil, ressemblait presque à un sourire.

Le cœur de Madeleine lui martelait les côtes. Il ne te reconnaît pas, se répétait-elle. Tu le vois bien sur son visage, il n'a aucune idée de qui tu es.

C'était vrai : les traits de l'homme s'étaient un peu figés devant le silence qu'elle gardait, mais ses manières ne montraient rien de particulier – juste la courtoisie dont tout homme peut faire preuve envers n'importe quelle jeune femme de bonne famille qu'il vient de rencontrer.

Sophie se redressa et annonça :

— Maddy, voici Mr Cameron Lawe. Son domaine s'appelle Eden, est-ce que ce n'est pas un joli nom ? Et ce n'est qu'à douze kilomètres de chez nous, dans les collines juste avant les Cockpits, et il a une chienne qui s'appelle Abigail, et des perroquets dans le jardin, et je vais aller là-bas pour le thé et je vais rencontrer Abigail et les perroquets, et…

Mais Madeleine n'écoutait plus. Elle tombait de haut. Cameron Lawe, l'officier de Strathnaw. Comment ne l'avait-elle pas deviné ? Comment avait-elle pu être aussi stupide ?

Elle se rendit compte que le silence commençait à devenir embarrassant et qu'il lui offrait sa main. Comme elle ne réagissait pas, il la retira, et son visage se fit prudemment neutre.

Elle s'éclaircit la gorge.

— Je suis Madeleine Lawe. C'est-à-dire, je suis Mrs Sinclair Lawe.

— Oui, je sais, dit-il franchement.

— Comment ? Est-ce que Sophie…

— Je vous ai vue avec lui. Avec mon frère.

— Quand ?

— Il y a quelques semaines. Vous passiez en voiture, moi je revenais de la ville.

Il fronça les sourcils, conscient que ça pouvait donner l'impression qu'il les avait espionnés.

— Vous étiez partis avant que j'aie eu le temps d'appeler, bredouilla-t-il pour se rattraper.

— Vraiment… Sinclair sera désolé de vous avoir manqué.

C'était un mensonge si flagrant qu'il ne répondit pas et qu'elle se sentit rougir.

Il ne ressemblait pas du tout à Sinclair, songea-t-elle, en le regardant reprendre son chapeau à large bord sur le banc et froncer les sourcils. Il était plus grand et plus large, n'avait pas sa délicatesse de traits.

À ce moment-là, il lui jeta un coup d'œil puis

détourna rapidement le regard. Inquiète, elle se demanda si un détail avait pu lui rafraîchir la mémoire.

De son chapeau, il fit un geste vers le studio.

— Je me demandais… Savez-vous si Mrs Herapath est…

— Indisposée, répondit Madeleine. Je ne crois pas qu'elle verra personne aujourd'hui.

— Je suis désolé de l'entendre.

— Oui.

Il hocha la tête.

— Peut-être voudrez-vous bien lui dire que je suis passé ?

— D'accord.

— Je laisserais bien une carte, mais je n'en ai pas.

— Bien sûr.

De toute façon, il ne ressemblait pas au genre d'homme qui a des cartes de visite sur lui.

— Bien…, répéta-t-il. Il faut que je reparte.

— Je comprends.

Il releva la tête, examina pendant quelques instants le visage de Madeleine, ses paupières se crispant, comme si cet examen lui faisait mal. Puis il hocha brièvement la tête et redescendit l'escalier pour aller détacher son cheval.

— Tu as été si grossière avec lui, fit remarquer Sophie tandis qu'elles rentraient à la maison.

Elle était assise, la jambe soutenue par des coussins, serrant contre sa poitrine les livres qu'elle avait choisis : *Étude du folklore de l'île de la Jamaïque* et *Le Comte de Monte-Cristo*, qu'elle avait décidé de relire.

— Je n'ai pas été grossière, dit Madeleine en faisant claquer les rênes d'un air mécontent.

Elles étaient encore à quelques kilomètres de Fever Hill, sur la partie de la route que des bambous géants transformaient en un tunnel sans air, plein de moustiques. Au-dessus de leurs têtes, les grandes tiges crissaient et se balançaient, comme un bateau sur une mer d'orage.

Dans la lumière verte, le visage de Sophie semblait pâle et nerveux.

— Ça veut dire que je pourrai aller à Eden, voir les perroquets ?

— Bien sûr que non. Nous n'allons jamais du côté d'Eden.

— Pourquoi ?

— Tu le sais parfaitement. Oncle Jocelyn ne l'accepterait pas. Lui et Mr Lawe ne se sont pas parlé depuis… eh bien, pas depuis des années.

Quel troublant écho aux propos de Mrs Herapath… Il vint soudain à l'esprit de Madeleine qu'elle avait sans doute choisi exprès ce jour-là pour les inviter à prendre le thé, afin de provoquer une rencontre. Vu son sens du théâtre et du mélodrame, cela lui ressemblerait assez.

— Tu as été grossière, répéta Sophie.

— Comment cela ?

— Tu n'as pas souri, tu n'as presque rien dit, et tu as refusé de lui serrer la main.

— Je n'ai pas refusé, j'ai oublié.

— Juste parce qu'il est allé en prison. Ce n'est pas juste.

— Ça n'a rien à voir.

— Moi, je crois que si.

— Et pourquoi ?

— Parce que je l'ai bien vu. Tout le monde l'aurait vu. Tu as pratiquement fait comme s'il n'était pas là. Je parie qu'il pense que c'est pour ça, parce qu'il a été condamné.

— Oh, tais-toi, et laisse-moi regarder la route !

Elles émergèrent des bambous, et les champs de canne s'étalèrent autour d'elles. Après un silence qui dura presque vingt minutes, les portes du domaine apparurent, ainsi que la maison du gardien.

Comme la plupart des autres constructions de ce type, elles étaient en blocs de pierre taillée locale, jaunes d'or, couvertes de plantes grimpantes et de figuiers étrangleurs. Tandis qu'elles passaient dessous, Madeleine aperçut le regard menaçant du serpent des Monroe entre les feuilles. Un autre rappel de Strathnaw. Comme si elle en avait besoin.

Rétrospectivement, elle fut frappée par le fait que durant toutes ces années, depuis cette rencontre dans la neige, elle ne s'était jamais demandé qui l'officier pouvait bien être. Sans doute, dans son esprit, ne pouvait-il pas avoir de nom ordinaire, comme un homme ordinaire. Il était simplement « l'officier dans la neige » : une statue qui était soudain venue à la vie, s'était d'abord montrée gentille avec elle, ensuite hostile, puis s'était enfuie sur son cheval, pour toujours.

Il lui était impossible de superposer les deux personnages, l'officier de la neige et le frère de Sinclair, Cameron Lawe, le réprouvé – et aussi l'auteur de cette lettre insensible et brutale, dans le livre de prières de Lettice.

Et il fallait qu'il vive à Eden, précisément à Eden. Qu'est-ce qui lui avait pris, d'aller vivre là-bas ?

Aucune importance, se dit-elle fermement. Quelle importance, qu'il t'ait reconnue ou non ?

Mais il ne l'a pas fait, n'est-ce pas ?

Elle se mit à repasser dans son esprit tout ce qu'il

avait dit, chaque expression et chaque nuance qu'il avait eues. Plus elle y repensait et plus elle se posait la question. Son dernier regard avait été si pénétrant.

Oh ! mon Dieu, pensa-t-elle. Faites qu'il ne m'ait pas reconnue.

Chapitre seize

Elle ne parla pas à Sinclair de sa rencontre avec son frère ; mais, le temps qu'elle ait installé Sophie dans la galerie, pris un bain et se soit habillée pour le dîner, il savait.

La glace sous ses pieds avait commencé à craquer, et maintenant les lignes de fracture s'étendaient à une vitesse alarmante. Le dîner fut avalé dans un silence gêné, après quoi Jocelyn se retira dans sa bibliothèque. Clemency paraissait effrayée, Sinclair faisait preuve envers Madeleine d'une impénétrable courtoisie, et May examinait l'ensemble avec un calme glacial.

Après dîner, Madeleine demanda à Sinclair ce qui n'allait pas. Rien, lui répondit-il. Qu'est-ce qui pourrait aller mal ?

Elle renonça, alla souhaiter une bonne nuit à Sophie. Celle-ci l'attendait, les yeux écarquillés, anxieuse, convaincue que tout était sa faute. Il s'avéra que Sinclair l'avait questionnée pendant que Madeleine prenait son bain.

Cette nuit-là, elle dormit dans la galerie. Le vent du

nord hurlait à travers la maison ; derrière elle, dans la chambre, elle entendait Sinclair arpenter le plancher. Vers minuit il vint à la porte, et elle sentit qu'il la regardait. Elle fit semblant de dormir, et après quelques instants d'un silence désagréable, il retourna dans son lit.

Le lendemain matin, elle attendit l'inévitable semonce, mais elle ne vint pas.

Un jour passa, puis un autre, et encore un autre. Cameron Lawe devait venir au cimetière cet après-midi-là. La tension était palpable dans la maison, mais nul n'en disait mot. Madeleine resta dans la galerie avec Sophie, se forçant à se concentrer sur le livre de géographie qu'elle lui lisait, essayant de ne pas réfléchir au fait que Cameron Lawe pouvait l'avoir reconnue.

Le lendemain, elle fit un nouvel essai pour éclaircir les choses avec Sinclair. Si seulement elle pouvait lui faire comprendre qu'elle n'avait dit que quelques mots à Cameron Lawe, cet absurde malentendu prendrait fin. Mais il lui coupa la parole et partit. Pour tout ce qui avait trait à son frère, il semblait que lui et lui seul pouvait prendre l'initiative d'aborder le sujet.

Deux nuits plus tard, ils firent une cinquième tentative pour concevoir un fils. Ce fut un désastre.

— Je ne peux pas ! Je ne peux pas ! haletait Sinclair, en s'effondrant derrière elle.

Ils étaient étendus côte à côte, dans l'obscurité, tandis que dehors les jeunes chouettes hululaient, que les grillons chantaient leur chant nocturne.

— C'est cette maudite chaleur, marmonna-t-il. Elle mine toute ma vitalité.

— Oui, dit Madeleine. Ça fatigue terriblement.

— Depuis que nous sommes arrivés, je n'ai pas été dans mon assiette. La nourriture trop épicée. Et aussi cet affreux sortilège nègre.

Madeleine se retourna pour le regarder.

— Ce n'était qu'un œuf. Je ne crois pas qu'il aurait pu…

— N'essaye pas de comprendre, surtout. Ta seule réponse, c'est de contredire, de ridiculiser.

Il se leva et alla jusqu'au miroir. Son visage était pâle, ses traits tirés. Quand il passa les mains sur son cou, il y imprima de légères marques rouges.

— C'est ta faute, dit-il sans se retourner.

Elle ne répondit pas.

— J'aurais dû me douter que ça se passerait comme ça. Tu es exactement comme lui.

— Comme qui ?

Mais elle savait déjà. Ces jours-ci, Cameron n'était jamais loin des pensées de Sinclair. Comme si le fait qu'elle l'ait rencontré chez Mrs Herapath avait fait renaître toutes les peurs d'enfant de son frère.

— Tu as une nature vulgaire, lui dit-il encore, regardant toujours son reflet dans le miroir. Tu ne possèdes pas la vie de l'esprit.

Elle s'assit dans le lit, repoussa ses cheveux derrière ses oreilles.

— Donc c'est ma faute. Sous prétexte que j'ai parlé à ton frère. Une fois, il y a une semaine.

Il leva la main pour la faire taire.

— Sinclair…

— Nous n'en reparlerons pas.

— Je crois que nous devrions.

— Non ! Aie au moins la politesse de m'obéir là-dessus, je te prie.

Le lendemain, tout se passa comme si leur conversation n'avait jamais eu lieu – sauf que l'atmosphère de reproche muet était encore pis qu'avant. Grand-tante May avait l'air tranquillement satisfaite, Clemency s'était retirée dans sa chambre avec une migraine, et Jocelyn affectait de ne rien remarquer. De toute évidence, il n'était guère disposé à s'en mêler.

Enfin, les pluies arrivèrent. Chaque après-midi, de grands déluges gris tambourinaient sur les ardoises, martelaient les pelouses, rougissaient le sol de l'allée. Dans l'ombre humide de la grande maison, Madeleine et Sinclair prenaient soin de s'éviter, sous couvert d'une froide politesse qui lui faisait serrer les dents.

Quatre interminables semaines s'écoulèrent ainsi. Quatre semaines de silences, de refus, de petits sourires affligés. Elle finit par ne plus pouvoir le supporter. Elle devait s'expliquer avec lui, sans quoi elle deviendrait folle.

Elle choisit un jour à l'heure du thé ; Jocelyn était dans sa bibliothèque et Sophie dormait, mais Clemency et May étaient présentes toutes les deux. Elle avait besoin de témoins. Sinclair aurait ainsi plus de mal à l'éviter, comme il l'avait toujours fait jusque-là. Ça pourrait aussi l'aider, elle, à maîtriser sa colère.

Le temps était à la tempête, aussi le thé fut-il apporté dans le salon, terne pièce lambrissée d'acajou et dominée par un portrait, par Winterhalter, d'une May âgée de dix-huit ans en robe de cérémonie. En dessous, sur le canapé était assise la version actuelle : presque soixante ans de plus mais toujours aussi mince et rigide, corsetée dans une robe de moire aussi raide que grise, et avec ses sempiternels gants de chevreau gris. Clemency, ombre légère de mousseline blanche, était assise sur sa droite, et Sinclair sur sa gauche. Ils rappelaient à Madeleine une gravure sur bois qu'elle avait vue une fois, sur l'Inquisition espagnole.

— Je ne sais pas exactement quel crime je suis censée avoir commis, commença-t-elle en tournant sa cuillère dans son thé, mais je crois vraiment que ceci a assez duré, et qu'on pourrait me donner une chance de présenter ma défense.

Clemency se figea, sa tasse à mi-chemin de ses lèvres, un masque de frayeur sur son étonnant visage sans âge. May termina tranquillement de servir le thé et tendit sa tasse à Sinclair.

Il lui fit un signe de remerciement, puis adressa à Madeleine un de ses petits sourires vides de sens.

— Il n'est pas question de *défense*, répliqua-t-il.

— Bien, dit Madeleine. Donc, nous sommes d'accord, je n'ai commis aucun crime.

Clemency lui jeta un regard horrifié puis secoua la tête. Celui de May glissa de Sinclair à Madeleine et revint sur Sinclair.

— Tu sais, reprit Madeleine, je n'avais pas l'intention de parler à ton frère. Au début, je ne savais même pas qui il était. C'était une pure rencontre de hasard. Et que je n'ai aucune intention de répéter.

Ce n'était pas exact. Aujourd'hui était de nouveau le jour où Cameron venait au cimetière du domaine : toute la matinée, elle s'était demandé si elle allait l'affronter là-bas. Elle savait que ce serait le comble de la folie, mais au fil des semaines, le soupçon avait grandi chez elle qu'il ait saisi quelque chose, dans son visage, qui lui aurait rafraîchi la mémoire. Elle continuait à se le figurer, seul là-bas à Eden, avec tout le temps pour penser et se souvenir. D'une manière ou d'une autre, elle avait besoin d'en avoir le cœur net.

Sinclair porta sa tasse à ses lèvres et but, puis la replaça dans la soucoupe et la reposa sur la petite table.

— Mon frère, dit-il, n'est pas un homme respectable. C'est la raison de mon opposition.

— Je pensais qu'il avait purgé sa peine, avança

Madeleine. Je pensais qu'il était de notre devoir de chrétiens de lui pardonner.

— Merci de me rappeler mon devoir, rétorqua Sinclair. Et ça t'intéressera peut-être d'apprendre que nous lui avons pardonné. Que nous prions tous les jours pour lui, pour qu'il s'amende. Malheureusement, ce n'est pas le cas. De là vient mon opposition à ta conduite.

— Je ne comprends pas. Tu veux dire qu'il a fait autre chose ?

— Bien sûr que tu ne comprends pas. C'est pourquoi j'avais espéré que tu te fierais à mon jugement dans cette histoire.

— Tu ne peux pas juste me dire ce qu'il a fait ?

Il hésita, puis se tourna vers May et Clemency.

— Pardonnez-moi d'aborder devant vous un sujet aussi inconvenant…

May inclina la tête ; Clemency releva les yeux de sa tasse, interdite. Sinclair revint à Madeleine et déclara d'une voix sifflante :

— L'homme blanc n'est plus tout à fait lui-même quand il cohabite avec les Négresses.

— Qu'est-ce que tu veux dire ? lui demanda-t-elle, étonnée.

— Tu veux bien me permettre de continuer ?

Elle posa les mains sur ses genoux et attendit.

— La nature de l'homme blanc devient vulgaire à cause de telles associations. Il s'animalise au contact des désirs bestiaux de la créature à laquelle il a lié son destin.

— Pardonne-moi, fit Madeleine, mais tout cela me paraît très artificiel. Tu veux me faire croire que si tu t'indignes de ce que j'aie parlé cinq minutes à ton frère, c'est parce qu'il a une maîtresse noire ? Si j'ai bien compris Mrs Herapath, ça écarte toute possibilité de conversation avec les trois quarts des planteurs du Nord.

Sinclair pinça ses lèvres rouges.

— La femme d'un homme de Dieu, dit-il doucement, ne peut jamais être trop vigilante pour tout ce qui touche à sa vie et sa personne. J'avais espéré que tu le comprendrais.

— Bien sûr que je le comprends. Mais quelques mots sur une véranda ne…

— On t'a vue avec un individu compromis. Tu t'es *corrompue* toi-même. Je ne vois rien d'« artificiel » là-dedans.

Ses yeux bleu cobalt plongèrent dans ceux de Madeleine, et elle y lut le sens profond et secret qu'il y avait derrière ses paroles. *Et souviens-toi combien tu es spécialement vulnérable à la corruption, en vertu de ta naissance.*

— « Corrompue » est un mot trop fort, murmura-t-elle.

Il eut un rire qui se voulait joyeux.

— Je ne te savais pas si savante en matières doctrinales ! Je croyais que c'était moi, l'expert dans le domaine de la guérison des âmes.

Elle sentit qu'elle avait très chaud, soudain.

— Tu as mal agi, lui dit-il. Tu t'es fait du tort, et tu m'as fait du tort. De plus, tu…

— C'est ridicule, je n'ai pas *fait de tort…*

— De plus, poursuivit-il, élevant la voix pour couvrir la sienne, tu as fait du tort à ta sœur.

— Sophie ? Oh ! Voyons, je ne peux pas te laisser dire une chose pareille !

— Quelle importance, que tu sois d'accord ou pas ? Puisque, de toute façon, tu n'es pas légalement sa tutrice…

Alarmée, elle croisa son regard ; ses yeux bleus étincelaient, il s'amusait.

Elle baissa les yeux vers ses mains, toujours serrées sur ses genoux. Elle voyait bien maintenant qu'elle n'avait rien fait de mal, qu'il le savait aussi bien qu'elle. Ce n'était pas cela l'enjeu. L'enjeu, c'était son autorité. Il devait lui marteler qu'il était bien le mari et elle la femme – et que, comme il aimait à le répéter, « quand un homme et une femme montent le même cheval, la femme doit toujours monter derrière ». Tant qu'elle ne l'aurait pas reconnu publiquement, il ne cèderait pas. Il continuerait jusqu'à ce qu'il l'ait rendue folle, aussi folle que Clemency.

— Bien, dit-elle, en luttant pour garder sa voix ferme. Je crois qu'il est nécessaire de mettre fin à cette guerre d'usure. Donc je m'excuse, entièrement et sans réserve. Voilà. Cela te convient-il ?

Sinclair lui jeta un regard scrutateur, puis dit :

— Merci. Désormais, nous n'en reparlerons plus. Je souhaite simplement qu'à l'avenir tu fasses preuve de plus de discrétion.

Elle préféra se taire, craignant toute parole qui pourrait lui échapper malgré elle. Sinclair se leva et se tourna vers sa tante.

— Je vais écrire dans mon bureau pour le reste de l'après-midi. Ce serait pour moi un *grand* privilège si je n'étais pas dérangé.

Après son départ, Clemency adressa un sourire apaisant à Madeleine.

— Voilà… S'excuser n'était pas si difficile, n'est-ce pas ?

Madeleine ne répondit rien. Ses mains étaient toujours serrées sur ses genoux. Dans le clair-obscur qui baignait la pièce, elles semblaient jaunes et flétries, prématurément vieillies.

Un bruissement de soie raide accompagna le mouvement de grand-tante May, quand elle se leva.

— Je ne connais personne qui ait le respect des convenances autant que Sinclair, remarqua-t-elle. On pourrait aller jusqu'à appeler ça de la vénération. Les autres feraient bien de s'en inspirer.

Madeleine leva la tête et croisa son regard ; il était bleu, glacial et saisissant, avec des paupières bordées d'un rouge qui trahissait sa colère.

— Quel conseil judicieux, lui dit-elle d'un ton cassant, en se levant elle aussi. Je crois que je vais faire un tour sur les pelouses, pour mieux y réfléchir. Du moins, ajouta-t-elle, si l'on me permet de m'absenter de la maison pendant la journée ?

Quelque chose trembla dans le regard bleu glacé.

— Je n'avais pas l'impression, dit grand-tante May, que vous étiez sujette à aucune restriction.

Le vent était retombé au moment où Madeleine sortit. Dans sa hâte, elle n'avait même pas pris le temps de boutonner son cache-poussière.

Après la maison tout ombragée, marcher dehors revenait à se déplacer à l'intérieur d'un four, mais ça lui était égal. Elle ressentait une satisfaction perverse à la pensée du « crime » qu'elle allait commettre. Sinclair en serait outragé.

Au-dessus des Cockpits, elle apercevait un amoncellement de nuages gris ardoise, avec des éclairs qui flamboyaient au loin ; marche-arrêt, marche-arrêt, comme une lampe qui clignoterait dans une pièce sombre.

Voilà l'orage, pensa-t-elle. Bon, laissons-le venir.

Elle se retourna pour regarder la maison, capta un reflet du soleil sur la galerie du haut. Ce devait être grand-tante May, en train de chausser ses lunettes cerclées d'acier. La vieille sorcière n'avait pas perdu de temps pour retrouver son poste d'observation.

Profites-en bien, regarde de tous tes yeux, lui dit Madeleine en silence. Tu auras des choses à raconter.

Elle se retourna de nouveau et traversa les pelouses. Il n'y avait personne ; les domestiques étaient tous dans leurs logements près de la rivière, les chiens sommeillaient au sous-sol. Seul un vautour décrivait paresseusement des cercles au-dessus d'elle.

Elle monta au flanc de la colline, puis passa sur l'autre versant et atteignit le cimetière. Il était paisible, avec ses allures de clairière ensoleillée : guère entretenu et rarement visité, sinon par Clemency. De grands cocotiers et des tilleuls sauvages entouraient une cuvette verte et poussiéreuse, où une douzaine de tombes en dos d'âne émergeaient du sol, dans les hautes herbes argentées.

Le lieu était désert, Cameron Lawe n'était pas encore arrivé. À moins, songea Madeleine en tressaillant, qu'il ne soit déjà venu et reparti ? Quelle ironie du sort… Tu décides de braver la condamnation universelle, pour découvrir que tu as laissé passer ta chance…

Elle se fraya un chemin dans les hautes herbes jusqu'au poinciana qui ombrageait la tombe de Kitty, la jeune femme de Jocelyn. À côté, une longue dalle d'ardoise bleue – dépouillée de son inscription par le temps – offrait un siège convenable. Une trouée dans les arbres permettait de voir loin vers le sud : au-delà des ruines du vieil hôpital d'esclaves, au-dessus de l'étendue émeraude de la pépinière de jeunes pousses de canne, jusqu'aux pâturages et aux lointains arbres de

Providence, puis aux Cockpits bleu-gris. Là-bas, caché quelque part au milieu des arbres, il y avait Eden.

Avec un grand effort de volonté, elle écarta cette pensée de son esprit.

Elle prit une profonde inspiration et sentit les fleurs de tilleul, la poussière rouge et piquante, et l'odeur forte de chlorophylle des fougères asparagus qui poussaient au milieu des tombes. Autour d'elle, les hautes herbes bourdonnaient du chant des cigales ; au-dessus de sa tête, le poinciana brillait de fleurs vermillon, une nuée de promerops tout autour.

Un peu de la colère et de la frustration de Madeleine se dissipa, laissant place à une vague tristesse. À sa droite, la petite tombe de marbre blanc du bébé de Clemency était quotidiennement et tendrement ornée de fleurs fraîches. *Elliot Fraser Monroe, mort en 1873 à l'âge de deux jours*. Son demi-frère. La dernière trace qui restait de son père à Fever Hill.

Devant elle, elle pouvait tout juste distinguer la profonde inscription en lettres gothiques sur la tombe de sa grand-mère. Le temps en avait émoussé les contours, mais pas la douleur qui se cachait derrière : elle criait encore vers le ciel.

Ici repose Catherine Dorothy Monroe, née McFarlane
1831-1850
et avec elle les espoirs foudroyés d'un mari qui l'adorait.
Mort, tu as eu ta victoire.

Elle pensa à l'amour, qui avait rendu Jocelyn fidèle sa vie durant à un souvenir. L'amour, qui avait forcé ses parents à renoncer à tout ce qu'ils possédaient pour être ensemble. Puis elle pensa à sa vie avec Sinclair, étriquée, tourmentée.

Une brise fit frissonner les palmes des cocotiers, comme une parodie de pluie. Une aigrette traversa rapidement le ciel, éclatante de blancheur contre son gris profond.

Madeleine posa les mains sur la pierre où elle s'était assise, sentit l'ardoise chaude et lisse sous ses paumes.

Tu as *choisi* cette vie, se dit-elle. Tu y es venue de ton plein gré. Maintenant, à toi d'en tirer le meilleur.

Oui, mais comment ?

Elle cueillit un brin d'herbe, le fit tourner entre ses doigts. Jamais elle ne s'était sentie aussi seule de sa vie.

Un mouvement au bord de son champ de vision la fit sursauter ; elle se retourna et vit Cameron Lawe à l'orée des arbres, qui la regardait.

À quoi pensait-il ? Se rappelait-il cette lointaine rencontre dans la neige ?

Elle se leva et le regarda à son tour, par-dessus la dizaine de mètres d'herbes argentées et de tombes aux dos bombés qui les séparaient. Son cœur battait la chamade dans sa poitrine.

— J'avais complètement oublié, mentit-elle, que c'était votre jour de visite.

Sa voix était ferme, mais elle devait serrer ses mains pour les empêcher de trembler.

— Ça ne fait rien, lui dit-il.

— Je suppose que vous préféreriez être seul.

— Non, non, je…

— Mais vous avez fait tout ce chemin, apporté des fleurs…

Elle rougit ; ça sonnait bizarrement, comme une maîtresse de maison accueillant un visiteur inattendu.

Il fronça les sourcils vers les fleurs qu'il tenait en

main : un bouquet de fleurs blanches en épis et d'héliconias, avec des pointes dorées au bout de leurs grandes pinces écarlates. Les fleurs blanches étaient du gingembre sauvage. Un souvenir remonta à la mémoire de Madeleine, quelque chose que disait sa mère. *À Eden, il y a du gingembre sauvage aussi grand que ta main, et des fleurs de lune qui fleurissent seulement la nuit...*

Non, pas maintenant, se dit-elle rageusement, et elle était horrifiée de sentir sa gorge commencer à se serrer.

— En fait, reprit-il, fronçant toujours les sourcils, je me demandais si vous seriez là.

Une sueur froide la traversa.

— Pourquoi ? Qu'est-ce que vous voulez dire ?

— Je... j'espérais un peu vous voir là, je crois.

Il jeta son chapeau et sa cravache dans l'herbe, se passa la main dans les cheveux.

— Je suis désolé, ce n'est sans doute pas une chose très convenable à dire. Mais c'est la vérité.

Elle ne savait pas comment réagir. Que voulait-il dire au juste ? L'avait-il reconnue, oui ou non ?

Il avait les yeux baissés vers les fleurs qu'il tenait, une expression indéchiffrable sur le visage. On aurait dit que, pendant les dix années écoulées, il avait appris à dissimuler ses sentiments. Pourtant, elle sentait toujours en lui cette capacité de tendresse et aussi de violence qu'elle avait perçue jadis, quand elle n'était qu'une fillette. S'il perçait son secret à jour, il serait sûrement un ennemi redoutable.

Elle rompit le silence :

— Comment êtes-vous arrivé ici ? Je ne vous ai pas vu.

Il fit un geste, par-dessus son épaule, vers le vieil hôpital des esclaves.

— Il y a un chemin là-bas, qui rejoint la route jusqu'à mon domaine. J'y ai laissé mon cheval.

— Ah…

Elle se rendit compte qu'elle se tordait nerveusement les mains et qu'il l'avait remarqué. Elle les enfonça dans les poches de son cache-poussière.

— Sophie m'a dit que j'avais été grossière avec vous l'autre jour…

— Non, lui répondit-il, d'un ton peu convaincu.

— Elle m'a dit que j'avais pratiquement fait comme si je ne vous voyais pas.

Un instant, la tension quitta ses traits et il fit une ébauche de sourire à Madeleine.

— Votre sœur a des opinions bien arrêtées.

— Oui, c'est vrai.

Il hésita puis demanda :

— Ces attelles qu'elle a… Qu'est-ce que c'est, la polio ?

— Tuberculose du genou.

— Ah. Et est-ce qu'elle…

— Elle va mieux, oh ! oui.

En réalité, elle en était moins sûre qu'elle ne le disait. Au cours des semaines écoulées, les progrès de Sophie semblaient avoir inexplicablement ralenti.

Elle le regarda approcher de la tombe voisine de celle de Kitty, de l'autre côté, jeter les fleurs desséchées, du mois dernier, dans les fougères asparagus, et poser les fleurs de gingembre à la place, au sommet de la tombe. Il paraissait mal à l'aise. Était-ce parce qu'il avait des doutes au sujet de Madeleine ? Ou, plus simplement, avait-il perdu l'habitude d'entretenir une conversation de courtoisie ?

Elle le regarda examiner la tombe. L'inscription disait : *Alice Amélie Monroe, née Vavasour, 1821-1883.*

Qu'est-ce que la mère de Jocelyn, se demanda-t-elle soudain, a à voir avec Cameron Lawe ?

— C'était ma grand-tante, dit-il, comme si elle avait parlé tout haut. Quand j'étais petit garçon, elle était veuve et vivait à Providence. Elle arrivait en coup de vent à la maison, nous arrachait à nos leçons et nous emmenait faire de grandes promenades à cheval dans les collines. Je l'adorais.

— Mais alors… ça veut dire que votre mère était une Vavasour ?

— Oui. Je suis désolé, je pensais que vous le saviez.

— Sinclair ne me parle jamais de ses parents.

— Ah…

Vavasour était un nom huguenot, comme Durrant. C'était un sentiment troublant pour elle, de savoir qu'ils avaient tous les deux une même origine.

— À la Jamaïque, lui expliqua-t-il, tout le monde est apparenté à tout le monde. Par exemple, Jocelyn a épousé une McFarlane, dont la grand-mère a épousé un Traherne, dont la fille a épousé un Barrett, dont le cousin a épousé une Durrant – il s'arrêta brusquement là.

— Et les Durrant, répondit-elle, nous ramènent nettement aux Monroe.

Un silence embarrassé s'ensuivit et elle ferma les yeux. Quelle folie perverse, autodestructrice, lui avait-elle fait dire une chose pareille ?

Quand elle les rouvrit, elle vit qu'il était en train d'examiner son visage. Voilà, songea-t-elle. Nous y sommes. Elle leva le menton et croisa son regard. Faisons sortir ça au grand jour, semblait-elle lui dire silencieusement. Je vous défie de vous rappeler.

Mais nulle trace de réminiscence ne se lisait sur son visage ; juste de la perplexité, et aussi autre chose qu'elle ne pouvait pas déchiffrer. Elle en conçut un tel soulagement que ses jambes se dérobèrent presque sous elle.

— Est-ce que tout va bien ? demanda-t-il en tendant la main vers elle, puis en la retirant aussitôt.

— Tout va bien, oui, murmura-t-elle. Parfaitement bien.

Un coup de vent agita les feuilles du poinciana, légères comme des plumes. Un vol de serins sauvages s'abattit sur ses branches, se chamaillant bruyamment, et fit s'envoler les promerops.

Cameron Lawe leur jeta un coup d'œil.

— Il va pleuvoir. Je devrais y aller.

Il réfléchit quelques instants, puis lui tendit les héliconias.

— Je me demandais… Vous voulez bien vous en occuper ? Elles sont pour Ainsley.

Le sol parut vaciller sous ses pieds.

— *Pour qui ?*

Il fit un geste vers la dalle d'ardoise bleue, derrière elle.

— Ainsley Monroe, le fils de Jocelyn. C'est sa tombe. Je suis désolé, je pensais que vous le saviez.

Instinctivement, elle tira le pan de sa jupe, à l'écart de la dalle où elle était encore assise quelques instants plus tôt.

— Mais… mais il n'y a pas d'inscription, rien du tout…

— C'est en dessous.

— En dessous ?

— L'inscription. Le vieil homme l'a retournée, pour ne pas avoir à la regarder.

Elle dut poser une main sur la tombe de Kitty pour reprendre son équilibre.

— Vous n'allez pas bien, n'est-ce pas ? lui dit-il.

Vous êtes devenue si pâle. Vous devriez vraiment vous asseoir.

Le bourdonnement de grillons résonnait si fort dans ses oreilles, le soleil était devenu torride dans son dos. Elle se sentait mal.

— Son propre fils, murmura-t-elle. Il a fait ça à son propre fils.

Il s'approcha, tout en veillant à maintenir une distance entre eux, plia la jambe et, sur un genou, déposa les héliconias sur l'ardoise bleue et chaude.

— Vous découvrirez bientôt, lui dit-il, que le pardon n'est pas un des traits les plus marquants de cette famille. Vous connaissez la devise des Monroe ? reprit-il après une pause. *La mort plutôt que le déshonneur*. Pauvre vieil Ainsley, il a tout fait à l'envers.

— « Pauvre » Ainsley ? Mais je croyais que vous étiez furieux contre lui ?

Il lui jeta un regard curieux.

— Qu'est-ce qui vous fait croire une chose pareille ?

Elle se rappelait les yeux froids, impitoyables, que l'officier baissait vers elle dans la neige. *Dis-leur que pour moi ils sont morts*, lui avait-il assené, avant de faire volte-face et de repartir à cheval.

— Qu'est-ce qui vous fait croire ça ? répéta-t-il.

Elle avala sa salive.

— Je ne sais pas. Je suppose, eh bien... parce que tous les autres le sont.

— Vingt ans, ça fait long pour rester furieux.

Puis il jeta un regard aux héliconias et, à la grande surprise de Madeleine, parut esquisser un sourire.

— C'étaient ses préférées. Quand j'étais petit, il me disait que c'étaient des griffes de dragon. Et moi, bien sûr, je le croyais. Je le croyais toujours.

Il n'était jamais venu à l'esprit de Madeleine que

Cameron avait grandi avec son père, qu'il avait eu de l'affection pour lui : cette idée embrouillait tout, compliquait tout.

Elle le regardait maintenant, contemplant silencieusement la tombe de son père ; il n'avait plus rien de menaçant. Il avait juste l'air poussiéreux, fatigué, et il s'était coupé en se rasant. Une éraflure à vif filait le long de sa mâchoire, une traînée de sang sec s'étalait sur sa chemise sans col.

Tandis qu'elle l'examinait, elle sentit soudain une sorte d'illumination en elle, comme si quelque chose de pesant s'était desserré. Cet homme avait aimé son père, son père l'avait aimé ; au bout du compte, seul cela importait. C'était comme si, enfin, l'officier dans le parc avait tourné la tête du haut de son cheval et était revenu vers elle, pour elle.

Elle toussota pour s'éclaircir la gorge.

— Vous savez..., dit-elle, en fait, je ne suis pas vraiment venue ici par hasard.

Il ne détacha pas les yeux de la tombe d'Ainsley pendant qu'il répondait :

— Je me posais la question, justement.

Elle mit une main à sa tempe, lissa ses cheveux en arrière.

— Sinclair a fait un scandale de tous les diables, quand il a su que j'avais parlé avec vous chez Mrs Herapath. C'est absolument ridicule. Alors je me suis dit que j'allais leur donner de vraies raisons de se scandaliser.

Il tourna la tête, la regarda, et ses yeux gris clair étaient pleins d'une chaleur nouvelle.

— Ce n'est pas une très bonne idée.

— Non. Je ne crois pas, en effet.

Ils échangèrent des sourires encore timides.

Au-dessus des Cockpits, un immense éclair déchira le

ciel ; quelques secondes plus tard, un effrayant coup de tonnerre fit trembler la terre. Les serins s'envolèrent aussitôt du poinciana et s'enfuirent à tire-d'aile. Un rideau de pluie gris se déplaçait maintenant vers eux à travers les champs de jeune canne couleur émeraude.

Cameron se leva.

— C'est étrange, fit-il, mais vous n'êtes pas du tout ce que j'attendais de la femme de Sinclair.

— Qu'est-ce que vous attendiez ?

— Oh ! Sans doute quelqu'un de petit, blond et pieux, répondit-il instinctivement, puis il rougit. Pardonnez-moi, je ne voulais pas insinuer que vous n'êtes pas pieuse…

— Ne vous excusez pas, dit-elle, en retenant un sourire. J'ai peur de ne jamais m'être beaucoup intéressée à la Bible.

Il la regarda pensivement un moment, puis dit :

— C'est très direct…

Elle ne répondit pas.

Un nouveau coup de tonnerre. Il leva les yeux vers le ciel, puis revint à elle.

— Vous devriez rentrer ou vous allez être mouillée.

— Ça ne me dérange pas.

— Eh bien, moi, si.

Il se baissa pour récupérer son chapeau dans l'herbe.

Tout à coup, elle ne voulait pas qu'il parte ; elle avait envie qu'il reste et qu'il lui parle d'Eden. Et elle aurait voulu savoir, aussi, pour la « Négresse » qu'il fréquentait ; et son crime, quel horrible crime il avait pu commettre pour être envoyé en prison.

— D'après Sinclair, observa-t-elle, vous avez fait quelque chose d'« épouvantable ». Est-ce que c'est vrai ?

Il fit tourner son chapeau dans ses mains ; de nouveau, son visage était devenu indéchiffrable.

— Tout à fait vrai, j'en ai peur.

— Qu'est-ce que vous avez fait exactement ?

— Vous voulez dire que Sinclair ne vous en a pas parlé ? J'aurais cru qu'il se serait délecté à le faire.

— Il ne parle jamais de vous. Personne ne le fait dans la maison. Mais… parfois j'ai l'impression qu'ils ne pensent qu'à vous.

Il se passa la main sur le visage ; tout à coup, il paraissait très fatigué.

Elle savait qu'elle ne devait pas se montrer insistante, mais elle ne pouvait pas s'en empêcher. Elle avait envie qu'il reste et qu'il lui dise tout.

— Pourquoi est-ce que vous ne me dites pas ce que vous avez fait ?

— Pourquoi ? Pour satisfaire votre curiosité ?

Elle se mordit la lèvre, puis dit :

— Mrs Herapath pense qu'il y a une sorte de malentendu entre Jocelyn et vous. Elle pense que si vous vous rencontriez, juste une fois, vous pourriez le dissiper.

— C'est une façon plutôt naïve de voir les choses.

— Qu'est-ce que vous voulez dire ?

— Certaines personnes, soupira-t-il, ont besoin d'avoir des sujets d'indignation. Ça les aide à occulter ce qu'ils ont peur d'affronter.

— Et c'est quoi, ce qu'ils ont peur d'affronter ?

— N'est-ce pas évident, voyons ? Ce qui s'est passé entre Ainsley et Rose Durrant, bien sûr. Tant que la famille me rejette et me condamne, ils peuvent continuer à oublier ces deux-là.

Un autre coup de tonnerre retentit, plus proche cette fois. Le ciel s'était assombri, il était devenu gris étain ;

dans la lumière de l'orage, les feuilles-plumes du poinciana brillaient d'un vert surnaturel.

— Mais qu'est-ce que vous avez fait ? répéta-t-elle. Pourquoi ne me le dites-vous pas, tout simplement ?

— Pourquoi est-ce que je le ferais ? demanda-t-il d'un ton brusque.

— Parce que… je veux savoir.

Il expira longuement, puis se baissa, ramassa sa cravache, et examina la jeune femme en fronçant les sourcils.

— J'étais au Soudan, finit-il par dire en détournant son regard. Ainsley était mon commandant. Je…

— Vous étiez au Soudan ? Avec lui ? Vous l'avez vu mourir ?

— Eh bien, évidemment. Mon Dieu, Sinclair ne vous a rien raconté ?

— Je vous ai dit que non. C'est pourquoi j'ai besoin que vous me le disiez maintenant.

Il jeta un regard aux alentours, comme s'il cherchait une échappatoire, puis énonça d'une voix sèche :

— Nous étions sur le champ de bataille. Ainsley venait d'être tué. J'ai dépouillé son corps. J'ai fouillé dans ses poches pendant qu'il était encore chaud.

Il baissa les yeux et écarta les mains, comme s'il laissait quelque chose tomber.

— Conduite inconvenante. Renvoyé de l'armée, avec ignominie. Deux ans de prison, comme il plaît à la reine. Voilà. Maintenant vous savez.

Chapitre dix-sept

Le 28 juin 1895
À Mr Cameron Lawe
Domaine d'Eden
Paroisse de Trelawny

Cher Mr Lawe,

Je suis terriblement désolée mais je ne pourrai pas venir prendre le thé à Eden, car ma sœur dit qu'oncle Jocelyn n'approuverait pas. Je vous en prie, soyez sûr que dans l'avenir j'aimerais beaucoup rendre visite à Abigail et aux perroquets. Et bien sûr à vous-même.

Entre-temps, j'aimerais vous demander votre avis sur une affaire qui m'inquiète. Il y a un fromager dans notre jardin, qu'on appelle aussi un arbre duppy, comme vous le savez. J'ai entendu dire que si une personne tombe malade, c'est parce que son ombre a été volée et clouée au tronc de cet arbre. Et aussi que seul l'attrapeur d'ombre peut la rendre à cette personne et faire qu'elle aille bien de nouveau. Est-ce que c'est vrai ? Est-ce que la magie jamaïcaine marche vraiment, et est-ce qu'elle marche aussi bien sur les Blancs que sur les Noirs ?

J'attends très sérieusement votre avis.

Avec mon plus grand respect,

Sophie Lawe

P.-S. : J'espère que cette lettre vous parviendra bientôt. Evie McFarlane m'a promis de vous la donner, mais j'espère que ce n'est pas une autre de ses inventions.

2e P.-S. : En prison, qu'est-ce qu'ils vous donnaient à manger ?

Le 2 juillet
À Miss Sophie Lawe
Domaine de Fever Hill

Chère Miss Lawe,

Evie a tenu parole, et votre lettre est arrivée avec une vitesse appréciable. Quant à vos questions, j'ai peur de devoir être bref, car nous avons des ennuis avec l'appareil de distillation, et je n'ai pas beaucoup de temps.

D'abord, est-ce que la magie jamaïcaine marche ? Ma réponse est qu'elle marche seulement sur les rares personnes qui croient totalement en elle. Par conséquent, si une femme obeah dit à un coupeur de canne particulièrement naïf qu'elle a « mis la main sur lui », il peut se sentir souffrant juste parce qu'il s'attend à l'être. Cependant, c'est rare, et ça ne se produit que chez les Noirs qui ont été élevés pour croire en la magie. Ça n'a pas d'effet sur les Blancs qui sont prédisposés, par la religion et l'éducation, à ne pas y croire.

Vous me demandez aussi si les gens tombent malades parce que leurs ombres ont été volées et clouées sur des arbres duppies. Absolument pas. Les gens tombent malades à cause d'une mauvaise alimentation, ou d'agents infectieux, ou par hérédité. Pas à cause des arbres. Votre fromager est juste un arbre imposant par sa forme et sa taille, rien de plus.

J'espère que cela vous aidera, et je fais confiance à Evie pour qu'elle soit aussi rapide que la première fois. Cependant, je pense qu'il serait plus prudent de faire passer à l'avenir toute correspondance par votre sœur. Comme vous le savez, les relations entre Eden et Fever Hill sont un peu tendues. Et je n'aimerais pas que vous ayez des ennuis.

Avec mes meilleurs vœux pour un rétablissement le plus rapide possible.

Cameron Lawe

P.-S. : En prison nous mangions des harengs salés, du pudding à la graisse de rognon et de la viande froide australienne. Je m'y suis accoutumé étonnamment vite. Mais je trouvais le froid continuel bien moins agréable, et aussi le fait de ne jamais voir le ciel.

Le neuf juillet – écrit pendant que Maddy est en train de déjeuner

J'ai un peu toussé ces trois derniers jours ; Maddy m'oblige à ne rien faire, absolument rien, et elle a <u>emporté tous mes livres</u>. Donc, j'écris ceci en secret.

Maddy n'est pas bien depuis qu'elle a rencontré Cameron Lawe au cimetière – même si je ne comprends pas pourquoi, puisque c'était il y a deux semaines, et

qu'elle est étonnée de s'en sortir aussi bien, c'est elle qui le dit, sans même s'être fait gronder par Sinclair. Elle dit qu'il ne sait pas quoi faire si on le défie tout simplement, puis qu'ensuite on avoue et qu'on s'excuse tout de suite.

Ça m'a beaucoup contrariée qu'elle ne m'ait pas dit avant qu'elle allait rencontrer Cameron Lawe, parce que si elle me l'avait dit, j'aurais pu le rencontrer moi aussi.

Le dix juillet

La toux ne va pas mieux. Maddy est inquiète, même si elle essaye de ne pas me le montrer. Elle s'est excusée d'avoir été préoccupée ces deux dernières semaines ; c'était gentil.

Le Dr Pritchard est venu, et il a dit qu'elle avait raison de m'obliger à ne rien faire. Il a dit à Maddy que nous devions nous protéger contre la plus légère *ombre sur mes poumons, qui dans l'état où je suis pourrait être fatale. Normalement je n'aurais pas dû l'entendre, mais je l'ai entendu.*

Donc, maintenant, je sais que les Blancs ont des ombres comme les Noirs – même si je ne comprends pas pourquoi le Dr Pritchard pense qu'il est si important que je garde la mienne loin de mes poumons.

Je me demande ce que Cameron Lawe me dirait là-dessus. J'aimerais lui écrire encore, mais je ne crois pas que Maddy me laisserait faire ; et Evie est trop occupée pour prendre une autre lettre, car elle doit travailler à leur « terre » après l'école. Leur terre est un lopin sur Clairmont Hill, derrière la nouvelle usine, où ils cultivent du callaloo, du chocho, et beaucoup de sortes de légumes comme l'igname et la patate douce. Je voudrais avoir une terre moi aussi, pouvoir cultiver des choses et avoir de la volaille, comme dans Les Enfants de la forêt.

Le onze juillet

La toux continue. Maddy est très inquiète.

J'ai beaucoup pensé à pourquoi tout ça m'arrive. Quand je suis tombée malade au début, Maddy m'a parlé des petits bacilles, qui à son avis étaient la cause de la maladie. (Je pense qu'ils doivent être ce que Cameron Lawe appelle des « agents infectieux ».) Ça me paraît clair que les bacilles doivent être en effet <u>une</u> cause, mais je ne crois pas qu'ils puissent être l'explication complète. La question est : QUI ENVOIE LES BACILLES *?*

J'ai demandé ça à Maddy au thé et elle a répondu que personne ne les envoie, qu'ils viennent tout simplement. J'ai beaucoup pensé à ça, et je ne crois pas que ça puisse être vrai. Je pense que quelqu'un a volé mon ombre et l'a clouée sur un arbre duppy. Je pense que c'est pour ça que les bacilles sont venus.

Le douze juillet

On dirait que la toux diminue, mais je me sens encore très mal fichue. Pour me remonter le moral, Maddy m'a rendu mes livres.

Le livre de Mrs Herapath sur le folklore est excellent : si détaillé sur l'obeah et le myalisme, même s'il a été écrit par un révérend. Il paraît que les Noirs donnent parfois du rhum en cadeau aux arbres duppies s'ils veulent une faveur. Ça ne peut sûrement pas me faire de mal si je donne un cadeau de rhum à notre arbre. Evie m'a dit de lui donner de mon argent de poche, qu'elle m'achètera une bouteille de rhum au marché de Pinchgut. C'est gentil de sa part. Je pense que les choses peuvent finir par aller mieux.

Le quatorze juillet

La toux est presque partie !

Tout le monde est occupé avec les préparatifs pour le bal des Traherne, le vingt. Même Clemency est occupée, alors qu'elle n'y va pas. Elle aide Maddy à rétrécir sa robe de bal, parce qu'elle a perdu du poids depuis qu'elle a été faite. Maddy s'en fiche complètement d'y aller, mais Sinclair dit qu'ils sont obligés, parce que le bal de juillet des Traherne est l'événement du nord de l'île. Même oncle Jocelyn ira, parce qu'il appelle Cornelius Traherne un parvenu (quand Clemency n'est pas là) mais il est obligé d'être aimable avec lui, je ne sais pas pourquoi.

Clemency n'aime pas Cornelius Traherne, même s'il est son frère aîné, parce que après la mort de son mari, quand elle a refusé de se remarier, il voulait l'envoyer à la clinique psychiatrique à Burntwood. Maintenant, c'est un sanatorium pour les problèmes pulmonaires, mais Clemency dit que c'est toujours le même genre d'endroit, que si vous êtes un patient difficile, ils vous attachent dans des draps qui vous emprisonnent, et s'ils oublient de vous détacher quand il fait chaud, vous mourez.

Clemency a échappé à Burntwood parce que oncle Jocelyn a dit qu'elle pouvait rester à Fever Hill. C'est une autre raison pour laquelle elle lui est éternellement reconnaissante.

Plus tard

J'ai eu une discussion avec Sinclair. Parfois, oncle Jocelyn vient dans ma partie de galerie prendre le thé (ce qui est un grand plaisir, car en général seules Maddy et Clemency veulent bien s'asseoir avec moi) ; mais malheureusement, chaque fois qu'oncle Jocelyn vient, Sinclair vient aussi.

J'ai questionné Sinclair à propos du paragraphe dans mon dictionnaire géographique sur le marquage des esclaves. Je lui ai dit que le marquage devait faire très mal, et c'est quand même la preuve que l'esclavage était une mauvaise chose. Oncle Jocelyn a regardé Sinclair et fait un drôle de bruit de hi-han, qui ressemblait à un rire, et Sinclair était fâché, et il a dit que j'étais mal renseignée. Pour me le prouver, il est allé chercher un petit fer à marquer en argent qu'il garde comme presse-papiers sur son bureau. Il m'a dit que si le fer était chauffé au rouge dans une flamme d'alcool, et qu'ensuite on l'appliquait sur une peau sur laquelle on avait d'abord mis de l'huile douce, la douleur était minimale et elle passait vite. Il a dit que de nombreux récits historiques confirmaient ça, et aussi que des enfants dès six ans acceptaient volontiers le marquage, sans que ça cause ensuite aucun problème chez eux.

Je n'avais pas de réponse à ça, mais j'ai l'intention d'essayer moi-même pour voir.

Le quinze juillet

Sinclair se trompe. Hier soir, j'ai passé sur mon avant-bras de l'huile de noix de coco que m'avait donnée Victory, ensuite j'ai tenu une pièce de monnaie dans la flamme de ma lampe, avec des pinces que m'avait données aussi Victory. Puis j'ai posé la pièce chaude sur mon avant-bras. Ça fait <u>*extrêmement*</u> *mal, et j'ai maintenant une vilaine brûlure rouge, qui me fait encore mal. Je ne peux la montrer à personne. Ça ferait de la peine à Maddy, et Sinclair dirait seulement que je ne l'ai pas fait correctement, ou quelque chose de ce genre.*

J'ai fait jurer le secret à Victory, et je crois vraiment qu'il ne le racontera pas, car il dit que je suis sa buckra préférée (ce qui signifie une Blanche). Je pense que c'est parce que quand nous jouons à des devinettes, je le laisse parfois gagner. Evie ne le fait jamais.

Le seize juillet

Evie m'a donné le rhum, qui est caché sous le buisson de crotons près de l'escalier. Ce soir, je le donnerai à l'arbre duppy et je lui demanderai de me refaire aller bien.

Plus tard

Je me suis fait attraper par Grace.

J'ai attendu extrêmement tard et j'ai traversé la pelouse sur mes béquilles. Ça m'a pris très longtemps, mais il y avait un clair de lune, et Remus et Cleo sont venus me renifler, ce qui m'a aidée, parce que si j'avais rencontré un alligator ou un duppy, ils les auraient chassés. L'arbre duppy était énorme et effrayant, avec toutes les plantes grimpantes qu'il a sur lui, et alors j'ai vu une silhouette, j'ai laissé tomber le rhum tellement j'ai eu peur et j'ai presque hurlé, mais c'était Grace. Evie m'a dénoncée. Elle est un vrai serpent.

Grace était EXTRÊMEMENT *en colère, elle a dit que je ne devais pas plaisanter avec des pouvoirs que je ne comprenais pas. Elle a attrapé mon bras et j'ai crié, et c'est là qu'elle a vu la brûlure, là où j'avais posé la pièce de monnaie chaude. Elle m'a demandé ce que c'était, alors je lui ai raconté – Sinclair avait dit que le marquage ne faisait pas mal, mais j'avais essayé et ça faisait drôlement mal. Elle a beaucoup ri et elle a dit que* bien sûr, *ça faisait mal, Maître Sinclair mentait !!*

Après ça, elle était tout à fait gentille avec moi, elle m'a ramenée au lit et dit qu'on n'en parlerait pas à Maddy, et qu'elle prendrait le rhum pour que je n'aie pas d'ennui à cause de ça. Ensuite, elle est allée chercher une feuille d'aloès, elle l'a déchirée et elle l'a mise sur ma brûlure. Ça m'a VRAIMENT *soulagée, donc ça prouve qu'elle est une bonne sorcière.*

Mais quand je lui ai demandé si elle pourrait aller rechercher mon ombre dans l'arbre duppy, elle m'a dit non – PARCE QU'ELLE N'EST PAS LÀ-BAS.

Mais si l'arbre duppy n'a pas mon ombre, alors, où est-elle ? Il faut que je la trouve. Malgré tout ce que disent Maddy et le Dr Pritchard et Cameron Lawe, si je ne retrouve pas mon ombre, je mourrai.

Le sucre et les esclaves, le sucre et les esclaves. Un dîner de plus, aux plats trop compliqués, dans la chaleur étouffante. Avec le vent apportant cette odeur de rhum qui fait tourner la tête depuis la nouvelle usine, et l'inquiétude pour Sophie qui la ronge, au point de la faire hurler ou presque.

Sophie avait somnolé toute la journée ; elle disait qu'elle n'avait pas beaucoup dormi pendant la nuit. Madeleine avait fait venir le Dr Pritchard, qui avait déconseillé les poudres pour dormir chez quelqu'un de si jeune, mais avait prescrit à la place un plein verre à liqueur de cognac après souper.

Faites que ça marche, pensa Madeleine. Donnez une nuit paisible à Sophie, elle en a tant besoin.

Enfin, le dîner s'acheva. Grand-tante May posa ses mains sur ses genoux, promena le regard autour de la table et se leva. Peu après, Madeleine s'excusa en prétextant une indisposition et alla voir Sophie.

Le cognac n'avait pas marché. Sophie était pleinement éveillée et pâle à faire peur. Elle avait vu l'arbre duppy bouger.

Madeleine traversa la pelouse pour vérifier, puis revint et lui assura qu'il n'avait pas bougé d'un pouce. Comme preuve supplémentaire, elle cita le fait que ni Remus ni Cleo n'avaient aboyé. Et ils l'auraient fait, n'est-ce pas ? Eux qui étaient des chiens de garde, ils auraient sûrement remarqué une chose pareille.

Sophie reconnut que les chiens n'avaient pas aboyé et prétendit être rassurée.

Ce maudit, maudit arbre, pensa Madeleine. Au début de son arrivée à Fever Hill, quand on lui avait dit que cet étrange mastodonte étayé de partout était un fromager, elle en avait été étonnée et consternée. Il n'avait rien du miraculeux arbre de vie des histoires de sa mère. Il était sinistre, laid, si vieux que certaines branches avaient craqué sous leur propre poids et pourri sur place.

Mais, pour une quelconque raison, il perturbait profondément Sophie. Même le Dr Pritchard l'avait compris. Cela avait incité Madeleine à aller voir Jocelyn et à lui demander de faire abattre cette fichue chose. Mais, à son grand étonnement, il avait refusé.

« C'est pire que briser un miroir, lui avait-il dit, d'un air un peu gêné. Une éternité de malchance. Vous ne le saviez pas ? Bien sûr, ce n'est qu'un ramassis de sornettes, mais le fait est que les domestiques ne le supporteraient pas, ils partiraient tous. Voilà le problème. »

Elle tira la moustiquaire de Sophie, fit de la place sur le lit à côté de Pablo Grey.

— Qu'est-ce qui te ferait te sentir plus en sécurité ? demanda-t-elle. Tu voudrais déménager vers une autre partie de la galerie, d'où tu ne pourrais pas le voir ?

Sophie secoua la tête. Visiblement, ça ne ferait que rendre les choses pires – sans doute parce que, dans ce cas, l'arbre pourrait s'approcher d'elle sans bruit, par surprise.

— Alors quoi ? dit Madeleine gentiment.

Les doigts de Sophie, osseux et maigres, serrèrent drap et couvertures. On aurait dit qu'elle se demandait ce qu'elle était prête à révéler.

— Un sac de charmes pourrait me faire du bien, finit-elle par dire. Comme celui qu'Evie porte autour du cou. C'est Grace qui le lui a fait. Il y a de l'herbe des esprits dedans, et du romarin, et du madame-destin.

— Je t'en apporterai un demain. Je vais aller voir Grace.

Mais Sophie n'avait pas l'air convaincue.

— Je ne crois pas qu'elle en fera un pour une Blanche.

— Si, elle le fera, affirma Madeleine.

C'est le soir, et Grace prend le frais dehors sur ses marches, et tout va comme de la soie.

Elle a cuit du fufu pour le souper, et elle attend que les enfants rentrent à la maison après leurs travaux. Elle est en train de fumer une petite pipe, de boire un peu de tisane d'arbuste, avec dedans une goutte du rhum de Missy Sophie pour se réchauffer le sang.

Oui, Grace, elle se dit. Tout va comme de la soie.

Les moustiques bourdonnent, mais Grace s'en fiche, parce qu'ils n'aiment pas le goût qu'elle a. Et Patoo commence à faire hou-hou dans le vieux calebassier, mais alors elle lui dit juste de sortir de son fichu jardin, et il s'en va. Il n'est pas fou, ce Patoo.

Elle regarde autour d'elle et c'est tout propre, tout propre et plaisant à regarder. Les porcs et les poulets bien nourris ; une bonne barrière de bambou tout autour ; beaucoup, beaucoup de bons arbres dans son jardin : anacardier, goyavier, poirier alligator et manguier ; paw-paw, arbre à pain et cerisier de jardin au-dessus, près des tombes de mère Semanthe et de grand-mère Leah.

Et avec ça, elle a une bonne maison de pierre derrière elle. Deux pièces bien bâties qui datent de l'époque des esclaves, que grand-mère Leah a cimentées avec de la poudre d'os et de la mélasse, et de la cendre de la vieille grande maison qui avait brûlé pendant la révolte, tout ça avec une formule magique ou deux. Et au-dessus, elle a un bon toit bien pentu, en tiges de chaume que mère Semanthe a tressées. Pas de la camelote de canne qui dure seulement deux ou trois ans, puis qui tombe en pourriture toute noire ou qui brûle comme un rien.

Hmm. Pourquoi elle pense à sa famille, qui est morte

depuis longtemps ? Pourquoi ils se glissent dans sa tête en ce moment ? Mère Semanthe, Grace peut même pas dire qu'elle l'aimait bien, et pourtant c'était sa mère. Mais elle parlait toujours, elle parlait toujours de comment elle était née esclave. De comment elle travaillait dans une équipe de pickneys depuis l'âge de six ans, comment elle transportait des corbeilles de fumier vers les cannes ; et comment le jus de fumier brun et puant et piquant lui coulait toujours sur la tête, lui coulait dans les yeux – chaque année comme ça, jusqu'au Jour de la Liberté, où elle était devenue complètement aveugle.

Toutes ces histoires sur le temps de l'esclavage. Quand Grace était une petite fille, elle criait à sa mère : Pourquoi je devrais m'intéresser au temps de l'esclavage ? C'est fini, parti ! On est libres maintenant !

Et mère Semanthe disait : C'est jamais fini, ma fille. Tu le sais pas encore.

La Paix du Ciel !

Mais voilà, une drôle de chose arrive avec ça, quand Grace grandit et qu'elle devient une femme, elle se met à penser au temps de l'esclavage elle aussi. Et maintenant elle a trente-sept ans, et elle y pense de plus en plus. Tous ces sentiments noirs et confus bouillonnent dans sa tête, sur le temps de l'esclavage et mère Semanthe et le reste.

Un morceau de braise saute, Grace tend le bras et le repousse sous la marmite à charbon, et elle vérifie que les bananes cuisent bien.

Le révérend Mayeau, à l'église baptiste de Salt Wash, il lui dit : Grace, tu dois arriver à te débrouiller avec tes sentiments, sinon tu seras jamais libre.

Et elle essaye, elle essaye tout. La discussion sur la Bible, et le myalisme, et le revivalisme, et l'obeah. Elle essaye un amant noir, un amant blanc, un jaune, un brun, mais rien ne marche. Elle a toujours ces sentiments noirs et confus qui bouillonnent dans sa tête.

Peut-être qu'elle doit comprendre qui elle est, avant de comprendre comment elle doit vivre. Mais qui elle est ? Elle est négro, mocho, jamaïcaine, négresse, noire, congo et koromantyn, elle est toutes ces choses-là. Mais elle ne sait toujours pas *qui* elle peut fichtrement bien être.

Les seules fois où ces sentiments s'en vont, tout confus et mélangés, c'est quand elle regarde Evie et Victory.

Elle les élève droit et sévère et ils poussent vite, comme des petits arbustes d'amour qui grimpent sur la maison. Ils ont la peau lisse et brune, et les yeux brillants et noirs comme des graines d'ackee.

Grace se penche en arrière, souffle des ronds de fumée dans le ciel. Remonte-toi un peu le moral, Gracie, ma fille. Les choses pourraient être pires. Tu as deux beaux enfants. Tu as la meilleure maison du village. Bon sang, tu as la seule fichue vraie maison dans le village !

Ça la fait toujours bien rire quand elle pense à ça.

Elle rit toujours quand les poulets commencent à se disputer, et alors elle voit une silhouette qui descend le chemin de l'aqueduc. Qu'est-ce que c'est ? La Paix du Ciel. C'est Miss Maddy qui marche vite, vite, avec ses jupes qui traînent derrière elle comme une queue de poisson. Qu'est-ce qu'elle peut bien venir faire par ici ?

Grace n'aime pas Miss Maddy. Oh, elle parle gentiment, elle a l'air toute douce et fragile, comme toutes les femmes buckras. Mais elle est différente. Elle cache quelque chose, et Grace peut pas comprendre quoi.

Et pour le moment, elle a de l'inquiétude dans la tête, Grace le voit tout de suite. Elle est comme un morceau d'élastique trop tendu, comme si elle avait des ennuis dans la tête et dans le cœur.

— Vous vous promenez tard, Miss Maddy, dit Grace en se levant.

Elle lui parle avec respect, mais pas *trop* de respect. Peut-être qu'elle est seulement une domestique, et Miss Maddy une dame de la haute société – mais ici, Miss Maddy est chez Grace, dans son jardin à elle.

— Je n'ai pas beaucoup de temps, dit Maddy. Je dois rentrer, m'habiller pour le dîner.

Voyons, pense Grace, pourquoi diable Miss Maddy a fait tout ce chemin ce soir jusqu'en bas de la colline ? Alors qu'elle pouvait faire venir Grace, dans la maison de Maître Jocelyn, quand elle le voulait ? Grace a été là-haut, au lavoir, toute la fichue journée.

Puis Grace se dit, hmm. Peut-être que Miss Maddy veut pas que son mari le sache. Ce Maître Sinclair avec sa bouche en cul-de-poule et ses manières de sournois. Cho ! Le voir se pavaner chez Maître Jocelyn comme s'il était le roi là-bas, ça lui donne envie de cracher par terre à Grace.

— J'ai besoin que vous fassiez quelque chose pour moi, lui dit Maddy.

— Je sais, ma'ame, dit Grace.

— J'ai besoin que vous me fassiez un de ces petits sacs de charmes, comme ceux que portent vos enfants.

Grace jette un regard vide à Maddy.

— Je sais pas, ma'ame.

— Si, vous savez. Un petit sac avec du romarin, de l'herbe des esprits et de la madame-destin. Et sans doute d'autres choses encore.

Maintenant, Grace est soupçonneuse. Comment Miss Maddy sait une chose pareille ?

— Vous me faites marcher, Miss Maddy, elle dit. Des remèdes de Noirs pour une dame buckra ? Cho !

— Je vous payerai un shilling.

— Oh, je sais pas, ma'ame, répète Grace.

Mais dans sa tête elle se dit, hmm. Les Blancs appellent toujours la magie des Noirs de la « sorcellerie » et disent que c'est mal. Mais eux, pendant ce temps, ils font leur magie à eux ! Ils transforment le vin en sang, et ils mangent Dieu Lui-même tous les jours du Seigneur ! Et maintenant, cette dame buckra, elle veut un peu de la magie des Noirs en plus. Grace, elle trouve ça très bizarre. Elle dit encore une fois :

— Je sais pas, ma'ame.

— Ce n'est pas pour moi, dit Maddy. C'est pour Missy Sophie.

— Pour Missy Sophie, ma'ame ?

Elle hoche la tête, et Grace crache par terre.

— Cette enfant, elle est malade, ma'ame. Elle est toute faible. Il lui faut du thé fort, et peut-être un bain d'arbuste. Après, elle va mieux.

— Peut-être. Mais pour le moment, elle pense qu'elle a besoin d'un sac de charmes. Vous lui en ferez un ?

Grace avale sa salive, réfléchit un moment. Tous les buckras sont pas mauvais. Maître Cameron et le vieux Maître Jocelyn, et aussi la pauvre Miss Clemmy. Et cette petite Missy Sophie, elle est très bien aussi. Bien sûr, elle est toujours en train de faire du bruit, comme si ça lui faisait mal, le silence pendant un moment. Elle arrête pas de parler comme un vrai moulin, ou alors elle chante, ou elle discute avec cette mule en peluche qu'elle a. Mais elle est pas mauvaise, elle est bien. Grace dit :

— Je vais penser un peu à ça, ma'ame.

— Pensez-y vite, dit vivement Maddy.

Grace tire sur son fichu, décide de s'amuser un peu.

— Vous venez de l'étranger, ma'ame, mais vous comprenez bien le patois, j'ai remarqué ça. Je connais des dames buckras, elles vivent ici depuis longtemps, jamais elles l'ont compris si bien que vous.

Miss Maddy rougit, comme si on l'avait découverte. Elle cache quelque chose, sûr comme le péché.

Grace tire une bouffée de sa pipe.

— Vous apportez des ennuis dans la maison, Miss Maddy. Vous êtes pas qui vous dites.

La main de Miss Maddy se crispe, mais elle détourne pas les yeux. Elle se laisse pas facilement effrayer, c'est un fait. Elle dit :

— Vous êtes impertinente, Grace. Vous devriez surveiller votre langue.

Grace tire une autre bouffée de sa pipe, décide de s'amuser encore un peu.

— Vous comprenez le patois, répète-t-elle. Et moi je parle buckra, vous savez.

Elle se redresse et dit en imitant l'accent des Blancs :

— C'est-à-dire, quand j'en ai envie, n'est-ce pas...

Puis elle éclate de rire.

— Maître Cameron m'a appris.

Mais regardez-moi ça, qu'est-ce qui se passe ? Dès que Grace a dit le nom du soldat, Miss Maddy elle a ouvert la bouche comme si elle avait une idée tout d'un coup, et qu'elle l'aimait pas. C'est quoi cette histoire ?

Puis Grace devine. Miss Maddy, elle est en train de découvrir que le mariage, ça a des dents et que ça mord, même fort. Et peut-être que ce vieux charme de Grace a marché sur Maître Sinclair, qu'il lui a noué sa virilité, alors il est fâché et il dit que c'est sa faute à elle, comme les hommes font toujours quand ils peuvent. Et Miss

Maddy elle est jeune, et son sang il parle fort chez elle, même si elle s'en rend pas encore bien compte. Et elle aime pas l'idée de Gracie McFarlane et du soldat ensemble. Et peut-être, peut-être aussi qu'elle a un œil sur le soldat.

Sûr et certain, Miss Maddy regarde Grace comme si elle voulait lui demander autre chose là-dessus, mais elle peut pas, parce qu'elle est trop fichtrement fière pour ça.

— Un shilling, répète-t-elle, avec sa voix brusque et rapide. Apportez-moi le charme demain. À moi et à personne d'autre. Faites-le pour Missy Sophie.

— On verra ça, ma'ame, dit Grace.

Elle regarde Miss Maddy partir, et elle pense : d'accord. J'apporte le charme demain pour la petite fille, alors peut-être son sang s'épaissit, et elle va un peu mieux.

Mais vous, Miss Maddy, il faut vous méfier. Gracie McFarlane et Maître Cameron, ils vont chacun de leur côté depuis très longtemps, mais Gracie continue à faire attention à lui.

Lui faites pas d'ennuis, Miss Maddy. Ou moi je vous ferai des ennuis à vous.

Chapitre dix-huit

Extrait de la *Pall Mall Gazette*, 22 mars 1884 (dans les dossiers personnels de Mrs Olivia Herapath) :

… Aucun incident à la bataille de Tamai ne fut plus pénible que celui qui a suivi la mort du major Alasdair Falkirk, officier courageux et maintes fois décoré qui a été tué par les derviches dans les minutes qui ont suivi l'engagement. Peu après la chute du malheureux héros, le capitaine Cameron Lawe, un officier subalterne, a été vu fouillant les poches du mort et en tirant une feuille de papier, qu'il a immédiatement détruite.

Le capitaine Lawe a, depuis, refusé d'expliquer sa singulière conduite, ni même la nature de l'altercation qu'on avait vue opposer les deux hommes la veille de la bataille.

Quel était ce papier qu'il a détruit ? Un billet à ordre ? Une lettre de femme ? Nous ne le saurons jamais, car le capitaine Lawe persiste dans son silence – on dit qu'il a lourdement pesé contre lui, à l'occasion de sa récente comparution devant le tribunal militaire…

Compte rendu du procès devant le tribunal militaire général tenu à Fort Euryale, Suakin, le 18e jour de mars 1884, sur la personne du capitaine Cameron Anthony Lawe, 61377, 25e Royal Écossais :

... Tout le temps de ce procès, vous avez continuellement, je dirais délibérément, refusé toute assistance pour votre défense, et plaidé coupable des charges dont vous êtes accusé. Pour la dernière fois, souhaitez-vous modifier votre défense ?

Prisonnier : *Non.*

Officier procureur : *Souhaitez-vous apporter des explications quant à la nature de l'altercation entre vous et le défunt ?*

Prisonnier : *Non.*

Officier procureur : *Souhaitez-vous apporter quelque explication utile à votre défense ?*

Prisonnier : *Non.*

Officier procureur : *Souhaitez-vous exercer votre droit de faire subir un contre-interrogatoire aux témoins de l'accusation ?*

Prisonnier : *Non.*

Officier procureur : *Souhaitez-vous apporter des explications quant à votre personnalité ?*

Prisonnier : *Non.*

Officier procureur : *Souhaitez-vous exercer votre droit de vous adresser à la cour ?*

Prisonnier : *Non.*

Officier procureur : *Souhaitez-vous apporter des explications susceptibles de vous valoir les circonstances atténuantes ?*

Prisonnier : *Non.*

Madeleine referma le dossier de maroquin bleu de Mrs Herapath et le rattacha avec le ruban de satin rose.

Elle tenta d'imaginer le tribunal militaire, la salle à l'air raréfié dans le petit fort, à Suakin. Elle pouvait presque entendre Cameron Lawe exaspérer le procureur avec ses réponses brusques, inutiles. Appelant sur lui délibérément, voire obstinément, les foudres de l'armée. Comme s'il se désintéressait de ce qui allait advenir de lui.

Elle se massa les tempes. Que faisait-elle ici, assise sur le canapé de Mrs Herapath, avec sur les genoux ce dossier de coupures de presse soigneusement rassemblées ? À quoi cela servait-il ? Qu'espérait-elle y trouver ?

Elle ne savait pas. Tout ce qu'elle savait, c'était que depuis plusieurs semaines, depuis qu'elle l'avait vu au cimetière, elle s'était trouvée à repasser maintes fois dans son esprit chaque mot, chaque expression, chaque regard échangé entre eux. Il avait été si honnête avec elle ; jusqu'à la fin, alors que visiblement chaque minute de l'interrogatoire qu'elle lui avait fait subir lui avait été des plus pénibles. Et il n'avait rien fait pour se montrer sous une lumière favorable.

Voilà pourquoi, peut-être, elle était ici maintenant. Parce que, curieusement, elle sentait qu'elle le lui devait : découvrir la vérité derrière les faits nus et bruts qu'il lui avait énoncés.

Et, pour être honnête, il y avait aussi une autre raison. Peut-être qu'en parlant avec Mrs Herapath elle saurait si lui et Grace étaient amants.

— Eh bien ? dit Mrs Herapath, la ramenant au présent. Qu'en pensez-vous ?

Madeleine rougit, heureuse que son interlocutrice ne puisse lire dans son esprit.

— Ce que j'en pense ? Je crois… qu'il a gardé le silence pour protéger Ainsley. C'est la vérité, n'est-ce pas ? Pour que le monde ne sache pas qu'Alasdair Falkirk, « l'officier courageux », était en fait Ainsley Monroe, l'homme qui avait abandonné sa femme.

— Et est-ce que cela n'a pas marché magnifiquement ? demanda Mrs Herapath, en lui tendant une tasse de thé.

Heureusement, elle n'était pas en train de « réincarner » cet après-midi – elle traversait, avait-elle expliqué à Madeleine, « une petite période de calme ».

— Mais tout de même, reprit la jeune femme, les gens ont dû deviner qu'Alasdair Falkirk était Ainsley Monroe, non ? Je veux dire les gens à la Jamaïque. Ce n'est pas si opaque que cela. Le nom de Falkirk est dans la famille depuis cette bataille au XIIIe siècle.

— Oh, quelques-uns ont sûrement deviné, mais la question n'est pas là. L'important, c'est que Cameron a permis aux gens de se comporter *comme s'ils* n'avaient pas deviné.

Madeleine la regarda engloutir brusquement un petit pain beurré à la confiture de goyave. Toutes ces règles, pensa-t-elle. Mais ce n'étaient pas *ses* règles. Elle était née en dehors. Elle se sentait comme une intruse dans une tribu d'étrangers.

Avec son index, elle traça un cercle sur le dossier de maroquin bleu.

— Et cette feuille de papier qu'il a prise sur le… sur le corps. Qu'est-ce que c'était ? Vous le savez ?

— Une lettre de Clemency, murmura Mrs Herapath à travers une bouchée de son petit pain. Accordant l'absolution à Ainsley, si l'on peut dire.

Comme ça ressemblait à Clemency, songea

Madeleine. Clemency avec ses petits rires oppressés, et ses saisissants accès de franchise.

« Oh ! Je n'aimais *pas du tout* être mariée, lui avait-elle confié une fois. Mais *j'adorais* être avec un enfant. Je me sentais si *importante...* »

Et comme ça ressemblait à Cameron, d'avoir gâché sa carrière et son nom pour l'honneur de la famille qui l'avait élevé. Ça paraissait un geste d'une autre époque. Du même coup, Madeleine se sentait plus étrangère que jamais, et obscurément en colère contre lui, aussi. Après tout, c'était en elle que le sang des Monroe coulait – et pourtant c'était lui, le fils adoptif, qui s'était comporté de façon honorable. Comme un rappel gênant qu'elle était non seulement une bâtarde, mais une menteuse, couverte de honte jusqu'au bout des ongles.

— Comment savez-vous tout cela ? demanda-t-elle en remuant son thé.

— Parce que Cameron me l'a dit, bien sûr. Quelques mois après la mort d'Hector.

Le regard de Mrs Herapath erra jusqu'à la photographie, sur le bureau, et elle secoua la tête.

— Une période désespérée. Désespérée. Mais ce charmant garçon venait de ses collines chaque semaine, juste pour me voir. Il était le seul que je pouvais supporter. Il ne larmoyait pas. Nous nous asseyions simplement, nous fumions et nous parlions d'Hector. Il était si tonique, et avec cette voix éclatante qu'il a...

Une rougeur lui monta aux joues, elle cligna rapidement des yeux.

— Vous savez, j'ai toujours pensé qu'il m'avait raconté son histoire comme une sorte de *distraction*. Pour « me faire sortir de moi-même », comme disent les femmes de chambre. Et ça a marché magnifiquement. Parce que, bien sûr, dès qu'il m'a eu raconté l'essentiel, j'ai eu envie de connaître tous les détails. C'est pour cela que j'ai fait venir les comptes rendus.

Tel qu'elle le racontait, on aurait pu croire que les comptes rendus des procès militaires s'obtenaient aussi facilement qu'un catalogue de vente par correspondance – ce qui était probablement le cas quand on était fille de baron.

— Mais je ne comprends toujours pas, dit Madeleine. Pourquoi Jocelyn ne veut-il pas le voir ? Lui sûrement, lui entre tous, a dû deviner pourquoi Cameron a agi ainsi.

— Oh, sans aucun doute.

— Alors, pourquoi ?

Mrs Herapath étira ses longs doigts.

— Une disgrâce est une disgrâce, ma chère. Renvoyé avec ignominie. Incarcéré. Ce n'est guère le genre de carrière que Jocelyn avait prévue pour lui.

— Mais Cameron a fait ça pour le préserver ! Je n'arrive pas à croire que même Jocelyn…

— Croyez-le, pourtant, ma chère. Il y a du granit dans le vieil homme.

Peut-être, songea Madeleine, Cameron avait-il eu raison dans ce qu'il avait dit au cimetière. *Certaines personnes ont besoin d'indignation dans leur vie. Ça les aide à occulter ce qu'elles ont peur d'affronter.*

Et c'était vrai que personne, dans le nord de l'île, ne semblait vouloir se souvenir d'Ainsley ni de Rose. Cameron lui-même n'aimait pas parler d'eux. Elle repensa à son visage au cimetière, crispé, quand elle l'avait interrogé.

Même Mrs Herapath, tout en déclarant qu'elle avait adoré Rose, avait effacé toute trace d'elle dans son petit salon, aux murs si remplis de photos. Plus tôt cet après-midi-là, elle avait dit à Madeleine qu'elle avait détruit toutes celles de Rose. Elle avait été si en colère, expliquait-elle, si en colère et déçue.

Cela avait rappelé à Madeleine cousine Lettice brûlant les photographies de sa mère dans la cheminée à Cairngowrie House ; et aussi Jocelyn retournant la pierre tombale de son fils. Comme si tous croyaient qu'en détruisant l'image ou le nom gravé ils pouvaient d'une certaine manière effacer la personne.

Elle baissa les yeux sur le dossier sur ses genoux. Étrange. Elle s'était attendue à ressentir la vieille colère familière envers ses parents : après tout, ici, il y avait encore une autre vie qu'ils avaient réussi à détruire. À la place, elle n'éprouvait que pitié et désarroi.

— Je suppose, dit-elle, que rien de cela ne serait arrivé si Ainsley n'avait pas épousé Clemency. Mais, d'après ce qu'elle m'a raconté, il n'était pas amoureux d'elle, ni elle de lui. Alors, pourquoi se sont-ils mariés ? Pourquoi se sont-ils mariés s'ils ne s'aimaient pas ?

Mrs Herapath pouffa de rire.

— Ma chère ! Quelle question étonnamment naïve…

Madeleine rougit.

— Rappelez-vous, Ainsley n'avait même pas vingt ans. Je crains fort que ce pauvre cher Jocelyn ne l'ait pratiquement obligé à le faire.

— Obligé ? Je… je ne savais pas.

— Non ? (Elle haussa les épaules.) Mais vous ne devez pas blâmer le vieil homme. Il croyait sincèrement agir pour le mieux. Et il agissait pour le mieux.

— Mais pourquoi voulait-il que son fils épouse une Traherne ? Il déteste les Traherne.

— Bien sûr que oui. Nous les détestons tous. Mais ils sont quand même infiniment préférables aux Durrant.

— Les Durrant… Je ne comprends pas.

— Parce que, ma chère, s'il n'y avait pas eu ce mariage avec Clemency, Ainsley et Rose se seraient enfuis pour se marier.

— *Enfuis pour se marier ?* Mais… je croyais que la liaison avec Rose avait commencé après son mariage avec Clemency…

— Grands dieux non ! Ainsley et Rose étaient amoureux depuis l'enfance.

On frappa un coup à la porte, puis Etheline entra avec de l'eau chaude supplémentaire et des petits pains. Madeleine, saisie de vertige, regarda Mrs Herapath lui prendre le plateau des mains, la remercier, puis attendre qu'elle soit repartie. Le tout avec cet air d'attention en suspens qu'arborent les gens quand ils sont impatients de reprendre le fil d'un bavardage passionnant.

Elle offrit un petit pain à Madeleine, puis en prit elle-même un autre.

— 1866, dit-elle en tendant la main vers l'assiette de beurre. C'est l'année où ils se sont rencontrés. Oh ! bien sûr, ils s'étaient déjà rencontrés avant, des dizaines de fois même. Mais c'était la première fois qu'ils se *voyaient* vraiment l'un l'autre, si vous me comprenez. Dans la grande maison de Fever Hill, pour la fête costumée du 26 décembre.

— Vous y étiez ?

— Tout le monde y était. Ça peut paraître difficile à croire aujourd'hui, mais à l'époque Jocelyn était plutôt sociable.

Elle s'interrompit pour beurrer son petit pain et réveiller ses souvenirs.

— Ainsley est arrivé en retard, si je me rappelle bien. Il a fait plutôt sensation dans son costume. Le fantôme de Banquo, entièrement blanc, extrêmement frappant. Et dans la salle de bal, il y avait Rose en une sorte de signorina, je crois. À mon avis, c'était fait de bric et de broc, avec juste des restes du placard à vêtements de sa grand-mère, parce qu'ils n'avaient jamais d'argent ou presque. Mais elle était *vraiment* charmante. Ils devaient avoir… quoi, seize ans ? Si terriblement jeunes, dit-elle en secouant la tête.

Sur un rayon de la bibliothèque, la pendule de bronze sonna cinq heures et demie. Dehors, sur la place, un vendeur ambulant passa en criant : « Poires à point qui passent ! Poires à point ! Poires à point ! »

Le regard de Mrs Herapath revint au portrait d'Hector.

— Je dois dire que je me sentais plutôt désolée pour eux, reprit-elle. Vous savez comment c'est, quand on tombe amoureux pour la première fois. Comme si un courant vous entraînait, tout simplement. On ne peut pas y échapper, on ne peut pas nager contre lui. Tout ce qu'on peut faire, c'est le suivre, en espérant qu'on ne s'y noiera pas.

Madeleine ne répondit pas. D'un geste précautionneux, elle reposa sa tasse à thé sur la petite table à portée de sa main.

— Mais, s'ils étaient tellement amoureux, finit-elle par dire, pourquoi Jocelyn ne les a-t-il pas laissés se marier ?

L'expression songeuse disparut du visage de Mrs Herapath.

— Avec une Durrant ? Deux cents ans de divorces, de *crimes passionnels* [1] et Dieu sait quoi encore ? Oh ! non, ma chère. Ça n'était pas possible.

— Mais, d'après ce que j'ai entendu dire, il n'y a pas

1. En français dans le texte. *(N.d.T.)*

de famille dans le Nord qui n'en ait eu sa part. Y compris les Monroe.

— Il y a souvent des accrocs, bien sûr. Mais le problème avec les Durrant, c'est qu'ils allaient toujours *trop loin*.

Ce fut au tour de Madeleine de se reporter au passé. Elle se rappela son père disant quelque chose de similaire à sa mère, pendant une de leurs disputes passionnées.

Elle revint à Mrs Herapath.

— Avez-vous jamais correspondu avec Rose ? Je veux dire, après son départ pour l'Angleterre ?

Mrs Herapath sembla indignée.

— Grands dieux, non !

— Mais je croyais qu'elle était votre amie ?

— Elle l'était. Mais elle a renoncé à cela, comme au reste, quand elle s'est enfuie avec Ainsley.

Un silence gênant s'ensuivit ; Mrs Herapath déplaça légèrement le sucrier sur la droite, puis le ramena.

— Elle connaissait les règles, Madeleine. Mais elle ne les a pas respectées. Ç'a toujours été son erreur. Elle aurait parfaitement pu continuer à le voir après son mariage avec Clemency, du moment qu'ils étaient discrets. Ça arrive tout le temps et personne n'en fait un drame, parce que personne n'est forcé de savoir. Mais Rose, elle ne pouvait pas se contenter de ça. Il fallait qu'elle s'enfuie avec lui, qu'elle nous empêche tous d'ignorer.

Donc, c'était là son vrai crime, pensa Madeleine. Non de ne pas avoir respecté les règles, mais de ne pas les avoir respectées d'une manière telle qu'il était impossible de l'ignorer.

Ça lui parut étrange que Mrs Herapath pût réserver tout son opprobre à Rose. Comme si, dans de telles affaires, l'homme n'était qu'une victime passive, et la femme la seule coupable.

Pour la première fois depuis dix ans, elle ressentit de la pitié pour sa mère. Quelle terrible punition, que d'être ainsi coupée de tous ceux qu'elle avait connus, exilée de cette île si belle, luxuriante, délabrée, romantique, où elle avait passé sa jeunesse. Après la Jamaïque, Cairngowrie House avait dû lui sembler si morne…

Elle regarda Mrs Herapath qui beurrait un autre petit pain avec une sorte d'avidité féroce.

— Elle vous manque toujours ?

— Non, répondit-elle sèchement.

Il y eut un nouveau silence embarrassant, puis Mrs Herapath s'exclama :

— C'est juste si dommage que toute cette fichue confusion ait dû s'abattre sur Cameron. Quel gâchis ! Un garçon séduisant comme lui.

Elle retira une miette de son genou, fronça les sourcils.

— Il faut que vous soyez prudente à cet égard, ma chère.

— Qu'est-ce que vous voulez dire ? demanda Madeleine, surprise.

— Ce soudain intérêt pour les articles et le reste. Je ne sais pas si tout cela est très opportun.

Elle se sentit rougir.

— C'est vous-même qui avez suggéré que je devais en apprendre plus sur la famille.

— Ce n'est pas ce que je voulais dire.

— Mais il est de la famille, non ? Je ne vois pas le mal.

— Pour ça, faites-moi confiance. Je sais le voir.

Le dix-neuf juillet

Evie a découvert où est mon ombre. En échange de mon crucifix, celui que cousine L. m'avait donné quand j'ai été confirmée, elle est allée demander à beaucoup de Noirs (pas Grace, bien sûr), et elle a fini par apprendre que mon ombre est dans la serre – où je ne peux pas aller. J'avais pensé qu'elle était là-bas, parce que la serre est pleine de duppies, puisque c'était autrefois un hôpital d'esclaves.

Victory a proposé d'aller la chercher pour moi. Il a dit que ce serait plus sûr s'il y allait, parce que moi, je ne serai peut-être pas capable de tenir les duppies à distance. Je pense que c'est SI *brave de sa part, mais bien sûr j'ai dit non. Victory n'a que six ans, ça ne serait pas juste. En plus, il ne saurait pas quelle ombre est la mienne.*

Malgré ce que dit Evie, je parie que je peux aller jusqu'à la serre toute seule. Maintenant, je peux très bien aller partout sur mes béquilles ; et je n'aurai pas à monter tout en haut de la colline, parce que Victory dit qu'il y a un sentier qui en fait le tour, si on sait bien où regarder. Ça sera beaucoup plus facile. Et comme protection, j'ai le petit sac de charmes que Grace a fait pour moi, et Victory m'a apporté un peu de romarin en plus, que j'ai mis dans un verre d'eau près de mon lit. Mais j'aimerais bien avoir aussi mon crucifix.

La meilleure heure pour y aller, ça sera très tôt le matin, quand personne n'est réveillé et que les duppies sont encore endormis. Le matin après le bal des Traherne sera le mieux, parce que alors tout le monde restera au lit très tard.

Dehors, sur les pelouses, Remus aboya deux fois, puis se tut.

Sophie cessa d'écrire, tira la moustiquaire. Elle baissa la lampe et le clair de lune entra à flots à travers les jalousies cassées. Les pelouses étaient claires et argentées ; l'arbre duppy était une colonne d'ombre, avec ses grands bras étendus.

Sophie écouta pendant un long moment encore, mais Remus ne se remit pas à aboyer. Tout ce qu'elle entendait, c'étaient les grillons, le lointain chant de Patoo, et le lent craquement du plancher de grand-tante May, qui marchait dans la galerie du haut.

Sophie se demandait si elle aurait le courage d'affronter la serre toute seule. Cet après-midi, quand elle en discutait avec Victory, ça n'avait pas l'air trop impressionnant ; mais là, dans le noir, ça paraissait impossible.

Tandis qu'elle y réfléchissait, un cri aigu résonna à travers la maison endormie. *Je ne peux pas ! Je ne peux pas !*

Sophie retint son souffle, puis elle tira les draps jusqu'à sa bouche et attendit ; mais le cri ne recommença pas.

Quelqu'un avait eu un cauchemar. Elle ne pouvait pas dire qui c'était, sauf que c'était une voix d'adulte. Un adulte qui avait eu un cauchemar, une idée terrifiante. Elle n'avait jamais pensé que les adultes pouvaient être effrayés comme cela.

— Je ne peux pas ! Je ne peux pas !

Sinclair s'effondra à côté de sa femme puis roula sur le dos ; il resta là en frissonnant, le regard dans le vide. Au bout d'un moment, il souffla profondément.

— Ça ne peut pas continuer comme cela, dit-il.

Sa femme se souleva sur un coude pour le regarder.

Son visage était grave, mais il savait qu'à l'intérieur elle riait de lui. Pourquoi riait-elle toujours de lui ?

Il s'assit, se remplit un verre d'eau à la carafe sur la table de nuit. Le chloral le rendait amer, mais il le vida avec un frisson reconnaissant.

À la lueur de la veilleuse, sa femme avait une beauté malsaine ; il sentit encore dans ses reins l'attirance profonde et sale qu'il avait pour elle. Il avait envie d'elle, mais chaque fois qu'il essayait de la prendre, il n'y arrivait pas. Ses chairs fléchissaient. Sa peau le picotait de terreur.

C'était entièrement sa faute à elle. Parfois, quand il était seul, il prenait une de ses chemises dans la penderie et la pressait contre son visage. Et toujours, en dessous de l'odeur laiteuse de sa peau, il percevait ce léger parfum impur : l'odeur du sang. Peu importait combien de bains elle prenait. Il sentait toujours ce parfum-là maintenant.

Pourquoi Dieu le punissait-Il ? Pourquoi cette affliction le frappait-elle, lui, un homme innocent ?

Il avait été si plein d'espoir, au début, quand il s'était marié. Sans doute, s'était-il convaincu, seule la sœur mourante était affectée dans la famille, et sa femme était presque pure – ou du moins, suffisamment pour porter son enfant.

À côté de lui, elle se rallongea sur les oreillers.

— Tu devrais essayer de dormir un peu, lui dit-elle, la voix faussement gentille.

— Quelle idée originale ! répondit-il d'un ton sec.

Elle l'ignora.

— Peut-être, si tu arrêtais de prendre le chloral pendant un moment…

— Si j'ai besoin d'un avis médical, je consulterai le Dr Pritchard.

Il se tourna sur le côté, pour ne pas avoir à la regarder.

— Bonne nuit, Sinclair, dit-elle.

Il ne répondit pas.

Longtemps après qu'elle se fut endormie, il était allongé, regardant la faible lueur de la veilleuse à travers la gaze. Elle semblait si pure, si spirituelle. Pas étonnant que sa femme la déteste. Elle disait que ça la dérangeait d'avoir un pot de lucioles en train de mourir doucement dans la nuit.

Il regarda fixement la lumière douce et vibrante, et attendit que le chloral l'emporte.

Quand il se réveilla, il était trempé de sueur, et vibrant d'un désir si fort que c'en était douloureux.

L'aube était presque levée, les lucioles étaient mortes. Il était étendu sur le dos, se demandant que faire. Ça devenait insupportable.

Finalement il se glissa hors du lit et gagna la penderie, en se déplaçant doucement pour ne pas réveiller sa femme. Il avait besoin d'être seul, de prier. Il avait besoin de s'éloigner d'elle.

Il traversa les pelouses et commença à grimper la colline. Le ciel s'éclairait à l'est quand il en atteignit le sommet ; en dessous de lui, Fever Hill sommeillait encore dans la brume matinale. Il inspira une grande bouffée d'air pur et frais, et un peu de sa tension se relâcha.

C'est cela qui importe, songea-t-il, tout en promenant les yeux sur son héritage. Pas une femelle souillant ton lit, mais ceci.

En dessous de lui, il y avait la grande maison ; puis, au-delà, la nouvelle usine et Clairmont Hill, et les ruines de la vieille usine, et les champs de canne d'Alice Grove tout le long de la route. À l'ouest, c'étaient les champs de Glen Marnoch, la vallée de la Reine d'Espagne et les lointaines usines de Caledon. Au sud-ouest, on apercevait les pâturages au flanc de Corner Pen, et les cimes des arbres de Providence ; au sud-est, les luxuriants champs de jeune canne de Bellevue, Greendale et Bamboo Walk, qui allaient jusqu'à la Martha Brae. Jusqu'à la lisière d'Eden.

Eden. Comme toujours, la pensée de son frère fit monter un relent d'amertume en lui.

C'était le sentiment d'injustice qui le taraudait. Lui, Sinclair, était le beau, le pieux, celui qui méritait les éloges. Et pourtant, juste parce qu'il était né quelques années plus tard, rien de tout cela ne comptait. Malgré le tribunal militaire, l'incarcération, la disgrâce, les gens respectaient plus son frère qu'ils ne le respectaient, lui. Les hommes mesuraient leurs actes à ceux de Cameron, les femmes recherchaient sa protection et son attention. Aujourd'hui encore, il manquait à Clemency, May avait peur de lui, et Jocelyn l'aimait davantage. Et pourquoi ? Simplement parce qu'il était le plus âgé.

Un coup de vent lui rafraîchit le visage. Il ferma les yeux. Calme-toi. Calme. *Caïn tua Abel et fut banni, et Seth, le troisième fils d'Adam, trouva grâce aux yeux du Seigneur, et de ses reins tous les hommes sont sortis.*

Tu recevras ton héritage.

Il imagina ce jour exactement comme il l'avait fait quand il était enfant, que grand-tante May lui avait lu pour la première fois l'histoire de Caïn, d'Abel et de Seth. Il monterait un cheval blanc le long de l'allée du domaine et les gens s'aligneraient pour le saluer. Son frère serait sans ressources et sans amis, mais Sinclair se pencherait et lui tendrait une main charitable. Peut-être.

Déjà le soleil dissipait la brume, les oiseaux commençaient à pépier. Mais il n'était pas encore prêt à rentrer. Il ne pouvait continuer à affronter la même torture. Avoir envie d'elle, et être dégoûté d'elle ; la sentir qui minait sa force, qui le privait de sa virilité.

Il se retourna et entreprit de redescendre l'autre flanc de la colline.

Il marchait sans rien voir, mais au bout d'un moment une odeur nauséabonde, de pourriture, le ramena à la réalité ; il vit qu'il avait atteint les ruines du vieil hôpital d'esclaves. Il se trouvait dans un petit vallon humide et frais, ombragé, où des arbres à grandes feuilles et des charmes de Caroline masquaient le ciel. Les serres d'un figuier étrangleur étouffaient les murs de pierre à demi écroulés ; le chant des grillons s'élevait puis retombait comme une houle – la houle d'une mer épaisse et sale.

Devant lui se trouvait la cellule sans fenêtre où l'on isolait les esclaves les plus malades. Sa porte en bois de balata restait fermement ancrée dans ses gonds.

Une fois, quand il avait huit ans, il avait enfermé son frère par surprise à l'intérieur de cette cellule. Son but avait été de l'effrayer, mais cela avait échoué. Cameron s'était mis tellement en colère que ses cris avaient attiré un aide-jardinier, qui l'avait libéré, et Sinclair avait dû courir chercher protection auprès de grand-tante May.

C'est Cameron qu'elle avait demandé à Jocelyn de battre, pour le punir d'avoir effrayé son jeune frère.

Tandis que ses yeux s'habituaient à l'obscurité, il remarqua une plante qui poussait sur le seuil de la cellule. Ses grandes feuilles brillantes étaient mouchetées de gris pâle et terne, comme une affreuse maladie. C'est ce que les Noirs appellent le bâton-muet, songea-t-il ; quelques gouttes de son jus laiteux versées sur la langue d'un esclave récalcitrant provoquent des heures d'une atroce douleur.

Une nouvelle fois, il sentit le petit coup sale et sombre dans ses reins. C'était comme si cette mauvaise chose l'appelait.

Personne ne franchit ce seuil, murmurait-elle. *Même*

les Noirs ne s'aventurent pas à l'intérieur, par peur de leurs mauvais esprits païens. Mais toi, tu n'as pas à avoir peur, car tu es un Blanc. Tu peux pénétrer dans cette obscurité. Et là, tu peux soulager l'intolérable pression qui augmente en toi.

Il sentit la sueur couler sur son front, sa respiration se précipita. Tu pourrais le faire, pensa-t-il, et personne ne le saurait jamais.

Peut-être, mais Dieu saurait. *Et Dieu*, comme le lui disait autrefois grand-tante May, *a un œil spécial pour ce qui est fait dans le noir.*

Il se retourna et courut, trébuchant dans les broussailles, soulevant des nuages de moucherons, effarouchant des colombes rousses, déchirant ses vêtements. Il ne s'arrêta pas avant d'être revenu en haut de la colline.

— Qu'est-ce que je vais faire ? murmura-t-il au ciel vide. Pourquoi m'as-Tu donné cette femme et maintenant me refuses-Tu un fils ? Comment vais-je entrer en possession de mon héritage ? Aide-moi ! Car je suis innocent !

Aucune réponse ne lui parvint.

Il regarda en bas, vers la grande maison, et conçut une soudaine horreur de ce que sa vie était devenue. Bientôt, il devrait retourner là-bas, prendre un bain, se raser, s'habiller, et s'asseoir au petit déjeuner en face de cette créature moqueuse et désobéissante, qu'il avait la malchance d'avoir épousée.

Pourquoi les femmes existent-elles ? se demanda-t-il. Des créatures faibles, passives, irréfléchies, dont le seul but était de susciter de vils appétits dans la chair des hommes, alors qu'elles-mêmes – quelle injustice ! – demeuraient froides et inaccessibles au désir charnel.

Chapitre dix-neuf

Je parle buckra, avait dit Grace McFarlane, en toisant Madeleine de ses yeux pleins de charme et d'insolence. *Oui, Maître Cameron m'a appris.*

Belle, indépendante, spirituelle Grace, avec sa peau d'acajou poli, ses manières franches et libres. Bien sûr qu'elle devait plaire à un homme tel que lui. N'est-ce pas ?

C'était une pensée plutôt inappropriée pour le bal de juillet des Traherne. Mais Madeleine ne s'était pas attendue non plus à y rencontrer Cameron Lawe, en train de boire un cognac dans la salle de billard.

Elle traversait le vestibule vers la salle de bal en compagnie de Mrs Herapath quand elle l'avait aperçu, silencieux au milieu d'une foule d'autres gentlemen.

Comme s'il était conscient d'être observé, il avait tourné la tête, et leurs regards s'étaient croisés. Par son immobilité, et aussi grâce à un autre sens plus profond qu'elle ne pouvait expliquer, elle avait su qu'il était vivement, intensément *conscient* de sa présence, comme elle l'était de la sienne.

Cela ne dura qu'un instant ; un des gentlemen vint ensuite lui frapper sur l'épaule, il fut distrait pendant une seconde, et Madeleine en profita pour continuer son chemin vers la salle de bal.

Il n'était pas censé être là, se dit-elle avec virulence. Il ne sort jamais en société. Ce n'est pas juste.

Elle avait en effet décidé que Mrs Herapath avait raison. Ce n'était pas très opportun.

Maintenant elle était debout, comme depuis le début de la soirée, dans l'immense et scintillante salle de bal des Traherne, avec pour seule envie de rentrer à la maison, de s'y retrouver en sécurité avec Sophie, et de ne plus penser à rien. Surtout pas à Cameron Lawe.

Il était une heure du matin, et Sinclair avait déclaré qu'il était de leur devoir de rester jusqu'à trois heures. Jusqu'ici, elle avait dansé une fois avec lui, une fois avec Cornelius Traherne, une fois avec Jocelyn. Souri jusqu'à ce que ses joues lui fassent mal, vu suffisamment de robes brodées de perles et de chasubles de mousseline pour faire à Clemency une description détaillée des dernières nouveautés du continent. Pour la première fois, elle avait entendu un orchestre, et s'était étonnée qu'ils parviennent à jouer tous le même air sans s'y perdre. Elle avait écouté des torrents de l'impérieux bavardage de Mrs Herapath, et s'était demandé ce que son amie penserait si elle apprenait qu'elle parlait à une bâtarde, qui avait posé une fois nue pour des photos. Enfin, elle avait passé son temps à guetter Cameron Lawe du coin de l'œil, à la fois soulagée et déçue de ne jamais le voir apparaître.

Au plus profond d'elle-même, elle avait ressenti une sorte de menace souterraine, un malaise qui n'avait cessé de croître au cours des heures. Quand elle contemplait le raffinement déployé par les Traherne, elle ne pouvait se défaire de l'étrange sentiment que toute cette fête, toutes ces lumières pouvaient être balayées à n'importe quel moment par l'obscurité qui rôdait aux alentours. Les délicats accents de Strauss pouvaient bien remplir la salle de bal, au-dehors, l'air résonnait du chant sévère des grillons. Dans les galeries, des pinsons italiens chantaient dans leurs petites cages en filigrane ; mais dehors, au clair de lune, c'était Patoo qui hantait les arbres. Et, au cœur de tout cet univers, les domestiques qui glissaient parmi les invités, discrets, silencieux, impénétrables.

Pourtant, personne d'autre qu'elle ne semblait rien y voir de déplacé, surtout pas leur hôte. Et pourquoi l'aurait-il fait ? D'après Mrs Herapath, Cornelius Traherne venait de se couronner empereur de la bonne société du Nord, en promettant sa fille aînée à un Irving d'Ironshore.

Visiblement, il n'avait reculé devant aucune dépense pour célébrer son triomphe. Parnassus, première grande maison de Trelawny à recevoir le courant électrique, brillait de tous ses feux. Le domaine venait d'être redessiné par des jardiniers venus d'Angleterre, les cinnamomes et les pimentas taillés de façon à dégager toutes leurs fragrances, les pergolas plantées de roses, de stephanotis et de résédas. Les salons avaient été lambrissés de nouveaux panneaux de bois de satin, le sol de la salle de bal refait en marbre de Carrare noir et blanc, la fanfare du régiment des Antilles remplacée par un orchestre de trente musiciens venus par bateau de Vienne.

Une armée de chefs français avait été appelée pour préparer de la *tortue claire*, du *foie gras à la gelée*, du *filet de bœuf hollandaise* et de la *charlotte à l'italienne* [1] – et, pour les palais plus traditionalistes, des crabes de terre noirs, de la fricassée de pigeon à queue rayée et de la poivrière de homard. Des serveurs remplissaient silencieusement les verres de margaux, de lafitte, et de pommery extra-sec.

Tout était parfait, même si, comme Mrs Herapath le fit remarquer à Madeleine entre la gavotte et la polka :

— Il faut plus qu'un valet de pied pour faire un gentleman.

L'arrière-grand-père de Cornelius en savait d'ailleurs quelque chose, puisqu'il avait été maréchal-ferrant.

— Oui, ma chère, un maréchal-ferrant. N'est-ce pas irrésistible ? Il s'appelait Owen, je crois. Il s'est embarqué pour la Jamaïque en 1714, a acheté un des lopins de terre à bas prix du gouvernement et s'est mis à « améliorer sa condition », comme le font ces gens. Il faisait des courbettes aux Monroe, aux Lawe et aux autres grandes familles de l'île, renvoyait ses fils au pays pour qu'ils y deviennent des gentlemen, achetait des esclaves par cargaisons entières. Il en importait des équipes fraîches tous les trois ans.

« Quand il mourut, son fils confia le domaine à un contremaître, retourna en Angleterre vivre de ses revenus, et ses descendants en firent autant. C'est seulement en 1832 que la révolte de Noël a fait revenir Addison Traherne à la Jamaïque, pour y voir les ruines noircies de Parnassus, et deux mille hectares de canne réduits en cendres.

« Dans la mère patrie, le gouvernement fit voter l'abolition, et à la Jamaïque la crise économique s'installa. Comme on ne pouvait plus obliger les Noirs à

1. En français dans le texte. *(N.d.T.)*

travailler pour rien, les colonnes du *Gleaner* se remplirent d'annonces de faillite. Bientôt, on put acquérir un domaine pour le prix d'un service de table.

« Addison regarda autour de lui et vit que les seuls à prospérer étaient les usuriers, aussi le devint-il lui-même. La devise de la famille était *Deus mihi providebit* : Dieu y pourvoira.

« Mais en attendant, ironisait Mrs Herapath à l'abri derrière son éventail, il avait l'intention de commencer tout seul. Et si ça voulait dire profiter de la ruine des autres, tant pis.

« Une fois qu'il se fut élevé tout en haut de l'échelle, Addison travailla à consolider son emprise sur la bonne société jamaïcaine. Sa seule erreur, il l'avait commise quelques années plus tôt, quand il avait visé trop haut en demandant la main de la première beauté de l'île, l'impérieuse May Monroe – pour se voir éconduire sans façons.

« Ma chère, à quoi avait-il pensé ? Ses ancêtres étaient des *maréchaux-ferrants*, pour l'amour du ciel ! Pouvez-vous imaginer la consternation de May ? Je ne crois pas qu'elle lui ait jamais pardonné, ni à aucun des Traherne. Je ne suis même pas sûre qu'elle n'en veuille pas à cette pauvre innocente de Clemency, à cause de lui.

« Mais Addison avait bien supporté cette rebuffade, et fait ensuite un brillant mariage avec une Barrett de Cinnamon Hill, puis un autre avec une Palairet de Greendale – pour effacer enfin son humiliation de jeunesse en mariant sa fille Clemency au petit-neveu de May Ainsley. Il avait eu aussi la satisfaction de voir son fils aîné, Cornelius, épouser une Hall de Tryall, puis une McFarlane de Caledon (toutes deux opportunément mortes jeunes), enfin la très fortunée Rebecca Sammond de… de Lombard Street, j'en ai peur [1]. Et on dit que son grand-père avait changé son nom. Qui était *Salomon*, au départ. »

Mais si Mrs Herapath pouvait déplorer le dessin un peu trop « aquilin » du nez de Rebecca Traherne, sans parler du penchant « plutôt vulgaire » de Cornelius pour les très jeunes filles, toutes classes et couleurs de peau confondues, elle exprima sa réprobation discrètement, derrière son éventail. Il n'y avait pas de famille de la bonne société à Trelawny qui n'eût de dette envers les Traherne, y compris elle-même.

— Mais l'étonnant, poursuivit-elle, secouant la tête pour que sa surprenante coiffure en forme de libellule parût sur le point de s'envoler, c'est que ce jeune Irving semble être vraiment tombé amoureux de la petite Davina. C'est d'un drôle… J'ai entendu dire que le vieux Meredith n'était pas très enthousiaste au début, mais son fils a menacé de s'enfuir et de s'engager dans la Légion, alors, que pouvait-il faire ? Regardez-les, ils passent devant nous. Elle est vulgaire, bien sûr, et cette silhouette qu'elle a ne durera pas, mais il faut reconnaître qu'ils sont mignons tous les deux.

Madeleine lui répondit par un sourire contraint. C'était sans doute mesquin, mais elle n'avait aucun désir de s'extasier sur un jeune couple « si amoureux ». Davina Traherne n'avait que deux ans de moins qu'elle.

La valse prit fin, et Madeleine regarda le fils Irving conduire sa fiancée vers un petit canapé doré, lui apporter une glace à l'eau de rose en la regardant dans les yeux, et s'asseoir aussi près d'elle qu'il le pouvait, devant une foule de parents à l'œil sourcilleux.

1. « Lombard » a aussi le sens de « prêteur » ou « usurier » – comme d'ailleurs autrefois en français. *(N.d.T.)*

Tout à coup, elle se rappela Ben Kelly en train d'embrasser la petite bonne dans Portland Road. C'était un souvenir troublant, fort mal venu, mais elle ne pouvait pas s'en détacher. Elle se souvenait de la façon dont leurs bouches remuaient ensemble, de l'éclat dans leurs yeux quand ils s'étaient séparés.

Elle se retourna pour voir Sinclair qui la regardait depuis le fond de la pièce. Son regard était froid et sérieux, et elle lui rendit le même. Il était beau dans son habit, d'une beauté sévère, mais il avait des ombres sous les yeux. Malgré le chloral, il dormait mal, se réveillant dix fois certaines nuits, s'agenouillant pour vérifier qu'il n'y ait pas de charme sous le lit. D'une certaine façon, qu'elle ne comprenait pas, il la tenait pour responsable de son malaise ; même si, chaque fois qu'elle lui posait la question, il affirmait ne pas savoir ce qu'elle voulait dire.

Qu'y avait-il en elle qui l'horrifiait ainsi ? Pourquoi l'avait-il épousée ?

Tout à coup, la musique lui parut trop forte, la salle de bal trop chaude et dépourvue d'air. Il fallait qu'elle sorte. Elle bredouilla une excuse à Mrs Herapath et se dirigea vers la galerie.

Elle était presque aussi bondée que la salle de bal. L'ambiance était plus calme, mais les dames et les messieurs qui s'y trouvaient, entre les orangers en pots, n'avaient visiblement aucune envie qu'on fasse attention à eux. Ce soir, où qu'elle regardât, il y avait des couples d'amoureux. Elle quitta les terrasses, gagna la pergola qui donnait sur les pelouses et qui, par bonheur, était vide.

Elle tâcha d'inspirer profondément, mais son souffle était toujours aussi court. L'air était calme et chaud, lourd du parfum des cinnamomes et des stephanotis, et de l'âcre nuage des braseros espagnols, qui tenaient les moustiques à distance. Sur les pelouses, des massifs de roses blanches rayonnaient dans le clair de lune, tandis que des grappes de lanternes brillaient dans les arbres. Le chant nocturne des grillons retentissait, clair et strident.

Au-dessus de sa tête, à travers les trouées dans la pergola, elle entrevoyait les gens sur les terrasses supérieures. On aurait dit un monde à part : doré, irréel, comme une sorte d'étincelant *tableau vivant* [1].

Elle cassa une fleur de stephanotis, écrasa dans sa paume ses pétales blancs et cireux, qui tachèrent son gant de soirée blanc et libérèrent un parfum lourd, presque lugubre. L'image lui revint encore de Ben embrassant la fille dans Portland Road : l'éclat dans leurs yeux, la façon dont leurs bouches remuaient.

Puis une autre image la remplaça. Grace McFarlane. La belle, l'indépendante, la spirituelle Grace.

Elle cassa une autre fleur, en écrasa les pétales sous ses escarpins de danse, et se demanda ce que ça faisait d'être embrassée par un homme.

Puis, sans transition, elle pensa : J'aimerais être vieille, avoir tout derrière moi. J'aimerais être vieille et terrifiante, comme grand-tante May.

Comme une sorcière qui répond quand on l'invoque, grand-tante May apparut à la terrasse du haut. Elle était majestueuse, dans sa robe serrée de *peau de soie* [2] gris étain, avec une aigrette de jais couronnant ses cheveux gris acier, ses longs gants étroits de chevreau glacé.

« Élevée pour piéger un duc, lui avait dit Mrs Herapath pendant le souper. Une enfance écrasante.

1. En français dans le texte. *(N.d.T.)*
2. En français dans le texte. *(N.d.T.)*

Vraiment écrasante. Couchant sur des planches. Mettant des corsets serrés. Une gouvernante qui la faisait s'entraîner à arpenter une salle de bal pendant des heures. Un sac de sable sur la tête, des escarpins de danse tout neufs aux pieds. Et vous savez combien ces planchers de bois de satin peuvent être traîtres. Comment elle ne s'est jamais cassé une cheville, je n'en sais rien. Mais tout faisait partie d'un plan, vous comprenez, sa destinée. Être présentée à la Cour, devenir une beauté, piéger un duc. Pour finir, elle a tout réussi sauf le duc. Il s'est trouvé qu'il n'y en avait pas beaucoup cette saison-là, ou quelque chose du genre. Quoi qu'il en soit, elle n'a rien "pris". »

Maintenant, en levant les yeux vers elle, Madeleine entrevoyait ce qui avait façonné la vieille despote. La rencontre pour laquelle elle était destinée n'ayant pas eu lieu, elle avait résolu de n'avoir personne. Le monde l'avait privée de ce à quoi sa naissance lui donnait droit, elle avait décidé qu'elle mépriserait ce monde. Tout ce qu'elle faisait exprimait ce dédain. Ses corsets si serrés, ses cols à baleines montant jusqu'aux mâchoires. Son adhésion à tous les rites, à toutes les règles. Elle y mettait un tel fanatisme que ça en devenait une façon de mépriser cela même qu'elle feignait d'honorer.

Je me demande si je finirai comme ça, pensa Madeleine. Une vieille sorcière redoutable, qui en cinquante ans n'a pas touché une seule fois un autre être humain.

Sa gorge se serra, ses yeux la brûlèrent. *Il faut reconnaître qu'ils sont mignons tous les deux. Et si amoureux.*

Elle écrasa encore une fleur sous son talon, délaissa la pergola et sortit sur la pelouse.

Dix mètres plus loin, un homme faisait les cent pas au clair de lune, fumant un cigare. Elle le reconnut aussitôt par sa taille, ses cheveux blonds et la largeur de ses épaules.

Il tourna la tête, la vit, et pendant quelques instants ils se firent face en silence.

Elle avait eu envie de le revoir, oui, mais pas comme ça. Pas à un moment où elle était dans cette humeur étrange, à la fois en colère et au bord des larmes. Lentement, pour ne pas avoir l'air de fuir, elle fit demi-tour et retourna sous l'ombre de la pergola.

Mais alors, l'idée lui vint que, loin d'indiquer un rejet, sa conduite pouvait passer pour une provocation. Son demi-tour tranquille, sa nuque découverte. *Rapunzel, Rapunzel, dénoue tes cheveux*[1]. Est-ce cela qu'elle était devenue ? Une femme malheureuse, flirtant stupidement avec son propre beau-frère ?

Serrant les dents, elle traversa rapidement la pergola, puis la terrasse du bas, contourna l'aile ouest, enfin arriva dans les jardins devant la maison.

Une courte volée de marches menait à un parterre, en contrebas, qui donnait directement sur l'allée. Elle trouva un banc près des marches et s'y assit. Le parterre était entouré de tilleuls bien entretenus, planté de lavande anglaise et d'allamanda jaune. De là où elle était, une majestueuse avenue de palmiers royaux, avec des flambeaux sur piquets intercalés entre eux, menait à la mer. Au loin, elle distinguait le pâle éclat de la plage, puis les lumières d'un vapeur approchant de Falmouth.

À part les flambeaux, il n'y avait pas d'illumination, mais il n'y en avait pas besoin ; le clair de lune inondait le parterre d'un éclat bleu argent. Elle n'était pas dans l'ombre, tout le monde pouvait la voir.

Elle se demandait s'il l'avait suivie, s'il avait pensé

1. Allusion à un conte des frères Grimm. *(N.d.T.)*

qu'elle en avait envie. Elle en avait envie, n'est-ce pas ? C'était même pourquoi elle était ici. Comme une pauvre parodie du timide et pudique cache-cache auquel un couple d'amoureux se livre innocemment ; sauf qu'il se jouait, cette fois, entre une respectable femme mariée et son bien peu respectable beau-frère.

De nouveau, elle sentit les larmes monter. Non, *pas maintenant*.

Puis elle se retourna et le vit apparaître au coin de la maison, comme elle savait qu'il le ferait.

Il ne feignit pas de la trouver par hasard. Il traversa rapidement le jardin, descendit dans le parterre et s'arrêta au pied des marches, à environ deux mètres de là où elle était assise.

— Je vous en prie, partez, lui dit-elle. Je ne désire pas vous parler.

— Alors, pourquoi êtes-vous venue ici ? répondit-il à voix basse. Vous auriez pu retourner dans la maison. Mais vous ne l'avez pas fait. Vous saviez que je vous suivrais.

Elle ne répondit pas. À la place, elle le regarda poser sa main sur la balustrade, faire courir ses doigts sur le marbre couvert de lichen.

Il était plus soigné qu'avant, mais sans excès. Sophie lui avait dit qu'il gardait ses vêtements dans son vieux coffre de campagne. « À cause d'Abigail. Abigail, c'est sa chienne. Sinon, elle dort dessus. » Son habit avait en effet l'air d'avoir passé plusieurs années dans un coffre ; son gilet datait d'une décennie plus tôt, et il avait égaré ses gants.

D'une certaine façon, ça compliquait les choses. S'il avait été impeccablement élégant comme son frère, ç'aurait été plus facile de lui demander de partir.

Il releva les yeux et vit qu'elle l'observait ; pendant un moment, ils se regardèrent en silence. Puis il lui dit :

— Vous devriez être prudente, vous savez. (Il se rendit compte du sens que sa phrase pouvait avoir, fronça les sourcils.) Je veux dire, il n'y a pas de braseros ici. Si vous étiez piquée, vous pourriez attraper une fièvre.

— Je vais bien, lui dit-elle.

— Non, je ne le crois pas.

Elle fut horrifiée de sentir ses yeux la picoter de nouveau, lâcha un soupir un peu haletant.

— Moi, je crois vraiment que vous devriez partir.

— Je ne veux pas partir.

— Ce n'est pas très poli.

Il lui fit l'esquisse d'un sourire qu'elle commençait à connaître.

— Vous savez, la bonne éducation… Non ?

Elle ne pouvait plus le regarder. Elle baissa les yeux vers ses poings serrés sur ses genoux. Sans ces fichus gants de soirée, elle aurait pu enfoncer ses ongles dans ses paumes et se donner vraiment une raison de pleurer.

— Madeleine…

— Je vais bien, répéta-t-elle.

Là-dessus, elle fondit en larmes.

— Je vous en prie, ne soyez pas désolé pour moi, dit-elle quand elle se fut maîtrisée.

Elle lui demandait l'impossible : la regarder réprimer ses larmes avait été horrible. Il se sentait tellement impuissant.

Elle portait une robe de soie ambre, avec un col court et carré bordé de noir. Pas de bijoux, juste un ruban de soie assorti à sa robe dans ses cheveux. Quand elle se détourna, il vit le contour de ses épaules en haut de sa colonne vertébrale. Se retenir de tendre la main pour la toucher représentait pour lui un véritable effort.

— Ne soyez pas désolé pour moi, répéta-t-elle, en s'essuyant les yeux avec ses doigts.

— Je ne peux pas m'en empêcher, répondit-il. Je me sentirais désolé pour n'importe quelle femme mariée à mon frère.

Il y eut un moment de silence interdit, de part et d'autre.

Il ferma les yeux. Qu'est-ce qui lui avait pris de dire une chose pareille ? Ça pouvait être vrai, mais ça sonnait moqueur et cruel, comme un mauvais pastiche d'Oscar Wilde.

— J'imagine, dit-elle, que c'est à cause de votre passé. Vous pensez vous dédouaner avec ce genre de remarques.

— Vous avez raison, je m'excuse. J'ai perdu mes manières en prison.

— Comme c'est pratique pour vous. Mais je ne pensais pas que d'anciens coupables assistaient à des bals.

— Seulement à celui-ci. Cornelius aime couvrir ses paris.

— Je ne comprends pas.

Maintenant qu'ils avaient changé pour un terrain neutre, elle semblait plus calme et plus disposée à parler. Peut-être voulait-elle aussi lui prouver qu'elle n'avait pas pleuré, quelques instants plus tôt.

— J'ai rendu service à son père autrefois, lui expliqua-t-il, en le déchargeant d'Eden. Comme il y a encore une chance que j'y réussisse, je reçois toujours une invitation.

Et j'envoie toujours mes regrets, pensa-t-il sans le dire. Jusqu'à ce soir.

Mon Dieu, pensa-t-il encore, qu'est-ce que tu fais ? C'est la femme de Sinclair. *Sa femme*, pour l'amour du ciel.

Mais cet argument n'avait pas marché auparavant, et il ne marcha pas plus cette nuit-là. Cela faisait des mois qu'il pensait à elle. Se demandant si elle pensait à lui, et pourquoi, bon Dieu, elle avait épousé Sinclair.

La conversation entre eux au cimetière, si bizarre, si pleine de nervosité, avait soulevé plus de questions qu'apporté de réponses. Au début, elle avait eu peur de lui, il en était sûr. Mais pourquoi ? Ensuite, ce moment était venu où elle l'avait regardé dans les yeux et y avait vu quelque chose, il ne savait pas quoi ; et après, elle n'avait plus été effrayée. Pourquoi, là encore ? Elle avait le visage le plus expressif qui fût. Mais, étrangement, bien qu'elle ne fût guère habile à dissimuler ses sentiments, elle l'était pour dissimuler les motifs qui se cachaient derrière eux. Étonnant mélange de franchise et de goût du secret.

Elle l'avait soumis à un interrogatoire au sujet d'Ainsley, le forçant à dire le pire de lui-même. Il aurait dû lui en vouloir, mais il ne le pouvait pas. Il se rappelait simplement comment elle lui avait souri. *Ce n'était pas une très bonne idée*, lui avait-il dit. *Non*, avait-elle répondu, avec un léger sourire, *je ne crois pas que ça l'était*. À cet instant, il avait ressenti un éclair de pure reconnaissance ; il n'y avait pas d'autre mot pour cela. Il avait *su* qui elle était. Il avait su qu'ils devaient être ensemble.

Elle le ramena au présent en disant qu'elle ne s'était pas rendu compte que les Traherne avaient jadis possédé Eden.

— Je croyais que c'était aux Durrant, dit-elle en lissant sa jupe ambre.

Quel curieux sujet de conversation. Pourquoi voulait-elle savoir cela ? Ou en était-elle encore à échanger des banalités pour retrouver son sang-froid ? Il décida, en tout cas, de la suivre dans cette voie.

— C'était bien aux Durrant, lui dit-il. Mais ils n'étaient pas très bons comme planteurs, et le domaine était couvert d'hypothèques. Il a fini par passer aux mains du vieil Addison Traherne. Deux décennies plus tard, je l'ai acheté.

— Pourquoi ?

— Pourquoi je l'ai acheté ?

Elle acquiesça.

Il hésita ; il ne voulait pas mentionner Ainsley.

— C'était bon marché, dit-il. En ruine depuis vingt-quatre ans.

— Pourquoi en ruine ?

À présent, il était convaincu que ce n'était pas une conversation comme une autre. Cela recouvrait des préoccupations plus personnelles chez elle. Il était impatient de savoir ce qu'elles étaient au juste. Il avait le sentiment qu'elle tournait autour d'un sujet tabou, d'une question qu'elle avait envie de poser.

— Oh, dit-il d'un ton léger, l'histoire habituelle. Le prix du sucre qui s'était effondré, les esclaves libérés…

Elle hocha lentement la tête.

— Et vous vivez seul, là-bas ?

— Oui. Enfin, j'ai un cuisinier et un garçon d'écurie.

Un autre signe de tête.

— Et vous aimez ce domaine.

— Oui.

Il fronça les sourcils.

— Comment le savez-vous ?

— Ce n'est pas très difficile à voir.

Ils gardèrent un moment le silence, puis il dit :

— Pourquoi ne me demandez-vous pas ce que vous avez vraiment envie de me demander ?

Elle lui lança un nouveau regard, puis se retourna et regarda les lumières lointaines du vapeur. Enfin elle posa son éventail de soie noire sur ses genoux, mit une main sur sa tempe et lissa ses cheveux.

— Très bien. Est-ce que Grace McFarlane est votre maîtresse ?

Seigneur !

Il y eut un silence tendu ; un coup de vent fit frissonner les tilleuls, apportant un parfum de lavande anglaise et de cinnamome.

Il s'éclaircit la gorge.

— Non. Elle ne l'est pas.

Elle ouvrait et refermait l'éventail, en lissait le gland de soie noire sur son genou.

— Est-ce qu'elle l'a été autrefois ?

Il avala sa salive.

— Oui.

Le profil de Madeleine restait impassible, et il songea qu'il avait sous-estimé son habileté à dissimuler. Était-elle choquée ? Sans doute, oui. N'est-ce pas ? Il aurait voulu qu'elle se retourne et qu'elle le regarde.

— Quand ? dit-elle, les yeux toujours baissés vers ses genoux.

— Il y a cinq ans environ.

Il vit qu'elle rougissait légèrement.

— Combien de temps est-ce que ça a duré ?

— Environ un an.

— Qui a commencé ?

— Grace.

— Est-ce qu'Evie est votre fille ?

Ce fut à son tour de rougir.

— Bien sûr que non, elle a douze ans.

— Et Victory ?

— Non, il a six ans.

Il avait presque le vertige. C'était bizarre et peu féminin de sa part de le questionner ainsi. Mais il n'avait pas envie que ça se termine.

— Elle est belle, n'est-ce pas, dit-elle. Grace, je veux dire.

Comme vous l'êtes aussi, lui répondit-il silencieusement.

— N'est-ce pas ? répéta-t-elle en fronçant légèrement les sourcils.

— Je… je crois, oui.

Elle ne se retournait toujours pas vers lui, ne le regardait pas. Il aurait voulu qu'elle le fasse. Il avait besoin de voir ses yeux.

— Pourquoi êtes-vous toujours aussi honnête avec moi ? demanda-t-elle enfin.

On aurait presque dit une accusation.

Il fit courir sa main le long de la balustrade.

— Je crois que c'est une question de trop, murmura-t-il.

Pour la première fois, elle se retourna et lui sourit. Pas son sourire mondain et sans signification, mais un vrai sourire, qui lui fit reprendre son souffle et lui donna envie de faire quelque chose. Quelque chose pour la préserver, l'empêcher de souffrir.

Il se dit qu'il devait partir tout de suite, à la minute. À la place, il gâcha tout.

— Je crois, dit-il, que c'est à mon tour de vous poser une question.

Elle inclina la tête en signe d'assentiment silencieux.

— Comment en êtes-vous arrivée à épouser mon frère ?

Son sourire disparut. Elle sembla aussi méfiante

qu'elle l'avait été au cimetière : comme si elle voyait, derrière sa demande, davantage qu'une simple curiosité, même impardonnable.

— Il vivait dans la paroisse proche de la nôtre, répondit-elle. Je suis allée lui demander de l'argent.

Dieu qu'elle était directe.

— Notre tutrice était morte, continua-t-elle. Nous n'avions rien. Je ne savais pas quoi faire d'autre.

— Alors vous vous êtes adressée à l'Église. Et l'Église vous a demandé de l'épouser.

— Oui, dit-elle, en s'assombrissant. Je ne sais toujours pas pourquoi.

Cameron jeta un regard furtif sur son visage et pensa : Eh bien, j'ai une petite idée là-dessus.

Un souffle de brise agita les branches des tilleuls ; les flambeaux firent courir des ombres dans les palmiers royaux. Elle releva le menton, croisa son regard.

— J'ai épousé Sinclair pour son argent, dit-elle. C'est ce que vous vouliez savoir, n'est-ce pas ? Eh bien, oui, c'est la raison. C'est la vérité.

Mais pas toute la vérité, pensa-t-il. Elle n'avait pas mentionné sa sœur. On aurait dit qu'elle essayait de le choquer, de se présenter sous son plus mauvais jour.

— Pourquoi essayez-vous de vous faire passer pour pire que vous l'êtes ? demanda-t-il.

— Non…

— Si, c'est ce que vous faites.

Elle se leva.

— Vous n'en savez pas assez sur moi pour vous forger une telle opinion. D'ailleurs, personne ne le peut.

— Qu'est-ce que ça signifie ?

Ses lèvres se crispèrent.

— Je vous en prie… Je pense que vous devriez partir maintenant. Et cette fois, je le pense vraiment.

Debout, elle lui arrivait au menton. Il eut envie de la soulever et de la mettre sur la marche près de lui, pour qu'ils puissent se regarder dans les yeux. Mais il savait que ça ne s'arrêterait pas là. Il avait aussi envie de l'embrasser, et il sentait qu'elle avait envie qu'il le fasse – même si elle le repousserait sûrement s'il essayait.

— Cameron…, dit-elle.

C'était la première fois qu'elle prononçait son prénom.

— Ça ne sert à rien.

— Je sais. Je sais.

Le désir qu'il avait de la toucher était presque irrésistible.

— Il vaudrait mieux que vous partiez le premier, dit-elle encore. Je vous suivrai dans un moment.

Il acquiesça de la tête, mais ne bougea pas. Il y avait une dernière question qu'il devait lui poser. Il savait que s'il ne la lui posait pas, elle le hanterait pendant des semaines.

— Au sujet de Grace… Est-ce que vous êtes choquée ?

Elle baissa les yeux, fit tourner l'éventail de soie noire entre ses doigts.

— Je ne sais pas, dit-elle enfin. J'imagine que je dois l'être, oui.

Ce n'était pas la réponse qu'il attendait.

Il tourna sur ses talons et la laissa dans le parterre, avec les ombres qui couraient dans les palmiers royaux, le vent de la mer qui faisait tournoyer sa jupe couleur d'ambre autour d'elle.

Il retraversa le jardin presque en courant, fendit la foule sur les terrasses du haut, prit hâtivement congé de Rebecca Traherne. Puis il alla aux écuries demander sa voiture. Comme il aurait voulu que ce maudit bal masqué ne l'ait pas forcé à venir en cabriolet plutôt qu'à cheval… ç'aurait été si bon de planter ses éperons dans les flancs de Pilate, de lui faire descendre l'allée au grand galop, et tant pis s'ils se brisaient le cou tous les deux ensemble…

Pourquoi lui avait-il dit la vérité au sujet de Grace ? Pourquoi n'avait-il pas eu le bon sens de mentir ?

Ce fut alors qu'il vit son frère arriver délibérément vers lui. Sinclair était pâle, avec des taches rouges sur le menton, comme s'il l'avait frotté.

Que Dieu l'envoie au diable, pensa Cameron.

— Tu pars déjà ? lui demanda Sinclair.

— Il est deux heures du matin, lui répondit sèchement son frère. Je dois être debout à cinq heures.

Bien sûr que tu le dois, songea Sinclair. Parce que tu es un homme d'action, n'est-ce pas, mon frère ? Le soldat, le planteur, l'amant de putains noires. Le souilleur des femmes des autres hommes.

Il sourit.

— Comme c'est bien de travailler aussi dur. Je suis sûr que tu récolteras ta récompense.

Son frère grommela sans répondre.

Sinclair se remémora tout ce dont il venait d'être témoin dans le parterre. Sa femme et son frère ensemble. Proches mais sans se toucher. Même s'ils en avaient envie, Sinclair pouvait l'affirmer.

Il se sentit mieux qu'il ne s'était senti depuis des semaines. Plus clair dans son esprit, plus sûr de son but – car, enfin, il comprenait ce qui allait mal. Il comprenait pourquoi il avait été incapable de posséder sa femme. Parce qu'elle était infidèle. Par conséquent, Dieu ne lui *permettait* pas de la posséder. *C'était une façon pour Dieu de le garder pur.*

Quand il regardait en arrière, il se rendait compte que c'était elle qui l'avait poussé à l'épouser. Elle avait dissimulé sa vraie nature, s'était fait passer pour une innocente ayant besoin de protection, alors qu'en réalité elle n'avait pas de vraie douceur féminine, pas d'obéissance naturelle ni de désir de faire plaisir. Elle n'était pas une femme convenable.

Il se retourna vers son frère.

— Je suis content que tu aies décidé de braver ceux qui te critiquent et que tu sois là ce soir. C'est mon vœu le plus cher de vous réconcilier, toi et le vieil homme.

— Je ne miserais pas là-dessus dans un avenir proche, lui répondit Cameron.

Oh ! vraiment, pensa Sinclair. Alors, tu n'es pas en train de comploter pour reconquérir son affection ? Tu n'es pas en train de conspirer pour me léser de mon héritage ? Ce n'est que pure fantaisie de ma part ? Allons donc…

Un garçon d'écurie arriva avec le cabriolet, et son frère en fit le tour pour vérifier le harnais. Sinclair regarda le cheval tourner la tête, pousser du nez l'épaule de son maître. Celui-ci lui fit une caresse distraite.

Ce geste, à lui seul, résumait tout ce que Sinclair détestait chez son frère. Le côté physique. Le manque de réflexion. L'aisance naturelle.

Il s'humecta les lèvres et se força à paraître calme.

— C'est vraiment dommage, reprit-il, que ce soir tu n'aies pas eu l'occasion de faire la connaissance de ma femme.

Son frère ne répondit pas.

— J'aurais particulièrement aimé te présenter à elle.

Son frère régla la martingale.

— Nous nous sommes déjà rencontrés.

Oui, en effet, pensa Sinclair. Et que de mensonges, de légions de mensonges se cachent derrière cette simple déclaration.

— Parce que, tu vois, lui dit-il, comme si son frère n'avait pas parlé, ma femme a besoin… de protection. Oui. De protection.

— Contre qui ?

— Mais contre elle-même.

Cameron se redressa et le regarda par-dessus le dos du cheval. Son visage était sans expression, mais tout à coup Sinclair était content que l'animal fût entre eux.

— Qu'est-ce que tu veux dire ?

Sinclair hésita.

— Il y a des aspects de son caractère, et de ses antécédents, qui sont quelque peu… déplacés.

Son frère ouvrit la bouche pour protester, et Sinclair leva la main.

— Non, ne me demande pas de détails. C'est trop pénible. Laisse-moi juste te dire que je la connais un peu mieux que toi.

Son frère lança les rênes sur le siège puis fit le tour du cheval, revenant de son côté. Il avait une bonne tête de plus que lui, et Sinclair dut faire un pas en arrière.

— Très bien, Sinclair, lui dit-il. Arrêtons de tourner autour du pot, et dis-moi la vérité.

Sinclair cligna des yeux.

— Tu nous as vus ensemble, lui dit son frère.

— « Nous » ? Qui est « nous » ?

— Allez, petit frère. Je reconnais un mari jaloux quand j'en vois un.

— *Jaloux ?*

Sinclair en avait le souffle coupé.

— *Jaloux ?* Tu te trompes, mais alors, à un point…

— Vraiment. En tout cas, tu n'as rien à craindre de moi.

Sinclair luttait toujours pour redevenir maître de lui.

— Je n'ai jamais rien eu à craindre de toi. Je suis juste venu ici t'avertir, mon frère.

— À quel sujet ?

Il s'humecta encore les lèvres.

— Au sujet de ma femme. Elle n'est pas… pas aussi innocente qu'elle le paraît.

Les yeux gris de son frère devinrent ternes.

— Tu ne dois pas parler d'elle comme ça.

Sinclair fit un autre pas en arrière.

— Et toi, dit-il, tu ne dois pas parler d'elle du tout.

Pendant un moment ils se firent face en silence, puis Cameron baissa les yeux ; il ouvrit sa paume, l'examina, et Sinclair sentit un frisson d'inquiétude le traverser. Il n'avait pas oublié la façon dont son frère se servait de ses poings, quand ils étaient à Winchester ensemble. Un jour, Cameron s'était battu contre un trio de grands élèves qui « graissaient » son jeune frère en lui crachant à la figure jusqu'à ce qu'il soit couvert de bave et crie pour demander pitié. Deux des trois avaient fini leur trimestre à l'infirmerie, et Cameron avait été tout près d'être renvoyé. Sinclair l'avait haï pour cela. D'être plus fort que lui, de le protéger.

Son frère releva la tête, rencontra ses yeux, et le regarda comme il avait regardé autrefois les trois élèves en question. Puis il se retourna, posa le pied sur le marchepied et sauta dans le cabriolet.

— Tu as raison, lui dit-il brièvement. Mais c'est ma faute si je l'ai rencontrée ce soir, pas la sienne. Je la cherchais. Elle ne voulait pas me parler. Ça ne… Ça n'arrivera plus.

Après quoi, il fit claquer les rênes sur la croupe de

son cheval et le cabriolet s'éloigna. Pas une fois, il ne regarda en arrière.

Sinclair dut faire un saut de côté pour éviter de recevoir de la terre. Oui, va-t'en, ragea-t-il après le départ de son frère. Mais tu ne m'échapperas pas toujours.

Jaloux ? Jaloux de toi ?

Ça n'arrivera plus, tu disais ? Ah ! mon frère, en cela, tu dis vrai, plus que tu ne peux l'imaginer. Je veillerai à ce que ça n'arrive jamais plus.

Le cabriolet descendit l'allée et prit la route de la côte ; pendant un moment, le garçon qui attendait dans l'ombre, près de la loge du portier, en tituba de joie, car il crut qu'il avait enfin trouvé le pasteur.

Puis il se rendit compte de son erreur et jura entre ses dents. Ce type ne faisait que ressembler un peu au pasteur, mêmes cheveux blonds et le reste ; mais il était plus grand, et il menait son cheval à un train qui aurait fait claquer des dents un ecclésiastique. Et son visage était tout sauf pieux. Le garçon connaissait cet air-là ; il l'avait souvent vu, là-bas, chez lui, sur les visages des dockers et des marchands des quatre-saisons. Il voulait dire : Éloigne-toi de mon chemin, parce que je suis d'humeur à casser des têtes ce soir.

Crachant de déception, le garçon s'installa pour attendre.

Mais rien ne presse, songea-t-il, en tambourinant de ses doigts minces sur ses genoux. Tu es juste venu pour voir, tu te rappelles ? Pas pour agir dès ce soir. Juste marquer ta cible, c'est comme ça qu'on dit. Marquer ta cible. Et ensuite, guetter et attendre.

Et attendre était quelque chose que Ben Kelly savait fort bien faire.

Chapitre vingt

Le temps que la voiture traverse les portes de Fever Hill et commence à remonter l'allée, il était quatre heures du matin

— Au moins, c'est fini pour un an, dit Jocelyn en retirant ses gants.

Madeleine, assise en face de lui, jeta un coup d'œil sur ses mains tavelées et pensa combien il semblait vieux. Il était généralement si droit et si autoritaire qu'on oubliait qu'il était septuagénaire. Mais, ce soir, chaque ride le montrait.

À côté de lui, grand-tante May, la tête tournée, examinait les sombres champs de canne.

— Je n'ai pas pu m'empêcher de remarquer que Cameron était parmi les invités, dit-elle.

À côté d'elle, Madeleine sentit Sinclair se crisper.

— Lui as-tu parlé ? demanda May à Jocelyn.

— Bien sûr que non.

Plus sereine, elle reprit son examen des champs.

— Je n'arrive pas à imaginer pourquoi Cornelius trouve convenable de l'inviter.

— Quelqu'un m'a dit, intervint Madeleine, que c'était parce que Cameron réussit plutôt bien dans son domaine, et que Cornelius aime couvrir ses paris.

— Il réussit plutôt bien, vraiment ? demanda Jocelyn, le visage soigneusement vide de toute expression.

— C'est ce que j'ai entendu dire.

Les mains gantées de Sinclair se serrèrent sur sa canne.

— Tu ne devrais pas croire tout ce que tu entends dire.

Elle ne répondit pas. Ça lui procurait une secrète satisfaction de répéter ce que Cameron avait dit, en y ajoutant une petite note positive personnelle. Puis, l'instant d'après, son humeur retomba. À quoi cela la menait-il ? Un infime acte de rébellion, sans aucune portée. À quoi cela pouvait-il bien la mener ?

Elle tourna la tête et contempla les champs de canne qui défilaient dans la pénombre. Elle se sentait fragile, épuisée, creusée de l'intérieur par la conversation dans le jardin.

Il avait été si affreusement honnête, *trop* honnête. Quel droit avait-il de lui révéler de telles choses, simplement parce qu'elle le lui avait demandé ? Pourquoi ne lui avait-il pas menti ? Elle l'avait bien fait. Elle lui avait menti chaque fois qu'elle l'avait vu. C'est si simple de mentir. Tout ce qu'on a à faire, c'est cacher la vérité.

Elle sentit le souffle de Sinclair près de sa joue.

— Tu es très rouge, lui dit-il. L'atmosphère de Parnassus a toujours été plus ou moins putride. J'espère que tu n'as pas attrapé la fièvre.

— Je suis juste fatiguée, répondit-elle sans tourner la tête.

— Ah oui ! Fatiguée. Bien sûr.

Elle en tressaillit d'irritation. Que voulait-il dire ? Pourquoi ne pouvait-il jamais s'expliquer clairement ?

Quand ils furent arrivés à la maison, eurent souhaité une bonne nuit aux deux autres, et retrouvé la relative intimité de leur chambre, Sinclair renvoya Jessie et son valet de chambre. Puis il croisa les bras sur sa poitrine et se mit à faire les cent pas dans la pièce.

— J'avais raison, dit-il, tu t'es surmenée. Je le vois bien.

Madeleine déboutonna ses gants, les retira et les posa sur le bureau.

— Je ne me sens pas du tout souffrante, répliqua-t-elle.

Un autre mensonge : son visage était figé, ses yeux piquants et brûlants. Elle avait envie d'aller se coucher, pour ne plus jamais se réveiller.

— Tu t'es surmenée, lui répéta-t-il. Tu as besoin de repos, ou tu risques d'avoir une fièvre cérébrale.

Elle croisa son regard et se demanda où il voulait en venir. Si quelqu'un était fébrile, c'était bien lui : son visage était pâle et moite, ses yeux brillaient d'un éclat malsain. Il avait l'air agité, incapable de tenir en place.

— Il vaudrait mieux que tu ne quittes plus la propriété pendant les prochains mois, lui conseilla-t-il. Que tu restes tranquillement ici, pour reprendre des forces.

Elle passa devant lui, entra dans le dressing-room et s'assit à sa coiffeuse, où elle commença à défaire ses cheveux. Elle en retirait lentement chaque épingle et la posait à côté des autres, sur le petit plateau de laque.

— Comme tu veux.

Dans le miroir, elle le vit cligner des yeux ; sans doute l'avait-elle surpris.

— Plus de visites en ville, poursuivit-il.

— Très bien.

— Et il faudra que tu t'excuses auprès de Mrs Herapath.

— Je lui écrirai dans la matinée.

Il attendait sûrement qu'elle proteste, pour pouvoir lui expliquer en long et en large pourquoi il était de son devoir de lui imposer ces nouvelles mesures ; mais, pour une fois, leurs souhaits se rejoignaient. Ses sorties à Falmouth allaient lui manquer, ainsi que l'intransigeance d'esprit de Mrs Herapath, mais il était temps de faire une vraie rupture. Plus de promenades en voiture dans la campagne, pour feindre qu'elle était libre de ses mouvements. Plus de discussions au clair de lune. Elle n'était *pas* libre. Prétendre quoi que ce soit d'autre ne servait qu'à la faire souffrir. Une vraie rupture, c'est tout ce dont elle avait besoin.

Elle retira ses escarpins de danse, délaça son corset et demanda à Sinclair s'il venait au lit. Dans le miroir, elle le vit prendre une profonde inspiration, comme s'il manquait d'air.

— Plus tard, lui dit-il. J'ai besoin de faire un tour sur les pelouses. Oui, j'ai besoin d'un tour sur les pelouses.

Ce dont j'ai besoin, moi, songea Madeleine, c'est de chloral.

Ne pas penser. Ne pas rêver. Seulement dormir.

Sur le bord de la rivière, quelque chose fit du bruit dans les gingembres sauvages, et Abigail s'ébroua. Après un grognement rauque en guise d'avertissement, elle trotta jusque là-bas. Une brève rafale d'aboiements s'ensuivit, un remue-ménage dans les fourrés, après quoi elle revint, humide et sentant la rivière, pour s'appuyer contre le mollet de Cameron.

Il lissa ses oreilles soyeuses entre ses doigts.

— Qu'est-ce que c'était, lui demanda-t-il, une mangouste ?

Elle répondit par un grognement indigné.

Ils étaient assis sur les marches qui menaient au jardin : Cameron en bras de chemise et culotte de cheval, une bouteille de scotch à portée de la main. L'aube allait bientôt venir et il regretterait le scotch, mais il ne s'en préoccupait pas. Il ne se préoccupait plus de grand-chose.

Non, ce n'était pas vrai. Il ne *voulait* pas s'en préoccuper. Il aurait voulu que ce soit de nouveau l'époque de la récolte, afin de travailler vingt-quatre heures d'affilée et ne penser à rien d'autre que le rendement, les chiffres de production, combien de tonneaux de rhum par hectare.

Il était rentré si vite du bal que le cheval en était tout écumant et tremblant quand ils avaient atteint le jardin. Cameron l'avait dételé et bouchonné lui-même. Il aurait dû réveiller son palefrenier, car Moïse allait se ronger pour ça toute la matinée et lui ferait promettre qu'il n'allait pas le mettre à la porte. Mais Cameron avait besoin d'être seul.

Sans même retirer son habit, il s'était ensuite jeté sur son lit de camp, avait aussitôt sombré dans un sommeil agité – et le rêve avait commencé. Le sable noir qui saupoudrait les grands yeux bleus. Le plafond de la prison qui s'abattait sur lui. L'enfant au loin qui appelait à l'aide en pleurant.

Il s'était réveillé en criant, ce qui avait fait bruyamment accourir Abigail, ses pas griffant les carreaux. Après quoi, il n'avait pas pu se rendormir.

Les gingembres sauvages s'agitèrent de nouveau, et Abigail se remit à aboyer.

— Tout va bien, ma fille, lui dit-il. Calme-toi.

Il but une autre gorgée au goulot, sentit la brûlure saine et propre du whisky dans sa gorge.

Il aurait tant voulu qu'existât une potion d'oubli, qu'il pourrait boire et qui effacerait de son esprit les heures qui venaient de s'écouler. Tout. La façon dont elle lui avait souri. Son visage quand il lui avait demandé si elle était choquée. Et surtout, les traits pâles et fiévreux de son frère quand il l'avait calomniée. *Elle n'est pas aussi innocente qu'elle le paraît.*

Dans l'instant qui avait suivi, Cameron avait eu envie de le saisir par les cheveux et de lui défoncer le crâne sur la roue du cabriolet. Ce n'était pas qu'une simple lubie : il s'était *vu* le faire. Marteler cette tête étroite sur la roue bordée d'acier, jusqu'à ce qu'elle se fende comme un œuf.

Il posa la bouteille, mit les coudes sur ses genoux et regarda ses paumes.

Comment as-tu pu penser à ça, même un seul instant ? Ton propre frère. Vous jouiez ensemble quand vous étiez enfants. Vous partagiez la même cabine, durant ces interminables voyages vers l'Angleterre. Tu le protégeais contre les brutes, il t'en voulait pour ça, et tu faisais semblant de ne pas le remarquer. Ton propre frère.

Il se leva et la bouteille se renversa, du whisky coula sur les marches. Abigail baissa la tête, renifla et commença à le laper, hésitante. Mais Cameron la repoussa.

— Ce n'est pas pour toi, Abby. Ni pour moi non plus.

Il se baissa pour ramasser la bouteille, la lança aussi loin qu'il le put dans les buissons.

Au diable tout, pensa-t-il.

Sinclair s'agenouilla dans l'obscurité de la serre, haletant et frissonnant de soulagement.

Dans le lointain, une mule brayait ; le bâton-muet frémissait dans la brise de l'aube à peine levée.

Il se pencha en arrière contre le mur moussu et ferma les yeux. Il se sentait clair, propre et de nouveau calme. Il se sentait immensément puissant.

Il tourna la tête et regarda le rectangle gris pâle de la porte, le bâton-muet sur le seuil. Pas diabolique comme il l'avait supposé jusque-là, mais bienfaisant. Le préservant du mal.

Il s'était trompé là-dessus, comme il s'était trompé sur tant de choses. Mais, enfin, il comprenait. Ce qu'il venait de faire n'était pas de l'auto-pollution, c'était de l'auto-*purification*. Dieu a vraiment un œil spécial pour ce qui est fait dans l'obscurité – et Dieu avait vu ça et l'avait permis, *parce que Dieu l'approuvait. Ça le gardait pur*.

Que de choses il pouvait se passer en une heure, songea-t-il, en fermant de nouveau les yeux.

Dans la voiture, il avait été au supplice. La pensée d'eux ensemble, jouissant de l'être, riant de lui. Il avait senti la tension croître en lui jusqu'à avoir envie de hurler.

Puis quand il l'avait regardée défaire ses cheveux dans le dressing-room. Cette façon *complice* avec laquelle elle les avait dénoués, posés sur son épaule : un sombre et monstrueux serpent, qui s'était emparé de son âme à lui.

Il avait lu une fois qu'on considérait, au Moyen Âge, l'utérus d'une femme comme une créature à part entière, une présence empoisonnée, à craindre et enfermer. Comme ils avaient bien compris ! Il n'avait qu'à la regarder pour sentir le poison qu'elle dissimulait à l'intérieur.

Et dire qu'à une certaine période il avait eu envie d'elle ! Grâce à Dieu, tout cela était du passé. Grâce à Dieu, on lui avait montré le chemin.

Il relâcha ses épaules, se délectant de son aisance nouvellement acquise ; il prit une respiration calme et profonde, rouvrit les yeux. Et rencontra la lueur d'autres yeux dans l'obscurité.

Un enfant était accroupi, dans le coin opposé de la cellule. C'était un pickney : un petit garçon pickney, très sombre, recroquevillé sur lui-même. Il ne bougeait pas, ne clignait même pas des yeux ; le blanc de ces yeux luisait de frayeur.

Pendant un long moment, un atroce moment, ils se dévisagèrent l'un l'autre.

Il a été là tout le temps, pensait Sinclair, et le rythme de son cœur s'accélérait, à mesure que les conséquences accouraient en foule dans son esprit. *Il était accroupi dans ce coin et il a tout vu, tout* – pendant que lui, dans le besoin urgent qui le tenaillait, entrait en trébuchant et tombait sur les genoux, inconscient de tout ce qui n'était pas le feu dans ses reins.

Seigneur Dieu, pensa-t-il. Qu'est-ce que je fais, maintenant ?

À travers le seuil, les bruits de la nouvelle journée pénétraient à l'intérieur : le martèlement d'un pivert, les grillons qui regroupaient leurs forces.

Le dos contre le mur, Sinclair se releva lentement.

Le pickney regardait, mais ne bougeait pas. Il semblait retenir son souffle.

Sans le quitter des yeux, Sinclair brossa la poussière sur ses genoux et rajusta ses vêtements. Puis il sortit de la cellule à reculons.

Le pickney regardait toujours, mais ne bougeait pas.

Sinclair fit une pause sur le seuil ; le pickney le regardait avec des yeux immenses, qui ne clignaient pas. Sinclair fit un pas en arrière, sentit le bâton-muet craquer sous son talon. Il fit un autre pas, empoigna la lourde porte en bois de balata et la referma.

Après un moment, il plaqua son oreille contre la porte et écouta. Aucun son à l'intérieur. Il imagina le pickney accroupi dans l'obscurité, silencieux. Obéissant à son destin. Sinclair aimait bien cette idée. Ça confirmait qu'il avait choisi la bonne solution.

Le soleil était presque levé maintenant, l'obscurité se dissipait dans le vallon. De la brume montait des hautes herbes. Les colombes rousses roucoulaient.

Il respira à fond : l'air n'avait jamais eu ce goût si propre et si pur. Une aube nouvelle.

Rien dont il faille se tourmenter, songea-t-il. Aie confiance. Dieu ne permettrait pas qu'il t'arrive quelque chose.

Il regarda autour de lui, trouva un bloc de pierre et s'en servit pour bloquer la porte.

Titubant sur ses béquilles, tout près de tomber, Sophie suivait des yeux Sinclair qui se frayait un chemin dans les hautes herbes.

Son cœur battait encore de la frayeur de l'avoir vu sortir de la serre. Que faisait-il à l'intérieur ?

Elle avait été si sûre que tout le monde dormait, avant de se hasarder au-dehors. Elle était restée longtemps allongée, les entendant revenir du bal. Les chevaux qui s'ébrouaient, le bruit des harnais qu'on retirait. Les voix étouffées des domestiques, le claquement des escarpins sur le sol. Les marches d'escalier qui grinçaient, les portes qui se refermaient.

Elle avait fait semblant de dormir quand Madeleine était venue la voir, avait tiré la moustiquaire pour sentir la tiédeur de sa joue, lui avait déposé un baiser sur le front. Et elle aurait juré qu'ils étaient tous au lit et profondément endormis, même Clemency et le chat, quand elle s'était glissée hors de la galerie et qu'elle avait descendu les marches en boitillant, le cœur cognant sauvagement.

À son grand désarroi, Remus et Cleo n'étaient pas accourus en bondissant à travers les pelouses pour lui tenir compagnie. Et ça lui avait pris beaucoup de temps pour trouver le chemin. Plusieurs fois elle avait trébuché, une fois elle avait presque crié, quand quelque chose s'était glissé à travers sa pantoufle.

La serre n'était qu'un profond puits de ténèbres quand elle l'avait atteinte ; elle s'était arrêtée sous un arbre, agrippant d'une main la tige d'une plante grimpante le long de son tronc, étreignant de l'autre le sac de charmes de Grace autour de son cou.

C'est alors qu'elle avait vu le duppy émerger du seuil. Un duppy, quittant son repaire pour venir s'emparer d'elle.

Puis le duppy s'était retourné et s'était transformé en Sinclair ; le soulagement l'avait submergée comme une vague intérieure.

Pourtant, elle avait vite compris que quelque chose n'allait pas chez lui. Son visage était pâle et luisant, ses yeux éperdus. Qu'avait-il vu là-dedans ? *Et pourquoi avait-il refermé la porte ?*

Il ne pouvait y avoir qu'une réponse : il avait vu un duppy. Peut-être tout un nid de duppies. C'est pour cela qu'il avait eu l'air si terrifié, pendant qu'il refermait la porte et la bloquait avec une pierre.

Et maintenant, elle était toute seule, avec un nid de duppies à quelques mètres d'elle.

Elle tâcha de suivre des yeux la retraite hâtive de Sinclair dans le clair-obscur de l'aube, ouvrit la bouche pour le rappeler, puis se ravisa : Sinclair ne l'aimait pas. Même s'il l'entendait crier, il ne reviendrait pas. Il irait juste à la maison et la dénoncerait à Maddy.

Il n'y avait rien d'autre à faire que boitiller tout le long du chemin de retour, aussi vite qu'elle le pouvait, et espérer que Sinclair avait refermé la porte assez solidement pour empêcher les duppies de sortir.

Tandis qu'elle se mettait en route, elle refoula ses larmes. Une fois de plus, elle avait essayé de retrouver son ombre, et une fois de plus elle avait échoué. Peut-être qu'il était temps, après tout, de demander de l'aide à Victory.

Chapitre vingt et un

Mardi 23 juillet – heure du thé

Victory s'est sauvé, et ça fait trois jours qu'il est parti. Au début Grace était fâchée, mais le deuxième jour, elle a demandé à grand-tante May qu'elle envoie les domestiques le chercher. Grand-tante May a dit non, que le pickney est toujours en train d'errer et qu'il reviendra sûrement quand il aura faim. Sinclair était d'accord avec grand-tante May, et oncle Jocelyn aussi, mais Maddy a dit : Mais bien sûr que nous devons faire tout ce que nous pouvons, et si c'était Sophie ?

Après ça, oncle Jocelyn a envoyé une équipe d'ouvriers agricoles le chercher à Clairmont Hill, Pinchgut et Caledon. Ils ont même dragué la mare sous la vieille usine, mais ils n'ont rien trouvé.

Personne ne parle de Victory, mais il y a une impression atroce dans la maison. J'ai demandé à Evie si elle sait où il est allé, mais elle m'a dit que non, et cette fois elle disait la vérité. Et la nuit d'avant-hier, Clemency a entendu son bébé crier en enfer, mais beaucoup plus fort que d'habitude. Clemency a dit que c'est un mauvais signe, mais Maddy était fâchée, elle lui a dit de garder ses lubies pour elle, est-ce qu'elle voulait que Grace entende ?

Je crois que c'est quand Sinclair était dans la serre, il n'a pas réussi à enfermer les duppies assez fort, et ils se sont échappés. Peut-être qu'ils ont poursuivi Victory, peut-être qu'ils l'ont pris.

Mais Victory peut courir extrêmement vite, alors j'espère qu'il est parti et qu'il se cache quelque part, qu'il a trop peur pour sortir. J'ai bon espoir de ça.

Sophie s'éveilla au milieu de la nuit, son journal contre sa joue.

Elle pressa la reliure de veau contre son visage, humant l'odeur familière, tout en écoutant les bruits dans la maison. Des pas dans l'escalier, des voix étouffées dans la salle de bal. Quelque chose n'allait pas.

Quelques instants plus tard, Maddy apparut dans la galerie. Elle portait son costume de marche brun mais pas de chapeau ni de gants ; ses cheveux étaient relevés, avec des épingles piquées dedans à la hâte.

Sophie lui demanda ce qui n'allait pas.

Le regard de Maddy était affolé, comme si elle ne s'était pas attendue à trouver Sophie réveillée. Elle lui dit :

— Tu ferais mieux d'aller dormir avec Clemency pour le reste de la nuit.

Sophie s'assit dans son lit.

— Pourquoi ? Qu'est-ce qui est arrivé ?

— Je ne veux pas de toi ici dehors, toute seule.

Sophie jeta un regard vers le brin de romarin sur sa table de nuit.

— Est-ce qu'ils ont trouvé Victory ?

Maddy prit les pantoufles et la robe de chambre de Sophie, les posa sur le lit.

— Il va bien, n'est-ce pas ? Maddy ?

Maddy s'assit au bord du lit, mit sa main froide sur le poignet de Sophie.

— Non, dit-elle. Il ne va pas bien. Il a été enfermé dans la serre et il n'a pas pu sortir. J'ai bien peur, Sophie, qu'il… qu'il ne soit mort.

Laissant une Sophie choquée et silencieuse en compagnie de Clemency, Madeleine se mit en route vers le bas de la colline, en direction du vieux village d'esclaves.

Sur les marches, Sinclair essaya de l'arrêter.

— C'est absurde, dit-il, tu n'as pas besoin d'y aller. Ces gens-là ne ressentent pas les choses comme nous. Tu devrais laisser cette femme avec les siens.

— Ils sont trop effrayés pour aller auprès d'elle, répondit Madeleine, en ramassant le panier que Daphne avait préparé pour Grace. Et aucun de ses parents ne pourra être là avant demain.

Sinclair pinça les lèvres mais, à sa grande surprise, il ne fit pas d'objection.

Elle s'apprêta à partir, puis se retourna pour lancer :

— Il y a une chose que je dois te dire.

— Oui ?

— J'ai fait chercher ton frère. J'ai pensé qu'il pourrait aider Grace.

— Vraiment ? Et le faire chercher a sans doute été ta première pensée quand tu as appris cet… événement ?

— Non. Ma première pensée a été pour Grace.

Il ignora sa réponse.

— C'est ainsi que tu honores ta promesse de m'obéir

et de mener une vie retirée ? Trois jours, et tu enfreins ta promesse !

— Un enfant est mort, Sinclair. Ça change les choses.

— Je ne vois pas pourquoi. C'est la volonté de Dieu qui s'est exercée. La volonté de Dieu. Si sa mère pouvait accepter ça, elle connaîtrait la paix.

Madeleine se retint de rien répliquer. En regardant son expression sereine et résolue, elle pensa combien il avait changé ces derniers jours. Finis les tics nerveux, les coups d'œil qu'il se lançait en permanence dans les miroirs. Elle se demandait bien pourquoi.

Elle suivit l'allée jusqu'à ce qu'elle atteigne le bas de la colline, puis trouva le chemin qui bifurquait vers la gauche et suivit le vieil aqueduc jusqu'au village des esclaves. Un calme sinistre y régnait. Seuls les lents craquements des bambous, les grillons qui stridulaient, parfois le grognement d'un des porcs de Grace. Madeleine se demanda ce qui manquait, puis se rendit compte que c'étaient les oiseaux. On aurait dit qu'il n'y avait jamais d'oiseaux dans le village des esclaves.

Dans l'obscurité, elle se frayait lentement un chemin à travers les ruines. Elle dépassa les maisons avec leurs toits crevés, leurs murs envahis de plantes grimpantes, leurs portes bloquées par des manguiers sauvages, comme des hôtes non désirés qui voulaient en forcer l'entrée. Elle sentait l'odeur d'eau stagnante et celle, douceâtre, de décomposition.

Elle pensait au petit garçon qui était mort. Lui en qui sa mère avait dû mettre tant de fierté, de ténacité, de désir de revanche aussi. *Ces gens-là ne ressentent pas les choses comme nous*. Quel mensonge bien commode.

Comme lors de sa précédente visite, elle fut étonnée de tomber sur le jardin bien ordonné de Grace, au milieu de la jungle environnante. Elle n'aperçut personne, même si la lueur d'une lampe filtrait au-dehors, par la porte ouverte.

Dans la cheminée extérieure, près de l'escalier, les dernières flammèches d'un feu vacillaient encore ; mais la vieille casserole d'acier s'était renversée, laissant son contenu de légumes se répandre dans les cendres. Le jardin était jonché d'éclats de poterie. On aurait dit que Grace avait été debout sur les escaliers et qu'elle avait jeté autour d'elle toutes les tasses, assiettes et yabbas qu'elle possédait.

Tandis que Madeleine grimpait les marches vers la porte, l'odeur étrangère et douceâtre de la mort la frappa comme un mur. Des voiles sombres lui passèrent devant les yeux, et elle lutta pour réprimer un haut-le-cœur.

On aurait dit que la pièce avait été balayée par un ouragan. D'autres poteries brisées gisaient sur le sol, ainsi que des peaux de lézard en lambeaux, des plumes déchiquetées, des petits crânes d'oiseau écrasés. Grace avait dû détruire son stock de marchandises tout entier.

La femme noire était accroupie au sol, à côté d'un châlit de bois sur lequel reposait son fils. Il était roulé en boule ; sa peau était d'un gris bleuâtre, son ventre verdâtre et marbré de pourpre, comme si les vaisseaux sanguins étaient remontés à la surface. Il semblait beaucoup plus petit que lorsqu'il était en vie.

Le visage de Grace avait une teinte gris-bleu similaire à celle de son fils. Elle portait un corsage de grosse toile écrue, hâtivement noué sous les bras, ainsi qu'un fichu blanc uni sur la tête.

— Qui c'est ? demanda-t-elle sans se retourner.

Madeleine posa le panier sur le seuil, à l'intérieur, mais n'entra pas.

— C'est Miss Maddy. Je vous ai apporté des affaires pour la toilette.

Grace se tourna et la regarda ; ses yeux étaient secs et gonflés et ils clignaient lentement, comme épuisés par la douleur et la colère.

— Partez, ma'ame, s'il vous plaît. Sortez de chez moi.

Madeleine hésita, puis dit :

— Daphne a emballé le panier. Je crois qu'il y a tout ce dont vous avez besoin dedans. Jackson est en train de faire le cercueil.

— Pourquoi vous êtes venue dans ma maison, ma'ame ? Pourquoi vous avez apporté ces choses ?

— Les serviteurs ont trop peur pour venir.

Grace cracha sur le sol.

— Peur ? Peur de quoi ? D'un enfant duppy ?

— De vous, je crois.

Cette idée parut lui redonner un peu de courage.

— Ils ont raison d'avoir peur ! Celui qui a fait ça meurt bientôt ! Je m'en occupe moi !

Elle jeta un regard sur Madeleine.

— Je crois pas qu'ils m'ont dit le vrai, Miss Maddy.

Madeleine hocha la tête.

— Je sais que vous le pensez.

Ça ne l'étonnait pas que Grace ne croie pas à une mort accidentelle. L'aide-jardinier qui avait trouvé le corps avait dit que la porte de la serre était bloquée de l'extérieur.

Mais quand on regardait les choses objectivement, ç'avait sûrement été un accident. Personne ne ferait une chose pareille à un enfant. D'une manière ou d'une autre, une pierre avait dû bouger et rouler devant la porte.

Pourtant, à quoi cela aurait-il servi de le dire à la

mère ? Elle voulait du sang, elle voulait se venger, et qui pourrait l'en blâmer ? Si ç'avait été Sophie, Madeleine aurait fait de même.

Grace la regarda avec ses yeux gonflés, épuisés.

— Pourquoi vous avez pas peur vous aussi, ma'ame ?

— J'ai déjà vu la mort avant.

Pendant un moment, la femme noire soutint son regard, puis retourna au corps sur le lit. Claire façon de prendre congé.

Mais au moment où Madeleine redescendait les marches et regagnait le jardin, Grace la rappela :

— Ma'ame ?

— Oui ?

— Evie s'est enfuie quand elle a appris. Si vous la voyez, s'il vous plaît, vous lui dites de revenir ?

— Bien sûr, dit Madeleine.

Elle ne put trouver Evie dans la cour, ni près de l'aqueduc, ni nulle part dans les ruines du village. Au bout de quelque temps, fatiguée de chercher, elle s'assit sur un bloc de pierre pour se reposer.

Là où elle était, loin des porcs et des poulets de Grace, le vieux village semblait encore plus étrange et mystérieux. Seuls les craquements inquiétants des bambous réveillaient l'ombre, de temps à autre, comme un bateau qui se mettrait en route dans le noir.

La nuit était fraîche, l'air humide flottait au-dessus de l'aqueduc qui sentait l'eau stagnante. Madeleine frissonna. Au-dessus de sa tête, le vieil ackee déployait ses branches. Elle en distinguait à peine les fruits couleur corail clair, qui paraissaient gris dans l'obscurité. D'après Sophie, ils étaient toxiques, jusqu'à ce qu'ils se fendent pour laisser voir leurs graines noires et brillantes. On appelait ça le poison jamaïcain. Il semblait que partout où elle regardait, la mort était présente.

Mon Dieu, pensa-t-elle, et si ç'avait été Sophie ?

Jocelyn lui avait dit que, d'après l'état du corps, le garçon avait dû mourir au cours de la matinée écoulée.

— Il est sans doute mort de soif, le pauvre petit, avait-il murmuré.

Pas étonnant que Grace ait fracassé tout ce qui lui tombait sous la main.

— Je vous ai dit que j'avais entendu pleurer, avait rappelé Clemency à Madeleine, de sa voix terne, quand elle avait entendu la nouvelle.

Puis elle avait pris Sophie dans son lit, lui avait donné le chat à tenir, avait tendu la main vers son recueil d'articles et vers un bocal de bonbons au gingembre. *Je vous ai dit que j'avais entendu pleurer.*

Un bruit de sabots sur le chemin ramena Madeleine dans le présent. Elle se tourna et vit Cameron remettre sa monture au pas, à l'entrée du jardin de Grace. Le cheval soufflait bruyamment et ses naseaux crachaient de la vapeur.

Elle se demandait que faire. Elle n'avait pas prévu d'être là quand il arriverait.

Puis, l'instant d'après, elle sut que c'était un mensonge. C'était vrai qu'elle l'avait fait venir ici pour le bien de Grace, mais elle n'avait pas besoin d'apporter le panier elle-même. Cela aurait pu attendre jusqu'au matin, quand un des cousins de Grace venant des Cockpits serait passé le prendre.

Tu es méprisable, se dit-elle, méprisable. Après quoi elle se leva et marcha à sa rencontre.

Il attachait son cheval à la barrière de bambou lorsqu'il la vit approcher. Il retira son chapeau, s'essuya le front sur son poignet et l'attendit. Il faisait trop sombre pour qu'elle puisse lire son expression.

— Doshey m'a expliqué ce qui s'est passé, dit-il, mais je ne comprends pas. Il a dit que le garçon était enfermé à l'intérieur.

— Oui.

— Comment ça a pu arriver ?

— Nous ne savons pas. Une sorte d'accident. Une pierre qui a roulé devant la porte.

Il mit ses mains sur ses hanches et contempla le jardin, comme si l'obscurité pouvait lui fournir une réponse. Puis il baissa les yeux vers elle.

— Vous avez l'air d'avoir froid.

— Non, ça va. Je suis sortie pour chercher Evie.

— Je la trouverai. Vous feriez mieux de rentrer à la maison.

Elle ne bougea pas, puis ajouta :

— Il avait six ans.

— Je sais.

— Il est mort tout près de la maison. Clemency dit qu'elle l'a entendu pleurer, mais je ne la crois pas. Je lui ai dit de se taire, sinon Grace l'entendra et elle en sera bouleversée.

Il leva la main pour lui toucher l'épaule, puis la retira.

Pour la première fois dans sa vie d'adulte, elle avait envie d'être près d'un homme. De mettre ses bras autour de sa taille, de s'appuyer contre lui, d'enfouir son visage dans sa poitrine.

Grace a le droit de faire ça, songea-t-elle, et un éclair de pure jalousie la traversa.

Mon Dieu, pensa-t-elle ensuite, tu es vraiment méprisable. Tu voudrais prendre à cette pauvre femme son seul réconfort, juste parce que tu as envie de lui.

— Madeleine, fit-il, et elle leva les yeux vers lui. Vous avez bien agi en me faisant venir.

Elle secoua la tête.

— Retournez à la maison. Je trouverai Evie et la ramènerai à Grace.

Deux jours après qu'on eut trouvé le pickney dans la serre, Jocelyn conduisit Sophie à Falmouth.

Ils allèrent à un bon train au sortir de Fever Hill, et ne tardèrent pas à arriver en vue de la mer : là, ils trottèrent sous l'ombre des balatas, parsemée de flaques de lumière, avec l'éclat de la plage juste devant eux.

Jocelyn faisait claquer les rênes sur la croupe du cheval et songeait qu'il avait eu vraiment une bonne idée de couper par la route de la côte. L'enfant avait besoin d'air marin, besoin d'iode. C'était agréable de voir un peu de couleurs revenir sur ses joues.

Au-dessus d'eux, un vol de perruches émeraude jaillit des branches et s'envola, frappant furieusement l'air de leurs petites ailes courtes. Bouche bée, Sophie murmura :

— C'étaient des vrais perroquets…

Émerveillée par cette vision, elle regarda le vieil homme par-dessous le rebord de son chapeau de soleil. Il se sentait absurdement fier, comme s'il avait fait apparaître les perruches spécialement pour elle.

Madeleine serait contente. Elle l'avait abordé après le petit déjeuner, pendant qu'il préparait la réunion des magistrats, et lui avait demandé comme une faveur spéciale d'emmener la fillette en ville avec lui.

— Je ne peux pas y aller moi-même, lui avait-elle dit, et elle lui avait expliqué la volonté de Sinclair qu'elle ne quitte pas la propriété.

Jocelyn en avait été surpris : Madeleine n'était pas femme à être intimidée par un petit type aux airs de fouine comme Sinclair. Mais peut-être avait-elle été déstabilisée par l'affreuse affaire du pickney. Elle était loin d'être la seule. Toute la propriété était encore sous le choc.

— Je m'inquiète pour Sophie, lui avait-elle confié. Elle n'en parlera pas, mais je sais qu'elle ne pense qu'à ça. Elle a besoin de distraction, quelque chose pour la faire sortir d'elle-même.

Elle n'avait pas besoin de le dire à Jocelyn, il avait déjà remarqué le silence inhabituel qui régnait dans la maison. Il n'avait jamais connu un enfant qui aimât autant parler que Sophie. Et quand elle ne parlait pas, elle chantait, fredonnait, lisait à haute voix pour un des pickneys, ou le chat de Clemency, ou cet animal en peluche qu'elle aimait tant.

Sa voix était devenue l'un des bruits de fond de la maison, comme les grillons et les corbeaux. Et quand un silence nouveau s'était abattu sur cette maison, Jocelyn en avait été surpris et même un peu consterné. Il n'irait pas jusqu'à dire que ça lui manquait ; c'était surtout déroutant.

— Vous savez combien elle vous admire, lui avait dit Madeleine. Elle ne vous ennuiera pas. Vous pouvez la laisser avec Mrs Herapath, ou bien, si elle n'est pas chez elle, la laisser simplement sur un banc, à l'extérieur du palais de justice ; elle y sera dans son élément. Il y a toujours beaucoup à voir, les jours de marché.

Puisque c'était Madeleine qui le demandait, bien sûr, Jocelyn avait cédé.

— J'en serais ravi, lui avait-il dit.

Madeleine lui avait fait un sourire ironique, car elle savait qu'il mentait.

La perspective d'être seul avec Sophie le remplissait en réalité d'appréhension. Il savait qu'il ne s'y prenait pas bien avec les enfants. Et cette enfant-là l'inquiétait plus que les autres. Elle n'était pas du tout conforme à sa conception de ce qu'une petite fille devait être.

La première fois qu'ils s'étaient rencontrés, elle avait réussi à rester silencieuse pendant deux minutes, pas plus ; après quoi, elle lui avait demandé poliment pourquoi le bambou poussait tellement plus haut que les autres plantes, d'où venait le nom des Cockpits, et qu'est-ce que c'était exactement qu'une mangouste.

Il avait préféré fuir le contact avec elle. Il avait eu peur pour ses livres et son intimité, et peut-être aussi pour lui-même, d'une certaine façon qu'il ne comprenait pas vraiment.

Mais, maintenant, il était inquiet parce qu'elle ne le bombardait pas de questions. Elle était assise très droite, sa jambe avec l'attelle allongée devant elle, étreignant le garde-corps de sa main fine ; de l'autre, elle tenait un livre sur ses genoux. Elle avait aussi l'âne glissé sous son bras, l'éternel âne en peluche.

Il ressentit un pincement d'inquiétude au cœur. Depuis quelques semaines, le visage de Sophie avait retrouvé son teint malade et cireux ; il avait espéré qu'il était parti pour de bon. Mais comment saurait-il, lui, vieux type de soixante-treize ans, la sortir de là ? Un fillette de onze ans ? Que savait-il sur un être comme elle ?

Madeleine lui avait parlé de sa passion pour la nature, aussi essaya-t-il de penser à quelque chose à lui raconter sur les alligators. En vain. Puis il se rappela sa question sur les Cockpits.

— Je me demande si tu sais, dit-il, en regardant droit

devant lui, pourquoi le sanatorium de l'autre côté de la ville s'appelle Burntwood [1] ?

Du coin de l'œil, il la vit tourner la tête et lever les yeux vers lui.

— Euh… Parce qu'il a brûlé pendant la révolte de Noël ?

— Exactement. Bravo.

Elle eut une petite moue de satisfaction, et Jocelyn pensa : un jeu de devinettes. Oui, bonne idée. Voilà ce qu'il faut.

— Et pour Alice Grove ?

Elle fronça les sourcils – ressemblant beaucoup à sa sœur, tout à coup – puis elle secoua la tête. Il lui apprit que c'était le prénom de sa mère, une femme douce et gentille mais aussi extrêmement décidée, et qui avait fait construire par son mari une école pour les enfants des domestiques.

Ses joues reprirent un peu de couleurs, et Jocelyn en ressentit une absurde impression de triomphe.

— Et pour Fever Hill [2] ? lui dit-il, en donnant aux rênes un petit coup joyeux. D'où crois-tu que le domaine tire son nom ?

— Je ne sais pas, s'empressa-t-elle de répondre, mais ça fait une éternité que j'ai envie de le savoir.

Jocelyn lui raconta que le domaine s'appelait à l'origine Monroe's Pen, à cause du vieux Benneit Monroe, mais qu'après le grand ouragan de 1712 une fièvre avait balayé le Nord – à ce point de son récit, il se rendit compte, consterné, que c'était la dernière histoire qu'il aurait dû raconter. Mais Sophie attendait, aussi s'empêtra-t-il.

1. « Bois brûlé » en français. *(N.d.T.)*
2. « La colline de la fièvre ». *(N.d.T.)*

— Et je suis désolé de dire, bredouilla-t-il, que la plus jeune fille du vieux Benneit est… a péri. De la fièvre. C'est pour ça qu'il a décidé de changer le nom, en sa mémoire.

Sophie accueillit l'histoire en silence, puis demanda :

— Et son prénom, à la fille, c'était quoi ?

— Je crois que c'était Catrion, marmonna-t-il.

— Quel âge est-ce qu'elle avait ?

— Tu sais, je ne pourrais pas le dire exactement.

En fait, elle avait onze ans.

Il lui jeta un regard inquiet et se demanda ce qu'elle pensait. À certains moments, depuis leur départ, elle avait paru s'abîmer dans ses réflexions, comme s'il s'agissait de quelque chose d'horrible, de bien trop vaste et trop lourd pour qu'elle puisse y faire face toute seule. Une fois, elle lui avait posé une question qui avait visiblement beaucoup d'importance pour elle ; mais elle l'avait formulée de cette façon déroutante qu'ont les enfants, qui ne donne aucun indice quant aux motifs pour lesquels ils la posent.

— Est-ce que les policiers vont venir pour Victory ? avait-elle demandé.

Jocelyn lui avait dit que non, parce que c'était un accident, et puisqu'il était lui-même magistrat, il pouvait régler les choses tout seul.

Il se demandait si sa réponse avait pu apaiser ses angoisses d'enfant, tout en doutant de jamais découvrir ce qu'elles recouvraient au juste. Avec Sophie, il ressentait la même impuissance et la même perplexité qu'autrefois, avec son fils.

Et pour la dixième fois, il regretta de devoir aller à Kingston le lendemain. S'il est un cas où il n'aurait pas voulu avoir à siéger dans cette assemblée, c'était bien celui-ci. Cette horrible affaire du pickney, et maintenant cette enfant à côté de lui, qui avait visiblement besoin qu'on l'aide.

Elle regardait fixement devant elle, roulant Dieu sait quelles pensées dans sa tête. En désespoir de cause, il lui demanda le titre du livre sur ses genoux.

— *Les Dieux de la Grèce antique*.

Elle expliqua qu'elle le rapportait à Mrs Herapath, à qui elle l'avait emprunté.

Pour le coup, il se sentit vraiment mal. Il possédait des milliers de volumes à Fever Hill, et elle était forcée d'en emprunter un à Olivia Herapath. Non, ça n'allait pas. Comment pouvait-il s'obstiner à lui interdire la bibliothèque ?

Même si, bien sûr, la laisser entrer signifiait mettre hors d'atteinte Catulle et Fielding. Et Quincey et Ovide. Et ces filles, les Brontë. En fait, ça demanderait une réorganisation en profondeur.

Mais, à sa propre surprise, il pensa qu'il pouvait l'envisager sans trop d'ennui. Il était grand temps de remettre un peu d'ordre dans ce fouillis.

Ils arrivèrent au village de Salt Wash, où le trafic était si dense qu'ils durent reprendre le pas. Des colporteurs traînaient des charrettes à bras remplies de mangues, de papayes et de patates douces ; un groupe de femmes en robes imprimées de couleurs vives fendirent la foule, des plateaux de pâte dure et de pain de manioc sur la tête. Un chariot de sucre tourna pour s'engager sur le quai ; quand il passa devant eux, Jocelyn remarqua que le mot Eden était inscrit sur les sacs.

Qu'il aille au diable. Depuis ce maudit bal à Parnassus, tout semblait lui rappeler ce garçon, où qu'il aille. Tant pis, se dit-il. Il n'y a plus rien à faire à ce sujet. Tant d'eau a coulé sous les ponts.

Il fut soulagé de quitter les quais et de prendre vers

l'intérieur et la place du marché ; mais, dès qu'il vit celui-ci, son cœur sombra dans sa poitrine. En général, il aimait bien ces jours de marché ; mais, ce matin, la seule chose qu'il voyait, c'étaient les pickneys. Jouant au milieu de la circulation, s'accrochant aux marchepieds des voitures, harcelant leurs mères pour se faire offrir des poupées à deux sous, des tartes au chocho, et de cet écœurant sirop écarlate qu'ils adoraient.

Il vit Sophie les regarder, jura entre ses dents.

— Oncle Jocelyn, dit-elle d'une petite voix.

— Oui ?

— Comment est-ce qu'ils empêcheront Victory de devenir un duppy ?

Seigneur ! Que pouvait-il répondre à ça ? Rejeter toute l'idée des duppies comme des bêtises ? Le problème, après soixante-treize ans passés dans le Nord, c'est qu'il savait que ça n'en était pas. Ou plutôt que si suffisamment de gens croient en une chose, elle acquiert une réalité propre.

— Ils ne peuvent pas, dit-il. L'astuce, c'est d'empêcher le duppy de marcher. L'empêcher de… d'ennuyer les gens. Tu comprends ?

— Comment est-ce qu'ils font ça ?

Il soupira.

— Eh bien ! ils lui mettent des tranches de citron sur les yeux. Lui frottent le corps avec du jus de citron et de la noix de muscade. Lui cousent les poches.

Il la regarda, espérant qu'elle s'en contenterait ; mais elle attendait qu'il continue.

Il s'éclaircit la gorge avant de reprendre :

— Ils remplissent un oreiller avec des pois secs et du blé, le mettent dans le cercueil avec beaucoup d'autres choses encore, pour faire tenir le duppy tranquille. Du sel. Du madame-destin. Et quelque chose qui s'appelle de la « poudre à obliger ». Aucune idée de ce que c'est.

Elle hocha la tête.

— Ils mettent aussi du rhum sur la tombe, et encore du blé et du sel. Souvent, ils plantent des pois d'Angole à proximité. Et ensuite, neuf jours après la… la mort, ils se rassemblent, ils appellent ça une neuvième nuit. Une sorte de veillée, où ils font toutes sortes de choses pour envoyer le duppy dormir. Ils chantent des chansons, racontent des histoires, font un bon souper. Ça peut être plutôt gai, je crois.

Mais Sophie n'était pas prête à se laisser détourner par cette gaieté.

— Est-ce que ça marche à chaque fois ? Est-ce que le duppy va toujours dormir ?

Il fit une pause. La réponse était non, sinon pourquoi y aurait-il des histoires de duppy ? Mais qu'il soit maudit s'il allait le lui dire.

— Ça marche quand Grace McFarlane s'en occupe. Une femme très puissante, Grace. Extraordinairement bonne aux neuvièmes nuits. On n'a jamais entendu dire qu'elle ait échoué.

Il se demanda s'il n'en avait pas fait un peu trop, mais à son grand soulagement le petit visage de Sophie parut se détendre.

Ils s'arrêtèrent devant le studio d'Olivia. Encore des pickneys ; encore des sourires ivoire brillants, des petits membres noirs, potelés, luisants. Dieu nous vienne en aide, songea-t-il. Ce pauvre petit garçon. Quelle mort atroce et solitaire.

Et c'est ta faute, Jocelyn Monroe. Tu aurais dû t'occuper de cette maudite ruine. Mais non. Tu étais tellement absorbé par tes propres histoires que tu as laissé un piège mortel demeurer sur ta terre.

En tout cas, tu ferais bien d'agir, et vite, pour que ça ne recommence pas. Dès que tu rentreras, tu verras avec le directeur du domaine, qu'il ordonne une inspection minutieuse de la propriété tout entière. Bon Dieu, les enfants sont curieux. Ça ne sert à rien de répéter à ces gosses d'éviter les problèmes. C'est dans leur nature de se fourrer dedans.

Une inspection minutieuse. Oui, voilà ce qu'il faut.

Il jeta un coup d'œil sur la petite fille au regard grave à côté de lui et pensa : Dieu nous garde, et si ç'avait été elle ?

Chapitre vingt-deux

Il y a quelque chose avec ces marchés qui donne le cafard à Ben. Peut-être c'est tous ces négros qui rient et qui bavardent et qui s'appellent entre eux « ma sœur » et « mon frère » et « ma mère », comme si c'était qu'une seule foutue grande famille. Ou peut-être c'est tous ces foutus fruits.

Ben *déteste* les fruits, et il y en a partout dans ce pays. Sur les collines, dans les jardins, au bord de la route. On dirait que tout ce maudit pays arrête jamais de pousser. Juste là, sur la grande route de Falmouth – celle qu'ils appellent la route de Fever Hill –, il y a ces trois grosses femmes négros avec des grandes et grosses piles de fruits posées sur leurs têtes. Des mangues, des bananes, des jaques [1], des pamplemousses ; et des goyaves, des papayes et des prunes de coolie.

Robbie, lui, aurait aimé ça. Il aurait été ici comme un coq en pâte. Ben sait pas exactement ce que c'est, un coq

1. Fruit du jaquier, voisin de l'arbre à pain. *(N.d.T.)*

en pâte, mais c'est quelque chose que tout le monde a l'air de trouver bien, et Robbie, il aurait été comme ça.

Mais Ben, à cause des fruits et des négros et du reste, ça l'énerve, d'aller à ce foutu marché.

Il a chaud et il a la tête qui tourne parce que, ici, il peut pas manger comme d'habitude, et il a mal dans la poitrine après ce rêve qu'il a fait. La nuit d'avant, il était en train de roupiller sur la plage après Salt Wash – c'est joli là-bas, tranquille, avec juste des petites vagues pour vous tenir compagnie – et c'est là qu'il a eu ce foutu rêve.

Lui et Robbie sont en train de faire des blagues sur une plage, la mer est comme une espèce de verre bleu qui brille dans le soleil, et le sable brille lui aussi, tellement qu'on peut presque pas le regarder. Et lui et Robbie sont tout propres, pas un seul pou sur eux, et ils courent partout en attrapant des raisins de mer [1] et en se les lançant l'un à l'autre, et ils rient, qu'est-ce qu'ils rient !

Quand Ben se réveille, il pousse de ces petits gémissements comme s'il allait pleurer, et il *déteste* ça. Quand Robbie s'est tué, il a jamais pleuré, pas une fois, alors il va pas commencer maintenant.

Il rentre dans Falmouth, et les rues ont l'air toutes droites, avec leurs maisons compliquées roses et bleues et leurs arbres avec des fleurs jaunes qui pendent après. Deux vautours paradent sur une barrière, et il a envie de leur jeter une pierre, puis il se dit que ça en vaut pas la peine. Ils sont des étrangers comme lui, avec leurs ailes noires en loques et leur vilaine tête rouge, et cette espèce de chose qu'ils ont autour de leur cou tout long et tout mince, comme un sale collier à deux sous. Et comme lui,

1. Fruits du *coccoloba uvifera*, ou raisinier de bord de mer. *(N.d.T.)*

ils vont au marché pour voir ce qu'ils pourraient tirer là-bas.

Les rues sont remplies de négros et de métis et de chinetoques et tout. Pas beaucoup de Blancs, mais Ben s'en fiche, parce qu'il sait qu'il va bien dans le décor. Il a sa salopette et sa chemise de calicot et son chapeau de paille miteux, et les chaussures à semelles de corde que par ici ils appellent des bouledogues. Alors pour les négros, il est juste un buckra de plus qui marche à pied, parce qu'il a pas les moyens de se payer un mulet. Il en a appris un peu sur le parler des négros avec le cuisinier du bateau quand il est venu, ça l'aide à bien aller dans le décor et tout.

Maintenant il est dans Duke Street, et pendant qu'il passe devant l'église il crache dessus un bon coup, mais il fait ça dans son poing en fermant sa main, pour que personne le voie. Il fait ça tout le temps en ce moment, cracher sur les églises, parce que les églises ça veut dire les pasteurs, et les pasteurs ça veut dire celui qui a tué Robbie.

Quand il pense à lui, il a cette espèce de chose froide dans le ventre, comme s'il avalait une pierre. Il l'a juste vu une fois depuis qu'il est ici, juste un éclair pendant que la voiture passait en faisant un bruit de ferraille, mais ça a suffi. Le pasteur assis dedans si droit et convenable avec son chapeau en tuyau de poêle, ses mains sur sa canne et sa petite bouche rouge toute pincée. Douce comme de la merde et deux fois plus mauvaise.

Ben a chaud et froid rien qu'en pensant à lui. Et à ce pistolet aussi. Il l'a laissé bien planqué dans cet arbre sur la route d'Eden – mais même maintenant, à des kilomètres de là, il peut le sentir qui le regarde depuis là-bas. C'est comme si maintenant ce pistolet le possédait ou quelque chose comme ça. Et pourtant il l'a depuis seulement une semaine.

Il marchait à pied un peu plus loin au sud quand il est arrivé dans ce village, et qu'il a vu la charrette arrêtée sous un arbre. Personne autour, ça devait être un médecin qui faisait sa tournée ou quelque chose. Alors il s'approche et il voit ce petit pistolet qui dépasse de sous un coussin, comme s'il demandait juste que quelqu'un passe et le tire. Ben peut à peine croire à la chance qu'il a. Alors il s'approche, il le prend, il le fourre dans sa chemise en tremblant et il file vite fait. Et quand il est bien caché dans les buissons, il le sort pour le regarder.

Il a jamais tenu un pistolet jusque-là, et son cœur cogne si fort qu'il peut l'entendre. Il a jamais rien tué avant non plus, il a jamais eu l'occasion. Mais maintenant il pointe le pistolet sur ce vautour dans un arbre et il appuie sur la détente. Et il se passe rien, juste un clic. Ce fichu pistolet a pas de fichues balles ! Ce docteur doit le garder juste pour le montrer. Génial. Pas une fichue balle dans ton pistolet.

Donc maintenant, Ben Kelly va dans ce maudit marché, et peut-être que cette fois il pourra piquer un pistolet *chargé*, merci – ou au moins quelques fichues balles.

Il passe près de deux femmes négros assises sous un caroubier. Elles ont des foulards de coton brillant sur la tête comme toutes les femmes négros en ont, et des robes imprimées vert et rouge attachées aux genoux, et toutes leurs marchandises sont étalées sur le sol autour d'elles. Des grands tas de croquants, et des colliers de doliques, et des pralines de noix dans des tortillons de papier, qu'il peut sentir d'ici.

— Eh, mon ga'çon ! lui crie la grande. Mon ga'çon

buckra ! Toi t'op maig'e, mon ga'çon, besoin d'eng'aisser ! Viens acheter p'tits bonbons de Cecilia ! Viens acheter ses p'tits c'oquants, mon ga'çon !

Ben dit rien, leur lance juste un regard.

L'autre brandit un doigt vers lui, un grand sourire sur le visage.

— T'écoutes Cecilia, hein ? Tu manges beaucoup de c'oquants, tu bois de la bonne tisane de ce'isier, et en un 'ien de temps, mon ga'çon, tu deviens tout g'and et tout musclé. Et alors, mm-mm, elle dit en faisant claquer ses lèvres, comme t'es beau de pa'tout !

Puis elles se tapent sur les cuisses et hurlent de rire.

Ben dit toujours rien. Il marche juste et il les laisse rire. Il a décidé qu'il aimait pas beaucoup ces négros jamaïcaines. Là-bas, à Shelton Street, il avait jamais fait attention aux négros. Ils ont la vie dure à Londres. Mais ici, ils sont si heureux et polis. *Merci, mon frère, merci ; ça va très bien, merci, ma sœur !* De quoi ils sont si heureux ? Ils sont aussi pauvres que ceux de Shelton Street…

Il pense à ça quand il arrive sur la place, et alors le marché lui saute dessus comme une vague. Des odeurs d'épices et de poussière et de crottin de cheval et de transpiration ; du lait de coco, et des mangues au vinaigre, et des beignets de poisson salé qui dégoulinent de graisse. Et tous ces gens qui crient, qui blaguent, qui marchandent, des négros, des Chinois et des Syriens, des gens de toutes les couleurs et qui regardent de haut tous ceux d'à côté, et des porteuses avec des bracelets et des robes imprimées brillantes qui flottent autour d'elles.

Robbie aurait bien aimé toutes les couleurs de leurs robes, jaune et vert et rouge, violet et bleu et orange. Il aurait pas su dire les noms pour la moitié d'entre elles, mais ça l'aurait pas empêché de les aimer.

Ferme-la, se dit Ben, ferme-la tout de suite. Tire juste ces foutues balles et va-t'en d'ici. Foutus négros avec leurs foutues couleurs et tous leurs fruits et leurs foutues grandes familles heureuses.

Mais, en fait, il sait bien que ce sont pas les négros qu'il déteste. C'est lui, Ben Kelly. Parce qu'il est ici, en train de marcher au soleil, tout chaud et tout propre, si vachement propre – et Robbie est mort.

C'est devenu bien pire depuis qu'il est de ce côté-ci de l'île. Quand il était sur la *Marianne*, il devait travailler si dur qu'il avait jamais le temps de penser ; et à Kingston, il était si content d'être revenu sur la terre ferme, et si occupé à pas prendre un mauvais coup. Mais un jour, il a entendu parler de la famille du pasteur, alors brusquement c'est devenu vrai, c'est devenu réel. Pour la première fois, il a pensé à quoi ça ressemblera de tuer le pasteur, à quoi ça ressemblera vraiment. Et maintenant, chaque fois qu'il voit passer une voiture, il a la poitrine qui se serre, pour si c'était Sophie ou Madeleine. Bien sûr c'est jamais elles, et il est furieux contre lui parce qu'il veut pas les revoir, plus jamais. Elle est partie et elle a épousé le pasteur, oui ou non ? Alors elle est l'ennemie maintenant.

Mais quand même, il peut pas s'empêcher de se demander ce qui va leur arriver quand il aura tué le pasteur. Elle sera veuve alors, et si la famille du pasteur la flanque à la porte, et qu'elle est pauvre, et que Sophie va plus mal et qu'elle meurt, et que tout ça c'est à cause de lui ?

Tout est si mélangé, il peut pas le remettre en ordre dans sa tête.

Et jusqu'ici, pas de foutues balles dans ce foutu

marché. Juste des grappes de poulets pendus par les pattes, et des filles négros avec des plateaux de gelée de porc aux prunes sur leurs têtes, et des hommes négros avec des paniers d'huîtres des marais, de perroquets de mer et de tortues couchées sur le dos, bougeant comme des gens en train de se noyer.

Il est en train d'avancer au milieu de la foule, et il se dépêche au moment où il passe devant le tribunal, quand tout d'un coup quelqu'un crie son nom. Oui, *son* nom – « Ben, Ben ! » –, tout fort, au-dessus du vacarme.

Alors quelque chose bouge dans sa poitrine et lui fait mal.

Il lève les yeux et elle est là sur la véranda, à moins de dix mètres. Ses longs cheveux blonds tirés en arrière et serrés dans un ruban de velours noir. Une blouse blanche avec des fanfreluches sur une jupe écossaise. Des bas noirs et des bottes noires brillantes, une paire de béquilles, et cette chose en acier qu'elle a toujours sur sa jambe. Et elle remue son grand chapeau de paille, avec ce ruban vert qui flotte dessus, et elle crie :

« Ben ! Ben ! Par ici ! » et elle se penche si fort qu'elle bascule presque par-dessus cette foutue véranda.

Tout d'un coup, c'est comme s'il pouvait rien entendre d'autre, rien voir d'autre que Sophie sur la véranda, en train de lui faire signe. Personne a été content de le voir depuis que Robbie s'est tué, mais Sophie, elle l'est, alors il sait pas quoi faire.

— Ben ! C'est moi, Sophie !

Il enfonce les mains dans ses poches, rentre la tête dans ses épaules. Il y a pas de mal à dire bonjour, non ? Et comme ça, elle s'arrêtera de crier. Ça vaut mieux puisqu'elle est juste à côté de ce foutu tribunal. D'ailleurs, il a encore rien tiré ici, mais quand même.

Il traverse la foule et il saute sur la véranda, puis il retire son chapeau et il s'assied à l'autre bout du banc.

— Qu'est-ce qui se passe, Sophie ? il lui dit.

Elle s'assoit elle aussi – ou plutôt elle tombe sur le banc, à cause de son attelle et des béquilles et du reste – et elle rit et elle pleure, et elle est si contente qu'elle peut à peine respirer.

— Ben, tu as tellement grandi ! Et bruni ! Et tu as de nouveaux vêtements – et, et tout...

— Et je pue plus comme avant, il ajoute, parce qu'elle est trop polie pour le dire elle.

Elle pouffe de rire, et il y a encore ce quelque chose qui bouge dans la poitrine de Ben et qui le fait grimacer.

— Et toi, il dit, tu...

Mais là il sait pas quoi dire d'autre, parce que de près elle a l'air si fatiguée que ça lui fait vraiment peur. Elle est rien d'autre qu'un sac d'os, un visage qui ressemble à un crâne, des lèvres toutes pâles, des grandes ombres bleues sous les yeux.

Elle lui dit :

— Oh, Ben, je pensais que je ne te reverrais jamais. Tu n'es pas venu nous dire au revoir.

— Pouvais pas. C'était un peu chaud pour moi.

— Chaud ?

— Des problèmes. J'avais les bourres aux fesses.

— Les bourres – oh, tu veux dire les policiers... Je me disais que ça devait être quelque chose comme ça. Maintenant, ça va ?

Il se détourne, regarde le marché. Non, il se dit, ça ira plus jamais maintenant.

Alors elle dit la chose qu'il espérait qu'elle dirait pas.

— Où est Robbie ?

Sa poitrine se serre encore, il respire à fond pour pas crier.

— Il est pas là.

Elle le regarde juste, lui demande rien d'autre, et il pense que c'est vraiment une fille bien.

Pendant un moment ils disent rien, puis elle demande :

— Comment tu nous as trouvées, Ben ? Comment tu es arrivé ici, en Jamaïque ?

Il regarde son drôle de petit visage et il se demande comment il va lui raconter. Comment il a traîné dans la rue pendant des jours après que Robbie s'est tué, et comment il a tiré assez pour un enterrement convenable. Et qu'il a installé Robbie, et qu'ensuite il a vadrouillé et il s'est retrouvé aux docks. Sans raison spéciale, il s'est juste retrouvé là-bas. La puanteur du sucre là-bas, si épaisse qu'on peut à peine respirer, le quai tout brun et tout collant sous les pieds. Puis il a vu la marque sur un des sacs, *F H*, et un chef d'équipe lui a dit que c'était la marque des Monroe. Les Monroe de Fever Hill, un grand nom du sucre, ou en tout cas ça l'était, de la cassonade de première qualité. C'est là qu'il a eu l'idée. Des bateaux de sucre, il en part tous les jours de la semaine, et ils ont toujours besoin de bras supplémentaires.

Mais il peut pas dire tout ça à Sophie. Ça ferait que les ramener à pourquoi il a poursuivi le pasteur, et directement encore à Robbie. Alors il hausse juste les épaules et il dit :

— J'ai travaillé sur un bateau.

— Oh, ça alors, c'est passionnant… Est-ce que tu as eu le mal de mer ?

Il secoue la tête.

— Non, moi non plus, ni Madeleine. Mais Sinclair, oui, un peu.

Elle se tord les mains sur les genoux, et lui il pense,

elle a quelque chose en tête. Ensuite il la regarde prendre son petit porte-monnaie avec des perles à son poignet et l'ouvrir d'un coup sec.

— On est assez riches maintenant, elle dit, en parlant trop vite. J'ai de l'argent de poche et tout. Tiens, c'est un cadeau. (Elle lui tend deux couronnes d'argent.) Je suis désolée, ce n'est pas beaucoup, mais c'est tout ce que j'ai jusqu'à mardi prochain.

Mais lui il les repousse et il est furieux.

— J'en veux pas, de ton foutu argent.

— Ne sois pas idiot, Ben. Tu en as besoin…

— J'ai dit non !

Elle cligne des yeux.

— Je… je suis désolée, je n'avais pas l'intention de te vexer.

Elle a rien compris. Le problème, c'est qu'il est furieux contre lui, pas contre elle. Il se prend pour qui, à refuser du bon argent comme ça ? Mais il peut pas l'accepter d'elle, c'est tout. Stupide petite pétasse. Stupide petite pétasse, et boiteuse, en plus.

Elle ferme son porte-monnaie, le pose sur ses genoux, le serre dans ses doigts osseux. Elle crispe un peu trop les doigts, il pense.

— Oh, Ben, je suis si contente que tu sois là, elle dit, puis elle éclate en sanglots.

Merde, c'est horrible de la regarder pleurer. Il déteste ça, il *déteste*. Qu'est-ce qu'il doit faire ?

Il lui touche le bras, mais sa main est toute poussiéreuse et sa manche à elle est si propre, alors il la brosse.

— Qu'est-ce qui se passe, Sophie ? il lui demande.

Au bout d'un moment, elle arrête de sangloter, juste le hoquet, un peu. Elle a le nez rose et les cils tout en épis. Puis elle se lève et lui raconte. Ça, c'est tout Sophie. D'abord elle pleure, mais après elle se maîtrise, vite fait, et elle accouche de ce qui l'ennuie. Pas de temps à perdre.

Au début, il a du mal à la suivre, mais bientôt il arrive au cœur de l'histoire, et là, il a du mal à la croire. D'abord le pasteur a tué Robbie, et maintenant il est parti et il a tué ce petit négro qui était le copain de Sophie ? Pourquoi ? Ça a pas de sens !

Mais elle est pas en train d'inventer, non. Elle est peut-être une richarde, une nana et tout ce qu'on veut, mais Sophie, elle est maligne, et elle sait ce qu'elle voit.

— Je suis sûre qu'il n'avait pas l'intention de le faire, dit-elle, en faisant tourner son porte-monnaie dans ses doigts. C'est impossible, n'est-ce pas ? C'est impossible qu'il ait su que Victory était à l'intérieur.

Elle regarde Ben avec ses grands yeux bruns, mais lui, il dit rien. Pas la peine de lui faire peur, non ?

Puis il a une idée qui lui fait froid dans le dos. Si le pasteur pense que personne l'a vu enfermer le petit négro, tout va bien. Mais s'il sait que Sophie était là, alors… alors, Ben aime pas du tout creuser cet alors-là.

— Écoute, Sophie, il dit. À qui d'autre t'as raconté ça ?

— À personne, seulement à toi.

— T'es sûre ?

— Sûre.

— Bon, continue comme ça.

Elle a l'air étonnée.

— Je ne…

— C'est vrai, Sophie. Va parler de ça à personne. Et parle de moi à personne non plus. Tu m'as jamais vu, d'accord ? Exactement comme t'as jamais vu le pasteur fermer cette porte.

— Je ne peux même pas en parler à Maddy ?

— T'es cinglée, ou quoi ? Elle est mariée avec lui ! Il va le lui faire cracher en un rien de temps !

— Qu'est-ce que tu veux dire ? Je ne comprends pas…

Continue, pense-t-il, puis il lui dit :

— Écoute. Ton copain, celui qui a été tué.

Il lui prend le bras et elle est si maigre, c'est comme d'attraper un chat.

— Victory.

— Oui. Il est mort, OK ? Rien le ramènera maintenant. Alors tu vas l'oublier et plutôt penser à toi. Tu vas commencer à aller mieux, bientôt.

Mais Ben est étonné, elle secoue la tête, et tout à coup elle a l'air beaucoup plus adulte.

— Ce n'est pas si simple, Ben. J'allais mieux, mais alors quelqu'un a pris mon ombre.

Elle se mord la lèvre.

— Je crois que c'est pour ça que Victory – je crois qu'il essayait de la récupérer. Je lui avais dit de ne pas aller là-bas tout seul, mais je pense qu'il l'a fait quand même. Il voulait toujours m'impressionner.

De nouveau, elle va se mettre à pleurer, et il la secoue un peu.

— Arrête avec ça.

— Désolée.

— Bon. Maintenant, explique-moi.

Elle sort un petit mouchoir de linon de son sac et elle se mouche, ensuite elle lui raconte cette drôle de petite histoire sur les ombres et la magie noire et tout. Quand elle a fini, elle lui lance ce regard inquiet, comme si elle se demandait ce qu'il allait en faire.

La vérité, c'est qu'il sait pas quoi en faire. Il en a appris un peu sur la magie noire par Amos le cuisinier, sur la *Marianne*, et à son avis c'est un tissu de conneries.

Mais Sophie pense pas ça. Et si elle fait pas attention, ça va tellement la tracasser qu'elle va en mourir avant l'heure.

Là il s'arrête, d'un seul coup. Oh ! Ben. Te mêle pas de tout ça, c'est pas ton problème. Elle a tout ce qu'il faut, Sophie. Plein de fric, des beaux vêtements, beaucoup à manger, et une super grande sœur pour s'occuper d'elle. Elle est comme un coq en pâte.

Sauf que c'est pas vrai, elle l'est pas.

— Bon, il dit, et il prend l'air plus sûr de lui qu'il l'est en vrai. Tu me laisses faire. Je vais récupérer ton ombre et je réglerai aussi le problème, pour le pasteur. Mais à une condition, que tu fasses ce que tu dois toi aussi.

Elle hoche la tête pour dire oui.

— Qu'est-ce que je dois faire ?

— Tu dis rien à personne, t'arrêtes de te tracasser, et tu te mets à aller mieux.

Sinclair ramassa le petit fer à marquer d'argent sur son buvard et le fit tourner entre ses doigts, en songeant à ce que ces nouvelles troublantes venues de la ville pouvaient signifier.

Il fallait rester calme et avoir confiance. Dieu ne l'avait-Il pas protégé de la menace, dans la serre ? Dieu n'avait-Il pas réglé le cours des événements pour qu'il ait juste à attendre et garder le silence, en se demandant combien de temps ça allait prendre ?

Mais ce compte rendu fait par Kean était singulièrement troublant.

— Un garçon blanc, avait-il dit, habillé bon marché et très maigre, avec des cheveux noirs, un visage malin et méchant. Il a l'air de bien connaître Missy Sophie.

C'était impossible, inconcevable. On s'était occupé

de ces garnements à Londres, l'officier le lui avait assuré.

Et pourtant, si ça n'était pas le garnement de Fitzroy Square, à qui la sœur avait-elle parlé ? Et pourquoi ?

Un coup discret à la porte.

— Entrez, répondit-il.

Kean entra et s'inclina. Missy Sophie, lui dit-il, avait été réveillée et attendait Maître Sinclair. Elle serait seule, comme Maître Sinclair l'avait demandé. Miss Maddy prenait son bain.

Sinclair reposa le fer à marquer sur son buvard et se leva.

— Très bien.

L'enfant était assise dans son lit quand il s'approcha. Elle était encore étourdie de sommeil, son visage cireux chiffonné par les oreillers. Après la visite en ville, sa femme avait insisté pour qu'elle aille tout droit au lit faire un petit somme.

Sinclair posa les yeux sur elle pendant un moment. Puis, d'une voix basse et gentille, il dit :

— On t'a vue devant le tribunal, parlant à quelqu'un d'indésirable.

De toute évidence, le coup avait porté. Il la vit pâlir sous le choc.

— Tu avais l'air de connaître cet individu. Est-ce que c'est possible ?

Elle secoua la tête, mais il lui fit un sourire bienveillant et poursuivit :

— Un bon à rien, une loque, et pourtant tu le connais ? Je crois que tu devrais me dire qui il était et ce que vous vous êtes dit.

Elle ne répondit pas et il répéta sa question.

Un nouveau silence. Elle le regardait comme un animal traqué, osant à peine respirer.

— Tu devrais tout me raconter, tu sais. Tu te sentiras beaucoup mieux après.

Elle avala sa salive.

— Il demandait son chemin.

C'est tout juste si ses lèvres avaient remué.

— Il demandait son chemin, répéta Sinclair. Pendant un quart d'heure.

Elle acquiesça.

Il se pencha vers elle – pas trop près, à cause des émanations de sa maladie.

— Je suis étonné que toi, surtout toi, puisses tenter de tromper un homme de Dieu avec un mensonge. Tu dois bien savoir que tu n'en as pas pour longtemps à vivre. Tu pourrais aller en enfer pour ça.

Sous la robe de chambre, sa poitrine osseuse se souleva et retomba. Sinclair se redressa.

— Je crois que je ferais mieux de te laisser réfléchir à ce que tu as fait. Et quand tu auras décidé de me dire la vérité, je serai là pour t'écouter, en détail.

Il repartit le long de la galerie, puis s'arrêta à la porte de son bureau.

— En attendant, lui lança-t-il de là-bas, en glissant un peu de dureté dans sa voix, n'imagine pas que tu resteras impunie.

L'effet produit sur elle fut immédiat, et surprenant. Elle s'assit si brusquement dans son lit qu'elle heurta la table de nuit, renversa son verre et la carafe d'eau.

— Oh non ! je vous en prie ! cria-t-elle. Ne m'enfermez pas ! Non, je ne pourrais pas le supporter, je deviendrais folle !

L'enfermer ? Qu'est-ce qu'elle voulait dire ? Il en vacilla sur ses jambes. Seigneur ! Qu'est-ce qu'elle voulait dire ?

— Je ne le dirai à personne, cria-t-elle, je le jure sur la Bible ! Mais ne m'enfermez pas dans la serre !

Il se força à prendre une lente, profonde inspiration. Du calme. Aie confiance dans le Créateur. Puis il revint le long de la galerie, tira une chaise auprès d'elle et s'assit.

— Raconte-moi, lui dit-il, d'un ton aussi gentil que possible. Raconte-moi tout ce que tu crois avoir vu.

Chapitre vingt-trois

Avec un peu de chance, personne ne la verrait quitter la maison. Jocelyn était parti pour Kingston tôt le matin ; grand-tante May faisait sa sieste de l'après-midi, le dos douloureux de Clemency la maintenait au lit, dans les vapeurs du laudanum ; et Sinclair était en ville pour affaires. Quant à Sophie, elle dormait profondément dans la galerie. La promenade d'hier en ville avec Jocelyn avait paru être un grand succès – sauf que depuis elle était silencieuse, fermée sur elle-même et visiblement épuisée. Madeleine lui avait donné l'une des nouvelles poudres pour dormir du Dr Pritchard, et avait demandé à Rebecca de s'asseoir à côté d'elle jusqu'à son retour.

Le temps que la maison soit enfin calme, il était quatre heures de l'après-midi. Madeleine calcula qu'il lui faudrait environ une heure pour aller à cheval à Eden : ça lui laisserait juste assez de temps pour raconter à Cameron ce qu'elle avait à lui raconter, puis revenir avant le retour de Sinclair.

Elle dit à Jessie de courir aux écuries et de faire seller

son cheval par Doshey, mais qu'il l'attende dans la cour là-bas, plutôt que de faire le tour jusque devant la maison. Après quoi, elle alla dans sa chambre et mit sa tenue d'amazone. Elle s'étonnait de pouvoir agir aussi calmement, alors qu'à l'intérieur elle avait l'estomac noué.

Près d'une semaine avait passé depuis le bal de Parnassus, et de jour en jour elle se sentait plus mal de l'avoir trompé. Elle avait bien essayé de se convaincre qu'il le méritait, qu'il méritait qu'on lui mente. N'avait-il pas écrit cette lettre à cousine Lettice ? Ne s'était-il pas lavé les mains des enfants d'Ainsley ?

Mais ça ne marchait pas. Il avait été honnête avec elle ; à son tour, elle devait l'être avec lui. Elle devait lui dire qui elle était. On verrait comment il réagirait, mais pour elle, c'était la seule façon de mettre le passé derrière elle et de repartir d'un pied nouveau.

Elle finit d'épingler son chapeau, saisit son cache-poussière et sa cravache sur le lit, puis contempla une dernière fois la pièce. Sur les tentures rouge sang, elle croisa le regard menaçant du serpent des Monroe.

La prochaine fois que je te regarderai, lui dit-elle silencieusement, quelqu'un d'autre connaîtra la vérité. Elle ne savait pas si ça la faisait se sentir mieux ou plus mal.

Elle sortit discrètement de la maison par l'arrière, prit le sentier qui menait aux écuries depuis les cuisines ; les domestiques présents la regardèrent avec curiosité, mais elle les ignora.

Doshey attendait dans la cour avec Kestrel, la petite jument que Jocelyn lui avait donnée quand il lui avait appris à monter.

— Vous feriez mieux de vous dépêcher, Miss Maddy. Dans une heure d'ici, il va pleuvoir.

Il avait raison ; l'air était chaud et lourd, le ciel à l'est tournait à un vilain gris. Elle mit Kestrel au trot et prit vers le sud, le long du petit ruisseau boueux qu'ils appelaient la rivière verte. Le chemin était étroit et plein de cahots, mais à l'abri des regards ; même grand-tante May ne la verrait pas partir.

Au bout d'un kilomètre et demi environ, elle ressortit à découvert, parmi les champs de canne de Bellevue, aux limites sud-est du domaine. N'importe quel autre jour elle aurait apprécié la promenade : le vent sur son visage, les jeunes cannes frissonnant sous la brise, la souple puissance de la jument en dessous d'elle. Cet après-midi, c'est à peine si elle les remarquait. Une seule chose occupait son esprit : que dirait Cameron quand elle lui aurait tout raconté ? Que penserait-il d'elle ?

Après une demi-heure de trot, elle arriva au vieux guango qui marquait l'embranchement avec la route d'Eden et tira sur les rênes. Elle avait une étrange impression : tant qu'elle resterait sur les terres de Fever Hill, elle pourrait toujours rebrousser chemin, mais une fois qu'elle serait sur la route d'Eden, le sort en serait jeté.

Elle se retourna pour lancer un dernier regard en arrière, puis fit repartir Kestrel.

Mais alors qu'elle approchait du guango, une silhouette s'écarta du tronc et s'avança sur la route. Puis demeura là sans bouger, comme si elle l'attendait.

Elle était encore trop loin pour distinguer ses traits. On aurait dit un ouvrier agricole, salopette et chapeau de paille crevé – mais il y avait quelque chose dans ce visage qui lui était si familier. Plus un garçon, mais pas tout à fait un homme. Sa mince figure était à la fois grave et méfiante, tandis qu'il la regardait s'approcher.

L'estomac de Madeleine chavira ; non, pensa-t-elle, ce n'est pas possible.

— Salut, Madlin, dit Ben.

Elle est pas contente de le voir comme Sophie, ça se voit. Plutôt horrifiée. Ou peut-être effrayée. Peut-être elle croit qu'il veut de l'argent, être payé. Pour avoir parlé à personne de leurs photos.

Il aurait dû rester caché. C'est une grande dame maintenant, avec une plume à son chapeau et son cheval blanc tout lustré. Qu'est-ce qu'elle ferait avec lui ?

Et elle est pressée aussi, comme si elle allait dans un endroit important. Elle essoufflée, le cheval qui écume ; un regard rapide sur la route, un autre vers le ciel, en fronçant les sourcils. Et voilà que Ben Kelly est là, juste sur son chemin.

Il avait espéré qu'elle serait peut-être contente de le voir, un peu contente. Bien sûr, elle a pas de raison de l'être. Comme il a pas de raison d'être là à la regarder non plus. En fait, il a beaucoup de raisons de *pas* être là à la regarder – le fait qu'elle est mariée avec le pasteur et le reste. Mais il pouvait pas se cacher en la voyant juste passer à cheval. Pas elle, pas Madeleine.

Elle vient près de lui et elle saute de cheval.

— *Ben*, elle dit avec sa voix basse. Mon Dieu, *Ben*.

Sans y penser, il lui prend la bride, il calme le cheval un brin puis il l'attache à une racine. Il s'y prend comme un manche, les doigts qui tremblent tellement qu'il peut à peine faire un nœud. Comme s'il avait la frousse ou quoi.

— Ben, elle dit encore. Qu'est-ce que tu fais ici ?

Il jette son chapeau sous l'arbre, où le cheval peut pas

l'attraper, enfonce ses mains dans ses poches, hausse les épaules.

— Sophie t'a rien dit, alors.

— Sophie ? Qu'est-ce que tu veux dire ?

— Je l'ai vue à Falmouth. Devant le tribunal.

Il essaye de sourire.

— Ben Kelly assis sur un banc devant un tribunal... C'est pas génial ?

Mais elle sourit pas.

— D'abord, il continue, elle faisait quoi Sophie là-bas ? J'ai même pas pensé à lui demander.

Il sait qu'il parle trop, mais il peut pas s'arrêter. Il a l'impression qu'il doit continuer à parler, de n'importe quoi, ou sinon il va craquer en dedans.

Elle le regarde de ses grands yeux sombres, et peut-être elle devine pourquoi il parle comme ça, parce qu'elle lui répond.

— Elle attendait Jocelyn. Il était à une réunion de magistrats. Mais dis-moi...

— Jocelyn. C'est le vieux type ? Celui qu'elle appelle oncle Jocelyn ?

Elle dit oui de la tête.

— Et c'est ton grand-père, alors ?

Elle jette un coup d'œil par-dessus son épaule, comme s'il pouvait y avoir quelqu'un ou quelque chose qui la regardait.

— Oui. Mon père était son fils, Ainsley Monroe.

Il crache par terre, ensuite il envoie de la poussière sur son crachat avec son pied.

— Sauf que ton grand-père sait pas encore ça, je parie.

— Personne ne le sait.

— Même pas Sophie ?

Elle secoue la tête.

Derrière eux le cheval fait des histoires, comme si un frelon ou quelque chose l'avait piqué, alors il y va et il lui parle pour le calmer.

Un roulement de tonnerre au-dessus d'eux. Ils vont avoir l'orage. Il la regarde qui lève les yeux vers le ciel. Elle veut partir. Ça lui donne un coup de voir combien elle veut partir. Parce que lui, il veut pas qu'elle parte. Il veut *vraiment* pas. C'est comme s'il était encore un gosse et qu'il avait peur du noir, ou peur qu'on le laisse tout seul. Merde, qu'est-ce qui va pas avec lui ? Elle est pas sa grande sœur ni rien, elle est juste une aristo qui est partie et qui a épousé le pasteur.

— Ben, elle dit alors, où est Robbie ?

Il ouvre la bouche pour qu'elle se taise mais il y a rien qui sort, merde. Il fait juste qu'ouvrir et fermer la bouche comme un foutu poisson.

— Ben, qu'est-ce qu'il y a ? Qu'est-ce qui s'est passé ? Où est Robbie ?

Il s'éloigne d'elle et il trébuche sur la racine de cet arbre et il tombe assis par terre. Le cheval baisse la tête et le renifle, et lui il reste assis la bouche ouverte comme un poisson.

Elle se met à genoux près de lui dans la poussière. Elle a pas l'air de s'en faire pour sa chic tenue d'amazone, et ses bottes d'équitation brillantes et le reste. De près elle est plus la grande dame, elle est juste Madeleine.

Il prend une grande bouffée d'air pour se calmer, puis il lui raconte tout. C'est drôle. Jusqu'à ce qu'il commence, il sait pas qu'il va le faire. Mais elle est Madeleine, elle est une grande sœur – pas *sa* grande sœur, mais *une* grande sœur –, alors tout sort.

Il lui dit comment il a su que le pasteur avait payé un type pour les suivre, lui et Robbie, quand ils sont repartis pour Shelton Street, histoire de voir où ils habitaient ;

qu'après il a appelé les flics et il leur a balancé un tirage, un gros, avec plat d'argent et tout. Quand il arrive au moment sur Robbie qui s'est tué, il peut plus la regarder. Il regarde juste cette racine d'arbre, pleine de nœuds, toute tordue, avec les petites fourmis qui courent dessus, et il entend sa voix qui raconte comment c'est arrivé, et c'est comme si c'était pas Ben Kelly qui parlait, mais quelqu'un d'autre.

Ensuite il est arrivé après Robbie, à l'histoire des docks et de la *Marianne* et tout, mais il peut plus s'arrêter de raconter, c'est comme un train ou quelque chose qui avance tout seul. Il lui parle du pistolet et des balles et de son plan. La seule chose dont il parle pas, c'est ce petit négro, qui était le copain de Sophie et qui est mort, au cas où ça ferait des ennuis à Sophie.

Quand il a fini, il grelotte comme si on était en hiver, alors qu'il fait vachement chaud. Elle essaye de mettre la main sur son épaule, mais il la repousse. Si elle le touche, il va se casser en morceaux. C'est exactement ce qu'il ressent. Comme s'il allait se briser en petits morceaux dans la poussière.

Gentiment, comme si elle parlait à un bébé, elle lui dit :

— Oh, Ben, je suis si terriblement désolée.

Il crache par terre.

— Ouais, il dit. C'est la vie.

Il y a un silence. Haut au-dessus d'eux, un vautour fait un rond dans le ciel puis file. Le cheval baisse la tête pour souffler.

— Ben, elle dit, et cette fois elle a une voix différente, plus adulte. Le pistolet. Montre-moi le pistolet.

Il a même pas l'idée de dire non. Il se lève et il va vers l'arbre et il trouve l'endroit, et il le sort. Il le déballe et le pose entre eux dans la poussière.

Elle le regarde sans le toucher.

— Tu sais te servir de ça ?

Il fait oui de la tête. Maintenant, il a les balles. Il s'est même un peu entraîné, près de la rivière. Ce pigeon, il est juste tombé de cet arbre à quenettes, mort. Pas de criaillement ni rien. Juste tombé par terre d'un seul coup, mort.

— Tu ne peux pas, Ben, dit-elle de sa voix basse. Tu ne peux pas faire ça.

— Si, je peux. Je…

— Non. Écoute-moi. Ce n'est pas à Sinclair que je pense, Dieu me pardonne pour ça, mais à toi. On t'attrapera, Ben, et on te pendra pour ça.

Il essaye de hausser les épaules.

— Et alors ? Qui ça intéresse ?

Elle le fixe de ses yeux sombres.

— Robbie, dit-elle. Ça intéresse Robbie.

Il sursaute, comme si elle l'avait frappé sur la figure.

— Robbie est mort, grogne-t-il.

— Mais s'il ne l'était pas ? Si ça s'était passé autrement, Ben ? Si toi tu étais tombé du toit et que lui avait survécu ?

— Qu'est-ce que tu veux dire ?

— Et si Robbie avait vécu, Ben, qu'il soit venu jusqu'ici ? Tu voudrais qu'il reste en vie et qu'il fasse quelque chose de sa vie, ou tu voudrais qu'il soit pendu ?

Ben répond pas. Il répond pas parce qu'il peut pas. Il a quelque chose de coincé dans la gorge, un énorme morceau de quelque chose, comme un morceau de croûte coincé dans la gorge.

— R-R-Robbie, il bredouille enfin, il serait jamais arrivé jusqu'ici. Pas tout seul. Stupide petit c-c-corniaud.

Elle met la main dans son dos, commence à le masser, et il voudrait lui dire de laisser tomber mais il peut pas. Il peut rien dire à cause de ce gros morceau.

Et tout à coup, ça devient si fort en dedans de lui qu'il peut plus le retenir du tout. Ça vient de tout au fond de lui et ça remonte et ça fait tout craquer en remontant. C'est comme si un boucher avait pris un hachoir et l'avait fendu en plein milieu de la poitrine, et il y a des sanglots qui sortent à gros bouillons, jusqu'à ce que ses côtes souffrent quelque chose d'horrible et que sa gorge lui fasse tellement mal. Et il peut plus s'arrêter, il peut tout simplement plus, et ça lui fait mal, merde que ça lui fait mal.

Madeleine enveloppa le pistolet dans son foulard et le rangea avec précaution dans la sacoche de sa selle. Elle n'avait aucune idée de ce qu'elle allait en faire. Le donner à Cameron, peut-être. Tout ce qu'elle savait, c'est qu'il était indispensable de le mettre hors de portée de Ben. Son étrange projet de meurtre ne tenait pas debout, il n'aurait servi qu'à le faire tuer lui-même : c'était plus un suicide qu'autre chose.

Ces horribles sanglots, déchirants, avaient enfin cessé ; il était toujours assis sur le sol, le dos voûté, serrant ses genoux en tremblant, ses longs cils noirs dressés en épis à cause des larmes. Il avait l'air si mince et si jeune, et complètement épuisé : son visage était livide malgré le hâle, ses yeux comme des émeraudes et tout délavés.

Elle savait pourquoi il avait rendu Sinclair responsable de la mort de son frère. Il avait besoin de comprendre cette mort, il n'arrivait pas à l'accepter pour ce qu'elle était : un terrible accident. Mais cette idée bizarre de la faire payer au pasteur pouvait le faire tuer ou envoyer au bagne, au moins jeter en prison. Elle se demandait si elle réussirait à la lui ôter de l'esprit.

Recroquevillé au milieu des racines de l'arbre, il semblait si seul, on aurait dit qu'il avait complètement perdu pied. Comment pouvait-elle partir et le laisser ici ?

Mais ce ne serait guère prudent qu'elle demande à Jocelyn de lui donner du travail à Fever Hill. Ce serait même la pire des solutions, étant donné la fixation qu'il faisait sur Sinclair.

Elle avait essayé de lui donner de l'argent, mais il l'avait refusé avec colère. Il lui avait dit qu'il se débrouillait très bien, qu'on pouvait gratter facilement dans ce pays, tirer tout ce qu'on voulait. Même des petits boulots de temps en temps. Il disait qu'il était vraiment comme un coq en pâte.

Elle n'en croyait pas un mot. Il paraissait ne pas avoir mangé depuis des semaines, et le pire, c'est que manifestement ça lui était égal.

Une rafale de vent agita la mousse espagnole dans le guango. Elle leva les yeux vers le ciel : la pluie approchait vite. Si elle ne partait pas rapidement, ce serait trop tard, et elle devrait faire demi-tour.

— Écoute, dit-elle.

Elle s'agenouilla à côté de lui, prit son étui à cartes de visite dans sa poche et écrivit quelques mots au dos de l'une d'entre elles.

— Voilà l'adresse d'une bonne amie à moi à Falmouth, Mrs Olivia Herapath. Va la voir dès que tu peux. Elle te trouvera un travail. Je lui enverrai un mot pour la prévenir.

Il s'essuya le nez du dos de la main, prit la carte et lui jeta un regard mauvais.

— Elle connaît tout le monde ici, ajouta Madeleine. Elle te trouvera un emploi. Peut-être dans une écurie, où tu pourras travailler avec les chevaux.

Le peu que cela représentait la fit rougir de honte, mais, dans l'immédiat, c'était tout ce qui lui était venu à l'esprit.

Elle le regarda déchiffrer la carte, ses lèvres remuant silencieusement.

— Ben, dit-elle. Promets-moi que tu iras la voir.

Il regarda en l'air, les yeux dans le vague.

— Promis ?

Il finit par hocher la tête, mais elle se demandait s'il l'avait réellement entendue.

— Je dois y aller maintenant, lui dit-elle.

Elle se leva, épousseta sa jupe. Il resta où il était.

— Ben ? Tu veux bien m'aider à remonter à cheval ?

Ça parut le ramener à lui-même, comme elle l'avait espéré. Il se redressa et glissa la carte dans sa poche, puis détacha Kestrel et aida Madeleine à se mettre en selle.

— La pluie arrive, dit-il.

Au grand soulagement de Madeleine, il semblait presque dans son état normal.

— Tu vas où, Madlin ? T'as l'air si pressée…

— Juste faire une visite.

Il jeta un coup d'œil sur la route, puis commenta :

— Pas grand-chose par là.

Elle ne répondit pas, et bientôt le visage de Ben changea.

— Et merde. Et *merde*. Le frère.

Mon Dieu, il récupérait vite.

— C'est ça, hein ? Toi et le frère du pasteur…

Elle lui décocha un regard brûlant, mais qui fut loin de le faire taire ; il secoua la tête et la regarda avec une sorte de respect nouveau.

— Foutue merde, dit-il. Foutue pagaïe.

Elle grimaça un sourire.

— Comme tu dis.

Après quoi elle rassembla ses rênes et tourna la tête de Kestrel.

— Veille bien sur toi, Ben Kelly. Si ce n'est pas pour toi, au moins pour Robbie. D'accord ?

Il ne répondit pas, mais quelques instants plus tard, alors qu'elle s'éloignait avec Kestrel, il cria :

— Madlin ?

Elle s'arrêta, se retourna.

— Le pasteur… Si j'avais tiré sur lui, ça t'aurait ennuyée ?

Elle le voyait, debout sur la route poussiéreuse, si jeune, si seul. Elle aurait tellement voulu pouvoir faire plus pour lui.

— Reste éloigné de Fever Hill, lui dit-elle. Ne viens pas te perdre là-dedans.

Alors qu'elle galopait vers la Martha Brae, les premières gouttes de pluie éclatèrent dans la poussière rouge.

Le contremaître d'une équipe d'ouvriers agricoles lui confirma qu'elle était sur la bonne route.

— Tout droit, ma'am. Une fois que vous avez traversé la rivière, vous êtes sur les terres d'Eden. Maît' Cameron est dans le premier champ de canne après le pont.

Il dit aussi quelque chose à propos d'un essieu cassé, mais elle était déjà trop loin pour entendre.

La route grimpait régulièrement, à l'ombre de grands cèdres et d'amandiers sauvages, aux feuillages agités par le vent. Au-dessus des Cockpits, le ciel gris et rouge violacé était parcouru d'éclairs flamboyants.

Elle franchit le sommet de la colline puis redescendit vers un pont couvert de mousse. Là, elle dirigea Kestrel dans la rivière, pour qu'elle s'y ébroue le temps d'une courte halte.

La Martha Brae glissait, trouble et silencieuse, entre des rives couvertes d'héliconias et d'épaisses plantes grimpantes aux fleurs pourpres. De l'autre côté, dans une clairière plantée de charmes de Caroline et de bambous géants, se dressait un tas de ruines. Elle les reconnut immédiatement : le vieux village d'esclaves de Romilly. Il figurait souvent dans les histoires que racontait sa mère.

Elle avait la sensation poignante que rien n'avait changé depuis l'époque de ses parents, que, de l'autre côté de la rivière, s'ouvrait le passé. Des logements de pierre gisaient à ciel ouvert, des plantes grimpantes enserraient les murs effondrés telles d'énormes cordes.

De nouveau, elle se retrouvait au bord du Royaume Interdit. Mais, cette fois, il n'y avait pas de sinistre serpent de marbre, pas de corbeau à l'œil sévère se moquant d'elle dans les arbres. Les seuls bruits étaient le crépitement de la pluie sur les feuilles et sa respiration oppressée.

Elle n'aurait pas cru que ce serait aussi difficile. Elle avait juste pensé qu'elle allait voir Cameron et lui dire la vérité, pas à l'endroit où elle allait. En le voyant maintenant, ce Royaume Interdit soudain si proche, elle se sentait tremblante, vulnérable, bizarrement effrayée. Même la pluie, qui avait forci, avait l'air menaçante. Une telle pluie en juillet ? Qui avait jamais entendu parler d'une chose pareille ? On aurait dit que les collines elles-mêmes l'avertissaient de se tenir à l'écart.

Un nouveau coup de tonnerre. Kestrel fit un bond de côté. Elle reprit ses rênes, sortit de la rivière et traversa le pont au petit galop, pour entrer dans Eden.

Elle garda les yeux fixés sur la route tandis qu'elle dépassait les ruines, puis traversa le sous-bois, toujours au galop. D'un seul coup, elle se retrouva au milieu des champs de canne qui s'étendaient de part et d'autre de la route, d'un vert acide dans la lumière orageuse. Plus loin, les collines des Cockpits semblaient presque à portée de main.

À quelques dizaines de mètres, dans un champ de canne sur la droite, un petit groupe d'ouvriers agricoles entouraient un chariot penché comme un ivrogne, qui avait versé dans un fossé d'irrigation. Elle vit d'abord Pilate attaché à proximité, puis la tête blonde de Cameron. Il était près du chariot, courbé pour examiner les dégâts. Quand elle remit son cheval au pas, il se redressa et la vit.

À cet instant, le chariot remua et s'enfonça plus encore dans le fossé. Tout le monde fit un bond en arrière.

Cameron se tourna pour dire quelques mots à un grand Noir à côté de lui, puis il fit le tour du chariot pour aller détacher Pilate et se remettre en selle.

— Il faut que je vous parle, lui dit Madeleine quand il arriva devant elle.

Elle devait élever la voix pour couvrir le bruit de la pluie. Il lui lança un regard intense, indéchiffrable.

— Ça, ce n'est pas une bonne idée.

— Je sais, mais… je sais.

Du dos de la main, il essuya la pluie sur son visage.

— Et Sinclair ? Il sait que vous êtes ici ?

— Bien sûr que non.

Un terrifiant coup de tonnerre retentit ; leurs chevaux firent des écarts, effrayés.

Il jeta un coup d'œil par-dessus son épaule sur les hommes près du chariot, puis revint à elle.

— Venez à la maison.

Chapitre vingt-quatre

Le temps qu'ils atteignent la maison, il pleuvait des trombes d'eau.

Ils entrèrent par l'arrière, aussi Madeleine ne vit-elle rien de l'extérieur, sauf les plantes grimpantes martelées par la pluie et les corniches chantournées, cassées en de nombreux endroits. Ils passèrent dans le hall, puis il l'emmena dans une « chambre d'amis » obscure, aux volets fermés, où il l'abandonna sans un mot, pour aller s'occuper des chevaux.

Elle retira son chapeau et son cache-poussière, trempés, et les jeta sur une chaise. Ses cheveux étaient mouillés, sa tenue d'amazone humide mais pas transpercée. Rien à faire pour le moment, de toute façon. En plus, il faisait trop chaud pour tomber malade.

À mesure que ses yeux s'accoutumaient à l'obscurité, elle distinguait mieux le décor qui l'entourait. Malgré l'épaisse couche de poussière, l'odeur de moisi et de manque d'entretien, on pouvait cependant voir que la pièce jadis, avait dû être belle. Les murs étaient recouverts de panneaux de bois de réglisse couleur ambre, des restes de chantoung bleu et blanc pendaient aux fenêtres, le sol était carrelé de terre cuite, fraîche sous les pieds. Mais les rideaux étaient moisis, les panneaux vermoulus, et le baldaquin du lit s'était effondré en un tas de planches pourries. La pluie ruisselait dans une cuvette, par un trou dans le toit ; la chaise où Madeleine avait lancé son cache-poussière n'avait plus que trois pieds.

Elle se rappelait la ruine hantée de la photographie sur le piano, à Cairngowrie House. La fougère arborescente zébrant la fenêtre comme un monocle brisé ; l'escalier qui descendait en gracieuses courbes dans le jardin retourné à l'état de jungle. Elle se trouvait à l'intérieur de la maison que ses propres ancêtres avaient construite. À l'intérieur du passé.

Un violent éclair, un coup de tonnerre, la pluie sur le toit qui devenait assourdissante. Elle alla à la fenêtre.

Tout contre les jalousies cassées, les feuilles d'une énorme fougère tremblaient sous l'assaut des gouttes. Elle baissa les yeux vers une pente abrupte couverte d'arbres agités par le vent : palmiers et amandiers sauvages, philodendrons aux immenses feuilles crevées, qui s'inclinaient et se balançaient sous le déluge. En bas de la pente, elle distingua des écuries et des cuisines ; elles étaient étouffées par des plantes grimpantes, des bougainvillées, et de grands bouquets de gingembres sauvages écarlates. Difficile de dire si les bâtiments supportaient la verdure, ou l'inverse.

Partout où ses yeux se posaient, ce n'était que délabrement, pourrissement et jaillissement de la vie. *À Eden, tout est plus sauvage et plus vivant qu'ailleurs. Le soleil brille plus fort, la pluie tombe plus dru, les feuilles sont si vertes qu'elles font mal aux yeux.*

Non, se dit-elle. Ne pense pas à ça maintenant.

Un miroir brisé était accroché au mur près de la porte ; un fragment argenté demeurait dans un des coins. Elle y alla, commença à enlever les épingles de ses cheveux, à peigner ceux-ci avec les doigts et à les rattacher.

Puis la pluie cessa, avec une soudaineté toute tropicale. Le ciel bleu réapparut timidement à travers le trou dans le toit ; les rayons du soleil frangèrent d'or les fougères, une brume de vapeur s'éleva de la pente. Des sporophiles pépiaient furieusement, au milieu d'une chorale de grenouilles.

Elle retourna à la porte donnant dans le hall et regarda à l'intérieur : il était vide. Cameron devait toujours être dans l'écurie. Elle pénétra dans la vaste pièce, claire de par ses hauts chevrons ouverts, ses impostes à claire-voie, et les nombreux autres trous dans la toiture.

La maison paraissait plus petite que Fever Hill, mais manifestement plus ancienne. Mrs Herapath lui avait dit que c'était la plus vieille dans le Nord, et l'une des rares à avoir survécu à la révolte de Noël – car (par rapport aux normes de l'époque) les Durrant avaient été bons pour leurs esclaves.

— Trop bons, avait-elle marmonné sur un ton sévère. Il y avait bien trop de petits Durrant non officiels, plus ou moins noirs ou bruns, courant partout.

L'entrée était vide de tout meuble, sauf une énorme table d'acajou couverte de poussière, sur laquelle s'entassaient divers objets : trois lampes tempête au globe de verre fendu ; une pile branlante de *Gall's Weekly Newsletters* de l'année précédente ; trois grandes boîtes de savon à harnais Everett's Patented ; une caisse de whisky Glenfallock Highland ; *Le Déclin et la Chute de l'Empire romain*, de Gibbon ; et un exemplaire en lambeaux du *Livre du cheval*, de Cassel. Les pièces voisines, d'après ce qu'elle entrevoyait, étaient dans un même état de désordre et de manque d'entretien.

Comment pouvait-il vivre ainsi ? se demanda-t-elle. *Où* vivait-il ?

Elle traversa le salon, vide lui aussi, hormis une vieille commode branlante sur laquelle traînaient une ceinture à la boucle cassée, une chaîne de montre et un tas de petite monnaie. Elle résista à la tentation de fouiller les tiroirs et se dirigea vers une porte à claire-voie.

Elle n'oublierait jamais l'instant où elle l'ouvrit. Elle s'était attendue à une chambre obscure aux volets fermés, comme la galerie à Fever Hill ; au lieu de cela, elle se retrouva dans une véranda largement ouverte, inondée par un flamboiement de lumière.

Un vol de perruches jaillit des feuillages et remplit le ciel d'ailes couleur émeraude. Les rayons du soleil se teintaient de vert en passant à travers les fougères arborescentes qui ruisselaient sous les corniches. Des grenadiers pourpres, ainsi que des bougainvillées blanches, des hibiscus rouges à l'allure parcheminée, envahissaient la balustrade et ses dentelles de bois, brisées de partout. Aux pieds de Madeleine, une double volée de marches envahie de plantes grimpantes descendait dans une jungle fumante de brume. Elle y aperçut des manguiers, des cèdres et des palmiers, des tilleuls et des cinnamomes sauvages, des plumbagos bleu pâle et des thunbergies pourpres, et des strelitzies aux couleurs éclatantes, orange et cobalt. En bas de la pente, la rivière vert jade glissait sous le panache gorgé d'eau des bambous géants, ses rives enflammées par l'écarlate des gingembres sauvages et les griffes rouges des héliconias. Au-delà, la route traçait comme une longue balafre brune à travers les champs de canne brillants de pluie, tandis qu'au loin se dessinait le chatoiement gris-bleu de la mer.

L'air était chaud, riche et bourdonnant de vie. Le bruit râpeux des grillons, le coassement des grenouilles, les gazouillements des promerops et des serins sauvages. Elle prit une profonde inspiration, sentit la fraîcheur minérale de la terre humide et rouge. *À Eden, tout est plus sauvage et plus vivant…*

Courant au bout de la véranda, elle se pencha par-dessus la balustrade aussi loin qu'elle le pouvait. La maison se trouvait dans un amphithéâtre de collines boisées, certaines pentes assombries par le soleil qui arrivait d'en face. *Et tout au fond de la forêt, il y a un énorme fromager. C'est là que nous nous rencontrions, ton père et moi*. Elle observa les collines, mais il était impossible d'en voir les détails à cause du contre-jour.

Puis un nuage passa devant le soleil, et l'espace d'un instant, elle pensa que oui, au loin, elle le voyait. Plus grand que n'importe quel chêne, ses vastes branches déployées tout autour supportaient un monde à elles seules, au-dessus de la canopée ; un monde de figuiers étrangleurs, de mousse espagnole et d'orchidées semblables à de petites flèches de feu. L'Arbre de Vie. *Les lianes pendent jusqu'au sol et la nuit, après la pluie, elles sont toutes mouchetées de lucioles ; et il y a des fleurs de lune aussi grandes que ta main, si fragiles et pâles qu'on dirait des fantômes de fleurs ; et chaque fois qu'on respire, on sent le parfum de la cannelle et du tilleul et du pourrissement douceâtre…*

Elle cligna des yeux pour refouler ses larmes.

Un bruit de pas derrière la fit se retourner : Cameron entra dans la véranda. L'expression tendue sur le visage de Madeleine ne lui échappa pas, mais il l'interpréta mal.

— Avant, c'était une vraie galerie, expliqua-t-il, comme s'il pensait qu'il devait s'excuser, mais les fourmis rouges se sont mises dans les jalousies, et ça a paru plus simple d'ouvrir le tout.

Elle croisa les bras.

— C'est beau.

Il y eut un silence gêné ; elle remarqua qu'il restait près des portes, à bonne distance d'elle. Il gardait les mains dans les poches de sa veste de chasse, mal à l'aise, nerveux.

Puis deux événements survinrent en même temps. Un énorme mastiff monta les marches à toute allure pour se lancer sur Cameron ; un vieil homme noir, aux yeux jaunes et vitreux, sortit de la maison en portant un plateau avec une cruche de faïence, deux gobelets et une bouteille de rhum.

Le domestique et le mastiff se manquèrent de justesse, et Madeleine, heureuse de la diversion, avisa un fauteuil de rotin branlant près de l'escalier et s'y assit. Elle prit un gobelet sur le plateau et le tint sur ses genoux, des deux mains.

Il n'y avait pas beaucoup de meubles dans la véranda, mais la question de l'endroit où vivait Cameron était enfin résolue. Il vivait ici même, dehors. Derrière lui, Madeleine apercevait un lit de camp, hâtivement recouvert d'une couverture grise mangée aux mites, flanqué d'une antique table de toilette et d'une grande commode rustique cerclée de fer. Sur celle-ci reposaient une pile de livres de comptes défraîchis, une vieille lampe à pétrole, un coin de miroir argenté. Pas étonnant qu'il se coupe en se rasant, pensa-t-elle.

Il saisit la direction de son regard, rougit.

— Désolé. Vous devez croire que je suis retourné à l'état sauvage.

Elle secoua la tête.

— C'est juste qu'il y a toujours tellement à faire sur un domaine, poursuivit-il. Je n'ai pas le temps de m'occuper de la maison.

— Pourquoi dormez-vous ici, dehors ? Est-ce à cause de la prison ?

Il renvoya le serviteur, attendit qu'il soit parti, puis se retourna vers elle.

— Comment saviez-vous ça ?

— Oh, disons que j'ai deviné. Est-ce que c'était horrible ? demanda-t-elle après un silence.

— Heu… oui.

— Est-ce que ça vous a changé ?

— Je crois, oui.

— Dans quel sens ?

Il fronça les sourcils, regarda le sol.

— Ça m'a rendu plus tolérant, je suppose. Je veux dire, j'avais de bons amis en prison, mais ils n'étaient pas le genre de gens que j'aurais fréquentés avant.

Il rougit de nouveau, et elle supposa qu'il pensait à Grace. Elle aurait voulu lui dire qu'elle n'était pas du tout choquée qu'il ait eu une maîtresse noire. Comment aurait-elle pu l'être, alors que sa propre photo devait figurer dans les casiers devant la minable petite boutique de Bob Venables, dans Holywell Street ?

Le mastiff vint l'examiner, renifla sa main, puis retourna vers Cameron et s'écroula à ses pieds.

— Je présume que c'est la fameuse Abigail, dit-elle.

— Sophie vous a parlé d'elle ?

Elle hocha la tête.

— Elle regrettera beaucoup de ne pas avoir été là pour les présentations.

Un autre silence gêné. Tous deux pensaient à la même

chose : combien il était peu probable que Sophie ait jamais le droit de rendre visite à Eden.

Madeleine prit une gorgée de sa boisson. C'était du jus de canne fraîchement pressé, gris perle, parfumé, merveilleusement apaisant.

— Voulez-vous un peu de rhum dedans ? demanda Cameron. Vous devez être plutôt mouillée.

— Non, merci. Mais allez-y, vous.

Il versa une bonne mesure de rhum dans son propre verre, y ajouta un doigt de jus de canne venant du pot, puis prit un fauteuil près de la commode de campagne. Elle remarqua qu'il utilisait seulement sa main droite, et que la gauche restait dans la poche de sa veste de chasse ; là, une tache sombre commençait à filtrer à travers l'étoffe.

— Vous vous êtes blessé à la main ?

— Je me suis éraflé avec un clou, c'est tout.

Elle se rappela le moment où il l'avait vue dans le champ de canne – le chariot qui avait basculé, le bond en arrière qu'il avait fait. Il cachait sa blessure, pour le cas où elle aurait eu l'âme sensible.

— Vous devriez regarder, lui dit-elle. Allez-y, j'ai déjà vu du sang.

Quelque peu embarrassé, il ressortit sa main de sa poche, et elle vit que le mouchoir qu'il avait enroulé autour d'elle était presque entièrement taché de rouge. Il le déroula, révélant une vilaine coupure en travers de sa paume. Abigail leva la tête, renifla, et il la repoussa.

— Ça fait mal ? lui demanda Madeleine.

— Non. (Il haussa les épaules.) Oui.

Ils échangèrent un léger sourire, puis il gagna l'intérieur de la maison, revint avec un mouchoir propre à la main, se rassit.

Elle aurait dû lui dire, maintenant, pourquoi elle était

venue, juste le lui dire et en finir avec ça. Mais elle ne pouvait pas le faire, pas encore. Il fallait lui laisser le temps de bander sa main et de boire un verre. Surtout de boire un verre. Il allait en avoir besoin.

Derrière lui, sur la commode, un petit cadre en cuir contenait deux photographies. Sur l'une des deux, elle reconnut un Jocelyn plus jeune, bien moins raide qu'aujourd'hui et ressemblant moins à un faucon. Sur l'autre, un jeune homme avec des cheveux blonds ondulés. Il avait un visage heureux, beau, brave. C'était son père.

Cameron lui dit quelque chose, mais elle n'entendit pas.

Elle avait oublié à quoi son père ressemblait quand il souriait. Comment avait-elle pu oublier quelque chose d'aussi important ?

— Madeleine ? Qu'est-ce qui ne va pas ?

Elle s'arracha à la contemplation de la photo, demanda en la désignant du menton :

— Est-ce que c'est Ainsley ?

— Je vous demande pardon ? Oh ! oui, c'est Ainsley. Abby, va-t'en.

— Il a l'air jeune.

— Il avait vingt-deux ans quand elle a été prise. C'était juste avant qu'il s'enfuie avec Rose.

— Quel genre d'homme c'était ?

Il prit la bouteille et versa du rhum sur sa paume, soufflant quand ça commença à le piquer. Abigail lapa le sang et l'alcool au sol, jusqu'à ce qu'il la repousse de sa botte.

— Intelligent, répondit-il sans lever les yeux. Original. Extrêmement autocritique, ce qui pouvait être exaspérant par moments. Et gentil. Je crois, reprit-il après un silence, que c'est pour cela qu'il n'a jamais pu trouver le bonheur, après. Parce qu'il avait, *lui*, fait du mal à d'autres gens.

À Cairngowrie House, au bout de quelques semaines de sa présence à la maison, son père redevenait toujours pensif et taciturne ; sa mère disait qu'il se sentait coupable du fait qu'il était avec elles.

— Lui avez-vous vraiment pardonné ? demanda-t-elle.

Il lui jeta un regard surpris.

— Bien sûr. Il était si jeune quand c'est arrivé.

— Et Rose, vous lui avez pardonné ?

— Elle était jeune, elle aussi.

— Ce n'est pas une réponse.

Il y réfléchit un moment.

— J'avais treize ans quand ils sont partis, et j'étais un peu amoureux d'elle moi-même. Mais oui, bien sûr, je lui ai pardonné. Pauvre Rose. On ne peut pas rester éternellement en colère. Mais c'est étrange. Je continue…

Il s'interrompit brusquement, fronça les sourcils.

— Qu'est-ce que vous alliez dire ?

— Juste que je rêve toujours de lui, d'Ainsley, et ce ne sont pas des rêves paisibles. Je ne sais pas pourquoi.

Vraiment ? pensa-t-elle. Pas une fois, il n'avait mentionné les enfants d'Ainsley. On aurait dit qu'il les avait oubliés. Étrange qu'un homme sensible comme lui puisse se mentir à lui-même aussi longtemps.

— Est-ce qu'il vous manque toujours ?

Il posa le mouchoir en travers de son genou, le plia pour en faire un bandage de fortune, puis entreprit de l'enrouler autour de sa paume.

— Imaginez ce que vous ressentiriez si Sophie s'en allait et ne revenait jamais.

Dans le jardin, un vol de corbeaux se posa dans un manguier, où ils commencèrent à se chamailler. Abigail poussa un brusque aboiement, puis se rua sur les marches pour aller les chasser.

Madeleine dit :

— Vous savez, j'ai lu le compte rendu de votre procès devant le tribunal militaire.

Il leva la tête et la contempla.

— Pourquoi ?

— Pour découvrir ce que vous aviez fait.

— Je vous ai dit ce que j'avais fait.

— Non, je veux dire *vraiment*. Je voulais tout savoir.

Elle baissa les yeux vers ses genoux.

— Mrs Herapath m'a raconté, pour la lettre de Clemency.

En s'aidant de ses dents, il serra le nœud du mouchoir.

— Olivia Herapath parle trop.

— Je ne crois pas, non. Vous… Pourquoi n'avez-vous jamais essayé de vous réconcilier avec Jocelyn ?

— Pourquoi l'aurais-je fait ?

— Parce que vous le pouviez.

Il ne répondit pas.

— Je crois, dit-elle, que vous vous êtes habitué à vivre ainsi. C'est devenu un mode de vie, comme pour Jocelyn. Vous vous ressemblez, tous les deux. Vous pourriez très bien être vraiment père et fils.

Elle le regarda se verser un autre verre, puis le contempler, et le reposer sans y avoir goûté.

Ses cheveux étaient encore humides ; comme il ne portait pas de cravate, elle pouvait voir des gouttelettes de pluie couler dans son cou. La chaleur lui monta aux joues.

— Madeleine, lui demanda-t-il, pourquoi êtes-vous venue ici ?

— J'avais besoin de vous voir.

— Ça ne fait que rendre les choses plus difficiles.

— Je sais.

Elle posa les mains sur sa jupe de serge, couleur rouille. *Maintenant*, c'était le moment de lui dire. Juste lui dire et en finir.

Elle tenta d'imaginer comment il réagirait, quand il saurait qu'elle lui mentait depuis le début. Elle le regardait assis là-bas, ses coudes sur ses genoux, sa main blessée qu'il remuait avec précaution. Ses cheveux humides qui frisaient sur sa nuque, comme ceux d'un enfant. Il semblait si fort et si maître de lui, mais il était aussi vulnérable, il pouvait être blessé. Surtout par elle. Comment pouvait-elle faire une chose pareille ? Elle ne pouvait pas le blesser. Puisque tout ce qu'elle voulait, au contraire, c'était l'empêcher d'avoir mal.

— J'avais besoin de vous voir, répéta-t-elle.

— Pourquoi ? À quoi est-ce que ça sert ?

Elle secoua la tête ; elle se sentait incapable de le lui dire, de le lui avouer. C'était lâche, c'était mal, mais elle ne pouvait pas.

Il frotta sa bonne main sur son visage, lui lança un regard qu'elle ne put déchiffrer.

— Cette nuit-là, chez les Traherne, j'ai eu envie de tuer Sinclair. Mon propre frère. J'ai eu envie de le tuer à cause de ce qu'il a dit sur vous.

— Qu'est-ce qu'il a dit ?

— Que vous n'étiez pas aussi innocente que vous le paraissiez.

Elle se leva, alla à la balustrade.

— Il a raison. Je ne le suis pas.

— Je n'en crois rien.

— Pourtant c'est vrai.

— Qu'est-ce que vous voulez dire ?

Elle secoua la tête sans répondre, puis elle l'entendit se lever et venir auprès d'elle.

Ils restèrent ensemble en silence, à contempler le jardin qui fumait toujours de brume. De nouveau, elle sentit la chaleur la gagner. Elle avait envie de le toucher, de poser les doigts sur son cou, sentir la fraîcheur de l'eau de pluie et la tiédeur de sa peau.

— Si les choses avaient été différentes, lui dit-il, nous vivrions ensemble ici, vous et moi.

— Ne dites pas ça.

Il se tourna vers elle.

— Quittez-le. Quittez-le et venez avec moi.

— Je ne peux pas.

— Si, vous pouvez. Vous n'avez pas besoin de suivre les règles, vous pouvez les briser. Je le sais. Je l'ai fait.

— Mais moi, je ne peux pas. Il est le tuteur de Sophie.

— Amenez-la ici avec vous. Elle adorera. Elle ira mieux.

— Il viendrait la rechercher. Il pourrait le faire. Il aurait la loi pour lui.

— Donc, vous y avez pensé.

— Bien sûr que j'y ai pensé.

— Mais alors, qu'êtes-vous en train de me dire ? Qu'il n'y a rien à faire ?

D'abord elle ne répondit rien, puis :

— Le seul moyen serait de s'enfuir. Quitter la Jamaïque, oublier tout le monde, exactement comme Ainsley et Rose. Mais ça ne ferait que recommencer tout ce cycle misérable, et je ne veux pas. Donc, oui, je suis en train de vous dire qu'il n'y a rien à faire. Et vous le savez aussi.

Il ouvrit la bouche pour répondre, mais se tut. Elle avait raison.

Des filets d'eau suintaient toujours des corniches. Une aigrette fila dans le ciel, en amont de la rivière, blanc brillant contre le vert éclatant. Devant eux, Abigail fourrageait dans le tapis végétal.

Elle contempla la main de Cameron, posée sur la balustrade. Il avait roulé sa manche de chemise pour soigner la coupure, mettant à nu son large poignet, ses fins poils blonds, la forte veine qui sinuait sur son avant-bras. Ne pouvait-elle pas le toucher, juste une fois ? Au moins aurait-elle quelque chose à se rappeler.

Elle tendit le bras, posa les doigts sur le dos de sa main, juste au-dessus du bandage. Elle le sentit qui resserrait sa prise sur la balustrade, les muscles qui se contractaient sous sa peau. Elle sentit la tension en lui, la retenue.

Elle mit la main sur son épaule, se leva sur la pointe des pieds, l'embrassa. Elle avait voulu atteindre sa bouche, mais dans sa nervosité la manqua, et ses lèvres ne trouvèrent que sa joue rugueuse. Il sentait le rhum, les chevaux, la peau fraîche et lavée par la pluie.

Il mit une main sur sa taille et l'autre sur sa nuque, se pencha et l'embrassa sur la bouche. Doucement au début, juste pour trouver ses lèvres, puis plus profondément.

C'était saisissant, inconnu, étrange. Elle avait l'impression de tomber en tourbillonnant dans une spirale de chaleur et de force, encore inconnue d'elle, dans la chaleur et l'intimité, une incroyable intimité. Là, il n'y avait pas de barrières, rien pour vous retenir, plus de solitude.

Elle passa les bras autour de son cou, perçut la chaleur de sa peau sous ses poignets, ses cheveux humides, et son étreinte qui se resserrait. Elle ne voulait pas que ça finisse. Elle voulait se noyer en lui et ne jamais se réveiller.

Enfin, ils durent se séparer mais restèrent tête contre tête, chacun dans le parfum de l'autre. Elle tremblait et lui aussi.

— Je ne vous comprends pas, lui dit-il. C'est cela que vous êtes venue me dire ? Que vous avez envie d'être avec moi, mais que vous ne pouvez pas ?

— Oui. C'est pour cela que je suis venue.

— Vous savez bien que je ne l'accepterai jamais.

— Vous n'avez pas le choix.

— Il y a toujours un choix.

Elle posa la main sur sa poitrine, sentit son cœur battre sous sa paume. Pourquoi cela, pourquoi ainsi ? pensa-t-elle. Juste au moment où tout devenait clair, il fallait que ça prenne fin.

— Madeleine…

— Il est tard. Il faut que je rentre.

Ses bras se serrèrent autour d'elle.

— Vous ne pouvez pas partir. Pas après ça.

— Cameron…

— Vous ne pouvez pas juste partir, comme ça…

— Laissez-moi y aller. Je suis désolée. Laissez-moi y aller.

— Je ne vous comprends pas. Avec vous, on a toujours l'impression qu'il manque quelque chose, que quelque chose n'est pas dit ou pas fait.

— Je sais. Oui, je sais.

— Pourquoi ne voulez-vous pas me dire quoi ?

Elle posa les deux mains sur la poitrine de Cameron.

— Je dois y aller, répéta-t-elle. Il est tard. Je vous en prie. Allez me chercher mon cheval.

— Madeleine, vous ne pouvez pas juste…

— Si, je le peux.

Elle s'était promis de ne pas regarder en arrière, mais elle n'en tint pas compte. Elle était à mi-chemin de la route menant aux champs de canne quand elle tira sur les rênes et se retourna sur sa selle.

Déjà Eden reglissait dans le passé mais Cameron était toujours là, sur l'escalier, la regardant partir.

Elle se détestait. Elle ne lui avait rien avoué, elle n'avait rien fait, sinon le faire souffrir et exaspérer leurs sentiments.

Elle se retourna, mit Kestrel au galop et retraversa comme une aveugle les champs de canne, la rivière, enfin les routes boueuses menant à Fever Hill.

Il était six heures quand Sinclair revint de la ville, grandement apaisé par son entretien avec le Dr Valentine. Il n'eut guère le temps de savourer sa satisfaction, car dès qu'il arrêta la voiture devant la maison, Kean descendit l'escalier à sa rencontre avec un mot de grand-tante May.

Il faut que je te parle. À l'ouest dans le parc, immédiatement. Assure-toi que personne ne nous dérangera.

Une sueur froide coula sur les tempes de Sinclair. Que pouvait-il y avoir d'assez important pour que grand-tante May enfreigne les règles d'une vie entière, et sorte dans le parc en plein jour ?

Sans prendre le temps de se laver ni de changer de vêtements, il gagna l'arrière de la maison. À l'ombre du grand fromager à moitié mort, deux chaises à dossier droit avaient été apportées sur l'herbe brune et sèche. C'était là que l'attendait grand-tante May, protégée par une énorme ombrelle noire ; rigide, immobile, cuirassée contre le soleil par un cache-poussière de soie gris silex descendant jusqu'au sol, avec ses éternels gants de chevreau gris, et un chapeau à large bord drapé de voiles de mousseline gris étain.

Tremblant de nervosité, Sinclair s'assit sur la chaise d'à côté.

Elle tourna la tête pour le regarder, et il saisit à travers les voiles l'éclat de son regard bleu ardent. Ses traits impérieux, couleur ivoire, étaient aussi impénétrables que d'habitude.

Il s'humecta les lèvres.

— J'avoue, grand-tante May, que je ne comprends pas ce que…

— Bien sûr que tu ne comprends pas, répondit-elle froidement. Mais tu vas comprendre.

Il passa la main sur sa gorge et son menton. Elle n'avait pas l'air en colère, pas contre lui, en tout cas. S'il l'avait moins bien connue, il aurait dit qu'elle était excitée. Ou peut-être satisfaite, d'un satisfaction contenue et menaçante. Son pouls s'accéléra.

— Cet après-midi, commença-t-elle, Kean a surpris un dialogue entre deux personnes sur la route d'Eden. Ta femme et un autre, un indésirable.

Il ouvrit la bouche pour protester, mais elle le fit taire d'un regard.

— Malheureusement, Kean n'a pas tout entendu, car il a été dérangé par des ouvriers et a dû changer de place. Mais il en a entendu suffisamment.

Elle fit une pause avant de reprendre :

— Ta femme n'a pas été honnête avec toi, Sinclair.

— Ça, je le sais, dit-il vivement.

— Non, tu ne le sais pas.

Elle posa ses longues mains étroites sur ses genoux, l'une sur l'autre.

— Ta femme, dit-elle calmement, n'est pas celle qu'elle prétend être.

Elle baissa les yeux vers ses mains.

— Ta femme est la petite-fille de Jocelyn.

Chapitre vingt-cinq

La force et la connaissance palpitaient dans les veines de Sinclair, alors qu'il partait à cheval au petit matin voir son frère.

Quand il promenait le regard sur le paysage, il savourait tout ce qu'il voyait. La jeune canne encore luisante après la pluie de la veille ; les Noirs qui sarclaient les rangs à leur manière brutale, désordonnée ; les pickneys qui se précipitaient pour ramasser les quatties qu'il leur jetait dans la boue. Oui, toute chose avait sa place et son but, dans le grand dessein de Dieu.

Et voilà que son propre but venait s'inscrire, dans ce grand dessein, avec une admirable précision. *La petite-fille du vieil homme !*

Quand grand-tante May le lui avait dit, cela avait d'abord été un véritable choc. Mais elle l'avait mis en garde contre toute réaction hâtive de sa part, et elle avait eu raison. Aussi avait-il gardé le silence et passé la nuit en prière, cherchant à bien saisir la grandeur du plan que Dieu avait orchestré à son intention.

Et maintenant, enfin, il comprenait. Il comprenait

pourquoi Dieu lui avait donné cette femme pour épouse. Il comprenait les épreuves que Dieu lui avait fait subir. *Elles étaient là pour prouver qu'il était digne du grand office auquel il était destiné.*

Pendant qu'il contemplait la canne lavée par la pluie, il pensait : Qui sur terre peut t'arrêter maintenant ? Tout est si clair. Le Dr Valentine va la guérir, elle sera enfin une femme convenable pour toi. Elle satisfera tes besoins, elle te donnera un fils ; ensuite, quand le moment sera venu, tu diras la vérité au vieil homme, et tu le regarderas faire sauter son arrière-petit-fils sur ses genoux. Et ton héritage sera sauf.

La petite-fille du vieil homme.

Comme c'était étrange de penser que quelques jours plus tôt il avait encore peur de la toucher. Mais tout était différent, maintenant. Elle n'était pas une femme ordinaire, elle était l'enfant d'Ainsley. Son héritage fait chair.

Ça n'avait plus d'importance qu'elle soit farouche, ou si peu féminine, *parce que ce n'était pas sa faute* ! Ça aussi, il le comprenait maintenant. De sa visite providentielle d'hier à Falmouth, il comprenait qu'elle était simplement *malade*. Le Dr Valentine le lui avait clairement expliqué.

— Les femmes, mon cher Mr Lawe, sont plus proches de l'état infantile que les hommes. C'est pourquoi elles sont impulsives, émotives, très sujettes aux désordres nerveux. Je peux parfaitement saisir les raisons de votre désarroi face à la conduite de votre épouse, mais soyez assuré que sa condition n'est pas rare. Cette obstination que vous me décrivez, ce défi permanent à l'autorité ne sont, pour un médecin expérimenté, que les symptômes familiers d'une grave neurasthénie ; ce qu'on pourrait appeler, en termes profanes, un épuisement de la force nerveuse.

Un épuisement de la force nerveuse. Quel soulagement de l'entendre décortiquer ce mal, avec la froideur des termes scientifiques, et d'apprendre que ça pouvait être guéri !

— Il y a de solides raisons d'espérer, Mr Lawe, oh ! oui. Il existe en effet un régime, bien établi et d'une efficacité qui a fait ses preuves, que j'utilise moi-même depuis des années pour traiter exactement ce genre de cas. Vous pouvez me faire confiance, mon cher monsieur. Après trois mois d'une cure d'isolement – avec repos au lit, traitement sédatif, pas de visite, bref, pas de stimulation d'aucune sorte –, votre femme sera quelqu'un de différent. Docile, régulée intérieurement, heureuse de tenir auprès de vous son rôle d'épouse et de soutien moral.

Le chemin se rétrécissait et Sinclair remit son cheval au pas. Il ne voyait rien que des champs de canne vides, et, au-delà, les sinistres cônes gris-vert des Cockpits, qui paraissaient étonnamment proches. Il se demanda un instant s'il s'était perdu, mais il aperçut alors un pickney non loin ; il le héla et lui jeta un quattie, pour qu'il lui indique le chemin de chez Maître Cameron.

— Maît' Came'on, il est dans la cou' de l'usine, m'sieur, dit le pickney, en montrant le chemin d'un doigt crasseux. P'têt' un kilomèt' par là d'vant. Mais ce matin, l'est pas heu'eux, m'sieur, ça c'est sûr. L'arrête pas d'jurer depuis hier, et pe'sonne il peut dire pou'quoi !

Tiens, tiens, pensa Sinclair, en poussant sa monture pour suivre le garçon. L'humeur de mon frère n'est donc pas au beau fixe. Puis il se rappela les traits altérés de sa femme, quand elle était revenue de sa promenade à cheval la veille au soir. Une dispute d'amoureux, sans doute. Bien, bien. Cela n'avait plus d'importance, maintenant. Une fois que son frère saurait la vérité, tout cela serait fini.

Il les imagina ensemble dans la vieille ruine sordide, qu'il n'avait fait qu'apercevoir au loin. Combien de fois s'étaient-ils rencontrés ? Comment cela se passait-il au juste ? Est-ce qu'elle se déshabillait entièrement ? Il l'imagina dans des poses qu'il avait vues lors de ses visites à Holywell Street...

Un faucon s'envola d'un arbre, le faisant tressaillir, et il se passa une main tremblante sur le front. Du calme, du calme. Peu importent les péchés qu'ils ont commis dans le passé. Seul compte ton destin, désormais rien d'autre. Tu vas l'emmener à Providence pour une cure d'isolement, et le Dr Valentine la soignera. Après ça, elle sera une femme convenable et elle te donnera un fils. Et quand ton héritage sera assuré, ton frère connaîtra l'amertume de la défaite éternelle.

Il promena, un sourire sur les lèvres, le regard sur les brillants champs de canne d'Eden. Oui, mon frère, donne-toi tout le mal que tu veux, ce sera toujours en vain. Tu ne pourras plus jamais me surpasser, maintenant.

Il continuait à avancer sur le chemin boueux, puis le pickney lui montra enfin la cour de l'usine, à une quinzaine de mètres devant eux. Sinclair arrêta son cheval. Voilà donc où son frère passait sa vie.

Un lieu informe et malpropre, peuplé par l'habituel troupeau de Noirs. Au premier plan, un fouillis d'ateliers et d'entrepôts ; puis l'énorme bâtiment de la chaudière, en pierre, avec une haute cheminée et, par-derrière, un aqueduc aboutissant à un moulin ; un hangar de séchage, une distillerie ; enfin, tout au fond, un hangar à déchets long et bas, entouré d'un amas de vieilles tiges de canne jaune pâle, étalées au soleil pour qu'elles sèchent. La récolte était finie depuis longtemps, mais la production ne l'était pas, manifestement, car le sol était blanc de résidus piétinés, et l'air épais d'une puanteur de sucre brûlé et de rhum.

Comment des hommes peuvent-ils vivre ainsi ? se demandait Sinclair avec dégoût. Comment peuvent-ils se couper de tout ce qui est beau, noble et pur ?

Il aperçut son frère devant la distillerie, surveillant un groupe de Noirs en train de descendre du matériel d'une charrette tirée par des bœufs. Il était sans chapeau, en bras de chemise, et ses cheveux hirsutes faisaient des boucles, mouillées de sueur. Sinclair en fut écœuré. Voilà ce qui arrive quand l'homme blanc fréquente le Noir, songea-t-il. Le Noir ne déteint pas sur sa peau, mais sur son âme.

Puis son frère le vit et, la première surprise passée, traversa la cour à sa rencontre. Il ne faisait aucun effort pour dissimuler son mécontentement.

Sinclair enleva son chapeau et lui adressa un sourire enjoué.

— Salut à toi, mon frère.

Cameron s'essuya le front avec le bras. Il avait l'air fatigué et ses yeux étaient bordés de rouge, comme s'il n'avait pas dormi.

— Qu'est-ce que tu fiches ici ?

— Bienvenue à toi aussi, lui répondit Sinclair avec une gaieté appuyée. Tu travailles un samedi ? Comment as-tu persuadé nos frères de couleur ?

— En les payant, lui répondit-il sèchement. Maintenant, dis-moi ce que tu veux.

De sa cravache, Sinclair lui indiqua le chemin.

— Marche un peu avec moi, j'ai quelque chose à te raconter.

— Je n'ai pas le temps.

— Je t'assure que ça ne te prendra pas longtemps.

— Vraiment, je…

— S'il te plaît, mon frère. J'ai fait tout ce chemin pour ça.

Cameron le regarda, puis jeta un œil sur la cour, soupira, enfin ils s'engagèrent sur le chemin. Il était surplombé par des poincianas, certains d'entre eux toujours en fleur ; Sinclair en contempla quelques instants les pétales vermillon tombés au sol, puis dit :

— Frère, j'ai quelque chose à te raconter.

— Tu me l'as déjà dit, répliqua Cameron avec irritation. Si tu en venais au…

— Je t'en prie, fit Sinclair en levant la main. Le moment est important. Disons que j'ai une révélation à te faire.

— Vraiment, marmonna Cameron, nullement impressionné.

— Oui, vraiment.

— Concernant qui ?

Sinclair se tourna vers lui et leurs regards se rencontrèrent.

— Concernant ma femme.

Le dog-cart filait rapidement sous les bambous géants ; assise sur le siège, Sophie serrait Pablo Grey contre elle, en pensant combien les jours pouvaient se suivre et ne pas se ressembler.

Tout allait bien maintenant. Ben trouverait un moyen pour récupérer son ombre, et elle commencerait à aller mieux. Et l'accident de Victory n'avait été que cela, finalement : un *accident* et rien d'autre. Sinclair le lui avait expliqué en détail.

Dès qu'elle lui avait raconté ce qu'elle avait vu à la serre, il avait complètement changé d'attitude et était devenu vraiment gentil avec elle. Il lui avait expliqué que s'il avait parfois été sévère, avant, c'était parce qu'il avait peur qu'elle ne dise des mensonges. Ce qu'elle pouvait comprendre, n'est-ce pas, puisqu'il était un homme d'Église.

Ç'avait été un accident. Bien sûr qu'il ignorait que Victory était à l'intérieur. En fait, il avait même fermé la porte pour empêcher les enfants d'entrer dans la serre et d'y avoir des problèmes.

Cela avait été un tel soulagement pour elle. Elle avait voulu le raconter à Maddy tout de suite, mais Sinclair lui avait dit non ; attendons d'être tous à Providence ensemble, tu pourras le lui dire là-bas.

Ç'avait été son idée à lui d'arranger ces vacances à Providence, pour faire une surprise à Maddy. Ce matin, après être revenu de sa promenade à cheval, il avait suggéré à Maddy qu'elle aille en ville voir Mrs Herapath ; et Maddy avait sauté sur l'occasion, parce qu'elle n'était pas dans son assiette depuis sa promenade à cheval d'hier après-midi. Après son départ, ils avaient fait la valise de Sophie puis ils étaient partis pour Providence : Sinclair avait pensé l'emmener là-bas un jour plus tôt, pour qu'elle fasse préparer une maison agréable par la gouvernante. Une surprise pour Maddy.

Pendant que le dog-cart filait le long de la Martha Brae, le pouls de Sophie s'accélérait. C'était peut-être aujourd'hui qu'elle allait voir un alligator. Visiblement, il y avait beaucoup d'animaux sauvages par ici. Depuis leur départ, elle avait déjà vu un grand papillon jaune pâle, un envol de canards à tête chauve et sans doute une mangouste. Même si Sinclair lui avait dit que ce n'était qu'un rat des cannes.

L'instant d'après, sa bonne humeur retomba. Cela ne faisait même pas une semaine que Victory était mort, et elle ne pensait qu'à voir des animaux sauvages, comme s'il n'avait jamais existé…

Elle rêvait de lui toutes les nuits. Elle se demandait si on était seul quand on était mort, et aussi si ça faisait mal de mourir. Maddy lui avait dit qu'il avait dû s'endormir peu à peu, parce qu'il n'avait rien à boire, qu'il ne s'était pas rendu compte de ce qui se passait. Sophie espérait que ce n'était pas juste un mensonge pour la rassurer.

L'après-midi n'avançait pas vite, et elle était impatiente d'arriver à Providence. Mais elle préféra ne rien demander à Sinclair. Il avait été gentil avec elle pour la serre, mais elle n'avait pas oublié ce qu'il lui avait dit sur l'enfer. Avec lui, on ne pouvait jamais savoir.

Ils s'éloignèrent de la rivière et la route se mit à monter. Les collines étaient plus proches, tout à coup. Est-ce que c'étaient les Cockpits, enfin ? Elle avait hâte de regarder le petit livre, dans sa valise, que Clemency lui avait donné en cadeau : *Histoires des Nègres marrons révoltés dans les Cockpits*. Exactement la lecture qu'il fallait pour des vacances dans les collines.

Clemency allait lui manquer. Elle l'avait aidée à faire sa valise, s'était inquiétée pour elle et ne voulait pas qu'elle parte, exactement comme une vraie mère. Pour la réconforter, Sophie lui avait parlé de Ben, en lui faisant promettre de garder le secret, et Clemency en avait été touchée. Elle avait pleuré quand ils étaient partis et avait promis à Sophie de lui rendre visite très bientôt – mais c'est là que grand-tante May était intervenue pour dire que non, ce ne serait pas une bonne idée, et Clemency avait cédé. Elle cédait toujours, et Sophie aurait vraiment voulu qu'elle ne le fasse pas. Les vraies mères ne cédaient pas quand ça concernait leurs enfants.

Enfin, ils arrivèrent devant de grandes portes d'acier ; Sinclair arrêta son cheval, parla au portier, et les portes s'ouvrirent. Une fois à l'intérieur, ils trottèrent dans une allée bordée de deux rangs serrés de catalpas.

Quand la maison apparut devant eux, une certaine appréhension s'empara de Sophie. Elle savait que Providence était un pavillon de chasse, elle s'était donc attendue à quelque chose d'intime et de rustique, du genre du cottage dans *Les Enfants de la forêt*. Mais cette demeure-ci était encore plus grande que Fever Hill, et un peu inquiétante. Elle avait des pignons pointus comme une maison de sorcière, des jalousies froides et hostiles, peintes en gris foncé. Et le pire de tout, c'était l'espèce d'énorme coin qui dépassait de l'aile ouest, avec des murs de pierre aveugles, comme la proue d'un gigantesque bateau.

Sophie demanda à Sinclair ce que c'était.

— Un coupe-vent. Dans l'ancien temps, ils en faisaient pour protéger les maisons des ouragans. Et peut-être aussi, ajouta-t-il avec un drôle de sourire, pour y enfermer les petits enfants désobéissants, ceux qui étaient particulièrement méchants.

Sophie se dit qu'il devait juste plaisanter ; mais elle ne trouvait pas ça drôle du tout, pas après l'histoire de Victory.

Des domestiques en uniforme gris vinrent s'occuper du dog-cart et de la valise de Sophie ; l'un d'entre eux la prit dans ses bras et la porta en haut de l'escalier. Là, il la déposa avec ses béquilles dans une galerie plongée dans la pénombre. Elle était impeccablement propre, avec un sol de linoléum brun comme dans l'arrière-cuisine de Wyndham Street, et sentait le Crésyl. Des paravents empêchaient de rien voir, d'un côté et de l'autre, mais Sophie avait l'impression qu'il y avait des gens derrière, même si on n'entendait pas un bruit. D'ailleurs, un calme sinistre régnait dans tout le bâtiment ; et elle se rendit compte qu'il n'y avait pas un seul chien, ce qui était rare pour la Jamaïque.

Pendant qu'elle attendait Sinclair, un domestique arriva, portant un plateau de petites fioles brunes ; il écarta l'un des paravents et se glissa à l'intérieur. Par-derrière, Sophie aperçut une femme étendue dans un lit roulant. Elle était si maigre que sa poitrine, sous le drap, était plate comme celle d'un garçon, avec des clavicules qui faisaient saillie. Son visage, qu'elle tournait vers Sophie, avait un nez pointu, des joues creuses mais bizarrement rouges ; un filet de glaire rose pendait au coin de sa bouche et descendait sur le côté du lit ; ses yeux clairs avaient l'air de ne s'intéresser à rien, ils regardaient à travers Sophie comme si elle n'était pas là.

Sophie se demandait qui ça pouvait être. La gouvernante, peut-être ? La gouvernante malade, qu'on soignait pour qu'elle recouvre la santé ?

Puis Sinclair monta l'escalier, passa rapidement près d'elle et lui dit de se dépêcher ; elle n'en vit pas plus sur la femme, parce qu'elle dut le suivre en boitant sur ses béquilles. Pablo Grey se balançait à sa taille, au bout du nouveau collier rouge et jaune que Maddy avait tressé pour lui avec des fils de soie.

Elle posa la question à Sinclair, au sujet de la gouvernante malade, mais il lui répondit d'un ton sévère de rester tranquille. Il était redevenu le Sinclair d'avant, toujours à lui faire des reproches, le Sinclair qu'elle n'aimait pas, et elle se demanda si elle avait fait quelque chose de mal.

Pendant qu'ils se dépêchaient le long du corridor

sentant le Crésyl, quelqu'un, un homme sans doute, commença à tousser dans un étage au-dessus. Sophie n'avait jamais entendu personne tousser de la sorte ; on aurait dit que l'homme crachait vraiment l'intérieur de son corps. Quand il s'arrêta, le silence parut plus profond qu'avant. Sophie se demanda si l'homme allait mieux ou bien plus mal.

Au bout du couloir, une porte s'ouvrit ; une dame de grande taille en sortit et les emmena dans un bureau. Il y avait là une énorme table et deux chaises plutôt dures, en cuir noir, pour les visiteurs. Sinclair refusa, pour tous les deux, le thé qu'elle leur proposa – alors que Sophie avait très soif et qu'elle aurait bien aimé en boire une tasse.

La dame parlait respectueusement à Sinclair, mais visiblement elle n'était pas une domestique. Elle portait une robe de soie grise comme celle de grand-tante May, juste plus simple et sans les gants ; mais, quand elle regarda Sophie, elle avait le même genre d'expression sur le visage, comme si elle aurait *aimé* porter des gants. Elle prit les béquilles de Sophie, et elle lui prit aussi Pablo Grey.

— Ceci ne pourra pas rester, dit-elle en tenant l'âne par une oreille. Les jouets ne sont pas permis. Ils apportent de la poussière.

— Oh, il est extrêmement propre, dit Sophie. Quand je suis tombée malade, au début, Maddy le passait au Crésyl pendant la nuit. Même, il fallait très longtemps pour qu'il sèche. Et maintenant, je le brosse tous les jours.

La dame ne répondit pas. Elle traversa la pièce, alla poser les béquilles et Pablo Grey en travers d'une chaise ; puis elle donna un livre à Sophie et lui dit de l'étudier en silence pendant qu'elle parlait avec le révérend Lawe.

Maintenant, Sophie était persuadée que quelque chose allait de travers. Elle n'aimait pas cet endroit, et elle était sûre que Maddy ne l'aimerait pas non plus. Et la dame se trompait, pour Pablo Grey.

Sinclair et la dame parlaient à voix basse de l'« inscription », alors Sophie arrêta d'écouter et ouvrit le livre. En fait, ce n'était pas un livre, juste une page de papier gris épais entre deux feuilles de carton vert olive.

RÈGLEMENT, disait-elle en grandes lettres noires. *Les patients doivent garder le silence en permanence. Les patients ne doivent pas bouger ni se livrer à AUCUN effort sans la permission du docteur. Les patients ne doivent ni lire, ni écrire, ni dessiner, ni coudre, ni s'adonner à la musique ou à la conversation, ni faire AUCUN bruit d'aucune sorte. Les patients ne doivent pas s'adonner à une toux qui ne serait pas nécessaire. Les patients…*

Sophie commença à se sentir malade. Elle releva la tête, s'éclaircit la gorge.

— Excusez-moi…

Sinclair et la dame cessèrent de parler et se tournèrent vers elle.

— Excusez-moi, répéta-t-elle, mais est-ce que cet endroit s'appelle bien Providence ?

La dame pinça les lèvres et ne répondit pas. Sinclair regarda Sophie d'un air calme et lointain, comme si son sort ne le concernait plus.

Elle baissa les yeux vers le livre sur ses genoux. La couverture disait : *Règlement à l'usage des patients. Clinique privée Burntwood pour les affections des poumons.*

Chapitre vingt-six

— Elle est *où* ? demanda Madeleine.

D'une voix douce, Sinclair répéta ce qu'il venait de lui dire un instant plus tôt et l'invita à s'asseoir.

Il n'aurait pu rêver situation plus propice pour les révélations qu'il avait à lui faire. Son bureau était l'endroit du monde où il se sentait le plus puissant, et elle avait justement choisi de l'interpeller ici, alors qu'il était assis à sa table de travail : un patient homme d'Église subissant une nouvelle attaque, de la part de sa femme de plus en plus instable.

— Assieds-toi, lui répéta-t-il, et calme-toi.

— Non, je ne me « calmerai » pas ! Pas tant que Sophie ne sera pas revenue chez elle !

— Chez elle, c'est là où j'ai décidé de la mettre.

— Sottises ! Elle…

— Je te le répète, calme-toi !

Cette fois, il laissa l'acier se glisser dans sa voix, et ça fit son effet.

Sa femme s'assit. Son visage était pâle, altéré, il voyait les efforts qu'elle devait faire pour se maîtriser.

— Sinclair, lui dit-elle d'une voix basse et qui tremblait d'émotion. Quoi que tu aies contre moi, ne t'en prends pas à Sophie. Elle ne t'a rien fait.

— Tu me comprends mal. Je n'ai que son intérêt en tête.

Elle ouvrit la bouche pour protester, mais il leva la main.

— L'état de ta sœur demande des soins constants. Ça t'a rendue malade, oui, malade. Inutile de le nier. J'ai pris un avis médical. Je sais que j'ai raison.

— C'est à cause de Cameron, n'est-ce pas ? Tu as envoyé Sophie dans cet horrible endroit pour me punir ?

Il se renversa en arrière dans son fauteuil, étudia son visage. Manifestement, elle ignorait qu'il avait percé son secret à jour. Avec cette arme, il pouvait la terrasser à n'importe quel moment.

— Il n'est pas question de punition, lui dit-il. C'est juste une affaire de repos et de rétablissement. Pour ta sœur *et* pour toi.

— Sinclair, écoute-moi.

Elle posa les mains sur la table, se pencha en avant ; pendant quelques troublantes secondes, il lui sembla que c'étaient les yeux mêmes de Rose Durrant – sombres, insondables – qui plongeaient dans les siens.

— Sophie ne peut pas rester à Burntwood. C'est un hospice pour tuberculeux. Les gens vont là-bas pour mourir. Je ne te permettrai pas de faire ça. Je…

— *Tu* ne *me* permettras pas ?

Il émit un rire incrédule.

— As-tu oublié que c'est moi le mari et toi la femme ? As-tu la moindre notion de ce que ça signifie ? Tu t'es mise sous ma protection, ma chère. Comprends-tu ? Aussi bien spirituellement que légalement et matériellement.

Maintenant, au moins, elle lui accordait toute son attention.

— Tu devrais m'être reconnaissante, continua-t-il. Un homme moins indulgent que moi t'aurait déjà envoyée dans un asile.

Il se tut quelques secondes, pour laisser le mot résonner dans la pièce.

— Je pourrais t'y envoyer tout de suite. Un trait de plume, rien de plus. Le Dr Valentine me l'a assuré, et mon avocat aussi.

— Le Dr Valentine ? Qui est-ce ?

— Mon médecin.

— Il ne m'a même pas vue une seule fois ! Comment peut-il affirmer que je suis folle ?

Avec un air de patience teintée de lassitude, il se massa les tempes.

— Il avait prédit que tu réagirais ainsi. Il m'a prévenu que l'humeur querelleuse est un des symptômes.

— Un des symptômes de quoi ?

— D'épuisement de la force nerveuse.

— Quelle sottise, gronda-t-elle. Il n'y a aucun problème avec mes nerfs.

— Le Dr Valentine ne serait pas d'accord. Et puisqu'il est médecin et que tu ne l'es pas, c'est son opinion qui compte.

Elle se cala dans son fauteuil, et il la regarda lutter pour comprendre. Exactement comme il avait regardé son frère, ce matin, lutter pour maîtriser le choc.

— J'ai déjà essayé de t'avertir, lui avait dit Sinclair, pendant qu'ils marchaient sous les poincianas. Cette nuit-là, à Parnassus. Tu te souviens ?

Mais il doutait que son frère en ait entendu un seul mot. Son visage était tendu, son regard absent ; peut-être se rappelait-il tous ces moments volés avec sa maîtresse, et l'étendue des mensonges qu'il y avait eus entre eux.

— Pour moi aussi, ç'a été un choc, l'assura Sinclair. Encore maintenant, j'ai du mal à y croire.

Toujours ce silence.

— D'après toi, lui dit Sinclair d'une voix pleine de suavité, qu'est-ce que je dois faire ? J'ai besoin du conseil d'un frère…

Enfin, il croisa les yeux gris de Cameron ; mais ils étaient flous et distants, comme s'il était toujours perdu dans ses pensées. Sinclair en ressentit un pincement de jalousie. Quel droit avait l'amant de ressentir les choses plus durement que le mari ?

— Dis-moi, répéta-t-il, qu'est-ce que je dois faire ? Aller trouver le vieil homme et lui expliquer que la femme pour qui il avait de l'estime est en fait sa petite-fille bâtarde ? Une aventurière qui s'est fait épouser par ruse par son fils adoptif, au nom de Dieu sait quelle obscure vengeance ? Ou bien est-ce que je dois, en tant que mari, me sentir tenu de protéger son secret – même si je deviens complice de sa tromperie en le faisant ? Dis-moi un peu, mon frère, qu'est-ce que je dois faire, d'après toi ?

Mais Cameron cligna seulement des yeux, secoua la tête et s'éloigna.

Sinclair se sentit lésé. Comme d'habitude, son frère l'avait déçu.

Maintenant, dans le bureau, la pendule du grand-père frappait sept heures. Sinclair repoussa sa chaise et se leva.

— Il faut que tu te dépêches de t'habiller pour le dîner, dit-il à sa femme. Nous ne devons pas faire attendre grand-tante May.

Elle secoua la tête d'un air d'incrédulité.

— Mais tu ne vois pas que ça ne sert à rien ? Dans une quinzaine de jours, Jocelyn reviendra de Kingston. Il ne permettra pas que Sophie reste à Burntwood.

— Si, il le permettra. Il respectera les volontés d'un tuteur légal.

— Pas quand il apprendra où elle est.

— Oh ! si, même à ce moment-là. Rappelle-toi, le vieil homme vit en fonction de ses principes, pas de ses sentiments. Il ne s'interposera jamais entre un homme et sa femme. Ni entre un homme et son devoir légal.

— Je n'en crois rien.

— Mais si. Rappelle-toi comment il s'est conduit envers son fils unique.

Il la vit tressaillir avec satisfaction.

— Peut-être que le vieil homme n'aimera pas ma décision, mais il la respectera sûrement. Tu peux y compter.

Visiblement, la vérité de ses propos finit par s'imposer à Madeleine ; pourtant, elle ouvrit la bouche pour protester.

— *Assez !* cria-t-il. Je ne changerai pas d'avis, tu dois bien le comprendre ! Maintenant, pour la dernière fois, fais ce qu'on te dit et habille-toi pour le dîner ! Après, tu feras ta malle. Nous partirons pour Providence demain matin, directement après l'église.

— *Quoi ?* Mais je ne peux pas…

— Et je t'avertis, à la moindre tentative pour défier mon autorité, je te ferai mettre sous sédatif.

— Sous sédatif ? Mais, Sinclair…

— Si tu me défies, répéta-t-il, élevant la voix pour

couvrir la sienne, je te ferai mettre sous sédatif ! Mais si tu m'obéis, et si tu fais tout ce qu'ordonne le Dr Valentine, alors je pourrai permettre, à terme, à ta sœur de nous rejoindre. Réfléchis bien. C'est ton seul choix.

Le coup porta : plus de protestations, plus de résistance. Elle avait enfin compris que continuer à se montrer insoumise ne ferait que retarder le retour de sa sœur. Et du retard, il n'en fallait pas : la fillette était chez les tuberculeux et si la maladie se mettait dans ses poumons, elle n'en aurait plus pour longtemps.

À vrai dire, c'était là-dessus que Sinclair comptait.

Le révérend Grant n'était pas connu pour la brièveté de ses sermons ; mais, ce matin-là, il se surpassa. Il parla jusqu'à ce que la mâchoire de Madeleine en soit crispée, tant elle avait envie de hurler. Dix heures et quart, et elle n'avait toujours pas de plan pour sortir Sophie de Burntwood.

Elle était assise sur le banc de la famille, flanquée de Sinclair et de grand-tante May, tels deux geôliers hautement respectables. Autour d'eux, les messieurs toussotaient, les enfants se tortillaient, les dames s'éventaient et enfouissaient leur nez dans des mouchoirs imprégnés de parfum. L'air pur et frais de la grande église de pierre se résorbait, peu à peu, en des relents de corps entassés et d'eau de Cologne.

Elle était restée éveillée toute la nuit dans son lit ; l'idée de Sophie enfermée à Burntwood lui causait une intolérable douleur dans la poitrine. Les projets les plus fous lui traversaient l'esprit : prendre un cheval et galoper jusque là-bas ; appeler la police ; tuer Sinclair. Elle en était capable, n'est-ce pas ? Elle était une

Durrant, et n'était-ce pas le genre de choses que faisaient les Durrant ?

Mais ensuite, quand le matin arriva, le côté désespéré de la situation s'imposa à son esprit. On la surveillait en permanence, les domestiques avaient ordre de ne pas la laisser approcher des écuries. Elle n'avait pas un seul allié à Fever Hill. Clemency était trop effrayée pour l'aider, sa femme de chambre rapportait immédiatement à grand-tante May tout ce qu'elle faisait. Olivia Herapath ne voudrait pas s'immiscer dans ce qu'elle considérerait comme une affaire purement familiale ; quant à Ben Kelly, qu'elle aurait pu convaincre de l'aider, elle n'avait aucune idée d'où il était.

Restait Cameron. Mais comment pourrait-elle lui faire parvenir un message ? Il ne venait jamais à l'église ni n'observait le jour du Seigneur. À cette heure, il était sans doute dans un lointain champ de canne, ignorant tout de ce qui se tramait.

Enfin le sermon se termina, et les ultimes prières furent prononcées. Les messieurs s'étirèrent, les gouvernantes rappelèrent leurs protégés à l'ordre, les dames se baissèrent pour reprendre leurs ombrelles sous les bancs. Puis, avec une désespérante lenteur, l'assemblée sortit de l'édifice.

Sinclair précéda Madeleine sous le porche, mais il s'arrêta pour échanger quelques mots avec le révérend Grant. Grand-tante May baissa sa voilette et ouvrit son ombrelle, pour se protéger du soleil pendant qu'elle allait à la voiture.

Madeleine sortit sur la place ensoleillée, regarda sans les voir les petits groupes de paroissiens qui se parlaient dans le cimetière, les voitures qui se pressaient dans la rue, les pickneys qui trottinaient derrière leurs mères, dans leurs habits du dimanche. Tout lui paraissait irréel.

Puis elle se tourna et vit Cameron debout sous un cassier, de l'autre côté de la rue.

Il était en vêtements de travail, comme s'il avait décidé de venir la voir sur un coup de tête ; et il la regardait directement, sans feindre d'être passé ici par hasard.

Un sentiment de soulagement l'inonda. Tout ira bien maintenant, se dit-elle. Il me sortira de là. Tout ira bien.

Elle alla vers Sinclair, lui toucha le bras.

— Ton frère est ici, murmura-t-elle.

Il tourna la tête vers l'autre côté de la rue, dit simplement :

— Tiens, oui.

À la surprise de Madeleine, il ne semblait pas troublé mais presque content, calmement content.

— Il faut que je lui parle, dit-elle. J'ai besoin de…

— De lui dire au revoir ?

À son étonnement, de nouveau, il inclina la tête en signe d'assentiment.

— Tu as l'air surprise… Pourquoi ? Je ne suis pas ton geôlier. Je ne vois pas d'objection à ce que tu ailles parler à ton beau-frère en sortant de l'église.

Elle n'attendit pas qu'il change d'avis. Ignorant les regards curieux des autres paroissiens, elle traversa la rue en courant ou presque.

En plein air, la chaleur était torride. Au bout de quelques secondes, elle sentait la sueur perler sur ses omoplates.

— Je n'ai pas beaucoup de temps, dit-elle à Cameron en s'approchant de lui.

— Venez avec moi. Marchons.

Ils cheminèrent lentement le long de Duke Street, en restant à l'ombre des arbres. Des gens de leur connaissance leur faisaient des saluts de la tête en les croisant, puis murmuraient dans leur dos.

— Il faut que je vous parle, lui dit-il, quand ils eurent pris un peu de distance. Il faut que…

— Sophie est à Burntwood, l'interrompit-elle. Sinclair l'a emmenée là-bas hier, pendant que j'étais en ville. Vous devez la faire sortir.

Il s'arrêta, se tourna vers elle : son visage était étrangement fermé, et elle ressentit aussitôt un profond malaise.

— Juste la faire sortir, poursuivit-elle, et la ramener à la maison. Ou mieux encore, la garder à Eden jusqu'au retour de Jocelyn. Seulement jusque-là, quand toute l'affaire pourra être réglée.

Il ne répondait pas, et toujours cet examen déconcertant qu'il semblait lui faire subir.

— Cameron ? Qu'est-ce qu'il y a ?

Il balaya la rue du regard ; puis, quand il se fut bien assuré qu'il n'y avait personne à portée de voix, il déclara :

— Sinclair m'a dit qui vous étiez.

Alentour, tous les autres bruits s'évanouirent. Elle se sentit vaciller sur ses jambes. Sinclair sait, pensa-t-elle. Mon Dieu, Sinclair sait.

Elle repensa à leur discussion de la veille au soir. L'expression qu'il avait eue, si calme, si sûr de lui, avec ses yeux bleus sereins. Elle se retourna pour jeter un coup d'œil vers le cimetière et le vit debout sous le porche, en train de la regarder.

— Il sait, dit-elle tout haut.

— C'est pour cela qu'il vous a laissée venir me parler, j'imagine. C'est son petit jeu. Vous laisser apprendre par moi qu'il sait.

Elle se tourna de nouveau et rencontra le regard de Cameron. Il n'avait l'air ni en colère ni réprobateur, juste fermé.

— Vous êtes venue à Eden pour me l'expliquer, n'est-ce pas ? C'est pour cela que vous êtes venue. Mais vous ne m'avez pas fait assez confiance.

— Je ne voulais pas vous faire de mal.

Il ne répondit rien et ils recommencèrent à marcher. Elle maniait nerveusement le fermoir de son réticule : ouvert, fermé, ouvert, fermé. Et se demandait comment l'atteindre, le faire réagir.

— J'ai l'impression que je ne vous connais plus, finit-il par dire. Mais je pense que la vérité est plutôt : je ne vous ai jamais connue.

— Cameron…

— J'ai toujours su que quelque chose n'allait pas entre nous. Je veux dire, quelque chose de plus que juste Sinclair.

Il lui fit un demi-sourire qui était douloureux à voir.

— Je n'arrive toujours pas à y croire. La fille d'Ainsley. La petite fille dans le parc. Vous savez, je me suis toujours senti mal à cause de ça. Je trouvais ça tellement lâche, d'avoir effrayé une enfant.

— Je sais. Je ne vous l'ai jamais reproché.

Il mit les mains derrière son dos, étudia le sol.

— Si ce que vous venez de dire était vrai, je pense que vous m'auriez parlé plus tôt.

Oh ! mon Dieu, pensa-t-elle. Il ne me croit pas.

— Vous croyez que je vous le dis maintenant pour vous persuader d'aider Sophie ?

— Je crois que vous feriez n'importe quoi pour votre sœur, oui.

— Cameron…

— Dites-moi, pourquoi l'avez-vous épousé ? Je veux dire *vraiment*. Pourquoi ?

— Qu'est-ce que ça…

— Ce n'était pas une sorte de… je ne sais pas, une sorte de revanche ? Contre la famille ?

— Bien sûr que non. Vous m'avez déjà posé la question, vous ne vous rappelez pas ? Et je vous ai répondu la vérité. Je l'ai épousé pour l'argent. Pour Sophie.

Mais il ne semblait pas convaincu.

— Nous n'avions pas d'argent, Cameron. Vous ne pouvez pas comprendre ça ? Oh, je sais, il y avait un legs, mais Septimus a tout pris, et quand il est mort il ne restait rien. Puis Sophie est tombée malade, et tout à coup, nous avons eu besoin de *beaucoup* d'argent, très vite, sans quoi elle ne survivrait pas.

Elle recommença à ouvrir son réticule en le faisant cliqueter : ouvert, fermé, ouvert, fermé.

— Qu'est-ce que je devais faire ? Si j'avais été un homme, j'aurais pris un emploi, ou volé une banque, ou je ne sais quoi encore. Mais là, la seule chose que je pouvais envisager, c'était de me prostituer.

Elle vit le choc sur son visage, mais il était trop tard pour faire machine arrière.

— Ensuite, Lettice m'a dit où vivait Sinclair, alors je suis allée lui emprunter de l'argent. Tout est arrivé exactement comme je vous l'ai dit. Je voulais lui emprunter de l'argent, mais il m'a demandé de l'épouser. Et je l'ai fait.

— Vous aviez prévu de vous vendre ?

— Oui, mais je n'ai jamais…

— Comment avez-vous pu même y penser ?

— Mais quoi, rétorqua-t-elle précipitamment, qu'est-ce que j'étais censée faire, d'après vous ? Laisser Sophie mourir ? Vous avez la moindre idée de ce que coûte un sanatorium ? Et de ce qu'une occupation « respectable » pour une dame rapporte vraiment ? Inutile de me regarder comme ça, vous ne me ferez pas me sentir coupable. Je le referais si je devais. Quel autre choix est-ce que j'avais ?

« Et vous, continua-t-elle, incapable de s'arrêter, votre rôle dans tout cela, vous y pensez ? Si vous et Jocelyn ne vous étiez pas débarrassés des vilaines bâtardes, des filles du mouton noir de la famille, rien ne serait arrivé ! Mais c'est arrivé, voilà, et je ne pouvais compter que sur moi pour régler le problème. Et je l'ai fait. »

Elle soupira profondément, se forçant à recouvrer son calme.

Un Indien passa en bringuebalant sur une vieille bicyclette, soulevant un petit nuage de poussière rouge derrière lui. Puis une femme noire et sa fille dans leurs habits du dimanche : leurs ombrelles roses et plissées dans une main, leurs chaussures bien cirées dans l'autre.

— Vous avez raison, dit Cameron. C'est notre faute, pas la vôtre.

Elle ferma les yeux.

— Je ne voulais pas vous faire de reproche. C'est fini, c'est du passé.

— Vous en êtes bien sûre ?

Elle détourna la tête.

— Je vous ai menti, je l'admets. J'ai menti à tout le monde. J'ai épousé pour son argent un homme que je méprisais. Mais, Cameron… les femmes le font tout le temps. Nous nous marions pour l'argent, ou pour la position sociale, ou parce qu'un homme nous dit de le faire. Pourquoi ? Mais parce qu'il ne nous est pas permis de faire autrement. Regardez Clemency. Et je ne vous entends pas la condamner, elle.

— Je ne vous condamne pas, dit-il doucement.

— Vous en êtes bien sûr ?

Il ne répondit pas.

Un planteur sur une jument baie au poil luisant avançait dans leur direction et souleva son chapeau, puis le remit sur sa tête, dérouté, en ne recevant pas de réponse.

— Et le vieil homme ? demanda Cameron. Est-ce qu'il sait ?

Elle secoua la tête.

— Non, à moins que Sinclair le lui ait dit. Et je ne le crois pas. Je comptais le dire à Jocelyn moi-même, quand le moment serait venu.

— Oui. Comme vous comptiez me le dire à moi.

Elle l'observa à la dérobée, mais son visage ne révélait rien.

— Essayez de comprendre, dit-elle. Si j'ai menti, c'était pour protéger Sophie, c'est la seule raison. Est-ce si différent de ce que vous avez fait devant votre tribunal militaire ? Vous n'avez rien dit pour éviter que l'histoire de mon père ne soit dévoilée.

Il l'examina pendant un moment.

— Nous devrions revenir. Ils vous attendent, dit-il.

Madeleine se sentait de plus en plus mal à l'aise. Rien de tout cela n'avait d'importance à côté de Sophie – et il l'avait écartée comme s'il ne s'y intéressait pas.

Ils firent demi-tour et commencèrent à revenir sur leurs pas. Là-bas, alors que grand-tante May attendait dans la voiture, Sinclair était toujours debout dans le cimetière – mince et droit, une main gantée posée sur une pierre tombale, ne les quittant pas des yeux.

D'ici quelques minutes, ils seraient à la voiture, Cameron repartirait, et aucun résultat n'aurait été obtenu. Sauf du mal et encore plus de mal, et Sophie serait toujours à Burntwood.

— Très bien, dit-elle, ne me pardonnez pas. Oubliez-moi. Mais ne faites pas payer Sophie pour ce que j'ai fait. C'est moi qui ai menti, pas elle. Elle ne sait rien de tout cela. Elle ne sait même pas qu'elle est la fille d'Ainsley. Sa fille, Cameron, reprit-elle après un silence. Pensez-y. Depuis huit ans vous êtes là-bas, dans vos collines, dans votre exil volontaire, à faire ces cauchemars sur lui et à vous demander pourquoi. Vous dites que vous lui avez pardonné, mais l'avez-vous vraiment fait ? Ne croyez-vous pas que si ç'avait été le cas, vous n'auriez pas fait payer ses péchés à ses enfants, en niant jusqu'à leur existence ?

— Madeleine…

— Car c'est bien ce que vous avez fait, n'est-ce pas ? Vous avez envoyé un chèque, et vous vous êtes assuré que nous ne vous ennuierions plus. Vous vous êtes lavé les mains de notre existence.

Il ne répondit rien, et semblait profondément troublé.

— Elle est sa fille, Cameron, poursuivit-elle. Elle a onze ans, elle n'a jamais rien fait de mal, et maintenant elle est enfermée dans cet horrible endroit, avec des gens en train de mourir. Vous êtes le seul qui puissiez la faire sortir de là.

Ils étaient presque à portée de voix maintenant. Elle voyait grand-tante May assise dans la voiture, toute raide et toute droite, et Sinclair debout à côté, attendant Madeleine pour lui donner la main et la faire entrer.

— Pour l'amour du ciel, Cameron… C'est pour vous une chance unique de vous faire pardonner, ne la gaspillez pas…

Il se passa la main sur le visage, regarda les fidèles qui étaient encore dans la rue, enfin il secoua la tête.

— Qu'est-ce que vous imaginez ? dit-il à voix basse. Qu'est-ce que vous croyez que je peux faire ?

Il évitait son regard, mais elle pouvait lire les émotions qui se combattaient en lui : douleur, frustration, et colère envers elle, et pitié pour Sophie.

— Vous pouvez la faire sortir. Vous pouvez…

— Il la remettra là-bas aussitôt. Il est son tuteur, Madeleine, il a la loi de son côté.

— Mais…

— Non.

Il leva la main, comme pour parer un coup imaginaire.

— Je suis désolé. Je suis désolé. Je ne peux rien faire.

Chapitre vingt-sept

Donc c'est ça, Fever Hill, pensa Ben. Merde, quelle baraque.

D'abord elle lui flanque la frousse. Tous ces volets qui le regardent, et drôlement calme avec ça.

C'est là que le pasteur il vit, il vit vraiment. Peut-être qu'il est là-dedans en ce moment, en train d'écrire des sermons sur sa grande table dorée. Et s'il sait que Ben est par ici ? Et s'il le fait jeter en taule ? Alors comment il fera ce qu'il faut pour Robbie ?

Evie siffle le chien de garde, « Assis », et il s'assied, avec sa queue qui balaye l'herbe. Un grand chien de garde tout brun avec des grands crocs jaunes ; même que ça a fait drôlement peur à Ben quand il est sorti des buissons et qu'il les a suivis depuis cette rivière. Sauf que maintenant, le grand chien de garde est devenu juste comme un petit chiot, et qu'Evie lui fait un signe avec son doigt et qu'elle lui dit « Reste là ».

À Ben, elle fait signe qu'il la suive, et lui il est bien content de monter l'escalier et de mettre un peu d'espace entre tous ces crocs jaunes et lui. Dans la galerie, il cherche Sophie, mais elle est pas là. Bon, peut-être qu'elle prend son thé. De toute façon, c'est pas pour elle qu'il vient ici. C'est pour cette « Miss Clemmy » qui a un travail pour lui, c'est Evie qui l'a dit. Et un travail à Fever Hill, ça fait qu'il est plus près du pasteur, et c'est ça qui compte.

Trois jours qu'il a vu Madeleine, et il est toujours furieux quand il y repense. Ben Kelly en train de pleurer sur la route, pleurer comme un bébé. Ça lui donne envie de cracher par terre.

Foutue Madeleine. Et tout ce qu'elle a dit sur ce que Robbie aurait voulu, « Réussis ta vie » et tout. D'accord, mais comment ?

Il est en train de penser à tout ça quand Evie le tire dans le salon et lui dit d'attendre pendant qu'elle va chercher « Miss Clemmy », et aussi de rien prendre pendant qu'elle est partie. Ben lui balance un regard ; elle croit qu'il est idiot ou quoi ? La règle c'est : vous tirez, et vous vous débinez tout de suite après. Vous restez pas là à vous pavaner pendant qu'eux ils regardent s'il leur manquerait pas des choses, des fois. Donc c'est pas maintenant qu'il va tirer quelque chose ici. Pas avant qu'il soit prêt à filer.

Drôle de pièce là où il est, et tout. Canapé doré et des tas de coussins de soie, mais tous gris et violets comme dans un cercueil. Et partout ces petites boucles noires, des centaines de petites boucles noires, même autour des photos sur les murs. Il se lève et va jeter un coup d'œil sur la plus grande photo, au-dessus du canapé. Un cadre doré avec ces lettres toutes bouclées en bas. *Saisir l'Ombre avant que la Substance Disparaisse ; Faire que la Nature Imite ce que la Nature a Fait*. Qu'est-ce que ce foutu truc peut bien vouloir dire ?

Attends voir un peu, c'est toutes des photos de bébés

ou quoi ? Non, juste d'*un* bébé. Et même, c'est juste *une* photo d'*un* bébé, toujours la même. Oh, ça y est, il pige. Le bébé est mort, c'est pour ça qu'il y a toutes ces boucles noires et ces couleurs de cercueil et tout.

Ensuite il va dans la chambre. Là, finies les boucles noires et les couleurs de cercueil ; il y a cet énorme lit, et au milieu du lit ce chat. Une grosse petite chose toute rousse. Le chat lui balance un regard, lui il balance un regard au chat, mais c'est lui qui est le plus fort et le chat le sait, alors il saute par terre et il file sous le lit.

Puis il voit ce mignon petit bureau avec tous ces pots d'argent et ces brosses dessus, et il retrouve un peu le moral. Plein de jolies petites choses à tirer, quand ça se trouvera comme ça.

Il y a des gens qui viennent, alors en un clin d'œil il retourne dans le salon, et c'est là qu'Evie entre avec la vieille dame. Non, elle est pas vieille – merde alors, même si elle est pas jeune, en tout cas elle est assez jeune. Pas de rides, plutôt bien foutue – mais pourquoi elle est allée se faire teindre ses foutus cheveux en *gris*, même qu'il peut voir le vrai blond qui pousse encore aux racines ? Comment on peut avoir envie de faire une chose pareille ?

Et c'est pas juste les cheveux non plus. Elle a ce collier de perles qui fait une boucle en descendant jusque sous sa taille, et cette robe blanche qui flotte et on dirait presque une noyée là-dedans. Et aussi sa figure toute jaune comme de la cire, et ses yeux. Des drôles de grands yeux bleus, on dirait qu'ils vous passent à travers et qu'ils s'en vont ailleurs.

— Vous devez être Ben, murmure-t-elle, avec un de ces petits sourires qui ressemblent plus à une grimace qu'à autre chose.

Il enlève son chapeau.

— Je suis Mrs Monroe, murmure-t-elle, mais vous m'appellerez Miss Clemmy.

Elle jette un coup d'œil par-dessus son épaule, comme si elle avait peur que quelqu'un l'ait suivie.

— Vous êtes sûr que personne ne vous a vu entrer ?

Il avale sa salive, secoue la tête.

— Bien. Bien.

Un autre drôle de petit sourire, puis :

— Parce que, vous comprenez, grand-tante May n'aime pas que j'aie des visiteurs, non, pas du tout. Ça n'irait vraiment pas si elle apprenait que vous êtes là.

Cette façon qu'elle a de murmurer flanque la frousse à Ben. Est-ce qu'elle ondule de la toiture ou quoi ? Mais alors, il se dit, ça doit être qu'il faut murmurer dans un endroit pareil, si on veut garder un secret. Tous ces trous dans les portes et dans les fenêtres. C'est comme si toute cette foutue maison vous écoutait.

Ça non plus, c'est pas bon pour la frousse.

Donc, Miss Clemmy est là à l'examiner, avec ses yeux bleus un peu cinglés, et derrière il voit Evie appuyée contre la porte et qui attend. Histoire de se remonter un peu le moral, il attrape son regard et il roule des yeux ; mais alors elle le regarde d'un air furieux, comme s'il faisait quelque chose de mal. Ça le fout en rogne, mais après il se rappelle que c'était son frère, le petit négro que le pasteur a tué. Bien sûr, Evie sait pas que c'est le pasteur qui a fait ça à son frère ; moins les gens en savent là-dessus et mieux c'est. Mais quand même. C'est pas étonnant qu'elle ait pas trop envie de rire.

Miss Clemmy s'assied sur le canapé, comme si elle pensait qu'elle y serait plus à l'abri, et elle prend ce grand pot en porcelaine verte sur une table et elle le lui tend.

— Des bonbons au gingembre, elle murmure, avec son petit sourire peureux. Prenez-en autant que vous voulez.

Il sait pas quoi faire, alors à la fin il prend juste le pot et il marmonne :

— Merci, parce que Kate l'embêtait toujours pour qu'il dise ça dans le temps.

Elle lui dit « Asseyez-vous donc », alors il regarde autour de lui et il choisit ce petit tabouret. C'est mieux qu'une des chaises dorées avec les coussins de cercueil.

Donc il est assis là avec le pot entre ses genoux à mâchonner un bonbon, et elle le regarde et elle se tord les mains sur les genoux.

Et c'est là qu'il comprend : elle a peur. Miss Clemmy de Fever Hill, grande dame avec ses perles et tout ça, et elle est morte de peur. Peur de qui ? Sûrement pas de Ben Kelly, il est bien trop en dessous d'elle pour ça.

Il est en train de chercher de quoi elle a peur quand elle respire un bon coup et qu'elle lui explique ce qu'elle veut. Enfin, disons qu'elle se met à lui expliquer à peu près. Dans une bonne vieille confusion, tout plutôt sens dessus dessous, mais au bout d'un moment il voit quand même l'idée. Le pasteur a mis Sophie dans un sana. Un sana pour les trucs aux poumons, du genre dont on vous ressort que dans une boîte. Et merde. *Merde*.

— Bien sûr, murmure Miss Clemmy, en se penchant bien vers lui – et il voit tout au fond de ses yeux bleus, qui ont tendance à voleter un peu partout –, je suis *convaincue* que Sinclair ne voulait que son bien. C'est certain.

Tiens, je vois ça d'ici, pense Ben. C'est clair comme tout, ce qui se passe. Va savoir comment le pasteur a compris que Sophie savait pour le petit Noir, alors il l'a expédiée dans ce sana. Comme ça, plus de Sophie.

— … et il y a un certificat du docteur et tout, continue Miss Clemmy, et grand-tante May *approuve à fond*, et elle dit que Jocelyn aussi, donc qu'il ne peut pas y avoir d'objection… Mais moi (tout d'un coup, c'est comme si ça explosait), je ne peux pas supporter l'idée de cette pauvre enfant dans cet horrible endroit !

Et la voilà qui se frappe sur les genoux avec ses mains blanches, et ses joues deviennent toutes roses.

Donc maintenant ça y est, il sait pourquoi elle est si effrayée. Parce qu'elle fait tout ça derrière leur dos. Elle en est maboule pour Sophie, et ça c'est bien, mais elle a une trouille horrible de cette grand-tante May, qui doit être la vieille sorcière avec les gants, celle dont Sophie lui a parlé.

Oh, elle a salement la trouille. Des points rouges sur les joues et ses yeux qui volettent partout, et elle continue à regarder par-dessus son épaule, comme si on risquait de la jeter en taule juste parce qu'elle a parlé de ça. Bon sang, il pense. Toutes ces perles et ces brosses en argent et le reste, et elle est quand même dans une foutue prison. La seule différence d'avec les autres prisons, c'est que celle-là, on peut pas voir les barreaux.

— Et Madeleine ? il peut pas s'empêcher de demander, même si l'autre lui a pas dit de parler. Madeleine, elle a rien à dire là-dessus ou quoi ?

— C'est ça le problème, murmure Miss Clemmy.

Alors elle lui raconte comment ce pasteur a emmené Madeleine dans les collines, et qu'elle va pas revenir pendant des mois et des mois.

— Sinclair dit qu'elle est neurasthénique (Ben pense que ça doit être le mot chic pour dire folle), mais moi, je ne sais pas quoi en penser. Parce que, vous voyez, autrefois il a dit la même chose à mon sujet, et je suis sûre que je ne le suis pas.

Pour ça, je sais pas trop, pense Ben, et il se trémousse un peu sur son tabouret, il est pas très à son aise. Et ce qu'elle dit après montrerait plutôt qu'elle est un peu dingue. Parce que voilà l'idée dingue qu'elle a : lui, Ben Kelly, se coltinant tout le chemin jusqu'à Burntwood et allant « délivrer » Sophie en douce ! Tout seul, ou peut-être avec ce frère du pasteur, Miss Clemmy elle est pas trop claire sur les détails.

En fait, elle est pas trop claire sur rien, sauf qu'ils doivent sortir Sophie de là-bas en vitesse, parce qu'elle y est déjà depuis samedi, qu'aujourd'hui on est lundi, et que ça servirait à rien d'attendre jusqu'au retour du grand-père dans deux semaines, vu que, d'ici là, il sera trop tard.

Ben pense à Sophie au sana, avec autour d'elle rien que des gars qui toussent, qui vomissent du sang et qui crachent leurs poumons, et il trouve que c'est une honte.

Oui, mais lui, qu'est-ce qu'il peut faire ? La faire sortir du sana tout seul ? Comment ça pourrait marcher ? C'est un truc à finir au trou, à tous les coups. Et il peut pas parce qu'il a une autre chose à faire : il doit penser à Robbie, d'abord à Robbie.

Donc, il ramasse son chapeau, il se lève et il dit à Miss Clemmy qu'il peut rien faire pour ça.

Elle s'attendait pas à ça ; elle commence à battre l'air dans tous les sens avec ses mains, et elle le regarde avec ses grands yeux bleus tout ronds.

— M... mais Sophie disait, elle disait que vous étiez son ami...

Sophie, elle aurait rien dû dire à personne, il pense, et il est en colère. Puis il regarde autour de lui les chaises dorées et les brosses en argent – trop tard pour en tirer une maintenant – et il pense ; réfléchis, Ben Kelly, Sophie, elle a pas besoin de toi. Et toi, si t'essayes quelque chose, n'importe quoi, t'aboutis direct au tribunal, à tous les coups.

En plus, tout ça va s'arranger sans que t'aies à fourrer ton nez dedans, t'attends juste et tu vois. Parce que soit cette espèce de jeune-vieille nana cinglée va retrouver un peu de sa tête et faire revenir le grand-père en vitesse, soit le frère du pasteur va régler le problème, ou sinon c'est Madeleine qui le fera.

En y repensant, c'est plutôt sur Madeleine qu'il parierait. Elle est capable d'être drôlement tigresse, Madeleine, quand il s'agit de Sophie. Ouais, Madeleine va régler l'affaire, aucun doute là-dessus.

Extrait du *Traité sur le traitement de l'épuisement nerveux (neurasthénie) à travers une variante de l'isolement de Weir Mitchell ou cure de repos* par E. St. John Burrowes.

Comme nous l'avons vu, les éléments de la cure d'isolement sont solitude, calmants, inactivité, massage, suralimentation par diète lactée et, quand c'est possible, administration d'électrochocs. La patiente est maintenue au lit pour au moins deux mois, il lui est interdit de s'asseoir, lire, écrire, coudre ou se servir de ses mains d'aucune manière. Ni visites, ni livres, ni lettres ne sont permis ; toute stimulation visuelle est écartée de la chambre grâce à des murs blanchis à la chaux, des linges de lit blanc uni et des stores.

On ne saurait insister suffisamment sur l'importance de faire respecter à la patiente une obéissance et une soumission complètes à son médecin traitant. En fait, c'est l'élément primordial de la cure, car il abolit en pratique la personnalité de la patiente et fait d'elle à nouveau une enfant, permettant ainsi au médecin de la « recréer » à neuf. En outre, quand la cure approche de son terme, cette dépendance peut être progressivement transférée sur le mari de la patiente, son frère ou un autre tuteur approprié, en vue d'obtenir un effet durable et bénéfique.

Ce qui vient d'être évoqué concerne la cure dans sa forme normale. Cependant, au cours des deux dernières décennies, il est apparu qu'une sous-population de patientes s'avérait souvent résistante, exigeant de si longues périodes d'isolement qu'une psychose pouvait en résulter. C'est en pensant à de telles patientes que ce médecin a, depuis plusieurs années, mis au point une variante de la cure, qu'il a employée dans de nombreux cas avec des résultats presque toujours positifs.

Dans cette variante, la patiente est maintenue dans un état comateux pendant une période initiale d'un jour ou deux, au moyen de laudanum, véronal ou un soporifique similaire. Cela suspend les facultés cognitives, permettant à la régénération de la force nerveuse de commencer plus rapidement. Après cette période initiale de repos profond, on peut laisser la patiente recouvrer graduellement la conscience ; elle a tendance à se réveiller dans un état de grande confusion, mais paisible. On peut la garder sous calmants, mais consciente, afin de faciliter l'alimentation et les soins…

Elle est à Cairngowrie House, recroquevillée sur le fauteuil près de la fenêtre, regardant la neige recouvrir le jardin. Le jardin blanc et lisse. Le ciel blanc et doux. Les vagues blanches qui éclatent sur la plage. Tout est paisible et doux.

Le fauteuil près de la fenêtre commence doucement à se balancer, une voix d'homme lui dit : *Mrs Lawe. Mrs Lawe. Réveillez-vous. Ouvrez les yeux.*

Elle n'a pas envie d'ouvrir les yeux. Elle veut rester sur le fauteuil près de la fenêtre, où tout est paisible et sûr.

— Toujours inconsciente, dit la voix.

Non, je ne le suis pas, pense-t-elle en somnolant. Je vous entends parfaitement bien. C'est juste que je n'ai pas envie d'ouvrir les yeux.

La porte se referme et les bruits de pas diminuent. Elle repart à la dérive dans la neige.

Quand elle se réveille à nouveau, c'est avec l'impression obsédante qu'il lui manque quelque chose. Tout est doux et paisible, si paisible que ses paupières sont trop lourdes pour se soulever ; mais elle a faim et soif, et quelque chose lui manque.

Elle ne sait pas ce que c'est, mais c'est lié aux perroquets. Si seulement elle pouvait mettre ses pensées à plat ; mais elles sont toutes enchevêtrées, et elle ne peut pas se souvenir. Qu'est-ce qu'il y a avec les perroquets ?

Quand elle se réveille la fois d'après, c'est en tressaillant, comme si elle avait manqué une marche ; et cette fois, elle sait exactement ce qui lui manque. Mais ce n'est pas « quelque chose », c'est « quelqu'un ».

Sophie est à Burntwood. Oh mon Dieu oh mon Dieu oh mon Dieu. Burntwood est un mauvais endroit. *Vilaine* Sophie. Sors de là-bas tout de suite.

Sophie est à Burntwood. Mais toi, tu es où ?

Elle ouvre les yeux et voit seulement du blanc : une pièce entièrement blanche. Pas de miroir, pas d'images sur les murs, pas de meubles sauf le lit.

Des fragments de souvenir lui reviennent : Sinclair assis à son bureau ; sa cravate cobalt exactement assortie à la couleur de ses yeux. *Tu es malade. J'ai pris un avis médical. Je sais que j'ai raison.*

Cameron la regardant avec cette expression distante. *J'ai l'impression que je ne vous connais plus. Mais je pense que la vérité est plutôt : je ne vous ai jamais connue.*

Sophie est à Burntwood, et c'est un mauvais endroit. Mauvais endroit. Et il n'y a personne pour la faire sortir. Oh mon Dieu.

Et tu n'aides pas, n'est-ce pas, Maddy ? Tout le monde est tellement en colère contre toi. Cameron. Sinclair. Même Mrs Herapath ; Sinclair l'a vue elle aussi. *Je regrette*, lui a-t-elle écrit dans un petit mot brusque, un peu tremblé, *étant donné ce que votre mari m'a dit de votre extraordinaire tromperie, de devoir décliner toute future relation entre nous.*

Tout le monde est en colère contre toi et personne n'aidera, et il n'y a plus que toi, Maddy, oh oui. Tu devras régler le problème toute seule.

Je ne veux pas le régler. Je ne sais pas comment aller à Burntwood. Je ne sais pas comment échapper à Sinclair.

Et si tu le tuais ? C'est une idée. Lettice disait toujours que tu étais mauvaise. Et rappelle-toi, tu as toujours le pistolet de Ben. Il est au fond de ta malle, roulé dans une de tes combinaisons. Celle couleur eau-du-Nil, avec les boutons de rose autour de l'ourlet. Voilà.

La porte s'ouvre. Elle ferme les yeux, fait semblant de dormir et écoute, tandis que quelqu'un entre et se tient près du lit. Ça doit être un homme, parce que son pas est lourd ; elle peut l'entendre respirer bruyamment par le nez.

Elle entrouvre à peine les yeux, puis les referme.

C'est ce Dr Valentine. Elle ne l'aime pas. Il l'attendait ici quand ils sont arrivés à Providence. Et il est si *vaniteux*. Il coiffe ses cheveux argentés vers l'avant pour couvrir son coin de crâne chauve, il prend une voix plus grave pour la rendre plus imposante, et il croit visiblement qu'il a un regard pénétrant.

Il la fait penser à un vampire. Le Dr Valentine-Vampire, avec ses cheveux coiffés en avant et sa voix grave qu'il croit imposante. Mais il ne lui fait pas peur. Elle peut le manipuler avec ses yeux fermés. D'ailleurs, c'est ce qu'elle est en train de faire en lui faisant croire qu'elle est profondément endormie.

Tout le monde la traite de menteuse, et bien sûr ils ont raison. Elle est une experte en mensonges. Elle doit vraiment l'être, elle a eu suffisamment de pratique, alors regardez-la maintenant.

— Mrs Lawe, dit le Dr Valentine de sa voix grave et ferme. Mrs Lawe, réveillez-vous.

Lentement, dans un brouillard, elle ouvre les yeux.

Le docteur est penché au-dessus d'elle – la dominant, bien sûr – et son visage est si proche qu'elle pourrait compter les pores sur son nez.

Elle lui fait un petit froncement de sourcils somnolent, comme si elle venait vraiment de se réveiller.

Il lui tapote la main.

— Voilà une bonne fille. Maintenant, dites au Dr Valentine comment vous vous sentez.

Lentement, tout étourdie, elle cligne des yeux. Puis elle lui fait un petit sourire faible, craintif, tremblant. Une sorte de sourire à la Clemency. Oui, c'est ça. Faisons semblant d'être Clemency.

Elle murmure d'une voix douce et tremblante, à la Clemency :

— S-soif, docteur… Très soif… Où je suis ?

Il hoche la tête d'un air satisfait.

— Bien sûr, bien sûr, vous avez soif. Et sans doute

faim aussi. Vous aurez un bol de semoule et un grand verre de lait de chèvre.

Quelle horreur, pense-t-elle. Mais tout haut, elle murmure :

— Merci, docteur, dans un chuchotement reconnaissant à la Clemency.

— Excellent, dit-il. Maintenant, il faut que vous soyez très gentille, que vous restiez allongée calmement ici, et que vous fassiez exactement ce que je dirai. Et bientôt, vous verrez, vous vous sentirez beaucoup mieux.

— Oui, docteur, souffle-t-elle, puis elle se blottit dans l'oreiller et ferme les yeux.

Votre petite patiente Clemency est si endormie, docteur, et si confuse. Toute cette conversation a fatigué son pauvre petit esprit délicat.

Il prend son pouls, la palpe sous la mâchoire, et elle retient l'envie qu'elle a de le mordre au poignet. Enfin, avec un « excellent, excellent » satisfait, il quitte la pièce, et l'instant d'après elle entend la clé tourner dans la serrure.

Oui, docteur, pense-t-elle en rouvrant les yeux, je ferai exactement comme vous le dites. Je boirai mon horrible lait de chèvre et je mangerai mon horrible semoule. Et ensuite, quand je serai à nouveau forte, que ce sera la nuit, que vous et Sinclair et la gouvernante dormirez, je me hisserai par cette fenêtre là-bas, celle avec les volets qui sont mal fixés, je me glisserai derrière les buissons de crotons, je trouverai ma malle et mes vêtements et mon pistolet, je volerai le cheval de Sinclair – ou peut-être la voiture, ou peut-être la vôtre, docteur, si elle me plaît –, et vous ne me reverrez jamais, docteur Valentine-Vampire, avec votre voix imposante et votre regard pénétrant.

Elle réfrène un éclat de rire.

Est-ce que c'est le laudanum qui la rend folle ? Oh, bien. C'est vraiment plutôt agréable. Mais attention, Sinclair, ta femme est devenue une droguée.

— Droguée, ricane-t-elle longuement dans son oreiller, sans pouvoir s'arrêter.

Eliphalet Tait, il en a par-dessus la tête des histoires de femmes. Toute la foutue semaine, Phoebe l'a enguirlandé et l'a traité de pauvre nègre d'eau douce, tout ça pour quoi ? Parce qu'ils ont rien de raffiné pour emporter à la fête du Jour de la Liberté, à Disappointment.

D'accord, femme, il a fini par lui crier, je vais te le trouver ton quelque chose de raffiné !

Et du coup, il a passé toute la nuit à vadrouiller dans ce foutu bois de Providence, mâchonnant des noix de bissy pour pas s'endormir et essayant de braconner un petit quelque chose pour adoucir Phoebe.

Seigneur Dieu, mais comme c'est sombre là-dedans ! Tout emmêlé avec du pain-de-cochon et des broussailles et des tillandsias, tellement qu'il a failli casser sa foutue jambe ! Mais quand même, on dirait que sa chance commence à venir, parce qu'il vient d'attraper trois petits canards à tête chauve, tout beaux et tout gros.

Et maintenant il est au coin du bois, regardant en bas la maison buckra au clair de lune. Et juste quand il décide qu'il va y aller et se reposer un moment dans les écuries, jusqu'à ce que cousine Sukey et le vieil Aaron se réveillent et qu'il puisse leur faire une petite visite, juste à ce moment-là il marche dans une toile d'araignée, il rentre en plein dedans avec sa figure.

Alors là, Eliphalet, il est pas un imbécile. Il sait ce que

ça veut dire, c'est un avertissement : le petit Maître Anacy, l'homme-araignée, essaie de lui dire qu'il doit rester en arrière. Donc Eliphalet s'excuse de lui avoir dérangé son endroit, et il le remercie pour l'avertissement. Mais alors, juste quand il va se retourner et repartir, en dessous, devant la maison buckra, il voit une femme en blanc qui se glisse doucement, doucement, vers la porte de l'écurie.

Eliphalet, il est tout près de s'étrangler avec sa noix de bissy. Seigneur Dieu ! C'est quoi tout ça maintenant ? Une femme buckra qui rôde dehors à trois heures du matin ?

Il descend se cacher derrière un rocher à la lisière du bois, et là il regarde par-dessus le rebord.

Même pour une femme buckra, elle marche d'une drôle de façon : comme si elle était soûle, ou qu'elle avait le vertige, ou qu'elle était malade. Il se demande si peut-être c'est pas la femme de ce pasteur de Fever Hill à la bouche toute pincée, qui dit qu'elle a pris la folie du clair de lune.

Folle, je sais pas, pense Eliphalet, mais en tout cas elle veut rudement se sauver de son homme.

Il la voit qui va à l'écurie, puis qui en ressort sur un cheval – et elle le monte pas assise sur le côté comme font les femmes buckras riches, non, elle le monte comme un homme.

Très bizarre, il se dit. Et il s'assied dans l'obscurité derrière le rocher pour y réfléchir un moment.

Il a dû s'endormir, parce que quand il se réveille Frère Soleil est déjà en marche dans le grand bleu, et les craccracs bourdonnent autour de lui, et les corbeaux jacasseurs croassent dans le palmier à chaume au-dessus de sa tête. Et en bas, à la maison buckra, il y a beaucoup, beaucoup de désordre.

Il y a cousine Sukey devant la cuisine qui se tord les mains, et le vieil Aaron qui court aussi vite qu'il peut vers les écuries, et ce pasteur qui marche et qui marche dans la cour, qui a l'air si en colère et qui crie pour avoir son cheval.

Eliphalet avale bien sa salive et bouge pas d'un pouce. Eliphalet, il se dit, va donc pas t'emmêler là-dedans. Maintenant tu te lèves doucement, tu prends tes jambes à ton cou et tu galopes comme une fourmi noire pour retourner dans ton petit chez-toi. Et là-bas, tu donnes ces canards à Phoebe pour la rendre toute douce, et pour avoir une jolie fête à Disappointment, et t'avales ta foutue salive et tu dis rien à personne.

Et tu gardes une chose inscrite bien fort, dans cette tête que t'as sur les épaules. Toi, t'as simplement jamais été par ici cette nuit, jamais.

Chapitre vingt-huit

La rosée avait été suffisamment dense pour lui permettre de suivre la piste de sa femme.

Cela faisait une heure qu'il était parti ; et malgré la chaleur, malgré son malaise, il savourait presque cette promenade à cheval. Parce que chaque minute qui passait le rendait plus sûr de lui ; il allait la retrouver. Elle ne faisait pas le poids en face de lui. Au lieu d'aller au nord, vers Fever Hill, elle avait pris à l'est – pour essayer de lui faire perdre sa trace, c'était évident. Est-ce qu'elle le prenait pour un imbécile ? Ou pensait-elle qu'il n'avait pas l'instinct de pisteur de son frère ?

Il atteignit un embranchement du chemin, remit sa monture au pas. Curieux. Elle aurait dû tourner à gauche, traverser les pâturages des collines de Turlupinade, franchir Tony Gap, et atteindre enfin Fever Hill par les champs de canne de Geler March. Au lieu de quoi elle avait pris le chemin de droite, qui filait au sud pour finir en un étroit sentier, serpentant dans le labyrinthe aride des Cockpits.

Les Cockpits ? Pourquoi ? Était-ce une sorte

d'absurde détour, pour parvenir à Eden en évitant les routes ? Ou avait-elle simplement pris la mauvaise direction, s'était-elle perdue ?

Il descendit de cheval, décrocha sa bouteille d'eau de la selle et alla se reposer sous l'épineux qui marquait l'embranchement des chemins. La chaleur était implacable, aussi fut-il soulagé d'être un peu à l'ombre, si légère fût-elle. Sa tête l'élançait, sa bouche était sèche de poussière ; l'éclat des rochers blancs lui faisait mal aux yeux.

Il but longuement, puis mouilla son mouchoir, rafraîchit son visage, son cou, ses poignets. Après quoi, il leva les yeux vers le chemin de droite : des rochers blancs déchiquetés, des broussailles, des épineux, ainsi que les énormes et sinistres cônes des Cockpits lui apparurent. Pour la première fois depuis son départ, une profonde inquiétude s'empara de lui, le faisant frissonner.

Il avait toujours détesté les Cockpits. Arides, hantés par le démon. Ce n'était pas un endroit pour les Blancs. Il était furieux quand il entendait Mrs Herapath disserter sur « leur beauté sauvage, leur charme brutal et désolé ». Quel charme ? La bouche du diable, oui !

Et alors, se dit-il, quelle importance ? C'est une zone escarpée, elle sera obligée d'avancer lentement. Elle ne peut plus être très loin devant, maintenant.

Il reboucha la bouteille d'eau, remonta à cheval et repartit au trot.

La matinée avançait lentement ; le chemin se faisait plus abrupt, plus étroit, le forçant bientôt à reprendre le pas. Des épineux, noueux et tordus, s'accrochaient à la pente. En dessous, le sol n'était qu'un morne fouillis de roches, de tillandsias hérissés de piquants et de ces plantes grimpantes, foisonnantes et poussiéreuses, que les Noirs appellent pain-de-cochon. Le chant des grillons lui vrillait les tempes, des moucherons infestaient l'air comme d'invisibles petits démons.

Et cette sensation constante qu'on le regardait. Souvent, il se retournait sur sa selle, convaincu qu'on l'observait depuis les rochers. Mais il n'y avait jamais rien là-bas, en tout cas rien de visible.

Il aurait voulu que le Dr Valentine soit avec lui. Mais le docteur était retourné en ville la veille au soir, pour ses consultations ; Sinclair était seul dans la maison quand la gouvernante l'avait réveillé pour lui annoncer que sa femme avait disparu. Peu avant l'aube, elle avait volé le cheval de la voiture et était partie. Mais comment ? Et *pourquoi* ?

La réponse lui avait paru évidente. D'une manière ou d'une autre, elle avait appris la vérité sur la mort du pickney. Peut-être sa sœur la lui avait-elle dite ; peut-être l'avait-elle découverte par d'autres moyens. Ça n'avait pas d'importance. L'important, c'était qu'elle savait. Et maintenant, elle avait l'intention d'aller le dénoncer à la police, pour qu'on le mette en prison.

Il risquait de tout perdre dans l'affaire. Sa position, son héritage, peut-être même sa vie. Tout ça à cause d'un petit nègre de rien et d'une femme hystérique.

Du calme, du calme, se raisonna-t-il tout haut. Elle n'a eu le temps de le dire à personne. Tout ce que tu as à faire, c'est la trouver, la ramener, et laisser le Dr Valentine agir. *Vous pouvez y compter, Mr Lawe, elle sera une femme différente. Obéissante, bien régulée intérieurement* – et docile.

Devant lui, le chemin descendait dans une cuvette rocheuse, véritable petit amphithéâtre naturel, avant de serpenter sur le versant d'en face, puis d'aller contourner la crête de la colline. Cet endroit lui était curieusement familier. Rien de plus qu'une poignée d'épineux et de calebassiers, ainsi qu'un amas d'énormes blocs rocheux. Le bruit de râpe des grillons était assourdissant dans la chaleur de midi.

Ah ! voilà, il se rappelait. Des années plus tôt, il était venu ici au cours d'une partie de chasse, avec son frère et le vieil homme. Il n'aimait pas chasser, mais cette fois-là il avait tué davantage que son frère, c'était donc un souvenir agréable.

Il mena son cheval prudemment dans la pente rocailleuse.

Est-ce qu'il n'y avait pas quelque chose d'autre, un souvenir supplémentaire, à propos de cet endroit ? Quelque chose de vaguement troublant ? Mais quoi ?

Il le cherchait encore dans sa mémoire quand il franchit un éperon rocheux et tomba sur Madeleine.

Assise sous un calebassier, elle lui tournait le dos : la tête baissée, les bras entourant ses genoux. Comme quelqu'un d'épuisé, ou de malade. Elle ne l'avait pas entendu approcher, mais son cheval, attaché à quelques mètres derrière elle, releva la tête des chardons et dressa les oreilles.

La bouche sèche, le cœur battant, Sinclair glissa de sa selle, attacha son cheval à un buisson d'épineux et avança avec précaution.

Il avait dépassé le cheval de Madeleine et n'était plus qu'à cinq ou six mètres d'elle quand elle se retourna et le vit. Il se figea sur place, et pendant quelques secondes, ils se dévisagèrent en silence.

— Toi, murmura-t-elle.

Ses lèvres formait un O de stupeur parfait.

Elle était bizarrement habillée ; elle avait dû attraper ce qui lui tombait sous la main. Un chapeau de paille à large bord, orné de roses de soie blanche ; une paire de bottines en veau couleur crème ; une robe d'intérieur particulièrement inadaptée à la situation, de mousseline blanche et légère, peinte de petites feuilles bronze. Quand elle se leva, elle titubait. Elle était toujours sous l'effet des drogues. Grâce à Dieu.

— Pourquoi est-ce que tu t'es enfuie ? lui demanda-t-il.

Elle recula d'un pas.

— Après ce que tu as fait ? Comment peux-tu me poser la question ?

Une sorte de poids lourd et froid sombra à l'intérieur de lui. Maintenant, il en était sûr : elle savait, pour le pickney.

Il sortit son mouchoir et s'essuya la nuque.

— Tu n'as aucun moyen de me fuir, lui dit-il. Tu n'as nulle part où aller.

Elle se retourna pour jeter un coup d'œil par-dessus son épaule, puis fit un autre pas vers le bas de la pente, en trébuchant sur le sol irrégulier.

Il lui tendit la main.

— Viens, je vais te ramener à la maison. Nous oublierons tout cela.

Comme une enfant rebelle, elle secoua la tête et fit la grimace. Elle avait le même regard de bête inquiète que sa sœur, quand il l'avait abordée dans la galerie. Oui, songea-t-il, voilà ce qu'elle est : un animal, un animal effrayé. Elle a juste besoin de fermeté, et tout ira bien.

Toujours en lui tendant la main, il fit un pas vers elle.

— Je ne peux pas te laisser raconter ça à quiconque, dit-il. Viens, maintenant. Sois raisonnable.

Elle fit un autre pas en arrière, perdit pied, tomba sur les genoux dans une touffe de pain-de-cochon. Puis le sol parut se dérober sous elle, comme si elle avait glissé dans un fossé.

— Sinclair…, appela-t-elle.

Elle avait l'air surprise.

— Viens ! répéta-t-il à nouveau.

Les quelques secondes qui suivirent s'étirèrent en longueur ; il en saisit tous les détails avec une extraordinaire clarté. Il vit la terre s'affaisser lentement sous ses pieds, puis s'ébouler comme au ralenti. Il la vit s'agripper des deux mains aux tiges des broussailles à sa portée. Il entendit le craquement qu'elles firent en se cassant, le bruit des cailloux qui dégringolaient, la poussière rouge qui se soulevait pour l'envelopper.

Elle leva les yeux vers lui, le visage livide.

— Sinclair, je n'y arrive pas…

Elle tâchait d'empoigner les broussailles mais continuait à glisser vers le bas, irrésistiblement ; pour finir, elle disparut dans un étouffant nuage de poussière.

Celle-ci était aveuglante, asphyxiante. Il s'empressa de sortir son mouchoir et s'en couvrit la bouche, puis il se laissa tomber sur les genoux et se traîna vers le bord du trou. Il n'entendait plus rien que les cailloux qui roulaient, et sa propre toux.

Quand la brume rouge fut un peu retombée, il distingua d'abord un trou aux contours irréguliers, de quelque trois mètres de large ; puis il la vit au fond, couchée dans un amas de broussailles et de cailloux. Il se pencha en avant autant qu'il osait le faire.

— Madeleine ? Tu vas bien ?

Elle toussa, s'assit et s'essuya les yeux. Puis elle tâta son front de la main, grimaça, enfin acquiesça de la tête.

— Je… je crois, oui.

— Les broussailles ont dû amortir ta chute.

Elle éternua.

— Qu'est-ce que… qu'est-ce que c'est, ici ?

— Une doline, je pense. Oui, c'est sûrement ça. Je me rappelle maintenant, il y en a partout par ici. Comme il y a des broussailles sur les bords, elles sont difficiles à voir. Nous n'avions jamais le droit de venir ici quand nous étions enfants.

Toujours en palpant son front du bout des doigts, elle se remit debout, d'un mouvement mal assuré.

— Je vois.

Elle leva les yeux vers lui, le fixa avec attention.

— Comment est-ce que je vais sortir ?

Il s'était déjà posé la même question. Les parois du trou étaient abruptes, presque verticales, profondes d'environ cinq mètres. Bien trop profondes en tout cas pour qu'il puisse atteindre Madeleine en se penchant en avant. Il regarda autour de lui, dans l'espoir de trouver un buisson capable de supporter son poids, mais ne vit que du pain-de-cochon : fin comme de la laine à tricoter, cassant comme du chèvrefeuille.

Puis une idée lui traversa l'esprit, et aussitôt tout parut s'estomper autour de lui. Il se rassit sur ses talons, s'essuya le visage avec son mouchoir.

— Sinclair ? appela-t-elle.

Non, se dit-il. Non, ce n'était qu'un feu follet, un mirage envoyé par le Malin, pour tenter l'homme crédule.

— Sinclair ?

À moins…, pensa-t-il. À moins que ce ne soit pas le Malin qui t'ait mis ça en tête. Mais Dieu.

— Je ne t'ai pas poussée, dit Sinclair, en baissant les yeux avec attention vers elle.

— Je le sais, répondit-elle sèchement, en frottant la bosse sur son front.

Sa tête l'élançait, le laudanum lui donnait des nausées, mais étrangement, le choc semblait lui avoir éclairci l'esprit. Elle se sentait plus forte qu'elle ne s'était sentie depuis plusieurs jours. Et furieuse contre elle, aussi. Avoir fait tout cela pour tomber dans une doline. Et maintenant, elle n'avait d'autre ressource qu'attendre d'être sauvée – sauvée par l'homme même auquel elle avait essayé d'échapper.

Sinclair l'observait toujours, impassible et grave. Il se secoua de façon bizarre, comme pour chasser une pensée déplacée, puis se pencha vers le bas et tendit la main aussi loin qu'il le put.

— Tiens, lui dit-il, et elle pouvait distinguer la tension dans sa voix. Vois si tu peux l'attraper…

Elle se mit sur la pointe des pieds et tendit la main vers lui, en vain ; Sinclair était à deux bons mètres au-dessus. Puis elle se saisit d'une tige qui sortait de la paroi et tenta de se hisser ; elle avait grimpé d'environ trente centimètres quand la plante céda, et elle retomba douloureusement sur les rochers. Elle s'assit, frotta sa hanche contusionnée.

— Non, ça ne va pas, dit-elle. Tu n'as pas une corde ?

Il secoua la tête.

— Juste ma ceinture. Et elle n'est pas assez longue.

— Et les étrivières ? Et les rênes ? Tu ne peux pas les attacher ensemble ?

De nouveau, il secoua la tête.

— Elles ne tiendraient jamais. Et je n'aurais plus rien pour attacher les chevaux.

Le vertige et les nausées l'accablaient ; elle mit ses coudes sur ses genoux, se força à respirer profondément.

— Alors, dit-elle, d'une voix bien plus calme qu'elle ne l'était intérieurement, je suppose que tu ferais mieux d'aller chercher de l'aide.

Au-dessus d'elle, il y eut un long silence, puis :

— Oui. Je vais aller chercher de l'aide.

Elle leva les yeux vers lui : son visage était sombre ainsi, à contre-jour, dans la lumière éblouissante.

— Reviens vite, lui dit-elle.

Il fit un signe de tête, puis partit. Peu après, elle entendit un bruit de sabots cliquetant et s'éloignant sur les pierres du chemin.

Elle avait chaud, soif, et elle était contusionnée de partout. Elle trouva une parcelle de terre sans trop de rochers, s'y assit pour attendre.

Il devait être aux alentours de midi, car le soleil était au zénith, ne lui ménageant aucune ombre. Grâce à Dieu, elle avait toujours son chapeau. Mais pourquoi n'avait-elle pas pensé à ressortir son cache-poussière de la malle, et sa tenue d'amazone, au lieu de cette ridicule robe d'intérieur ? Elle sentait déjà ses épaules la brûler, à travers la mousseline légère.

Au bout d'un moment, une mince frange d'ombre se dessina de l'autre côté de la doline. Elle rampa jusque-là. Quelque chose crissa sous sa main, et elle se rappela le passage sur les dolines, dans le dictionnaire géographique de Sophie – pour regretter aussitôt de s'en être souvenue. Les esclaves récalcitrants qu'on jetait au fond et qu'on laissait y mourir. Elle se demanda si ce qui avait crissé était des os.

Ne sois pas absurde, songea-t-elle. C'était il y a soixante ans, ils seraient réduits en poussière aujourd'hui. En plus, il y a des centaines de dolines dans les Cockpits ; pourquoi spécialement dans celle-ci ?

Elle entoura ses genoux de ses bras, s'efforçant de chasser de son esprit la pensée des esclaves en train de mourir.

D'ailleurs, elle avait des soucis plus urgents. La soif commençait à la tenailler. Pourquoi n'avait-elle pas eu l'idée de demander sa bouteille d'eau à Sinclair ? Une preuve de plus – s'il en était besoin – qu'elle avait encore l'esprit embrouillé par les drogues.

L'après-midi avançait lentement, et la frange d'ombre s'élargissait. Sûrement, Sinclair n'allait pas tarder à trouver quelqu'un. Un ouvrier agricole, un petit fermier ? Ou peut-être avait-il décidé d'aller jusqu'à Providence pour donner l'alerte ? Dans tous les cas, il serait là bientôt. Il ne pouvait y avoir plus de huit ou dix kilomètres jusqu'à Providence.

Elle se recroquevilla contre la paroi, essaya de somnoler. Sa tête palpitait toujours, à cause du choc de sa chute, ses pensées étaient embrouillées et confuses.

Quand elle rouvrit les yeux, elle fut alarmée de voir que l'ombre couvrait la plus grande partie du fond de la doline. La brise était retombée, les broussailles immobiles le long des parois. Dans quelques heures, il commencerait à faire sombre.

C'est alors que l'idée s'imposa à elle. Non, Sinclair n'allait pas revenir.

Chapitre vingt-neuf

Cameron s'éveilla avant l'aube, toujours ivre de la veille au soir. Abigail sentit qu'il n'était pas d'humeur à plaisanter et resta sagement à l'autre bout de la véranda.

Au petit déjeuner, il parla sèchement à Braverly ; aux écuries, il parla sèchement à Moïse ; et sur la route de Maputah, il parla sèchement à Pilate. Trois jours s'étaient écoulés, depuis qu'il avait laissé Madeleine à l'extérieur de l'église. Trois jours et trois nuits qui ne lui avaient pas apporté de réponses, seulement d'autres questions.

La promenade à cheval jusqu'à Maputah le fit passer devant certains de ses meilleurs champs de canne, mais ce spectacle n'améliora en rien son humeur. Il avait pensé qu'en sauvant Eden il faisait la paix avec le fantôme d'Ainsley ; une piètre tentative de se tromper lui-même, voilà tout ce que c'était.

Comment avait-il pu se duper ainsi, pendant si longtemps ? Et ce rêve… Pourquoi n'en avait-il jamais compris la signification ? C'était pourtant si évident. Simplement parce qu'il n'avait pas *voulu* la comprendre ? C'était donc si facile, de se dissimuler la vérité ?

Il contempla la jeune canne qui ondulait sous la brise. Oui, comment avait-il pu être aussi aveugle ? Elle ressemblait même à Rose. Le même teint coloré, les mêmes yeux sombres en amande. Le même extraordinaire mélange de candeur, de réserve et d'ingénuité. Sinclair lui avait dit un jour qu'elle n'était pas aussi innocente qu'elle le paraissait. Peut-être était-ce vrai – mais sûrement pas de la manière que pensait Sinclair. Elle ne savait même pas comment embrasser.

Ce souvenir lui fit tendre la main vers sa flasque de scotch, en boire une longue et brûlante gorgée.

Et dire qu'il avait vraiment cru qu'elle l'aimait ; cru qu'il avait atteint quelque chose en elle, comme elle en lui. Dieu qu'il avait été stupide !

Des perruches s'envolèrent d'un arbre à quenettes ; il les regarda battre furieusement des ailes, puis filer au loin.

La veille au soir, pendant qu'il s'employait à descendre méthodiquement une bouteille de rhum, une telle colère contre elle s'était emparée de lui qu'une brume rouge lui était tombée devant les yeux. Il avait ressenti un besoin physique de lui faire du mal. Elle lui avait menti, elle l'avait fait marcher, elle n'avait pas éprouvé les mêmes sentiments que lui. Et de quel droit maintenant venait-elle lui demander d'aider sa sœur ? Elle lui avait menti à plusieurs reprises, elle n'avait pas le droit de rien lui demander. Non, pas le droit.

Il avait toujours cette colère qui bouillonnait en lui tandis qu'il suivait ce chemin rouge et poussiéreux, sous le cruel soleil du matin.

Quand il atteignit Maputah, il se lança à corps perdu dans le travail. Il surveilla l'essai du nouvel alambic, grimpa sur le toit du bâtiment de la chaudière, pour en vérifier les réparations. Les heures s'égrenèrent rapidement, et peu à peu ses démons battirent en retraite. Une partie de sa colère retomba.

Après tout, quel crime avait-elle commis ? Qu'avait-elle fait – si ce n'est aggraver davantage ce qui était déjà une maudite pagaïe ?

Non, rien de tout cela n'était sa faute. C'était sa faute à lui, à lui et à Jocelyn. S'ils n'avaient pas été si impatients de balayer les « vilaines bâtardes » sous le tapis, rien de tout cela ne serait arrivé. Septimus n'aurait pas détourné le legs et ne les aurait pas laissées démunies. Sophie ne serait pas tombée malade. Et Madeleine ne se serait pas sentie obligée d'épouser Sinclair.

Mais que pouvait-il y faire, maintenant ? Rien. Rester en dehors. Essayer d'oublier.

La cloche sonna pour la pause de midi ; il regarda les hommes s'installer à l'ombre, attaquer leurs gamelles. Il se demanda ce qu'il allait faire jusqu'à ce que la pause soit finie et qu'il puisse se remettre au travail. Retourner à la maison, pour un repas solitaire et dont il n'avait aucune envie ? Non, c'était impossible. Il faisait trop chaud pour une promenade à cheval. Une image lui traversa l'esprit, celle de Sophie à Burntwood, et il la repoussa.

C'est alors qu'il remarqua un étranger, rôdant sous le poinciana à l'entrée de la cour. Il était petit et mince, vêtu d'une salopette en loques et d'un vieux chapeau de paille : un de ces pauvres vagabonds blancs qui erraient dans la campagne, à la recherche d'un travail à la journée.

Derrière lui, il entendit Oserius grogner.

— Un vau'ien blanc, murmura le contremaître, en s'essuyant la bouche sur le dos de la main et en se levant.

Cameron lui fit signe de se rasseoir.

— Finis ton repas. Je vais le chasser.

Il mit les mains dans ses poches et traversa la cour.

— Pas de travail pour toi ici, dit-il à l'étranger. Tu ferais mieux de passer ton chemin.

— J'suis pas venu pour un travail, lui répliqua sèchement l'intrus.

Oh ! Bon Dieu, pensa Cameron, un qui cherche la bagarre.

— Je te l'ai dit, répéta-t-il d'un ton plus ferme, il n'y a rien pour toi ici. Maintenant, s'il te plaît, va-t'en.

— J'ai quelque chose à vous dire, répondit l'autre, en finissant quand même par retirer son chapeau.

Cameron fut surpris de voir qu'il s'agissait d'un gamin. Quatorze ans ? Quinze ans ? C'était difficile à évaluer, car la misère avait prématurément vieilli son maigre visage. Mais son expression était bizarrement familière à Cameron – ce mélange de nervosité, d'inquiétude et d'agressivité. Où avait-il déjà vu ça ?

Puis ça lui revint : c'était en prison, bien sûr. Des garçons cyniques, l'esprit vif, étonnamment amoraux ; aucun missionnaire ne pouvait les atteindre, aucun visiteur de prison leur faire entrevoir la lumière. Quelle lumière ? Ils volaient depuis qu'ils savaient marcher.

Cameron était intrigué. Un cockney, un gamin des rues, dans le nord de la Jamaïque… Quelles étaient les chances pour que ça se produise ? Et quelles étaient les chances, songea-t-il aussi, pour que ce petit voyou ne soit pas à la recherche de quelque chose à voler ?

Il mit les mains sur les hanches, lui lança un regard dur.

— Comment t'appelles-tu, et qu'est-ce que tu fais sur mes terres ?

Le garçon leva le menton et soutint son regard.

— Ça compte pas, comment je m'appelle, lui dit-il d'un ton sec.

Il s'efforçait de ne pas avoir l'air effrayé, mais Cameron, lui, se sentait dans la peau d'une brute. Il le voyait bien, ce garçon était différent de ceux de la prison, ceux de Millbank. Les pires d'entre eux, là-bas, avaient quelque chose de mort dans les yeux, comme s'ils se situaient loin au-delà de tout sentiment humain ; tandis que ses yeux à lui semblaient au contraire éprouvés, épuisés, comme par trop de sentiments.

— Très bien, lui dit Cameron. Nous nous passerons de présentations. Alors, qu'est-ce que tu veux ?

Le garçon se passa la langue sur les lèvres.

— Vous êtes le frère du pasteur, c'est ça ?

— Du pasteur ? Je… Oui, pourquoi ?

— C'est Miss Clemmy qui m'envoie.

— Miss Clemmy ? De quoi diable est-ce que tu parles ?

— Miss Clemmy de Fever Hill ! s'emporta le garçon. Je l'ai vue lundi, c'est elle qui m'envoie !

Puis il lança un regard vers les hommes dans la cour, baissa la voix.

— C'est à propos de Sophie. Elle est au sana, le sana Burntwood. C'est ça que je suis venu vous dire. Il faut que vous la sortiez de là.

Cameron était trop étonné pour répondre. Qu'est-ce qui lui avait pris, à Clemency, de recruter un gamin pour faire passer ses messages ?

Et pourtant… après réflexion, était-ce si bizarre ? Ce n'était pas la première fois qu'elle accordait son amitié à un enfant misérable. Autrefois, Jocelyn et lui avaient l'habitude de la taquiner sur ses « soupirants » : en général des pickneys, en quête d'un bonbon au gingembre, d'une histoire, ou d'un moment passé à jouer avec son chat. C'était rare qu'ils repartent déçus.

Mais que signifiait ce « Sophie » si familier de la part d'un garçon des rues, au sujet d'une fille de la bonne société ? Comment pouvait-il se croire autorisé à cela ?

Derrière lui, les hommes les observaient avec une curiosité non dissimulée. D'un mouvement de la tête, Cameron fit signe au garçon de le suivre, et il s'engagea sur la route.

— Je ne comprends pas, fit-il au bout de quelques mètres. Tu es en train de me dire que tu connais, que tu prétends avoir une quelconque relation, avec Miss Sophie Lawe ?

Le garçon leva la tête pour le regarder, en plissant les yeux et en se protégeant du soleil avec la main.

— En tout cas, moi je peux pas la faire sortir de là, pas vrai ? répondit-il, en esquivant la question posée. Et le grand-père est à Kingston et sera pas revenu avant…

— Le grand-père ? l'interrompit Cameron.

— Le vieil homme. Celui qu'ils appellent oncle Jo…

— Tu as dit « le grand-père » ?

Le garçon hocha la tête avec impatience.

— Ouais, et alors ? Celui de Madlin et de Sophie…

Le grand-père. Et la façon dont il avait dit ça. Naturellement, comme si tout le monde le savait. Cameron se passa la main dans les cheveux.

— C'est Mad… c'est Mrs Lawe qui t'envoie ?

— Bien sûr que non, comment elle pourrait ? Le pasteur est parti avec elle et l'a enfermée.

— *Quoi ?*

— Dans un endroit appelé Providence. En haut dans les collines. Il dit qu'elle est fêlée, il l'a mise là pour un genre de cure. En tout cas, elle peut pas sortir, alors elle peut pas…

— Qui t'a dit ça ? Qui es-tu ? Et comment diable est-ce que tu connais Mrs Lawe ?

Il avait parlé brutalement, et le garçon serra les poings, prêt à se battre s'il le fallait. Il ne paraissait pas remarquer que Cameron faisait deux fois sa taille.

— Qui es-tu, répéta celui-ci, et comment as-tu connu Mrs Lawe ?

— Qui ça intéresse, qui je suis ? marmonna le garçon. Et pour Madlin et Sophie, si ça vous regarde, je les ai connues à Londres.

À Londres ? Ce vaurien avait connu Madeleine à Londres ? Mais comment ? Et qu'est-ce qu'il faisait en Jamaïque ? Ce qu'elle lui avait caché n'aurait donc jamais de fin ?

— Le problème, insista le garçon, c'est que Madlin peut rien faire pour Sophie. C'est ça le problème.

Il avait l'air sincèrement inquiet et rougit sous l'examen de Cameron, comme si ce genre d'inquiétude était pour lui une source de gêne.

— C'est pour ça que je suis venu, marmonna-t-il. Pour vous dire qu'elle est au sana. Alors maintenant, vous pouvez y aller et la faire sortir. Ouais ?

Cameron ne répondit pas. Tel qu'il était, debout sous le soleil, l'absurdité de la situation se fit jour dans son esprit. Il était en train de discuter avec un gamin des taudis de la nécessité de sauver une fillette qu'il connaissait à peine.

Et c'est bien là qu'était « le problème », pour reprendre l'expression de l'autre. Tu ne connais pas Sophie et tu ne connais pas Madeleine. C'est une illusion de croire que tu les connais.

— Qu'est-ce que tu attends que je fasse ? demanda-t-il, sentant monter sa mauvaise humeur. Que je galope jusqu'à Burntwood comme un chevalier du Moyen Âge et que j'enfonce la porte ?

Pour la première fois, le garçon ne sut pas quoi répondre.

— Tu ne te rends peut-être pas compte, continua Cameron, que Miss Sophie Lawe est sous la responsabilité de mon frère. C'est lui son tuteur légal, pas moi.

Tandis qu'il le disait, il se sentit rougir de honte. Il savait bien que ce n'était qu'une excuse, une excuse pour masquer sa colère contre Madeleine.

Eh bien, même si c'est une excuse ? songea-t-il. Bon Dieu, est-ce qu'elle ne m'a pas donné assez de motifs d'être en colère ?

Il se retourna vers le garçon.

— Tu comprends ce que ça veut dire, être le tuteur légal d'un enfant ? Ça veut dire qu'il est le seul qui peut la faire sortir.

Le garçon le regardait, bouche ouverte ; d'un seul coup, il paraissait très jeune.

— Vous *saviez*, dit-il. Vous saviez déjà qu'elle est au sana. Et vous avez rien fait.

— Je n'ai pas besoin de toi pour me dicter mon devoir, murmura Cameron, les dents serrées. Maintenant, va-t'en. J'ai du travail.

Mais le garçon secouait la tête.

— Je croyais que vous étiez différent. Je me disais, si Madlin l'aime bien, il doit pas être pareil que les autres. Merde. J'aurais dû m'en douter.

Cameron courba la nuque et jeta au garçon un regard qui le fit tressaillir.

— Je t'ai laissé parler, gronda-t-il d'une voix contenue, mais n'imagine pas, pas un instant, que je tolérerai l'irrespect. Maintenant, va-t'en.

Mais le garçon tenait bon – même s'il avait jeté un

rapide coup d'œil par-dessus son épaule, pour s'assurer de sa fuite possible.

— Vous êtes furax contre Madlin, conclut-il. C'est ça, hein ?

— Comment oses-tu, petit…

— Vous êtes furax contre elle, alors ça retombe sur Sophie. Qu'est-ce qui va pas chez vous ? Vous croyez que Madlin a fait tout ça pour s'amuser ? Tout ce qu'elle a fait, elle l'a fait pour Sophie. Vous le savez pas encore ?

Et merde, pense Ben. Maintenant, tu fais quoi ?

Il était tout en sueur et à bout de souffle, après avoir détalé sur la colline. Il aimait pas du tout l'air qu'il y avait eu sur le visage du frère. Les yeux gris, aussi clairs que du gin et coupants comme du verre. Les grandes mains serrées sur les côtés, qui le démangeaient de casser la figure à Ben. Sûr que s'il avait pas couru comme il l'avait fait, en ce moment il serait en train de cracher toutes ses dents. Et de compter lesquels de ses os étaient pas cassés.

Quelle foutue perte de temps. Mais aussi, Ben Kelly, quelle idée d'être aller trouver le *frère* du pasteur ! Qu'est-ce qu'il en a à faire de Sophie ? Lui avec sa belle grande maison et son cheval de luxe et tous ses champs. T'aurais dû savoir. T'aurais dû savoir qu'ils sont tous pareils.

Mais c'est pas ça l'important. L'important, c'est : à toi de jouer maintenant, à toi et à personne d'autre. Alors, qu'est-ce que tu vas faire ?

Réfléchis. Sophie est au sana. Qui l'a mise là-bas ? Le pasteur, bien sûr. Alors, si t'effaces le pasteur, n'importe qui peut la sortir de là-bas. Madeleine. Le grand-père.

Même cette Miss Clemmy peut s'en occuper. Alors, ça te dit quoi, Ben Kelly ? *Ça te dit : efface le pasteur, comme tu voulais le faire au début !*

Et c'est bien, Madeleine quand elle dit : « C'est pas ça que Robbie aurait voulu » – sauf que maintenant c'est plus seulement Robbie, mais aussi Sophie.

Merde, mais il fait chaud.

Il va sur le côté de la route et s'accroupit sous un de ces arbres couleur de flammes pour réfléchir. Un perroquet sur une branche se penche pour le regarder, comme s'il se demandait si Ben allait lui jeter une pierre ou non ; puis il décide de pas continuer à se pavaner en attendant la réponse, alors il s'envole de sa branche et il file.

Le seul problème, pense Ben, en regardant le perroquet mettre les voiles, c'est que Madeleine est partie et qu'elle a emporté ce foutu pistolet. Sacrée Madeleine.

Puis tout à coup, il a cette idée. C'est comme de tuer deux oiseaux avec une seule pierre, si on peut dire.

Bien sûr, ça voudra dire refaire le chemin par où il est venu. Repasser devant chez ce frère, en douce, puis refaire toute la route jusqu'à Fever Hill, en douce aussi. Ça voudra dire quelques bonnes heures de marche, et de la chance s'il est là-bas avant la nuit. Mais tout va bien. Il a le temps.

Il est assis sous l'arbre, tournant et retournant son plan dans sa tête et cherchant les trous. Mais d'où qu'il le regarde, il le trouve pas mal. Pas mal du tout.

Chapitre trente

Elle avait tout essayé, tout ce à quoi elle avait pu penser, mais rien n'avait marché.

Elle avait tenté de creuser des marches dans les parois de la doline en enfonçant des pierres dans les fissures en guise de coins. Mais la roche calcaire s'était effritée sous l'impact, ou s'était ensuite brisée sous son poids, quand elle avait voulu y grimper. Elle avait essayé de déchirer sa robe, de la tresser pour en faire une corde ; sans ciseaux, c'était impossible de découper des bandes à peu près régulières dans la mousseline, et elle n'avait obtenu qu'un chapelet de nœuds, peu pratique et peu maniable. Elle avait quand même tenté de lancer sa « corde » jusqu'à un arbuste, à mi-hauteur de la paroi ; mais elle n'avait réussi qu'à se hisser de quelques dizaines de centimètres au-dessus du sol, avant que l'arbuste ne s'effondre.

Enfin, elle avait crié pour appeler à l'aide, mais y avait renoncé assez vite. C'était effrayant d'entendre sa voix répercutée de paroi en paroi, sans obtenir aucune réponse.

Elle s'obligea à s'asseoir et à réfléchir. Depuis combien de temps Sinclair était-il parti ? Cinq heures ? Six heures ? La brise était tombée mais le ciel était encore bleu, la chaleur toujours intense.

Son visage était raidi, crispé, ses yeux secs et douloureux. L'eau devenait pour elle une obsession. Elle n'avait rien bu depuis bien avant l'aube, quand elle en avait pris un verre dans la cuisine de Providence. *Pourquoi* n'avait-elle pas pensé à emporter quelque chose à boire ?

De toute façon, même si elle l'avait fait, ce serait hors d'atteinte maintenant.

Exactement comme le pistolet de Ben.

Ce maudit pistolet. Si elle l'avait avec elle, tout serait différent. Elle pourrait en tirer des coups, qu'on entendrait à des kilomètres ; elle pourrait tirer sur un des vautours qui s'étaient mis à tournoyer au-dessus d'elle, et boire son sang.

Si seulement elle avait ce pistolet. Elle se rappelait avoir fouillé dans la malle et l'avoir trouvé, habilement caché dans une combinaison de batiste. Elle l'avait empaqueté avec ses vêtements, avant de se glisser hors de la maison et de se diriger vers les écuries ; mais ensuite elle n'y avait plus pensé, jusqu'à ce qu'elle s'arrête sous le calebassier pour se reposer. Là, elle l'avait repris dans la sacoche de la selle, posé au sol et contemplé. Comme il avait l'air étrange, tout à coup, posé dans la poussière. Pourquoi l'avait-elle pris ? Qu'avait-elle imaginé faire avec ?

Aucun doute que Sinclair l'avait trouvé, quand il était allé reprendre son cheval ; et aucun doute que ça l'aiderait à justifier, à ses propres yeux, ce qu'il avait fait. *Elle avait un pistolet*, se dirait-il. *Elle avait l'intention de me tuer. Je n'avais pas d'autre choix que de l'abandonner.*

Elle continuait à voir son visage, quand il la contemplait depuis le bord de la doline. Ces yeux clairs et froids, comme ceux d'un enfant qui regarde un vairon dans un seau. Voyez cette drôle de petite créature que j'ai attrapée. Combien de temps va-t-elle vivre ?

Combien de temps allait-elle vivre ?

Sa tête l'élançait, ses lèvres étaient douloureuses et crevassées. Une fois de plus, elle chercha quelque chose à manger ou à boire autour d'elle. De la mousse brune et desséchée, des broussailles poussiéreuses, blanchies par les fientes des oiseaux ; les restes de l'arbuste qu'elle avait fait tomber dans le trou, épineux, secs et cassants. Elle se demandait si les broussailles pouvaient être le pain-de-cochon dont Sophie lui avait parlé. Si les cochons le mangeaient, cela voulait-il dire que les gens pouvaient le manger aussi ? Elle en détacha une des feuilles et la mâcha, mais c'était si amer qu'elle la recracha vite.

L'idée lui vint qu'elle devait avoir une drôle d'allure, avec ses bottines de toile blanche et sa combinaison-culotte de batiste, sans manches, qui ne descendait qu'aux genoux. Sa robe lui avait servi à fabriquer la corde, puis son jupon s'était emmêlé dedans quand elle avait essayé de grimper, aussi l'avait-elle enlevé. Si seulement elle avait eu l'idée de prendre sa tenue d'amazone dans la malle… Elle aurait pu utiliser la jupe pour faire la corde, et elle aurait encore eu le pantalon pour protéger ses tibias.

Elle se rassit, dos contre la paroi, ferma les yeux. Quelle importance tout cela, maintenant… Ce qui comptait, c'était de sortir d'ici, ou de trouver un moyen d'appeler à l'aide. Un chasseur, ou un petit fermier qui passait, ou encore un Noir qui rentrait chez lui après son travail dans les champs. Il y aurait bien quelqu'un.

Puis elle se rappela quelque chose qu'avait marmonné la gouvernante, à Providence, quand elle lui avait apporté son plateau. Se plaignant de devoir travailler le Jour de la Liberté – après-demain.

Elle lutta pour tenter d'y voir clair. La gouvernante avait dit cela hier ; donc, le jour férié était demain. Donc il n'y aurait pas de Noirs qui passeraient, il n'y aurait personne.

Elle imagina Sinclair disant à la gouvernante, à Providence, que sa femme s'était égarée dans la campagne et qu'il ne l'avait pas retrouvée. Elle l'imagina repartant jusqu'à Fever Hill pour donner l'alerte. Elle imagina les commentaires de la bonne société à l'heure du thé. *Quelle idée affreuse, on peut à peine concevoir une chose pareille. Apparemment, c'était la neurasthénie, elle s'est tout simplement perdue. Pauvre révérend Lawe ! Ils disent qu'il est complètement bouleversé. Il a cherché pendant des jours entiers, le pauvre garçon, mais n'a pas retrouvé la moindre trace d'elle. Et quelle affreuse malchance que les pluies soient finies, sans quoi elle aurait peut-être pu s'en sortir…*

Elle se demanda ce que Cameron éprouverait, quand il apprendrait la nouvelle.

Et Jocelyn.

Et Sophie. Mon Dieu, Sophie. Qui le lui dirait ? Vivrait-elle assez longtemps pour le savoir ?

Quand elle rouvrit les yeux, elle vit que le ciel était un peu moins bleu qu'avant. Combien de temps avant qu'il fasse sombre ? Une heure ? Deux heures ? Et y aurait-il de la lune ? Elle ne pouvait se le rappeler.

Elle allongea le bras, examina sa main. Ses doigts étaient gonflés, sa peau si tendue que serrer le poing lui faisait mal. Si elle ne ressortait pas d'ici ce soir, demain matin elle serait trop faible pour tenter encore quoi que ce soit.

En serrant les dents, elle parvint à se remettre debout. Le sang cognait dans ses oreilles, des points noirs passaient devant ses yeux. Elle s'obligea à recommencer à chercher des pierres qui pourraient lui servir de marches.

Elle retrouva celle qu'elle avait utilisée comme marteau, gagna la portion de paroi qui était la moins à pic ; là, environ un mètre vingt de son escalier rudimentaire avait tenu bon. Elle trouva une nouvelle fissure, à un mètre cinquante de haut, et entreprit d'enfoncer un nouveau coin.

Cette fois, ça se passa mieux qu'avant. Aucun des coins ne cassa, le « marteau » ne se fendit pas ; au bout d'une demi-heure, elle avait réalisé un chemin de prises de main et de pied qui serpentait grossièrement jusqu'à mi-hauteur de la paroi. Ce qui laissait encore deux mètres environ jusqu'au sommet ; elle devrait donc emporter son marteau et le reste des coins avec elle, et les mettre en place à mesure qu'elle avancerait. Mais il serait temps de s'en inquiéter quand elle serait à pied d'œuvre. Elle fit un sac avec son jupon, le remplit de toutes les pierres convenables qu'elle put trouver et le cala sur son épaule.

Elle avait progressé d'environ un mètre cinquante quand une des marches se cassa, provoquant sa chute. Elle atterrit lourdement sur le flanc et la douleur irradia dans son épaule.

Le souffle coupé, elle resta longtemps étendue sans bouger. Elle sentait la poussière, et les fientes d'oiseaux, et l'odeur aigre de sa propre sueur. Dans sa bouche, elle goûta la terre, et aussi quelque chose qui gigota avant qu'elle le recrache précipitamment. Les moustiques lui bourdonnaient aux oreilles. Il commençait à faire sombre.

Sa gorge était gonflée, ses lèvres douloureuses. Avaler sa salive lui faisait mal, bouger lui faisait mal. Elle avait envie de pleurer, mais les larmes ne venaient pas. Elle se roula en boule, enfonça ses doigts dans ses yeux. Qu'est-ce que je vais faire ? pensa-t-elle. Qu'est-ce que je vais *faire* ?

Aucune réponse ne lui parvint. Pas de voix providentielle, lui murmurant d'où venait le salut dans ces étendues sauvages. Pas d'astuce de survie, à demi oubliée, et qu'elle se serait rappelée à point nommé. Pour autant qu'elle s'en souvenait, Robinson Crusoé n'était jamais tombé dans un trou.

Elle finit par rouvrir les yeux. Dans la pénombre, elle fut surprise de voir une longue balafre le long de son avant-bras gauche. Elle tâtonna sous elle, pour trouver la pierre qui l'avait causée.

Ses doigts gonflés se refermèrent douloureusement dessus ; mais ce n'était pas une roche, c'était un morceau de fer. Rongé par la rouille mais encore solide, et sans nul doute un appareil orthopédique : oui, une partie de la section qui entoure la cheville. Puis elle se rappela le crissement doux, presque crayeux qu'elle avait senti quelques heures plus tôt sous sa main, comme celui d'un os.

Le cœur battant, elle s'assit ; elle avait l'impression qu'on la regardait, au point qu'elle en eut la chair de poule. Quelqu'un avait été ici avant elle. Quelqu'un était encore ici.

Elle s'efforça de distinguer des formes dans l'obscurité ; au bout d'un moment, elles se mirent à bouger, comme font les ombres quand on les regarde suffisamment longtemps.

— Je ne veux pas vous faire de mal, murmura-t-elle. Je veux juste sortir.

Les ombres cessèrent de bouger, devinrent une simple immobilité qui écoutait.

Depuis sa chute, elle sentait quelque chose de chaud et d'humide sur son bras ; elle regarda, tâta la balafre du bout de ses doigts. Il y avait beaucoup de sang, mais c'était déjà en train de former une croûte.

Les ombres regardaient, mais ne bougeaient pas.

Elle rampa vers son jupon, en déchira une longueur avec les dents pour faire un bandage grossier.

Les ombres ne bougeaient pas, de leur côté du trou.

Quand elle eut fini, ses doigts étaient humides et luisants. Elle s'assit, jambes croisées dans la poussière, tourna ses mains d'un côté et de l'autre. Dans l'obscurité de plus en plus profonde, le sang semblait presque noir.

Les ombres commençaient à ressembler moins à une menace et davantage à une compagnie.

À Cairngowrie House, elle avait imaginé la souillure comme des petites taches grises flottant dans de l'écarlate. *C'est dans le sang*.

Elle y repensait maintenant. Elle repensait au moment où elle s'était réveillée dans le lit de sa mère, froid, blanc comme de la neige. Le moment où elle avait repoussé la couverture pour découvrir la grande tache écarlate.

Elle repensait à sa mère à quatre pattes sur le tapis. *Eh bien, Maddy, il va falloir qu'on se débrouille nous-mêmes.*

Elle fit la grimace devant le sang sur ses mains.

Sa mère avait été folle, passionnée, indisciplinée, et courageuse. Elle avait blessé des gens et fait d'énormes erreurs, récolté à la fois le bien et le mal, et ne s'en était jamais prise qu'à elle-même. Quand elle avait eu des problèmes, elle avait seulement fait de son mieux pour s'en sortir. *Eh bien, Maddy, il va falloir qu'on se débrouille nous-mêmes.*

Un bruit au-dessus d'elle la fit sursauter. Un vautour s'était posé sur le bord du trou et la contemplait, de ses yeux clairs et froids. Elle tendit la main vers une pierre.

Derrière elle, les ombres attendirent de voir ce qu'elle allait faire.

La pierre frappa le bord de la doline, puis retomba en arrière dans le fond du trou. Là-haut, le vautour poussa un cri, déploya ses ailes et s'envola.

— Reviens demain, lui cria-t-elle. Je ne suis pas encore morte !

Chapitre trente et un

Là-haut, dans les chevrons, une araignée tisse sa toile. Elle travaille de l'extérieur vers l'intérieur et elle finira bientôt, sauf si une domestique vient et l'enlève d'un coup de brosse.

L'araignée a presque fini, quand elle disparaît derrière un visage noir et brillant.

— Maintenant, ma fille, dit l'infirmière Fletch, dépêche-toi de prendre ton remède. J'ai pas que ça à faire, d'attendre.

Le remède est huileux, brun et il a un goût de cendre, mais la petite fille l'avale en une gorgée. Parce qu'elle est une bonne fille, et qu'elle ne veut pas être privée de dîner encore une fois.

La Sophie intérieure regarde la petite fille prendre son remède, et elle sait qu'il a le goût de cendre, mais elle ne dit rien. La Sophie intérieure ne parle jamais. Si elle le faisait, les infirmières la trouveraient et l'emmèneraient.

La Sophie intérieure regardait quand ils ont pris les vêtements de la petite fille et qu'ils l'ont attachée à son lit, et qu'ils lui ont fait des piqûres qui l'ont fait sursauter de partout. La Sophie intérieure regardait quand ils ont emporté Pablo Grey dans l'incinérateur de la cour et qu'ils l'ont brûlé, et les paillettes noires qui se sont envolées et se sont dissipées en plus rien du tout. C'est ce qui vous arrive en vrai quand vous mourez. La Sophie intérieure regardait quand la petite fille pleurait et pleurait, jusqu'à ce qu'ils lui donnent de la morphine qui l'a rendue malade, et les infirmières étaient fâchées, et elles n'ont pas changé les draps. La Sophie intérieure a tout vu, mais elle n'a jamais rien dit. La Sophie intérieure ne parle jamais. Si elle le faisait, les infirmières la trouveraient et l'emmèneraient.

Le lit de la petite fille est dans la galerie sud, avec les autres patientes femmes. Elle ne peut pas voir dehors à cause des jalousies, mais en dessous, entre les piliers de la rampe, elle peut voir en bas dans la cour, l'incinérateur où ils ont brûlé Pablo Grey. Et elle peut voir en haut les chevrons où l'araignée tisse sa toile, et derrière elle, le mur où le gecko gonfle sa collerette rouge pour attirer les mouches.

Une fois, le gecko est tombé avec un bruit de plouf sur le ventre de la petite fille, et à côté d'elle, la vieille dame avec les croûtes sur les bras a éclaté de rire.

— Oh ! elle criait. Un gecko sur tes genoux ! Ça veut dire que tu auras un bébé bientôt !

Et elle a continué à rire jusqu'à ce que les infirmières viennent et lui fassent une piqûre.

La jeune femme dans le lit d'à côté a dit à la petite fille de ne pas faire attention à la vieille Mrs de Charmilly. On l'avait envoyée ici il y a des années, quand c'était encore une clinique pour les maladies nerveuses. La jeune femme était gentille, avec ses cheveux pâles et fins comme du duvet, ses yeux brillants, mais elle toussait beaucoup. Une fois, sa tutrice lui a envoyé un petit pulvérisateur de cocaïne, en verre bleu, pour calmer sa gorge, mais elle toussait tellement qu'il n'a pas duré longtemps ; avant-hier, ils l'ont emmenée en haut pour lui faire un cautère, et elle n'est pas revenue.

Ça fait des siècles que la petite fille est ici. Autrefois, il y avait une jolie sœur qui était bonne au jeu des devinettes, et une gentille dame dans une robe blanche qui flottait autour d'elle, et un vieux monsieur droit et raide avec des milliers de livres. Mais c'est très loin tout ça et c'était il y a très longtemps.

Maintenant, la petite fille dort tout le temps, sauf quand les infirmières la réveillent pour lui faire prendre son remède ou sa semoule, ou encore quand quelqu'un tousse. Après le remède, tout devient flou. Les ombres sont floues et par terre les bandes de soleil sont floues, même le gecko est flou. Les bruits eux aussi sont flous, même si parfois on dirait qu'ils deviennent élastiques et très forts.

Jusqu'à présent, il n'y a pas eu beaucoup de bruits, sauf la toux et parfois le bruit de quelqu'un qui a du mal à respirer, comme un gargouillement. Mais là, tout d'un coup, il y a beaucoup de bruit. La vieille Mrs de Charmilly crie et mord ses croûtes, les infirmières crient et courent partout, et il y a des pas dans la galerie : pas ceux des infirmières dans leurs chaussons de coton, non, ceux de quelqu'un avec des bottes.

La petite fille tourne la tête et aperçoit un grand monsieur à l'autre bout de la galerie. Les infirmières se serrent autour de lui et font des gestes avec leurs bras, et la Sophie intérieure voit bien qu'elles sont effrayées, même si elle ne peut pas entendre ce qu'elles disent.

Le grand monsieur marche tout le long de la galerie, très vite, avec les infirmières sur ses talons, et maintenant il est debout au-dessus de la petite fille et il la regarde. La Sophie intérieure le connaît, mais elle ne peut pas se rappeler son nom. Il a quelque chose à voir avec un cheval et des *pilotes*, ou bien…

Le grand monsieur ne parle pas, mais la Sophie intérieure peut dire qu'il est très en colère, c'est pour ça que les infirmières sont si effrayées. Mais la Sophie intérieure ne l'est pas du tout, elle.

Le grand monsieur est en train de défaire les sangles sur les bras de la petite fille et sur sa jambe et autour de son attelle, et ensuite de l'entourer d'une couverture et de la soulever. Et de la porter le long de la galerie et jusqu'en bas des escaliers, et aussi dehors sous le soleil, qui fait cligner les yeux de la petite fille.

Puis le grand monsieur se tourne, et l'enfant voit les infirmières blotties les unes contre les autres sur l'escalier. Elles ne crient pas, et elles ne descendent pas l'escalier, parce qu'elles sont bien trop effrayées.

Doucement, pour ne pas secouer son attelle, le grand monsieur donne l'enfant à un domestique. Le domestique sent la sueur et aussi la peur, et pendant un moment la Sophie intérieure croit que le grand monsieur va la laisser ici. Mais ensuite le domestique la soulève haut, très haut, et le grand monsieur la prend devant lui sur son cheval, et ils s'en vont ensemble dans l'allée. Elle ne peut pas voir grand-chose à cause de la couverture enroulée autour d'elle, mais elle peut sentir le cheval et entendre le bruit de ses sabots, et voir les pointes de ses oreilles noires et brillantes. *Pilate*, pense-t-elle, voilà. C'est le nom du cheval, Pilate.

Au bout d'un moment, ils arrivent devant la grande porte en fer, qui est fermée. Le portier sort en courant et commence à crier et agiter les bras. Alors le grand monsieur dit au portier une très vilaine chose, et après ça il n'y a plus de cris, les portes s'ouvrent et ils passent.

Plus tard, par une trouée dans les arbres, la Sophie intérieure voit le sanatorium au loin. Elle voit les pignons de sorcière et le grand coupe-vent sans fenêtre où ils enferment les enfants et où ils les laissent mourir. Elle regarde le sanatorium aussi longtemps qu'elle peut, pour être sûre qu'elle en est vraiment, réellement partie.

La Sophie intérieure veut dire au grand monsieur qu'elle est contente qu'il soit venu pour elle, mais elle ne peut pas, car la Sophie intérieure ne parle jamais. Si elle le faisait, les infirmières la trouveraient et l'emmèneraient.

Quand Cameron franchit les portes de Fever Hill, aux guides de la voiture qu'il avait empruntée un peu plus tôt, il jeta un coup d'œil sur le ciel qui rougissait et donna un léger claquement impatient sur la croupe de Pilate. Il ferait bientôt sombre, et il voulait voir Sophie à l'abri avant de se mettre en route pour Providence.

Le plus pratique, bien sûr, serait de remettre à demain le voyage à Providence, mais cela, il ne le pouvait pas. Il avait besoin de s'assurer que Madeleine allait bien. C'était irrationnel, il le savait, il n'y avait aucune raison pour qu'elle n'aille pas bien. Sauf que depuis leur conversation électrique devant l'église, dimanche matin, elle avait laissé sa sœur trois jours de plus dans cet infect endroit, sans faire aucune tentative pour l'en sortir. Et cela ne ressemblait pas à Madeleine. Cela ne ressemblait pas à ce qu'il connaissait de Madeleine – même avec tout ce qu'il ne connaissait *pas* d'elle.

Une mangouste traversa la chaussée comme une flèche ; Pilate fit un écart et agita l'encolure. Cameron le calma puis se tourna vers Sophie, assise à côté de lui.

— Il fait juste des histoires parce qu'il n'aime pas

tirer une voiture, lui expliqua-t-il. Il pense que ce n'est pas digne de lui.

Elle tourna la tête, ne lui répondit que par un regard impassible. L'effet des sédatifs se dissipait, elle avait perdu cet air comateux qu'elle avait, mais n'avait pas dit un mot depuis qu'ils avaient quitté le sanatorium. Il commençait à se demander quand elle le ferait.

Peu après avoir quitté Burntwood, il s'était rendu compte de l'impossibilité de l'emmener jusqu'à Fever Hill sur le dos de Pilate. Même s'ils marchaient lentement, ce serait trop brutal pour son genou. Aussi s'arrêta-t-il dans le premier village qu'ils atteignirent : un petit groupe de masures, tout en longueur, qui s'appelait Simonstown. Il connaissait les habitants, ce n'était pas très loin de chez le vieux Mowat ; et Mowat – intelligent, compatissant, et que la vie n'avait pas épargné – avait toujours été fort courtois avec lui et lui prêterait sans doute sa voiture.

Il n'avait oublié qu'une chose : c'était la veille du Jour de la Liberté. Il s'en souvint dès qu'il entra dans le village et le trouva grouillant de préparatifs. Les hommes empilaient du bois vert de myrte près des barbecues, pour le cochon grillé du lendemain, rapportaient des champs des paniers de légumes et de chochos ; des pickneys couraient entre les pieds de tout le monde ; les femmes se dépêchaient de mettre la touche finale à leurs nouvelles robes, faisaient des piles de croquants, alimentaient les feux sous les grandes yabbas bouillonnantes de fufu et de ragoût de pois de gungo. Tout le village sentait le clou de girofle, le thym, le feu de bois, l'impatience.

Ils accueillirent Cameron comme une surprise de jour de fête qui serait arrivée avec un peu d'avance, faisant cercle pour voir la petite fille invalide de Fever Hill. Un homme partit demander sa voiture à Mowat, un autre emmena Pilate pour le nourrir et lui donner à boire. Cameron acheta un verre de punch pour lui et vit avec soulagement Sophie avaler (non sans peine) un gobelet de sirop de goyave, ainsi qu'un bol de gombo et de patates douces en ragoût. Puis il paya à une jeune femme ce qu'elle gagnait en un mois pour la baigner et l'habiller avec les habits du dimanche de sa fille : une robe de coutil rose à volants, sans doute charmante sur une petite Noire en bonne santé, mais qui transformait Sophie en une étrange poupée de cire aux os saillants.

Elle se soumettait à tout avec une bizarre passivité ; elle ne parut faire un peu attention au monde extérieur que lorsqu'un petit pickney vint l'examiner, en serrant son jouet contre son ventre. Le jouet en question était une mule, faite de résidus de canne tressés ; Sophie la fixa avec tant d'intensité que le pickney prit peur et s'enfuit.

Qu'est-ce qu'une mule de paille signifie pour elle ? se demanda Cameron. Que lui a-t-on fait subir là-bas ?

Il pouvait encore sentir l'odeur de Crésyl et de désespoir qui régnait dans l'établissement ; il pouvait encore voir son petit visage jaune sur l'oreiller, ses yeux dans le vague et vides à en faire peur. Combien de temps y était-elle restée ? Quatre jours ? Cinq jours ? Sans doute n'était-ce pas assez long pour contracter un mal permanent…

Et s'il se trompait là-dessus ? Si ses poumons étaient déjà atteints et qu'il ait pu l'éviter en agissant tout de suite ? Au lieu d'attendre qu'un gamin des rues vienne lui faire la leçon ?

Maintenant, dans la voiture, il lui jetait des regards anxieux. Elle contemplait les champs de canne qu'ils traversaient, les lèvres entrouvertes, les yeux ternes.

La fille d'Ainsley. Il ne pouvait toujours pas y croire. Et pourtant l'évidence était bien là, devant lui. Ces cheveux blonds. Ces sourcils intelligents et sombres. Ce rappel de son grand-père, dans la posture décidée de son menton.

Il se souvint de ce que Madeleine lui avait dit, alors qu'ils se trouvaient tous les deux devant l'église. *Elle est la fille d'Ainsley. Sa fille, Cameron, pensez-y. Depuis huit ans vous êtes là-bas, dans vos collines, dans votre exil volontaire, à faire ces cauchemars sur lui et à vous demander pourquoi. Vous dites que vous lui avez pardonné, mais l'avez-vous vraiment fait ? Ne croyez-vous pas que si ç'avait été le cas, vous n'auriez pas fait payer ses péchés à ses enfants, en niant jusqu'à leur existence ?*

Je t'ai pardonné, Ainsley, dit-il aux lopins de canne qui ondulaient sous la brise. Voilà ta fille. Je la ramène à la maison.

Cela faisait dix ans qu'il n'avait plus pris cette allée, dix ans qu'il n'était pas revenu près de cette maison. Pourquoi si longtemps ? Qu'est-ce qui l'avait empêché de venir tout simplement un jour, faire la paix avec Jocelyn ? Il avait gâché tant de temps.

Je crois que vous vous êtes habitué à vivre comme ça, lui avait-elle dit aussi. À part. isolé. *C'est devenu un mode de vie*. Elle avait raison.

En traversant la parcelle du Balata, il croisa une équipe de sarcleurs qui rentraient chez eux ; ils soulevèrent leurs chapeaux pour le saluer, puis tournèrent la tête pour le suivre des yeux. Bientôt le mot courrait dans tout le domaine : *Maît' Cameron veut rentrer à la maison.*

Mon Dieu, pourquoi cette allée était-elle si infernalement longue ? Partout où il regardait, ce n'étaient que souvenirs. Chaque arbre, chaque parcelle de canne lui étaient familiers, comme seule peut l'être une terre qu'on a connue dans l'enfance. Sur la gauche, c'était le guango dans lequel il avait grimpé quand il avait neuf ans, son pied avait glissé, et il s'était à moitié coincé dans un figuier étrangleur. Là, sur la gauche, c'était Congo Walk, où ils faisaient courir leurs poneys de polo et disputaient des tournois à l'ancienne. Au-delà, c'était le Vieil Étang, dans lequel Jocelyn leur avait appris à nager. Et là-bas, sur Clairmont Hill, il y avait les carrières de marne, dans lesquelles un Ainsley de seize ans avait joué les spectres lumineux pour le bal masqué du 26 décembre – rendant furieux son père, scandalisant May, et faisant la joie de l'espiègle Rose, la fille d'Aristide Durrant.

Ils passèrent rapidement devant la nouvelle usine, puis, d'un seul coup, la grande maison se dressa devant eux. Cameron retint son souffle. Les atteintes du temps étaient cruellement visibles : les jalousies cassées, la peinture écaillée, et les grands pots de cuivre encadrant l'escalier, qui autrefois débordaient de laurier-rose, et ne contenaient plus maintenant que des chardons. Mais rien de tout cela n'avait d'importance. Ça restait, dans ses souvenirs, le seul endroit qu'il avait appelé la Maison.

Il se demandait quel genre de réception allait lui être réservé. Jocelyn était à Kingston, mais de la part de May ? Et de Clemency ? Clemency et lui avaient été proches autrefois ; en tout cas, aussi proches que deux personnes aussi différentes peuvent l'être. Quand Ainsley s'était enfui, ils s'étaient aidés mutuellement à reprendre le dessus. Et quand elle avait perdu son enfant, il l'avait regardée se réfugier dans une sorte de folie délibérée, avec ses maladies perpétuelles et ses plans secrets pour ce « voyage » que lui seul avait le droit de connaître. Il avait eu pitié d'elle, mais n'était pas intervenu ; derrière les petits rires haletants de Clemency et ses sourires douloureux, il y avait chez elle une capacité d'obstination qu'il ne pouvait s'empêcher d'admirer.

Le devant de la maison était vide, sauf Remus qui sommeillait au pied de l'escalier. Le mastiff reconnut Cameron à cause de ses visites au cimetière et se souleva avec effort pour le laisser passer.

Un palefrenier au visage soucieux accourut depuis les quartiers des domestiques ; quand il le reconnut, il ouvrit la bouche pour pousser une exclamation, puis, se ravisant, il s'occupa de la voiture. Cameron porta Sophie dans la galerie, en haut de l'escalier.

La vague d'émotion qui s'empara de lui le submergea. La galerie n'avait pas du tout changé. La même lumière couleur d'ambre, striée par l'ombre des lattes. Les mêmes vieux fauteuils délabrés de rotin, avec leurs couvertures dans le tartan rouge et vert des Monroe. La même inoubliable odeur de cigare et de cire à l'huile d'orange.

Cette galerie avait été son premier contact avec Fever Hill, le centre de son univers de petit garçon. Quand il faisait des cauchemars, il y venait et se pelotonnait avec les chiens. Quand il y avait de l'orage, il se tenait debout avec Jocelyn sur l'escalier, regardant la pluie balayer les champs de canne. Pour son seizième anniversaire, c'est ici que le vieil homme lui avait servi son premier whisky soda, et il avait porté un toast.

— *Par le feu et par l'épée*, avait-il déclamé. C'est pour les Lawe. *La mort plutôt que le déshonneur*. C'est pour les Monroe.

Il installa Sophie dans le fauteuil le plus proche, alla chercher un tabouret pour soutenir son attelle. Pendant qu'il le faisait, il se rendit compte qu'il l'avait mise dans le fauteuil de Jocelyn. Il y avait là le vieux coussin de tapisserie, et la vieille couverture en tartan McFarlane, avec ses mauve bruyère et ses vert sauge qui adoucissaient le rouge. Il se rappela un homme droit et raide installant un garçon de six ans sur cette même couverture, lui présentant une paire de mastiffs, envoyant un domestique chercher pour lui un bol de soupe de pois rouges. En fermant les yeux, il sentait encore le goût de cette soupe.

Depuis la salle de bal plongée dans la pénombre, la pendule du grand-père le ramena au présent. Sept heures et demie ; le soir tomberait bientôt. Même sous le clair de lune, il ne pourrait pas progresser vite dans les collines. Il aurait de la chance s'il arrivait à Providence avant minuit.

Tandis qu'il se redressait, un femme tourna le coin de la galerie, l'air de chercher fébrilement quelque chose.

Elle était habillée avec raffinement : un costume de voyage à la mode, de brocart blanc raide, plus tout l'attirail nécessaire à une sortie élégante. Dans une main, elle tenait une paire de gants de chevreau blanc, dans l'autre un étui de cartes de visite, plus un flacon de parfum, et une poignée d'épingles à chapeau à tête de perle. Un somptueux chapeau au bord orné de roses de mousseline blanche se balançait à l'un de ses poignets, tandis qu'à son autre bras pendait une grande cape de voyage de soie damassée blanche, et aussi – curieusement, étant donné le crépuscule imminent – une ombrelle de dentelle et de satin blancs à manche d'ivoire.

Avec un pincement au cœur, Cameron constata qu'elle n'avait guère vieilli, depuis la dernière fois qu'il l'avait vue. Toujours les mêmes traits délicats, sous l'étonnant chignon de cheveux gris et teints.

— Bonjour, Clemmy, lui dit-il.

Elle tressaillit violemment et prit un air coupable, comme si on l'avait surprise en train de commettre un crime. Puis la culpabilité laissa place à de la stupéfaction, les yeux écarquillés, quand elle le reconnut.

— Cameron ? C'est bien toi ?

Il s'avança et lui tendit la main, puis – songeant à l'attirail qu'elle transportait – la retira maladroitement.

— Comment vas-tu, Clemmy ?

Elle ouvrit la bouche mais aucun mot ne sortit. La cape de voyage glissa de son bras au sol, rapidement suivie par les gants, le flacon de parfum, l'étui de cartes et les épingles à chapeau. Cameron se baissa pour récupérer la cape et la posa sur un fauteuil.

— J'ai eu ton message, lui dit-il.

Elle eut l'air déconcertée.

— Le garçon ? Tu te souviens ?

Il y avait une telle perplexité dans son regard bleu porcelaine qu'il se demanda si elle l'avait entendu. Il essaya encore.

— Je suis allé à Burntwood. J'ai ramené So…

— Je ne peux pas trouver mon sac, s'écria-t-elle. Il était ici il y a une minute, je *sais* qu'il y était, et maintenant il a disparu !

— Clemmy…

— Oh, tout est si confus ! Pourtant j'avais tout bien préparé, mais juste au moment où j'allais mettre mon chapeau, j'ai entendu la voiture dehors, c'était si inattendu, je n'avais jamais pensé qu'il reviendrait si vite. Et maintenant, voilà, je suis découverte avec toutes mes affaires spéciales, oui, vraiment *découverte*… Et May va être si fâchée !

Ses lèvres frémirent, comme si elle allait éclater en sanglots.

Toujours la même, pensa Cameron avec une affection

mêlée d'exaspération. Manifestement bien plus préoccupée par la perte de son sac que par son arrivée inattendue.

Sachant qu'il ne servait à rien de la bousculer, il l'aida à récupérer le reste de son attirail par terre et le posa sur une petite table. Elle n'avait toujours pas remarqué Sophie, qui la regardait gravement depuis les profondeurs de ses bizarres volants roses.

Cameron fit un geste vers elle et dit :

— Regarde, Clemmy, regarde qui j'ai ramené.

Enfin, Clemency la vit. Son visage se crispa, elle porta la main à sa joue.

— Oh, là, je ne sais vraiment pas quoi faire ! J'ai prié et prié pour que ça arrive, mais May va être si fâchée…

Cameron réprima un frisson d'impatience.

— Oublie May, j'ai besoin que tu veilles sur Sophie. Tu peux le faire ?

— Quoi ? Mais tu ne peux pas repartir déjà ! Et mon sac ?

— Tu n'as pas besoin de ton sac.

— Si, j'en ai besoin. Je…

— Clemency, qu'est-ce que tu ferais avec un sac ? Tu ne sors jamais !

— Je ne sortais pas, répliqua-t-elle, obstinée, je… répétais.

— Tu répétais ? Quoi ?

Mais elle secoua la tête en fronçant les sourcils, comme si elle en avait déjà trop dit.

Alors il se rappela. Le voyage. Les séances de répétition. Oh ! non, Clemmy, pas maintenant.

— Clemency, dit-il fermement, il est temps pour toi d'abandonner tout ça. Tu vas rester ici et t'occuper de Sophie. Tu peux comprendre ça, n'est-ce pas ?

Elle secoua la tête, et deux épingles à cheveux

glissèrent en cliquetant sur le sol ; une mèche grise se dénoua et tomba sur une de ses épaules.

— La vérité, dit-il d'une voix toujours ferme et résolue, c'est que ton voyage n'a aucune raison d'être. Il n'en a jamais eu. Ton bébé n'est pas en enfer. Pourquoi serait-il en enfer ? Il n'avait rien fait de mal. Il est au paradis. Il y a été depuis le début.

Elle parut horrifiée.

— Mais c'est impossible ! May me l'a dit. Elle sait tout ça. Elle…

— May ne sait rien du tout ! Elle n'est pas un pasteur, elle n'est qu'une méchante vieille femme qui aime faire du mal aux gens !

Clemency tressaillit ; après des décennies passées dans la pénombre, la vérité était trop claire pour elle. Cameron regretta de ne pas avoir eu le bon sens de le lui dire des années plus tôt.

— Écoute-moi, reprit-il avec une impatience croissante. Je n'ai pas le temps de tout t'expliquer maintenant, mais je t'enverrai le révérend Prewitt. Il te dira tout, tu pourras lui poser toutes les questions que tu voudras, et après tu sauras que je te dis la vérité. Mais, pour le moment, il faut que tu te sortes cette histoire de l'esprit et que tu penses à Sophie. Elle a besoin de toi. Elle a passé de mauvais moments. Ne la laisse pas tomber.

Le visage de Clemency se crispa de nouveau.

— Je ne sais pas quoi faire. May va…

— May va quoi ? dit grand-tante May.

Oh ! bon sang, pensa Cameron.

Elle se tenait debout à l'entrée de la salle de bal, les mains tranquillement jointes devant elle. Malgré la chaleur, elle portait une robe du soir à haut col de moiré gris acier, de longs gants serrés de chevreau gris étain.

Sur la chaîne en argent qu'elle avait à la taille pendait une collection de clés, comme celle d'une châtelaine médiévale.

Son regard bleu ardent trembla sur Clemency, s'attarda brièvement sur Sophie, puis se figea dans celui de Cameron.

— Que veut dire tout ceci ?

— Je pensais que ce serait évident. J'ai ramené Sophie à la maison.

May s'autorisa le léger pincement des lèvres qui était sa version d'un sourire.

— Contre la volonté de son tuteur, bien sûr.

— Bien sûr.

May inclina la tête, comme s'il lui avait fait un compliment.

— Alors, elle y retournera demain matin.

Il ouvrit la bouche pour la contredire, mais Clemency le devança.

— Ah non ! s'exclama-t-elle. Non, non, *non* ! Je ne permettrai absolument pas ça !

Elle marcha jusqu'à Sophie, dans un froissement de tissu, se laissa tomber dans le fauteuil d'à côté ; puis elle prit conscience de ce qu'elle venait de faire, qui elle venait de contredire, et son visage se décomposa.

— Ça suffit, Clemency, dit grand-tante May, sans quitter Cameron des yeux. Maintenant, allez dans votre chambre, enlevez cette tenue absurde, et habillez-vous convenablement pour dîner.

Clemency prit une grande inspiration et ne bougea pas. Elle avait les joues toutes roses et elle était visiblement étonnée de son audace. Au bout d'un moment, elle fronça les sourcils, glissa la main sous elle et tira un petit rectangle de peluche blanche brodée de perles.

— Tiens, il est *ici* ! Regarde, Sophie, mon sac de

soirée ! Est-ce qu'il n'est pas magnifique ? Tu vois toutes ces petites perles ? Et la jolie petite chaîne en argent, avec l'anneau dessus pour le fixer à mon doigt et ne pas le perdre ?

Cameron laissa son regard aller d'elle à grand-tante May ; accablé, il se rendit compte qu'il ne pouvait pas laisser Sophie avec elles. Il serait donc obligé de faire tout le chemin jusque chez Olivia Herapath, avant même de pouvoir prendre la route de Providence. Alors qu'à chaque minute qui passait il était plus inquiet pour Madeleine. Plus il pensait à la « cure de repos » de Sinclair, et moins il aimait ça.

Il se demandait si Sophie allait suffisamment bien pour supporter un autre long trajet, et s'il pourrait persuader Doshey de lui donner un cheval frais des écuries du vieil homme, quand il entendit avec étonnement le bruit familier d'une canne, venant à travers la salle de bal. Mon Dieu, pensa-t-il, est-ce qu'il n'était pas à Kingston ?

Jocelyn apparut alors dans la galerie ; il se redressa comme un vieil aigle meurtri quand il aperçut Cameron et s'arrêta brusquement à côté de grand-tante May.

Le vieil homme avait toujours possédé une impeccable maîtrise de lui, et elle ne lui fit pas défaut ce jour-là. Il parvint à n'avoir l'air que légèrement irrité, en voyant Cameron dans la galerie : comme s'il était juste un visiteur importun arrivant au mauvais moment, trop près de l'heure du dîner.

— Que veulent dire toutes ces histoires ? demanda-t-il.

May leva le menton, prête à s'expliquer ; le regard de Clemency allait craintivement de Cameron au vieil homme ; quant à Sophie, elle les ignorait tous, au profit du sac de soirée que Clemency avait mis sur ses genoux.

Manifestement, Jocelyn venait d'arriver, il n'avait même pas eu le temps de retirer ses vêtements de voyage. Il était poussiéreux, semblait épuisé et accusait terriblement son âge. Pourtant, il contempla l'expression glaciale de May, l'étrange tenue de Clemency et la présence blême et sérieuse de Sophie sans un tremblement. Enfin, son regard retourna à Cameron ; là encore, les yeux décolorés par le soleil ne trahirent rien.

Pendant dix ans, ils avaient évité de se trouver face à face. En ville, ils veillaient toujours à ne pas se croiser sur le même trottoir ; lors des rares événements mondains auxquels ils assistaient ensemble, ils s'évitaient l'un l'autre comme des mastiffs ennemis, mais nullement décidés à engager les hostilités.

Pendant dix ans, Cameron s'était préparé à ce moment. Il avait mis au point exactement ce qu'il dirait, et la façon dont il agirait. Mais maintenant, tout cela s'était enfui en fumée.

— Je pensais que vous étiez à Kingston, marmonna-t-il simplement.

— Apparemment non, répondit le vieil homme d'un ton cassant. J'ai eu un télégramme de Clemency. Maintenant, réponds à la question.

Cameron fit un geste vers Sophie, dont la tête était toujours penchée sur le sac de soirée.

— Sinclair l'a envoyée à Burntwood. Je…

— Je sais, aboya Jocelyn. C'était une drôle d'idée, mais il l'a fait. Tu as l'air d'avoir oublié qu'il est légalement son…

— Je me fous de ça. Ce qu'il a fait était mal.

— Mal ?

Les sourcils argentés se rejoignirent.

— Et je suppose que tu es bien placé pour en juger ?

Cameron se retint de répliquer. Mon Dieu, pensa-t-il,

certaines choses ne changent donc jamais... Même pas deux minutes, et voilà où nous en sommes déjà.

Dans la salle de bal, la pendule du grand-père frappa le quart. Un domestique âgé, en uniforme du soir, apparut à la porte et s'arrêta près de son maître, hésitant, avec sur un plateau un whisky soda dans un verre de cristal. Jocelyn le renvoya d'un mouvement brusque de la tête et revint à Cameron.

— Sois assez bon pour partir. Nous dînons dans un quart d'heure, et je ne vois aucune raison pour que nous changions nos habitudes.

— Et Sophie ? dit Cameron.

Le vieil homme cligna vivement des yeux.

— Ça ne te concerne pas. Sinclair est responsable d'elle.

Cameron respira profondément.

— Vous ne croyez pas que vous l'êtes un peu, vous aussi ?

Les yeux vifs rencontrèrent de nouveau ceux de Cameron ; il était impossible de dire ce que Jocelyn pensait.

— L'enfant est sous la responsabilité de Sinclair, répéta-t-il, comme si c'était un article de foi.

Huit heures moins le quart, songea Cameron ; si je ne tranche pas rapidement le nœud gordien, nous serons encore là la semaine prochaine.

— Je n'ai pas le temps de discuter, dit-il sèchement. Alors je vais juste vous dire la vérité, et ensuite vous pourrez réfléchir à ce que vous devez faire.

Il jeta un coup d'œil sur Sophie, puis revint au vieil homme.

— C'est votre petite-fille. La fille d'Ainsley.

Les yeux de Jocelyn restèrent fixés dans les siens, sans ciller d'un pouce.

Du coin de l'œil, Cameron vit Clemency se lever, puis se laisser retomber dans son fauteuil comme un automate. May était absolument immobile. Seule Sophie restait inconsciente de la situation, ses doigts caressant lentement la peluche incrustée de perles.

— Jocelyn, dit May calmement, c'est scandaleux. Sinclair est le seul qui…

— Taisez-vous, dit Cameron d'un ton cassant. N'avez-vous pas déjà fait assez de mal ?

Les yeux de May s'agrandirent sous le choc.

— Vous saviez qui elle était, lui dit Cameron. Vous le saviez depuis plusieurs jours, mais vous n'avez pas jugé bon de le dire à Jocelyn – ni, bon Dieu, de la faire sortir de cet atroce endroit.

May ouvrit la bouche pour répondre, puis la referma. Cameron revint au vieil homme.

— J'ai besoin d'avoir votre assurance que Sophie restera ici. Peu importe ce que dit Sinclair.

Les épaules de Jocelyn semblaient avoir perdu un peu de leur raideur militaire. Il tendit la main et la posa sur le dossier d'un fauteuil. Cameron vit avec quelle force il le serrait et se sentit désolé.

— Pardon, marmonna-t-il, j'ai été trop brusque. Madeleine allait vous le dire, elle l'aurait fait mieux que moi.

Jocelyn baissa les yeux et jeta un regard mauvais au sol.

— Tu as dit ce que tu avais à dire. Maintenant, pars.

— Pas avant que vous m'ayez promis que Sophie resterait ici.

Jocelyn ne répondit pas, et Cameron se demanda s'il avait entendu.

— Jocelyn, intervint May, tout cela est allé trop loin. Je ne tolérerai pas…

— *Assez !* aboya Jocelyn.

Cameron ne vit pas le coup d'œil que le vieil homme lança à May ; mais, l'instant d'après, elle baissa les yeux, ses mains gantées cherchèrent la chaîne à sa taille, et Cameron observa combien ses doigts s'agitaient. Si ç'avait été une autre qu'elle, il en aurait eu pitié.

S'appuyant toujours au dossier du fauteuil, le vieil homme se tourna, et pour la première fois depuis que Cameron lui avait révélé la vérité, il regarda Sophie. Mais il n'y avait nul adoucissement dans son expression ; son visage était concentré et refermé sur lui-même. Peut-être commençait-il à comprendre la portée de ce qu'il venait d'apprendre. Ou peut-être, engoncé jusqu'au bout dans ses principes, comptait-il toujours respecter les volontés de Sinclair, sans se soucier de ses propres sentiments, et la renvoyer à Burntwood.

— Qu'est-ce que vous allez faire ? lui demanda Cameron.

Jocelyn ne répondit pas.

— Jocelyn…

— Je t'ai dit de partir.

— Eh bien, je ne partirai pas. Pas avant de savoir ce que vous avez l'intention de faire. Bon sang, Jocelyn, si vous avez l'intention de la renvoyer dans cet endroit, je vais l'emmener tout de suite à Falmouth, et je demanderai à Olivia Herapath de la prendre chez elle !

Le vieil homme l'ignora ; il ne paraissait plus pouvoir détourner les yeux de Sophie.

Elle releva la tête du sac de soirée de Clemency et lui adressa un regard solennel. Ses lèvres remuèrent mais aucun son n'en sortit.

— Qu'est-ce que tu dis ? lança Jocelyn brusquement. Parle plus fort, je n'entends pas un mot !

Elle fronça intensément les sourcils, essaya encore :

— Oncle Jocelyn, prononça-t-elle enfin.

Le vieil homme cligna des yeux, et ses mains se crispèrent davantage sur le dossier du fauteuil.

— Ils ont brûlé Pablo Grey.

Il y eut un silence, puis Jocelyn s'éclaircit la gorge.

— Ils ont fait ça… dit-il.

Il abandonna la chaise, redressa les épaules, et passa une main tavelée sur son gilet.

— Eh bien, je trouve que ç'a été un peu rapide de leur part.

Les yeux de Sophie ne quittaient plus son visage.

— Est-ce qu'on pourra construire un monument pour lui ?

Chapitre trente-deux

Le vautour était revenu trois fois, mais après le lever de la lune, il n'était pas réapparu. Patoo avait pris sa suite. Son doux hou-hou se répercutait de colline en colline, et à un moment Madeleine crut l'avoir vu : tache plus sombre passant devant les étoiles.

En Jamaïque, les gens pensent que si un hibou entre dans une maison, une mort va bientôt suivre. Patoo leur fait peur ; beaucoup, même, n'aiment pas entendre son chant.

Mais il n'effrayait pas Madeleine ; rien ne l'effrayait plus maintenant. Pas même le fantôme accroupi dans le coin et qui la regardait marteler, pour l'aplatir, le dernier tronçon de l'appareil orthopédique.

Elle posa la pierre et s'assit sur ses talons pour reprendre son souffle. Les moustiques vibraient dans ses oreilles, le clair de lune projetait des ombres étranges sur les parois. Il rendait noir le sang sur ses doigts. Et, au coin de son champ de vision, le fantôme la regardait. C'était un être des ténèbres ; il n'en émergeait que lorsque Madeleine détournait les yeux et s'évanouissait dès qu'elle se tournait pour le regarder. Mais, quand elle reprenait son travail, le fantôme revenait toujours.

Au début, il l'avait effrayée ; mais alors, tout l'effrayait. L'obscurité. Les mille-pattes. Les os qui s'effritaient comme de la craie sous ses mains. À présent, elle ne sentait plus la peur, ni la faim, ni la douleur de la balafre de son bras. Même la soif n'était plus pour elle qu'un compagnon comme un autre. Seuls importaient cette pierre qu'elle avait dans la main, ces fragments d'acier trouvés dans la poussière, et sa détermination à sortir de ce trou.

Un gecko descendit rapidement la paroi bleuie par la lune. Elle suivit sa progression pendant un moment, puis leva la tête et examina son travail pour en rechercher les défauts.

Avant qu'il fasse nuit, elle avait complété autant qu'elle l'avait pu la grossière succession de prises de main et de pied, d'où elle était tombée quelques heures plus tôt. Elle avait réussi à en installer sur environ trois mètres : quatre petits rebords de pierre, et trois d'acier – chacun ne dépassant que de deux centimètres et demi, mais enfoncés assez solidement pour supporter son poids. Au-dessus, la pente devenait moins abrupte, ce qui lui faciliterait la tâche – si du moins elle parvenait à aller aussi loin.

Pour cette partie du haut, elle comptait sur les trois derniers morceaux de pierre, qu'elle emporterait dans le petit sac d'épaule fait avec son jupon, et sur les deux meilleurs morceaux de fer. Ceux-là, elle avait l'intention de les utiliser plusieurs fois, évitant tout risque de les laisser tomber en les attachant à ses poignets avec les lacets de ses bottines. Pas de danger que ces dernières se détachent durant l'escalade : ses pieds étaient trop gonflés pour cela.

Mais il ne lui restait pas beaucoup de temps. La lune, qui brillait en plein sur ce côté-ci de la doline, ne tarderait pas à le laisser dans l'ombre ; or, elle ne pouvait attendre jusqu'à l'aube, car elle serait alors trop faible pour faire l'escalade.

Elle attacha le second lacet à son poignet et se leva ; depuis son coin, le fantôme la regardait avec un air d'approbation silencieuse. Elle l'en remercia d'un signe. Puis elle mit le petit sac sur son épaule et commença à grimper.

Il continuait à voir le visage de sa femme, les yeux levés vers lui.

Il y avait quelque chose d'animal dans son expression. Oui, un animal pris au piège, sans être vraiment conscient de son sort. Mais c'était mieux ainsi, non ?

Il était étendu sur son lit, toujours dans sa tenue d'équitation. Il regardait les rayons du soleil, couleur d'ambre, sur le sol, avec l'ombre striée des jalousies, et avait très envie de dormir. Jamais il ne s'était senti aussi épuisé de sa vie. Et pourtant, il ne parvenait pas à se détendre. Ses mains se crispaient, ses pensées l'assaillaient en foule.

Quand donc ce tourment prendrait-il fin ? Il n'avait jamais voulu lui faire du mal. Il n'avait jamais voulu faire de mal à personne. Il n'avait jamais *fait* de mal.

C'est une sorte d'épreuve, se dit-il, une terrible épreuve que Dieu a conçue pour moi. Et c'est à cause de ma nature profonde que je souffre autant. Si j'étais vulgaire, irréfléchi, je ne serais pas aussi tourmenté. C'est parce que je suis plus fin, plus pur et plus propre d'esprit que les autres, que c'est pour moi une telle torture.

Il roula sur le côté, tendit la main vers la petite fiole ambrée, et versa suffisamment de chloral dans deux centimètres et demi d'eau pour s'endormir. Il le but en une seule et lente gorgée, puis s'étendit à nouveau et attendit l'arrivée de la certitude dorée.

La première vague était toujours la meilleure. Un rayonnement doux et tiède qui réchauffait sa chair. La confiance et la lucidité se répandant dans ses membres, la puissance dans ses veines. Il prit une respiration profonde et régulière, et la paix le baigna dans sa lueur dorée.

La vérité, se dit-il, c'est que tu n'as rien fait de mal. Tout ce que tu as fait, c'est essayer de l'aider. Tu as risqué ta vie en essayant de l'atteindre, mais il était écrit que tu n'y arriverais pas. Dieu *voulait* que tu échoues.

Il ferma les yeux et dériva au loin, bercé par le doux ressac d'un océan ensoleillé.

Le carillon de l'horloge le fit brutalement revenir à la conscience. La chambre était obscure. Quelle heure était-il ? Où était-il ? Sa tête lui faisait mal à cause du chloral, il se sentait oppressé par une terreur sans nom.

Il glissa à bas du lit, marcha en trébuchant jusqu'à la fenêtre. Dehors, la lune s'était levée, la nuit était calme et paisible. Il avait dû dormir pendant des heures.

Il se rappela être revenu à Providence dans la chaleur de l'après-midi, avoir demandé du thé. Ensuite, avoir donné congé à la gouvernante et au garçon d'écurie, les avoir envoyés passer le Jour de la Liberté avec leurs familles. Et après ça, rien.

Il se trouvait à la fenêtre lorsqu'il entendit un bruit de sabots en dessous. Il ne distinguait pas grand-chose à travers les jalousies ; mais tandis qu'il se figeait, oppressé, horrifié, il perçut le bruit caractéristique des bottes raclant la poussière, d'un homme qui descend de cheval. Puis le claquement d'une bride qu'on lance autour d'un poteau d'attache.

Il essuya la sueur qui coulait sur son visage. Personne ne venait jamais par ici. La route qui menait à Providence était un cul-de-sac. Le Dr Valentine était rentré à Falmouth, le vieil homme était à Kingston ; ça ne pouvait pas non plus être un messager venant de Fever Hill, car aucun Noir ne chevaucherait ainsi dans l'obscurité.

Il chercha à toute vitesse une arme à portée de main, avisa le chandelier à côté du lit. Tandis qu'il s'en emparait, il aperçut son reflet dans le miroir. Son visage était pâle et résolu, il tenait fermement le chandelier dans sa main. Ce qu'il faut bien se rappeler, pensa-t-il, c'est que personne ne sait où elle est.

Il se dirigea avec précaution vers la galerie, à travers la maison éclairée par la lune.

Un homme venait de monter l'escalier et apparaissait en haut des marches. Il était grand, avec des cheveux blonds indisciplinés, et bien qu'il fût de dos, Sinclair le reconnut immédiatement.

Le cœur battant, il se recula dans l'ombre derrière la porte. Quelle folie d'avoir renvoyé les serviteurs ! Le voilà seul dans le noir, avec un homme qui convoitait sa femme et ne lui voulait que du mal !

Puis il vit le cheval attaché au pied de l'escalier, et son appréhension se transforma en horreur. L'animal lui était affreusement familier : un grand cheval de chasse gris, bien bâti, de Fever Hill. Le cheval du vieil homme.

Il eut l'impression de tomber en chute libre depuis une grande hauteur. Son frère était allé à Fever Hill – avait été *reçu* à Fever Hill – et avait si bien trouvé le moyen de revenir dans l'affection du vieil homme qu'il en était reparti avec son propre cheval.

La haine lui faisait courir des picotements sur la peau ; sa main sur le chandelier en devenait glissante de sueur. À cet instant-là, il comprit le désir de tuer. Il comprit Caïn.

Son frère se tourna et le vit.

— Tu es debout bien tard, remarqua-t-il.

Sinclair sortit dans la galerie.

— Et toi, frère ?

— Tu ne risques pas de faire grand mal avec ça, dit Cameron en désignant le chandelier.

— Drôle de façon d'interpréter les choses, commenta-t-il avec un rictus. Je cherchais juste une bougie neuve.

Il posa le chandelier sur une petite table, mit les deux mains sur le dossier d'un fauteuil. Du calme, se dit-il, du calme. Cet imbécile ne fait pas le poids contre toi.

Mais il ne pouvait détacher cette image de son esprit : son frère et le vieil homme dans la bibliothèque, debout devant le grand tableau représentant Strathnaw, en train de fumer des cigares et de boire du whisky ; d'organiser l'avenir ; de rire de lui. *Cameron, mon garçon, c'est toujours toi que j'ai voulu comme héritier. Ça n'a jamais été Sinclair.*

— Qu'est-ce qui t'amène ici à cette heure ? demanda-t-il.

— Oh ! je me faisais du souci pour Madeleine, répondit son frère, en imitant le ton futile qu'avait eu Sinclair. J'avoue que ta cure de repos ne me disait rien qui vaille.

Comme c'est direct, pensa Sinclair, comme ça manque de subtilité.

— Je ne vois pas pourquoi. C'était... c'est totalement approprié. Et sous la stricte surveillance du Dr Valentine, de Cornwall Street.

— Le Dr Valentine de Cornwall Street, répéta Cameron, en parodiant sa voix pompeuse. Et le bon docteur est là-bas en ce moment ? À Cornwall Street ?

— J'attends son retour demain matin.

L'idée lui vint qu'il permettait à son frère de le soumettre à un interrogatoire, alors qu'un homme innocent – ou plutôt un homme qui n'a rien à cacher – se serait scandalisé d'une telle présomption. Mais son esprit ne s'en préoccupait qu'à moitié, trop indigné qu'il était de l'abominable image de son frère à Fever Hill. Le retour du fils prodigue.

— Où est-elle ?

Sinclair se passa la langue sur les lèvres.

— Par « elle », je suppose que tu veux dire ma femme ?

— Où est-elle ? répéta son frère.

Les mains de Sinclair serrèrent le dossier du fauteuil.

— Ma femme, répondit-il, n'est plus ici.

Constater l'étonnement de son frère lui procura une impression agréable. Tu ne t'attendais pas à ça, n'est-ce pas ? Tu pensais pouvoir venir simplement ici et la voir, à n'importe quelle heure du jour ou de la nuit ? Comme ça doit être irritant de découvrir que tu ne le peux pas…

— Elle est partie, expliqua-t-il spontanément. Elle a pris un cheval et elle est partie.

— Quand ? Où est-elle allée ?

L'échange avait mis un peu de baume au cœur de Sinclair. Ça allait être facile. Pourquoi s'était-il inquiété ?

— Je n'en suis pas sûr, mais j'imagine qu'elle est retournée à Fever Hill.

Son frère secoua la tête.

— J'en viens justement.

Sinclair laissa passer quelques instants, puis il dit :

— Et qu'est-ce qui t'a fait aller là-bas ?

Son frère lui lança un regard impatient.

— J'ai ramené Sophie. Eh oui, je sais que tu es son tuteur, mais j'ai dit au vieil homme qui elle était. Donc, maintenant, je ne pense pas qu'il sera encore prêt à te laisser jouer les tyrans.

Sinclair vacilla. L'enfant et le vieil homme. Ensemble. L'enfant savait pour le pickney. Si elle parlait au vieil homme… Il se sentit malade ; la terreur bourdonna sous son crâne comme une guêpe en colère.

Non. Attends. Si elle avait dit quelque chose, son frère s'en prévaudrait aussi. Du calme. Du calme.

Il se passa les doigts sur la gorge.

— Je croyais que le vieil homme était à Kingston.

— Clemency lui a envoyé un télégramme, répondit sèchement son frère. Quand Madeleine est-elle partie ?

Ses pensées s'accélérèrent. Il avait du temps devant lui ; l'enfant allait dormir toute la nuit, elle ne pouvait rien dire encore à personne.

— Qu'est-ce qui ne va pas chez toi ? lui demanda son frère.

— Quoi ?

— Pour la troisième fois, quand est-elle partie ?

Sinclair réfléchit quelques instants.

— Ce matin, vers l'aube ou à peu près, répondit-il.

— L'aube ? Et qu'est-ce que tu as fait, bon Dieu ?

— Je l'ai cherchée, dit-il, et il redressa les épaules. J'ai passé toute la journée à la chercher, frère. (Il lui montra ses vêtements d'équitation poussiéreux.) Comme tu peux le voir, je viens juste de revenir.

Encore cette poussée de puissance en lui. C'était facile. Tout ce qu'il avait à faire, c'était garder son sang-froid.

— Pourquoi n'as-tu pas envoyé chercher de l'aide ?

— Je l'ai fait. J'ai envoyé la gouvernante et le garçon d'écurie. C'est pour ça qu'ils ne sont plus là.

Son frère se passa la main sur le visage.

— Est-ce que tu as la moindre idée d'où elle s'est dirigée ?

— Au nord, dit Sinclair sans hésitation. Un ouvrier l'a vue se diriger vers le nord. C'est pour ça que je la croyais partie vers Fever Hill. Mais elle a dû se tromper à un embranchement, parce que quand le fermier l'a vue, elle était sur une des pistes autour de Caledon. Voilà sans doute pourquoi vos chemins ne se sont pas croisés.

Son frère avala toute l'histoire. C'était magnifique.

— Selle ton cheval, lui dit-il avec cet air résolu de soldat, que Sinclair avait toujours détesté. Nous allons la chercher.

— Dans le noir ?

— Il y a la lune.

— Mon cheval est boiteux…

— Selles-en un autre.

Sinclair le contempla pendant un moment puis dit :

— Très bien. Je vais chercher mon chapeau.

Pourquoi s'était-il inquiété ? Ce planteur de canne ne faisait pas le poids contre lui. Il franchirait l'épreuve que Dieu lui destinait, et il l'emporterait.

Il *méritait* de l'emporter. Il était un homme innocent.

Quelques heures avant que le soleil se couche, Evie, elle s'est endormie dans la maison, d'un seul coup, et Grace, elle est assise dehors sur ses marches, au clair de lune, et elle regarde cette tombe toute fraîche à l'arrière du jardin.

Elles l'ont mis là-bas près du cerisier, parce qu'il aimait les cerises. Pas autant qu'il aimait les pommes étoilées, mais elle a pas de pommier étoilé dans son jardin.

Elle a sa pipe prête pour fumer, et elle a sa bankra prête pour faire un peu d'obeah, pour demander encore un signe de qui a tué son petit garçon. Elle a demandé avant, mais il y a pas de signe qui est venu. Peut-être son cœur était encore trop embrouillé pour ça.

Si seulement elle pouvait mettre de l'ordre dans cet embrouillamini qu'il y a dans son cœur. Mais elle est si emmêlée avec le chagrin et l'inquiétude dans sa tête et cette énorme haine toute noire qu'elle se sent presque au bout du rouleau. Elle peut plus arriver à se débrouiller avec tous ces sentiments qu'elle a dans le cœur. Elle est toute découragée et fatiguée et pleine d'inquiétude pour Evie – cette enfant a pas seulement dit deux mots depuis que c'est arrivé – et son énorme haine toute noire pour celui qui a fait cette chose-là à son petit.

Bizarre, bizarre, comment les choses se passent. La veille du Premier Août va bientôt se finir, et normalement cette nuit tout le monde chante et tout le monde fait la fête, pour marquer le jour où ils ont libéré les esclaves : mais pas cette nuit-ci, pas dans tout ce coin par ici. Cette veille-ci du Premier Août, ils ont été trop occupés à faire la neuvième nuit pour Victory.

La semaine dernière, quand les gens ont su pour la mort, ils sont tous venus pour l'enterrement. Le frère, la sœur, le cousin, la tante. De tout Trelawny et de l'étranger, ils sont venus. Moïse d'Eden et Daniel Tulloch de Parnassus, et cousin Martin, ce prêcheur à Rio Bueno, et la belle-sœur Lily qui est professeur à l'école baptiste à Simonstown et qui fait un peu de myalisme en plus.

Les mamies du garçon, elles ont aidé Grace et Evie à faire la chemise du cercueil, et à creuser la tombe à l'arrière du jardin. Elles ont creusé profond, parce qu'un pickney duppy est plus fort qu'un homme duppy, et il faut être vraiment sûr qu'il va bien rester là-dedans.

Ils ont levé le cercueil trois fois bien haut avant de le mettre dans la terre, et ils ont planté des cajans près de la pierre pour la faire bien tenir. Après ils ont balayé la chambre du mort, et ils ont laissé là-bas une lampe qui va brûler jusqu'à la neuvième nuit, pour que le duppy sache où il doit venir.

Mais *quand* est-ce qu'il faut faire la neuvième nuit ? C'est ça la question. Et même que ça met beaucoup d'inquiétude dans la tête de Grace, pour essayer de calculer quel jour il est mort vraiment. À la fin Miss Clemmy a dit, Grace, vous demandez juste à votre cœur, et votre cœur vous dira la vérité. Et Miss Clemmy avait raison pour ça. Grace a regardé dans son cœur et elle a compté neuf à partir de là, et quand c'est tombé sur la veille du Jour de la Liberté, elle a su que c'était correct et que c'était vrai.

Donc, pendant neuf nuits, ce pickney duppy a vadrouillé partout dans le coin, lançant des pierres, faisant des problèmes et posant la main sur les gens. Puis la neuvième nuit, *cette* nuit, il est revenu chez lui, et tout le monde est revenu encore une fois à la maison pour le recevoir.

Bizarre, bizarre. Grace, elle en a fait tout plein, de neuvièmes nuits, pour des autres gens, mais elle peut pas s'habituer à ce que ça a d'*étrange* de faire ça pour son fils à elle. Bien sûr, ce pickney duppy, il est *pas* son fils, elle le sait. Mais quand même il l'est, et c'est ça que ça a d'étrange. Le duppy est pas le bon côté de lui : le bon côté de lui est parti Là-Haut (s'il y a un Là-Haut, et Grace en est pas trop sûre, elle pense que peut-être non, parce que pas une foutue chose est jamais descendue de là-haut sauf la pluie). C'est le mauvais côté, laissé ici en bas, qui devient le duppy. Tout le monde en a un, de mauvais côté. Et quand on meurt, il se libère et devient un duppy, et il s'en va faire des problèmes à droite et à gauche.

Donc, la neuvième nuit, tout le monde est revenu ici et ils ont apporté beaucoup, beaucoup de nourriture. Du curry de crabe de terre et de la poivrière, du pied de vache et des haricots, des gâteaux bammy et des cornichons piquants. Ils ont apporté du rhum et de l'oseille et du vin de gingembre, et du café sucré au lait de coco. Et Grace et Evie aussi, elles ont fait la cuisine depuis le matin. Des croquants et des fruits de l'arbre à pain rôtis, du porc grillé et du riz et des pois, du gâteau johnny et de la tarte chocho et du pain de manioc. Et aussi le festin spécial pour le duppy.

La nuit tombe et tout le monde est assis en rond dans la chambre du mort, à manger, chanter et raconter l'histoire d'Anancy. En attendant que le duppy arrive. Le festin du duppy est posé sur une feuille de bananier au milieu, et personne y touche.

Et vers minuit, la vieille Cecilia dit : Je le sens, oh ! je le sens, et il y a un vent chaud qui rentre dans la chambre. Et les gens commencent à trembler et à frissonner, et Evie se met presque à pleurer mais elle peut pas ; elle dit juste d'une toute petite voix : Où ça ? Où ça ?

Et la vieille Cecilia, elle l'a senti – mais Grace, elle l'a *vu* aussi. Et il était un sale petit duppy, c'est vrai, pas de chaussures et pas de vêtements du dimanche pour lui. Juste le vieux pantalon bleu bâillant de partout qu'il aimait tellement, et la chemise jaune qui gardait jamais un bouton plus d'une journée durant. Et cet air qu'il avait sur la figure quand il savait bien qu'il avait fait quelque chose de mal et qu'il attendait qu'elle lui flanque une beigne.

Ensuite, le moment est venu où Grace devait le chasser dehors vers les tombes, lui dire : Va-t'en d'ici et reviens jamais ; mais elle pouvait pas. Combien de fois elle avait déjà dû faire ça aux neuvièmes nuits des autres gens, mais cette fois, avec celle de son fils à elle, elle pouvait pas sortir un seul mot. Et la vieille Cecilia l'a vu et elle s'en est occupée elle-même, pour laisser à Grace le temps de retrouver un peu son courage.

Duppy, a dit Cecilia, avec une voix forte et aussi polie, nous savons que tu es venu. Nous sommes contents que tu sois venu. Moi j'en suis même deux fois contente. Regarde, duppy, nous t'avons préparé un festin. De la volaille bouillie et du riz blanc et du bon rhum blanc très fort. Nous avons fait tout ce qu'il fallait pour toi.

Ensuite Cecilia a regardé Grace pour voir si elle allait mieux. Et Grace lui a fait oui de la tête, qu'elle était prête à continuer. Mais c'était dur, c'était la chose la plus dure qu'elle avait faite de toute sa vie. Elle s'est levée toute droite et elle a pris sa voix la plus sévère – comme si cette fois elle le pensait vraiment, ou sinon il aurait des problèmes – et elle a dit : Duppy ! Va à ton repos maintenant, et ne nous fais pas de mal. Nous ne voulons plus te revoir, duppy, alors ne reviens pas. Tu écoutes bien ce que j'ai dit, tu écoutes bien. C'est fini !

Ensuite, ils se sont levés et ils l'ont chassé de la maison, et Grace l'a regardé disparaître, disparaître dans le jardin. Et juste à ce dernier moment elle a eu tellement envie de le rappeler – parce que même si c'était un duppy, c'était toujours un peu de son garçon. Mais au lieu de ça, elle a pas bougé et elle a avalé sa salive et elle l'a laissé partir.

Après ça, ils ont emporté le festin du duppy dans le jardin, et ils ont fait des croix au charbon de bois sur la porte et la fenêtre – et voilà, c'était fini, et les gens ont commencé à partir. Et Cecilia a dit : Ça y est, Grace, on en a fini avec Victory maintenant. On l'a chassé jusqu'à la tombe et on l'a bien mis dedans. Alors maintenant il est en paix.

Donc Victory est en paix maintenant. C'est vrai. Mais Grace, elle est la mère, et elle connaîtra plus jamais la paix.

Dans sa bankra, elle prend une vieille bouteille de sirop avec de la terre de la tombe toute neuve, et des os de perroquet, et un peu du camphre que Miss Clemmy lui a donné. Il y a encore quelques bonnes heures avant que le soleil se lève, et elle va demander encore une fois un signe de qui a fait ça. Ça peut être n'importe quel signe. Un oiseau sur le toit, un homme sur la route, une marque dans la terre. Quand le signe viendra, elle le verra.

Elle se lève et elle va à l'intérieur – doucement, pour pas réveiller Evie – et elle sort un petit bol avec tout un méli-mélo de morceaux de lézard pour faire avancer un peu les choses.

Quand il était bébé, il s'intéressait tellement aux lézards ; il essayait d'en toucher un, mais il y arrivait jamais, parce qu'ils étaient toujours trop rapides. Mais comme il riait ! Il était assis par terre et il les regardait se poursuivre les uns les autres tout autour du jardin, dans leurs féroces petites guerres de lézards. Et lui comme il riait, comme il riait et comme il frappait dans ses petites mains potelées…

Il a grandi tellement vite. Un jour bébé, le lendemain montant sur un mulet, déterrant des ignames, ramassant du café de rat pour le vendre. Au mois de septembre dernier, le premier jour de l'école, Grace l'a regardé partir à Salt Wash avec Evie, et c'était le jour le plus fier de sa vie.

Et cette nuit, la veille du Jour de la Liberté, c'était toujours sa préférée quand elle était avec lui et Evie. Ils restaient debout tard et elle leur racontait l'histoire de Nana Semanthe à l'époque des esclaves, et de l'arrière-grand-père Caesar qui a été tué dans la guerre de la Famille noire, que les buckras appellent la révolte de Noël. Elle leur racontait comment elle avait appelé Evie à cause de la première femme, et Victory à cause de la victoire, tout simplement, comme dans le Livre : « La victoire qui règne sur le monde. »

La victoire qui règne sur le monde.

Eh bien, tout ça est mort et enterré maintenant.

Grace allume sa pipe et commence à étaler ses petites affaires, pour demander encore un signe de qui a fait ça. Elle connaît l'obeah et le myalisme et les histoires de l'Église, aussi. Elle connaît beaucoup de moyens pour demander.

Alors le signe vient pour de vrai.

Chapitre trente-trois

Elle se coucha sur le dos, reprit son souffle en regardant la lune. Elle était tellement soulagée qu'elle en avait des haut-le-cœur.

Une poignée de cailloux dégringola dans la doline, lui rappelant qu'elle était toujours sur le bord. Elle roula sur le ventre puis s'en éloigna, moitié rampant moitié à quatre pattes. Ses lacets de bottines s'accrochaient aux aspérités du sol et lui tenaillaient les poignets. Elle s'arrêta pour les détacher, mais ses doigts étaient à vif et tremblants, aussi renonça-t-elle vite.

De nouveau, elle s'allongea sur le dos et sentit la terre chaude en dessous, la nuit chaude qui flottait au-dessus. Elle contempla la sauvage immensité des étoiles, qui semblait descendre vers elle en tournoyant.

Petit à petit, elle prit conscience de quelque chose, caché sous le ring-ring des grillons. Une sorte de grondement faible et continu, à la limite du perceptible. Était-ce un véritable bruit, ou bien une simple vibration de la terre ?

Elle tendit l'oreille : c'était bien là. Une rivière ? Elle

retint sa respiration. La Martha Brae prenait sa source dans les Cockpits. Était-ce cela qu'elle entendait ? Si c'était bien ça, et si elle avait la force de grimper jusqu'en haut de cette pente, et si elle trouvait la rivière, alors elle pourrait la suivre pour sortir des collines.

Elle se mit lentement debout. La tête lui tourna. Elle n'avait rien mangé ni bu depuis au moins dix-huit ou vingt heures. Elle respira profondément l'air chaud de la nuit, sentit la sueur, la poussière et l'odeur cuivrée du sang sur ses mains.

Cinq ou six mètres au-dessus d'elle, le calebassier se dressait dans le clair de lune, et aussi le bloc de rocher. C'était là qu'elle s'était reposée, dans une autre vie. Tout autour, il y avait des épineux, et la rosette hérissée de piquants d'un petit tillandsia.

Dans le livre de géographie de Sophie, on disait que si des gens se perdaient dans la nature, ils pouvaient parfois trouver un peu d'humidité dans un tillandsia.

Elle trébucha jusqu'à lui, tomba sur les genoux dans la poussière.

Les feuilles couvertes d'épines lui rentrèrent dans les paumes, et la plante s'accrochait obstinément à la terre ; elle dut la secouer vigoureusement d'un côté et de l'autre pour que la plante finisse par lâcher avec un claquement sec.

Elle en détacha une feuille, puis une autre, et un filet d'humidité lui coula dans la main. Ça ne représentait guère plus qu'un dé à coudre d'un liquide croupi, souillé de moucherons ; quand elle l'eut englouti, sa soif se réveilla en sursaut. Elle arracha une autre feuille, en suça la sève amère. Il faudrait bien qu'elle s'en contente jusqu'à ce qu'elle ait atteint la rivière.

Les champs de canne peuvent être sinistres la nuit. La balafre blanche, fantomatique, de la piste de marne trouant la pénombre. Le bruissement des grandes tiges de canne. La certitude, en cas de problème, qu'il n'y a aucune aide à attendre à des kilomètres à la ronde. Dans les champs de canne, la nuit, c'est facile de croire aux duppies. Et à la sorcellerie qui peut voler l'ombre d'un homme et la clouer à un arbre.

Cameron descendit dans le fossé d'irrigation, tenant son cheval par la bride ; il ne cessait de penser à Madeleine, perdue toute seule quelque part. Pourquoi avait-il laissé Sinclair l'emmener à Providence ? Pourquoi avait-il perdu autant de temps ?

Depuis deux heures, ils se dirigeaient vers le nord, à travers les pâturages des collines de Turnaround et de Corner Pen – *Non, m'sieur, personne a vu Miss Maddy par ici* – puis dans les champs de canne isolés de la vallée de la Reine d'Espagne. Et toujours Sinclair à côté de lui : gardant le silence, plus agacé que véritablement affligé, aurait-on dit. Comme si tout ceci n'était en réalité qu'un jeu, mis au point de longue date, et qui traînait juste un peu en longueur à son goût.

En se retournant pour jeter un coup d'œil par-dessus son épaule, il vit son frère debout en haut du fossé et qui le regardait.

Ce n'est pas possible qu'il lui ait fait quelque chose, songea Cameron. Il n'en est pas capable. De bien des choses, peut-être, mais pas de ça.

Alors, pourquoi ressentait-il cette oppression dans la poitrine ? Ce sentiment que la course des événements s'était emballée, qu'ils échappaient à tout contrôle ?

Au-dessus de lui, Sinclair fit claquer les rênes contre sa cuisse.

— Ça ne sert à rien. Je repars. Je recommencerai quand il fera jour.

Cameron remonta avec son cheval au sommet du fossé.

— Tu ne t'es jamais attendu à la trouver ici, n'est-ce pas ?

— Bien sûr que non. Comment pourrait-on s'attendre à trouver quoi que ce soit ici au milieu de la nuit ?

Cameron réprima l'envie de l'attraper par le col et de le secouer en tous sens.

— Ce n'est pas ce que je veux dire. Dis-moi *où* elle est.

— Si je le savais, pourquoi est-ce que je...

— Dis-le-moi !

La langue pointue de Sinclair sortit de sa bouche, il la passa sur ses lèvres, mais ne répondit rien.

Je ne pourrai pas supporter ça très longtemps, pensa Cameron. Il ouvrit sa paume, l'examina, ferma son poing. Puis il vit Sinclair repasser les rênes par-dessus la tête de son cheval, engager son pied dans l'étrier et se remettre en selle.

— Pour ce que j'en sais, dit-il, elle est à Eden. En train de t'attendre.

— Pour ce que tu en sais, elle est plutôt près d'ici, toute seule dans le noir.

— Nous n'en savons rien.

— Bon sang, tu m'as dit qu'elle se dirigeait par ici !

— Et peut-être qu'elle est arrivée sans problème à Fever Hill. Pourquoi est-ce que tu ne vas pas voir là-bas ? C'est ce que tu veux, la retrouver, n'est-ce pas ?

Cameron ignora sa remarque.

— Pour un homme dont la femme a disparu, tu te montres remarquablement peu inquiet, commenta-t-il.

— Pourquoi ? Parce que je ne me livre pas à de vulgaires étalages d'émotion ?

— Qu'est-ce qui ne va pas chez toi ? Tu ne t'intéresses pas à ce qui lui arrive ou quoi ?

— Beaucoup moins que toi, en tout cas.

D'un seul coup, Cameron perdit son sang-froid. L'instant d'avant, il regardait Sinclair rassembler les rênes, et maintenant il l'attrapait par la ceinture, le soulevait de sa selle et le jetait au sol, dans un nuage de poussière ; les chevaux hennirent de crainte.

Une sorte de brouillard rouge lui embua les yeux ; il regarda Sinclair étendu sur le dos, puis, comme si la scène se déroulait véritablement devant lui, il se vit en train de le retourner, d'enfoncer un genou dans son dos, de le saisir par les cheveux et de réduire son visage en bouillie. Le sang lui vrombissait aux oreilles, ses paumes le démangeaient de le faire réellement. Il lui fallut un énorme effort pour mettre ses mains derrière son dos et s'éloigner de quelques pas.

Sinclair s'assit prudemment, toussant pour cracher la poussière.

— Tu as complètement perdu la raison ? demanda-t-il à Cameron.

— Dis-moi où elle est.

Toujours en toussant, Sinclair brossa la poussière de sa veste d'équitation.

— Je ne sais pas où elle est.

Cameron se baissa, l'attrapa par le col et le remit sur ses pieds. Mais alors le bras de Sinclair se détendit comme une flèche ; Cameron ressentit une brusque impression de chaleur et d'humidité au niveau de sa poitrine, baissa les yeux et vit une tache sombre s'élargir rapidement sur sa chemise, en diagonale.

Il laissa aller Sinclair, fit un pas en arrière ; Seigneur, pensa-t-il, il a un couteau.

Il posa une main sur ses côtes, l'en détacha mouillée. Une longue entaille, superficielle, mais qui le brûlait déjà de façon cuisante. Un bon signe, songea-t-il ; les plus graves sont celles qui ne font pas mal.

Sinclair avait fait quelques pas en arrière en titubant, il regardait le couteau dans ses mains.

— Pose ça, lui dit Cameron.

— *Tu* m'as attaqué, marmonna Sinclair. Ce n'est pas ma faute.

— Ça n'est jamais ta faute. Maintenant, pose cette fichue chose.

Sinclair lui lança un regard haineux.

— Tu es content que je l'aie fait, n'est-ce pas ?

— Quoi ?

— Maintenant tu peux courir moucharder au vieil homme, lui dire combien je suis mauvais, combien je suis peu digne d'hériter…

— Oh, pour l'amour du ciel, assez avec l'héritage…

— Quoi, tu imagines que je vais croire ça, que tu t'en fiches ?

— Eh bien oui, je m'en fiche ! rugit Cameron. Prends-le ! Prends tout le foutu domaine ! Je n'en veux pas ! Je veux juste retrouver Madeleine !

— Oh ! oui, tu le veux, cria Sinclair, tu le veux ! Tu n'as toujours pensé qu'à ça !

Cameron avança, fit une feinte avec sa main droite ; Sinclair s'y laissa prendre et l'attaqua, mais alors il lui saisit le poignet et le tordit brutalement. Sinclair cria de douleur, laissa tomber le couteau, et Cameron le rattrapa.

Maintenant, c'était à son tour de regarder le couteau dans ses mains.

— Tu le ferais, n'est-ce pas ? cria Sinclair.

Il était tombé sur les genoux, serrant délicatement son poignet contre sa poitrine.

— Ton propre frère, et tu me tuerais comme un chien sur la route !

Cameron entendait le vent de la nuit chuchoter à travers la sombre masse des cannes ; il voyait le clair de lune miroiter sur l'eau stagnante du fossé, sentait la présence silencieuse d'hectares et d'hectares de champs déserts.

Comme si c'était hier, il se rappela quelle impression ça faisait de tuer. La douce élasticité de la chair qui cède sous l'acier ; la terreur, le dégoût et l'incroyable sensation de puissance.

— Ton propre frère, bredouillait à nouveau Sinclair. Comme un chien sur la route.

Le regard de Cameron allait du visage moite de son frère au sombre métal gris dans sa main. Puis il se retourna et lança le couteau dans les cannes, aussi loin qu'il le put.

— Sors de ma vue, ordonna-t-il.

L'eau du tillandsia avait aiguisé sa soif, mais elle avait aussi aiguisé son esprit. Adossée au calebassier, elle parvint, pour la première fois depuis des heures, à penser à autre chose qu'à des prises de pied et de main.

La première urgence, oui, c'est la rivière. Suivre la voix de la rivière. Il va bientôt faire jour, et ça n'a pas l'air trop loin. Peut-être un kilomètre ou deux ?

La trouver. Te laisser couler dedans. Boire jusqu'à ce que tu ne puisses plus boire. Rouler dans cette boue rouge jusqu'à ce que tu sois trempée et que tu aies froid, oui, vraiment froid…

Ensuite quoi ?

De la nourriture, un abri, des vêtements, et Sophie.

Elle s'efforça de se rappeler la carte du Nord, dans la bibliothèque de Jocelyn. Depuis sa source dans les Cockpits, la Martha Brae décrivait une grande boucle au nord-ouest vers Fever Hill, puis virait à l'est vers Eden pendant un ou deux kilomètres, avant de bifurquer une fois encore au nord vers Falmouth et la mer. Elle avait en tête la vague image d'un pont, quelque part à la limite des collines, d'un embranchement dans le chemin : une branche allant au nord vers Fever Hill, l'autre à l'est vers Eden.

En tout cas, il y a un pont, pensa-t-elle, il y a un pont. À moins qu'elle ne l'ait seulement imaginé ?

Ça n'avait pas d'importance. Elle savait quoi faire. Elle devait trouver la rivière et la suivre jusqu'à Eden, ensuite faire ramener Sophie par Cameron. Peu importe qu'il ait déjà refusé. Il ne refuserait pas de nouveau. Elle ne le lui permettrait pas.

Et Sinclair ? S'il revenait la chercher ?

Elle écarta cette idée : elle ne pouvait pas y penser maintenant.

Les grillons stridulaient à n'en plus finir, bas et contenus, l'approche de l'aube, la voix de Patoo résonnait à travers les collines : dans une heure, il ferait jour.

Toujours adossée à l'arbre, elle s'efforça de se lever. Quelque chose bascula sous son talon, et elle en perdit presque l'équilibre. Elle baissa les yeux pour voir : c'était petit, bleu argent, avec une froide lueur métallique.

Toute la paix de la nuit parut s'enfuir à tire-d'aile, emportée dans le vent. Elle ne s'était pas rendu compte, jusqu'alors, à quel point cette *chose* l'avait effrayée.

Elle en avait peur et aussi d'elle-même, de ce qu'elle pourrait faire avec.

Elle le ramassa, et ses doigts se refermèrent sur l'acier bleu, incongru, du pistolet de Ben.

Sinclair revint à cheval à Providence, tremblant d'humiliation et de rage.

Son esprit grouillait d'images épouvantables. Le regard animal de sa femme. La petite invalide racontant tout au vieil homme. La raillerie dans les yeux de son frère alors qu'il lançait le couteau. *Je me fiche du domaine*.

— Non, tu ne t'en fiches pas, murmura Sinclair.

Il était si furieux qu'il pouvait à peine respirer. Rien n'avait plus d'intérêt si son frère s'en fichait.

Il était quatre heures quand le pavillon de chasse de Providence se dressa devant lui. Il monta l'escalier en courant jusqu'à la galerie, se servit un cognac soda et le but en faisant les cent pas. Il avait d'abord été tenté d'aller tout droit à Fever Hill – il en avait même pris la direction au départ, pour semer son frère. Mais il savait qu'aller maintenant à Fever Hill serait une erreur.

Il n'était pas encore en sécurité. Il ne le serait pas avant d'être retourné au trou de doline et de s'être assuré par lui-même qu'elle était bien morte. Après quoi il serait libre d'aller à Fever Hill, de s'occuper de l'enfant et de mettre un terme aux ambitions de son frère. Ensuite seulement il connaîtrait la paix.

L'idée de retourner dans les Cockpits, seul, dans le noir, était presque plus qu'il ne pouvait en supporter. Mais il se dit que cela aussi faisait partie de la grande épreuve envoyée par Dieu.

Cameron s'était terriblement trompé sur Sinclair. Comme sur le reste. Et maintenant, alors qu'il suivait son frère à la trace dans la grisaille d'avant l'aube, il luttait contre l'envie d'aller se jeter sur lui pour lui faire dire la vérité.

Mais ça ne servirait à rien. Pour des raisons qu'il ne comprenait pas, Sinclair ne lui dirait jamais ce qu'il savait.

Ils avançaient sur un étroit chemin qui s'enfonçait en serpentant dans les Cockpits. Pourquoi ? Sans doute parce qu'elle était venue par ici – mais pourquoi dans les Cockpits, et pourquoi vers l'est ? Vers Burntwood ? Mais oui, ça lui ressemblerait assez, pourtant. « Vous ne voulez pas m'aider à rechercher ma sœur ? Très bien, je le ferai moi-même. Et si ça signifie traverser les Cockpits toute seule, je les traverserai. »

Quel imbécile il avait été. Qu'est-ce que ça pouvait bien faire qu'elle lui ait menti ? Qu'est-ce que ça pouvait bien *faire* ?

Il ressentit encore ce poids dans sa poitrine, la terreur de ce qu'il allait peut-être découvrir.

Le chemin devenait plus escarpé, et il descendit de son cheval pour le mener à la main. À un certain moment, l'animal refusa d'avancer à cause de la pente ; il tira sur les rênes, réveillant ainsi la douleur en travers de ses côtes. Elle était cuisante et l'élançait à chaque nouvelle inspiration, mais il en était presque content, car elle le maintenait aussi en alerte. Il ne pouvait se souvenir de la dernière fois qu'il avait dormi, ni compter les kilomètres qu'il avait parcourus au cours des dernières vingt-quatre heures. Pour finir par ce voyage, interminable, chaotique, presque irréel dans les Cockpits, à la poursuite d'un frère qu'il avait l'impression de n'avoir jamais vraiment connu avant cette nuit.

Il avait été si aveugle. Il avait sincèrement cru que Sinclair était incapable de lui faire du mal.

Et si c'était elle qui devait payer pour cette erreur ?

Le ciel commençait à s'éclaircir à l'est quand il franchit la crête de la colline et se retrouva à contempler la cuvette sombre. Elle parut réveiller un vague souvenir en lui, vaguement troublant, aussi. À quelque distance en dessous de lui, il aperçut les cheveux blonds de Sinclair. Il se cacha derrière un rocher, vit son frère descendre de cheval, contourner un promontoire et disparaître. Il faisait encore trop sombre pour en voir davantage ; alors il attacha son cheval à un arbuste, et se mit à descendre silencieusement la pente.

Pas de bruit de voix, pas de bruit du tout. Juste celui du vent dans les épineux, le cri lointain d'un hibou.

Sinclair réapparut au coin du promontoire – seul – et se dirigea vers son cheval en titubant légèrement. Cameron sentit une sorte de vague froide l'envahir à l'intérieur. Qu'avait vu Sinclair là en bas ? Qu'avait-il fait ?

Il le regarda remonter à son cheval et repartir hâtivement par l'autre versant de la cuvette. Une fois qu'il eut disparu, Cameron descendit la pente à son tour, vers l'obscurité qui en baignait le fond.

Le jour se lève juste, et Grace voudrait dormir un peu, mais vite fait, elle se réveille, d'un seul coup.

Au début, elle croit que tout va bien : elle est assise dehors sur ses marches, elle a le cou un peu raide, mais bon, tout va bien. Sauf qu'après, elle voit la tombe toute neuve près du cerisier, et elle sait que non, ça va pas bien, ça ira plus jamais bien.

Ensuite, elle entend quelqu'un dehors dans son jardin.

Qui a le culot de venir ici pendant la neuvième nuit de Victory ? Elle se lève et elle a chaud et elle est fâchée. Qui est là ? elle crie. Partez ! Sortez de mon jardin !

Un garçon sort des ombres sous les papayers et Grace va encore crier, sauf qu'elle est tout étonnée de voir qui c'est – un garçon buckra, mais si pauvre et si déchiré de partout qu'on dirait un sale Nègre du Congo.

Il prend son chapeau à la main et il vient vers elle, et elle voit qu'il est maigre comme un clou, avec une figure toute serrée et toute pleine de chagrin, même s'il veut pas que ça se voie. Et, plus bizarre que tout, ses yeux, qui sont verts comme des vrais yeux de chat. Grace en a jamais vu, de garçon comme ça, et elle commence à se demander s'il est pas une sorte de signe.

Puis elle pense encore : non, ce garçon est pas un signe, c'est juste un fichu garçon buckra irrespectueux qui s'est introduit chez elle, dans son propre jardin, et juste pour la neuvième nuit de Victory.

— Est-ce que je viens pas déjà de te le dire ? elle lui crie. Sors de mon jardin !

Mais il est là devant elle, tout droit et immobile, l'air pas effrayé, et sans tourner les yeux.

— Désolé de vous déranger, ma'ame, il dit, gentil et poli. Grace McFarlane, c'est bien ça votre nom ?

Grace est si surprise, elle oublie presque de rester fâchée.

— Cho ! elle dit, avec la main sur la hanche. D'où t'es, garçon, que tu connais pas Grace ?

— Je suis de l'étranger, ma'ame, il dit.

Il parle poliment, mais Grace voit bien qu'il est pas habitué à parler comme ça, qu'il doit faire un effort.

— Où ça de l'étranger ? elle lui lance. De Kingston ? Tu parles d'une drôle de façon, garçon !

Il secoue la tête.

— D'une île très loin, ma'ame. Ben Kelly, c'est comme ça que je m'appelle.

Elle se rassoit sur l'escalier, elle allume sa pipe, et le garçon buckra attend, debout, plein de respect. Et Grace trouve que c'est très bien comme ça.

Elle lui dit :

— Tu marches tard, garçon aux yeux de chat. Et ici c'est pas un bon endroit pour un buckra. C'est plein de mauvaiseté et de rires de crâne et de duppies.

— Un duppy ? il dit. C'est comme un fantôme, c'est ça ?

Hmmm… Il doit pas avoir facilement peur, ça se voit, mais il est pas à l'aise quand même, ça se voit aussi. Il respire un bon coup et il dit :

— J'ai un marché à passer avec vous, ma'ame.

Grace est si surprise qu'elle s'étrangle presque sur sa foutue pipe. Un marché ? Quel genre de marché elle va faire avec un maigre mocho des basses classes comme ça ?

Elle est toute prête à lui crier encore dessus, et il le voit, mais il décide quand même de tenter sa chance et de continuer avec ce qu'il a à dire.

— Vous connaissez la petite Sophie ? il dit. La fille malade là-haut dans la grande maison ? Elle pense qu'elle a perdu son ombre et que c'est pour ça qu'elle est malade.

Maintenant, Grace, elle commence à se méfier, qu'est-ce qu'un garçon buckra peut bien connaître sur les ombres ? Elle se penche en arrière et elle lui lance un long regard dur, et elle dit :

— Tu me fais marcher, garçon. Un buckra qui mendie pour de la médecine noire ? Cho !

— Non, ma'ame, dit-il, toujours plein de respect. Je vous fais pas marcher.

Mais Grace veut plus de discussion sur la petite fille buckra. Elle veut plus de discussion du tout. Cette tombe toute fraîche là-bas dans le jardin, c'est comme si elle regardait Grace, qu'elle la regardait. Et tout à coup, son cœur est si plein de ruine et de chagrin, elle a l'impression qu'elle va éclater.

— Va-t'en, elle dit. Sors de mon jardin.

Mais pourtant il bouge pas, il rétrécit juste ses yeux verts et il dit :

— Pourquoi vous voulez pas aider, ma'ame ?

Bon sang, mais comme il s'accroche ! On dirait presque qu'il va la faire céder. Grace crache dans la poussière et dit :

— Très bien, garçon. Je vais te dire pourquoi non, et après tu t'en vas. Je vais te dire les trois raisons pourquoi non.

Elle sort trois doigts et se met à compter.

— Première raison. Attraper une ombre, c'est des problèmes. Tu comprends ? Une femme myale – comme moi – doit aller la nuit à l'arbre duppy où l'ombre est clouée ; elle doit lui donner trois œufs et du rhum, et marcher autour en chantant pour les duppies qui gardent l'ombre prisonnière. Elle doit lever un bol d'eau – et le lever bien, juste comme il faut – et peut-être l'ombre saute dedans. Ensuite elle doit courir, avec l'ombre dans l'eau, tout le chemin du retour. Et après mouiller un tissu, le mettre sur la tête de l'enfant, et que l'ombre rentre à l'intérieur. Tout ça, je dois le faire.

« Deuxième raison, dit Grace, en montrant son deuxième doigt. Attraper une ombre, ça coûte de l'argent. Ça coûte six shillings. Tu as six shillings, garçon ? On dirait pas que tu les as, les six quatties, pas vrai ? »

Hmmm. Il fait pas de réponse à ça.

— Troisième raison, elle dit, et la meilleure de toutes. Pourquoi j'aiderais une enfant buckra ? Pourquoi j'aiderais une enfant buckra, avec mon fils à moi qui est mort ?

Maintenant Grace a chaud, et elle est fâchée, et elle voudrait envoyer au diable ce foutu garçon, qu'il sorte de son jardin.

Mais, en même temps, dans son cœur, elle se rappelle cette petite fille buckra, quand elle jouait avec son garçon à elle. Un vrai moulin à paroles, et elle lui racontait des histoires, et elle se rappelle comment elle le faisait rire.

En plus, il y a eu la fois où cette folle enfant a mis un quattie chaud sur son bras, juste pour savoir si les livres buckras disent vrai sur le marquage, si ça fait mal ou pas.

Alors tout ça fait les choses si folles et si noires et si confuses dans sa tête, elle sait pas quoi penser. Mais quand même elle durcit son cœur. Et elle lui lance d'un coup :

— Alors maintenant tu dis une chose à Grace. Tu dis à Grace pourquoi elle *devrait* aider une petite fille buckra.

Et le garçon buckra la regarde longtemps, longtemps, et il détourne jamais les yeux.

— Parce que, il lui dit, j'ai quelque chose que vous voulez.

Ça étonne tellement Grace, elle en laisse tomber sa pipe et, pour la première fois depuis des jours et des jours, elle rit. Elle met sa main sur sa hanche et elle le regarde de haut en bas, lentement, lentement, et elle dit :

— Garçon, tu as rien que je veux. Dans un an ou deux, peut-être on verra, mais pas maintenant, oh ! non.

Mais le garçon buckra la regarde juste, tout droit, avec ses yeux verts de chat, et il lui dit :

— Ma'ame, vous vous trompez là-dessus. Vous rapportez l'ombre de Sophie, il dit, et moi je vous dirai qui a tué votre garçon.

Chapitre trente-quatre

La faim lui donnait le vertige et le chloral la rendait malade. Elle avait du mal à penser de façon cohérente.

Elle avait quelque chose d'important à accomplir, mais elle ne se rappelait plus quoi. Pourquoi était-elle ici, et pourquoi avait-elle oublié de mettre sa tenue d'amazone ? Qu'est-ce qui lui avait fait croire qu'elle pourrait s'aventurer dans la jungle en sous-vêtements ?

À mesure que le soleil se levait, la chaleur devenait accablante. Elle progressait péniblement dans l'ombre chaude et verte, comme un plongeur sous-marin. Les chants d'oiseaux se répondaient à travers la canopée, les moustiques gémissaient à ses oreilles. Le bruit des grillons était assourdissant.

Étrange comme la soif était revenue vite. Quelques heures plus tôt, quand elle avait trouvé la rivière, elle avait disparu en quelques secondes. Elle avait descendu en trébuchant les berges rouges et ravinées, était entrée dans le courant ; quelques longues gorgées fraîches, et la soif n'avait plus été qu'un lointain souvenir.

Mais ensuite, elle s'était forcée à retourner sur le

sentier et à se remettre en route, et là, quelque chose était allé de travers. Elle avait été si occupée à se frayer un chemin, dans la végétation envahissant le sentier, qu'elle n'avait même pas remarqué qu'il s'éloignait de la berge – jusqu'au moment où elle s'était retournée, et la rivière n'était plus là. Elle ne pouvait même plus l'entendre. Elle était seule dans la haute forêt, sans aucune idée de l'endroit où elle se trouvait.

C'était il y a des heures, quand le jour venait à peine de se lever. Depuis, elle n'avait pas cessé de marcher. Écartant d'énormes feuilles cireuses grouillant de fourmis ; s'emmêlant dans de grandes toiles d'araignée qui luisaient en travers du chemin.

La forêt était une grande présence autour d'elle, indifférente à son sort. Une ombre couleur de cannelle traversa le sentier ; à travers les fougères, elle aperçut les yeux rouges et sauvages d'une mangouste. Ici, elle était dans le monde de cette mangouste, pas dans son monde à elle.

Le pistolet, dans le petit sac, cognait contre sa cuisse. Pourquoi était-il toujours là ? Elle se rappelait avoir été debout sur la berge et avoir décidé de le jeter dans la rivière. Après ça, rien.

Ses pensées continuaient à glisser en arrière, dans le passé. Elle écarta devant elle une fougère arborescente, comme celle de la photographie d'Eden sur le piano. Tandis qu'elle peignait ses cheveux avec ses doigts et les tressait en une natte maladroite, elle se trouva de retour à Cairngowrie House – étendue sur le dessus de lit en soie abricot, regardant sa mère tresser la même longue natte sombre. Qui était-elle, Madeleine ou Rose ?

Enfin, elle atteignit une clairière, où des libellules et des oiseaux-mouches voletaient dans le soleil et la poussière. De l'autre côté de la clairière, la forêt s'éclaircissait ; sur une pente lointaine, elle aperçut un fromager. Ses grandes branches étaient couvertes de figuiers étrangleurs, de tillandsias, et d'orchidées qui ressemblent à des flammes.

Était-ce l'Arbre de Vie ? Avait-elle atteint Eden ? *Au plus profond de la forêt se dresse l'Arbre de Vie, et des lianes pendent de ses branches jusqu'au sol ; le soir, après la pluie, elles sont toutes piquetées de lucioles, l'air sent le parfum des fleurs de vanille et l'odeur douceâtre de la décomposition.*

Derrière elle, une branche cassa avec un bruit sec ; elle se retourna, mais la clairière était vide.

Une grande clarté se fit dans son esprit ; elle se rappela pourquoi elle était ici et pourquoi elle était effrayée. Seul Sinclair savait où elle était. Et s'il la trouvait, tout était fini.

Une autre branche cassa dans un bruit sec. Le claquement d'une bride lui parvint, et elle se retint de respirer.

Elle se recula dans les ombres au bord de la clairière. Tout était immobile ; seuls les libellules et les oiseaux-mouches bougeaient. Elle attendit, mais personne ne vint.

Tout va bien, se dit-elle. Il n'y a personne, tout va bien.

Elle trébucha en ressortant dans la lumière du soleil ; une lumière brusque, éclatante, de lourdes odeurs d'humus et de végétation. Elle traversa la clairière jusqu'à l'ombre profonde de l'autre côté, s'arrêta pour reprendre sa respiration sous un charme de Caroline. Puis elle essaya de repartir, mais ses jambes ne voulaient pas bouger, et des taches noires se mirent à passer devant ses yeux.

Juste un petit repos, se dit-elle ; un petit repos, et ensuite tu pourras poursuivre ton chemin.

Elle se recroquevilla sous l'arbre, au milieu des fougères, s'adossa au tronc et ferma les yeux. Respirant profondément l'air vert et chaud, elle s'endormit.

Elle rêva qu'elle était retournée dans le Royaume Interdit. Recroquevillée dans la neige, elle regardait Cameron s'éloigner à cheval. Il avait presque disparu de sa vue quand elle le vit rebrousser chemin et revenir vers elle. Elle le regarda descendre de cheval et s'approcher à travers les longues herbes.

— Je savais que tu viendrais, murmura-t-elle.

— Grâce à Dieu, je t'ai trouvée..., dit Sinclair.

Avec un cri, elle se réveilla.

Il était debout dans le sentier, à trois mètres d'elle. Il avait l'air tendu, effrayé ; ses yeux se posèrent sur elle en tremblant, puis repartirent ailleurs.

La sueur coulait le long de son dos : elle enfonça les doigts dans les feuilles en décomposition, sentit une racine d'arbre sous sa main. Quelque chose de réel, quelque chose à quoi s'accrocher.

— Grâce à Dieu, je t'ai trouvée, répéta-t-il.

Bizarrement, on aurait dit qu'il s'attendait à ce qu'elle le remercie.

— Tu m'as abandonnée, dit-elle. Tu m'as abandonnée là-bas.

— Je suis venu aussi vite que j'ai pu.

— Sinclair, j'ai été là-bas toute la nuit.

Il cligna des yeux.

— J'ai été retardé. Quand je suis arrivé à Providence, il y avait un message au sujet de ta sœur. Elle voulait rentrer à la maison. J'ai dû m'occuper de la ramener à Fever Hill.

Est-ce qu'il imaginait vraiment qu'elle allait le croire ?

Derrière lui, la clairière était étonnamment paisible. Une libellule passa au ras des fougères ; le cheval de Sinclair baissa la tête pour brouter.

Elle se demanda pourquoi il restait à distance. Peut-être à cause du sang, pensa-t-elle ; oui, c'est ça, le sang sur tes mains. Il n'aime pas le sang.

— Ta sœur va bien, lui dit-il, comme si elle lui avait posé une question. Viens, je vais te ramener jusqu'à elle.

Elle ne bougea pas de l'arbre.

— Viens, répéta-t-il.

— Pourquoi est-ce que tu m'as laissée dans cet endroit ?

— Je ne t'ai pas « laissée ».

— Sinclair…

Il remua la tête d'un air irrité.

— Pourquoi est-ce que tu ne veux pas me croire ? Pourquoi refuses-tu de voir que c'était un accident, ce qui est arrivé à cet enfant ?

Une vague intérieure et glacée l'inonda.

— Tu disais que Sophie allait bien, murmura-t-elle. Tu disais…

— Elle va bien, répondit-il d'un ton cassant. Tu es toujours si pressée de croire le pire ! Tu ne me crois jamais. Je suis ton mari, tu *devrais* me croire. C'est ton devoir d'accepter ce que je dis.

Elle ne l'écoutait pas. *C'était un accident, ce qui est arrivé à cet enfant*. Qu'est-ce qu'il voulait dire ? Qu'est-ce qu'il avait fait ?

— Je l'ai oublié, dit-il, toujours irrité. Ce n'est pas vraiment ma faute. Pourquoi veux-tu à tout prix raconter ça à tout le monde ?

Soudain, tout commença à se mettre en place dans son

esprit. Victory dans la serre. *Je l'ai oublié. C'était un accident.*

Elle se rappela le silence de Sophie, après la mort du petit garçon, puis la décision de Sinclair de l'envoyer à Burntwood. Elle se rappela ce qu'il lui avait dit à la doline. *Je ne peux pas te laisser raconter ça à quiconque.*

Ça semblait logique, curieusement logique, mais ça ne pouvait pas être vrai. Quelle raison aurait-il eue de tuer un enfant ? Il n'était pas capable de faire une telle chose. Il n'était pas violent. Il aimait bien couper les cheveux en quatre, ça oui, mais violent, non.

Pourtant, pensa-t-elle avec une nouvelle sensation de froid intérieur, il n'avait pas besoin d'être violent pour ça. Il lui suffisait de rouler une pierre devant la porte et de s'enfuir. Et il sait faire ça, s'enfuir. Tu es bien placée pour le savoir.

Alors, elle comprit que c'était vrai. Elle s'était trompée à son sujet. Trompée, trompée, trompée.

— Assez de ces sottises, dit-il d'un ton cassant.

Il tendit la main vers elle.

— Viens avec moi tout de suite.

Elle serra davantage les jambes sous elle et sentit la bosse du revolver dans son petit sac.

Jusque-là, elle l'avait oublié ; mais tout d'un coup, le cœur battant, elle en sentit le poids contre sa hanche, et aussi la fougère qui lui caressait le mollet, et les taches de lumière du soleil dans le chemin, et celles à vif sur la gorge de Sinclair, là où il s'était frotté la peau. Elle comprit qu'elle était seule avec un homme qui avait enlevé une vie et qui la considérait, elle, comme une menace ; elle comprit qu'elle avait une arme, et qu'elle allait devoir s'en servir. *Eh bien, Maddy, il va falloir qu'on se débrouille nous-mêmes.*

Je ne peux pas, pensa-t-elle. Je ne peux pas je ne peux pas je ne peux pas.

Si, tu peux, répondit une voix à l'intérieur de sa tête. Tu es une Durrant et c'est ce que font les Durrant. C'est dans ton sang.

Personne ne te le reprochera. Il t'a laissée mourir, oui ou non ? Il a laissé un enfant mourir, aussi.

Et si tu le fais, tout se remet en place. Sophie est saine et sauve, et tu es libre.

Tout cela lui traversa l'esprit en quelques secondes, pendant qu'il attendait dans le sentier.

Elle glissa sa main dans le petit sac et referma ses doigts sur l'acier lisse et chaud. Avec un sentiment d'incrédulité, elle sortit le pistolet et le pointa sur lui.

Dans n'importe quelle autre circonstance, l'étonnement de Sinclair aurait été comique. Ses yeux bleus s'agrandirent, sa mâchoire se figea de stupeur. On aurait dit un acteur dans une comédie de boulevard.

Toujours le dos contre l'arbre, elle s'efforça de se lever. Elle tremblait tellement qu'elle dut saisir le revolver à deux mains pour l'immobiliser. Est-ce que je le tiens bien ? pensait-elle. Qu'est-ce que je fais si j'ai à tirer ? Juste le viser et appuyer sur la détente ? C'est cela que je fais ?

— Retourne-toi, lui dit-elle, d'une voix aussi ferme qu'elle le put, et retourne d'où tu viens. À pied. Je prends le cheval.

Le regard de Sinclair passait d'elle au pistolet et inversement ; il semblait plus contrarié qu'alarmé.

— Tu as perdu la tête ? Donne-moi ça tout de suite.

— Fais ce que je te dis.

— Ne sois pas ridicule. Tu ne vas pas…

— Je suis sérieuse, Sinclair.

S'il te plaît, crois-moi, lui dit-elle en silence. S'il te

plaît, ne vois pas combien je suis terrifiée. Parce que tout cela n'est pas du bluff. Je pourrais vraiment utiliser cette chose.

Et le pire – ce qui l'effrayait le plus –, c'était qu'elle *avait envie* de le faire. Il lui suffisait de presser sur la détente – un simple mouvement du doigt –, et Sophie serait sauve, et elle serait libre.

— Tu te rends compte, lui dit-il, que tu viens de signer ton ordre d'internement ? Tu t'en rends compte ?

— Va-t'en, lui dit-elle.

— Une femme dérangée et à moitié nue qui pointe une arme sur son propre mari ? Tu sais ce qu'ils te feront ? Ils t'enfermeront jusqu'à la fin de ta vie dans une camisole de force.

— *Va-t'en*, murmura-t-elle.

— Une camisole de force, répéta-t-il, et il commença à avancer vers elle.

Elle visa et tira.

Cameron la trouva dans une clairière, recroquevillée sous un charme. Sous l'ombre verte, son visage avait une pâleur de noyée. Il crut qu'elle était morte.

Puis elle ouvrit les yeux, lui lança un regard sombre et flou, et le monde se remit en place.

Il laissa son cheval, tomba à genoux à côté d'elle et la serra dans ses bras.

— Mon Dieu, dit-il, mon Dieu.

Il sentit ses doigts qui s'enfonçaient dans son dos, sa respiration chaude dans son cou.

— Vous tremblez, lui dit-elle.

— Non.

— Si. Vous tremblez.

Il resserra son étreinte ; il ne voulait plus la lâcher. Il

voulait lui dire ce qu'il avait ressenti en croyant qu'elle était morte, mais sa gorge était serrée et les mots ne sortaient pas.

Elle se dégagea de ses bras, toucha son visage avec ses doigts ; puis elle vit la blessure sur ses côtes.

— Qu'est-ce que c'est ?

— Rien. Je… je me suis battu.

Elle le regarda avec des yeux graves, et il se demanda si elle était en état de choc. Il avait lu que, dans ce cas-là, les gens ont les pupilles dilatées. Mais ses yeux étaient trop sombres pour le dire.

Elle portait seulement une sorte de sous-vêtement de batiste ; ses broderies élaborées et ses rubans de satin juraient étrangement avec les égratignures sur ses bras et ses tibias. Ses pieds étaient nus ; elle avait retiré ses bottines, les avait placées avec soin près de sa tête.

— Battu ? Quand ? Avec qui ?

Il retira sa veste de chasse et la lui mit sur les épaules.

— Ça n'a pas d'importance. Tout va bien, maintenant. Tout va bien.

Il savait qu'il le disait pour se rassurer lui-même.

Pendant des heures, il avait vécu avec la terreur qu'elle soit morte. Depuis ce premier moment où il avait trébuché au bord de la doline, vu la mousseline claire et froissée au fond, et cru que c'était elle. Puis en poursuivant Sinclair, tout en sachant que son frère la poursuivait, elle. Pourquoi avait-il perdu autant de temps à la doline ? Pourquoi avait-il laissé une telle avance à Sinclair ?

Toujours submergé par le soulagement, il alla à son cheval et décrocha la bouteille d'eau. Quand il la lui donna, elle la prit à deux mains et but avec la vigueur d'un animal. Ses doigts était à vif, couverts d'une croûte de sang ; autour de chacun de ses poignets, il y avait une mince coupure qui intriguait Cameron.

Il essaya d'imaginer ce qu'elle avait affronté, comment elle avait réussi à sortir de ce trou toute seule. Mon Dieu, pensa-t-il, comme un homme qui parle de sexe faible connaît mal les femmes…

Il sortit son mouchoir, l'imprégna d'eau et lui nettoya les mains aussi doucement qu'il le put. Il semblait souffrir plus qu'elle.

— J'ai entendu un coup de feu, dit-il quand il eut fini.

Elle acquiesça.

— Qu'est-ce qui s'est passé ?

Elle se rassit sur ses talons, entoura sa taille de ses bras : il se rendit compte que, loin d'être choquée, elle s'accrochait à son sang-froid par un fil qu'elle n'aurait lâché pour rien au monde.

— Je croyais que je pouvais le tuer, répondit-elle. Mais en fait, je n'ai pas pu. Je ne suis pas… pas comme je croyais être. Alors j'ai tiré sur l'arbre à la place.

Il suivit son regard, vit une branche d'amandier sauvage qui pendait, cassée, à quelque cinq mètres de hauteur.

Puis il observa la clairière vide et sentit un malaise le parcourir, comme un picotement. Aucun signe ne confirmait ce qu'elle avait dit. Aucun indice de la présence de Sinclair, pas de traces, pas de crottin et, surtout, pas de pistolet. Cette branche avait pu casser à cause du vent, ou d'une forte pluie ; le coup de feu qu'il avait entendu pouvait venir de n'importe où. Les sons font parfois des choses étranges dans les Cockpits. En plus, où aurait-elle trouvé un pistolet ? Ça n'avait pas de sens.

— Qu'est-ce qui s'est passé ensuite ? lui dit-il.

Elle courba les épaules à ce souvenir.

— Il était terrifié. Il ne s'est pas rendu compte que je l'avais manqué exprès. Il a couru jusqu'à son cheval et s'est enfui.

— Où ? Où est-il allé ?

— Je ne sais pas. Vous ne l'avez pas rencontré sur le chemin ?

Il hésita.

— Peut-être qu'il en a pris un autre. Il y en a plusieurs dans cette partie de la forêt…

Elle le regardait pendant qu'il disait cela, et elle comprit.

— Vous ne me croyez pas, lui dit-elle. Je vous ai dit la vérité. Il était ici.

— Je sais. Je…

— Pourquoi est-ce que vous ne me croyez pas ?

Il mit la main sur son épaule, mais elle la repoussa ; puis elle s'empara d'une de ses bottines et la lui lança.

— Voilà, dit-elle. Maintenant, vous me croyez ?

À l'intérieur de la bottine, il y avait un petit pistolet d'ordonnance Lee-Remington. Incrédule, il le sortit, en vida la chambre dans sa paume : il manquait une balle.

— C'est parce que je vous ai menti, n'est-ce pas ? dit-elle, en claquant des dents. Je vous ai menti, alors vous ne me croyez pas ?

— Non, ce n'est pas ça du tout…

— Je vous ai dit pourquoi j'avais menti. J'ai essayé de vous expliquer…

— Madeleine, regardez-moi. Non, regardez-moi *vraiment*. Ce qui s'est passé avant n'a pas d'importance. Rien de tout cela n'a d'importance. Ce qui importe, c'est que vous êtes saine et sauve.

Elle le regardait comme si elle avait envie de le croire, mais qu'elle ne le pouvait pas.

— Sophie est en sécurité, lui dit-il. J'ai été la

chercher à Burntwood, elle est avec le vieil homme. Nous irons à Eden, je vous donnerai à manger et quelques vêtements, ensuite nous pourrons aller à Fever Hill et la voir. Tout ira bien maintenant, tous les problèmes seront réglés.

— Comment ? dit-elle durement. Il leur racontera une version et je leur en raconterai une autre. Si vous ne me croyez pas, pourquoi eux me croiraient-ils ?

— Il ne pourra jamais se sortir de cette histoire. Il…

— Si, il pourra. Il dira que je suis folle, que j'invente.

— Madeleine…

— Il peut faire ce qu'il veut, Cameron. Il est le mari. Il a tous les pouvoirs.

— Pas après ce qu'il a fait…

— Si ! Même après ça ! Vous ne le comprenez pas ? Ce qu'il a fait n'aura pas de conséquences, pas d'importance. C'est comme cela que ça fonctionne.

— Tout a des conséquences.

Sinclair éprouva un immense soulagement quand il atteignit l'orée de la forêt. Mais quand il se retrouva sous la lumière éblouissante, il fut étonné de ne pas reconnaître le chemin devant lui. Les collines étaient plus abruptes qu'il ne se les rappelait, parcourues de pistes guère plus larges que des sentiers de chèvres.

En tout cas, pensa-t-il, il s'en sortait bien, rien de grave n'était arrivé. Un coup d'œil au soleil lui donna une idée d'où était le nord, et il engagea son cheval dans le sentier correspondant le mieux à la direction qu'il voulait prendre.

Malgré la chaleur de l'après-midi, il était d'excellente humeur. Au moment où elle avait sorti ce pistolet, il avait su qu'il était sauvé. Une folle à moitié nue brandissant un pistolet. Même si elle survivait, personne ne croirait un mot de ce qu'elle dirait. Et le plus beau, c'est qu'on mettrait la sœur dans le même sac. La folie dans la famille ; qui aurait cru cela ? Pauvre révérend Lawe. Ce qu'il avait dû souffrir !

Au loin, il aperçut un Noir qui marchait lentement, et son optimisme augmenta encore. C'était un messager de couleur envoyé par le Tout-Puissant pour l'aider à rentrer chez lui.

L'homme n'était qu'un Noir de la campagne, pieds nus, avec une salopette déchirée, un chapeau jippa-jappa en loques ; son esprit était si épais qu'il lui fallut du temps pour comprendre la question que lui cria Sinclair. Mais il possédait au moins le sens de l'orientation des primitifs et lui indiqua volontiers le chemin de Fever Hill, avant de continuer lui-même sa route et de disparaître bientôt derrière un éperon rocheux.

Tout en fredonnant, Sinclair poussa son cheval.

Pauvre révérend Lawe, si jeune encore, et bel homme. Toute la société compatirait, après ce qu'il avait enduré auprès de cette femme. Ça lui serait facile d'en trouver une autre. Et elle lui donnerait un fils, son frère serait vaincu, et il entrerait enfin en possession de son héritage.

Dans un coude du sentier, un animal traversa juste devant lui ; son cheval se cabra, il vida les étriers et tomba.

Pendant un moment il resta allongé, le souffle coupé, écoutant son cheval s'enfuir au galop. Puis il se rassit en grimaçant et en se frottant la tête. Rien de grave, semblait-il : une hanche meurtrie, une légère contusion derrière la tête, une égratignure en travers de la paume gauche. Mais son cheval avait disparu.

Il se leva, récupéra son chapeau et brossa ses vêtements.

Promenant le regard autour de lui, il tressaillit en voyant qu'une petite fille pickney, une mulâtre, était accroupie sur la pente au-dessus de lui et le regardait.

Un coup de chance, pensa-t-il : voici juste la créature pour courir récupérer mon cheval.

Il l'appela pour qu'elle descende, mais curieusement elle ne répondit pas. Il répéta son ordre, d'une voix plus brusque : toujours pas de réponse. Elle était accroupie dans la pente comme une minuscule idole païenne, sa robe jaune criard tendue sur ses genoux comme une tente. Il se demanda si elle était sourde.

D'ordinaire, il n'était pas homme à tolérer la désobéissance, mais pour une fois il décida de laisser passer. Il faisait trop chaud pour grimper là-haut et la punir.

Il descendit le chemin sur quelques dizaines de mètres, sous la chaleur étouffante, sans trouver aucune trace de son cheval. Il devait décidément aller trouver la pickney et l'obliger à courir chercher de l'aide. Mais quand il revint sur ses pas, il fut exaspéré de découvrir qu'elle n'était plus là. C'était une idée détestable, mais il allait devoir faire le chemin à pied.

Il lui fallut une heure de marche, avant de s'avouer à lui-même qu'il s'était perdu. Au lieu de quitter les Cockpits, il semblait au contraire s'être enfoncé à l'intérieur. Le chemin était devenu étroit et dangereux : à sa gauche, la colline s'élevait, abrupte, tandis qu'à sa droite, s'ouvrait un ravin vertigineux. Ce simple d'esprit avait dû lui indiquer la mauvaise route.

Il s'arrêta pour se reposer près d'un épineux. L'air vibrait de chaleur ; l'éclat des rochers blancs lui faisait mal à l'intérieur du crâne. Le bruit râpeux des grillons lui agressait les oreilles – mais le plus étrange, c'était ce grand silence par-derrière, qu'il trouvait singulièrement désagréable. Comme si on l'écoutait, qu'on l'observait.

Une fois de plus, il se remit sur ses pieds ; mais cette fois, son cœur bondit dans sa poitrine en voyant un homme sur le chemin, un peu plus loin devant lui. Il était sauvé : l'homme était blanc. Certes, il était aussi sale et loqueteux que n'importe quel Noir de la forêt – mais il était blanc.

— Vous là-bas ! hurla Sinclair. Venez ici tout de suite !

À sa grande exaspération, l'homme ne fit pas le moindre mouvement pour lui obéir. Il demeura debout sur le chemin, les mains sur les hanches, le regardant sans rien dire.

Outragé, Sinclair commença à monter vers lui. Mais en s'approchant, il vit que l'homme en question n'était en fait qu'un garçon : sombre, efflanqué, au visage tranchant – et ressemblant de façon troublante au vaurien de Fitzroy Square.

Ce qui est une parfaite ânerie, se dit-il avec colère. C'est juste qu'ils se ressemblent tous.

Pourtant, il ne put s'empêcher de jeter des regards circulaires autour de lui, comme s'il allait voir apparaître l'autre, le petit aux cheveux flamboyants. Il crut même le voir, pendant quelques bizarres secondes, à quelque vingt mètres derrière lui. Mais non, ce n'était que la petite mulâtre aperçue plus tôt.

Cette fois, elle était accompagnée de deux grands Noirs : des Nègres des collines, d'après leur allure. De nouveau, le soulagement le gagna. Maintenant il y aurait des adultes pour l'aider, et non pas des enfants.

Il revint au garçon blanc, pour découvrir que lui aussi avait été rejoint par des Noirs : un adulte, et trois vieilles Négresses trapues. L'homme était quelconque, sauf qu'il ressemblait à l'imbécile qui lui avait indiqué la mauvaise route ; mais les Négresses étaient affreuses. Elles portaient ces foulards criards, ces robes imprimées jaune et vert strident qu'elles aimaient tant ; leurs peaux étaient si noires qu'il pouvait à peine distinguer leurs traits. Comme des totems noirs sans visage, elles s'étaient maintenant assises sur le chemin ; elles avaient croisé leurs bras boudinés sous leurs énormes poitrines, allongé les jambes, montrant le rose obscène de leurs plantes de pieds.

Une pluie de cailloux derrière lui le fit se retourner vivement ; il perdit l'équilibre et tomba presque.

À environ dix mètres au-dessus de lui, une autre Négresse le regardait, les mains sur les hanches. Elle était plus jeune que les autres, et plus mince ; mais bien que sa peau fût acajou et pas noire, la lumière était trop éclatante pour qu'on puisse distinguer son visage.

— Vous là-bas ! cria-t-il. Descendez et aidez-moi tout de suite !

Elle ne lui répondit pas. Elle se contenta de rester là, mains sur les hanches, dans une pose qu'il trouvait à la fois troublante et étonnamment insolente.

Il se demandait pourquoi elle se croyait autorisée à se conduire ainsi envers un Blanc, avec une telle liberté, et il ouvrait la bouche pour la réprimander sévèrement quand, au moment où il allait le faire, elle commença à descendre la pente vers lui ; et tandis qu'elle approchait, il la reconnut. Et comprit.

Chapitre trente-cinq

Mars 1896 – huit mois plus tard

Le service était fini, les fidèles sortaient de l'église. Comme d'habitude, Madeleine se préparait à faire rapidement retraite vers la voiture, quand Jocelyn tendit la main et lui toucha le poignet.

— Un moment, ma chère.

Elle se tourna, le regarda, et sut immédiatement ce qu'il allait lui demander.

— Je ne peux pas, déclina-t-elle. Je ne peux pas.

— Parlez-lui simplement, dit-il doucement.

Ils s'écartèrent pour laisser passer Clemency et Sophie, puis les regardèrent quitter l'église et disparaître dans la lumière du porche – leurs têtes déjà penchées l'une vers l'autre, tandis qu'elles se lançaient dans d'interminables commentaires sur le sermon qu'elles venaient d'entendre, les paroissiens qui les entouraient, plus tous les autres sujets qu'elles n'avaient pu aborder pendant ces deux heures de silence forcé.

— Vous m'avez promis, dit Madeleine, que vous ne manigancеriez pas de rencontre.

— Et je ne l'ai pas fait. Mais puisque c'est la seule occasion où vous sortez, il y a de bonnes chances qu'il soit ici. Après tout, ajouta-t-il, et les coins de sa bouche ébauchèrent ce qui était sa version personnelle d'un sourire (comme ils le faisaient souvent quand il mentionnait Cameron), c'est ce que je ferais moi aussi si j'étais à sa place.

Elle ouvrit son réticule et le referma d'un coup sec.

— Qu'est-ce que je devrais faire, d'après vous ?

Il soupira.

— Je ne sais pas, ma chère. Je ne sais pas ce que vous *voulez*. Ce que je sais, c'est que cette… réticence, ce manque d'enthousiasme à le voir, ne vous rend heureux ni l'un ni l'autre. Vous souffrez tous les deux. Et je préférerais de beaucoup que vous ne souffriez pas.

Il fronça les sourcils, martela les dalles de sa canne, comme s'il venait de laisser échapper un aveu qui lui coûtait.

— Je pense donc que ce serait une bonne chose pour vous deux de vous expliquer.

Ce qu'il n'avait pas dit était que la « réticence » de Madeleine, comme il l'appelait, le blessait lui aussi. Il n'avait pas de fils ni d'héritier légitime ; tout ce qu'il avait, c'étaient deux petites-filles illégitimes, et un fils adoptif qu'il s'autorisait petit à petit à aimer de nouveau. Si Madeleine épousait Cameron, Jocelyn aurait l'impression de revivre.

Et elle le voulait, plus que tout. Mais le risque était trop grand. Et le seul moyen qu'elle pouvait imaginer pour contourner ce risque était trop choquant pour en parler à qui que ce soit. Elle ne pouvait même pas le dire à Sophie. Ni à Clemency. Ni au Dr Pritchard.

Elle regarda Jocelyn redresser les épaules et se raffermir.

— Nous serons près de la voiture, lui dit-il en reprenant son chapeau.

— Jocelyn…

— Près de la voiture, répéta-t-il fermement. Ne vous inquiétez pas. Nous ne partirons pas sans vous.

Cameron arriva à l'église peu après la fin du service. Il avait amené Abigail avec lui. Un mastiff comme soutien moral. S'il n'avait pas été aussi énervé, il aurait souri.

La veille au soir, il avait pris son habituel whisky soda, fait le tour des rénovations entreprises dans la maison. Les bardeaux manquants avaient été remplacés. La nouvelle salle de bains était presque achevée, et la chambre principale avait enfin un lit – même si, par habitude, il continuait à dormir dans la véranda. Mais, tandis qu'il faisait son inspection dans la lumière dorée du crépuscule, il se demandait si tout cela n'avait pas été fait en vain.

Duke Street était remplie de fidèles, et il dut chercher une place pour attacher Pilate. À travers la poussière soulevée par les voitures qui partaient, il aperçut Cornelius et Rebecca Traherne, de l'autre côté de la rue, en train de parler avec Jocelyn, Clemency et Sophie. Madeleine n'était en vue nulle part. Bon sang. Pas *encore une fois*.

Sophie l'aperçut et lui fit un geste de la main si vigoureux qu'elle en tomba presque. Elle portait sa nouvelle attelle légère, de marche, dont elle était très fière.

— Le Dr Pritchard a dit que mes poumons étaient tout à fait sains, et la tuberculose presque vaincue, lui avait-elle raconté lors de sa dernière visite à Eden – visite historique, car Clemency l'avait amenée toute seule, en conduisant la voiture elle-même. Je boiterai, avait proclamé Sophie, comme si c'était une marque d'honneur, mais grand-père dit qu'il en faudrait plus pour m'empêcher de faire tout ce qui me passera par la tête. Je lui ai demandé de m'apprendre à monter à cheval, et il a promis que oui. Mais il va sûrement falloir que je le lui rappelle plusieurs fois, parce qu'il oublie souvent.

Clemency l'avait aperçu elle aussi et leva une main timide en guise de salut. Il inclina son chapeau vers elle, plus un grand sourire appuyé. Elle était restée fidèle à ses cheveux teints en gris – « une couleur si rassurante » – mais gagnait chaque jour en assurance, maintenant que May s'était mise à passer tout son temps en haut. D'un seul coup ou presque, Jocelyn avait décidé de confier la direction de la maison à Clemency ; et celle-ci, après des débuts hésitants, commençait à surmonter sa peur. Sa santé s'était grandement améliorée, maintenant qu'elle avait quelque chose à faire.

À travers la rue, Sophie tapota ses genoux et appela Abigail. Cameron donna un petit coup avec sa botte au mastiff et elle traversa la rue à pas traînants ; sa queue se balançait mollement, tandis qu'elle baissait déjà la tête dans l'attente d'une caresse.

— Grand-père, demanda Sophie, comment je la fais asseoir ?

— Tu ne le fais pas, dit Jocelyn à sa manière brusque.

Il jeta un regard sur Cameron, et les coins de sa bouche remuèrent.

Cameron le salua de la main, mais ne fit pas mine de les rejoindre. Il savait que le vieil homme comprendrait.

Il se retourna et prit le chemin de l'église, retirant son chapeau et ses gants en atteignant le porche. St. Peter était désormais vide, sauf le vicaire, Mr Mullholland, et un trio de dames qui restaient pour ranger les fleurs. Pas de Madeleine en vue. Cameron jura entre ses dents et le vicaire lui lança un regard réprobateur.

Il ressortit dans la lumière du cimetière. Depuis la mort de Sinclair, il l'avait vue sept fois en tout et pour tout, et toujours en présence des autres. Elle était en général nerveuse, ne parlant que par monosyllabes, ou pis, polie. Et au cours des cinq dernières semaines, il ne l'avait plus vue du tout. Il avait dû se contenter de deux messages brefs, prétextant tous deux une « indisposition ». Elle l'évitait, et il n'arrivait pas à comprendre pourquoi.

Depuis l'enterrement, elle n'avait pas quitté Fever Hill, sinon pour aller à l'église. Rien d'extraordinaire à cela, se raisonnait-il : aucune veuve respectable ne faisait de visite pendant un an au moins après la mort de son mari. Sauf que chez Madeleine, il y avait davantage que cela.

C'était comme si elle se sentait obligée de faire pénitence : envers Jocelyn pour lui avoir menti ; envers Clemency, pour être la fille de l'homme qui l'avait abandonnée et de la femme qui le lui avait volé ; peut-être aussi – et c'était le pire de tout – envers le fantôme de Sinclair.

Dans ses moments les plus sombres, Cameron maudissait son frère. Il aurait aimé, honnêtement, pouvoir le pleurer, mais il était trop conscient que pour son frère la mort avait été une fuite. La révélation publique de sa culpabilité l'aurait écrasé. Finalement, vu les circonstances, cette révélation n'avait pas eu lieu.

Grace avait dit qu'elle se satisfaisait de laisser les choses enfouies à jamais.

Cameron lui avait révélé qui avait tué son fils dès que Madeleine le lui avait dit, une semaine après l'enterrement de Sinclair.

— Dans un sens, avait-il dit à Grace, on peut considérer la mort de Sinclair comme… je ne sais pas, peut-être la volonté de Dieu ?

Grace, ses traits acajou impénétrables, avait longtemps observé son visage.

— Peut-être, avait-elle fini par dire.

Il contourna le coin de l'église et vit Madeleine debout devant la concession de la famille Lawe ; une nouvelle pierre y commémorait Sinclair Euan Lawe, mort brutalement dans un accident de cheval à l'âge de trente et un ans.

Cameron constata avec colère qu'elle portait toujours le crêpe noir terne du grand deuil. Il n'avait déjà pas mâché ses mots à cet égard, la dernière fois qu'ils s'étaient rencontrés.

— Tout de même, est-ce qu'il n'est pas temps d'alléger un peu la tristesse ? Ou bien est-ce que vous comptez imiter la reine, et rester en grand deuil toute votre vie ?

— D'après Clemency, avait-elle répliqué, les convenances réclament une année de grand deuil.

— C'était peut-être vrai il y a vingt ans, oui. En plus, depuis quand êtes-vous guidée par les convenances ?

À cela elle n'avait pas répondu, et il avait su qu'il était allé trop loin.

Pour finir, il avait saisi le taureau par les cornes.

— Je ne vous comprends pas, Madeleine. À quoi rime tout cela ? Vous ne l'aimiez pas.

— Non, acquiesça-t-elle sombrement. Personne ne l'aimait.

D'abord, il s'était demandé si, insidieusement, elle ne se sentait pas responsable de ce qui était arrivé à Sinclair.

— C'était un *accident*, lui avait-il martelé. Pourquoi vous sentiriez-vous coupable du fait qu'il s'est perdu et qu'il est tombé dans un ravin ?

Puis il comprit qu'il se trompait. Ce n'étaient pas les circonstances de la mort de son frère qui la faisaient se renfermer en elle-même, mais le fait même qu'il soit mort. La disparition de Sinclair lui avait redonné sa liberté, elle en avait profité ; comment n'aurait-elle pas ressenti une forme de culpabilité ?

Au-dessus de sa tête, des sporophiles se disputaient bruyamment dans un frangipanier. Quand il passa sous l'arbre, ils s'envolèrent ensemble, comme un petit nuage.

Madeleine l'avait vu et l'attendait tranquillement, sous son ombrelle de soie noire et terne.

Il devait admettre que le deuil lui seyait bien. Le noir allait parfaitement avec son teint magnifique, lui donnait grâce et dignité. Mais ça lui rappelait aussi, de façon inquiétante, grand-tante May.

Tandis qu'il s'approchait d'elle, la petite famille occupée à poser une couronne sur une tombe voisine se détourna discrètement, et fit de louables efforts pour ne manifester aucune curiosité.

Madeleine leur jeta un coup d'œil, puis adressa un sourire impersonnel à Cameron et lui offrit sa main. Il retira son chapeau, pressa l'extrémité de ses doigts gantés de noir et se courba ; ensuite ils se tournèrent et se mirent lentement en marche vers une partie plus tranquille du cimetière.

Pendant quelques instants, ils avancèrent sans se dire un mot. Puis Cameron finit par briser le silence :

— Sophie a l'air d'aller bien.

— Elle va bien, oui. Et elle est impatiente de vous montrer son nouveau trésor. Mrs Herapath le lui a donné vendredi. C'est une photographie de notre mère.

Sophie et Clemency rendaient fréquemment visite à Olivia Herapath – qui, même si elle témoignait une certaine froideur envers Madeleine, avait plutôt tendance à gâter sa sœur.

— Je croyais qu'Olivia avait détruit toutes les photographies de Rose il y a des années.

— Il s'avère qu'elle n'a pas pu se résoudre à jeter celle-là, parce que c'est le meilleur portrait qu'elle ait jamais pris.

— Sauf celui d'Hector, bien sûr.

Elle sourit.

— Bien sûr.

Elle semblait parfaitement à l'aise avec lui, à condition qu'ils restent sur un terrain neutre. Ça lui donnait envie de la prendre par les épaules et de la secouer. Ils étaient là, échangeant des banalités comme deux simples relations mondaines prenant le thé ensemble, alors qu'il n'avait envie de lui dire qu'une chose : *Épousez-moi. Promettez-moi que vous serez ma femme. Je ne peux pas continuer comme cela, j'ai besoin de vous l'entendre dire.*

— Cameron, je suis désolée, dit-elle avec une soudaineté touchante.

Il rougit.

— De quoi ?

— Je vous ai traité affreusement. La vérité, c'est que je ne pouvais parler à personne, pas même à vous.

J'avais besoin de repenser et comprendre tout ce qui est arrivé.

Il doit y avoir plus que cela, songea-t-il, mais il décida de ne pas la presser davantage. C'était plus qu'elle ne lui en avait dit en huit mois de temps.

— Je sais que ça a été dur pour vous, continua-t-elle.

— Ça n'a pas d'importance.

— Si, ça en a.

Ils échangèrent des regards et son cœur bondit dans sa poitrine. Puis elle gâcha tout en lui demandant s'il avait eu des nouvelles de Ben Kelly.

— Pas encore, marmonna-t-il.

On avait vu le garçon peu après l'enterrement, en route vers Kingston sur un vapeur qui suivait la côte ; mais depuis, plus rien, malgré les renseignements qu'elle avait essayé de prendre.

— Il va sûrement réapparaître, ajouta Cameron.

Il savait bien que ça sonnait comme une remarque de pure forme, mais s'en fichait. L'inquiétude de Madeleine pour ce gamin efflanqué, ce gamin des rues, le déconcertait. Elle lui avait expliqué qu'ils avaient été amis à Londres, et cela, ses explications insuffisantes, la bizarrerie de la situation, avait rendu Cameron absurdement jaloux. D'une jalousie humiliante. Elle avait aussi admis que, pour une raison inexpliquée, le garçon l'avait suivie à la Jamaïque et lui avait prêté son pistolet. Son *pistolet* ? Pourquoi diable un garçon de quatorze ans aurait-il eu besoin d'un pistolet ? Mais là encore, elle n'avait guère été prolixe.

Une fois, il lui avait demandé d'un air exaspéré s'il y avait autre chose encore qu'elle ne lui avait pas dit.

— Sans doute, oui, avait-elle répondu. Est-ce qu'il y a quelque chose dans votre propre vie que vous ne m'avez pas dit ?

Touché. C'était une des choses qu'il aimait chez elle : cette franchise qui pouvait sortir à toute vitesse, sans prévenir, et à vous couper le souffle.

Ils avaient atteint la partie du cimetière, derrière St. Peter, envahie par les mauvaises herbes, et où se trouvaient les tombes Durrant : un groupe de pierres recouvertes de lichen, un ensemble plutôt désordonné et mal entretenu. Cameron la regarda fermer son ombrelle et passer le cordon à son poignet, quand elle s'arrêta pour lire l'inscription sur la tombe de son grand-père. *Aristide Durrant, 1813-1868. Dans votre charité, Priez pour son âme.*

— Madeleine, dit-il, cela fait huit mois.

Ses yeux demeurèrent obstinément fixés sur la tombe.

— Huit mois, répéta-t-il, et vous ne m'avez jamais permis de le dire.

— Cameron…

— Eh bien, cette fois, vous ne m'arrêterez pas.

Il s'approcha d'elle, tendit le bras et prit doucement sa main dans la sienne. Elle essaya de se dégager, mais il maintint sa pression.

— Les gens vont nous voir, murmura-t-elle.

— Non, ils ne verront pas. D'ailleurs il n'y a personne.

Il resta silencieux un moment, les yeux baissés vers sa main. Puis il tourna sa paume vers le haut et, lentement, déboutonna les trois petits boutons de jais noir de son gant et l'entrouvrit. Après quoi il se pencha pour embrasser la peau, douce et pâle, de l'intérieur de son poignet. Il la sentit se raidir, entendit son souffle s'accélérer. Respira l'odeur laiteuse de sa chair.

Pris de vertige, il se redressa.

Elle avait les yeux baissés vers sa main à lui, non

gantée, qui tenait ses doigts gainés de noir. Ses sourcils sombres étaient froncés, sa bouche crispée.

— Vous savez que je vous aime, lui dit-il, tenant toujours sa main. Vous le savez.

Elle ne répondit rien.

— Et je pensais… au moins j'espérais… que vous…

Il s'interrompit brusquement, puis dit :

— Épousez-moi. Je veux que vous m'épousiez.

Toujours pas de réponse. Sa tête était penchée, elle se mordait la lèvre.

Il l'attira plus près de lui.

— Je ne vous demande pas de fixer le jour, lui dit-il. Si vous voulez de longues fiançailles, vous les aurez. J'ai juste… j'ai juste besoin que vous me disiez qu'un jour, dans l'avenir, vous serez ma femme.

Enfin, elle leva la tête et le regarda. À son grand désarroi, il vit que son visage était pâle et nerveux, ses yeux brillants de larmes. Elle mit sa main libre sur sa poitrine et le repoussa doucement.

— Pas ici, dit-elle.

— Madeleine…

— Pas *ici*.

Avec une soudaine violence, elle dégagea sa main, se détourna et fit quelques pas mal assurés, puis porta la main à sa tempe et lissa ses cheveux en arrière.

Pendant qu'il la regardait, le terrible sentiment d'un *risque* l'étreignit. Il se rendit compte que s'il ne pouvait obtenir qu'elle dise oui maintenant, aujourd'hui, il la perdrait pour toujours. La perspective d'une vie sans elle s'ouvrait devant lui comme un long vide dénué de sens. Il n'arrêterait jamais de la vouloir. Il ne voudrait jamais une autre femme. Il finirait comme Jocelyn : un amour qu'il avait perdu des décennies plus tôt lui manquerait désespérément.

Il avait l'impression d'être au bord d'une haute falaise et de regarder en bas.

— Si vous avez cessé de m'aimer, dit-il, en s'efforçant de garder une voix ferme, il vaudrait mieux me le dire maintenant. Un mot suffira. Je ferai tout ce que vous me direz. Vous pouvez me dire d'aller au diable, et je le ferai. Je ne vous ennuierai plus jamais. Mais bon sang, Madeleine, dites-moi.

— Je n'ai pas cessé de vous aimer, lui dit-elle pardessus son épaule. Vous savez bien que non.

— Alors *quoi* ?

Elle secoua la tête.

— Nous ne pouvons pas parler de ça maintenant. Jocelyn attend…

— Et il continuera à attendre. Ça ne le dérange pas.

— Ce n'est pas le bon endroit. Les gens pourraient…

— Ça n'a pas d'importance. Rien n'a plus d'importance que ça. Vous ne pouvez pas remettre cette conversation encore une fois à plus tard. Je ne vous laisserai pas faire.

Elle se retourna, et il ressentit à nouveau cette terrible impression d'être au bord d'un précipice. Il lutta contre l'envie de la prendre par les épaules et de la secouer jusqu'à ce qu'elle lui dise ce qui la retenait.

Enfin, à son grand soulagement, incrédule, elle hocha la tête.

— Vous avez raison, nous ne pouvons pas remettre cette discussion à plus tard. Venez. Marchons.

Ils se retournèrent et prirent le chemin qui parcourait toute la longueur du cimetière, jusqu'au fromager tout au fond. Comme elle ne faisait pas mine de commencer, il décida de l'aider.

— J'ai essayé de comprendre ce qui vous inquiétait.

Il la sentit qui se tournait et le regardait, mais il

conservait les yeux baissés vers le chemin. Le fromager était toujours en fleur, et il voyait les pans de sa robe noire remuer au passage les pétales blanc crémeux qui jonchaient le gravier.

— Il me semble, continua-t-il lentement, que si vous m'aimez encore, alors ce qui vous inquiète doit avoir un rapport avec… je ne suis pas sûr exactement de quoi, mais peut-être vous ressentez une certaine… réticence à l'idée de vous remarier.

Il lui jeta un coup d'œil, et vit qu'il avait deviné juste. Eh bien, pensa-t-il, on ne peut guère la blâmer pour ça ; pas après Sinclair. Il s'éclaircit la gorge.

— Vous avez dit une fois quelque chose qui m'est resté. Vous parliez de Sinclair : « Il est le mari. Il a tous les pouvoirs. » Est-ce cela qui vous inquiète ? Avez-vous peur que je puisse avoir trop de pouvoir si je deviens votre mari ?

— Non, dit-elle rapidement, ce n'est pas ça. Je vous… fais confiance.

Il saisit l'hésitation dans sa voix.

— Mais je ne suis pas loin, n'est-ce pas ?

Elle tourna la tête et étudia les pierres tombales dans l'herbe. Il vit ses doigts se resserrer sur son réticule de chevreau noir, ouvrir le fermoir et le refermer d'un coup sec.

— Quand deux personnes se marient, dit-elle enfin, aucune des deux ne sait réellement si ça marchera ou pas. Et si ça ne marche pas, il n'y a pas de sortie possible. C'est irrévocable.

— C'est vrai, dit-il lentement. Mais je ne vois pas ce que…

— C'est ce qui est arrivé quand j'ai épousé Sinclair. Nous nous sommes rendus malheureux, mais nous étions pris au piège. (Elle se mordit la lèvre inférieure.)

Je ne pourrais pas le supporter, si ça arrivait avec vous. Je ne pourrais simplement pas…

— Mais pourquoi ça arriverait ? l'interrompit-il. Pourquoi nous rendrions-nous malheureux ? Je ne suis pas Sinclair.

Elle leva les yeux, lui fit un rapide et large sourire.

— Bien sûr que vous ne l'êtes pas. Ce n'est pas vous qui m'inquiétez, répliqua-t-elle, et son sourire disparut.

— Qu'est-ce que vous voulez dire ?

Mais elle secoua la tête et se détourna.

Il ne s'était jamais senti aussi déconcerté. Elle paraissait se blâmer de quelque chose : quelque chose qu'elle ne pouvait même pas mentionner. Comment allait-il lutter contrer cela ?

— Madeleine, je ne prétends pas avoir compris Sinclair, mais je sais une chose : quel qu'ait été le problème entre vous, ce n'était pas votre faute. Il y avait quelque chose en lui qui n'allait… qui ne serait jamais allé bien. Et ça remonte à loin, longtemps avant qu'il vous rencontre. Je ne crois pas que nous saurons jamais ce que c'était, mais…

— Je ne suis pas sûre de cela, commenta-t-elle, à la surprise de Cameron.

— Qu'est-ce que vous voulez dire ?

Elle fouilla dans le gravier avec son talon.

— Après sa mort, je croyais savoir ce qui était allé de travers.

Elle promena le regard autour d'elle, pour s'assurer que personne ne pouvait les entendre.

— Je croyais, continua-t-elle en baissant la voix, que c'était à cause de Victory. Parce qu'il – Sinclair – croyait que je pourrais le livrer aux autorités. Mais ensuite, j'ai compris que ce n'était pas seulement ça. Ça ne pouvait pas avoir été seulement ça.

Elle fit une pause, puis reprit :

— Il a eu horreur de moi dès la toute première nuit de notre mariage. Non, ne m'interrompez pas. Je sais que c'est vrai. Il y avait quelque chose en moi qui lui faisait véritablement horreur.

C'était tellement absurde qu'il avait envie de rire.

— Eh bien, je peux vous assurer qu'il n'y a rien en vous qui me « fasse horreur ».

— Mais vous ne le *savez* pas, n'est-ce pas ? dit-elle rapidement. Vous ne pouvez pas en être sûr.

— Si, je le sais. Je…

— Et vous ne le *saurez* avec certitude que quand nous serons mariés. Et alors, il sera trop tard.

Il était bel et bien désorienté. Il avait cru jusque-là parvenir enfin à la suivre, mais elle l'avait de nouveau perdu et s'éloignait vers des horizons inaccessibles.

Elle était toujours en train d'ouvrir et fermer ce maudit réticule. Il avait envie de le lui arracher et de le lancer dans les buissons ; puis il vit son visage anxieux et se sentit confus. Quel que soit le problème, il la rendait aussi malheureuse que lui-même. Il aurait tant voulu l'aider, mais ne savait pas comment.

— Avec Sinclair, reprit-elle, en tordant le réticule dans ses doigts, c'est allé mal dès la première nuit. Je ne l'ai pas remarqué au début. Ou peut-être si, et je ne voulais pas l'admettre. Mais j'y ai beaucoup pensé depuis, et je sais que j'ai raison. C'est allé mal à cause de…

Elle s'arrêta brusquement.

— Oui ? À cause de quoi ?

Elle rougit.

— À cause de… ça.

Oh ! mon Dieu. Ça risquait d'être encore plus dur qu'il ne l'avait craint.

Ils firent quelques pas en silence, aucun des deux ne regardant l'autre, puis il s'éclaircit la gorge.

— Donc, votre… inquiétude, dit-il, est que le même genre de chose puisse nous arriver.

Elle se tourna vers lui, et il vit qu'elle refoulait ses larmes.

— Eh bien, ça pourrait, n'est-ce pas ? Je veux dire comment savez-vous, savez-vous avec certitude, que non ?

Il hésita puis commença, maladroitement :

— Eh bien, en ce qui concerne… euh, ce côté des choses… on peut généralement, d'une certaine façon… je veux dire, s'il y a un véritable respect, s'il y a de l'amour…

Maintenant, c'était à son tour à lui de rougir.

— Mais il n'y a pas de garantie, insista-t-elle.

— Eh bien, je suppose que non, mais…

— Je ne veux pas prendre ce risque. Non, pas avec vous.

— Mais, Madeleine…

— Et si jamais vous vous mettez à me regarder comme il le faisait ? Comme si j'étais une sorte de monstre ? Non, je ne peux pas. Comment le pourrais-je ?

Son ton était résolu, et le cœur de Cameron sombra. Une fois de plus, il était au bord du précipice.

— Alors, qu'est-ce que vous suggérez ? dit-il. Vous ne pouvez quand même pas vouloir que tout s'arrête entre nous, simplement à cause d'un risque théorique que ça aille mal !

Elle ne répondit pas.

— Dites-moi que ce n'est pas ce que vous voulez. Regardez-moi et dites-le-moi.

Elle leva la tête et croisa son regard.

— Non. Ce n'est pas ce que je veux.

Il laissa échapper un soupir, un peu tremblant.

— Alors, de quoi diable est-ce que vous êtes en train de me parler ?

Ils avaient atteint le bout du chemin, là où s'élevait le fromager. Elle s'arrêta, fit tourner son ombrelle entre ses doigts, et resta quelque temps à donner des coups dans le gravier avec la pointe. Il sentait qu'elle s'armait de courage pour lui dire quelque chose, mais qu'elle n'y arrivait pas.

— Madeleine. Quoi que ce soit, il faut me dire…

— Je vous épouserai, l'interrompit-elle avec une étrange ardeur, seulement si nous nous assurons auparavant que ça se passe bien.

Il cligna des yeux, puis la lumière se fit. Seigneur Dieu !

— Attendez une minute, fit-il quand il eut repris son souffle. Êtes-vous en train de me dire que vous m'épouserez si nous… si nous réglons d'abord cet aspect-là des choses ?

Elle donna encore quelques coups dans le gravier.

— Et seulement, commenta-t-elle, s'il s'avère que ça se passe bien.

Il releva la tête et regarda dans les branches du fromager : les feuilles émeraude éclatant et les fleurs blanc crémeux, contre le bleu tendre et brillant du ciel. Comme c'est beau, pensa-t-il. Le plus beau spectacle qu'il avait jamais vu.

Il se tourna vers elle, tendit le bras et prit sa main dans la sienne ; puis il rencontra son regard et lui fit un léger sourire.

— Je pense, dit-il, que je peux être d'accord avec ça.

Remerciements

Avant tout, je tiens à remercier mes cousins Alec et Jacqui Henderson du domaine d'Orange Valley, Trelawny, Jamaïque, pour l'aide, l'hospitalité et la bonne humeur inépuisables qu'ils m'ont prodiguées quand je faisais des recherches pour ce livre.

Je suis aussi tout spécialement reconnaissante envers ma tante, Martha Henderson, pour les nombreux et inestimables vieux livres qu'elle m'a prêtés sur l'histoire et le folklore de la Jamaïque, et envers mon oncle, Ian Henderson (malheureusement disparu avant que ce manuscrit soit terminé), pour ses aperçus sur la vie qu'on menait autrefois en Jamaïque.

Je voudrais aussi remercier les personnes suivantes pour l'aide précieuse qu'elles m'ont apportée : Mary Langford et Enid Shields, toutes deux membres distingués de la Société d'histoire de la Jamaïque, qui m'ont donné si généreusement de leur temps en me faisant visiter Kingston et ses environs ; David et Nicky Farquharson, qui m'ont fait les honneurs de leur magnifique propriété à Hampden (après une inoubliable pluie torentielle) ; Diane et Mark McConnell, qui ont été si amicaux et accueillants dans leur grande maison, merveilleusement située à New Hall ; et aussi Christina Mantle, Patricia Gould et David Wiggan. Sans oublier le mastiff Abigail, qui a pris du temps sur ses fonctions dans le domaine pour me suivre partout à Orange Valley, et m'a obligeamment autorisée à l'inclure dans mon histoire.

Concernant la narration elle-même, je tiens à préciser que les principales familles et propriétés jamaïcaines qui figurent dans le livre sont entièrement fictives, et que j'ai pris quelques libertés avec la géographie locale autour de Falmouth pour y inclure les domaines d'Eden, Fever Hill, Burntwood et Parnassus.

Achevé d'imprimer en août 2006
sur les presses de
LIBERDÚPLEX

POCKET - 12, avenue d'Italie - 75627 Paris Cedex 13

Dépôt légal : Septembre 2006.

Imprimé en Espagne